（明）熊大木 著
（清）李雨堂 著

杨家将演義
万花楼演義

凤凰出版社

图书在版编目（CIP）数据

杨家将演义 / （明）熊大木著. 万花楼演义 / （清）李雨堂著. -- 南京：凤凰出版社，2017.4
ISBN 978-7-5506-2576-1

Ⅰ. ①杨… ②万… Ⅱ. ①熊… ②李… Ⅲ. ①章回小说－中国－明代②章回小说－中国－清代 Ⅳ. ①I242.4

中国版本图书馆CIP数据核字（2017）第069206号

书　　名	杨家将演义　万花楼演义
著　　者	（明）熊大木　（清）李雨堂
责任编辑	崔广洲
出版发行	凤凰出版社（原江苏古籍出版社） 发行部电话025-83223462
出版社地址	南京市中央路165号，邮编:210009
出版社网址	http://www.fhcbs.com
照　　排	南京凯建图文制作有限公司
印　　刷	苏州市越洋印刷有限公司 苏州市吴中区南官渡路20号　邮编:215104
开　　本	880毫米×1230毫米　1/32
印　　张	18
字　　数	494千字
版　　次	2017年4月第1版　2017年4月第1次印刷
标准书号	ISBN 978-7-5506-2576-1
定　　价	32.00元

（本书凡印装错误可向承印厂调换，电话:0512-68180638）

出版说明

本书为《杨家将演义》与《万花楼演义》的合集。

杨家将的故事，讲述的是北宋立国之初，西北边陲遭受外敌侵扰，为保国安民，杨家三代前赴后继、浴血沙场，立下了赫赫功勋。南宋时，有关杨家将的故事即在话本中出现，如《杨令公》、《五郎为僧》等。后经过宋、元多种艺术形式的演绎和民间的口口相传，至明代，又出现了以杨家将故事为题材的长篇小说，《北宋志传》便是其中之一。

《北宋志传》又名《杨家将传》，为《南北两宋志传》之一，全书十卷五十回，一般不题撰人，或题明嘉靖福建建阳熊大木撰。该书刊行后，与其他相同内容的作品相比，因其情节较为精彩、文字更为流畅而广为流传。此次出版的《杨家将演义》，即根据清同治经纶堂的木刻本《北宋志传》为底本标点整理。因为我们觉得《北宋志传》书名与内容不尽相符，出版时，遂用了更为贴切、更为读者接受的《杨家将演义》书名。

《万花楼演义》成书于清代，由李雨堂编撰，全书十四卷六十八回。

《万花楼演义》又名《万花楼杨包狄演义》、《大宋杨家将，文武曲星包公、狄青演传》及《大宋杨家将，文武曲星包公、狄青初传》。从书名看，即可知这是一部内容与包拯、狄青和杨宗保有关的长篇小说。

包拯和狄青，一个铁面无私、一个骁勇善战，是有宋一代著名的文臣武将。至于杨宗保，虽然只是传说中的人物，但他作为杨家将中的主要人物之一，其英雄传奇也已深入人心、久传不衰。他们的故事，遂成为历朝历代戏剧、曲艺、小说创作获取的素材。《万花楼演义》正是受其影响而产生的。

《万花楼演义》吸收了戏剧、曲艺、小说中关于包拯、狄青和杨宗保故事的精华，将包拯、狄青两位真实的人物与杨宗保这位传说中的人物巧妙地结合在一起，将历史事件与演义传说相互穿插、交替展开，既写了文臣的睿智多谋，又写了武将的忠勇无畏；既写了疆场征战的惊心动魄，又写了宫闱争斗的残酷无情；既写了忠烈的名留青史，又写了奸佞的罪有应得……总之，小说曲折的情节、生动的故事、栩栩如生的人物形象，无不给人留下深刻的印象。

《万花楼演义》刊行后，有多种版本存世。这次出版，选择的是羊城长庆堂刊本为底本标点整理的。

杨家将演义

（明）熊大木　著

目　录

叙　述

宋运泰开生圣主，将星明朗应相聚，
边疆建辟敌人降，四海苍生望霖雨。
太原灵气产英豪，慷慨埋沉世所遭，
宝剑利磨新出匣，愤然有志入中朝。
铁甲坚兵曾斩阵，保銮从驾建功勋，
东荡西除群寇服，晋阳声势又相闻。
杨家父子真豪士，万里威风人仰慕，
一旦欣然思远图，八骏齐奔向南路。
太宗重命赐恩深，义士归崇报亦诚：
大战幽州兵败衄，一门忠勇尽亡倾，
六使栖栖依北道，七郎遭矢最堪怜。
真宗命领三关镇，收伏英奇智策深。
汝州发配遂埋藏，魏府铜台羽檄忙，
震撼三军齐救驾，番兵胡浪虎驱羊。
七十二阵真奇绝，杨府英雄兵法熟；
世界闹动天地昏，尽教萧后归邦域。
西番倡乱又扬尘，笳鼓声中马上频；
十二寡妇能效力，乾坤再整靖边庭。
仁宗统御升平盛，蛮王智高兵寇境；
杨府俊英文广出，旌旗直指咸归命，
更有姨娘法术奇，炎月瑞雪降龙池。

天生豪杰真不偶，将与圣明展帝基。
于今去古几千场，荒草寒烟又夕阳；
故国不殊风物异，令人看此垂悲伤。

第一回 北汉主屏逐忠臣 呼延赞激烈报仇

却说北汉主刘钧，听知中国平定各镇，与群臣议曰："先君与周世仇，宋主之志更不小。今既削平诸国，宁肯容孤自霸一方乎？"谏议大夫呼延廷出奏曰："臣闻宋君英武之主，诸国尽已归降。今陛下一隅之地，何况兵微将寡，岂能相抗？不如修表纳贡，庶免生民之祸，而保河东无虞也。"刘钧犹豫未决。忽枢密副使欧阳昉进曰："呼延廷与中国通谋，故令陛下纳降。且晋阳形胜之地，帝王由此而兴。无事则籍民而守，有警则执戈而战，此势在我耳，何必轻事他人乎？乞斩呼延廷以正国法。倘或宋师致讨，臣愿独当之。"钧允奏，令押出呼延廷斩首。国舅赵遂力奏曰："呼延廷之论，忠言也，岂有通谋中国之理？主公若辄斩之，使宋君闻知，则征讨有名耳。必欲不用，只宜罢其职而遣之，庶全君臣之义也。"刘钧然其言，下令削去官职，罢归田里。呼延廷谢恩而退，即日收拾行装，带家小直向绛州而去。欧阳昉尚不遂意，深恨呼延廷，欲谋杀之。唤过亲随人张青、李得，谓之曰："汝二人引健军数百人，密追呼延廷安下处，尽杀之，回来吾重赏汝。"张、李领诺，即引健军追赶呼延廷去了。

却说呼延廷与一起人行至石山驿，日已晚，歇下鞍马。是夜与夫人对席饮酒，自叙不幸之事。将近二更，忽听驿外喊声大振，火炬连天，人报有劫贼来到。呼延廷大惊，令家人速走。张青、李得部众拥入驿中，将呼延廷老幼尽皆杀了，财宝劫掠而去。时随从人各自逃生，只有妾刘氏抱着幼子，走入厕中，保得性命。至四更，刘氏叹曰："谁想我家遭此劫数，使我母子无依。"放声大哭。忽有一人在后叫曰："小娘子何故号哭？"刘氏星光之下，泪眼觑看。其人近前问曰："汝是谁家女子,独自到此?"刘氏泣曰:"妾是本国谏议大夫呼延廷偏室,因回归乡里,至此被强人劫掠,将一家尽皆杀死,只留得妾身同乳子,避于此间,无计可保,望尊官见怜。"其人听罢,怀愤长呼曰:"吾乃河东府两院领给,姓吴名旺。适闻杀汝恩主者,却是欧阳昉亲随人张青、李得,假作强人到此。汝宜速抱幼子而走,不然一命难保。"道罢而去。

刘氏正慌间,忽驿外喊声又起,一伙强人拥入,见刘氏,捉住来见马忠。马忠曰:"汝何处女子,抱着孩儿在此?"刘氏曰:"妾含冤负屈……"因将一家被害之故,备述一遍。马忠曰:"适夜巡人来报,驿中有官宦被劫,我等正要来夺分金宝,原来有此苦事。汝若肯随吾回庄,抚养孩儿长成,与汝报此冤仇,可乎?"刘氏曰:"妾有莫大之冤,何恤微躯?愿从大王而去。"马忠即引刘氏,回至庄上。将近天晚,马忠安顿刘氏居庄,自与手下复回山寨去了。刘氏密遣人去驿中收殓其主尸首,埋于一处,立意只图报冤,抚养孩儿。

不觉时光似箭,日月如梭,将近七年光景,孩儿已长成矣。马忠与其子取名曰福郎,送往从师学业。其子生的面如铁色,眼若环朱,貌类唐时尉迟敬德。虽是读书,暇时便习兵法。年至十四五,走马射箭,武艺通晓。使一条浑铁枪,有神出鬼没之能。马忠见其雄勇,不胜欢喜,改名曰马赞。一日,随马忠出庄外,见一起脚夫扛着大石碑来到,上写道"上柱国欧阳昉"数字。马忠见了,愤怒变色。马赞曰:"大人见此石碑,何故有不足之意?"忠曰:"看此欧阳昉名字,甚有伤吾心也。此人十五年前,害却呼延廷一家。吾听得呼延廷有子尚在,我若见他,便与之同去报仇矣。"赞怒曰:"可惜孩儿不是呼延廷之子,若然,即日报仇。"忠曰:"此事汝母更知其详,可入问之。"

赞回庄,入见母刘氏,问欧阳昉害呼延廷一家之故。刘氏呜咽洒涕而泣曰:"我含此冤恨,今十有五年矣。汝正是呼延廷之子,此父乃托养汝者也。"赞闻此言,昏闷在地。马忠径入,仓皇救醒。赞哭曰:"孩儿今日辞父母,便去报冤。"忠曰:"他是河东权臣,部下军士甚众,如何近得?须用计策图之。汝今后只称我为叔。"赞拜曰:"叔叔有何计策教我?永不忘恩!"忠正思量间,忽报耿忠来相访,马忠即出迎接。入至庄里坐定,令赞相见。耿忠问曰:"此位是谁?"马忠曰:"义子马赞也。”乃问耿忠来此之故。耿忠曰：“适与强人相争，赢得一匹好马，名曰‘乌龙马’。将要送往河东，卖与欧阳丞相，因过尊兄庄上，特来相访。”马忠曰：“既贤弟有此好马，不如只卖与小儿，就中更有事理。”耿忠曰：“吾与尊兄，义虽契结，胜如嫡亲，汝之子即吾侄也，此马便当相送。”马忠大悦，因具酒醴相待。马忠席上因道起呼延廷一家被欧阳昉所害，此子是呼延廷亲生，正欲报仇，不得其策。耿忠听罢，愤然曰：“尊兄勿虑，吾有一计，可以杀欧阳昉也。”马忠曰：“弟有何策？愿指教之。”耿忠令赞近前，谓之曰：“汝今只将此马送入欧阳昉府中，称作拜见之物。他得此马，定问汝要何官职，须道不愿为官，只愿跟随相公养马。彼必喜而收留，待遇机会处，因而杀之，此冤可报也。”赞拜受其计。是日席散，耿忠辞归山寨。次日，赞拜别马忠、刘氏，上马登程。后人有诗为证：

豪毅英雄胆气粗，轩昂人物世间无。
此行必定冤能报，方表男儿大丈夫。

且说呼延赞离了马家庄，径赴河东，访问欧阳昉府中，令人报知曰：“府门下有一壮士，牵匹好马，要来献与相公。”昉听罢，即令唤入。赞到阶下跪曰：“小人近贩得骏骑，特来献相公，以为进见之礼。”昉曰：“汝何处人氏？”赞曰：“祖居马家庄，小人姓马名赞。”昉曰：“此马价值几何？”赞曰：“价值连城。”昉听得，自思：“此人必图做官。”令左右问之。赞曰：“不愿为官，只愿服侍相公一年半载，终是名分人也。”昉见赞仪表奇特，又送他这马，不胜之喜，即收留为左右使唤。赞既欲行事，遂尽意奉承，极得昉之欢心。

开宝七年八月中秋佳节，欧阳昉与夫人在后园凉亭上饮酒赏月。怎见得中秋好景？有苏子瞻《水调歌头》为证：

明月几时有？把酒问青天。不知天上宫阙，今夕是何年。我欲乘风归去，又恐琼楼玉宇，高处不胜寒。起舞弄清影，何似在人间！　转朱阁，低绮户，照无眠。不应有恨，何事长向别时圆？人有悲欢离合，月有阴晴圆缺，此事古难全。但愿人长久，千里共婵娟。

欧阳昉饮罢，酒醉，从人扶入书院中，凭几而坐。赞随至院中，自思："此处不下手，等待何时？"正欲拔出短刀，忽窗外有人持灯笼进院，却是管家来请昉安歇。赞即藏刀入鞘，叹曰："此贼尚有余福，须再图之。"

却说赵遂以欧阳昉专政已久，恐惹兵端。一日，奏知北汉主曰："昉有擅杀之罪，陛下若不早除之，为患深矣。"会帅将丁贵等，力劾其罪。刘钧乃降欧阳昉丞相之职，宣授为团练使之职。昉耻与遂同列，上书辞归乡里。汉主允其请。昉即日收拾行李，领从人离晋阳，望郓州而去。不消一日，已到其家，诸亲眷皆来称贺，昉日具酒醴相待。

九月九日，却是昉之生辰，准备筵宴，与夫人畅饮。呼延赞独安外房，闷坐无聊。将近二更时分，出庭外闲行，但见月明如昼，西风拂面。赞仰面长叹曰："本为父母报仇到此，不遂其志，苍天能无怜及我耶？"言罢挥泪入房，偃身而卧。忽窗前起一阵怪风，赞睡中见许多人满身鲜血，向前抱着赞曰："汝父被昉所害，今日可以报仇矣。"赞听得，忽然觉来，只是梦中。正在忧疑间，忽从人来叫："马提辖，相公有事唤汝。"赞藏了利刃，径入书院中，见欧阳昉睡在床上。昉曰："吾饮数杯，宿酒未醒，汝在身旁，好生服侍。"赞应诺。因自忖曰："此贼命合休矣！"约近四更，赞走出院外，见四下寂静，正是：怒从心上起，恶向胆边生。腰间取出尖刀，寒光凛凛，杀气腾腾，复入书院，拿住欧阳昉曰："汝认得呼延廷之子么？"昉惊得心胆飞裂，连告曰："饶我一命，家私尽付于汝。"话声未绝，赞即挥刀，刺入咽喉。欧阳昉大痛无声，命归阴府。赞既杀欧阳昉，径入内去，将夫人并至亲男女四十余口尽皆屠了。静轩咏史诗曰：

气概凌云孰可加？怀冤必雪震中华。

全家竟杀伸深恨，始信皇天报不差。

赞杀出庭中，只有老妪跪在阶下，告曰："乞饶残生。"赞曰："不干汝事，急去收拾金宝与我。"老妪进房，将缎帛金银，装作一车，与赞带回。赞临行，以血书四句于门曰：

志气昂昂射斗牛，胸中旧恨一时休。

分明杀却欧阳昉，反作河东切齿仇。

呼延赞写罢，骑了乌龙马，并带金宝，连夜回见其母刘氏，具道杀死欧阳昉一家四十余口，并取得金帛而回。刘氏大喜。

次日，与马忠相见，忠问曰："报得仇否？"赞答曰："赖叔叔之福，将昉老少一家诛戮殆尽，临行留有字迹四句。"马忠问曰："字迹如何道？"赞以其诗告之。忠惊曰："倘汉主得知，则吾家有灭族之祸！汝速宜收拾盘费往贺兰山，投耿忠、耿亮二叔叔，以避其难。"赞领命，即日拜别父母而去。

第二回　李建忠力救义士　呼延赞梦神教武

时当十月天气，寒风袭面，落叶萧条。赞在路行了数日，望见前面一座恶山。赞思曰："此处必有强人出没。"道未罢，忽山坡后一声鼓响，走出几个强人，拦住去路，问赞要买路钱。赞怒曰："天下之路，安得汝卖？胜得我手中利刀，则与汝钱；不然，将汝头来试刀。"小头目大怒，绰刀向前，与赞才交一合，被赞劈死坡下。内中乖的，急上山报知耿忠曰："山下有一壮士经过，小头目问索金银，已被杀死。"耿忠大惊，即上马来看，见赞正与众头目相斗，忠认得是赞，忙喝曰："侄儿不得动手！"赞抬头视之，慌忙下拜。耿忠引赞上山，与耿亮相见毕。忠问所来之由，赞将报仇之事并血书四句一一道知："今父亲着小侄径投二位叔叔避难，不想有伤部下，望乞恕罪。"忠曰："汝乃误耳，何罪之有？"即令手下摆酒相待。忠因曰："我等屯聚于此，以观时变。汝既来，则为第三位寨主。"赞拱手拜谢，自是赞居寨中，打官劫舍，无有不胜。

一日，赞与耿忠兄弟议曰："河东旁郡多有钱粮，叔叔借我军士三千，往绛州劫掠而回，可应二年之用。"忠笑曰："绛州是张公瑾镇守，此人有万夫不当之勇，若去必遭其擒也。"赞曰："小侄若折一军，情愿偿命。"耿忠见赞如此志气，便与军士三千。赞即披挂上马，扯起令字旗，上写"河东切齿仇"五字，引着三千兵来到绛州城下，将城围了，大叫："好将府库钱粮献出则退，不然攻入城中，恣意劫掠。"守军报与公瑾知道。公瑾自思："贺兰山有新贼呼延赞，英雄之士，必是此人作闹。"吩咐军士二百人："多设弓弩，埋伏吊桥两边，待吾诱而擒之。"军士得令，自去埋伏。不提。

公瑾披挂上马，引五百军士出城迎敌。呼延赞跨着乌龙骑，直奔军前，大叫曰："我来别无他意，只问库中借黄金三千两。"公瑾怒曰："强贼急退，尚留残生。不然，擒汝献主，碎尸万段。"赞大怒，舞枪跃马直取公瑾，公瑾举枪来迎，二人交战三十余合，真如猛虎相斗，不分胜负。公瑾再战，佯输走过吊桥，赞勒马赶过桥去，忽一声鼓响，两边伏兵并起，箭如雨落。赞大惊，急跑马杀回，所部三千喽罗，被射死一半，公瑾亦不追赶，收兵还入城中。

却说呼延赞不敢回见耿忠，单骑奔小路逃走。将近一更，又被伏路喽罗拿住。正是：

才脱虎坑逃得去，又遭机阱捉将来。

众喽罗将赞缚上山来见马坤父子，坤问曰："汝乃何人？"赞曰："小人是相国之子，复姓呼延名赞，因走错路途，被大王部下所捉，乞饶性命。"马坤大怒曰："近闻汝围绛州，将劫府库，尚来瞒我。"即令将陷车囚起，连夜点二百余人，解送呼延赞入绛州请赏。喽罗得令，将陷车解出山下。众人相谓曰："我大王与八寨大王有隙，只恐前面夺了呼延赞，我等如何分说？不如前面借宿一宵，明日早行罢！"前到拦路虎门首，叫声："借宿。"有守门者出来一看，见是一伙强人，解得一个陷车来到。守门者曰："夜已深矣，汝等借宿，休得惊动大王。"众人齐道："我等自有方便。"即将陷车推入后亭去了。

时有八寨主李建忠，为入西京勾栏内看戏，被官拘察拿住，囚于牢中四年，因越狱走回，亦在拦路虎家借歇。步出门外，听见守门人大惊小怪，乃问曰："汝等相议何事？"守门者曰："太行山马大王，令二百人解呼延赞与张公瑾请赏。"建忠听罢自思："我在西京牢内，闻得赞乃英勇之士，因何被他拿了，还当救之。"即提朴刀入亭后，大叫曰："谁敢监囚赞将军者休走！"众喽罗惊散而去。建忠打开陷车，取出呼延赞，在星光之下相见。赞曰："是谁救我？恩德难忘。"忠曰："我乃第八寨李建忠也，都是一家兄弟。"即赐与衣服，次日带赞回新建寨。人报知寨主柳雄玉，雄玉大惊，即出寨迎接，果是真实。雄玉邀入帐中坐定，不胜之喜。因问何以得回，建忠将越狱之事道知。雄玉曰："自尊兄离寨之后，手下单弱，被六寨主罗清每年来讨赁土钱，甚被扰害。”建忠大怒曰:“此贼再来,吾当生擒之。”雄玉因问同来此位是谁,建忠曰:“相国之子呼延赞也。”雄玉曰:“久闻其名,今幸相会。”即令左右设酒庆贺。

三人正饮之间,忽报罗清同五六百人来山下讨半年赁土钱。雄玉听得不敢问,赞觑定建忠曰:“乞借鞍马衣甲,生擒罗清来献,以报哥哥救命之恩。”建忠喜曰:“吾知贤弟足与其敌也。”即付与鞍马盔甲,点喽罗二百,随赞迎敌。赞披挂齐备,辞二位而出,向山下大叫:“罗寨主来此何干?”清曰:“特来问柳寨主讨半年赁土钱。”赞怒曰:“汝既以兄弟相处,急早退去,免伤和睦。不然,将擒汝入山以献。”清曰:“无端匹夫,与汝何干,而来相撩耶!”即挺枪跃马,直取呼延赞。赞举枪来迎,二人交战未及五合,赞轻舒猿臂,将清捉在马上,杀散余众,绑缚罗清上山,来见李建忠。建忠大喜,将清吊在柱上曰:“待缓缓诛此逆贼。”令具酒庆贺。

不想罗清败众报与第五寨大王张吉,再点二百人,全装贯带,喝喊连天,来攻新建寨。李建忠与赞正在饮酒,听得山下金鼓不绝,人报五寨主引兵来救罗清。赞怒曰:“待一发擒剿此辈,以除心腹之患。”即辞建忠,引众人出寨,排开阵势,喝问:“前面强贼何人?”张吉认得是赞,乃曰:“好好放出罗寨主还我,饶你性命,如若不从,教你目下受灾。”赞大怒,挺枪直取张吉。张吉抡刀来迎,刚斗二合,被赞一枪刺于马下。众人见杀了主将,各自丢戈抛戟而走。赞乘势追入寨中,将所聚金银,尽数劫取,放火焚其山寨而回。建忠、雄玉见赞又胜一阵,大喜曰:“贤弟威风,果不虚传。”仍令坐席饮酒,建忠喝左右杀取罗清心肝,作供酒之具。三位开怀畅饮。不提。

却说败兵走投太行山,见马坤说知罗清、张吉被赞所诛。马坤大怒曰:“不诛此匹夫,何以泄吾愤。”即令长子马华率五百精勇杀奔新建寨来。逻卒报知李建忠,建忠曰:“马坤欺人太甚,吾当出马擒之。”赞曰:“不劳尊兄神色,待小将明日定下计策,擒此恶党,以伸前恨。”建忠依其议,下令众人坚守寨棚,明日出战。众人得令,各自整备去了。

呼延赞归至帐中,思量捉马坤之计。俄而睡去,忽见个火球滚入帐中,赞梦中赶将出去,至一所在,尽是金窗朱户,宫宇巍然。赞直入内，却不见那火球。旁边转过一人曰："主人候将军多时矣！"赞曰："汝主人是谁？"其人曰："请入内便见。"径引赞入殿中，见一员猛将端然而坐，觑定呼延赞曰："你道天下只你一个会武艺么？"赞答曰："小人一夫之勇，何足挂齿。"那员将道："且去教场中，吾有事讲论。"赞即随到教场亭上坐下，那将令左右以鞍马军器付与赞曰："你有甚武艺，请试一遭，与吾观之。"赞领诺上马，将平生所学显出。那将笑曰："此不足为奇。"唤左右牵过自己马来，谓赞曰："吾与君较一较胜负。"赞自思："适间留一路枪法未使，且与他比较刺之。"乃上马与那将场中比较。二人斗上数合，赞挥起钢枪，被那将转过骅骝，挟下马来，连喝曰："吾弟牢记此一法！"赞愕然觉来，却是梦中，视身上衣甲尚在。赞思奇异，便唤小卒入问曰："此处莫有神庙乎？"小卒曰："离此一望之地，有一座古庙，年深荒废，无人祭赛。"赞于次日带小卒来看其庙，见牌额上写道："唐尉迟公之祠。"步入殿上，见神像与夜间所梦无异。赞曰："怪哉！此乃神力相助也。"即倒身四拜，当神祝曰："若使呼延赞久后发迹，必当重整祠宇，以报神功也。"拜罢，与小卒回见李建忠。忠曰："贤弟哪里得此衣甲？"赞道知夜来所梦之事，建忠喜曰："此乃神灵相助，吾弟当有大贵之分。"

正讲话间，忽报马华在外搦战。赞辞却建忠，绰枪上马，引众人出寨迎敌。对阵马华举鞭，指而骂曰："诛不尽的狂奴，好好将罗清放出，免得自家相并。不然，碎汝尸为万段！"赞大笑曰："汝将来与罗清同死一处耶？"华大怒，举枪直取呼延赞。呼延赞约退数步，兵刃相迎，未及两合，被赞挟住枪梢，活活捉住，令人押上山来见李建忠。华之败兵归报马坤曰："小将军被赞活捉而去。"坤大惊曰："此贼真乃雄勇。"即令次子马荣，部领健勇二百人，前去救取。赞听知太行山人马又到，列下阵势。马荣横刀于马上叫曰："好将吾兄送出，佛眼相看，不然，杀汝片甲不留。"赞怒曰："待擒着汝一同发落。"即挺枪纵骑冲过阵来，马荣抡刀回战。二人在山坡下斗上二十余合，不分胜负。赞乃佯输，走回本阵，马荣不舍，骤马急追。转过山坡，赞按住神枪，专待马荣将近，绰起金鞭，喝声："着！"从背上打下。马荣口吐鲜血而走，回到寨中，见马坤，说赞英雄难敌。马坤忧闷不已。

坤有女金头马氏，见父面带忧色，因问曰："爹爹何故不悦？"坤曰："今被新建寨副贼呼延赞捉去汝长兄，又打伤二哥，思量无人敌之，是以纳闷。"马氏曰："爹爹不须烦恼，待女孩儿前往擒之。"坤曰："此人英雄莫敌，只恐汝胜不得他。"马氏曰："当用奇兵捉之。先埋伏勇壮于山侧，如战不胜，引入伏地，必落圈套。"坤依其言，即与七千人前去对敌。呼延赞知之，当先出阵。大呼："来将急令汝寨主归顺，免遭焚戮，不然剿汝等无葬身之地。"马氏大怒，舞刀跃马直杀过来，呼延赞拍马迎之。二人战上三十余合，马氏跑马而走，赞勒马赶上一里地位，见山后隐隐有伏兵之状，遂回马不追。两下各自收军。马氏回见马坤曰："呼延赞深知兵法，不能胜之矣！"坤愈不悦。

忽小卒来报："山后一彪军马来到，不知是谁。"坤闻知，即令人哨探，回报乃第一寨主马忠也。坤出帐迎接，马忠与刘氏安下人马，入寨中相见毕。坤曰："自违贤弟，一向消息不闻。"忠曰："怀想大哥多日，今特来相访。"坤令左右设酒礼相待。众人饮至半酣，马忠见坤有忧色，因问："尊兄何故不悦，莫非以小弟来扰乎？"坤曰："贤弟此言差矣！吾兄弟即同一家人，岂有厌弃之意。争奈第八寨有新来呼延赞，每与各寨相并。近日捉去吾长子，无人救得，是以纳闷。"忠听罢，乃曰："既如此，不须烦恼，小弟当出力相救。"坤曰："此人亦是劲敌，不可小觑。"忠曰："自有方略降之。"即辞却马坤，与刘氏引本部人马，来至山下。

第三回　金头娘征场斗艺　高怀德大战潞州

却说马忠、刘氏果见对垒呼延赞全身贯带而出，大呼曰："杀不尽的党类，尚敢来相争耶？"刘氏拍马向前，认得分明，乃喝曰："福郎不得无礼。"赞听罢，猛然抬起头来，见是母亲，即丢枪下马，拜伏路旁曰："不肖儿得罪，母亲缘何至此？"刘氏曰："汝起来去见叔叔。"赞乃随母入军中，见马忠毕。忠曰："闻汝在耿忠寨里，谁知在此相斗。马坤是我结义兄弟，汝即宜前去伏罪。"赞曰："前日孩儿擒他长子入山，又打伤马荣，若去相见，恐有不测之祸。"忠曰："有我在，无妨。"赞乃领诺，随马忠入坤寨，来见马坤。忠曰："小儿不识尊兄，冒犯罪重，望乞恕宥。"坤惊问其故，忠以赞之本末道知。坤叹曰："不枉相国之子也！"赞向前拜曰："小侄肉眼不识伯伯，全赖扶持，恕小侄之前愆。"坤曰："汝本不知，岂有相怪之理。"即令排筵席庆贺。坤唤马荣等相见，荣见赞似有赧愧。赞曰："冒犯哥哥，万乞赦宥。"荣亦以礼待之。是日，寨中大吹大唱，众人欢饮。有诗为证：

豪杰相逢不偶然，一时会聚义全坚。
未交扶佐中朝主，先有威声振太原。

马坤因谓忠曰："吾有一事相禀，未审贤弟允否？"忠起曰："尊兄所命，安敢有违。"坤曰："小女金头娘，貌虽丑陋，颇有武艺，若不嫌弃，愿与赞结为百年之欢。"忠拱手谢曰："尊兄若肯怜爱，厚德难忘。"坤即令人道知金头娘，金头娘笑曰："嫁与他亦无妨，只不知呼延赞武艺如何？前日交锋，未分胜负。今再与比试，若能胜我，则许从之。"小卒出，告知马坤。马坤曰："小女幼习未除，要与呼延将军比试，亦不碍事。"忠即令赞与马氏相较。赞领诺，披挂上马出场中。马氏亦贯带而出。

二人于教场中再决胜负。马忠、刘氏、马坤等立于寨门外观望，见二人各举军器，斗上二十余合，胜负不分。马氏自思："赞之枪法极熟，且试他箭法如何？"即勒转马望将台而走。赞思曰："此必欲以箭惊我，待赶去看他如何。"亦骤马紧追去。马氏待其相近，弯弓架箭，一连放着三矢，尽被赞闪过。赞曰："偏我不会射箭？"复回马引马氏赶来，拈弓在手，扣镞而射之，其矢正中马氏头盔，众人喝彩。马忠跑出阵来，叫曰："一家人休得相并。"二人乃各下马，进入帐中。坤笑曰："赞将军武艺精乎？"马氏低头不语。坤知其意，即令焚香为誓，将马氏嫁与呼延赞。赞拜了父母，称谢马坤。是日众人尽欢而散。

次日，赞入见坤曰："小婿回山寨见李建忠，送还小将军。"坤大喜，即令人送赞登程。赞归见李、柳二人，备道会着父母及与马氏成亲之事。建忠喜曰："此事皆非偶然也。"赞曰："日前捉得马华，当送还之。"建忠曰："如今既是一家，岂有相害之理。"即着人于寨后取出马华。华疑加谋害，吓得心惊胆战，汗透重裘。建忠曰："兹有喜事相报，幸勿惊疑。"把赞成亲完娶之事，一一次序道知。华始变忧为喜，曰："既如此，列位都该请过小寨相会。"建忠曰："将军先请，吾吩咐手下便来也。"马华即辞建忠而去。时柳雄玉不欲行，建忠曰："若不去，恐彼致疑，正当与之相会，以释其旧怨耳。"即日与赞等齐到太行山，令人报知马坤。坤即出寨迎接，众人入帐中相见毕。建忠曰："如今义同兄弟，患难正当相救，勿使再致相争，有伤和气。"坤大悦，请马忠、刘氏相见。忠曰："小儿多得贤兄救护，恩德不忘。"建忠曰："赞将军终非久湮之人，他日必当大贵。"坤令安排筵席庆贺。

是日，众豪杰依次而坐，开怀畅饮。酒至半酣，忽报山下有五千余军马来到，不知是谁。赞曰："才得安静，又有争斗。"便要点人马迎敌。马坤曰："待吾自去看之。"即引二百人下山探视，却是幽州耶律皇帝殿前名将韩延寿。坤问曰："将军来此何干？"延寿曰："耶律皇帝已没，今立萧太后登宝位，我奉令旨来取将军回国，共佐新主。"坤曰："既奉有令旨，敢不回国。将军且同入山寨与兄弟等相见，再作商议。"延寿应诺，将人马屯于山下，与坤入到山寨。

坤令众兄弟出来相见毕，乃整筵款待延寿。坤席上谓赞等曰："我只因耶律皇帝无道，隐入太行山，今十五年矣！听得国中已立萧太后为王，有旨来取。寨中约有七千人马，留二千与汝同吾女镇守，吾率五千带华、荣二人回国，若有书来召汝，即便相应。"赞等应诺。次日，坤辞众人与延寿离太行山，马忠等送出五里路外而别。坤父子带人马自赴幽州。不提。

且说呼延赞同众人回至寨中，招军买马，专待朝廷招安。开宝九年三月，宋太祖闻刘钧日夕操练军马，与赵普等议征伐之计。普奏曰："未有可乘之机，陛下尚容再议。"帝意未决，适归德节度使高怀德入奏边事，乃言："河东文武不睦，陛下宜乘其乱而图之。"枢密使潘仁美力奏亲征。太祖乃下诏，以潘仁美为监军，高怀德为先锋，统十万精兵，克日离汴京望潞州征进。消息传入晋阳，刘钧大惊，即召文武商议。赵遂奏曰："主公勿忧，宋师连年征战，军士怀怨。臣提一旅之众，出潞州迎敌。"刘钧允奏，即以遂为行军都部署，刘雄、黄俊为正副先锋，点兵五万，前御宋师。

赵遂得令，即日部兵，来到潞州界下寨，遣人缉探宋兵动静，回报："宋兵离潞州二十里驻扎，旗鼓相接，声势甚威。"赵遂得报，次日与刘雄、黄俊引兵杀奔潞州而来。宋前锋高怀德已列下阵势，两军对垒，怀德横枪立马于阵前，北阵中赵遂跃马而出，手执钢刀厉声大骂曰："宋将不识时务，敢侵犯边界！"怀德大怒，挺枪跃马直取赵遂，赵遂抡刀来迎，两军相交，战上十数合，不分胜负。汉先锋刘雄见赵遂胜不得宋将，举方天戟出阵助战。宋将高怀亮怒目睁睛，舞竹节钢鞭来敌刘雄，斗不数合，被怀亮打中头脑而死。赵遂拨回马便走，怀德骤马追杀，潘仁美驱动后军，乘势掩杀，北兵大败，死者无算，高怀德、怀亮直赶二十里而回。

赵遂大败一阵，走入泽州驻兵，与黄俊等议曰："宋兵勇猛，宜遣人去晋阳求救，以保此城。"俊曰："事不宜迟，若待宋兵围城则难为计矣！"遂即差人星夜赴河东，奏知刘钧。刘钧曰："赵遂始出兵辄败，谁可出兵以应之？"丁贵进曰："此行他将非宋之敌，主公须再召山后杨令公发兵来救，可退宋师。"刘钧依其言，即遣郑添寿为使，赍金宝径诣山后来见杨令公，递上诏书曰：

北汉主刘钧诏示：近因中国入境，命赵遂率兵拒御，潞州之战，败走泽城。孤以羽书报知，确有燃眉之急。令公拥重兵于山后，志存忠义，当赴国难。诏书到日，宜即发兵来应，勿负孤望。

杨业得书，与诸将议曰："往年周主下河东，吾父子大胜其军，足以振威矣。今宋师又至，汉主复下诏来召，还当救之。"道未了，七郎进曰："中国军马之盛，大人此一回且莫发兵，待宋师将困河东，救之未迟。"王贵曰："小将军道差矣！君命召，不俟驾而行。常言救兵如救火，若待宋师临城，则成涓涓之势，徒劳无益也。正须急出兵相援，庶表忠国之志。"杨业然其言，乃令长子渊平守应州，自与王贵部兵即日赴晋阳来见刘钧，山呼毕，刘钧以宾礼相待，赐赉甚厚，业拜谢而退。次日，刘钧设宴于中殿，款待杨业。杨业奏曰："陛下召臣退敌，未能宽慰主忧，何敢受宴。"钧曰："卿之威望，马到成功，何患敌人不灭耶？但饮数杯，明日出兵未迟。"业拜受命。是日，刘钧亲赐业金卮，君臣尽欢而散。次日，业入见刘钧谢宴，因请旨出兵。钧曰："今日卿可部兵前行，若退得宋师，寡人当以重爵加卿。"业即日辞朝，率精兵前到泽州下寨。

第四回 讲和议杨业回兵 迎銮驾豪杰施能

哨马报入宋军中，太祖曰："朕往年随世宗下河东，未得利而回。今彼又来救援，可回军以避其锐。"潘仁美奏曰："杨家之兵虽雄，统属不一。臣与诸将当以奇兵胜之，勿劳圣虑。"太祖从其言，乃下令出兵。潘仁美与高怀德、党进、杨光美等商议。怀德曰："杨业武艺，河东有名者。明日交锋，可令萧华打初阵，赵嶷第二阵，吾与弟怀亮第三阵，君监大军相应，作此长围战之，可胜其兵也。"仁美大喜，即分遣而行。

次日平明，三通鼓罢，萧华引军前进，恰与杨业军马相遇。两军对敌，萧华捻枪勒马，高叫"北将亟早纳降，以免杀伤之厄，不然长驱而进，踏河东为平地耳！"业提刀纵马跑出阵前，左有王贵，右有延昭，厉声骂曰："无端匹夫，死在目前，尚敢口出大言！"舞刀骤马，直取萧华。华举枪迎敌，两马相交，斗不数合，被杨业一刀斩于马下。宋兵大败而走，业挥动左右赶来，宋阵中一军排开，乃赵嶷出马绰斧，来与杨业交锋。战至二十余合，赵嶷亦被杨业一刀，连人带马分为四截，余兵大溃。高怀德闻知大惊，急与怀亮引马军一万来敌。泽州赵遂闻知救兵来到，亦开门以应之。杨业直杀入宋阵中，怀德提枪迎之。两马相交，战有五十余合，不分胜败。杨业打马复回，怀德骤马追之。旁边转过杨延昭，截怀德于马下，却得怀亮拼死力战，救援怀德回阵。王贵麾军掩杀，宋兵折去无数。

怀德引军回见潘仁美，说杨业英雄，连斩大将二员。仁美曰："可见主上商议，徐定战杨家之策。"仁美奏知太祖："王师已挫一阵，杨家之兵难敌。"太祖叹曰："莫非天意不欲朕平定河东乎？"即与诸将商议班师。杨光美进曰："杨业之众已与赵遂相并，声势颇振。若今班师而去，倘或敌人追来，吾军见北兵之盛，不战而溃，反取辱于外国也。为今之计，可遣人与杨业讲和，然后回兵，可无后顾之忧矣！”太祖曰：“谁可为使前往？”光美曰：“臣愿奉诏一行。”太祖允之。即令文臣草诏与光美赍往泽州，见杨业，道知讲和之事。业笑曰：“汝主削平诸国，曾亦有讲和者乎？”光美厉声曰：“我主英武而承大统，恩威加于诸国，近征逆命，如泰山之压危卵，系颈称臣者，不可胜计。今驾下河东，将收功于指日。但不忍生灵肝脑涂地，又以将军名望素重，弗肯相伤。况中国谋臣勇将，拥兵未动，若使闻知河东未下，车驾淹留，激怒齐至，汝晋阳能保无事乎？将军又能保常胜耶？”杨业被光美说了一篇话，无言可答。王贵进曰：“机会难得，将军可允其议，倘使激怒中国，非河东之利。”业乃回报使者：“请归奏宋君，吾当即部兵回矣。”光美辞退，再入别营，见赵遂，道知通和之由。遂喜曰：“中国吾之尊主也，既有通好之意，安敢不从。”光美辞遂，归见太祖，奏知允和之事。太祖大悦，乃下诏班师。时军中亦因粮尽，闻命无不欢悦。

次日，车驾由潞州回军，行至太行山驻扎。有小卒报入寨中，道知宋太祖下河东，不利而回。呼延赞大悦，与李建忠议曰：“吾与河东有切齿之仇，今当下山拦住车驾，问求衣甲三千副、弓弩三千张，与吾众人演习，待车驾再下河东，充当先锋，建功绩于中国，岂不胜于为寇乎？”建忠然其言，即与人马五千。赞披挂齐备，引人马于山下，排开阵势，阻住去路。哨马报入宋军中：“前有贼众阻住去路。”前锋副将潘昭亮出马问曰：“谁敢阻拦车驾？”呼延赞答曰：“挡住圣驾，不为他事，只求留下衣甲三千副、弓弩三千张，与小将寨中演习，待圣主再下河东，愿充为先锋，以破仇邦。”昭亮怒骂曰：“中国多少英雄，要你无名草寇何用？急早退去，尚留残生，不然擒汝以献。”赞曰：“赢得手中枪，便放车驾过去。”昭亮怒激，挺枪跃马，直取呼延赞。赞举枪迎战，交马两合，被赞掣出钢鞭打死马下。前军报入中军，杨延汉提刀出马来战，呼延赞虚退几步，放延汉杀进，不数合，被赞擒于马上，令手下解入寨中去了。

潘仁美闻知其子昭亮被赞所杀，正在忧虑，忽党进见曰：“前有贼兵阻路，杀伤官军甚众，公安得高枕无忧？倘主上知之，何以回答？”

仁美曰："正在思虑，未得其计耳。"进曰："吾当部兵战之。"仁美曰："太尉若肯出力，朝廷之幸也。"党进即披挂上马，跑出阵前曰："无端匹夫，不度车驾在此，敢来寻死耶？"赞曰："小将非是邀驾，欲尽忠于上邦耳！衣甲、弓弩小事，何故吝惜不与，动此干戈？"党进大怒，舞刀直取呼延赞，呼延赞举枪迎敌，二人战上数十余合，不分胜负。赞佯输走入本阵，党进骤马追来，绰起钢刀劈头就砍，赞回身闪过，挽住枪梢，尽力一卷，拖翻下马，众喽罗一齐向前捉了，赞亦令解上山去。宋军中高怀德听此消息，大惊曰："此处安得有此雄将？"即跑马出阵，与赞交战，二人斗上五十余合，不分胜负。

骑校奏知太祖，太祖亲部侍兵出阵前，见二员虎将鏖战不止。太祖令杨光美谕旨，光美跨马出阵前曰："二将军且歇，圣上有旨到来！"高怀德遂勒转马缰，呼延赞亦退立于门旗下。光美曰："阻圣驾，将军有何议论？"赞曰："闻中国征河东不利回军，小将愿借衣甲三千副、弓弩三千张，留在寨中，招募壮士演习，待主上再下河东，充为先锋，以破强敌，此志愿也，敢有他意哉！"光美听罢曰："将军少待，吾奏知主上计议。"即入军中见太祖，奏知前军阻路之由。太祖曰："朕堂堂中国，何惜三千衣甲、弓弩？使彼果能建功，爵禄且不吝也。"即令军政司搬过精细衣甲三千副，坚实弓弩三千张，与光美交割呼延赞。光美领旨，即出阵前，遣军校送衣甲、弓弩入赞军中。赞大悦，因拜受命，引人马径归寨中，与李建忠说知。建忠曰："既圣旨允赐衣甲、弓弩，便当送还擒将，自至驾前谢恩请罪。"赞然其言，请出杨延汉、党太尉入帐中相见。赞曰："适间冒渎将军，万乞恕宥。"党进曰："此是吾辈不能晓达勇士之意，而遭擒辱，深自负愧，何为怪乎？"赞令设酒醴待之，建忠令手下取过黄金二十两谓延汉曰："适间冲犯二位，聊作压惊之资，乞引小弟诣驾前，见主上一面，生死不忘。"党进曰："若受勇士之礼，何面目以见天子乎？"坚辞不受。遂引建忠、呼延赞至驾前拜见太祖，山呼毕，党进奏知呼延赞本末，因言："二人皆欲尽忠于陛下，乞陛下旌奖之。"太祖曰："朕之诰命，未随军行，权封李建忠为保康军团练使，呼延赞为团练副使。朕回汴之后，即遣使宣召。"建忠与呼延赞谢恩毕，自回山寨听候。不提。

第五回 宋太祖遗嘱后事 潘仁美计逐英雄

却说宋太祖回至京师，因途中冒冲暑气，养疾宫中，累日不朝。延至冬十月，转加沉重，因遵母后临终遗命，其弟晋王光义入侍，嘱以后事曰："朕观汝龙行虎步，他日必为太平天子，但侄德昭当善遇之。再有三事，朕未能做得，汝宜承之。第一件，河东近边之地，不可不取；第二件，太行山呼延赞当召而用之；第三件，杨业父子，朕甚爱之，欲召为将。吾观彼国有赵遂，可与此人通好，必诱他来降，且杨家父子只图中国之富贵，可于金水河边造无佞宅以待之，使人通消息于山后，其家必无疑矣。再者，朕中年在五台山曾许醮愿，盖因国家多事，未曾还得，汝若值朝廷无事之时，可代朕还。数事牢记勿忘。"光义拜而受命。太祖又唤其子德昭曰："为君不易，今传位与叔王，以代汝之劳也。今赐汝金锏一把，在朝如有不正之臣，得专诛戮。"德昭曰："君父之命，安敢遗忘。"太祖嘱罢，大声谓晋王曰："汝好为之！"俄而帝崩，在位十七年，寿五十。后人咏史诗曰：

耿耿陈桥见帝星，宏开宋运际光明。
干戈指处狼烟灭，士马驱来宇宙清。
雪夜访求谋国士，酒杯消释建封臣。
专征一念安天下，四海黎民仰太平。

时漏下四更，宋后入见晋王，愕然亟呼曰："吾母子之命，皆悬于陛下矣！"晋王泣曰："共保富贵，无忧也。"

次日，晋王光义即位，更名炅，是为太宗皇帝。群臣朝贺毕，赠宋后为开宝皇后，迁之西宫。大赦天下。

太宗以即位之初，注意将帅。先朝符彦卿、马全义等皆物故。一日谓群臣曰："河东、辽、夏，皆吾敌国，先帝临崩之时，以太行山李建忠、呼延赞两名将属朕，朕须下诏召之。"杨光美奏曰："李建忠等，先帝曾有封授，正宜宣其入朝，任以帅职，陛下欲下河东，是人必能建功也。"太宗依其奏，即日遣高琼为使，赴太行山召取李建忠等。高琼领命，径诣山寨，传宣诏命曰：

朕初嗣位，注意将帅。乃者河东未下，烽火有警。今将招募雄勇，再议征举。近有太行山李建忠、呼延赞，弓马娴熟，武艺超群。部士精健，不下数千。朕以先帝之遗命，曾有受封，未颁诰命。今特遣亲臣高琼赍诏来宣，卿闻命之日，宜即赴阙，勿负朕望。

建忠等得诏，拜受讫，请高琼入帐中相见毕，琼曰："主上以二将军之名，遣下官即催赴阙，二公当随诏而行。"建忠曰："既闻君命，岂敢违诏。奈此处与河东隔一带之地，若将军马一同赴阙，彼得乘虚以夺吾寨。今令呼延赞随诏面君，吾留于此，专等圣驾下河东，则效命从征何如？"琼然其言。次日，与呼延赞同马氏部众二千人，辞建忠，离太行山，不日来到汴京。

高琼引赞朝见太宗毕，复以建忠留寨之故，一一奏闻。太宗宣赞上殿，见其身躯魁伟，凛凛英风，称羡不已。赞既退，琼又奏曰："新将初到，陛下当以府第处之，庶慰来归之望。"太宗问群臣曰："近城有何壮丽所在，整饰与赞安止。"潘仁美出奏曰："臣访得汴城东郭门有所皇府，原是龙猛寨，唯有此处宏敞，现有壮兵一千看守，此实可居。"帝允奏，即下旨着呼延赞皇府安止。

赞得旨，次日引本部与马氏径出东郭门，来到皇府第中，却是一所破屋，两庑倒塌，中堂倾圮，庭除深草，屋角蛛丝，全未整理，只有五百守军，皆是些疲癃老弱之辈。赞甚不悦，忧形于色。马氏力劝曰："将军息怒，此不过暂时栖止，待圣上有下河东之举，吾等便离此地耳！"赞依其言，权令军校扫除安顿。次日下令部军，勿忘戎事，每日出教场操练。

却说潘仁美遣人密探赞之动静，回报："呼延赞自到府中，不以荒残为意，惟日夕整饬戎伍，部下号令严明，皆不敢私自入城，扰乱百姓。”仁美闻报自忖,此人久后必得大位,欲思逐去之计,乃与心腹刘旺商议。旺曰:“此事不难,彼今新到,未得重职,三日后当来参见大人。待其至,生一枝节苦虐之,彼被羞辱,必将逃去,安用逐为!”仁美大喜曰:“此计甚妙。”即吩咐左右严设刑具以待。

第四日,人报呼延赞入府参谒。仁美令召入,呼延赞径趋阶前拜曰:“小将蒙枢使提携,得入于朝,诚愿尽忠于阙下,以报先帝知遇之大恩也。”仁美半晌不答,乃曰:“汝晓得先王留下法例么?”赞曰:“小将初到,不省其由。”仁美曰:“先皇誓书,但遇招伏强人下山,皆要决一百杀威棒,以禁其后,汝今亦当如是。”赞听罢,悚然莫应。仁美喝令手下依法施行。左右得令,将呼延赞推倒阶下,重责一百。可怜他打得皮开肉绽,鲜血迸流,帐下见者,莫不酸鼻。仁美令府门外从人,急策之去。

呼延赞回至府中,马氏接着,见其容颜改色,步履差池,惊问何故?赞将被打杀威棒之事说了一遍。马氏曰:“既先帝有此法例,亦当顺受,将军只得忍耐。”言罢,暖过醇酒,递与赞饮。赞在饥渴之际,接来便饮。酒杯未放,忽然大叫一声,仆地闷绝。马氏大惊,仓皇失措,百计抚摩,扶救不醒。遂放声号哭曰:“吾夫妇本欲尽忠于朝廷,谁想自送其命。”忽旁边转过一老军,曰:“夫人不要啼哭,小军还能救之。”马氏泣曰:“汝若救得醒,胜如重生父母。”老军曰:“此是将军被杖之时,必杖上先淬毒药,侵入肌肉,遇热酒即发,故闷绝去矣!待将灵药解之,立地可醒。”马氏曰:“既有此药,即来施治,报恩有日。”老军取过丸药,调而灌之。呼延赞口通药气,渐渐苏醒,众军皆喜。赞问老军:“药丸何以如此之妙?”老军曰:“小军曾遭仇人毒手,受杖而死,得遇方外道人救醒,因而传得此药。”赞以百金重酬,老军不受,乃曰:“将军居止此处,分明是当朝潘仁美奏陷,适被毒杖,亦必是此人之计,公若不急去,性命终难保矣!”

赞听罢怒曰:“权臣当国,吾等何以立身。”即令所部收拾行李,连夜与马氏走归太行山。侵早已到寨外,小卒报与李建忠,建忠不信,出寨视之,果是赞也。即同入寨中,问其所归之由。赞将被责之事,一一诉知。建忠怒曰:“此贼盖因汝杀其子,故设此谋以报怨。今且守于此，待圣驾复下河东，擒此匹夫，碎尸万段。”赞然其言，建忠令手下摆酒散闷。

忽报山下一伙人马来到，不知是谁。建忠即率部军出寨相迎，乃是耿忠、耿亮也。建忠喜曰：“正待来请贤兄，不想自至，甚慰吾望。”即邀入帐中相见，列坐而饮。席间耿忠问曰：“近闻贤侄受宣入朝，今日何又在此？”建忠答曰：“一言难尽，赞正随使赴阙，欲尽忠于朝廷，不期奸相潘仁美怀着宿怨，屡屡谋害于赞。”因将前事诉说一番，耿忠听罢大怒曰：“贤弟此处有多少人马？”建忠曰：“大约有八千余人。”忠曰：“借我二千，同赞去把怀州城围了，挟其上本，奏知潘仁美之奸，以伸吾侄之冤也。”建忠依其言，即日分拨二千人马与耿忠、呼延赞等，前至怀州将府城围了。城下金鼓之声，彻于内外，州人无不惊骇。知州事者张廷臣知之，登城观望，遥见耿忠等耀武扬威，于城下喊叫。廷臣问曰：“汝等来围城池，将有何意？”耿忠曰：“我等不为劫掠而来，特为吾侄洗雪不白之冤。”廷臣不知其故，乃问要雪何冤。忠曰：“前日太行山呼延赞，受朝廷之宣命，赴阙面君，被佞臣潘仁美奏陷，又假捏祖制，加杖杀威棒一百，欲了其性命，只得潜归山寨自保。今朝廷不知其由，反坐赞有私奔之罪。今特部众逼城，要求州主奏知此事，除去佞臣，吾等皆愿效命中国也。”廷臣谕之曰：“既有此事，汝众人且退，勿惊百姓，我当即具本奏知，定得朝廷复来宣汝，何如？”耿忠乃下令将人马退去，离城二十里安下营寨。

第六回　潘仁美奉诏宣召　呼延赞单马救主

却说张廷臣回至府中，写下奏章，遣人星夜赴阙，奏知太宗曰：

臣张廷臣具奏：近有太行山呼延赞受诏入朝，盖为潘仁美每生计害之，彼亟愤逃归。今陛下建位之初，注意边将，且赞豪杰之才，未显其能，辄被大臣遘陷，屏逐远方，非陛下亲贤任能之意也。乞将仁美体究的实，复颁诏宣召，使赞欣然从事，边陲之功，指日而收，则国家幸甚。

太宗览奏大怒曰："潘仁美何得擅专杀伐，屏逐忠良乎？"即令右枢密杨光美根究其事。光美得命，遣人请潘仁美至府中，谓之曰："主上欲究问公逐呼延赞之罪，公有何言？"仁美曰："事由下官所为，全仗枢使善觑，当报厚德。"光美曰："主上之命，岂可私于公，但得公同入面奏，吾自有救公之策。"仁美深谢，即随光美入见太宗。帝问曰："卿追究潘仁美之事，果得实否？"光美奏曰："臣受命究问呼延赞归山之由，实与潘仁美不甚相关。今仁美知罪，随臣面诉其情，乞陛下宽宥之。"太宗闻奏，召仁美于殿前，问之曰："呼延赞先帝经念之将，朕是以宣之入朝，欲显其能，汝何得屏逐而去？"仁美奏曰："臣以呼延赞之赴阙，心尝怏怏，欲归久矣，非因臣所逐也。愿再奉诏入山，宣召赴阙，与臣面质是非。果如赞所言，则甘就斧钺之诛，万死无辞也。"太宗半晌未应。八王进曰："陛下以将帅经心，仁美虽有罪，愿准其请，再往召之。若赞仍应诏赴命，则可两恕其罪矣。"太宗然其言，仍下诏付仁美，前召呼延赞。

仁美领旨，即日出朝，径诣太行山来，令人报入山寨。呼延赞曰："我遭此贼毒手，性命几丧，恨莫能雪。今乘其来杀之，以伸我仇，饶他不过。”建忠曰：“不可，我等正欲立功于朝，岂以小怨而忘大谋，不如承奉圣旨，庶免私奔之罪。”赞从其言，乃与建忠出寨迎接。潘仁美进入帐中，宣读诏书曰：

朕以立国之初，首先召卿，将以及时重用。何以入朝未经一月，竟任意欲行，径自返骑。且卿文武之才，正当摅忠献策，宁忍怀宝沉埋，自甘久屈乎？再命使来到，即宜赴阙，以补前日私奔之罪，故兹诏示。

建忠拜受毕，请潘仁美坐于军中。二人拜谢曰：“重劳枢使奉诏至此，有失远迎，望乞恕罪。”仁美见赞，颇有惭色，因答之曰：“下官冒触将军，深自追悔。今圣旨复来宣召，即宜赴阙，以慰皇上之望。”建忠大喜，即令盛排筵宴以待朝使，款留寨中一夜。

次日，仁美催呼延赞下山，赞与建忠商议。建忠曰：“仁美当朝大臣，今既领圣旨来召，当随其赴京，以弭旧怨也。”赞然之，即装点衣甲、鞍马，同马氏随仁美下山。建忠送出大路而别，自去抽回耿忠人马，不在话下。

只说呼延赞来到京师，朝见太宗，首请潜归之罪。太宗曰：“朕以卿未建奇功，暂留皇城居住，候下河东，则当重用于卿。”赞谢恩而退。太宗宣入八王，谓之曰：“朕以赞新将，未见其武艺，今欲试观之，汝有何策？”八王奏曰：“陛下欲观赞之武艺，此事极易，当效先朝御果园故事，便见其能也。”太宗曰：“单雄信之士，军中或可有；小秦王之类，难为其人也。”八王曰：“臣愿装作小秦王，使呼延赞为尉迟敬德，惟单雄信，陛下降旨，于百万军中选之。”帝允奏，因命群臣选择将帅中谁可为单雄信者。潘仁美终怀毒恨，又欲生计害之，出班奏曰：“臣婿杨延汉弓马娴熟，堪充此职。”太宗允奏，即下命传至军中。延汉受命自思：“此必岳父欲起害赞之心，特举我充此职而与其子报仇也。昔我被赞所捉，已蒙不杀之恩，临行又赠黄金，今日若不救他，则为失义人耳。”遂进八王府中，道知其事。八王大骇曰：“汝若不言，几乎弄假成真也。汝且退，我自有方略。”延汉辞出。

八王入奏太宗曰：“陛下圣旨，议择帅臣，以杨延汉充作单雄信。臣以延汉为赞之仇人，恐有不测，反伤朝廷大体。今当于偏将中另择一人,或纵有微伤,不致成隙。”帝深然之。乃下命再令群臣于偏裨将校中遴选。高怀德奏曰:“教练使许怀恩武艺精通,可充此职。”帝允奏,即令怀恩明日于教场中听候。群臣奉命而退。

次日,教场中旌旗四立,军伍齐备,枪刀出鞘,盔甲鲜明。不移时,太宗圣驾到,文武百官俯伏而迎,依班肃立。只听鼓乐喧天、炮响动地。太宗宣过八王与呼延赞、许怀恩三人入军中,谓之曰:“朕本欲试卿之武艺,且欲军中信服。各宜用心走马,勿徒相伤。”八王等各皆受命。太宗因赐呼延赞金鞭一条,赐许怀恩檀枪一柄,赐八王画弓翎箭。三人拜受出帐外。那八王跨着高头骏马,挥鞭兜辔而走。许怀恩骤马绰枪来追,虚声叫曰:“小秦王休走。”八王转过箭垛边,弯弓架箭,觑定许怀恩射来。许怀恩眼快,闪过一矢,挺枪径赶。八王再发一矢,又被怀恩躲过,场中军士无不凛然。呼延赞见许怀恩势气渐逼,即划马提鞭,如真敬德一般,在后大叫曰:“追将慢走,呼延赞救驾来也。”许怀恩见赞追来,要显平生手段,欲擒之以献,遂勒回马来敌呼延赞。赞举鞭策骑与怀恩交锋,二人在场外战上二十余合,不分胜负。赞自思:“我若在此擒他,不见我之威风,待引于御前算之。”即勒马佯输,旋绕教场而走。怀恩激怒曰:“不捉此贼,何以明心。”骤马急追,将近御前,赞转过身,绰起金鞭,将怀恩打落马下。潘仁美等见之,无不失色。时八王复回马见太宗。太宗大悦曰:“不枉为先帝所知,赞果真将军也。”亲赐黄金一百两,骏马一匹,命于天国寺安止。赞谢恩而退,君臣各散。

时值太平兴国元年二月初一日,太宗视朝毕,下命诣太庙行香。时诸臣皆于内前立着起居碑,以防御驾出幸。若无此者,即为冲拦御驾。忽人报知于呼延赞:“今日太宗驾出行香,各官皆在内前立起居碑,将军何以不为?”赞闻报,正不知其由,欲待披公裳迎候,恰遇圣驾来到。当御前者恰是潘仁美,便问:“谁冲銮驾?”从军报道:“新归将呼延赞也。”仁美大怒曰:“诸臣皆立起居碑,彼何得故违朝例?”喝骑尉押赴法场处斩。骑尉得令,即将赞绑缚而去。

当下文武皆不敢谏。直待太宗行香已回,八王乃归府中,经过法场,见有许多兵卫拥一绑缚犯人。八王问曰:“今日圣上行香吉日,何故斩人?”从军报曰:“侵早圣驾方过,新归将呼延赞未省回避,得冲驾之罪,今将处斩。”八王听罢大惊曰:“险些折去一栋梁也。”即近前令人解缚,带赞回府,问其冲驾之由。赞泣曰:“臣初下山,不省国例,适圣驾出幸,未立起居碑,得罪当死。若非殿下来救,命在顷刻矣。”八王愤怒自思:“未立起居碑,此乃小节,何以竟至死罪?此必谗佞又要图害之计。”因留赞于府中,径入朝见太宗,奏知其事。太宗曰:“朕本不知,须颁诏赦之。”八王曰:“陛下深居禁处,纵有冤枉,不能上达,乞降优诏,以安其心。”帝允奏,即日降出圣旨,付与八王,给赞执照。

第七回　北汉主议守河东　呼延赞力擒敌将

八王领旨归至府中，见赞贺曰："今请得朝廷圣旨一道与君，但谨守法令，自保无虞矣。"赞拜谢而退。不想马氏闻知夫主犯罪处斩，必拿家属，与从人密地逃归寨中去了。赞举眼无亲，嗟叹不已，只得栖止寺中。

却说河东刘钧听知太宗新立，招伏太行山呼延赞为将，乃集文武商议曰："中国宋太祖在日，以孤境为敌国。今彼新立太宗，河东之忧，其能免乎？"丁贵奏曰："往年因召杨令公援泽州之围，讲和而回。今军士蓄锐有年，兵甲坚利，陛下高枕无忧。近年之弊，多因预备不固，使敌兵长驱而来。今宜下令于各边关，严设提防，勿使宋兵轻进，特为长守之计。我逸彼劳，师费无功，自不敢正视河东矣。"刘钧然其奏，即下令于各边关等处去了。又于晋阳城中，深沟高垒而待。

消息传入汴京，太宗会群臣议征河东之策。杨光美奏曰："河东预备坚完，未可猝下。陛下果欲图之，须乘彼有隙，然后进兵，则可决其成功。"太宗沉吟未决。曹彬进曰："以国家兵甲精锐，剪太原之孤垒，如摧枯拉朽，尚何疑焉。"帝闻彬言，意遂决。以潘仁美为北路都招讨使，高怀德为正先锋，呼延赞为副先锋，八王为监军。统一万精兵，克日御驾亲征。旨命既下，潘仁美等退朝，于教场中分拨军马。呼延赞所部，皆以老弱者与之。高怀德进曰："先锋之职不轻，逢山开路，遇水安桥。今以老弱之兵付赞统领，倘误朝廷大事，则招讨罪将谁任其咎？"仁美默然，良久乃曰："老弱之兵，将付谁部下耶？"怀德曰："所言老弱，非尽不堪用者。比斩坚入阵，则有不及。当以此军分统随驾之将，前军皆选精勇，均分与高怀德、呼延赞统之。"仁美无奈，只得如此。

次日，仁美入请御驾起行。太宗以国事付太子少保赵普分理，以郭进为太原石岭关都部署，以断燕蓟援师。分遣已定，即日车驾离了汴京，望河东征进。但见旌旗闪闪，剑戟层层。不一日，兵至怀州，忽哨军报入第一队中："前有伏兵拦路，不知是谁？"呼延赞听得，忙引所部跑出军前来看，却是李建忠、耿忠、耿亮、柳雄玉、金头马氏一起。赞执枪下马，立于道旁曰："哥哥何故不守山寨，来此为何？"建忠曰："往日马氏回寨中，报知说汝犯罪被戮。我等抱愤多时，今闻御驾来征河东，是以部众挡住去路，要捉害汝之人报仇也。"赞听罢，乃称感八殿下相救之由。言未毕，高怀德一军已到，知是赞之兄弟，乃曰："既此相逢，是非偶然。何不奏知天子，同征河东，以取富贵？"建忠曰："此我等之素志也，愿效命以争先。"高怀德即传奏太宗御前："今有赞之兄弟八员猛将，愿随陛下征进。"太宗大悦，曰："此一回取河东必矣！"即宣授建忠等八人为团练使之职，候平定河东回朝，领受诰命。建忠等谢恩而退。有诗为证：

圣主龙飞重俊良，英雄云集岂寻常。
干戈直指风声肃，管取河东献域疆。

次日，大军到天井关下寨。守关将铁枪邵遂，有万夫不当之勇，听得宋兵来到，与部将王文商议迎敌。王文曰："宋师势大，难以交锋。将军只宜坚守，遣人求救于晋阳。待援兵来到，前后击之，可以取胜。"遂曰："日前刘主之命，勿使敌人轻进，今正宜乘其疲乏，一战可破，何待救兵乎？"即部兵出关迎敌。两阵对圆，宋先锋呼延赞挺枪跃马，跑出阵前曰："北将何以不降？自取灭亡之祸。"遂曰："汝今急早退去，犹不失为晚也。不然，叫汝等片甲不回。"赞大怒，举枪直取邵遂，邵遂抡刀来迎，两骑相交，二将战上三十余合，不分胜负。赞欲生擒邵遂，乃佯输走回本阵。遂不舍，骤马追之。赞觑其来近，回转马，大喝一声，将遂活捉于马上。后人有诗赞曰：

兵马南来气势雄，将军志在建奇功。
旌旗展处风云变，敌将身亡顷刻中。

次队高怀德见赞赢了敌将，率兵杀入，北兵大败，死者甚众。王文不敢迎敌，乘骑走，投陆亮方而去。宋兵遂袭了天井关。太宗驻军关中，赞缚邵遂以献。太宗曰：“留此逆臣无用处。”令左右押出斩之，枭首号令讫。

次日，兵到泽州，守将袁希烈闻知宋师已到，与副将吴昌商议曰：“宋兵利锐，且呼延赞世之虎将，若与交锋，难保必胜。当用守计，老其师则可。”昌曰：“泽州城高池深，军士精勇，战守之计皆不可少。仗小可平生之学，出退宋兵，如其不胜，守亦未迟。”希烈从其言，与兵五千。吴昌全身贯带，开东门列下阵势。对面宋先锋呼延赞横枪跨马，立于门旗之下。吴昌曰：“我主汉王自守一方，何故穷侵无厌？”赞曰：“我太宗以仁义之兵，而清六合，惟有河东未下。汝辈如鱼游釜中，死在顷刻，不降何待？”吴昌大怒，舞刀跃马来战。呼延赞举枪迎敌。两骑方合，宋兵鼓勇而进，北军先自扰乱，吴昌势力不敌，跑马望本阵逃走，赞乘势掩之。昌见宋兵雄勇，不敢入城，率众绕出汾涧遁去。赞杀得性激，径骤马追之，大叫：“贼将慢走。”昌回头见赞追紧，按住刀，弯起弓，一矢放来，被赞闪过。吴昌慌忙只顾前走，忽连人带马陷入沼泽中。赞部下向前捉住，降其部下二千余人。赞将吴昌解见太宗，太宗令推出斩之，下令急攻城池。

昌之败卒走入城中报知。希烈大惊，曰：“不依吾言，果致丧师，如何能退劲敌？”道未毕，其妻张氏，乃绛州张公瑾之女，其貌极丑，人号之为鬼面夫人，却有一身武艺，万夫难近，闻得丈夫之语，近前谓曰：“将军休慌，妾有退敌之计。”希烈曰：“城中势若烧眉，夫人有何妙策？”张氏曰：“宋兵势大，须用智破之。君明日先部兵伍出战，佯输引入于丛林之中，吾预埋伏射骑于此待之。四下反击，必获全胜。”希烈然其计，下令分遣已定。

次日，部精兵六千出城迎敌。两阵摆开，宋将呼延赞首先出马高叫：“败将如何不献城池，尚敢来战耶？”希烈曰：“今特擒汝以报吴昌之仇。”言罢，举斧直冲宋阵，赞跃马举枪交锋。两下呐喊，二人战上二十余合，希烈勒马便走，赞率部将祖兴乘势追之。将近丛林，希烈放起响炮，声彻山川。张氏伏兵齐起，千弩俱发，宋兵死伤者不计其数。赞知中计，急勒马杀回，正遇张氏阻住，二马相交，战不两合，被张氏刺中左臂，赞负痛冲围而走。祖兴部余众随后杀出，希烈回骑追到，将兴一斧劈落马下，宋兵大败。希烈与张氏合兵追击，胜了一阵，乃收军入城。

赞归至军中，深恨张氏一枪之仇，与马氏议曰："今日之战，不得其利，折去大将祖兴，部下伤损大半。"马氏曰："是谁出战，能胜吾众?"赞曰："袁希烈不足惧，其妻张氏枪法不在吾等之下，且有智识。若令婴城而守，则泽州未可卒攻。"马氏曰："此无虑也。彼之伏兵只用得一番，我亦以计取其城。"赞曰："汝有何计?"马氏曰："且将各营按下，只说前被敌人伤重左臂，不能出战。彼闻此消息，必怠于防守。却令老弱之众，罢却戎事，日于汾涧中洗马，似有回军之状。吾与君伏兵于城东高阜之处了望，俟其出兵，通约高将军先战，我等乘虚捣入城中，则泽州唾手可取矣!"赞喜曰："此计足伸吾恨。"即密下号令，各营按兵不出。

果是数日间，哨马报知希烈，希烈请张氏议之。张氏曰："前日匹夫被我伤着一枪，宋军中若无此人，众心必怠，宜乘其虚，出兵挠之，宋师不足破矣。"希烈曰："善。"即点下精兵七千，扬旗鼓噪，出南门冲击。宋师不战而走，希烈自以为得计，驱兵直杀入中垒。高怀德当先抵住交锋，两骑才合，后军报道："宋兵已直攻东门矣。"希烈大惊，即跑马杀回，恰遇呼延赞突至，厉声曰："贼将慢走!"希烈不敢恋战，溃围而走。赞勒马追之，不上半里之遥，赶近前来，绰起金鞭，打落马下而死，尽降其众。有诗为证：

精兵北下势如龙，慷慨英雄几阵中。
敌国未平心激烈，夺旗斩将显威风。

时张氏杀过城东，遇马氏大杀一阵，只剩得数百骑，走奔绛州去了。

高怀德合兵遂取了泽州，赞遣人报知太宗，太宗大悦，遂命车驾入城驻扎。

第八回 建忠议取接天关 辽主出兵救晋阳

翌日，大军进次接天关，守关陆亮方乃与王文商议曰：“宋师长驱而来，当何计以退之？”文曰：“关隘险固，只可坚守，待宋师粮尽，一鼓可破矣。”亮方然其言，遂按兵不出。宋前锋呼延赞屯扎关下，令部下急攻。关上乱放木石弓矢之类，军士不能近前。赞无计可施，与李建忠议曰：“陆亮方坚守此关，将何计取之？”建忠曰：“关势危险，难以卒下。若急攻之，徒伤军士，无益。为今之计，莫若撤围而待，乘有可取之机，然后进兵，庶不徒费军功也。”赞沉吟半晌，退入军中。

又过了数日，赞遣人缉探关前消息，回报：关上守愈坚固，人马不能近。赞越忧闷。忽报：“营外有一老卒要见将军。”赞令唤入。老卒进至帐前曰：“闻将军取此关不下，特来献策，以成将军大功。”赞愕然曰：“汝有何计，以取此关？当保奏天子，不失汝之富贵。”卒曰：“此关地势极高，故名接天关。守将陆亮方，不过是一勇之夫，进攻亦易。内有王文辅之，此人智谋宏远，用兵得术，若使固守不出，则将军之众虽守一年，亦只如此。将军不知山后有一小径，虽是崎岖，实乃此路可入，却是李太公把截。若将军遣人问之，借此而过，直出河东北境，坦然无阻。”赞闻之大悦曰：“此天叫汝教吾，实皇上之洪福。”即留老卒于营中，候功成日保奏。老卒曰：“小可不愿升赏。”径辞而去。营军入报：“适老卒出外，忽然不见，惟有一阵清风耳！”赞惊讶之，即望空而拜。次日，遣柳雄玉步兵五千，往李太公关中借路。雄玉部兵径从山后小路直抵关下，遣人通知去了。

守将李太公名荣，有二子，长曰李信，次曰李杰。二人皆有武艺。太公听知宋兵围了接天关，因亦严守此地。忽报宋将遣人来见，太公令人唤入问之。来卒曰:“中国兵取接天关,关中守备严固,中国兵未能卒下,闻此处有路可进河东,特向太公借路。倘有成功,朝廷重有封赠。”太公听罢,笑曰:“此处乃是河东咽喉之地,今前关与我相为声势,以拒宋师。若许汝进兵,则是割肉喂人,自取其败也。吾不杀汝,急回报知主将,有勇者早来交锋。”差人惊慌走归,报与柳雄玉,道知不许进行之由。雄玉大怒,部兵到关下搦战。忽听关上一声鼓振,却是李信部五百健卒,斩关而下,雄玉退步不迭,被信刺死关前,大杀宋兵一阵而回。雄玉部下走归,报知呼延赞,赞大惊曰:“图事不成,反损大将,若使敌人两下合兵来战,何以御之?”即与建忠商议别计。建忠曰:“事可谋矣!先乘前关不敢出兵,可令高将军攻之。我等率兵先取此关,若得是处,则前关亦可下矣。”赞然其计,即遣人报知高怀德出兵,自与建忠率所部来关下搦战。

守军报入帐中,李太公与二子商议曰:“宋兵来战,何以退之?”李信曰:“彼众我寡,难以力敌,可遣人与接天关期约,令其来助,方可议战。”太公从其言,即遣人径诣前关知会。陆亮方与王文议曰:“宋师过不得此关,从背路攻击,倘或彼处不保,则我关亦危矣!君当率兵急往救之。”王文曰:“将军所见极是,小将愿行。”即引精兵三千,前来三镇关相助。

李太公得王文来到,不胜之喜,因与商议迎敌。王文曰:“平川之地利于急战,公但坚守此关,吾与令郎合兵破之。”太公然其言。过了一宵。次日,王文与李信开关出战。宋将呼延赞亦排下阵势,马上指王文骂曰:“丧败之将,不即献关纳降,尚自来寻死耶!”王文笑曰:“宋军知足不辱,今日杀汝片甲不回。”言罢,纵骑舞方天戟来战呼延赞,赞援枪迎之。两下交锋,战未数合,王文佯输而走。赞久知王文善于用兵,要生致之,骤马追去。一声炮响,关左一彪兵杀出,乃李信也,举枪绕赞之后杀来。赞怒,急赶近前,挥起一枪,将王文拨于马下,部兵竟进捉之。赞回马与李信交锋,信见王文捉去,心慌胆怯,不敢久战,即收兵走入关中。赞亦勒马回营。

军校解得王文来见,赞亲出帐外,手解其缚,请入坐中谢曰:“适间冒触阁下,望乞恕罪。”文曰:“小可被捉之将,生死系于将军,何致殷勤若是耶?”赞曰:“小将本是河东出身,今归命天朝,尽忠则一也。公有如此胆略,何以屈节于丛棘,投珠于暗地乎?不若同事宋主,以建奇功,留轰烈之名于后世耳!”王文被赞说了一遍,沉吟半晌,乃曰:“良禽择木而栖,贤臣择主而事。文也愧非贤臣,愿从将军帐下,早晚听命。”赞大喜,因问攻取之计。文曰:“事当随机应变,今李信以吾被擒,必死守不出,将军其奈之何?不如先取接天关,然后来攻此处,有何难哉?可令李将军率壮兵埋伏前关下,小可乘今夜冲将军之阵,亮方必出兵来应,将军部兵继我而进,其关立破矣!”赞曰:“此计极妙,只不可走漏消息。”即分遣布置已定。赞先引兵来接天关攻击,陆亮方听知宋兵复来,自思此必后关难进,又来攻此地,乃令部下严兵固守。将近二更左右,赞令军士点起火炬,呐喊放炮,并力攻击,关上连发矢石抵之。忽东北角王文引兵冲围来到,宋兵大乱。王文直杀至关下,高叫:“宋将战败,关上可出兵接应。”守军听得是王文口气,报知亮方,亮方遂部兵开关接应。忽关旁边转过呼延赞,断北兵为两截,王文乘虚杀回。亮方知事有变,即勒马跑走,被赞一枪刺于马下。李建忠伏兵齐起,杀入关中。北军进退无路,皆弃甲拜降。平明,众将都集,赞不胜之喜,谓王文曰:“此一座雄关,非足下妙算,即守一年亦不能过也。”王文曰:“侥幸成功,何足挂齿。”赞遣人报捷于太宗,车驾径进接天关,望河东一带之地矣。哨军报入三镇关,李太公大惊曰:“宋师真乃神兵也。”即引二子弃关逃入河东去了。

却说绛州守将张公瑾,听知宋兵取了接天关,惊疑终日,不知为计。牙将刘炳进曰:“兵法:多算胜,少算不胜,况无算乎!今宋师势如山岳,长驱而来,前之坚固关隘已被攻破,何况绛州平低之城,健卒扳堞可登,且有数之兵,焉能拒敌,不如投降,以救生灵之危。”公瑾然其言,即遣刘炳到宋军中纳降。呼延赞奏知太宗,太宗曰:“不战而降,是知时势者也,可允其请。”赞得旨。次日军马抵绛州城下,公瑾开门迎候,太宗车驾入城中,安抚百姓,下令前锋呼延赞、高怀德等合兵进攻河东。赞等受命,依次而进。不提。

消息传到晋阳,刘钧闻之,急集文武商议。丁贵进曰:“宋师远来,粮草费竭,宁能久驻乎!陛下一面遣人于大辽萧太后处,乞出兵以扼宋之粮道，一面调集军马，为战守之计。”刘钧从其议，遣人赍书前往大辽求救，一边分遣诸军，严设战具以待。

却说使臣赍文书径诣大辽，见萧太后奏知求救之事。太后与文武商议，左相萧天佑奏曰：“河东地控辽界，实唇齿之邦，愿陛下发兵救之。”太后允奏，即令南府宰相耶律沙为都统，冀王敌烈为监军，率兵二万救之。耶律沙得旨，即部兵与使臣出离辽地，到白马岭下寨。哨马报入绛州，太宗闻辽主出兵以援晋阳，怒曰：“河东逆命，所当问罪，北番焉敢助逆！”督令诸将先战北兵，后攻晋阳。诸将得令。呼延赞与高怀德、郭进议曰：“辽兵乌合而至，公等何计破之？”郭进曰：“兵贵先声，使敌人不暇为谋，此取胜之道也。今闻辽众屯白马岭，离此处四十里程，有横山涧正扼辽兵来路，小将率所部渡水攻之，公等继之来助，破之必矣！”赞曰：“君之所论极是。”即分遣停当。郭进引兵先进。辽将耶律沙与敌烈议曰：“宋兵以急战为利，初来其势必锐。我与君阻横山涧而列阵，待其兵渡将半，出师掩之，敌将可擒矣。”敌烈曰：“不然，若使敌兵先渡，我众望见其势，皆有怯志也。正宜先其势而逆之，可以成功。”即率所部渡水来迎。

第九回　郭进大破耶律沙　刘钧敕书召杨业

耶律沙固劝不从，敌烈众未及岸，忽正东金鼓齐鸣，喊声振天，乃郭进人马杀来。敌烈排开军马，两下对圆。郭进舞刀纵骑大骂："北朝待死之寇，尚敢来惹速亡之祸耶！"敌烈亦骂曰："汝中国穷武连年，贪心无厌，是以出师援之。若早退兵，免得遭目下之诛。"郭进挥兵冲入，敌烈抡刀迎之。两马相交，战上二十余合，涧左一彪军杀出，乃呼延赞也，挺枪跃马，纵横冲断其阵。敌烈激怒，力战二将不退。对垒耶律沙望见敌烈势危，急催后军涉涧救之。南阵右侧高怀德之兵又到，两下鏖战，箭下如雨。郭进鼓勇向前，敌烈势力不支，溃围而走。郭进追及之，挥起提刀，斩落于涧中。可怜北地英雄，化作春梦。是时宋兵竞进，北军大败，被杀死涧中者不计其数，尸首堆垒，涧水为之不流。

当下耶律沙引败众望小径逃走，呼延赞、高怀德率劲兵追之。耶律沙正在危急，忽山后一支军马杀出，乃辽将耶律斜轸。盖萧太后恐前军有失，故命耶律斜轸屯兵山后，以救不测。恰此遇着耶律沙杀败走到，耶律斜轸乃整兵奋力杀退宋军，保得耶律沙等去了。

高怀德等合兵一处，报捷于太宗，太宗大悦，乃下令径取晋阳。城中刘钧闻辽兵大败而去，惊惧无地，乃集群臣商议。右相郭有仪奏曰："宋兵势大，难以迎敌，不如奉表称臣，一则可以免怒；二则救满城百姓。"刘钧嘿然。中尉宋齐丘奏曰："河东城坚池深，精勇之士不下数十万，若使背城一战，胜负未可知也，何以辄屈膝而事人乎？臣举一将，足以破敌。"刘钧问曰："卿举何人？"齐丘曰："世居幽州人氏，姓马名风，当黄巢作乱之时，闻此人名声，兵不敢入州。

使一根铁管枪，与王彦章齐名。今弃武学道，隐居嵩山，此人虽老，尚可用也。陛下若降诏，召其为帅，率兵以退宋师，必收万全之功也。”刘钧曰：“谁可赍诏召之？”有卷帘将军徐重进曰：“臣愿赍诏前往。”钧即下命，遣重前诣嵩山。

徐重来到山前，远远望见一所茅庵。径进庵门，窥见内有一人，身长八尺，黑面银须，端坐于石墩看经。重进前揖曰：“此处莫非马将军庄上否？”其人起而问曰：“阁下从何而来？”重答曰：“小可奉汉主之命，赍诏来宣马道士下山，以退宋兵。”其人曰：“贫道便是马风，但我年已老迈，不比往年矣！今既奉诏旨，不敢不权为拜受。”因唤山童摆设香案，拜受诏旨毕，邀重入庵后，分宾主坐定。乃问之曰：“宋君举兵北征，谁为正将？”重答曰：“宋军惯战之将极多，惟有先锋呼延赞英雄无敌，近来攻取关州，皆此人之力也。今有宋中尉举足下能御宋师，特遣下官赍诏来宣，乞承旨下山，以慰我主之望。”马风笑曰：“贫道筋骨衰老，鬓发霜侵，年近九十，大非昔日之比。且弓马久废，何能堪此重任？今山后杨令公拥兵于应州，何不举之退敌，而来召我耶？公宜急复主命，勿误军情。”徐重闻言，不敢再强，只得辞别马风，归见北汉主，把马风口内情辞，如此这般，一一奏上。

刘钧闻说马风不肯应命，闷闷不悦，与群臣再议退敌之计。丁贵进曰：“事势如此，陛下只得再召杨令公来救国难。”刘钧曰：“杨家屡次出兵应我，往年泽州之盟，与宋师讲和而归，甚称中国恩德，寡人疑其有通谋情意，故不欲再召之。”贵曰：“陛下以仁义待人，杨家父子实有忠义，宁肯负国耶？”刘钧准奏，复遣使赍敕命，径诣山后来见杨令公，宣读诏书曰：

孤守晋阳，谨保一城，虽无汤武之德，常慕事大之名。自周世宗，耻仇不绝，屡被见伐。今宋君继立，复率精兵，长围城下。百姓抱死亡之患，城郭有累卵之危。惟尔父子，忠勤效命。诏书到日，即宜引兵赴阙，以卫国难，成功之日，当颁重典，故兹诏示。

杨令公得诏，与王贵议曰：“宋兵屡侵河东，若不救援，则有违诏之责；若径兴师，则前番与宋议和，岂宜失信。君何以计之？”王贵曰：“将军河东镇臣，主上有难当救，何用执小信而迟疑？”令公然

其言,即委王贵领镇应州。自率七子,部精兵三万,前来救应河东。有诗为证:

万马南来势气雄,旌旗闪烁蔽长空。

全凭国士擒龙策,一定封疆顷刻中。

哨马报入宋军中,主帅潘仁美召集诸将议战。高怀德进曰:“杨令公乃劲敌也。自周世宗之朝,曾与对敌,未尝得利。今又举兵再至,当以深谋远计战之,不可卒攻也。”呼延赞曰:“小将亦闻杨家父子天下无敌,我先领本部于来路冲击一阵,且观其势如何?”仁美允其议,即令赞前往。赞得令,率马军八千而行。

却说杨令公兵马来到卧龙坡下营。哨骑报入:“宋军于十里之外阻住去路。”令公笑曰:“敌贼不知兵势,自来取败。”问军中谁先出马?道未毕,第五子杨延德进曰:“不肖愿先上阵。”令公许之,即付精兵五千。延德全身贯带,部精兵鼓噪而来。两阵对圆,延德绰斧跨马跑出,高叫曰:“宋将何不速退,将欲自取死亡耶?”赞大怒曰:“无名小将,今日休走。”即挺枪跃马,直取延德,延德舞斧来迎。两骑相交,二将连战四十余合,不分胜负。赞马上自思:“人称杨家父子英雄,果不虚语。”二人欲复斗,马不堪驰。延德曰:“马力困乏,明日再战。”南北乃各收军还营。

延德回见令公,告曰:“宋将与儿连战四十余合,未决输赢。”令公曰:“近闻宋军有呼延赞,武艺精锐,莫非正是此人,明日吾亲战之。”因下令征进,离宋营数里下寨。

有杨七郎欲建首功,密引所部兵三千,潜地出寨来劫宋营。正值潘仁美与郭进、高怀德等在军中议论兵法,忽然灯爆火灭。仁美曰:“莫非杨家有兵劫寨,天公预使见报?”下令诸军多设弓弩,以备不虞,不可出兵骚动。高怀德等各按营而守,遵令分遣埋伏。杨七郎自料宋兵无备,引部下喊声杀入。忽营后一声梆响,伏军万弩齐发,箭如雨落,北兵射死者不计其数。七郎急回马,高怀德、郭进两骑冲出,追杀五里而回。七郎部兵折去大半。令公知之,大怒曰:“不由军令,致损许多人马,按法当诛。”即令军政司押出七郎斩首示众。军令才下,牙将张文进曰:“七将军虽有罪,其志总为国也。误致伤折,情理可原,乞令公赦之。”杨令公曰:“父子虽至亲,法令不敢私,务必斩之。”众将力为劝解,令公怒始稍缓,乃着军政跣剥七郎,即于帐前捆打四十,血肉淋漓,观者无不懔然。七郎匍匐谢罪而退。令公谓曰:“吾众初到,未可便与交锋,须待养威数日,审机而战,无有不克。”众将得令,人各坚守不出。

却说宋师潘仁美听知杨家军马来到,遂撤围迎战。南北对垒立营,一连拒守十数日,各不出兵。仁美遣健卒前往缉探北兵动静,回报:“杨家军马,各严整兵器,欲与我军大战。”仁美闻报,即下令诸将分营出战,高怀德为左翼,呼延赞为右翼,郭进为前后救应。分遣已定,众将各整备迎敌。

次日平明,鼓罢三通,南阵中潘仁美当先出马,上手高怀德,下手呼延赞,三匹马一字摆开。对阵杨业亦部兵出战,金盔银铠,白马红袍,左有延德,右有延昭,父子将兵,威风纠纠。仁美在门旗下暗暗称奇,出马问曰:“河东逆命之国,特来问罪,公何屡次出兵救之?”令公厉声曰:“汝主奄有中国,尚自不足,连年穷师远讨,既不免为贪兵,况往年讲和而退,盟血未寒之日,又来侵犯,是何道理?河东唇齿之邦,吾受刘主厚恩,特来救援,急早退师,犹存旧好。若迸半个不字,吾驱太原之兵,杀你片甲不留,那时悔之晚矣!”仁美闻言大怒,问阵中:“谁先出马,擒此匹夫。”言未毕,这壁呼延赞挺枪出马,望杨业刺来;那壁杨延昭一马上前,截住厮杀。战到七十余合,不分胜负。忽宋阵中鸣金收军,原来太宗看见杨家父子尽是英雄豪杰,心中正要招抚,故此鸣金收军,以待图策招徕,那时河东不难下矣。

第十回　八王进献反间计　光美奉使说杨业

却说是夜太宗回归营中，只是闷闷不乐，无计可施。维时八王揣知上意，因进言曰："陛下闷闷不乐，岂非为无计招降杨家父子耶？"太宗惊问曰："汝今有何妙计？"八王顿首奏曰："依臣愚见，只可遣人往河东行反间之计，管教杨家父子来归。"太宗喜曰："此计固妙，只是无人可行。"八王曰："此行须得杨光美去，事必万全。"是时光美正在旁边，即出班奏曰："臣不才愿往。"太宗大喜，即日给与黄金千两，锦缎千匹，并珍宝货赂，前往河东。光美星夜来到赵遂府中。

却说赵遂是刘主宠的嬖幸，赵遂所言，钧无不从。光美来到，先赂其左右，引见了赵遂，送了他黄金锦缎。赵遂本是小人，贪其厚利，便喜不自胜，问光美曰："大人天朝大臣，何意牧幸遐陬之老，若但有所教，无敢不从。"光美曰："吾主极知大人宠幸于刘主，言无不从。敬使光美布此诚意：河东、中原原无大仇，所以兴兵，不过欲来讲和。奈有杨业父子，恃其勇悍，专耀兵威，遂使两国和好不成。且彼战不利，则祸移河东；彼战一胜，则阻兵而骄，刘主必大加宠幸，于大人之遇，未免少衰矣！我主是以愿乞大人一言，疏之刘主，则彼必勒兵而回。那时却与大人定其和议，使河东、中原永为兄弟之国，则大人之宠益固，不让他人得专其美也，愿大人裁之。"赵遂既受了他许多东西，又听了他这番言语，遂有攘功妒能之心，曰："大人放心，赵遂自有区处，管教除了杨业父子。"将光美款待，潜地送回。赵遂自思："得了宋人许多礼物，若不除杨业，他日功成，反让他得专其美，岂不又失了宋人面皮。"于是将些金银，日夜布卖谣言，说杨业受了宋人金珠，约与反兵助宋，同剿河东，待功既成，便与宋朝同分其地。此言一时传播，却又秘密通讯，戒宋人切勿交战，但须逗留十日半月，管教成功。

太宗得此消息大喜。问光美道：“此事可信否？”光美曰：“臣视赵遂小人，只知食禄固宠，又且忌妒杨业，此事可信无疑。陛下只须传谕各营，坚壁勿战，俾遂得以就中取事，疏间杨家父子。伺彼有隙，然后臣奉片言招谕，管教山后军马入吾彀中。”太宗击节称善。乃下令戒谕军中：“各宜坚壁，勿与交战，若其请战，但只听之而已。”此令既下，各营果是坚壁不出。

刘主见此犹豫，每日只促杨业出阵。杨业奉令，整军日出讨战，奈何宋营人马只是不出。杨业无计可施，又且河东纷纷说是令公得宋金珠，羁縻欲叛，杨业愈慌，每日只是督军索战，宋军半分不理，故每日只是空回。赵遂连夜入见刘钧，说杨业受宋人金珠，要举众迎敌。钧大惊曰：“国舅何以得知？”遂曰：“此事臣知已久。往年泽州之围，杨业提兵来援，自与宋人通和而回，臣以国家用人之秋，未敢辄奏。今彼稽延不进，与宋师为观望之计。此反情已露，中外皆知，流言四起，百姓仓惶，非独臣一人知也。”刘钧信其言，因问赵遂拿杨业之计，遂曰：“陛下须降敕，宣其入国议事，预先埋伏甲士于殿下，待其来，投刀为号，齐出擒之，只消二十余人便能成事。”

次日，刘钧遣使径诣北营中宣召，杨业入至殿前，拜见毕，刘钧拔所佩之刀投于阶下，两边伏兵听见刀声，一齐迸出，将杨业捉下。杨业不知其由，大惊曰：“臣无罪，陛下何以捉我？”刘钧怒骂曰：“汝与宋军通谋作叛，尚说无罪？”亟令推出斩之。宋齐丘苦谏曰：“杨业父子忠勤为主，焉有反情？陛下勿信谣言而误大事。”钧曰：“彼有三反之情，岂是谣言无据。屡日不出兵，一反也；不遣人通知出兵，二反也；往年私自受和而归，三反也。有此三反之罪，难以容留。”丁贵保奏曰：“即日宋师临敌，待其出战不胜，斩之未迟。”刘钧依奏，乃赦之，令退宋师。

令公默然而退，回至军中谓诸子曰：“此必宋人用贿赂之计，使汉主疏我等父子。顷间若非宋丞相等力奏，险然一命不保。今命杀退宋师，则免我诛戮，不然仍要正罪。怎奈敌兵不出，何以退之？”延德进曰：“大人何用深忧，既汉主信谗而屏逐我父子，则人马复回应州，待宋兵攻破河东，那时思我父子，悔之晚矣。”令公曰：“我今本欲尽忠于国，既出兵来援，岂有引退之理。汝众人明日只管出战，再作商议。”延德怀愤而退，与部将密议，欲有归附大朝之意。次日，延嗣、延郎两兄弟出阵搦战，宋营中无一骑来敌者。日晚，延嗣等只得退去。

太宗闻刘钧要诛杨业消息，因与谋臣商议招降之计。杨光美进曰：“陛下正宜乘此机以诱杨家来降也。”太宗曰：“朕正苦未得其策。”光美曰：“臣有一计，不消半个月，河东唾手可取，使杨家父子径入我朝也。”太宗悚然曰：“卿有何妙策？”光美进前于太宗耳边，连道几句如此如此。太宗大悦曰：“此事非卿不可行。”光美欣然领命，径诣杨业寨中，先使人通知杨业，杨业曰：“往年正因此人来议和，吾厚待之而去，致汉主疑忌，今又至此，必有说词。先令健卒二十伏于帐外，听吾喝声，即出擒之。”分布已定，须臾光美昂然而入，杨业端坐帐中不动，两边七子齐齐立开。业问光美曰：“汝来欲何为？”光美曰：“特来劝将军归顺中国也。”业大怒，喝一声，帐下走过二十人，将光美登时捉缚，辄令斩之，延嗣曰：“大人暂息雷霆，审其来语，如有不是，然后斩之。”业曰：“汝试说来，若说不通，即请试刀。”光美全无惧色，朗声谓曰：“吾闻良禽相木而栖，贤臣择主而事。将军来援河东，本欲竭尽其忠，今猜忌日生，无以自明心迹，事必败矣。我宋主仁德远敷，诸镇仰服，只有河东未下，其能久安乎？背暗投明，古人所贵，愿明公垂察焉。”业听罢，半晌无语。既而曰：“吾不杀汝，放汝去，速令勇将来战。”光美不慌不忙，退出帐外，故意拂袖堕落一密封于军中而去。左右拾得，被延德接着，拆开视之，却是画成图局一张，有无佞宅、梳妆楼、歇马亭、圣旨坊，内写接待杨家父子之所，极其美丽。延德将与七郎细玩，七郎曰：“莫说与吾等居住，便得一见，亦甘心也。”延朗曰：“且莫露机，看汉主势头如何，若不善待我父子，即反归南朝也。”众人隐下，不与令公知之。

数日，刘钧遣人督战，粮草赏军之物又不给与。令公愈慌，与其子商议分兵出战。延朗进曰：“非我众人不肯尽心，数日军中粮草不敷，众人各无斗志，若使出兵，必先自乱，焉能取胜？不如引退应州，再作计议何如？”业曰：“汝等的有此举，复何面目以见天下丈夫乎？”延德曰：“大人不自忖量，军士亦欲激变矣！”业见众论纷纷，且刘钧屡来责罪，只得下令，将军马一夕退回应州去了。

消息报入宋营中，太宗知之，即召群臣商议。杨光美曰："且令诸将缓河东之攻，先定计降了杨家父子，不愁河东不下也。今乘其军马已退，可布谣言于应州，说北汉主以杨家父子有玩兵私逃之罪，欲结大辽出兵讨之，彼闻此消息，人怀内惧，陛下再遣人说之，事必成矣。"太宗依其议，即下令军中布谣言，传入山后。不提。

却说杨令公寻夜归至镇下，不数日闻此消息，军士惶惶，统属不一。令公坐卧无计，忧形于色。夫人佘氏问之曰："令公自晋阳归山，何以日夕抱闷？"令公长叹不已，只得将汉主见罪之事告知。夫人曰："曾与众儿子商议否？"令公曰："多有劝我投降，只恐非长策也。"夫人曰："若大朝厚待汝父子，归之亦是长策，何必深忧！"令公曰："正不知待我之情何如，若使不及汉主，反受负忠之名，那时进退两难矣。"令公言罢，径出军中。适五郎延德入问母曰："方才父亲所言何事？"佘氏以令公之语告之。延德曰："事不偶然，我父子有王佐之才、定乱之武，何所归而不厚哉？"言罢，即以所得宋人绘图展开与母观之，延德一一指说其详。时有二妹在旁，长曰八娘，年十五，次曰九妹，年十三，闻说如此之富贵，力怂其母劝父归顺大朝。母曰："汝等且勿言，待我以机会劝之。"

次日，与令公对席而饮，酒至半酣，夫人问曰："妾闻军中日夕怀大辽出兵之忧，此事殊为可虑。令公值此进退不决之地，光景易去，年华日逼，致使功名不建，深为可惜。不如从众孩儿之言，弃河东而归顺大朝，上酬平生之志，下立金石之名，岂不胜幽沉于夷俗，致万古只是一武夫乎？"令公闻言，欣然曰："夫人所论极是，我明日当与众将商议归降。"

令公思忖一夜，次日出军中，召集诸将定议归顺中国之计。牙将王贵进曰："令公此举，亦非细事。必先自重，然后人重之。须先遣人通知宋主，待其差大臣勇将赍敕书来到，然后归之，可保全美。"令公然其言，先遣部将张义，前诣宋军中，来见太宗，道知令公将归顺大朝之事。太宗因集文武问曰："令公将欲来归，当何以处之？"八王进曰："杨家父子若有此举，陛下难以等闲待他，须于文武班中推二人赍诏前往通意，则彼必倾心归顺，毋所疑惑。"太宗问谁可往，道声未罢，杨光美进曰："文臣牛思进言词清朗，武臣呼延赞英气慷慨，此二人若去，事必万全。"太宗允奏，即下诏遣二人赍厚礼诣应州，来见令公，宣读诏书曰：

朕以国家多事之秋，所难得者人才也。是以即位之初，注意边将。兹尔山后应州杨令公父子，文能兴邦，武可定乱，隈屈于穹远之方，舍置于闲散之地，朕甚惜焉。且河东克在目下，君将何归？今特遣亲信文武二臣赍来敕命，道知朕意。尔父子果有幡然之志，投降中国，朕将委以重职，使子孙受莫比之富贵，而令公得金石之高名，岂不伟欤！故兹诏示，想宜知悉。

杨令公得诏，拜受命毕，即请牛思进与呼延赞入帐中，分宾主坐定。牛思进曰："主上以令公倾心归命，特遣小可二人，敬来麾下，面定其约。且众人望公之到，如大旱之望云霓，幸勿疑贰。"令公曰："区区守此僻土，上不能尽忠汉主，下不能立功当朝，实为中国所羞。"呼延赞曰："令公道差矣，君有文武全才，效忠为国，志亦勤劳，奈刘钧幸臣用事之日，不欲令公父子建立奇功，致使进退沉滞，而有归大朝之念，此诚天意，使公等立不世之名于我朝，岂偶然哉！"令公见二人理通词顺，甚加敬服，因令左右设酒醴相待，众人尽欢而散。

次日，令公入与夫人商议归降之事。夫人曰："令公既有意归顺于大朝，何必再议。"令公大悦，因令其子调集边方军马，装载府库金帛，先令差来二臣复命，准备起行。后人有诗赞曰：

山川钟秀不徒然，致使英雄产太原。
父子从教归大宋，契丹拱手定三边。

第十一回 小圣感梦取太原 太宗下议征大辽

却说牛思进与呼延赞回奏太宗："杨家父子随即率众来降。"太宗谓八王曰："既杨业将来，卿率群臣于中路迎之。"八王领旨，即日率众臣于白马驿中等候。忽报北地旌旗蔽日，尘土遮天，想必杨家军马来到。八王听得，引众人出驿观望。不移时，前哨报入杨令公军中，道知中国官员驿前迎候。令公即下马前进，见两边百官衣冠侍立，门上击鼓相迎。八王当先施礼曰："奉主公宋君之命，为令公远涉风尘，特遣众臣于中途迎候。"令公初到，未知是谁，似有倨色。呼延赞恐其失礼，乃近前谓令公曰："此是宋君嫡侄，金简八王也。"令公大惊，便拜伏于路旁。八王连忙扶起，与令公同入驿舍，早已安排酒醴，众臣一齐殷勤相劝饮酒。杨家军马驻扎于驿外，宿了一宵。

次日，八王与令公并辔而行，来到宋营。近臣奏知太宗，太宗下命宣入。八王引令公朝见，拜伏帐外，稽首请罪。太宗深加慰劳，授杨业边镇团练使之职，统率所部，候班师回京，再议升擢。业受命而退，以带来车马驻于城南，按甲不出。

太宗下令诸将，仍前去急攻河东。是时，刘钧闻报应州反了，杨业顺归大朝，惊得神魂飞落，寝食俱废。宋齐丘与丁贵等只得婴城拒守。宋师连攻数日不下，潘仁美分遣诸将筑长围攻击，金鼓之声达于内外，城上矢石交下如雨。丁贵等欲舍死抗敌，入见刘钧，乞借兵于大辽，以救国难。刘钧允奏，遣人星夜诣大辽求救。不提。

却说太宗以太原久围不下，十二月初三日亲至军前督战，高怀德、呼延赞等分门紧攻，城堞皆崩，杀伤甚众。太宗手诏谕汉主出降。使者至城下，守阵军不纳。太宗大怒，与诸将卫士进屯城下，列阵于前，南北军对射，矢集城上如猬毛。是夜，太宗宿于中营，隐几而卧，忽闻报云："夫人至矣！"太宗开眼视之，见三四十黄巾力士迎着一乘轿来。须臾，有妇人从轿中出，取过白帖一张，付与太宗。太宗问曰："卿是何人？"妇人答曰："妾乃河东小圣，今献小计来见我主。"太宗看纸上写着八个字云："壬癸之兵，可破太原。"太宗看罢，觑那妇人，忽然不见。觉来却是一梦，将近五更。太宗急召八王、杨光美入营中详梦。光美曰："壬癸属北，莫非教陛下从北门攻打，可破太原。"太宗然其言，次日下令诸将急攻北门。

是时汉主外援不至，饷道又绝，城中大惧。先夜梦见金龙一条，从北门随水滚入，城尽崩陷，惊觉失色。平明忽报宋君降手诏，遣人于城下谕降，终保富贵。刘钧见势倾危，又得此梦，急召文武诸臣议曰："吾父子在晋阳二十余年矣，忍将以祸加百姓？若不即降，必有屠城之惨，我心何安。不如投降，以安百姓。"群臣闻之，无不下泪。人报："国舅赵遂已开水北门与宋师入城矣。"刘钧乃哭入宫中。

潘仁美当先进城，遣人传旨与汉主："宋君宽仁大量，并无加害之意。"钧始放心，乃遣李勋赍印绶文籍奉表乞降。太宗下诏许之。车驾进北门城台，设宴奏乐，与从臣于台上酣饮。汉主率宫属缟衣纱帽，待罪台下，太宗赐以袭衣玉带，召使登台，汉主叩头谢罪。太宗曰："朕以吊民之师至此，岂有加害，但放心勿忧也。"汉主谢恩已毕，因请车驾入太原府，百姓香花灯烛，迎门而接。太宗升堂坐定，北汉诸官皆拜降于堂下。太宗宣授刘钧为检校太师右卫上将军，封彭城郡公，仍领河东。按北汉刘崇于后周太祖广顺元年据太原称主，统州十二，迄刘钧四世二十九年，至是降宋。凡得州十，县四十，户十三万五千二百二十，如是河东悉平。静轩有诗曰：

投降敌国胆生寒，圣主驱随驾两骖。

总为吊民非好战，马前不信是张堪。

太平兴国四年，太宗下议班师。潘仁美进曰："河东地控幽州，契丹屡为边患。今陛下车驾在此，军士效命，可乘破竹之势，平定辽东，千载一时之功也。"道未罢，杨光美进曰："河东初定，军士披坚执锐者日久，且粮饷不继，陛下宜回车驾，徐定进取。"是时众论纷纷，太宗未决，起入行宫，召八王、郭进、高怀德一班战将，入议其事。先是围太原时，从军或不知太宗所在，军中或欲议立八王，八王不肯。及太原既定后，太宗闻之，故意久不行赏。八王曰："太原之赏未及将帅，今又将有大辽之行，军士不堪，莫若依光美之议，班师回京，诚为上计也。"太宗怒曰："待汝有天下，当自为之。"高怀德曰："潘招讨所论，欲建边方之大计。此去幽州，咫尺程也，若使功成，太平指日而见矣。望陛下从其议。"太宗意乃决。次日下命，以礼部郎中刘保勋知太原府事。车驾离太原，遂伐辽，分遣诸将及杨家兵望幽州征进。时暮春天气，但见：

山桃拥锦，岸柳拖金。时闻村酒出篱香，每见墙花沿路吐。丝鞭袅袅，穿红杏之芳林；骢马驰驰，蹶野桥之绿草。随驾心忙嫌路远，从征意急恨行迟。

大军一路无词，不日来到易州下寨，潘仁美遣人下战书于城中。守易州者，辽之刺史刘宇，听知宋兵来到，正与牙将郭兴议战守之策。忽报宋营遣人下战书。刘宇得书，回问郭兴曰："公所见何如？"兴曰："据小可之见，宋师近日平定河东，乘此胜气来到，安能拒之。不如遣人前诣军中，察彼动静，献城纳降，可保万全也。"刘宇曰："此行非公不可。"郭兴慨然领命，径赴宋营，见高怀德端坐营中，兴心甚恐。及入帐，怀德问曰："大军临城，汝来见我，有何高论？"兴曰："天兵如雷霆，逆而当者，无不齑粉，今主将特遣小可陈乞降之状，以救一城生灵。"怀德大喜，即引见潘招讨，道知其由。仁美曰："彼既投降，当令明日开城迎接车驾。"郭兴拜辞而去。

次日，与刘宇开城出降，迎接太宗车驾入府中驻扎。凡得兵二万，粮草一十五万，骏马六百匹。太宗封刘宇官职如旧，下令进取涿州。守涿州者，辽判官刘厚德，已知宋兵下了易州，召部下商议部署，詹廷珪曰："宋君仁明英武，统一有机，不如开城迎降，以图富贵。"厚德闻言，即遣人于宋营中乞降。潘仁美得报，次日护车驾进涿州，厚德拜于堂下请罪，太宗抚而纳之。是时，太宗车马出师二十余日，平定二州。后人有诗赞曰：

干戈一指入辽封，敌将开城节使通。

圣主威风千里远，黎民争应道途中。

消息传入幽州，萧太后大惊，急聚文武商议。左相萧天佑出奏曰："陛下不劳惊虑，臣举二人，可敌宋兵。"萧后问曰："卿举何人？"天佑曰："大将耶律奚底、耶律沙，智勇足备，若使部兵迎敌，必能成功。"萧太后允奏，即令耶律休哥为监军，耶律奚底与耶律沙为正副先锋，统领五万精兵前行。休哥等得命，部兵出城，南北营寨旗鼓相接，兵势甚威。哨马报入潘招讨军中，仁美集诸将议战。呼延赞曰："小将先试一阵，以挫辽兵之威。"仁美允之，付与步军八千。高怀德曰："小将前往相助，共建功勋。"仁美亦与马军八千，怀德引兵去了。分遣已定。

次日，鼓罢三通，列阵于幽州城下，宋军北向，辽军南迎。辽将耶律奚底全身披挂，跃马当先。宋将呼延赞横枪勒马，立于门旗之下，问曰："来者何人？"耶律奚底怒曰："萧太后驾下大将耶律奚底是也。"赞骂曰："辽蛮匹夫，敢来争锋耶！"即跃马举枪直取奚底，奚底绰斧迎战。两下呐喊，二将战上数合，不分胜负。番将耶律沙一骑飞出，双敌呼延赞。呼延赞力战二将不退，忽宋军中鸾铃响处，高怀德纵骑当先，舞枪抵住耶律沙交锋。四匹马踏动征尘，南北军箭矢交射，从早晨战至日午，胜负未决，两下互有相伤。呼延赞扬声曰："马力已乏，明日再战。"乃各收军还营。

第十二回 高怀德幽州大战 宋太宗班师还汴

却说高怀德与呼延赞归至营中，道知辽将英雄，未决胜负。仁美曰："耶律沙乃辽之骁将，汝等当慎而战之。"赞等退出，仁美入奏太宗曰："辽兵势锐，今日之战恐不能取胜，臣甚忧虑。"太宗曰："朕须亲临战阵，与番将决一雌雄。"八王进曰："陛下当保重，自有诸将出力，不必亲犯矢石也。"太宗不听，次日竟下命督诸将来战。

却说耶律休哥正与众将议敌宋兵之计，哨马报宋兵倾营而来，要与元帅决一胜负。休哥闻报，谓耶律沙曰："大将耶律学古屯守燕地，正扼宋师之兵，可令其出兵袭其后阵，吾与诸将整兵于高梁河。"北兵刚列开阵势，望见宋兵漫川塞野而来，前锋呼延赞跑马出阵高叫："番将选勇者来问话！"语声未绝，北阵中耶律沙横刀而出，厉声喝道："宋将速退，免受擒戮。"呼延赞挺枪直取耶律沙，耶律沙抡刀来迎，两马相交，连战三十余合，不分胜负。北将耶律奚底飞骑舞斧，从旁攻入，高怀德一马当先抵住。两下金鼓齐鸣，旌旗乱滚。四将鏖战之间，忽宋军阵后数声炮响，如山崩海涌之势，辽将耶律学古率劲卒冲击而来。宋军正不知何处兵马，先自溃乱阵脚，队伍不齐。耶律休哥在将台上望见宋阵已动，出一支生力军马，直冲其中。太宗急下令诸将护驾。潘仁美闻此消息，骤马拼死来战，正遇耶律休哥兵到，交马只一合，将仁美戳于马下。郭进看见，一骑抢出，救之而还。

是时连营去远，诸将逢着敌手，战之未下，及闻太宗有难，乃各抛弃来救。太宗已单骑杀出围中，落荒望汾坝而走，被耶律休哥部将兀环奴、兀里奚二骑乘势追逼。南营杨业看见，顾诸子曰："主上有难，何不救之！"杨延昭匹马当先，喝声辽蛮慢走。兀环奴激怒，抡刀便砍，延昭挺枪迎敌。战不两合，被延昭当胸一枪，刺落马下，杀散追兵。延昭见太宗立于坝上，问曰：“陛下之马何在？”太宗曰：“已被乱矢所伤，不堪骑乘。”延昭曰：“可急乘臣马，臣当步战杀出。”太宗恐延昭无马不能取胜，乃曰：“卿当乘马而战，吾只乘驴车而去。”延昭曰：“敌兵来得多矣！陛下速上马，宁可伤臣，望勿顾惜。”正在危急之际，适七郎单骑杀入，见延昭曰：“宋兵战阵已乱，哥哥何不急保主上而走。”延昭曰：“汝以所乘马与圣上骑，吾当先杀出。”七郎即扶太宗上马。延昭怒声如雷，突出重围，正被兀里奚众军拦住。延昭咬牙觑定兀里奚，一枪刺去，正中咽喉而死。绕过西营，北兵矢石交下，延昭透不得重围，恰遇杨业、高怀德、呼延赞三将冲溃杀来，救出太宗，走奔定州。此处可见杨延昭之勇，后人有诗赞曰：

斩坚入阵救君王，敌将争迎致灭亡。

未入中朝先建绩，将军名望至今香。

潘仁美收拾残兵，但见尸首相叠，血流满野。宋兵折去八九万，丧其资械不可胜计，于是易、涿等州复归于辽。耶律休哥已获全胜，乃收军还幽州。不提。

却说太宗走入定州，众将陆续都到。八王等进前拜谒，帝曰：“今日若非杨业父子力战，朕几一命难保。”八王曰：“陛下百灵之助，贼兵自不能伤。自今还当保重圣躬，不宜亲冒险地，设使诸将一时不及救应，谁为陛下计哉？”太宗点头以应。即召杨业入帐中，赏以缎帛二十匹，黄金四十两，因谓之曰：“权以赐卿，聊为相信之礼，候班师之日，再议报功。”杨业再拜受命而出。

八王奏曰：“运饷不给，军士凋丧，乞陛下班师回京，以慰臣民之望。”太宗从其议，即日下诏班师。以潘仁美为前队，杨业为中队，其余诸将各以所部护驾在后。旨令既下，诸将准备，起发定州，望汴京而还。有诗为证：

泽国江山入战图，生民何计乐樵苏。

凭君莫话封侯印，一将功成万骨枯。

大军一路无词，不日归到汴京，文武群臣朝见毕。太宗曰：“朕以幽州之辱，常悬胆以报雪，汝众臣各陈所见，为朕熟筹之。”司徒赵普与参知政事窦偁、郭贽等奏曰："陛下以甲兵之利，府库之富，何患丑贼不灭哉！但以军士围太原已久，疮痍未复，须待秋高马肥，蓄威养锐，徐图进取，未为晚也。"太宗从其议，下命宴征太原将士于崇元殿，是日君臣尽欢而散。

次日降敕，封杨业为代州刺史兼兵马元帅之职，其长子以下俱封代州团练使，居第于金水河边无佞宅，赐赉甚厚。群臣奏以杨业未立大功，封赐过重，帝曰："朕以信义处人，岂可有失于臣下。"竟下命。杨业复上表，辞其众子之职，表曰：

> 臣杨业稽首拜言：窃谓圣明在上，万物同春。臣僻生边鄙，赋性粗率，文不能立国，武不能定乱。蒙陛下覆载之仁，浩荡之德，赐第宅于金水之河，授敕命以代州之任。如此宏恩，使臣虽碎骨捐身，莫能效命于万一。日夜怀惧，惟思报本。臣愚蠢之子，未见寸功于朝廷，而皆得团练使之职，恩命既下，中外骇焉，臣何敢当！乞陛下以赏罚为慎，追还众子之诰，使臣得免滥受之罪，以图尽职。频思致命，不胜幸甚。

太宗览表，降旨准其所请，杨业谢恩而退。是时边警暂息，烽火不闻。太宗日与群臣在宫中讲论治道，计议藩镇将帅，或升或调，皆得其宜。

话分两头。却说耶律休哥自胜宋师以归，颇有张大之志，萧后甚倚为重。正值萧后设宴以待文武诸臣，耶律休哥进曰："往者以陛下福荫，出军迎敌宋师，臣仗诸将用命，杀之败衄而去。今臣欲乘中国走归之后，人怀内惧，谨领精兵直捣汴京，以报围困幽州之辱，乞陛下允臣所请。"萧后曰："以卿所论，诚忠言也。只恐中国人强马壮，未可进取。"燕王韩匡嗣曰："臣愿与耶律将军同出兵伐宋，审机而进，自有成绩。"萧后依奏，降旨以韩匡嗣为监军，耶律休哥为救应，耶律沙为先锋，率精兵十万伐宋。匡嗣等领命，即日兵出幽州，望遂城进发。时值九月天气，但见：

> 寒风落叶秋容淡，鸿雁声悲旅思中。

辽兵进发数日，始至遂城西北五十里下寨。

守遂城者宋将刘廷翰，听得辽兵骤至，与副将崔彦进、李汉琼等议曰："辽人以主上兵败而回，乘此锐气特来围城，将何以退之？"

彦进曰:“若与之战,胜败未可知,当用诡计,竖起降旗,诱其入内擒之,可一鼓而成功也。”廷翰曰:“此计固妙,但恐其有疑,不纳我等之降如何?”汉琼曰:“先以粮饷进之,彼见我情之真,决无不纳。”廷翰大喜,即遣人入燕营中济饷请降。韩匡嗣曰:“汝主来降,将何为信?”差人曰:“先献钱粮与元帅,充军饷之用,然后率众纳款。”匡嗣信而允之。耶律休哥进曰:“宋军气势不弱,今未交锋而请降,此诱我之计也。元帅宜整军待之,勿信其言。”匡嗣曰:“彼以粮饷与我,岂有不真。”遂不听休哥之谏。

次日兵及城下,廷翰得差人回报之语,即整点军马,令崔彦进率马军一万屯城东门,待辽兵入城后,斫破其营。彦进领兵去了。又唤李汉琼领步兵一万屯城西门,敌人若到,放下闸桥,乘势擒之。汉琼亦领兵而行。廷翰分遣已定,自率劲卒,密出南门,作救应之兵。

第十三回　李汉琼智胜番将　杨令公大破辽兵

却说韩匡嗣遣人缉探动静，回报宋人大开西门，并无只骑来往。匡嗣不信，自率轻兵来看，首先进入，壕堑吊桥装点齐备。燕护骑尉刘雄武进曰："元帅不可轻入，适望城中隐隐似有刀兵之状，若不急退，堕其计矣。"匡嗣猛省曰："汝之言是也。"即令后军慢进，忽闻边数声炮响，如天崩地塌之势。李汉琼引宋军抽起壕闸，当先杀出。韩匡嗣大惊，勒马便走。汉琼提刀追来，辽将刘雄武奋勇迎敌，二骑相交，战不数合，被汉琼一刀劈于马下。宋军竞进，辽兵大败，自相践踏，死者不计其数。耶律沙一骑飞来，保救匡嗣，杀向旧营。崔彦进引马军斩坚而入，正遇耶律沙交锋，耶律沙见宋兵势大，不敢恋战，拚死与匡嗣夺围，走奔易州。彦进掩兵追击，辽师拔营而逃，遗弃辎重殆尽。刘廷翰从城南绕进，与彦进等合兵追赶，独耶律休哥以中军力战不退，廷翰乃收军回城。

休哥引残骑回见匡嗣，言宋兵太甚，一时无策，可急返幽州，再作商议。匡嗣忧惧无已，只得率众归奏萧后。萧后闻知败兵折将之由，急召耶律休哥问曰："出师未逢大敌，如何便致丧败？"休哥以宋人用诈计相诱奏知，后曰："军中有汝在，何不参其议？"休哥曰："臣亦曾谏，匡嗣以臣所料太过，乃致误遭奸计也。"后大怒，下旨斩韩匡嗣，以正国法。耶律沙等力救曰："匡嗣之罪，本不容辞，念其为先帝之臣，乞陛下赦之。"后怒稍解，乃削其官职，黜退为民。下令着耶律休哥为主帅，耶律斜轸为监军，再统十万精兵，伐宋报仇。

旨令既下，休哥等克日出师。忽哨马报入遂城，刘廷翰集诸将议曰："辽兵乘锐而来，要与我等死战，只宜坚守，一面遣人申报朝廷，待救兵一至而后议战，则破辽兵如拾草芥耳。”众人遵令，各分门而守，按兵不出。

是时，汴京已有边报奏入：“近日宋辽鏖战，宋师大胜。”君臣正在议论间，忽奏辽兵又犯遂城，乞发援兵相助。太宗闻奏，谓众臣曰：“遂城乃幽燕之咽喉，辽兵既出，势所必争，若使遂城有失，则泽、潞二州亦不可守，谁能领兵救之？”杨光美进曰：“杨业父子常欲立功以报陛下，若委以此任，破辽必矣！”太宗依其议，即授杨业幽州兵马使，使部兵五万，前救遂城。业得命，欣然而行，令长子杨渊平监领余军，自率延德、延昭，克日兵离汴京，望遂城进发。来到赤岗下寨，隔遂城不远，先遣人报知城中。刘廷翰知是杨业来救，大喜，召诸将议曰：“杨业世之虎将，辽兵非其敌也。汝等但整饬器械相应。”彦进等各去整备。不提。

却说杨业父子之兵，于平原旷野排开阵势，忽见一彪军旌旗蔽日，尘土漫天，杨业出阵视之，一员大将唇青面黑，耳大眼睁，乃耶律沙也，横刀勒马问曰：“来将是谁？先报姓名。”杨业笑曰：“无端逆贼，妄生边衅。今日救死且不暇，尚敢问吾大名哉！”耶律沙顾谓军中曰：“谁先出马挫宋师一阵？”言未毕，骑将刘黑达应声而出，纵马舞刀直取杨业。杨业正待亲战，五郎杨延德一骑飞出，抡斧抵住交锋。两下呐喊，二将鏖战，刚刚战到第七个回合，延德卖个破绽，转马绕阵而走。黑达要建首功，骤马追来，马尾相接，延德绰起利斧，回马当面一劈，黑达连头带盔，撞翻马下而死。番将耶律胜纵骑提刀要来报仇，杨延昭挺枪迎战，两马相交，杀做一团。延昭奋枪一刺，耶律胜翻鞍落马，血溅尘埃。正是：

阵上番官拼性命，征场宋将显威风。

杨业见二子战胜，驱动后军冲入北阵。耶律沙舞刀力战，不能抵敌，跑马望中军逃走。杨业一骑左冲右突，如入无人之境，番兵大乱，死者无数。刘廷翰开了西门，引兵抄出，耶律斜轸拔寨奔走瓦桥关，廷翰与杨业合兵进击，杀得番兵尸首相叠，血荡成河，得其辎重衣甲极多。

杨业既获全胜，驻师遂城之南，与诸将议曰：“辽将走据瓦桥关，我当乘此锐气剿灭番兵。”刘廷翰曰：“耶律休哥智勇之将，今既远遁，元帅暂且息兵遂城，审机而进。”杨业曰：“兵贵先声，使敌人不暇为谋，此取胜之道也。公等勿虑，只管进兵。”诸将得令，直杀奔瓦桥关，扬旗鼓噪，列阵于黑水东南，兵势甚盛。

是时，耶律休哥等听知宋师长驱而来，与耶律斜轸议曰：“杨家父子真劲敌，杀我兵将如斩瓜切菜，无人敢当。今来围攻瓦桥关，只可据守，不可出战，待彼粮食将尽而后战之，可雪前耻矣！”斜轸然其议，下令诸将协力坚守关口，按甲不出。宋师乘势攻击，关上矢石交下，人不能近，惟远远瞰围而已。一连攻打十数日不能成功。

杨业亲引数十骑出关，审视地势，远望靠左一带，尽是草冈，乃辽将屯粮之所，右边通黑水，番兵皆据岸而营。杨业看了一遭，入军中召刘廷翰议曰：“贼兵坚守不出，其意将待我食尽而为攻袭之计。乘今北风夜作，寒冬天气，关左草木焦枯，若用火攻之计，可破此关也。”廷翰曰：“令公之论，与小将暗合，惟虑耶律休哥测破。”业曰：“吾自有计伏之。”即令军人捉一乡老来，问之曰：“瓦桥关左侧有小路可入否？”乡老曰：“只有一条樵路，人马不堪行，只今辽兵用木石塞断其处，难以通透。”令公听罢，以酒食赐乡老而去，召过延德谓曰：“汝引步军五千，卸去戎装，密密偷出樵路，人各带火具，候在交兵之际，即便举起。”延德领计去了。又唤延昭入曰：“汝带马军五千，乘黄昏时直渡黑水，敌贼必出兵半渡来袭，便复登岸而走，吾自有兵接应。”延昭亦领计而去。杨业复谓刘廷翰曰：“公与崔彦进率所部待吾儿退走，沿岸接战。敌兵若见关后火起，必先慌乱，可获全胜。”廷翰慨然而行。杨业分遣已定，自引中军在高处瞭望。

却说耶律斜轸见宋兵攻关不下，自与诸将谈论饮酒，遣人缉探宋师动静，回报宋师将渡黑水暗袭燕城，斜轸笑曰：“人言杨业素善用兵，徒有虚名耳。”因遣耶律高领精兵五千，拒岸而守，乘其半渡逆击之，可破其众，耶律高领兵去了。又遣耶律沙、韩暹部兵一万袭宋营垒。分拨已定，自与休哥等整兵接应。将近黄昏，杨延昭引兵直趋黑水，众人各携土囊从下流而渡。未过一半，耶律高率精兵乘势杀来，延昭军马复奔回南岸。辽将已渡过水，与延昭交锋，延昭且战且走。俄而信炮响亮，两岸箭弩如雨，刘廷翰等斩坚而入，正迎着耶律高交锋。耶律沙与韩暹二骑冲突宋营，喊声如雷，奋勇而进。杨延德步兵已偷过樵径，听得前面金鼓不绝，知是交兵，令部下点起火具。正值夜风骤起，火势迸发，一时满天红焰，番兵守粮者各自奔溃。耶律高见关后火起，急杀回原路，被廷翰赶近前，斩落水中。比及耶律沙已知中计，复引兵来救，杨延昭、刘廷翰等合兵进击，辽兵大败，各抛戈弃甲逃生。杨延德引兵从关后攻出，耶律休哥保斜轸杀奔蓟州。宋兵遂乘势夺了瓦桥关，天犹未明，烟焰正炽，杀死番兵无数。

次日平明，诸将各上其功，杨业曰："乘此破竹之势，数节之后，迎刃而解，可进兵围燕城。"廷翰曰："令公胜锐已振，辽将已皆胆落，然今粮饷不继，未可深入敌境。"令公然其言，遂驻师于瓦桥关。

却说耶律斜轸又败一阵，不胜愤怒，与众将整兵要来决一死战。休哥进曰："胜败乃兵家常事，元帅不必深耻，可奏知主上，得助兵来应，然后宋师可破也。"斜轸从其言，即差人来奏萧后。萧后闻知屡败，乃大惊曰："宋师是谁用兵，能如此胜敌？"来军奏曰："河东山后令公杨业也。"萧后曰："久闻此老号杨无敌，名不虚传矣。"即遣大将耶律奚底率兵五万救之。奚底得旨，即日出兵幽州。不提。

第十四回 犒将士赵普辞官 宴群臣宋琪赋诗

哨马报入杨业军中，业与诸将议曰："既辽兵复出，且缓其战。待我报捷朝廷，粮饷充足，须平定燕、幽，然后班师。"廷翰等然其议，业即遣团练使蔡岳归奏太宗。太宗闻知连胜辽兵，且大军直进燕、幽，心中大悦，因问辽之消息如何。岳曰："辽将不胜其辱，今复益兵来战。杨主将屯扎瓦桥关，近因粮食不充，未敢进兵，特遣臣赴阙奏知。"太宗与群臣商议，欲亲征大辽。枢密使张齐贤上疏奏曰：

> 圣人举事，动出万全，百战百胜，不如不战而胜。若重之谨之。戎狄不足吞，燕蓟不足取。自古疆场之难，非尽出戎狄，亦多因边吏扰而致之。若缘边诸塞抚御得人，但使峻垒深沟，蓄力养锐，自逸以处，宁我敌人。所谓择卒不如择将，任力不及任人。如是则边鄙宁而河北之民获休息矣。臣又闻家六合者以天下为心，岂止争尺寸之土，角戎狄之势而已。是故圣人先本而后末，安内以养外。是知五帝三王，未有不先根本者也。尧舜之道无他，广推恩于天下之民尔，推恩者何？在安而利之，民既安利，则戎狄敛衽而至矣。

疏上，太宗以示赵普、田锡、王禹偁数臣。赵普奏曰："齐贤所陈，当今之急务也。乞陛下召还杨业之兵，敕帅将严设边备，即燕、幽不能为中国患矣。"太宗允议，即日下诏，遣使召还伐辽之师。不提。

却说杨业在关中，得圣旨来到，与诸将议曰："朝廷既有班师之命，可将众分作前后而行，以防北兵追袭。"延德进曰："所难得者，机也。大人连胜辽敌，再假十数日之程，直捣幽、蓟，取其地舆以归，上报朝廷知遇厚恩，岂不美哉！"业曰："吾亦有志如此，奈何君命既下。

若不还军，反有违抗之罪，纵建微功，亦不足偿也。”延德乃不复敢言。次日令刘廷翰等固守遂城，自率所部离了瓦桥关，径望汴京而回。静轩咏史诗曰：

功在垂成诏即行，堪嗟机会竟难凭。
陈家谷口忠勤念，千古令人恨不平。

杨业既至京都，朝见太宗，太宗深加抚慰，赐赉甚厚。因令设宴犒赏征辽将士，君臣尽欢而散。

次日，赵普辞罢丞相之职，帝曰：“朕与卿自布衣知遇，朝廷赖卿扶持，何以辞职为哉？”普曰：“臣且老迈，不能理繁，乞陛下怜臣枯朽之体，允解政事，则生死而肉骨矣。”太宗见其恳切之甚，遂允其请，罢普为武胜军节度使。普拜受命，即日辞行。帝于长春殿赐宴饯行。酒至半酣，帝于席上谓普曰：“此行只遂卿之志，遇有急事商议，卿闻命之日，当即随使而来，勿负朕望。”普离席领命，帝深有恋眷之意，亲作诗以送之曰：

忠勤王室展宏谟，政事朝堂赖秉扶。
解职暂酬卿所志，休教一念远皇都。

普奉诗而泣曰：“陛下赐臣诗，当勒之于石，与臣朽骨同葬泉下。”太宗闻其言，亦为之动容。君臣各散。

赵普至中书省辞僚属宋琪等，因道主上之恩，不胜感慕。琪曰：“主上以公极知之爱而有眷恋之情，此去不久当复召也。”普取出御诗涕泣曰：“此生余年，无由上报，惟愿来世得效犬马之力。”琪慰抚甚至，送之而出。普径赴武胜。不提。

翌日，太宗设朝，群臣朝见。帝谓宰相曰：“普有功国家，朕昔与游，今齿发衰谢，不欲劳以庶务，择善地而处之，因赐诗以道其意。普感激泣下，朕亦为之堕泪。”宋琪对曰：“昨日普至中书省与臣道及陛下之恩，且言来生愿效犬马之力。今复闻陛下宣谕，君臣始终可谓两全。”帝然之，以宋琪、李昉知平章事，李穆、吕蒙正、李至参知政事，张齐贤、王沔同佥署枢密院事，寇准为枢密直学士。琪等拜受命而退。

是岁，改元为雍熙元年。冬十月，太宗想起华山隐士陈抟。抟，亳州真源人，尝举唐长兴中进士不第，遂不复官禄，以山水为乐，因服气辟谷，日饮水数杯而已。历二十余年，乃隐华山云台观。每寝处，多百余日不起，故俗人有“大睡三千，小睡八百”之语。先是抟乘驴过天津桥，闻太祖克汴，乃大笑堕驴曰：“天下自此太平矣！”至是太宗遣使召之赴京，陈抟得诏，随使朝见，太宗待之甚厚，谓宰臣曰：“抟独善其身，不干势利，所谓方外之士也。”乃遣中使送抟至中书省。宋琪等延接殷勤，坐中从容问曰：“先生学得玄默修养之道，亦可以教人乎？”抟笑曰：“小道山野之人，于时无用，亦不知神仙炼丹之事、吐纳养生之理，非有方术可传。假令白日升天，亦何益于世？今主上龙颜秀异，有天人之表；博达古今，深究治乱，真有道仁圣之主也。正是君臣协心同德，兴化致治之秋，勤行修炼，无出于此。”琪深服其言。次日奏对，以陈抟所言上陈。太宗诏赐号“希夷先生”，亲书“华山石室”四字赠之，放还华山。抟再拜受命，即日辞帝而出，自回华山。不提。

却说太宗以边境宁静，与臣民同享太平之盛，因下诏赐京师百姓饮酒三日。其诏曰：

> 王者赐酺推恩，与众共乐，所以表升平之盛事，契亿兆之欢心。累朝以来，此事久废，盖逢多故，莫举旧章。今四海会同，万民康泰，严禋始毕，庆泽均行。宜令士庶，共庆休明，可赐酺三日。

诏旨既下，京师士民无不欢跃。至期，太宗亲自与群臣登丹凤楼，观士民乐饮。自楼前至朱雀门，设音乐，作山车、旱船，往来御苑。至开封诸县及诸军，乐人排列于通路。音乐齐奏，观者满城，富贵无比。后人有诗断曰：

> 烽火烟消镇节安，君臣作乐夜深阑。
> 幽辽未下中原患，忘却当年保治难。

时雍熙二年春二月也。

次日，太宗宴群臣于后苑，召宰相近臣赐酒赏花，谓之曰：“春气暄和，品物畅茂，四方无事，朕以天下之乐为乐，宜令侍宴词臣，赋诗赏花。”玉音既下，一人进曰：“小臣不才，愿承命赋诗。”乃平章事宋琪也，即展花笺，援笔立书七言八句以进。其诗曰：

> 圣主飞龙俗美淳，乾坤总是一般春。
> 四方风泽被休教，万国怀来慕至仁。

浩浩舜恩邦尽载，巍巍汤惠仕皆亲。

微臣有愧无能补，鼓舞升平沐化新。

太宗览诗大悦，命取玉觞赐酒。李昉继进一首曰：

侍班上圣拟旒疏，融煦昭然德意孚。

饱暖四方咸底定，供输百姓自无虞。

仰风琛贡来蛮貊，被泽讴歌沸道途。

际遇太平何以报，凤麟为瑞有珍符。

参知政事吕蒙正亦进一律曰：

恩敷喜动万方民，御极龙飞际圣人。

圣治及将休运启，嘉祥日送好音频。

均沾有域皆怀德，一视无邦不遂臣。

盛世愿赓儒馆颂，德音荣对玉墀春。

帝览罢三诗，乃曰："宋平章之诗，词语优游，太平气象也；李昉诗清丽可爱；吕蒙正诗品格清高，忠勤度量，皆可为法。然视宋平章气魄绝伦，自与二人不同。"因令中官，将三人之诗勒于赏花亭下，以记君臣共乐之盛。中官承命而出。

太宗又曰："国家虽值暂安，而武事不可怠荒。辽、蓟未平，朕日夕为忧。当令在席武臣及诸王，各务走马射箭，以较武艺。"宋琪曰："陛下所虑甚远，诚社稷之福也。"帝即命军校于后园隙地立起箭垛，以百步为界。武官分为两队，诸王穿红，将帅穿绿。诏旨既下，各带雕弓长箭，跨鞍立马听候。帝传令曰："能有射中红心者，赏其骏马锦袍；射不中者，降出藩镇调用。"道声未罢，红袍队里一人骤马持弓而出，众视之，乃秦王廷美也。勒动其骑，弯弓架箭，指定红心发矢，正中其处，看者暗暗称奇。廷美射中红心，竟跳下马，于太宗御前请命。太宗喜曰："吾侄技擅穿杨，真可御武。"遂赐袍马。廷美谢恩而退。忽穿绿班中一将涌身而出曰："小将愿试一箭。"视之乃是大将曹彬。纵骑开弓，拈弦架箭，一矢正透红心，观者无不欣羡。曹彬亦下马，拜伏于御前，太宗深加抚劳，赐袍马而退。是日君臣尽欢而散。

秦王等既出后苑，暮过楚王元佐门首。元佐，帝长子，少聪警，貌类帝，帝钟爱之。后发狂疾，时以新瘥不豫，闻乐声透于堂中，王问左右曰:“是谁夜过府门,而乐音透彻?”左右曰:“今日圣上宴诸王武臣于后苑,皆较射为乐,适秦王射胜,赏赉马袍而出,经过门首,送从之乐音也。”元佐怒曰:“他人皆侍上宴赏,我独不在,是弃我也。”因发愤饮酒,至夜深,放火焚其宫室,城中大惊,官军一时赴救不灭。可惜雕梁画栋,绣阁琼楼,尽成灰烬。

次日,太宗知其由,下诏废元佐为庶人,迁于均州安置。旨令既下,元佐惭悔无及,带从人径赴均州。不提。

第十五回　曹彬部兵征大辽　怀德战死岐沟关

却说耶律休哥等以宋师既退，欲报遂城之耻，未得机会，每遣人入汴京缉探，回报中国日以赏玩为乐，君臣酣饮之事。休哥闻此消息，入奏萧后曰："臣以出师未得其利，致败衄之罪，诚该万死。且臣职在戎伍，近闻中国君臣纵逸欲之乐，不修国政。今将部兵直捣汴京，定其疆界，庶报前日之耻。"后闻奏，乃曰："卿连年出师，不利而还，宋之天下未可即图，须徐议进取。"耶律沙奏曰："所难得者机会，易失者时日，正当乘其中国无备，一举可以成功。"萧后见众臣意向，乃下旨以耶律休哥为监军，耶律沙为先锋，其下将士，各听调遣。休哥得旨，即日辞萧后，率精兵十万，由朔、云等州征进。

消息传入汴京，太宗闻知怒曰："丑羯奴恣生边衅，朕当亲征之。"因下诏示知。宋琪等奏曰："辽众犯逆，帅臣云集，何劳陛下亲冒矢石，以损威重乎！只须遣大将御之足矣。"帝意未决，张齐贤亦力陈："若使车驾再动，则百姓劳苦，乞陛下念之。"帝允奏，乃以曹彬为幽州道行营前马步军水陆都部署，以招讨使潘仁美、呼延赞、高怀德副之，率兵十五万，征讨大辽。

曹彬等得命，分遣诸将，克日入辞太宗。太宗谓曰："潘仁美但先趋云、朔，卿等以十万众声言取幽州，且宜持重缓行，不可贪利。彼闻大兵至，必悉众以救范阳，不暇援山后矣。"彬等受命而退。大军离汴京，潘仁美、杨业、高怀德率兵三万出寰州征进；曹彬、呼延赞由新城进发。正值暮春天气，但见：

路上残花随马足，中原飞絮点春衫。

且说曹彬部大众来到新城五十里下寨，守新城辽将贺斯听得宋兵来到，即引骑出城迎敌。两阵对圆，曹彬盔甲整齐，精神抖擞，立于门旗之下，谓辽将曰："吾主仁明英武，统一天下，何不速降，以图富贵。"贺斯怒曰："汝无故领兵入吾境，赢得手中刀，即便投降。"彬顾谓诸将曰："谁去擒此贼？"一将应声而出，乃呼延赞也。挺枪跃马，直取贺斯，贺斯纵骑舞刀来迎。两下呐喊，二将战上三十余合。贺斯力怯，拨回马便走，呼延赞奋勇追上前去，兜背一枪，刺落马下，辽兵遂溃。曹彬驱动后军，乘势取了新城。

次日，兵进飞狐岭，守将吕行德知宋兵已到，与招安使大鹏翼等计议曰："宋军势大，难以迎敌，不如解甲归降，庶免军士之苦。"鹏翼等曰："宋兵远来，必然疲乏，正好破之，如何便思屈膝。"遂率所部兵马迎敌。远见宋兵漫川塞野而进，鹏翼令军士围住阵脚，当先出马，大骂宋军："贪心无厌，深入我境，杀得汝片甲不回。"宋阵中呼延赞挺枪出战，大鹏翼抡斧来迎，两马相交，战上五十余合，赞乃佯输走入阵中，鹏翼骤马赶来，赞冷眼觑其渐近，大喝一声，鹏翼措手不及，被赞捉于马上，宋师涌进，贼兵降者无数。曹彬将鹏翼斩于城下号令。

次日，吕行德举关迎降，宋师又下飞狐，长驱进于灵丘。守灵丘辽将胡达引兵迎战，宋将呼延赞跃马厉声出曰："来将速下马投降，免受诛戮，不然视前日为例。"达怒曰："猖狂匹夫，擒汝以献吾主。"即抡刀直冲宋阵。呼延赞举枪交锋，二将战上一百回合，不分胜负。赞思："此贼勇力过人，须以智取。"即勒回马绕阵而走，胡达拍马追之，转过东壁，赞按下长枪，掣出金鞭，敌将追骑刚到，呼延赞睁睛举鞭劈脑一声响，胡达一命悠悠死于鞭下。曹彬驱军掩击，贼兵大败，遂袭了灵丘，得其降卒五千人，牛马辎重无算。曹彬谓赞曰："近来之战，将军功绩居多，吾固不及也。"赞曰："皆出元帅之妙算，小将何功之有！"彬大服其量，因遣人报捷于太宗。太宗惊曰："彼安得进兵如是之速耶？"乃遣使诣灵丘，令彬待仁美之众一同进兵，庶能克敌。曹彬得旨，正在沉吟之间，忽报："潘招讨大军已出雄州，特来与元帅相会。"彬大喜，即遣军骑迎候。

翌日，仁美来到灵丘，入见曹彬，道知已克寰、朔等州，降其刺史赵彦章、节度副使赵希贤等十数人。彬曰："此皆出于招讨制胜之功。

且主上有旨，候在齐发，今当整兵前进。”仁美然其言，即日领军望涿州而行。

却说耶律休哥等兵屯云州，听得宋师已进涿州，下令众军急进，于涿州城南下寨，与宋营只去五里之地。休哥召耶律沙入谓曰：“宋师深入吾地，势必跋涉，汝引兵二万屯于城南，坚壁而守，候其用力稍竭，出劲兵袭之。”耶律沙依令去了。休哥又谓华胜曰：“汝以步兵一万屯灵丘险处，设伏于林中，以绝宋之粮道。”华胜亦领计而行。休哥分遣已定，夜则令轻骑入宋营掠其单弱，昼则以精锐张其声势。

是时，曹彬督诸将于城下搦战，辽兵按营不出。宋师望见辽师精锐，不敢轻进，夜间不胜其扰。一连驻了十数日，军中粮饷不继，遣人打探，回报曰：“近日粮草屡被辽兵所掠，不能前进。”曹彬大惊，与仁美等议曰：“吾众深入敌境，粮饷不继，倘被辽师得知，出兵来袭，是自取其败也。不如撤围退雄州，以待军饷充足，再议进取。”仁美然其言，即下令将军马退入雄州，遣人入汴京奏知，以援馈饷。太宗闻奏，大惊曰：“岂有敌在前，反退军以援刍粮，失策之甚也。”急遣使止曹彬等，令其引兵沿白沟河而进。使者得命，径诣雄州，见彬传示敕命。彬等闻命，与诸将商议进兵。潘仁美曰：“贼势方锐，且地理不熟，莫若据雄州待之为上计也。”高怀德进曰：“若逗留不行，使敌人知吾粮尽，乘虚来袭，反为失计。不如先声而进，或可得志。”彬见众论纷纷，不得已乃下令军士各裹粮带食而进。将近涿州，耶律休哥听得宋师骤至，令人道知耶律沙等乘虚出兵，又遣耶律呐部兵一万，埋伏巢林待敌。休哥分遣已定，自与耶律奚底引劲卒，出岐沟关迎战。将近日午，宋师行了一日一夜，且兼暑月，人马饥渴，却遇耶律休哥军马一齐排开，威势甚壮，宋师颇有惧怯。南将高怀德首先出马，大骂：“辽将速降，饶你一死。”耶律奚底激怒，纵骑舞斧直取高怀德，怀德举枪来战，两马相交，战将五合，奚底拨马便走，怀德引骑追之，曹彬催动中军而进，耶律休哥接住交锋，且战且走。宋师已入关口，忽巢林一声炮响，耶律呐伏兵齐起，将宋师冲作两截。曹彬大惊，跑马便回，番兵万弩竞发，彬所坐马已中流矢而倒。正在危急之际，呼延赞一骑冲到，急叫曰：“主将可随我杀出。”赞在前，彬在后，拼死杀透重围。时耶律沙之兵抄入潘仁美阵后，将仁美围在核心，高怀亮力战不退。赞保彬走回本阵，见南方杀气连天，谓彬曰："必是宋师遭围，吾往救之。"即勒马而进，正遇仁美头盔尽落，徒步而来。赞杀散追兵，保仁美而回。怀亮与耶律沙大战，后面无接应军马，被耶律沙赶到关口，一刀斩之。比及高怀德冲围来救，耶律休哥挥动辽兵追杀，怀德血染袍铠，从骑丧折殆尽，耶律呐部兵又到，箭如飞蝗，怀德臂中巨弩，拔矢洒血复战，手斩番兵数十，见势危迫，料不能退，乃思曰："吾为中国大将，莫被敌兵所辱。"遂马上自刎而亡。可怜高怀德兄弟二人，竟死于难。静轩读史至此，有诗叹曰：

血战当年报主忠，斩坚入阵几千重。

英雄功绩今何在，回首沉吟夕照中。

高氏兄弟阵亡之后，耶律休哥等合兵一处，乘势追赶。又值暑雨暴下，宋师无复行伍。呼延赞保着曹彬、潘仁美等走到马河，闻后军报道："高怀德兄弟二人俱战死阵中。"彬等不胜哀感。忽听战炮连天，耶律休哥追兵杀来。曹彬不敢停留，连夜渡河而走。辽兵已追及，杀死及溺河中者，不计其数。休哥等以宋师已渡河而去，乃收军还营。次日河中浮尸蔽满，水亦为之不流；岐沟关下委弃盔甲辎重，积如丘山。

曹彬等退保新城，计点将士，折去六万余人，遣人入汴，上表请罪。太宗闻奏大惊曰："此是寡人虑事不周之过矣。"即下诏遣使召曹彬等班师。使臣领旨到新城宣知。曹彬等得旨，以副将朱信守新城，自与大队回汴京，朝见太宗，伏于阶下。大宗慰之曰："不知地势，遭贼兵所算，卿等今后当以是为戒。"彬谢恩而退。帝下诏令呼延赞屯定州，田重进屯灵丘，以防辽兵再入。赞等领命而去，不在话下。

曹彬以出师无功，闷闷不悦，因上表力辞兵柄。太宗允奏，乃降彬为房州刺史。又追念高怀德之功，官其二子高麟、高凤为代州团练使之职。曹彬既受命，即日赴房州而去。自是闭门读书，不与人事相接。

却说耶律休哥大胜宋师，遣人报捷于萧后，且请欲举兵南下。萧后得报大悦，因遣使诣涿州止之曰："须候秋高马肥，然后进兵。"休哥等得旨，乃按兵不动。边报传入京师，已知辽兵留镇云州，将为再寇之计。太宗得报，与群臣商议拒御之策。八王进曰："辽兵势颇猖獗，陛下只须敕边将修理战具，随机剿捕，使敌人疲于奔命，边患自息矣。"太宗然之，即下诏传谕近边帅臣。不提。

一日，太宗坐朝元殿，与侍臣议曰："先帝在日，于五台山许一香愿未酬。临崩之时，嘱朕亲往还之。今值国事稍息，将备法驾一行，卿等当为朕料理。"玉音既下，寇准出奏曰："先帝虽有此命，然事当急其本而缓其末。近来中国与辽兵战斗，连年兵马不宁，且五台山实乃辽之限界，耶律休哥拥重兵在云、朔等州，倘陛下车驾一动，敌人窥知，张势来阻我众，那时谁为陛下计哉？宁可迟缓数年，候边境安息之时，还之未晚，此时决不可行也。"太宗半晌未应，潘仁美奏曰："臣举一人保陛下前往，万无一失。"太宗问所举是谁，仁美曰："代州刺史杨业长子杨渊平，此人文武兼全，敌人畏惧，若护车驾而行，犹如泰山之安。"太宗大悦，即下诏以杨渊平为护驾大将军，带禁军二万，前往五台山。渊平得旨，准备戎伍俟候。

不日，太宗车驾离汴京，三军迤逦望太原进发。时值初秋天气，但见：

落叶萧萧风乍冷，雁声悲切客情多。

第十六回　太宗驾幸五台山　渊平战死幽州城

却说太宗车驾既离汴京，一路行来，看看望见五台山不远，寺僧智聪长老率众迎接于龙津驿。车驾来到寺门外，引班官迎太宗进入方丈中，龙椅坐定，文武列于两班。帝因下命，着仪司官赍过香礼，与寺僧摆列于佛案前齐备。群臣随帝诣佛殿中，寺僧敲动钟鼓，太宗躬下拜祷曰："朕以此来，一者为先帝之愿，今特来偿还；二者为生民臻太平之福，仰仗洪慈；三者仍愿皇图巩固，四海清宁。"帝祝罢，主典僧读诰文毕。是夕，太宗宿斋于元和宫。

次日，众臣奏曰："陛下香愿既酬，车驾当即还京，恐有细作不便。"太宗曰："朕深居九重，难得来此，与卿等暂留一日而行。"众臣再不敢奏。上因令寺僧引路，邀侍臣步出寺外，观望景致。果见一座好山，前控幽州，后接太原，端然限界，中耸出一奇峰，层峦叠翠，万峰在目。有诗为证：

拥翠拖蓝叠秀奇，峭然势下别华夷。
分明指处尖峰顶，缥缈云霞接汉齐。

太宗看之不足，因指前一望之地问曰："野草连天，却是何处？"潘仁美奏曰："此幽州也，古来建都之地，最是好光景。"太宗曰："朕当与文武诸臣前去游玩一回。"八王急奏曰："幽州乃辽主萧后所居之地，陛下若往，是自投机阱也。速宜整车驾还京，免遭耻辱。"太宗曰："昔者唐太宗平定辽东，未尝不亲临战阵。今朕有千军万马在此，岂惧萧后哉！汝众臣但随朕去无虑。"八王再不敢谏。

即日，车驾离五台山，前至郊阳地面，忽见旌旗蔽日，尘雾遮天，哨报前有番兵拦路。太宗问："谁可去探视？"一人应声而出，身长七尺，威风凛凛，乃保驾将军杨渊平也。奏曰：“臣前去擒取阻兵。”太宗允旨，渊平率军马杀奔前来。番阵旗门开处，一员辽将生得面如黑铁，眼若流星，使一柄大杆刀，跨一匹赤鬃马，乃耶律奇，高叫：“宋人好好退去，饶汝一死。不然自取擒戮矣！”渊平怒曰：“蠢尔番蛮，尚不缩头远避，敢来阻驾寻死耶！”即提枪跃马直取番将，番将舞刀来迎。两个呐喊震天，二将战做一块。耶律奇力怯，拨马便走，宋兵乘势赶入，番兵大乱，自相践踏，死者无数。渊平追去五里，回见太宗，奏知杀败番兵之事。太宗大悦，车驾遂进郊阳驻扎。

耶律奇收残军入幽州，奏知萧后：“今有宋帝车驾驻在郊阳，臣被杀败而回。”萧后大惊，因问帝驾何以来此？近臣奏道：“前日在五台山还愿，便来游玩。”后曰：“往者众臣尚要兴师伐宋，今有此机会，何不出去擒之。”言未毕，天庆王耶律尚奏曰：“臣愿部兵前往擒取宋帝以献。”后曰：“更得一人助卿为上。”马鞑令公韩延寿进曰：“臣愿同往。”后大悦，即与骑军一万前去。耶律尚即日部军出幽州，前抵郊阳城下。围城四匝，水泄不通。太宗车驾困在郊阳，深自悔恨。因令杨渊平出兵退之。渊平奏曰：“辽众初至，其势甚锐，若即与交锋，必不能胜。须停数日，一战可退。”太宗允奏。

是时，耶律尚亲督番兵于城下紧攻，喊声雷动，城中震骇。太宗登敌楼观望，只见四下番兵，乌屯云集，连营数里攻击，谓侍臣曰：“番兵甚众，如何脱离此处？”潘仁美奏曰：“陛下勿忧，今有杨业屯坚兵于代州，与幽州连境地方，得一人前往谕救，必能退敌。”太宗问曰：“谁可往代州谕救于杨业？”渊平应声而出曰：“臣当一往。”太宗即付与敕旨，渊平密藏，披挂上马，开东门杀出，正遇番将刘弼拦住，渊平更不打话，愤怒一枪，刘弼翻鞍落马。渊平乘势杀出重围，投代州来见父亲，将敕旨进上，道知：“圣上被围郊阳，四面皆是番兵，父亲当尽引代州之众前去救驾。”令公得旨，遂发兵起行，父子八人离了代州，望郊阳而集。

哨马报入番营，告知天庆王，天庆王集诸将议曰：“杨业乃劲敌也，此来救驾，父子必将死战，我众人谁敢抵挡？不如以军马撤退，放他入城，然后复兵围之，不消一月，将他君臣尽困死于城中。”众然其计，乃下令将军马撤围退离五里之地。哨骑报入杨业军中，杨业闻此消息，乃曰："番人不战而退，必有谋矣，我众人且入城见驾，徐图脱离之计。"渊平曰："大人所见极明。"即整军马入城朝见太宗，太宗大喜曰："不是卿来赴援，敌人安肯退去。朕闻卿名为辽人所畏，信不诬矣！"业奏曰："番人夷狄之性，意不可测，此去必将复兵来围，望陛下即整车驾，臣父子拼死杀出。"太宗曰："朕明日准定回驾。"语声未绝，忽报番兵长驱而来，仍旧围了城郭。太宗惊曰："不出卿之所料。"业奏曰："番兵甚众，车驾难以轻出。待臣审视敌人声势，然后定计破之。"太宗曰："卿当尽心筹度。"业承命而退。

次日，杨业率众子登敌楼观望，见番兵八面分屯齐备，军马雄伟。令公叹曰："若此坚兵，吾父子虽能杀得出去，如何能保众文臣无伤？纵使诸葛复生，不能施其计矣！"渊平曰："终不然束手于此而待毙耶！"令公曰："计策虽有，只是难得尽忠之人耳。"渊平笑曰："大人往日常言要以死报宋君，今吾父子自到中国之后，主上设极富贵之第宅相待，思无以报德，今遇患难，若有计可施，不肖情愿舍死向前。"令公喜曰："汝若肯成吾计，可保君臣无虞，我明日奏知主上，即便施行。"渊平全无难色，凛凛然下了敌楼。

翌日，令公朝见太宗奏曰："臣昨观敌兵甚是利锐，陛下若要脱此灾厄，除非学汉朝纪信救高祖离荥阳之计，诈献降书与番人，在西门迎受，臣保车驾与侍官从东门而出，则可保矣。"太宗曰："此计虽妙，谁肯学纪信所为乎？"令公曰："臣长子渊平愿承此计，乞陛下急作降表，遣人通知番营，若更迟缓，恐事有泄漏不便。"太宗听罢恻然曰："朕以汝父子入中国，未沾大恩，今日何忍损卿之至亲以救孤，非仁者之所为也。"渊平进曰："事已急促，若待城破之日，玉石俱焚，虽留臣之父子，亦无益于事。今若救得陛下出此重围，留万代之名，是臣子当行之事也，何惜焉！"语未毕，守城军来报，南门渐崩，番人将攀堞而上。渊平曰："陛下快脱下御袍，臣父与六郎延昭、七郎延嗣保车驾出东门；小臣与弟二郎延定、三郎延辉、四郎延朗、五郎延德出西门诈降。不然君臣难保。"太宗不得已，卸下御袍，龙车、法驾之具尽付渊平，先遣人赍降书前去。番将天庆王接得宋帝降文，与众人商议，韩延寿曰:“宋人遭困出降,此事必实,然不过与其讲和放回,宁有加害之理?亦请回书,与使者复命。”

次日,宋军于城西插起降旗,番众遂远离一望之地,等待宋君出城。太宗急同文武率轻骑出东门,望汴京而走。于是渊平端坐车上,黄旗六面,前遮后拥,隐隐而出。番将天庆王率众将戎伍齐备,于城西旗下高叫:“既中国天子情愿纳降,请出车驾相见,决无伤害之意。”渊平在车中听得,令左右揭起罗幔,见番王坐于马上,旁若无人,怒曰:“不诛此贼奴,何以雪吾耻也?”即拈弓搭箭,指定项下射去,一声响处,天庆王应弦而倒。正是:

一时主将成何事?顷刻翻为箭下亡。

渊平既射死番王,闪出驾外,厉声叫曰:“吾乃杨令公之子渊平是也,有勇者来战。”番兵大惊,激怒了韩延寿,下令番兵齐起,捉此匹夫,即挺枪跃马,直杀过宋阵。渊平鞍马未备,迎敌不及,被延寿一枪刺落车下。延定正待来救,耶律奇拍马而出,二将交锋,延定虽勇,部下先溃,被番兵争前拥进,砍断马足,掀翻战场,千军乱蹂而死。延辉见势不利,冲出重围而走,不上一里,芦苇草内,长钩套索一齐并起,先把延辉坐马绊倒,延辉身离雕鞍,已遭番兵所屠。延朗知兄被伤,慌忙杀出。背后韩延寿、耶律奇精兵皆至,四下围绕,延朗冲突不透,遂被北众所获,部下骑军战死殆尽。

第十七回 宋太宗议征北番 柴太郡奏保杨业

时杨延德冲出围中，后面喊声不绝，回望番兵乘虚赶来。延德转过林边，自思：当日在五台山，智聪禅师独遗小匣与我，分付遇难则开，今日何不视之？即怀中取出揭开，乃剃刀一把，度牒半纸。延德会其意，遂将阔斧去柄，纳于怀中，卸下战袍、头盔，挂于树上，截短头发，轻身走往五台山去了。

却说番兵东冲西击，杀至黄昏，始知宋君从东门而去，已离二百里程途矣。韩延寿等懊悔无及，乃收军还幽州，奏知萧后："宋帝用诈降之计遁出东门，止杀宋将三员，又生擒一将，大获全胜而回。"萧后大喜曰："既胜得杨家将帅，宋人已自丧胆，再议征取未迟。"因令解过捉将，问曰："汝宋朝主将，现居何职？"延朗挺身不屈，厉声应曰："误遭汝所擒，今日惟有一死，何多问为？"后怒曰："罕见杀汝一人耶！"即令军校押出。延朗全无惧色，顾曰："大丈夫谁怕死，要杀便请开刀，何须怒起！"言罢，慨然就诛。萧后见其言语激厉，人物丰雅，心中甚不忍，谓萧天佐曰："吾欲饶此人，将琼娥公主招为驸马，卿意以为何如？"天佐曰："招降乃盛德之事，有何不可。"后曰："只恐其不从耳。"天佐曰："若以诚意待他，无有不允。"后乃令天佐传旨告知延朗。延朗沉思半晌，自忖道："吾本被俘，纵就死亦无益于事，不如应承之，留在他国，或知此处动静，徐图报仇，岂不是机会乎？"乃曰："既娘娘赦我不死，幸矣！何敢当匹配哉？"天佐曰："吾主以公人物仪表，故有是议，何故辞焉？"直以延朗肯允奏知。后遂令解其缚，问取姓名。延朗暗忖杨氏乃辽人所忌，即隐名冒奏曰："臣姓木名易，现居代州教练使之职。"后大喜，令择吉日，备衣冠与木易成亲。不提。

却说太宗既回汴京，文武朝见毕。太宗宣杨业于便殿慰劳之，曰："朕脱此难，皆卿父子之力也。然不知渊平等消息如何？"业奏曰："臣长子性刚不屈，必遭其擒。"言未毕，近臣奏曰："渊平因射死番帅天庆王，全军皆没。"太宗闻奏惊叹曰："使良将陷于死地，寡人之过也。"因而下泪。杨业曰："臣曾有誓，当以死报陛下，今数子虽丧于兵革，皆分定也，陛下不必深忧。"太宗抚谕再三，乃遣杨业退出。次日设朝，与文武商议报杨业父子之功，潘仁美奏曰："边境多事，杨业父子忠勤之将，陛下宜授帅臣之任，以显其才。"太宗允奏，即封业为雄州防御使，业将辞行，帝出殿面谕之曰："卿此行但为朕专备边事，有召则至，无旨不宜轻离。"业顿首受命而出，到无佞府吩咐八娘、九妹，好生看待母亲，自与六郎、七郎父子三人复赴邠州。不提。

话分两头。却说耶律休哥等听知宋兵杀败于邠阳，屡遣人奏知萧后，宜乘时进兵，以图中原。萧后因与群臣商议征伐之策。右相萧挞懒奏曰："臣虽不才，愿率兵进取。"萧后曰："卿此去先问讨取金明池、饮马井、中原旬此三处与我屯军。若允，暂且回兵，不允，则举兵有名矣。"挞懒领旨，即日与大将韩延寿、耶律斜轸部兵二万，从瓜州南下。但见：

旌旗闪闪乾坤暗，戈戟层层白日昏。

人马到胡燕原下寨。

声息传入汴京，侍臣奏知太宗。太宗怒曰："辽兵累次犯边，朕当御驾亲征，以雪邠阳之耻。"寇准奏曰："陛下车驾才回，岂宜轻出，只须遣将御之，足退其众也。"太宗曰："谁可代朕行者？"准曰："太师潘仁美素知边情，可当此任。"太宗允奏，即下旨令授仁美招讨使之职，部兵前御番兵。仁美得旨，回至府中不悦，其子潘章问曰："大人何故不悦？"仁美曰："主上有防御番兵之命，圣旨又不敢辞，即去亦无妨，只是没有先锋，因此迟疑不决。"章曰："先锋在眼前，大人何不举之？"仁美曰："汝道是谁？"章曰："雄州杨业父子可充先锋。"仁美悦曰："汝若不言，吾几忘之矣！"次日侵早，入朝启奏太宗曰："此行缺少先锋，必须雄州召回杨业父子，则可破番兵矣。"太宗允奏，因遣使臣径诣雄州来见杨业，宣读诏曰：

朕以国运艰难，乃忠臣义士立功之秋。近日边报，北番大举入寇，军民惊扰，诏命潘仁美为行营招讨使防御之。惟汝杨业，辽人所仰，是宜充行。朕命到日，作急赴阙，计议征进，不得稽延误事。故兹诏示。

杨业得旨，即日率兵就道，入汴京朝见太宗。太宗赐赉甚厚，乃封为行营都统先锋之职。业受命而出，回府中见令婆。正值令婆与太郡柴夫人在堂中闲遣，令公相见毕。令婆曰："老将军因何回朝？"业曰："北番犯边，主上有诏来取，任老将为先锋之职，克日征进，特来见夫人一面。"令婆曰："谁为主帅？"令公曰："潘仁美也。"令婆愀然不悦曰："此人昔在河东，被公羞辱，常欲加害于公父子，幸主上神明，彼不能施其谋耳。今号令在其掌握，况长子五人已各凋零，只有汝三人在，此去难保无相害之意，令公何不省焉？"业曰："此事吾所素知，主上之命，宁敢有违。"太郡曰："媳明日亲为具奏，求一朝臣保令公而行，彼则不敢生谋矣。"令婆曰："我与太郡同往。"令公大悦，因具酒食相叙。

过了一宵，次日杨令婆与太郡夫人赴朝，近臣先为奏知，太宗降阶迎接。何为君王若是尊敬令婆？因她手上拿一龙头拐杖，上挂一小牌，御书八个字："虽无銮驾，如朕亲行。"是太祖皇帝遗敕所赐，以此敬重之也。太宗接上殿前，命侍官赐二人绣椅坐定，问曰："朕未有命，令婆与郡夫人趋朝，欲建何议？"太郡先起奏曰："闻陛下命将防御番兵，主帅潘仁美素与杨先锋不睦，此行恐非其利，须念其父子忠勤于国，陛下当善遇之。"太宗曰："此王事也，他人则不可行，太郡有何良策？"太郡曰："陛下若准其行，须于廷臣中举有名望者，保之同往，则无虑矣。"太宗曰："此议甚高。"遂下诏令文武举择谁可保杨业出征者。诏命才下，八王进曰："臣举一人，可保同往。"帝问是谁，八王曰："行营都总管呼延赞，此人忠义一心，可为保官。"帝大悦曰："卿此举甚称其职。"即日下命，着呼延赞保杨业一同出师。令婆与太郡辞帝而出。

是日朝罢，杨业闻呼延赞为保官，不胜之喜，复往雄州，调发所部军马征进。

第十八回 呼延赞大战辽兵 李陵碑杨业死节

且说潘仁美大军已离汴京，迤逦望瓜州进发，来到黄龙隘下寨，分立二大营。呼延赞屯东壁，自屯西壁。仁美乃与牙将刘君其、贺国舅、秦昭庆、米教练四人议曰："我深恨杨业父子，怀恨莫伸，此一回欲尽陷之，不想有保官呼延赞在，又难于施计矣。"米教练进曰："太师勿忧，小将有计，先去了呼延赞，然后除杨家父子，有何难哉！"仁美曰："公有何妙策教我？"米教练曰："对垒即是番兵屯营之所，彼听我军来到，必出索战，太师即下令：先锋未到，当着保官出阵。赞虽雄勇，奈今年纪老迈，不能久战，待他交锋之际，按兵莫救，必被番兵所擒耳。"仁美曰："此计极妙，明日准定行之。"果是番兵听得宋师来到，率所部会合而来，人马雄壮，声势甚威。哨马报入仁美营中，仁美遣人请呼延赞入军中商议曰："番兵长驱索战，先锋军马未到，公有何计退之？"赞曰："兵来将挡，水来土湮。既承主命征进，当尽忠所事，与番兵决战，更何待哉？"仁美曰："公先上阵，我率军后应。"赞慨然请行，披挂完毕，率所部扬旗鼓噪而出。正遇番将萧挞懒出马，赞厉声骂曰："番兵速退，免受屠戮，不然殄灭汝等无遗类矣。"挞懒怒曰："老迈之将，养死且不暇，敢来争锋耶！"即舞刀跃马直取呼延赞，呼延赞举枪迎战。两马相交，二人战上八十余合，番将力怯，拨回马便走。赞骤骑追之，四下番兵散而复聚。赞回头不见后兵接应，恐入深地，乃勒回马走，林中一彪军马截出，乃耶律斜轸，叫曰："宋将下马受缚，免遭诛戮。"赞激怒，奋刺斜轸杀出。番兵甚众，透不得重围。赞部下折伤大半，欲从僻路而走。骑校曰："小路恐有埋伏，不如走大路。"赞乃杀奔大路，萧挞懒复驱兵赶来，赞前后受敌。正在危急之间，忽正东旌旗卷起，鼓声震天，一彪军马当先杀出来，乃杨业也。策马提刀，大叫："番将休走。"挞懒部将贺云龙纵马迎敌，战不数合，杨业手起刀落，斩云龙于马下。番兵大溃，杨业父子冲入中间救出呼延赞。杨延昭挺身力战，独当其后，保护赞回至营中，卸下盔甲。赞曰："今日若非将军来救，几至伤命。"业曰："小将来迟，致总管惊恐，望乞恕罪。"赞乃令业屯止本营。

次日，人报太师："杨先锋军马正从东杀来，救了总管呼延赞回营。"仁美闻之，愤恨无及。刘君其曰："杨业违令来迟，太师若以军法从事，杀之有名矣。"道未毕，杨业进中军参见，仁美问曰："军情重事，汝何得后期而至？"业曰："主上令小将回雄州调集军马，于十三日起程。"仁美怒曰："番兵寇边至紧，汝为先锋，稽延不进，尚以主命来推。"喝令左右拿下处斩，军校登时将杨业绑缚于辕门。业厉声叫曰："我死不足惜，敌人在境而戮良将，非为国家计也。"道声未罢，时从人已报知东营呼延赞，跑马来到，喝开军校，将绑缚解了，领入帐中见仁美曰："汝居招讨之职，昨日交兵，坐观成败，不发一骑相应，若非杨家将备勇力战，几至败事。今日何得擅自诛之？老将临行，主上亲赐金锏一把与我，专保其父子回京，不然翻转脸皮，先与汝放对。"仁美满面通红，不敢答应。赞邀杨业抽身出帐中，愤怒而去。

仁美自觉羞惭，半晌无言。米教练进曰："太师勿忧，小将另施一计，去了呼延赞，则杨业死在旦夕矣。"仁美曰："公再有何计？"米教练曰："即日军中缺少粮草，可令呼延赞前去催运。待他离了边境，业再犯令，谁复保哉。"仁美然其计，即发帖书，着令呼延总管前往运粮。差人以帖文到东营见赞道知。赞得此消息，闷闷不悦。杨业进曰："军粮实乃重事，非总管去，他人不能当是任也。"赞曰："我非不肯前行，只有一件，潘仁美狼子野心，常有害君之意，恐我去后，以非理害将军，谁能保耶？"杨业曰："小将观番兵亦是劲敌，终待总管到来，然后出战，招讨纵要害我，彼亦无计可施。"赞曰："此去未定几时粮到，君父子坚守东营，待我复来再议出兵。"杨业应诺。赞即日出轻骑五千，回汴京催粮去了。后人咏史诗曰：

忠勤王事领征师，何意英雄不遇时。

边境未宁良将折，令人览此重伤悲。

西营潘仁美探知呼延赞已回汴京，不胜之喜，因与众将商议出战。米教练进曰："招讨可发战书于番人，约日交战，徐徐定计。"仁美即遣骑将赍战书出去见番将萧挞懒，萧挞懒得书怒曰："明日准定交锋。"批回来书，与众将议曰："潘仁美不足惧，杨业父子骁勇莫敌，近闻与主帅不睦，正宜乘其隙而图之。离此一望之地有陈家谷，山势高险，得一人部众埋伏两旁，诱敌人进入谷中合围之，必可擒矣。"耶律斜轸应声曰："小将愿往。"挞懒曰："君去必能办事。"斜轸即引骑军七千余人前往。挞懒又唤过耶律奚底曰："汝引马军一万，明日见阵。杨家父子深知战法，须缓缓佯输，引入伏中，号炮一起，截住力战。"奚底领计去了。挞懒分遣已定，着骑军前诣宋营缉探动静。

潘仁美已得回书，与刘君其议曰："明日谁当初阵？"君其曰："杨先锋出战，招讨率兵应之。"仁美召业入帐中告曰："番将索战，先锋不宜造次，倘有疏虞，堕君之锐气也。"杨业禀曰："明日是十恶大败日，出军不利，且呼延总管催粮未到，番兵势正锐，须待省机而进，则可成功矣。"仁美怒曰："敌兵临寨，何所抵对？倘总管一月不到，尚待一月耶？今若推延不出，我当申奏朝廷，看汝能逃罪否？"业知事不免，乃曰："番兵此来，奇变莫测，他处平坦之地，不足提防。此去陈家谷，山势峻险，恐有埋伏，招讨当发兵于此截战，小将率所部当中而入，庶或克敌，不然全军难保矣。"仁美曰："汝但行，吾自有兵来应。"杨业既退，贺怀浦进曰："既杨先锋要如此行，招讨可遣将于陈家谷相应，庶不误事。"仁美曰："正无机会，今乘此不发兵应之，看他如何设施。"怀浦曰："招讨若是惟报私仇，不以朝廷为计矣。"仁美不听，起身入帐中去了。怀浦叹曰："竖子几误国事，吾安忍坐视不救。"遂率所部来见杨业曰："公此行得非利乎？"业曰："吾非避死，盖时有不利，徒伤士卒而功不立。今招讨责业以不死，当为诸公先行。"怀浦曰："潘招讨之兵难以指望，小将愿与将军同行，庶得相援。"业曰："当与公左右翼而出。"商议已定。

次日黎明，杨业率二子与贺怀浦列阵于狼牙村，遥见番兵漫山塞野而来，鼓声大震。耶律奚底横大斧出马立于阵前，厉声曰："宋将速降，免动干戈。不然，屠汝等无遗类矣！"杨业激怒骂曰："背逆蠢蛮，死在临头，犹敢拒敌天兵耶！”言罢，舞刀直取奚底，奚底绰斧迎战。两下呐喊，二人战上数合，奚底拨马便走，业骤马追之。杨延昭、贺怀浦催动后军乘势杀入，番兵各弃戈而遁。奚底见杨业赶来，且战且走。杨业以平野之地，料无伏兵，尽力追击。将近陈家谷口，萧挞懒于山城上放起号炮，耶律斜轸埋伏并起，番兵四下围绕而来。杨业只料谷口有宋兵来应，回望不见一骑，大惊，复勒马杀回，已被斜轸截住谷口。番众万弩齐发，矢如雨下，宋军死者不计其数。比及延昭、延嗣二骑拼死冲入，矢石交下，不能得进。耶律奚底回兵冲出东壁，正遇贺怀浦，二骑相交，战不两合，被奚底一斧劈于马下，部众尽被番兵所杀。延昭谓延嗣曰：“汝速杀出围中，前往潘招讨处求救，吾杀入谷口保着爹爹。”延嗣奋勇冲出重围而去。

且说延昭望见谷口杀气连天，知是南军被围，怒声如雷，直杀进谷口，正遇番将陈天寿，交马战才一合，将天寿刺落马下，杀散围兵，进入谷中。杨业转战出东壁，遇见延昭来，乃急叫曰：“番兵甚众，汝宜急走，不可两遭其擒。”延昭泣曰：“儿冲开血路，救爹爹出去。”即举枪血战，冲开重围。萧挞懒从旁攻入，将杨业兵断为两处。延昭回望其父未出，复将杀入，部下从军死尽，只得奔往南路，以待救兵。

时杨业与番兵鏖战不已，身上血映征袍，因登高而望，见四下皆是劲敌，乃长叹曰：“本欲立尺寸功以报国，不期至于此间，吾之存亡未知，若使更被番人所擒，辱莫大焉！”视部下尚有百余人，业谓曰：“汝等各有父母妻子，与我俱死无益，可速沿山走回，以报天子。”众泣曰：“将军为王事到此，吾辈安忍生还！”遂拥业走出胡原，见一石碑，上刻“李陵碑”三字。业自思曰：“汉李陵以不忠于国，安用此为哉！”顾谓众军曰：“吾不能保汝等，此处是我报主之所，众人当自为计。”言罢，抛了金盔，连叫数声：“皇天皇天，实鉴此心！”遂触碑而死。可惜太原豪杰，今朝一命胡尘。静轩有诗叹曰：

> 矢尽兵亡战力摧，陈家谷口马难回。
> 李陵碑下成忠节，千古行人为感哀。

杨业既撞李陵碑而死，番兵喊声杀到，业众力战不屈，尽皆陷没。番将近前枭了首级。日将晚，萧挞懒乃收军还营。

第十九回　瓜州城七郎遭射　胡原谷六使遇救

却说杨延嗣回瓜州行营，见潘仁美泣曰："吾父被番兵困于陈家谷，望招讨急发兵救之，不然生死决矣！"仁美曰："汝父子素号无敌，今始交兵，便来取救耶！军马本有，要备我营，难以发遣。"延嗣大惊曰："吾父子为国家计，招讨何以坐观其败乎？"仁美令左右推出帐外，延嗣立地骂曰："无端匹夫！使我若得生还，与汝老贼势不两立。"仁美大怒曰："乳臭竖子，仇恨莫报，今杀伐之权在我，尔竟来寻死路耶！"乃令左右缚于高处射之。军校得令，将延嗣系于舟樯之上，众军齐齐发矢，无一箭能着。仁美惊曰："真乃奇异，何众人所射皆不能中？"延嗣听得，自思难免，乃曰："大丈夫临死有何惧哉！只虑父兄存亡未卜。"因教射者："可将吾目蔽障，射方能中。"众军依言，遂放下，割着眉肉，垂蔽其眼，然后射之。可怜杨七郎万箭着身，体无完肤，见者无不哀感。后人有诗叹曰：

万马军前建大功，斩坚入阵见英雄。
如何未遂平生志，反致亡躯乱箭中。

潘仁美既射死杨七郎，令将其尸抛入黄河去了。忽报番兵困住杨业于陈家谷，杨业已死，今枭其首级，杀奔西营来了。仁美大惊曰："番兵众盛难敌，若不急退，必遭所擒。"即下令拔营起行。刘君其等心胆坠地，连夜走回汴京去。番兵乘势追杀一阵，宋军死者大半，委弃辎重盔甲不计其数。萧挞懒既获全胜，乃屯止蔚州，遣人报捷于萧后。不提。

却说杨延昭部下陈林、柴敢，因交兵乱后，逃匿于芦林中，直待番兵退去，二人乃沿岸而出。忽见上流头浮下一尸，将近岸边，二人细视之,泣曰:"此是杨七郎小主官,因何遭此乱箭所射?"泣声未止,忽岸侧一骑急跑来到,陈、柴正待走避,骑已近前,乃杨延昭也。因见陈、柴二人,问曰:"汝等为何在此?"陈林曰:"战败避于此处,正欲寻访本官消息,不想见河中浮一尸来,却是七郎君,满身是箭,体无完肤,不知被谁所伤。"六郎下马,仰天号泣曰:"吾父子为国尽忠,何为遭此劫数。此必是问仁美取救兵,言语相激,致为老贼所伤。"因令陈、柴捞起尸首,就于岸上埋讫。陈林曰:"本官今日要往何处?"延昭曰:"汝二人可随处且安身,吾密向小路体探我父消息。若只困在谷中,须漏夜入汴京取救。倘有不测,此仇亦当报也。"陈、柴从其言,三人洒泪而别。

只说杨延昭单骑入谷中,至半途遇见二樵夫,问曰:"此是何地名?"樵夫曰:"转过谷之东壁,乃幽州沙漠之地,前去便是胡原。"延昭听罢,轻骑来到其处,见死尸重叠,皆宋军部号。嗟呀良久,近李陵碑边,一将横倒于地,留下腰绦一条,延昭细视之,乃是其父所系也。因抱尸而哭曰:"皇天不佑吾父子,致使丧于兵革,何不幸若是哉!"乃掩泪将所佩剑掘开沙土埋之,上留断戈为记。复勒马出原口,已被番将张黑嗒拦住,高叫曰:"来将何不下马投降,以免一死。"延昭大怒,挺枪直取番将,二人交锋,战上数合,四下番兵围绕而呼。延昭虽勇,寡不敌众。正在危急之间,忽山后一人杀来,手起一斧,劈黑嗒于马下,杀散番兵,下马来见延昭,乃五郎延德也。兄弟相抱而哭。延德曰:"此处贼敌所在,可随我入山中商议。"遂邀六郎至五台山,进方丈中坐定。延昭曰:"自与哥哥幽州散失,一向存亡未审,今日如何在此?"延德曰:"当日爹爹保銮驾出东门,我同众兄弟与番兵鏖战,势已危迫,自为脱身之计,削发投入五台山为僧。日前望见陈家谷杀气连天,人道辽宋交锋,自觉心动,因下山观视,不想恰遇吾弟在急难中。"延昭泣诉七郎与父之事,延德不胜悲悼,乃曰:"至亲之仇,不可不报。"延昭曰:"小弟当于御前雪明父弟之冤。"是夕在寺中过了一宵,次早辞延德,自投汴京而行。

消息传入汴京,太宗听知杨业战殁,宋师败衄,急集文武议曰:"杨业父子忠勤于国,今闻其死于王事,朕甚悼焉。"八王进曰:"近有呼延赞回京备办粮草,对臣言主帅潘仁美与杨业不睦,臣便虑其败事，今果然矣。陛下当究仁美丧师之由，与后人知所惩戒。”太宗然其奏，因下诏群臣，专究其事。仁美闻此消息，坐卧不安，与刘君其议曰：“今朝廷专要究吾败军之故，人传杨六郎将赴京陈诉其事，倘主上知此情，呼延赞力为之证，我等全族难保矣。”君其曰：“事不宜迟，若待举发，百口无以分诉。乘今六郎未到，可密遣人于黄河渡候之，谋事于外，所谓斩草除根，免得萌芽再发。”仁美从之，即遣心腹军人密往黄河渡等候去了。

却说杨延昭自离五台山，望大路进发，到一山林，忽听数声鼓响，走出二十余人，拦住去路，叫曰：“你若要经过，留下买路钱。”延昭抬头视之，见为首二人，问曰：“来者莫非陈林、柴敢乎？”陈、柴听得，即忙近前拜曰：“原来是本官也。”遂邀六郎入寨中，道知自别本官后，夺得此处安身，不想到此相遇。延昭将父死情由道知，因言要赴京于御前告明主帅不应救兵之由。陈林曰：“喜得本官道出其事，今有潘招讨正防本官告状，特差数十健军于黄河渡待等本官。此另有一处可赴汴京，当着人送本官从小路而去，方保无虞。”延昭听罢，乃曰：“事不偶然，此贼害吾一家，今又来谋我耶！”遂在寨内过了一宵，陈林令手下密送六郎从雄州而去。

话分两头。却说幽州萧后得萧挞懒捷报，决意要图中原。有内官王钦者，本朔州人，自幼入宫侍萧后，为人机巧便佞，番人重之。钦乃密奏曰：“中原一统之地，谋臣勇将不可胜数。区区一战之功，安能便取天下哉。臣有一计，不消一年，使中原竟归陛下，宋人缩首无计矣！”后曰：“卿有何计，若是其妙？”王钦曰：“臣装作南方之人，投为进身之计，若得成事，必知彼处动静、兵数强弱、国之利害，密遣人报知陛下。然后乘其虚困，举兵南下，可收万全之功，何患江山不属陛下哉！”后闻钦奏，大悦曰：“若果成事，当以中国重镇封汝。”次日，萧后与群臣计议，右相萧天佑奏曰：“王钦此计可行，乞陛下允之。”后因下令即行，王钦准备齐整，来辞萧后。萧后看见笑曰：“卿装作南人真无异矣，然此去须宜机密。”王钦曰：“臣自有方略。”即日辞后出燕京，径往雄州而来。

且说杨延昭望雄州进发，时值五月天气，途中炎热，来到绿芜亭，歇下行杖，正靠栏杆而坐。未片时间，遥见一人来到，头戴黑纱巾，身穿绿罗衣，系一条双鞭黄丝绦，着一双八比青麻鞋，本似儒家装束。将近亭中，延昭迎而揖曰："先生从何而来？"其人答曰："小可朔州人氏，姓王名钦，字招吉，幼读古书，居于此地。今将入中国求取进身，不想遇见阁下，动问高姓是谁？"延昭不隐，道知本末，且言胸中冤屈之事。招吉听罢愤然曰："既君父子若此忠义，被人谋害，何不于御前诉雪其冤，而乃徒自伤悲耶？"延昭曰："小可正待赴京诉明，只因无人会做御状，以此持疑未决。"招吉曰："此不难事，既足下有此冤枉，小生当罄其所学，为君作之。"延昭下拜曰："君若肯扶持，真乃万千有幸也。"即邀招吉到馆驿中，备酒醴相待。席上延昭诉他平日之事，招吉嗟呀不已，乃问曰："君所陈诉，当以谁为罪首？"延昭曰："招讨潘仁美同部下刘君其、米教练等主谋害我父子，是数人皆难放过。"招吉然其言，乃誊出状稿，递与延昭视之，果是情辞激切，婉转悲悼。延昭视罢喜曰："此足以雪我冤矣！"酒阑，招吉辞延昭而去。延昭曰："当与足下于汴京相会。"招吉应诺。二人既别，延昭将状词写正，明日径赴京都。不知缉探人已将此消息报与潘仁美，仁美大惊，乃召刘君其等商议。君其曰："先发者制人，后发者制于人。不如进一道表章，奏知杨业父子邀功贪战，几败国事，今延昭越伍逃走。圣上闻奏，必先诛之。"仁美曰："此计甚妙。"即日具表奏知朝廷去了。

当日杨延昭来到京师，正值七王元侃行驾出朝，延昭取出御状，拦驾称冤陈告。左右捉住，正待绑缚，七王喝声不许动作，且允其告。侍从即接其状词，七王令带入府中。延昭随车驾入寿王府，伏于阶下。七王将口辞审过一遍，再将御状细细视之，内中词语明切，刀笔精利，叹曰："作此词者，真有忧世之才。"因问此状出谁之手，延昭不敢隐，将王钦来由道知。七王喜曰："孤正要得此人，既他来求进身，当取用之。"又问此人今在何处，延昭曰："寓居汴京东角门龙津驿中。"七王听罢乃曰："汝之冤枉实是国家重事，此处难以决问，可于阙门外击登闻鼓，与圣上知之，则可为理矣！当速去，勿被奸人所觉。"延昭接过御状，拜辞七王，径趋阙门外来。七王自遣人于驿中寻取王钦。不提。

第二十回 六使汴京告御状 王钦定计图八王

只说杨延昭来到阙边，击动登闻鼓，声言欲面圣上陈告，被守军捉送提狱官。提狱官审问明白，将状奏请太宗。太宗以状展于御案上，视曰：

诉冤枉人杨延昭，为毒谋深害，陷没全军，欺君误国事：臣父杨业，生自太原，世仕河东，深荷先帝之垂青，继承皇上之招徕。臣父子心矢贞忠，情甘效死。近因契丹犯境，兵寇瓜州。以潘仁美整防御之师，蒙敕臣父当冲锋之职。此正宵衣旰食之时，边臣尽瘁之日也。不意潘仁美向怀私怨，包藏祸心，用计遣回保官，致书暗挑敌战。逼孤军而临绝险，假皇命以利词锋。狼牙村兵交马斗，主帅则宴坐高谈，不发一卒相援。陈家谷矢尽力穷，番将则乌屯云集，遂致全军皆陷。臣父杨业，捐躯命于李陵碑下，虽臣节之当然；臣弟延嗣，遭乱箭于西壁营中，何私仇之必报？丧师辱国，由其自坏长城；饰罪蒙奸，思维闭塞言路。破巢不留完卵，遣健卒竟阻黄河；剪草不教蔓延，逞巧言章呈魏阙。可怜臣父子八人，忠勤为国，欲图报于陛下，先见陷于帅臣。漂流独自，孤苦无依，击廷鼓以诉冤，乞天恩而明审。若使臣之父兄有灵，致陛下开日月之明，拘证奸人，断省深冤，使九泉者得以瞑目，臣即死于九泉地下，无所憾矣。

太宗看罢状情，不胜愤激。忽枢密院牒上潘仁美表章，称道杨业父子邀功失机之由。太宗得奏，沉吟半晌曰："潘仁美以杨业有邀功之罪，杨延昭以仁美有陷害之情，各执一词，孰为轻重？"南台御史黄玉奏曰："阃外之事，任在帅臣。若使号令不行，何以办事？

于今杨业父子违令邀功，以致全军皆陷，其罪本有。今被番人所屠，而乃诬告主帅，是罔陛下也。死者则止，当以杨延昭押出朝门，明正其罪斩之。”盖黄玉本潘仁美内兄，故力救之。时八王急出奏曰：“杨业父子有功于朝，先帝尚以不次之位待之，今被奸人所陷，陛下宁不为之雪其情哉？此事臣知久矣，乞拘潘仁美于法司衙着落，有职官与延昭对理，鞫问明白，取自上裁。”太宗依奏，即敕参知政事傅鼎臣，鞫问潘仁美一案。

鼎臣领旨，遂开衙府，拘到潘仁美、刘君其、秦昭庆、米教练一干人，都在阶下。鼎臣问曰：“潘招讨往日同僚相待，今乃君命也，难以容情。果违法律，明招其由，勿使动用刑法无益。”仁美曰：“小可承君命防御辽兵，彼父子自失机宜，致被陷没，反来诬陷我等。若朝廷不察其详，屈坐帅臣，则后人何敢任是职哉！乞大人明鉴，为申上知。”鼎臣半晌无言，令左右将一干人拘于狱中，退入后堂。忽报潘府黄夫人遣使女说有机密事要见大人，鼎臣令唤进后堂，使女跪在阶下曰：“夫人以太师发问于参政台下，没甚孝顺，薄奉黄金一百两，玉带一条，望大人善觑方便，再得重谢。”鼎臣本是好利之徒，见着此物，不胜欢喜，令左右收起，谓使女曰：“汝归拜上夫人，不需持念，参政自有分晓。”使女拜辞而出。不想八王知得鼎臣好财，恐潘家有人通传关节，乃密遣手下在府门缉探，比见使女进府，走报八王。八王随即来到，恰在府门外捉住使女，提过金锏，入后堂来。鼎臣见着，吓得面如土色，连忙下阶迎接。八王厉声曰：“汝为朝廷显官，何得私受潘府贿赂，要害杨家？”鼎臣曰：“小官并无是情，殿下何以出此言？”八王乃令从人将潘府使女跣剥阶下拷讯，使女抵赖不过，只得实招。八王怒曰：“傅参政尚能强辩乎？”鼎臣哑口无言，自脱去官带，伏于阶下请罪。八王令备马，随即入见太宗，奏知其事。太宗惊曰：“若非卿有恻隐之见，险被奸臣卖弄。”因问鼎臣当拟何罪？八王曰：“私受贿赂，其情尚未行，当得枉法之罪，该拟罢职为民。”太宗允奏，即下旨罢鼎臣官职，发归乡里去了。

八王又奏西台御史李济忠勤公正，可问仁美一案。帝允奏，敕命李济承问施行。李济领旨，开御史台，端坐于堂上。左右军尉威风凛凛，排开刑具之类，见者无不骇然。正是：

生死殿前难抵讳，血冤台上不容情。

一伏时，狱官解过仁美、延昭等，到阶下审问一遍。仁美力推杨业自被战死，与我等无干。李济怒曰："汝为主帅，败衄而回，反以彼自家战死抵讳，杨七郎有何罪？汝用乱箭射之。且傅参政因汝送了前程。今日好好招承，免动刑具，不然休怪下官惨酷也。"仁美低头不应。李济喝令军校将刘君其、秦昭庆、米教练一起推于甬道，极刑拷打。三人受苦不过，只得将陷害杨业并射死七郎情由，逐一供出明白。吏司呈上，李济审案录奏，仍将犯人监禁，候旨发落。

李济离了御史台，次日以仁美招由奏知太宗。太宗视毕，大怒曰："朕以仁美先帝功臣，屡恕容之。今如此侮法，不正其罪，何以激励边将！"因问八王，当何以处治？八王奏曰："潘仁美该处斩罪，陛下以后妃之故，减二等罢职为民；刘君其、秦昭庆、米教练等得通谋之罪，亦该处死，减一等，调边远充军；杨延昭有失军机，发问配所。其余人犯，随旨发落。"太宗允奏，下敕着李济照原拟遣。李济领命，于府中将文案复视，罢黜仁美为民外，刘君其问淄州军，秦昭庆问莱州军，米教练问密州军，杨延昭配郑州。拟议已定，将刘君其等决杖讫，依期起行，不在话下。后人咏史诗曰：

党恶害人何所益，试看今日配君其。

皇天有眼应无误，只在斯须与报迟。

次日，李济以发遣仁美一起奏知于上，上谓侍臣曰："往者杨业父子屡建奇功，不期死于王事，朕甚怏怏，欲将恩典旌之，卿等以为何如？"直学士寇准奏曰："陛下念及功臣，以慰其后，为社稷计也，有何不可。且杨业父子忠勤为国，人臣所难。今只有延昭一人在世，正当厚恤之，使边将知所观感。"太宗然其议，因遣使臣于郑州取还延昭去了。

忽近臣奏知武胜军节度使赵普卒，太宗闻奏震悼，谓群臣曰："赵普能断大事，尽忠国家，真社稷臣也。"寇准曰："诚如陛下所言，臣等多不及也。"

按赵普素性深沉，刚毅果断，虽多忌克，而能以天下事为己任，故其当揆，惟义是从，偃武修文，慎罚薄敛，以立弘功于后世，其功大矣。

少习吏事，寡学术，太祖劝以读书，遂手不释卷。每归私第，阖门启箧，取书诵之竟日。次日临政，处事如流。既卒，家人发箧，取书视之，则《论语》二十篇也。尝谓帝曰："臣有《论语》一部，以半部佐太祖定天下，以半部佐陛下致太平。"普相两朝，未尝为子弟求恩泽。卒年七十一岁，后谥文献公，封韩王。

是时宋太宗在位既久，未立东宫。冯拯等上疏，乞早定太子。帝怒，贬之于岭南。自是中外无复敢言者。七王知此消息，密与心腹王钦议曰："君父春秋已迈，未肯立皇太子。廷臣谏者，遂遭贬黜。莫非因八王之故，欲以天下还之耶？若果有此意，则我失望矣。"钦曰："殿下所言，正合我意。且主上以遗言为重，必将天下还八王无疑。若不预定其事，噬脐无及。"七王曰："君有何策教我？"钦曰："除非谋死八殿下，则大事定矣！"七王曰："八殿下君父至爱，如何谋得？"钦曰："臣有一计，不知殿下肯依否？"七王曰："君试言之。"钦曰："可召精巧匠人入内府来，打造鸳鸯酒壶一把，能贮两样之酒。当遇春景百花盛开，特请八王于后苑赏玩，令庖人进食，侍官斟酒。先藏毒酒于外，后放醇酒于中，八王饮之，不消半钟即死于非命矣，有何难哉？"七王听得大喜曰："此计极妙，然事不宜迟，即须行之。"乃遣军尉往城西召胡银匠进府中打造鸳鸯壶。不数日，其工完全。银匠将壶献与七王，七王视之，果是精巧，人不能测。谓王钦曰："器物已造完备，当在何时行之？"钦曰："殿下先将匠人诛之，以灭其口。"七王然之，因赏之醇酒，登时醉倒，七王令左右丢入后苑井中去讫。王钦曰："殿下当发书于八王府中邀请，明日辄行此事。"七王乃遣内官赍书径诣八王府中，进上其书曰：

> 弟元侃以春光明媚，花柳芳妍，适朝廷优暇之际，与兄连日间阔，乞车驾于后苑赏玩片时，庶慰伊弟之怀，以酬春光之盛。

八王得书，着内官复命，明日准来赴约。内官拜辞，归见七王，道知八殿下许允赴约之故。七王得报，吩咐庖人厨宰，准备筵宴整齐。

次日，八王车驾已到，七王亲出府门迎接，进入堂中坐定，各诉相爱之情。茶罢三盅，二王入后苑来，只听得乐工歌女，丝竹品奏。八王与七王分宾主对席而坐。七王笑曰："兄弟之爱，喜乐相同，难得如此春光，今特与兄少尽一日之欢，以慰平生之念。”八王曰：“多蒙雅召，安敢推辞。争奈数日因寒暖失调，腑脏颇觉不安，然而兄弟之情，只得赴命，酒实不敢饮。”七王曰：“纵兄不十分饮，且开怀数杯。”

一伏时，庖人先进品味。七王令侍官行酒。侍官提过鸳鸯壶，先斟一金钟进于八王面前。其酒才入金钟，毒气冲逼。八王身子未痊，闻此酒气，掩鼻不迭。忽筵中一阵狂风过去，吹倒金钟，将酒倒翻满地，毫光迸触，侍从皆有惧色。八王离席，吩咐从人准备车驾，辞七王径回府去了。七王以计不成，懊悔无及。王钦曰：“殿下勿忧，八王不知就里，谅亦无怪，俟再图之。”七王闷闷不悦。

第二十一回 宋名臣辞官解印 萧太后议图中原

却说太宗尝以后事决之赵普，普曰："先帝既误，陛下岂容再误。金匮之盟，未可全执。"于是太宗因有立子之意。至是偶沾重病不起，召寇准、八王等入嘱后事。帝曰："先帝以天下付朕，掌理二十二年矣。今当以此位还于八王而立，庶不违皇太后之命。"八王奏曰："陛下皇子长成，人心所属，谁敢有异议。惟陛下善保龙体，臣决不愿为君，须与七王为正。"太宗良久问寇准曰："卿且言孰可付神器者？"准对曰："陛下为天下择君，谋及妇人中官，不可也；谋及近臣宰辅，亦不可也。惟陛下择所以副天下望者而立之。"太宗乃曰："既八王不肯为君，当以元侃主社稷。"准拜贺曰："知子莫若父。圣虑既以为可，愿即决定。"太宗又谓八王曰："朕此病莫保，卿善辅汝弟。先帝尝言，代代有谗臣以乱国政。今赐汝铁券、免死牌十二道，若遇奸臣当国，得专制之。且杨业有子延昭，此人必能定乱，须重用之，勿弃也。"八王拜受讫。俄而帝崩，寿五十九岁。时改元至道三年三月日也。后人咏史诗曰：

混一中原志亦勤，堪称美政化维新。

苍天若假当年寿，竟使黎民望太平。

太宗笃前人之烈，成未集之勋，混一中原，并包四海，中外宁谧，偃武修文，礼乐文章，焕然可述。时既晏驾于万岁殿，众文武乃立七王元侃即位于福宁殿，是为真宗皇帝。群臣朝贺毕，尊母李氏为皇太后，命中官奉太宗灵柩于偃陵，封王钦为东厅枢密使，谢金吾为枢密副使，进八王爵为诚意王，其余文武升职有差。

次日，参知政事宋琪奏曰："臣蒙先帝之恩，在位已久，无益朝廷，乞陛下允臣解职归乡，不胜感激。”真宗曰：“朕初即位，正赖卿等相扶，如何便舍朕而去。”琪曰：“朝廷清贵无数，区区微臣，何足念哉！”帝见其意真切，遂准奏。宋琪辞帝而归。越数日，吕蒙正、张齐贤等封章迭至，各称辞官解职，帝俱允之。自是朝廷重事，专委枢密使王钦所理。

却说八王趋朝而出，忽一人拦住车驾，声冤告状。八王问曰：“告状者是谁？”其人哭曰：“小人胡银匠之子，日前父亲被新王召入府中，打造鸳鸯壶，欲造谋害殿下，数日不出，被王枢密恐外人知觉，谋死于府中。小人有冤无诉，只得投殿下作主。”八王听罢，怒曰：“日前斟酒之际，吾意亦猜至几分，当时惟见王钦在旁调度是事，不想起此毒意也。”乃令左右接过状，取黄金十两，与告状人而去。复命回车驾入朝，正遇着王钦与帝在便殿议事。八王直前奏曰：“臣于午门接得一纸冤状，告称王枢密私谋胡银匠。臣已准理，特来奏知陛下。”真宗听罢大惊，乃曰：“王钦常在朕旁，那得此事，王兄勿听奸人之言。”八王笑曰：“谋杀胡银匠，本为臣之故也。臣以忠心待陛下，陛下何用疑心，听信谗言，要害自家骨肉。若非太祖皇帝有灵，社稷何如？臣若有意为君，不到今日矣。”王钦忙进前奏曰：“八大王以势压臣，故来于此说词。岂有谋杀人往日不告，而待陛下已立大位，敢向午门谤天子耶？”帝未答，八王大怒，抽出金锏望王钦劈面打去。王钦躲避不及，正中鼻准，血流满面而走。八王一直赶去，真宗忙下金阶劝救曰：“万事看朕之面，饶他一次。”八王乃住步，指王钦骂曰：“汝若再为恶，吾即诛之。今姑缓汝之死。”言罢愤怒而退。王钦乃伏于帝前请死，真宗曰：“八王先君爱臣，朕且让之，何况于汝。今后凡事但省避之。”王钦顿首辞去，归至枢密府中，深恨八王，欲思报怨之计，乃修下密书一封，遣心腹人漏夜送入幽州见萧后，奏道：“中国太宗晏驾，新王即位，朝中无甚良将。若发遣人马入寇，则中国可图。”

萧后得奏，与群臣商议。萧天佑奏曰：“耶律休哥屯兵云州，屡请举兵伐宋，既中国遇丧，正宜乘其无备，一举可以成功。”道声未罢，卷帘将军土金秀出班奏曰：“宋君善能用人，边廷帅臣，皆是雄虎之将。王钦所言，未见的实。若即举兵南下，难定输赢。臣有一计，能使中国献纳山后九州之地与陛下掌管，不劳兴军众也。”后曰：“卿有何计？”金秀曰：“陛下今可遣人赍书一道与中国通知：臣与麻哩招吉、麻哩庆吉部五千骑于河东界，约与宋人比试。且臣箭法天下无双，招吉善枪，庆吉善刀。若中国知此消息，定选一艺出众者来与臣等放对。果是臣之对手，则迟数年征伐。如对臣等不过，必知中国无人。那时陛下御驾亲出，直抵汴京，宋之江山不难夺矣！”萧后闻奏大悦，即遣使臣赍书径赴中国，进上真宗，书曰：

> 幽州君后萧，书奉大宋皇帝陛下：兹者，孤闻朝有丧事，未及吊慰，负罪负罪。近因通好之议，自古为美。往年兵革不息，民遭荼毒，孤甚悯焉。今特遣驾下小臣二员于晋阳分界与宋之君臣会猎一番，且讲息兵之由。早定封疆，庶免边衅日生，军士震骇。千载之遇，惟国君留意焉。

真宗得书，与群臣商议。寇准奏曰：“观萧后来书，词倨气傲，多是邀陛下观兵之意。逆料北之来将，不过试刀箭而已。堂堂中国，岂无敌手哉！须下圣旨，选有文武充足者与之会猎。”真宗曰：“先辈良将，已皆老迈。惟杨业父子尚有杨郡马在，先帝曾遣使于郑州调回，至今未见消息。其他帅臣，恐不能胜来将也。”准又奏曰：“陛下当再遣使于郑州征取。”帝允奏，仍遣中官赍敕旨径诣郑州寻访，不知下落。郑州太守因言：“先帝曾赦取回朝去了。”中官只得复命，奏知真宗。真宗忧闷累日。八王奏曰：“臣往无佞府体探动静如何？”帝曰：“此系紧关大事，兄宜用心体问。”八王即日出朝，来到无佞府，见令婆与太郡夫人，访问杨郡马消息。令婆曰：“六郎犯罪，发配郑州，再不见回来。殿下今日寻讨，老妾诚不知也。”八王曰：“新主在位，既有赦文召取，当令投赦入朝，而与国家出力，何必匿隐？”太郡曰：“尚容改日，待令人于郑州跟寻，来见殿下也。”八王会其意，遂辞却令婆，回朝奏知：“委不知郡马下落。”真宗闻奏，正怀虑间，边臣急奏：“辽兵于晋阳屠劫军民，甚为深患，乞陛下早议定夺。”真宗问曰：“文武中谁堪此行者？”寇准奏曰：“禁军教练使贾能文武足备，可称是职。”帝允奏，下敕以贾能充亲军使，带领骑兵一万，同寇准赴晋阳会猎。贾能即辞帝离汴京，望河南而进发。

是时无佞府密遣人缉探得官军起身，来报杨令婆。令婆与六郎议曰："贾教练非辽将之敌，国家新立，我儿只得赴难。"六郎曰："母亲不说，儿有意久矣。更得一人相助尤妙。"言未罢，八娘、九妹进曰："我二人陪哥哥同往。"六郎曰："汝女流也，如何去得！"八娘曰："姐妹装作从军而行，人所不觉。"六郎依其言，即日辞令婆，带二妹赴晋阳。不提。

却说辽将土金秀于河东地界立起大营，朝夕劫掠边民，纵乐饮酒。忽报宋兵将到，金秀听得，即与麻哩招吉等议曰："我谅宋人无杨家父子，则他将不足惧矣。若遇比试之际，当要用心，以慰吾主之望。"招吉曰："使平生之所学，务要大胜宋人而归。"金秀下令已定。次日于平川旷野立起红心，将所部之军分布齐整。遥望见正南旌旗闪烁，杀气连天，宋兵已到。两阵对圆，对面辽将土金秀全身贯带，立于门旗之下，上手麻哩招吉，下手麻哩庆吉，三匹马齐齐摆开。宋阵中寇准先出，贾能戎装立于阵后，寇准曰："汝幽州自为君后，华夷有限，何故屡兵犯境，扰我生民？"土金秀曰："吾主以中国新立，欲与晋阳会猎，将议息兵之盟，宋君如何不自来耶？"寇准厉声曰："今新天子即位，皇风披振，无不仰服。特与文武论治，尚且不暇，宁有隙时与汝等会猎乎？"土金秀语塞。

第二十二回　杨家将晋阳斗武　杨郡马领镇三关

左翼麻哩招吉挺枪跃马跑出阵前，叫曰："宋将有勇者出马比试，勿徒讲口。"道未毕，寇准背后一将应声而出，乃大将贾能，舞枪纵骑，绕出阵来，喝声："吾与汝比试！"两下各按住营寨，金鼓齐鸣。麻哩招吉与贾能在战场中斗上十数合，不分胜负。招吉枪法精熟，贾能终是惧怯，被辽将用赚敌计，佯走入本阵，贾能拍马追之，未及辕门，招吉回马一枪刺落地下。番兵大振，宋兵尽皆失色。招吉欲冲其阵，宋队中走过一女将，乃八娘也。跳上青骢，出与招吉交锋。斗不数合，被八娘抛起红绦，将招吉绊于马下，宋军向前一时捉住。寇准大喜，便问："女将是谁？"八娘下马答曰："妾乃杨令公长女八娘也。"准曰："将门之女，亦劲敌矣。"因令记功官录其名字。土金秀见折去招吉，大怒，正待出马，麻哩庆吉一骑跑出向前曰："杀兄之仇，如何不报！"抡刀要来比试，宋阵牙将赵彦亦舞刀还战。二人战上数合，赵彦力怯，拨回马便走，麻哩庆吉直逼入中军。宋阵中走出一少年女将，乃九妹也。舞刀跃马，抵住追将。二人斗上二十余合，九妹挥起杆刀，喝一声，劈庆吉于马下。正是：

徒恃英雄来斗武，不期鲜血染红尘。

九妹既斩了庆吉，下马来见寇准，道知名字。准曰："杨家尚有汝等在，实朝廷之福也。"仍令记录其功。

番将土金秀跃马出曰："谁敢再来比箭。"宋骑将杨文虎出曰："我来与汝较射。"土金秀先拈弓搭箭走马，指定红心射去，三箭皆中，众人喝彩。文虎亦走马连放三矢，止有一矢中红心。金秀曰："汝输我二矢，当以捉将还我。"文虎曰："箭法虽输与汝，敢来斗武乎？"金秀曰:“待斩此匹夫,以与庆吉报仇。”即绰方天戟便来交战,文虎舞斧迎之。两马相交,未及数合,文虎左臂被戟所伤,负痛跑马而走。土金秀怒声如雷赶来,宋军中恼了杨六郎,绰枪上马迎住番将交锋。土金秀力不能敌,回马叫曰:“宋将且缓斗武,先与比箭。”六郎按住枪笑曰:“汝之箭法,有甚高处,敢在军前夸大口耶!”因令左右取过硬弓,马上一连三矢,并透红心,观者无不称赞。六郎曰:“汝莫想要射,试看能开得此弓否?”从军传递与土金秀开之。金秀接弓在手,睁目咬牙,尽力扳扯,不动半毫,乃惊曰:“能开若是硬弓,真神人也。”

宋军一连胜却番将,威声甚盛。辽兵垂首丧气,只待要走。寇准出阵前,扬言曰:“今捉得斗将,且把还汝,归见萧后,休得妄生边患,天兵一至,屠汝辈无遗类矣!”因令解麻哩招吉回北营。土金秀羞惭无地,部军径回大辽去了。后人有诗为证:

气势南来恃勇雄,一时失计斗酣中。

军前自有杨家在,为辅皇朝建大功。

只说寇准召杨郡马入军中,甚加慰劳曰:“今日若非将军等助阵,险被番人所辱。可随我入朝见帝面奏,以封公职。”郡马拜谢。准即日下令拔营回汴京,入见真宗奏知:“已得杨家兄妹等,斗胜番兵而回,诚赖陛下之洪福也。”真宗闻奏大悦,下诏宣杨延昭上殿,面谕之曰:“卿父子忠勤国家,先帝称羡不已。今尚有汝在,足为边境捍蔽也。”延昭叩首请罪。真宗问准,当封延昭何职,准曰:“高州缺一员节度使,陛下可封此职。”帝允奏,颁旨封杨延昭为高州节度使。六郎得旨,辞曰:“臣父子有败军之罪,蒙陛下赦臣不死,恩亦厚矣,安敢受官爵哉!”帝曰:“先帝在日,尚要旌表汝父子,今又有退番将之功,当受实赏,何必辞焉?”郡马力请曰:“既陛下赐臣之官,情愿受佳山寨巡检之职,节度使诚不敢当。”真宗曰:“卿居节度,则可与同列齐名,巡检卑陋之官,卿何愿为是职?”延昭奏曰:“臣为巡检有二便:一者,闻彼处有几员好将,臣欲招而用之;二者,佳山乃三关冲要之地,与幽州隔界,欲往把守,使番人不敢南下,故愿居是职也。”真宗闻罢大悦,曰:“卿真忠义臣也!”即允其请,着东厅王枢密发军兵与郡马赴佳山寨镇守。郡马谢恩而退。

王枢密承旨，到府中商议，拨应军兵三千，尽是老弱不堪战阵之人，付与郡马。郡马怒曰："朝廷以佳山寨近番兵地界，着我镇守，如何尽拨此无用军人随行？"时军中有岳胜，齐州人，武举出身，生得面如傅粉，唇若涂朱，使一柄大刀，有万夫之勇，军中号为花刀岳胜。因见六郎道众士卒老弱，乃出军前叫曰："将军是将家出身，欺天下无敌，今日敢来比试么？"六郎曰："我先与汝斗武，然后赛刀。"言罢，绰枪跃马，出辕门搦战。岳胜披挂齐备，提刀纵骑来斗。两下呐喊，二人战上七十余合，不分胜败。六郎叹曰："此人刀法纯熟，勇力过人，真烈丈夫也。"岳胜愈斗愈劲，六郎佯败，跑出征场。岳胜曰："待擒此匹夫，以抑其夸。"即骤马追之。不想六郎所乘走得慌忙，前蹄已失，将六郎掀翻在地。岳胜挥起钢刀，连盔劈下，忽一声响处，六郎头上现出个白额虎，金睛火尾，突来相交。岳胜惊惧半晌，即跳下马，扶起六郎曰："小将肉眼不识好人，望本官恕罪。"六郎曰："君可同吾赴佳山寨共建功勋。"岳胜曰："小将情愿以所部下伏事本官。"

六郎得了岳胜，不胜之喜，回无佞府，辞令婆、太郡而行。令婆问曰："汝父为代州刺史，汝为佳山巡检，岂不有辱先人乎？"六郎曰："吾非好为此小官，今值国家多事之秋，佳山寨实近番之地界。今儿于此处立功，足可以显能也，何必居清要之职哉！"令婆然其言，即备酒送程。六郎是日领了令婆酒席，宿过一宵，明日望佳山进发。时值二月光景，路上风和日暖，百花竞开。但见：

酒旗开处行人喜，芳草丛中去马嘶。

六郎众人一路无词，不日来到佳山寨，原有官军俱来迎接入帐中，称贺已毕。六郎下令曰："今朝廷以辽兵屡寇边界，此处实控幽州咽喉，汝众人各宜整饬戎伍，谨守烽堠，勿使敌人窥伺。用命者则有重赏，退缩者以军法从事。"众人领命而退。

次日，岳胜因出寨闲行，遥见对面一座大高山，树木苍阴，林峦叠翠，乃问土人曰："前面那一座峻岭，是何所在？"土人答曰："将军休问那里，说起来胆亦惊破。"岳胜曰："莫非有猛兽乎？"土人曰："比猛兽还狠百倍哩！"因指曰："走过转弯，一山过去，有胡材涧，倚山有可乐洞，洞有寨主，姓孟名良，邓州人氏，使柄大铁斧，无人敢敌，聚集数百人，专一打官劫舍，掠取生民妇女，不胜扰害，那一个敢正视其山？”岳胜听罢，归见本官，道知其事。六郎曰：“吾久闻此处有勇士孟良，若得此人归顺，诚壮此寨威风。”岳胜曰：“小将轻骑前往哨探一回，徐定擒之之计。”六郎依其言，即遣岳胜前到可乐洞。正值孟良部下刘超、张盖与众喽罗各将金银缎匹在洞中赌赛。岳胜拴住马，佩短刀，入洞中大喝一声。刘、张惊疑官军来到，各四散奔走。岳胜近前一连砍死十数喽罗。尸横倒地，流血惊人。岳胜曰：“不如留下姓名，报与他知，好来寻找。”即蘸血大书于壁上曰：

寨前列枪刀，洞口布旗帜，杀了你家人，便是杨六使。

岳胜题罢，竟上马回佳山寨去了。

却说孟良归至洞中，见杀死十数人，大惊，问手下是谁到此。众喽罗对曰：“适有少年将军单骑来到寨中，众人疑是官军，不敢与争，被其乘虚杀死十数人，临去留血字于壁，大王看之，便知端的。”孟良看壁上所题，乃曰：“吾闻杨家有名之将，来日与他放对，定报此仇。”

却说岳胜回见六郎，道知杀死部下，并血书题壁之事。六郎曰：“孟良若知，必来厮闹，汝等须提备之。”道声未罢，忽报孟良于寨外讨战。六郎即与岳胜部众二千出寨迎敌，遥见孟良生的眉浓眼大，人物雄壮，果是员好将家。六郎于马上谓之曰：“君有堂堂之貌，何不纳降于我，同把番界，立功朝廷，图名于后世，岂不胜于为寇哉？”孟良怒曰：“汝父子八人弃河东而归中国，今皆作无头之鬼。我在此处与汝无冤，何故杀我部下，而来相扰耶？若胜得手中利斧，则降于汝，不然，捉归洞中，取汝心肝烹酒，为众人报仇也。”六郎大怒曰：“无端匹夫，辱人太甚。”即挺枪径取孟良，孟良舞斧交还。二人力战四十余合，不分胜负。六郎佯输，绕平原而走，孟良激怒，拍马追之。岳胜当中冲出，又战数合。六郎见岳胜敌住孟良，按住枪，拈弓架箭，射中其马，将孟良掀跌于地，众军一齐向前捉住，押赴寨中来见六郎。六郎曰：“汝已被吾擒，肯降伏否？”孟良曰：“汝暗箭伤我坐骑，误遭汝擒，如何伏耶？”六郎笑曰：“汝既不伏，吾放汝去何如？”孟良曰：“汝若放我回去，必再整顿部下与汝决胜负。若能擒吾，方肯伏也。”六郎曰：“只今便放汝去，纵能走归天上地下，亦能擒之。”随即放起，令人送出寨外而去。

第二十三回　樵夫诡计捉孟良　六使单马收焦赞

岳胜曰："孟良贼之渠魁，今幸成擒，本官何以放去？"六郎曰："吾与此人连斗数十合，武艺不弱，心甚爱之。且今英雄难得，吾欲他心服，收为部将，非徒捉之而已。汝等试看孟良不久又被我众所擒也。"岳胜曰："彼今此去，必再整众来战，本官用何计捉之？"六郎曰："孟良勇力虽有，终是寡谋。离此佳山之南五里，皆峻岩峭壁，无路可行。汝引骑军二千于此埋伏。敌人若进其中，然后绝其回路，吾自有计较在也。"岳胜引兵去了。又唤过健军五人吩咐曰："汝几人先往山谷，装作樵夫。待敌人问路之时，汝等便如此如此答应。"军人各领计而行。

六郎分遣已定，人报孟良引众于寨前索战。六郎即披挂上马，出寨高叫曰："今汝用心交锋，若再被擒，再无轻放之理。"孟良曰："此来定报昨日之辱。"言罢，舞斧纵骑直奔六郎，六郎举枪迎之。二人战上数合，六郎拨马回，望山路而走。孟良怒曰："汝复能以箭射我乎？"径骤马追之。六郎且战且走，赚孟良赶至山谷，故作慌张之状，头盔坠落，因弃马缘山逃奔。孟良性如烈火，亦下马绰斧赶去。转过山坳，不见了六郎，良惊曰："又中其计矣！"连忙杀出，忽岩后一声鼓响，岳胜伏兵将谷口紧紧把住。孟良见有伏兵，迤逦投西，入山谷，依小径而入，见山岭有四五个樵夫，良问曰："此处还有路通得那里？"樵夫道："岩上却有小路出得胡林涧。"良曰："汝众救我，愿以金珠相谢。"樵夫曰："本欲相救，但恐将军不从。"良曰："只图生路，如何不从。"樵夫将麻绳一条垂下曰："将军把此绳系于腰间，我众齐力吊将上来，将军便可以脱矣。"良心中自思：事急且相随，权从其言，未为不可。遂双手接过绳头，拦腰系紧。众人并力扯至半岩，将绳缠缚大藤，不上不下。停而不动。良叫曰:“何故只在半空,不复吊上?”樵夫曰:“将军少待,且待吾邀众人来。”孟良听罢,忧疑无定。一伏时,六郎引岳胜都到岩上,见孟良曰:“此一回在天上捉汝,还不伏乎?”良曰:“汝诡计算我,非战败之罪,要杀便杀,决不心服。除非和你大战一场,阵上擒得我时,方才心死,然后归降。”六郎曰:“且放你去,必须地下捉汝,毋得再悔。”即令军人依前放下孟良去了。自与岳胜等归至寨中商议曰:“孟良被吾连擒二次,彼今不敢再战,必来劫寨。此回捉之,看他再有何辞。”岳胜曰:“本官奇谋妙计,非他人所能及,只恐其不来也。”六郎曰:“准定今夜至矣。”因令人于帐前掘下地坑,可深五六尺,上用浮木铺定。着军士远远埋伏,只留八九人藏于帐前,候敌人中计,即出擒之。众人依令而行,整顿齐备。

是夕,六郎独坐于帐中,秉烛观书。将近二更,孟良果部军士悄悄来到佳山寨左侧,遣人缉探,回报寨中军人各安歇去了。孟良喜曰:“今番报其仇矣。”径到寨边,着手下停止于外,自轻骑杀入帐中。见六郎隐几而卧,更无一人。孟良手提巨斧,乘力向前,喝声:“六郎休走!”举斧未落,忽一声响处,孟良连人带马陷入土坑中。帐前健军一齐抢出,用搭钩擒住。孟良带来部下二千余人,被军士围裹将来,不曾走得一个。众人押过孟良,六郎谓之曰:“量君见识,出不得我神机。放汝回去,在意招集人马来战。”因令左右放之。孟良曰:“我虽为贼,颇知礼义。只因顽性未除,蔽却本来羞耻。将军神人也,我安敢不服哉!情愿倾心以事本官,无他念也。”六郎大喜曰:“君若肯归顺于我,久后终得好名目矣。”

次日平明,孟良禀过六郎,回本寨召集刘超、张盖、管伯、关钧、王琪号王扁担、孟得号夜叉黑鬼、林铁枪、宋铁棒、丘珍、丘谦、陈雄、谢勇、姚铁旗、董铁鼓、郎千、郎万,共一十六员头目,都来归顺。六郎于寨中摆设犒军筵席,与岳胜等欢饮。酒至半酣,孟良曰:“离此六十里有芭蕉山,地势极恶,内聚强人,扰乱山庄,专一劫掠放火,官军无奈他何。为首乃鸦州三元县人氏,姓焦名赞,性好食人,生的面如赤土,眼若铜铃,四肢青筋突起,遍身肌肉块垒无数,使一柄浑铁锤,万夫莫近。若得此人来降顺,尤为吾党生色。”六郎听罢,欣然起曰:“吾当亲赍空头官诰招来为将。”孟良曰:“此人至顽,本官不可轻往,须部众而去。”六郎曰:“吾以诚信待人,何以兵为哉!”是日酒散,已交三鼓。

次早,六郎令岳胜等守寨,自引骑军三人,单马来到芭蕉山。将近山隘隘口,坐着一人,形容古怪,似樵夫装束。六郎问曰:“此处是芭蕉山否?”其人起身答曰:“汝是何人,单马来此?”六郎曰:“小可姓杨名延昭,杨令公第六子也,近授佳山寨巡检。闻此处有焦赞,勇力无双,我特来相招为将。”其人曰:“君要寻焦赞,吾素相识,君可随我来,引汝见之。”六郎喜不自胜,即同其人进入山中,但见石壁巍峨,树林丛杂。将近洞边,其人曰:“汝且停待于此,我先入通报。”六郎允诺,其人进洞中。一伏时,走出数十喽罗,将六郎捆缚了,竟被众人捉入洞去。见上面坐着一人,正是方才引路者。乃笑曰:“我焦赞未尝识汝,汝自来寻死,复有何辞?”六郎颜色不动,厉声应曰:“大丈夫视死如归,凭汝如何处置。”焦赞曰:“吾啖着多少好汉心肝,罕见汝一个乎!”即令手下吊起,亲自下手开剥。正待举刀,忽六郎顶上现出一道黑气,气中展过白额虎来,咆哮掉尾。焦赞大惊曰:“原来此人乃神将也。”即便叫手下放宽吊索,亲解其缚,纳头便拜曰:“小可不识好人,情愿归顺。”六郎曰:“君若肯归于我,不失官职,胜于为寇矣!”乃取过空名官诰付与焦赞。焦赞大悦,令手下都来拜见,吩咐备设筵席相待。六郎正待饮间,忽洞外喊声大震,金鼓不绝。人报入寨中,六郎出洞视之,乃岳胜、孟良一起。众人见着六郎,乃各下马相见,因说从骑回报本官被贼人所捉,特来救取。六郎道知收伏焦赞之事,众人皆惊,入洞中依次序而坐,尽欢畅饮。

次日,六郎即率众人离芭蕉山,焚其巢洞,径回本寨而来。后人以六郎连收三员勇将,有诗赞曰:

天下英雄角逐秋,一时豪杰总归投。
三关兵马中原盛,威震番庭志气酬。

是时,杨六郎招伏三员大将,遣人申报朝廷,欲求定封,以安其下。真宗得奏,与群臣商议。寇准奏曰:“延昭既招抚群寇,陛下当允其请。”帝准奏,乃遣使赍敕,加封延昭为镇抚三关都指挥正使,岳胜、孟良、焦赞以下一十八员并授指挥副使。诏旨既下,使臣领命径诣佳山寨传宣。六使与众人拜受命讫,款待朝使已回,遣人往胜山寨招取陈林、柴敢来到。自是壮勇并集,兵马强盛,于关上扯起杨家金字旗号。从此番人畏服,边患少息。

时值八月中秋佳节,六使在寨中与众将赏月饮酒。怎见得中秋好景?有前人《念奴娇词》为证:

凭高眺远,见长空万里,云无留迹。桂魄飞来光射处,冷浸一天秋碧。玉宇琼楼,乘鸾来去,人在清凉国。江山如画,望中烟树历历。

我醉拍手狂歌,举杯邀月,对影成三客。起舞徘徊风露中,今夕不知何夕。便欲乘风,翩然归去,何用骑鹏翼。水晶宫里,一声吹断横笛。

是夜,酒至半酣,六使于席上谓岳胜等曰:"吾父子八人,自归大宋以后,与北番世仇。我父令公,因瓜州之战,丧身于胡原谷。当时暂埋骸骨于李陵碑下,每欲遣人取回,葬于先茔,少尽人子之道,奈无心腹之人代我前去,心常怏怏,不知何日得伸此志也。"岳胜曰:"本官此意,诚乃大孝至情。争奈番兵阻道,四下皆贼敌,难以亟取。须迟缓数年,则可计较。"六郎因潸然出涕,遂撤席而散。

时孟良因听本官席上所言,自思曰:"我蒙三次不杀之恩,今日要人出力,所在无一人敢承其志者。不如乘今夜悄悄偷出营寨,密往胡原谷,取得骸骨而归,少报本官之万一。"孟良准备已定,不与众人知道,径望胡原谷而去。

次日平明,寨中不见了孟良,众人报知六使。六使大惊曰:"昨日席上饮酒,今日却缘何不见?"岳胜等曰:"孟良终是贼性,莫非逃奔他处,不与本官知道?"六使曰:"我观孟良其性虽粗,志如金石,既降于我,宁肯私奔他适乎?"众人狐疑未定,六使亦闷想而已。

第二十四回　孟良智盗骕骦马　岳胜大战萧天佑

只说孟良装作樵人来到胡原谷，寻觅令公骸骨，全无下落，忽遇一老番卒经过，孟良作番语问曰："此处有杨令公骸骨，今缘何遗失无存？"番人答曰："一月之前幽州萧娘娘已令人掘取，迁葬于红羊洞去了。"孟良听罢思忖曰："专来干此功劳，若不得骸骨，亦难以回去。不如径入幽州，徐图计较。"遂假装番人，望幽州而行。数日之间，将近其境，遇见一渔父来到。孟良问曰："汝要入城否？"渔父曰："赶明日献鱼，如何不入城？"孟良曰："献什么鱼？"渔父曰："八月二十四日乃萧娘娘寿诞，例当进献鲜鱼奉贺。今朝是二十三日，明旦侵早要进。"孟良听罢暗喜曰："中我计矣！"乃曰："我番帅喂马者，亦要入城，当与公同往。"渔父在前，行不数步，孟良抽出利刃，将渔父一刀杀死，撇了尸首，剥下渔人衣服、牙牌穿带着，提鱼在手，径入城中。守门番军见孟良称说贺寿者，番人检验牙牌是实，径放他进。

次早，萧后娘娘设朝，众文武称贺毕，阁门太使奏曰："今有黄河渔户进上鲜鱼，未敢擅入。"萧后下旨召入金阶下，孟良献上其鱼。后曰："此鱼比往年又小，鳞不新鲜，如何敢进于我！"孟良奏曰："臣每年进者虽大，皆非美味。此鱼极是难得，近日于河中网取，养之池内数日，盖因天气乍热，其色不鲜。然滋味实与凡品不同，请万岁试尝之，便知端的。"后喜而笑曰："言之有理，汝且退，须待过却圣节，各员役一同赏赐，然后回家。"孟良喜不自胜，拜辞而出。萧后令有司官排下筵宴，赏赐在廷文武。是日宫中大吹大擂，丝竹和鸣，君臣尽欢而饮。前人曾有《西江月》词为证：

断送一生惟酒，摒除万事无过。远山横黛蘸秋波，不饮防人笑我。

花病等闲瘦弱，春愁没处遮拦。杯行到手莫留残，不道月斜人散。

群臣夜静乃散。次日，众臣趋朝谢宴毕，忽近臣奏知：“今有西凉国进贡中朝骕骦良马一匹，路经幽州地界，被守官夺得来到。”萧后令牵进其马，视之，果是好匹骏骑：碧眼青鬃，毛卷红纹，四蹄立处，高有六尺。后曰：“此马果是难得。”下命有司用心喂养，以备出入，有司承命牵出。不提。

孟良闻此消息，密往厩中视之，称赞不已。自思：先偷取骸骨，然后计较此马。竟抽身来到红羊洞中，旷野所在，见一土墩，傍有小碣，上写了“令公冢”。孟良待至昏黑，掘开冢墩，下有石匣安贮。孟良解了包袱，开匣取骨，包藏停当。忙走出洞中，却被番人捉住，搜检包裹。乃曰：“汝是何人，敢来做此勾当？料必是中国细作，汝从何处发掘而来?”孟良泣曰：“小人不是细作，乃渔父矮张也。日前献鱼上朝庆寿，蒙太后敕旨留我父子赐宴。吾父因见皇封御酒，多吃了几杯，不料醉死。路途遥远，只得将尸首焚化，带取骸骨归葬，岂有细作敢来此处寻死?”言罢，哭之甚哀。番军信其言，遂放之，令其速走。孟良得脱，急归至驿中，将骸骨藏好。

次日，带些毒药复来马厩边，见番人正在煮豆喂养。孟良装作番人一般，近槽边撒下末药，径回去了。其马中着毒药，即时不食。喂养军人报知司官，司官亟奏萧后知道。后曰：“此马不食，莫非汝等调养失宜之故?”司官奏曰：“贵相良骏，本难调护。既不食，必有病，乞陛下圣旨，召募有能医治者，重赏以爵，或得识其性者，用之保护，可万全矣。”萧后允奏，即出下榜文，召募善能医马之人。旨令既出，孟良听此消息，思曰：“此计若成，带得此马献君，诚此来之大功也。”径来揭取榜文。守军捉见萧后，萧后问曰：“汝能医治骏马耶?”孟良曰：“臣即前日进鱼之人，亦晓医马，不消一二日，管取医好此马。”后曰：“汝若医得平复，当封汝重职。”孟良拜命而出。有司引良到厩里看视马病，孟良既到，细看乃曰：“此马中毒已深，当急治其标，然后治其本。”有司然其言。原来孟良所放药末，只是一味麻药，若教中了，即不能开口，便似有病。直至将麻药洗去，撒下香豆，那马立地吃尽，过了一宵，平复如初。司官奏知萧后，其马已平复无恙。萧后大悦，即宣取孟良，谓曰："医好良马，卿之功也。燕州缺一员总管，就封卿此职。"孟良谢恩，自思我本为此马之故，费却几多心力，总管非我所愿，即生一计，奏曰："蒙陛下深恩，赐臣官职。缘此马虺隤初瘥，血脉未固，若不随宜调之，恐又再发，便难调治。当与臣带往州所，驰骋几日，方保无再发之虞。"太后曰："卿言极有理。"因令将此马与孟良带往燕州而行。孟良得旨，叩首辞出，就往驿中取过骸骨，跨马跑出幽州，寻夜逃回佳山寨而去。有诗为证：

骕骦良骥带将来，壮士奇谋亦勇哉。

本为忠勤能报主，临行又带令公骸。

逻骑报入幽州，萧后知之，大惊曰："却被奸人所算矣。"即遣萧天佑率轻骑追之。萧天佑得旨，部骑出幽州，如风送行云赶来。

却说孟良已离幽州二百里程途，望三关不远，回顾后面，尘土遮天，旌旗蔽日，知是番人追赶。急走至关口，早有哨军认得孟良，连忙报入寨中知道。六使闻此消息，急令岳胜、焦赞等出兵接应。岳胜部众前来，恰遇孟良走得汗流满面而来，叫曰："后头番兵追紧，须宜仔细。"岳胜曰："汝先上关，我自抵住敌兵。"孟良竟跑马入寨中去了。

岳胜摆开队伍，霎时，番帅萧天佑挺枪跃马而来，厉声大骂曰："贼人盗我大辽骕骦良骥，好好献还，饶你残生。不然，踏上关来，寸草不留。"岳胜怒曰："番蛮敢来相扰耶！"即舞刀跃马直取番将。萧天佑举枪还战，二人斗上四十回合，焦赞喊声如雷，率轻骑从旁攻入。番将前后受敌，势力不加，拨马走回。焦赞乘虚掩杀，北兵大败，自相蹂踏，死者不计其数。岳胜等直追至澶州界上，乃收军回营，来见六使，道知杀败番兵之事。六使既见孟良，又闻杀赢番兵，大喜。问孟良因何私往幽州之故，孟良将其本末详细道知。六使拜谢孟良曰："既蒙大德，取还吾考令公之骸，当与吾母令婆知道，然后安葬先茔，将此马献与主上请功。"分遣已定，差人带领骕骦，径诣汴京，进见真宗。真宗得此良马，大悦，谓群臣曰："延昭才守三关，近得捷音，收服良将三员。今又夺得贡马来献，其功不小，朕当重赏之。"八王奏曰：

“杨郡马忠勤为国,陛下赏之实当。”帝径遣使臣赍缎匹、羊、酒前诣佳山寨,赏赐郡马。不提。

忽近臣奏知:“番兵寇打澶州,为边庭患,乞朝廷定夺。”真宗问曰:“番兵犯界,当令谁部兵退之?”八王曰:“澶州近三关地方,若敕郡马退敌,管教成功。”帝允奏,乃下令着杨六郎抵御北兵。使臣领旨,径诣佳山寨宣读。六使得赐缎匹、羊、酒,尽分俵部下,召诸将议曰:“今番兵屯止澶州,近为边患,朝廷敕我等御之,汝众人当用力向前,不宜造次。”孟良进曰:“此患是小人惹来,我当率兵迎敌。”六使曰:“萧天佑北番名将,汝引兵先行,吾率众相应。”孟良领兵去了。又唤过岳胜谓曰:“汝引马军一千出关,俟战酣力乏,可冲阵击之。”岳胜引众而行。杨六使分遣已定,自领马军二千随后救应。

飞骑报入番帅军中,萧天佑与耶律第议曰:“太后令旨着我部兵来追贼人,今已走入关中,访得乃是剧贼孟良也。今要来与我放对,汝众人各宜用力,取得马复回,主上必有重赏。”耶律第曰:“主帅不需挂念,凭我众人之力,务要奏功而回。”天佑下令已定。

次日平明,于平川旷野排开阵势。宋兵摇旗鼓噪而来,孟良全身贯带,绰斧立于阵前高叫曰:“番贼不即退去,必来丧其命矣。”萧天佑怒骂:“偷马之贼,尚敢来斗耶?”举枪直奔孟良,孟良舞斧迎之。两下呐喊,二人战上三十余合,不分胜负。番将耶律第提刀纵骑冲出助战,忽山后一声鼓响,岳胜一军杀出。萧天佑力敌孟良,岳胜战住耶律第,四将鏖战。天佑勒马佯走,孟良不舍,骤马追之,抡巨斧望番将劈面砍落,萧天佑金光灿起,斧不能伤。孟良大惊,跑马走回,番将复马杀来,宋兵披靡,四散逃走。岳胜部下先溃,抛下敌将,与孟良径奔关下。天佑见前面杀气连天,知有伏兵,乃收军还营。孟良回至寨中,见六使道知萧天佑之事。六使曰:“世上有此异事?吾明日亲上阵,便知端的。”着令陈林、柴敢守寨;岳胜率刘超、张盖先战;孟良、焦赞领王琪、孟得等分左右翼而出。众将得令,各整备交锋。不提。

却说萧天佑在军中召部下同议曰:“孟良、岳胜英雄之将,且部下皆八寨强徒,都能争斗。若不以智胜之,徒战无益也。离此三十里有双龙谷,两边山势险峻,只有一条小路可通,雁岭下一派便是幽州之野。先得一人引步军埋伏于此,赚敌人进入即出围之,不消半月皆饿死于谷中矣!"耶律第应声曰:"小将愿一往。"天佑曰:"汝去最好。"即付步军一千,与耶律第前去了。又召过黄威显曰:"汝率骑军一千,于雁岭下多张旗帜,候敌人进入谷中,垒断其路。"威显亦领计去了。

第二十五回　五台山孟良借兵 三关寨五郎观象

萧天佑分遣已定，人报宋将扬声搦战。天佑披挂上马，率番兵列下阵势。对面岳胜先出，舞刀大叫："番将速退，免伤和气，不然自取灭亡耳！"萧天佑大怒，挺枪直奔岳胜，岳胜抡刀迎战。未及数合，孟良、焦赞左右冲出，接住番兵交锋。萧天佑力战数将，佯输而走。六使从旁追及，挺枪刺之，金火迸起，枪不能入。六使且惊且疑。岳胜、孟良等催兵而进，被天佑赚到谷口。六使见山势峻恶，停住马曰："众人且慢追赶，恐敌人用埋伏计，奈何？"进退不决。良曰："此处我素惯熟，里头乃绝地，只有小路可通雁岭。番将不知路径，走入谷中，正好乘势擒之，如何不进？"六使然其言，率众赶入谷中，不见番将人马。六使惊曰："敌人已有计谋，若不亟退，定遭其困。"道未罢，谷口金鼓齐鸣，喊声大震。耶律第伏兵齐出，将南兵尽皆困了。孟良、岳胜等拼死来战，山上矢石交下，宋兵伤者无数。直待寻雁岭杀出，已被番兵垒断路径，山后旌旗乱滚，哪一个敢近前？六使与众人困在谷中，无计能脱。焦赞进曰："小将愿部兵冲开谷口，救着本官出去。"六使曰："番兵甚众，如何抵挡？徒伤士卒无益，不如停待几时，乘势或可走脱。"岳胜曰："寨中不知我等被困，倘若外无救援，内绝粮食，番兵乘疲杀入，岂不坐而待毙？趁今人马尚强，依焦赞之言可也。"六使曰："救援之处本有，争奈无人通透。此去五台山一望之地，若得一人前去报与吾兄杨五郎得知，内外夹攻，则可脱此厄矣。"孟良曰："本官与众人忍耐在此，待我装作番军，偷出山谷，前往五台山去求救兵。"六使曰："汝去须用机密，见吾兄求他作急而来。"孟良遂解下盔甲，装作番人，辞六郎，乘夜偷出雁岭。恰遇巡营番兵，被孟良一刀斩之，取其铁铃，满营喊去，口内番语不休云："牢把寨，牢把寨，莫叫走了杨都大！"又云："牢把险，牢把险，莫教走了杨巡检！"时番营并无猜疑，任从孟良来往。巡至三更，走离岭外，踏步望五台山而行。

不消一日，孟良来到山门之下，见一侍者问曰："汝师父在寺中否？"侍者曰："君从何处而来？"孟良曰："杨六使将军差遣，特见杨禅师，有急事报知。"侍者闻是杨家，即引孟良进入方丈中，禀知师父，出来相见毕。五郎问曰："汝来寺中有何高论？"答曰："小人姓孟名良，近归杨巡检，镇守三关。盖为北番犯边，本官与其交战，不期中了敌人之计，被困于双龙谷，外无救应，粮草将尽，特遣小人来求师父出力相助。"五郎笑曰："我出家之人，岂可复临阵相杀乎？且戎伍久荒，武艺俱废，纵去亦无益矣。君可往汴京求救于朝廷，庶不误事。"孟良曰："此去京师，路途遥远，知他几时出兵？望师父念手足之情，亲劳一行，以救众命，便是活佛出世，万勿推辞。"五郎沉吟半晌，乃曰："去则容易，奈我战马已死，少一匹骏骑，难以果行。"良曰："师父若肯相救，小可即往寨中取得马来。"五郎曰："吾所乘骑最难中意，除非八大王千里风、万里云二马，若得其一，则可前行。"孟良曰："此亦没奈何，小人只得寻夜入汴京，问八王借得来用。"五郎曰："若有其马，当胜番兵矣。"孟良即辞五郎望汴京而来，不日到京，进八王府中拜见，道知要借马之由。八王曰："别事皆可借，此二马吾看之未饱，岂肯借人临阵哉！不必再说，决难允许。"孟良闷闷而退，赴无佞府来见令婆，道知六郎被困。令婆洒涕曰："吾夫君率诸子归于朝中，今只有六郎能承父志，今又被番兵所困。倘若有不测，使我依靠于谁？"九妹进曰："母亲不必深忧，既哥哥有难，儿当同孟良前去救应。"令婆曰："汝去最好，边庭事须宜谨慎。"九妹领诺。孟良曰："请先出汴京，于三十里之处等候。小人今夜往八王府中，偷得其马，即来相约。"九妹依其言，先自整备，辞母亲去了。

只说孟良复来八王后花园，蓦地越入。将近黄昏左侧，向御书楼边放起火来。一伏时，烟焰张天，满处通红。军校急报入府中，八王大惊，即令人赴救。孟良乘其慌乱，闪入马房，偷取千里风一匹，从后园门径跑出城北。及救灭火势，中军传说有一壮士乘千里风走出东门而去。八王怒曰:“必是孟良用此计较也。”即令牵过万里云，挥鞭赶来。天色已黑，时孟良偷马出得汴京城，不胜之喜，不知八王所乘，如腾云雾，顷刻间追至。孟良正行间，听得后面如风过之声，八王骂道:“逆贼速留下马还我，饶汝性命。”孟良大惊曰:“彼来何速耶?”即心生一计，将千里风推落泥泽中，自躲入松林里瞭望。适八王追赶近前，见马陷在泽中，笑曰:“此贼没奈何生枝节，推落泽中，且待从军来到，取起而去。遂跳下所乘，近前视之。被孟良在星光之下张见，跨上万里云叫声:“八大王休怪，吾借此马，退番兵便送还矣!”言罢，挥鞭勒辔而去。八王悔恨无及，正在懊恼间，后头随军已到。八王道知被孟良诡计脱去万里云，随军曰:“殿下勿忧，待其救出杨郡马，必当送还。”八王只得令从人救起千里风，复回汴京。不提。

将近平明，孟良恰与九妹相会，说知盗得万里云马而来。九妹喜曰:“既得此马，君往五台山求五哥下山救援，我先去三关俟候。”孟良领诺，径来五台山见五禅师，告知借马已到，又与九妹同来救援。五郎曰:“看你为主志亦勤劳，当得下山相救。”即点起头陀五六百人，扯起杨家旗号，离了五台山，到三关与九妹等相见。九妹曰:“六哥被困日久，乘今夜杀入救之。”五郎曰:“番兵众盛，待遣人缉探消息，然后出兵。”众人然其言，遂按甲而待。

消息传入萧天佑军中，天佑召诸将计曰:“杨五郎救兵来到，此人雄勇莫敌。吾有一计可使救援自退，宋兵径死于谷中矣。”耶律第曰:“元帅有何妙策?”天佑曰:“令军中捉得有边民面貌极似六郎者，将杀之，以头悬于高竿，只说昨日被番兵所擒，部下诛戮殆尽。彼若见之，必信而退矣。”耶律第曰:“此计甚高。”萧天佑即将其人诛之，斩其头，令番兵悬出阵前，传说六郎被杀，以首级号令。哨军报入关中，五郎闻此消息大惊曰:“吾弟遭困，为番兵乘虚所杀，此理有之。”即令九妹出关下认之。九妹连忙披挂，来关下视之，令军人前往通知番帅，若果是杨家首级，即便退兵。军人于阵前传说，萧天佑得知，令部下献出辕门与视。九妹看罢，面貌颇似，号泣不止，遥指番兵而骂曰:“杀兄之仇，定要报复。”仍回马入关中，报知五郎。五郎叹曰:“本为来救吾弟，谁想已遭擒戮，真乃杨门之不幸也。”惟有孟良不信，乃曰:“五将军，此事可疑。当日小人离双龙谷之时，本官部下尚有许多人马。既被其杀，岂无一人走漏者乎？此事未可便信。”五郎亦疑信不决。是夜秋风微动，月明如画。五郎披衣出帐外，观望星斗，见将星明朗，正照于双龙谷，自思六郎必然尚在。

次日，谓九妹等曰：“我夜观占星象，知汝兄无恙，今得一人通知消息才好。”孟良曰：“小可复入谷中体探动静。”五郎曰：“得汝去极好。”孟良径辞而去。九妹曰：“孟良既去，小妹亦往左近访问其事。”五郎曰：“汝去须用机密，勿被敌人测破。”九妹曰：“自有方略。”即辞却五郎，装作打猎小军，行至天马山。路径丛杂，进入林中，却有番兵无数来到。九妹一直转山后而走，见着小茅庵，九妹抽身入庵中，恰遇庵主迎而问之曰：“汝是何人？独自来此深山。”九妹答曰：“实不相瞒，小可是杨家女流，盖为哥哥六郎被番兵所困，今来问访的实，走错路径，遇番人追逼，特投庵主相救。”庵主曰：“此是番邦境界，汝缘何轻进？速卸去弓箭，取过道服穿着。”一时间，番兵都赶到庵中，捉住九妹。庵主曰：“是我弟子在此出家，汝等何以捉之？”番兵曰：“既是出家，因何带有弓箭？”庵主笑曰：“汝等不知，我居此山，不时有猛兽伤人，适才弟子出外打猎而回，弓箭何足为怪。”番兵遂放了手，因曰：“汝既能射，必有勇力，若斗得我众人过，则放汝。不然，定要捉去见我娘娘也。”庵主曰：“汝等如何出此言？”番兵曰：“近因南朝孟良过界，偷去骕骦御马，今下令各处巡视，恐防中国入界。我等疑他亦是细作，故要比试也。”九妹曰：“师父且待，我与他比试。”言罢，即出草坪中比斗，番兵无一人能近之者。番兵斗他不过，各自回营去了。庵主曰：“且待几日，我令人体问令兄消息，行之未迟。”九妹依允，就留止庵中。不提。

第二十六回　九妹女误陷幽州　杨延德大破番兵

却说巡视番兵回幽州见丞相张华，道知天马山庵中有一壮士修行，端的弓马精熟，武艺超群，我等十数人不能近之。张华听罢大喜曰："既有此人，当遣人领诰敕前往招他来见。"番官领命，赍诏敕复往庵中，见庵主道知其事。庵主与九妹商议曰："幽州张丞相有诰命来召，汝肯去否？"九妹曰："既来相召，安敢推辞？"庵主愕然，邀九妹往庵后谓之曰："君乃女流，若被识破机关，命亦难保，如何许其前行？"九妹曰："蒙庵主相待，足知庵主好心。此去自有方便，内中用事，救得哥哥，亦机会也。"庵主曰："亦宜谨慎而行。"

即日，九妹辞庵主，与番官径赴幽州，进张丞相府参见毕。张华问曰："壮士何处人士？须先通姓名，而后录用。"九妹答曰："小可祖贯太原人氏，姓胡名元。幼年曾习武举，屡科不第，因弃家居庵修养。昨承钧旨相召，只得赴命。"张华听其言词清利，人物出众，不胜之喜，乃令人整顿净房一所，与其安止。九妹辞出，张华入后院与夫人商议，要将月英小姐招胡元为婿，夫人允许。

次日，张华命番官通知胡元，九妹曰："此事大好，蒙丞相来召，但今宋兵在境，干戈未息，凭小可生平所学，建立微功，然后允之。"番官回报张丞相，丞相曰："且看他武艺如何？"即整朝服入奏萧后曰："臣招募得一壮士，英俊雄伟，要与陛下立功。乞宣授其职，以退宋兵。"萧后允奏，下命封胡元为幽州团练使，付兵五千，前助萧天佑。

九妹得旨，拜命讫，领兵辞张丞相，径到澶州来与萧天佑兵会合一处，屯扎西营。正遇杨五郎催军索战，九妹披挂上马跑出阵前，大叫："宋将速退，免受其戮。"五郎马上认得，大惊曰："贤妹如何在彼，引兵相争?”九妹打暗号曰:“五哥诈败,我自有计较。”五郎会意,舞斧便战,斗不数合,大败而走,九妹追上数里乃回。哨马报入萧天佑军中:“新降将大胜宋军一阵。”天佑大悦,即遣人请入帐中,商议破宋之策。营里番兵有认得九妹者,密启天佑曰:“此人前日在宋阵中看六郎首级,元帅须用心提防。”天佑大惊,遂令番众拿下胡元。九妹不知其由,乃曰:“吾有杀退宋军之功,元帅何故拿我?”天佑曰:“汝本南朝杨家之将,敢欺我耶!”不由分说,将囚车陷了,遣军解回幽州,见萧后具奏其情。萧后得奏,乃宣张丞相问之。张华奏曰:“臣亦未知其实,乞发下牢中,待擒得杨家将来,一同斩首。”萧后允奏,遂命将胡元监于狱中。正是:

本为成谋全骨肉,谁知先自受悲辛。

却说消息传入三关,杨五郎闻知其妹有难,亟与众人商议曰:“六郎近闻无事,如今九妹被系狱中,当先设计救之。”军校陈林曰:“将军有何妙计?”五郎曰:“幽州右控西番,实唇齿之邦,吾诈作西番人马前去相助,萧后必信,从中举事,可救之矣。”

陈林曰:“此计极妙! 本官先去,吾亦引军于中路相应。”五郎分布已定,扯起西番旗号,部军来到幽州,遣人通报萧后。萧后下命侍臣,宣进西番国统兵主帅入见。杨五郎承命,进于金阶,称呼毕,萧后曰:“有劳将军,跋涉风尘不易。”五郎曰:“西番国王以娘娘与南军交战,胜负未决,特遣臣部兵相助。”萧后不胜之喜,即令设宴相待,亲举三觞,赐赉甚厚。五郎曰:“军情紧急,臣明日当出师以退宋敌。”萧后曰:“远来疲乏,尚待数日而行。”五郎谢宴而出,在城南扎营,下令军中,乘番兵不知提防,当夜杀入皇城。众军得令,各整备。不提。

是时九妹在狱中,得狱官章奴知其为南人,十分相待,每要放他走脱,示遇其便。九妹因谓章奴曰:“蒙君相待甚厚,我适间占卜六壬课,今日当脱此难,君不如同奔南朝,当有报也。”章奴曰:“我有此心久矣,只缘无人提携,既将军肯带下官同去,今夜可越狱而出。”九妹整点停当。将近黄昏左侧,城南数声炮响,杨五郎引七百头陀杀进城中,如入无人之境,后面军马一涌攻进,四下鼎沸。近臣报入宫中:“反了西番国军马。”萧后大惊,亟令紧闭内城。当下杨五郎先杀入狱中，恰遇九妹从狱中杀出，番官各自逃生，哪一个敢来争锋？被中国人马蹂踏而进，杀死番兵不计其数。五郎与九妹左冲右突，大闹了幽州城，放火烧着南门，复军杀奔澶州。萧天佑不知军从何来，部下大乱。耶律第一骑先出，正遇五郎，两马相交，战不两合，被五郎一斧劈落马下。陈林、柴敢接应夹攻，天佑不敢恋战，弃营逃走。杨五郎骤骑追之，萧天佑回马力战，二人斗上二十余合，五郎挥起利斧，当头劈下，忽金光灿起，不能伤之。五郎曰："师父曾说番邦萧天佑铜身铁骨，刀斧不能入。留下降龙咒一篇，嘱咐交锋则诵之。待我念动此咒，看是如何？"五郎才刚诵之，忽狂风大作，飞砂走石，半空中降下金甲神人，手执降魔杵大叫："逆妖好好回去，饶汝万刀之诛。"萧天佑滚落马下，五郎再复一斧，忽声响处火光满地，不见了萧天佑。一霎时天地清朗，月色如昼。五郎杀入番营，提兵抄入双龙谷。孟良听得外面金鼓不绝，引众人当先杀出，正遇番将黄威显，一斧砍之。杨六郎等乘势突出，与五郎军马合为一处，杀得番兵四分五落，尸首堆积，夺其牛马无数。正值四更时分，五郎收军还佳山寨安下。

次日平明，众人相见。六郎曰："若非哥哥出力救援，几被番人困杀矣！"五郎曰："九妹反为北番所囚，不施此险计，亦难保也。"六郎嗟呀不已。九妹曰："多得狱官章奴与我杀出狱中，却被乱兵所伤。深蒙此人之助，难报其恩。"五郎因问被囚之故，九妹将庵中相救及往番邦之由一一告知。五郎曰："深山幽谷，亦有此好人，可令人送缎匹往庵中答谢。"是时六郎于寨中广设筵席，犒赏诸将，酒至半酣，五郎曰："贤妹依前回去奉侍母亲，我亦领众转五台山，六弟用心守此三关，以承吾父之志。"九妹领诺，酒罢辞行。六郎亲送兄妹离寨数里之程而别。

不说九妹、五郎各自回归，且说六郎回到寨中，遣人送得万里云来还八王。八王笑曰："前日我不借马，非是吝惜，盖试孟良之能耳。今既得此捷，马亦无恙，真国家之福也。可令杨六将军下令军中，整饬戎伍，紧守三关，招募英雄，为进取之计。"

话分两头。却说宋真宗闻捷报："杨郡马大胜番兵。"与八王议曰："六郎新建奇功，当何以报之？"八王曰："陛下须赐以犒军之礼，候再立功则升官职。”帝允奏，即遣使臣赍赏花红、缎匹，前诣佳山寨，犒劳六使部下诸将。不提。

是日朝散，王枢密归至府中，自思杨家有此英雄，如何能遂吾志。一时无计，且请谢金吾来商议。差人去不多时，邀得谢副使到府中，分宾主坐定。茶罢，谢副使起曰：“不知枢密见召，有何教诲?”王枢密曰：“下官蒙主上顾宠，八殿下屡怀不平。前日下官因公务过无佞府，至滴水天波楼前，不曾下得马，被杨家大辱一番。待奏圣主知之，那八殿下又来放对。没奈何，思量不如辞官归乡，杜门不出，省得吃此烦恼也。”谢金吾听罢笑曰：“王大人何以自堕其志？今朝中先朝旧相已皆凋谢，止有我数人而已。虽八殿下权势尊隆，然不理政事，杨家父子并作无头之鬼，一门惟寡妇耳。先帝在日，重其恩典，起立无佞府、天波楼以引诱之。当今主上，宁以此当事耶？下官试往过之，若彼省改，则止。不然，即令手下拆之。”王枢密暗喜曰：“中我计矣！”复以言激之曰：“谢副使休要争闲气，若拆其楼，杨令婆必来相闹，圣上为他做主，我等反受辱矣。”金吾曰：“且看下官为之，圣上若问，吾自有计策答奏。”王枢密佯意然之，因留酣饮。日晚，金吾辞去，王钦直送出府门而别。

第二十七回　枢密计倾无佞府　金吾拆毁天波楼

次日，谢金吾摆列队伍，经无佞宅门首而过，近天波楼边，令手下敲动金鼓，喝道连声，谢金吾端坐马上，过却楼前。正值杨令婆与柴夫人在厅上闲坐，闻府外乐声响亮，令人出府探视，回报谢副使竟乘马打闹而过。令婆怒曰："满朝官宰让得我杨家，谢金吾何等人，特来欺凌？"即令备车马趋朝来奏于帝，令婆以龙杖而入，真宗降阶迎接，列坐，因问曰："朕未有宣命，夫人造朝，将奏何事？"令婆起答曰："妾夫君蒙先帝厚恩，曾敕赐无佞宅、天波楼等第宅，处臣妾诸子，荣耀莫加，官宰经过者俱下马回避，非是敬老妾，盖重君命也。今者谢金吾动用鼓乐，不下马而过，分明轻慢陛下，欺侮老妾！"真宗闻奏，即宣过谢金吾入，责之曰："先帝遗旨，汝何独违？今夫人劾汝轻侮朝廷，罪将谁任？"谢金吾奏曰："臣非敢有慢国法，容奏其故。前日陛下以敕命旌赏杨六使，臣领敕经过天波楼，亦下马而过，斯时君命反甚轻亵，臣等以为相碍，正欲会同文武具奏，未敢擅进。且天波楼离无佞宅一望之地，实当南北要道，遇圣节朝颁之日，由此而过，深为未便。乞陛下拆毁其楼，使朝廷知所尊重，千载盛事也。"金吾奏罢，真宗默然。王钦迎风旨进奏曰："谢金吾所陈极当于理，且无佞宅离天波楼隔越，拆之诚便于事。"真宗曰："卿等且退，待朕再与文武商议。"令婆闷闷而出。私地王钦又力奏其事，真宗允旨，下敕就着谢金吾监众拆毁之。

旨敕既下，王、谢不胜之喜。消息传入府中，令婆与柴郡夫人议曰："不想谢金吾劾奏，朝廷要拆天波楼，王枢密互同主意。今圣上允其奏，此贼必来拆毁，若不能做主，深贻夫君羞也。"郡主曰："待入见殿下商议，再奏圣上，或能挽回天意。"令婆曰："事不宜迟，太郡当即往。"

柴氏径辞令婆，来八王府中。相见毕，柴氏曰："主上听信谢金吾罔奏，要拆毁天波楼，且此创置乃先帝之命，望殿下念其父子忠勤于国，复奏止息其事，则杨家必深报德矣！"八王曰："圣旨既下，难以即奏。且此楼不便于天使，主上有意去之。如今之计，谢金吾好利人也，汝归商议，多用金帛买贿与他，宽容数日。遇有机会，我当奏于主上。"

柴太郡领命辞归，见令婆道知买嘱之事。令婆曰："若得此楼不拆，安惜金宝为哉！只恐谢金吾不肯接受。"太郡曰："可令心腹付之，无有不接。"令婆然之，即整备黄金四十两、玉带一围，遣人于谢府来进用。果是金吾见杨府礼物，便自心动，乃作傲曰："彼恃朝廷只在他一家而已，今日亦识谢某乎！"知心人刘宪进曰："既杨家伏输，小心于枢副，正可做个人情，缓缓拆之。待朝廷意阻，若留得不动，则令婆正有孝敬在后，岂不两全其美。"金吾曰："汝言有理。"遂受下礼物，遣人于杨府回复。令婆闻之私喜曰："若金吾肯息此事，圣上必不深较。"仍遣人于八王府中缉探，复奏消息。

不想谢金吾所受贿赂，已漏与王钦知道，乃力奏真宗，亟行是事。真宗得奏，复敕谢金吾作急回报。金吾领旨，不得已督率人夫，将天波楼上层拆去，尚留中层未拆。八王遣人报知令婆："圣意难回，可寻夜往三关与六使商议，则能计较。"令婆得报，忧闷不已。八娘进曰："母亲只得依八殿下所言，令六哥回来计较。不然，涓涓之势弗遏，恐后日无佞宅亦难保也。"令婆曰："汝言虽是，谁去报知？"九妹曰："小女曾识三关路径，愿走一遭。"令婆曰："汝即去便回。"九妹装点齐备，辞母亲望三关而进。

时值五月天气，途中暄热。九妹趁早而行，不消一日到三关寨，见六郎道知谢金吾奏主上拆毁天波楼，母亲着兄寻夜回去计较。六使惊曰："朝中文武不谏，八殿下亦坐视耶？"九妹曰："八殿下力谏不允，是他着人来说，要与哥哥商议。"六使忧闷无已，密令九妹入后寨议曰："我镇守此处关隘亦重，朝廷又无诏命，倘被知觉，则有擅离之罪。进退两难，如何处置？"九妹曰："母亲立待哥哥，只得私离数日，待事定之后仍复回寨。"六使乃唤过岳胜吩咐曰："吾母有大事商量，着人来召；只得私下三关数日，事定后即便到此。汝与孟良等谨慎边境，遵守号令。待焦赞问我所在，只说往眉山打猎未回，不可漏此风声与知。”岳胜领诺而出。是夜，六使辞岳胜、孟良等，悄悄离佳山寨，望汴京而来。有诗为证：

单马宵征恨不平，君王何以重奸臣？

谁知祸起萧墙内，诈死埋名不忍闻。

二骑行了半夜，将近乌鸦林，忽一人跳出林外，拦住去路叫曰：“本官吩咐不与焦赞知之，我已听得多时。”六使大惊曰：“汝不守关寨而私来此！”焦赞笑曰：“本官亦是私离三关，如何反说我来？小可闻得东京最好光景，平生未睹，今日特要跟本官同走一遭。”六郎曰：“汝真恼煞我矣！此来正怕人知，汝心情又急，若到京城，必生出祸患，那时谁任其咎？作急归寨，回来重赏于汝。”焦赞曰：“若不允我去，先到汴京扬说将军私离三关。”九妹曰：“只一个人，哥哥便带他回去，叮咛勿使生事来。”六郎依九妹之言，带焦赞一同到无佞府中，入见令婆。拜礼毕，令婆见六使，汪然泪下曰：“汝父子八人投入中朝，于今凋零，只有汝在。先帝敬我杨府，建设第宅相待。今被谢金吾欺虐，奏毁天波楼。若不早为定计，后日无佞宅莫得安矣！”六使曰：“母亲勿忧，待不肖密进八殿下府中商议。我父子有死难之功，主上宁肯相忘？”令婆乃令柴太郡等相见，太郡曰：“八王若肯主张是事，决有好消息。”六使然其言，因安顿焦赞在偏房居住，着府中军校防守，勿令出去生事。

时焦赞初到，亦且过得，一连数日，坐卧不住，与军校议曰：“我随本官到此，正待看汴京风景，今着人监守于我，莫若不来，犹得散诞。汝等若肯带我向城中游玩，多置酒食相谢。”军士曰：“去且无妨，只恐你生面，被人识破，那时连累着本官也。”赞曰：“自有方略，决不与人识破。”军校乃背了六使，开后门与焦赞出得无佞府，踏步望汴京而来，果然好一座城郭，有《西江月》词为证：

堪羡京师形胜，朱门十万人家。汴京自古最繁华，弦管高歌月夜。

市列珠玑锦绣，风流人物豪奢。菁葱云树绕堤沙，真是堪描堪画。

焦赞转过仁和门，但见车马往来，人烟辏集，不觉失口曰：“若非本官挟带，安得见此光景！”军校惊曰：“汝胆好大，此处乃京城地面，缉访军家无数，闻此消息，谁则来救？”焦赞笑曰：“便道一声何妨。”言罢，行到歌管巷，见酒馆中摆列齐整。赞曰：“相与进里面，沽饮三杯而去。”军校曰：“此间不是我等饮酒处。”引赞往城东望高楼饮玩。日色将晚，军校催促回去。赞曰：“难得来此，只在城中寻店安下，明日回去未迟。”从人见他性急，只得依从。近一更时分，焦赞尚未安歇，乘月下与军校闲走，偶经过谢金吾门首，听得府中乐声嘹亮，歌音不歇。焦赞问曰：“此是那个家中？风送歌音，如此清亮。”军校笑曰：“速行，休问此处。我本官正因其人要拆毁滴水天波楼，才下三关。正是当朝宠臣谢副使府中，想必正在欢饮。乐人未散，故有此歌声也。”焦赞初未知谢金吾家，则全然无事，听说是本官对头，便怒从心上起，恶向胆边生，谓军校曰：“汝二人只在外面等候，我入府中体访消息便来。”军校吓得浑身酥麻，叫苦曰：“汝生出事节，我等定遭连累。可急转店中，明日侵早回去，本官亦自勿觉。不然，我先去报知。”焦赞怒曰：“任汝二人去，定要依我行也。”径别了军校。闪进谢府后门而去。二军校慌忙各自逃奔。不提。

第二十八回　焦赞怒杀谢金吾　八王智救杨郡马

却说焦赞抹过东墙，见不甚高，遂攀援而登，踊身跳于后花园内，密进厨下。家人俱各在堂下伏侍谢金吾，止有小使女在灶前烧火。焦赞于皮靴中取出利刃，先将使女杀了，提着死人头，走向堂上，只见谢金吾当席而饮，乐工、歌童列于庭侧，径将人头对面掷去。谢金吾吃着一惊，满面是血，即喊："有贼！众人何在？"焦赞踏进前骂曰："弄权奸佞，今日认得焦赞么？"言罢，一刀从项上而过，谢金吾头已落地。众人看见，四散逃走。焦赞杀得手活，抢入房中，不分老幼，尽皆杀戮。可怜谢金吾一家，并遭焦赞所害。后人有诗为证：

起意陷人终自陷，且看今日谢金吾。
谁怜恃宠当朝相，老幼全家被所屠。

将近三更，焦赞取筵中美味恣食一餐，临时自思曰："谢金吾一家被我杀死，他是朝廷显官，若知此事，岂不连累地方，不如留下数字，使人知是我杀，庶不祸及他人也。"即蘸鲜血大书两行于门曰：

天上有六丁六甲，地下有金神七煞。
若问杀者是谁，来寻焦七焦八。

题罢，复越墙打从后墙门而出，待寻二军校，不知走往何处，因在城坳边躲过一夜，次日侵早逃归杨府去了。

却说巡更捕卒夜来闻说谢副使府中被劫，亟报王钦。及进谢府视之，只见杀死一家老幼共一十三口，尸横散地，血污庭阶。检验官录得门上写的杀人凶身名目呈奏，时轰动汴京军民。真宗得奏大惊，下令王钦体察此事。王钦奏曰："臣窃闻杀死谢金吾一家者，乃杨六郎新招将焦赞。"真宗曰："杨六使镇守三关，何得有部将入城杀人？"

王钦曰："前日私下三关，带得焦赞同来，有违国法，乞陛下提处其罪。"真宗允奏，敕禁军捕捉杨六使与凶身焦赞。旨令既下，禁军四十人领命而行。是时杨六使在府中与令婆计议天波楼之事，忽报昨夜焦赞越墙入谢府，杀死了谢金吾一家老幼一十三口，今朝中正差军来捉。六使大惊曰："狂奴当败吾事矣！"道未毕，禁军一齐抢进，捉住杨六使。时焦赞在外听得，手执利刃，一直杀入。禁军见其猛恶，无人敢近前。六使喝声曰："汝生出如此大祸，尚敢来拒捕朝廷乎？好好自缚，同去请罪。"焦赞曰："我生平杀了几多人，希罕一十三个？我与本官回佳山寨去，看他如何摆布我？"六使越怒曰："若不依吾言，今日先斩汝头去献。"焦赞乃放下利刃，唯唯而退。禁军正待来捉，六使曰："不要动手，见天子自有分辩。"六使乃随禁军朝见真宗，真宗问曰："朕无圣旨召卿，何得私下三关？又带部将杀死谢副使一家，当得何罪？"六使奏曰："臣该万死，乞陛下宽一时之戮，容陈冤苦。臣父子有幸蒙朝廷厚恩，虽九泉亦思补报。近因主命有拆毁天波楼之诏，臣母忧虑成疾，只得下关省视即回。部将焦赞，凶顽之徒，不知几时进城，今杀死谢金吾之事，岂必是臣之使哉！乞圣明体究。如果是的，当就藁街之诛，以正朝廷法令也。"真宗闻奏，半晌未答。王钦进奏曰："杀人者的是焦赞无疑，当日本家侍从及乐工亲目所睹，且临去又留下笔迹。乞陛下将六郎、焦赞押赴市曹处斩，庶警后人。"真宗迟疑不决。八王力奏曰："杨六使罪责本有，其情可原，果的部将杀人，念彼有镇三关功绩，从轻发落。"真宗允奏，敕法司衙门拟定杨六使等罪来奏。

六使既退出，王钦密遣人于法司官处嘱咐：发配六使等于远恶地方居住。时掌刑官名黄玉，最与王钦相得，依其言语，以六使得私下三关之罪，发配在汝州做工，递年进造官酒二百埕，三年功满则回；焦赞以把边之绩宽其死罪，发问邓州充军，即日起程。黄玉拟议已定，申奏真宗。真宗依拟，下敕，并命收殓谢金吾等尸首以葬，近臣领旨宣示。不提。

只说杨六使闻此消息，不胜悲悼，来辞母亲令婆与柴太郡。令婆曰："此我家大不幸也！使老身晚景靠倚何人？"六使曰："母亲勿忧，多则二三年便可回来，母子复相见矣！且儿犯罪发配，八殿下必周全天波楼一事。今焦赞杀了谢金吾，亦为朝廷去除一恶。此次不是八殿下力奏，险然性命难保。”道未毕，焦赞入见六使曰：“闻朝廷将我充军邓州，正要邀本官回三关寨，亦不要经汝州发配，我晓得充什么军！”六使曰：“圣旨既下，汝只得到其地方，候遇有赦，仍转三关。若使再违法令，得罪反重。”

不移时，王枢密差解军四十人来催杨六使、焦赞等即行。六使先打发焦赞与解军起身，自辞令婆、太郡，亦离杨府。八娘、九妹直送至十里长亭而别。时焦赞在路等候，六使来到，乃曰：“我此去不日走归寨中，报与岳胜哥哥等知道，便来取本官也。”六使曰：“休得胡说，我罪不至死，汝亦忍耐过一年半载，便得相逢。”焦赞大笑分别，自与解军投邓州。不提。

只说六使随从一起上路，望汝州进发。正值夏末秋初，凉风透骨。正是：

孤雁声中愁莫诉，残蝉树里恨难禁。

不日来到汝州，公人将批文投至府中，见太守张济。张济看罢来文，先发回公人，邀六使入后堂问之曰：“闻将军把守三关，番人畏服，因何又犯发配之罪？”六使答曰：“一言难尽。”将部下焦赞杀死谢金吾之由，道知本末。张济嗟呀不已，乃曰：“将军权且忍耐，此去城西有万安驿冲要所在，可以监造官酒，及时而进。多则一年半载，仍复归朝矣。”六使称谢，辞太守自去做工。不提。

却说王钦探知六使已到配所，请黄玉来府中商议害之之计。黄玉曰：“此事不难，今圣上以酤税为重，六使临造，是职关系最大。枢使上一道本，劾其有私卖之罪，主上必处之以死刑矣。”王钦大喜曰：“此计大妙。”即具酒醴与黄玉对席酣饮，二人尽欢而散。

次日，王钦果趋朝上本，劾奏：“杨六使轻玩国法，配到汝州未经一月，将酒酤禁令放弛，私鬻钱价，将为造反之计，乞陛下早正其罪，免生后患。”真宗闻奏大怒曰：“彼令部下杀死谢金吾一家，朕念其先人有功，姑免其死。今又在配所私卖朝廷之物，难再宽容。”即敕团练正使呼延赞赍旨到汝州，取六使首级来回。旨令既下，廷臣愕然。八王力奏曰：“杨六使忠诚之臣，岂有此事？陛下勿听一时之言，而诛英雄也。”帝曰:“卿屡为六使来保,前日屠朕爱卿谢副使一家,亦该处死否?”八王语塞而出。

是日朝散,寇准曰:“幸得领敕命者呼延赞,可令见汝州太守计较,以罪人貌类郡马者枭其首级来献纳,令放六使逃走。后日遇国有难之际,又好保举也。”八王然其言,乃与呼延赞道知。赞曰:“此事老夫自有主张。”

即日,辞众臣赍旨径赴汝州,见太守张济,具说斩六使之由。张济惊曰:“彼到汝州未久,焉有此事?主上何故徒要轻损豪杰!”赞曰:“此是权臣王钦劾奏其情,圣上遂激怒之甚,八王力保不允,今廷臣商议,要请太守如此如此方便。”济喜曰:“正与下官之意暗合。值今北番强盛,使无此人,边境怎安?”因令去请六使来,说以朝廷之意。六使曰:“小人本无是情,既圣旨问我以死,只得承命与朝廷回报。”济曰:“君勿忧,正在商议,要如此脱君之厄。”六使曰:“若得太守方便,当图死报。”张济曰:“管保郡马无事。”即令狱官伍荣来商议,荣曰:“牢中有蔡权,问实死罪,情真罪当,年久当斩。此人面貌与杨将军无异,可将此人斩首以献,主上必允信也。”济令取出蔡权审视,果然相像。吩咐伍荣多讨酒馔赏之,醉于狱中。伍荣密来枭了首级,提见张太守。太守曰:“事不宜迟。”便交呼延赞,赍着首级寻夜赴汴京去了。张太守唤过六使,教之装作客商,逃往远处避难。六使拜谢出府,换着轻快衣服,悄离汝州,径回无佞府。不提。

却说呼延赞单骑回转汴京,正值真宗设朝,进上六使首级,帝亲下看验,只道是实,群臣见者,无不嗟呀。八王恐将首级号令被人参透,乃进曰:“既延昭伏罪被诛,乞将此首级发于无佞府,与其家人埋葬,亦见陛下不忘功臣之意。”帝允奏,因发下首级,着禁军领去。禁军得命,径来杨府,令婆未知前因,只道是实,举家悲哀,将首级遵旨埋葬。不提。

第二十九回 宋君臣魏州看景 王全节铜台交兵

却说消息传入佳山寨，岳胜、孟良等闻知，号啕而哭，声震原野。孟良曰："既本官不幸，我众人难以再守，不如散去，各安生理。"岳胜曰："汝言正合我意。"命刘超、张盖于山下创立本官庙宇，傍塑十八员指挥使，递年祭祀。分遣已定，将寨中所积，人各均分，拆毁三关寨。是日众人四散而去。陈林、柴敢率所部依前往胜山寨居止；岳胜邀孟良等反上太行山，称草头天子，部将仍封为丞相等职，打官劫舍，不在话下。是时焦赞在邓州，听知六使遭戮，亦越狱逃走。

话分两头。却说王钦见六使已死，不胜之喜，乃思曰："朝廷无了此人，我志得遂矣！"乃修下密书一封，遣心腹人漏夜送往北番，来见萧后，萧后拆书视之：

> 臣自辞禁中赴南朝，又是数年。每怀报答君后之恩，无由得遂。今臣颇知中国强弱，所可虑者，唯杨六使而已，今日略施小计，枭其首级以献，臣目所睹。可乘南国无备，整点六师，大兴征伐，边境必望风瓦解。若待京城震骇，臣内中自生枝节，复有书来奏知。望陛下与一二文武商议，勿失此机会焉。

萧后得书大悦，因以示文武。萧天佐奏曰："王钦来书道得详细，乞陛下早定伐宋之计，以图中原也。"后然其奏，忽一人进曰："陛下此举虽善，只是难以取胜。"众视之，乃大将军师盖也。后问曰："孤欲举兵伐宋，卿何以见得难胜？"师盖曰："杨家虽亡，中国一统之盛，边帅拥重兵者不下数十万，若径提兵深入，未能即胜，当用计策赚之，令宋兵首尾不能救应，中原唾手可取也。"后曰："愿闻卿之妙计。"师盖曰："魏府铜台，乃晋帝陵寝之所，近来戍兵凋落，武备不修。陛下可遣人整饰园林，开凿玉池，多植名果奇花，诈称天落祥瑞，池水成醇，树叶藏浆，以此特异之事，扬于中国。再使人令王钦就中哄惑，引诱其君来此玩景，然后出劲兵紧紧困之。陛下亲率精兵，乘虚直捣京城，国中无主，那个敢来争锋？此时取宋天下有何难哉！”萧后闻之大喜，先发密书入汴京与王钦知道。乃遣能干之人，前去铜台修筑陵寝，一面下令萧天佐等整点军马以待。

不一月间，消息传入汴京，近臣奏知：“魏府天降祥瑞，池水成醇酒，叶里贮琼浆，附近边民，各移就共饮。”真宗闻奏，问于群臣曰：“魏府沃野之地，有此奇事，卿等当究的实。”一派武臣，皆上表称贺。惟寇准等持疑是事，乃奏曰：“魏府，晋朝陵寝之所，既有此瑞，何独一境应之，陛下不可深信。”帝未应，王钦迎风旨前奏曰：“若此异事使天下皆然，又不足为瑞矣。今特魏府有之，正是太平符运，千载难逢。陛下当整六师亲视之，一者巡抚边民，二者使番人不敢南下。”真宗乃悦曰：“卿乃忠言也。”即下诏巡幸魏府。八王谏曰：“魏境地接辽界，近来帅臣调遣，城郭荒野，值今戎马在郊之日，陛下车驾一动，北番乘虚而入，那时谁为保守京城乎？万望以社稷为重，勿轻信虚诞之事也。”真宗曰：“朕命柴驸马、寇丞相领禁军守京，必保无事。”八王见谏不从，怏怏而出。

明早敕旨已降，以呼延赞为保驾大将军，光州节度使王全节、郑州节度使李明为前后扈从。赞等得命，准备起行。越数日，真宗车驾发离汴京，八王以下文武皆随侍而行。但见：

红尘起处兵车盛，白日昏时羽纛多。

大军一路无词，不日间来到魏府境界。时冬十一月，朔风竞起，北方寒冻。车驾进入府中驻扎。

次日，真宗与群臣登晋之陵寝看景，果见林中树叶包藏有物，玉池中泉水红润。帝命取而尝之，其味似酒，其淡若醴。军校摘下树叶，揭开视之，都是时造粟浆。八王奏曰：“陛下以祥瑞之故，而劳动车驾，使边民供给，不堪其苦。今观此，亦何祥瑞之有耶？此必番人之计，赚君臣来此，若不亟还，定落其圈套矣！”真宗亦疑，因下命退回军马。不想北番已知消息，萧天佐、土金秀等率马步番兵一十万，将魏府城郭团团围了。飞骑报至驾前，真宗大惊曰："不依卿等所谏，致被围困，将何以为计？"八王曰："番兵预定此策，长驱而来，其气势正锐。陛下可敕诸将严守各门，一面遣人寻夜往汴京取救兵。待援兵一至，内外夹攻，则可退敌矣。"真宗依奏，即命呼延赞等分门而守。

时宋军于敌楼上望见番兵乌聚云集，声势甚盛，众皆有惧色。呼延赞按剑而言曰："凡两国相敌，胜负在将，不在兵之多寡。我睹番兵虽众，利在急战，明日与其交锋，当尽力而战，必能胜之。"众军得令。次日赞请旨与光州节度使王全节分前后出战。旗鼓分处，两阵对圆。番将土金秀跑马先出，指宋将谓曰："汝等已中吾计，何不纳降，以免一死？"呼延赞怒曰："狗奴速退，尚可留残生，若使邀阻御驾，直待兵指幽州，寸草不留。"金秀大怒，舞刀跃马直取宋将。呼延赞举枪交锋，两将鏖战四十余合，番将力怯，拨马而走。呼延赞催动后军掩杀，番将见赞赶来，挽弓架箭，一矢恰中乘马，将呼延赞掀翻在地。王全节正待救之，番兵围裹将来，活捉而去。全节不敢恋战，跑马杀入城中。萧天佐从旁攻之，宋兵大败，死者不计其数。全节入见真宗，奏知番兵众盛，已捉去大将呼延赞，臣战败而回。真宗闻之，忧愤不已。八王曰："事已急矣！陛下可再遣人于沿边帅臣取救。"帝允奏，手诏遣使臣而行。

却说番将捉得呼延赞，用槛车囚下，待遣人解赴幽州。萧天佐与土金秀、耶律庆分门攻击，宋军震骇。八王曰："番兵所惧，唯有杨家。陛下可效汉高祖白登故事，以军中勇壮者假装六使及部下一十八员指挥使，城上扯起杨家救援旗号，阳使假者于城上走马，番人见之，必引兵退去。我军乘势杀出，可脱此难矣！"帝允奏，下令军中并依三关将帅装束。

次日平明，扯起杨家救驾旗号。番人见着旗号，报入军中。土金秀惊曰："杨六郎已死，如何又来救驾？"即率所部来看，一霎时城上金鼓齐鸣，炮响震天，假装岳胜、孟良、焦赞等于城上走马。番兵望见，那知虚实，齐叫快走，不然无遗类矣。萧天佐闻之，拆营而去。王全节与李明开城追击，番兵奔如潮涌，自相践踏，死者无算。宋军直追赶数里而回。

王钦大怒曰:“北番人真乃乳子,恁的怕着杨家!”亟密遣人报与番帅得知。萧天佐闻之叹曰:“假者如此惧怯,若使真的,不战而败也。”复率众围绕而来,攻打越紧。城中见番兵又至,报知真宗。真宗曰:“此机已被参破,再有何策可退?”八王曰:“朝廷音问不通,那个敢敌北兵。如今没了杨家,臣等亦难为计也。”真宗曰:“悔之无及,朕将率众将亲战番兵,溃围而出。”八王曰:“北兵众盛,陛下徒损威风,必不能出,只得紧守此城,以待救兵。”

番兵一连围困二十余日,城中危急。真宗亲自登城,望北骑周回围绕,水泄不通。八王曰:“陛下要脱此难,除得杨六使来,殄此丑虏如滚汤泼雪。”帝曰:“那里再得此人?”八王又奏曰:“可出赦书,遍行天下寻之,恐有六使也。”真宗不答,退入府中,自思八王所奏可疑,因召侍臣入内问计,侍臣齐奏:“杨六使消息,八王恐知下落,乞陛下发赦书于汝州究之。”帝允奏,问:“谁赍赦一行?”王全节曰:“臣愿前往。”帝付与赦文,次日令李明送出,开了城门,李明先杀出,正遇番将耶律庆,战败之。全节乘势杀出重围,投汝州而去。李明退入城中坚守。

第三十回　八王赍诏求六使　焦赞大闹陈家庄

却说王全节赍赦文星夜投进汝州，见太守张济，道知："主上被困魏府，官军战败。今众臣保奏，赦了杨六使前罪，着部兵救驾。今某赍赦文到此，望太守作急根究其人。"张济曰："六使犯罪，首级已献于朝廷，岂复有六使乎？今着下官根究，从那里寻讨？节使可急回奏，庶不误事。"全节忧闷不已，乃曰："若不得此人，则主上之难万不能脱，下官亦难回奏。"张济曰："君父有难，臣子何安？节使务要追究，除非到无佞府，可知消息，我汝州决无此人。"全节无奈，只得离汝州，径到无佞府来见令婆，道知圣上赦讨六使救驾之事。令婆曰："小儿首级埋葬多时矣，那里复有此人？或众臣无计可施，设为此言，以安主上之心，节使可即回奏，勿误军情。"全节怏怏不乐。次日，只得单骑复来魏州，杀开血路，到东门大叫开城。李明听得是王全节声音，即开城杀出，救入城中。全节见真宗奏知："汝州并无六使消息，臣又投杨府究问，皆道已死多时。"真宗闻奏长叹曰："堂堂中国，遇朕有难之际，无一人敢提兵救援。"又问计于群臣，群臣对曰："如此兵势，虽子牙复生亦无计可施。"真宗纳闷无地，寝食俱废。八王曰："事急矣！臣只得亲往杨家取讨六使。如果不在，亦招藩镇来援。惟陛下与众将坚守此城。"帝曰："军情事，卿不宜造次。"八王领命，帝仍令王全节、李明先杀开重围，保出八王而去。二人复杀回城中。不提。

却说八王赍赦文径赴无佞府来见杨令婆，说知主上在危急之中，可着六使出来，商议救驾。令婆曰："前日王节使来召，老妾不与其知。既殿下亲到，当令出来相见。"因令手下于后园地窖中唤出六使，堂上拜见八王。八王嗟呀良久，乃曰："若非昔日之计，今日那得郡马?"六使谢曰:"多得殿下方便,恩无以报。"八王曰:"主上被困魏府,事势已急。今有赦书到来,郡马作急救援。"六使曰:"近闻三关之众,人各散去,如何能够即救?须小可前往寨中招集众人,方可议行。"八王曰:"事不宜迟,我进朝中调拨边师俟候,待君招集众将,一同进兵。"六使领诺。八王既去,六使便辞别令婆,前往三关而行。正是:

谁教豪杰依然出,直向铜台救驾回。

六使一人在路行了数日,先往邓州界访问焦赞消息,并无下落。行到锦江,只见一伙僧家,唧唧哝哝而过。六使问曰:"汝等要往何处,都有不悦之意?"僧人曰:"君岂解其事。此地方有一颠汉,发作时便要吃人,官司没奈他何。他口称有甚么本官被朝廷所诛,但逢僧道,便拿去看经诵偈,那个敢违逆之?昨日来我寺中,着我等去作功果,超度其主,我众人只得赴命。"六使听罢,自思此必是焦赞,乃问曰:"此人今住何地?"僧人曰:"邓州城西泗州堂里,便是他居处。"六使曰:"我同汝等见之。"僧人引六使到泗州堂,正见焦赞卧在神案上,鼻息如雷。六使视之不差,近前摇醒。焦赞睡中起来,睁出一双怪眼,大声喝道:"那个不怕死的,却来相撩老爷!"六使喝曰:"焦赞不得无理,本官在此。"赞听罢大惊,径向前抱住曰:"汝是人耶?鬼耶?焦赞超度本官多时矣!"六使笑曰:"岂有白日之鬼来见汝乎!此间不是说话处,可随我来。"焦赞放手便拜,众僧人掩笑而散。六使引焦赞出城西桥,道知主上遇难,今八殿下领赦来召救驾,可速往三关,招集兄弟同往。焦赞听罢大喜曰:"我道本官被朝廷所害,撇得众人没主。今日又得相会,真是快活煞我也。"

次日,六使经过汝州,入府中拜见太守,道知八王领赦来取救驾之事。张济大喜,亦以王节度来由告知。六使曰:"军情紧急,我当往三关招集进兵。"张济然之。六使径辞张济出城,与焦赞望三关而行。路上二人各诉其本末,来到杨家渡,日正当午,遥望水势茫茫,旁无船只。六使等待多时,全没人渡,因令焦赞去问渡船。焦赞领诺,行至上流头,见船夫问曰:"劳汝渡过对岸,多奉渡钱。"船夫曰:"此渡是杨太保掌管收钱,那个敢私渡?汝要去,可往前面亭上见之。"焦赞听罢,径奔亭中来,正见一伙人在那里赌赛。焦赞近前曰:"借问渡船过岸,多奉船钱。”众人忽抬头,见焦赞生得异样,皆不答言。焦赞又小心问之。众人骂曰:“臭狗奴,说什么过渡过渡!”焦赞大怒,伸出一对硬拳,打得众人四分五落。正待向前打那太保,太保望后走去。焦赞回见六使,怒气未消。六使曰:“汝又去生事来!”焦赞曰:“今番好被那伙气也!分明有渡,不肯借我,反出恶言相伤,被我怒激起来,打散众人而去。”六使正没奈何,忽见强人各执短棍追来。焦赞曰:“待结果此贼,以除其害。”径提大朴刀,当中杀来。那强人不能抵挡,后面杨太保出,与焦赞连斗数合,不分胜败。六使叫曰:“不要相斗,愿闻壮士姓名。”杨太保抽回利刃,立于原地,焦赞亦住了手。太保曰:“我乃邓州人氏,姓杨名继宗,小号太保。且问汝是谁人?要过此渡而令手下强取。”六使曰:“小可太原杨令公之子六郎也。今主上被难,要往三关招集部下救驾,来到河边无渡,特借一时,壮士何故不允?”太保听罢,放下刀近前拜曰:“久闻大名,未得瞻拜。今日幸见,甚慰平生。”六使扶起,太保即邀六使到庄上,设酒醴相待,乃曰:“将军不弃,愿率所部同往魏府救驾。”六使喜曰:“太保如肯相从,诚乃美事,有何不可?只待招集众人,便来相约。”太保领诺,是夕留六使宿于庄上。

次日,撑船渡过六使登岸,同焦赞望三关而行。时四月天气,途中酷热,古人有词为证:

翠葆参差竹成径,新荷跳雨泪珠倾,曲栏斜转小池亭。

风落帘衣归燕急,水摇扇影戏鱼惊,柳梢残日弄微晴。

二人行了半日,歇坐于柳阴之下。焦赞曰:“本官且停待于此,我往前面,问有酒店,沽一壶聊止饥渴。”六使允之。焦赞径往前来,没处寻酒店。正烦恼间,忽一伙人挑着酒肉而过。焦赞问曰:“汝所挑酒肉肯卖乎?”其人曰:“此是赛愿酒肉,如何肯卖!”焦赞曰:“赛什么愿?”众人曰:“前面有杨六使神庙,威灵显赫,乡村赖之以安。但有祈许者,无不遂意。今日特往酬谢。”焦赞听罢遂大笑。回见六使,道知其事。六使笑曰:“哪有此理?”焦赞曰:“乡人道离此不远,当与本官访视之。”六使依言,与焦赞行来,果见一座庙宇,创造极是威仪。六使步入庙中,上塑着本身神像,脱然无异,两傍塑一十八员指挥使,香火十分旺相。六使指焦赞谓曰:“此像塑汝,真乃相似也。”焦赞笑声道:“本官更塑得真。我在邓州发颠吃人，原来这里供养。待先推倒本身，然后去推本官。”言罢，一下拳头忽声响，已将塑像推落半边。走上殿去，把六使神像一连几推，全然不动。乃努力推之，震声而崩。赛愿者各自奔走，庙祝见之，便把哨锣乱敲。一伏时，刘超、张盖带领二百余人来到庙前。六使认得，喝声曰：“汝众人做得好事来？”刘、张大惊，纳头便拜曰：“众人都道本官已死，今日缘何到此？”六使说知诈死之事，今要招集汝等前往魏州救驾。刘、张喜曰：“既如此，请到寨中商议。”六使令拆毁庙宇，打倒神像，随众人到虎山寨坐定。刘、张设酒醴相待。六使曰：“岳胜居止何处？”刘超曰：“岳胜与孟良部众反上太行山，称草头天子。”六使叹曰：“使我不起，郡境如何得宁！”乃吩咐刘、张等整备枪刀盔甲，在此俟候，待我招了岳、孟，一同征进。刘、张领诺。

六使仍与焦赞望太行山而来，行了一日，红轮西坠，天色渐昏。六使曰：“此去皆是山路，想无客店，汝往前村问觅借宿去处。”焦赞领诺往前，一望之地并无人家，直转过山岳，却是个小乡村。焦赞靠前，入进庄所中，见一员外在灯光下端坐。焦赞揖曰：“远行客商，到此日晚，敢扰公公宝庄借宿一宵，当以重谢。”那人答曰：“每时敝庄尽可安歇，今日难以相许，君可往别处投进。”焦赞曰：“夜已黑，万望公公方便。”主翁曰：“汝有伴当否？”焦赞曰：“只有本主在庄外，共两人而已。”主翁曰：“只两人亦无碍，与汝在外房歇息。”焦赞即出，邀六使相见。主翁见六使一貌堂堂，乃问曰：“君从何而来？”六使对曰：“小可汴京到此，欲往太行山公干。”主翁曰：“君若提起太行山，老拙冤怀莫伸。”六使曰：“有何苦处？望说与小可知之。”主翁曰：“老拙居止此乡，好名重义，此庄都是陈家一姓，离太行山数里之程。今山中有二位草头强人，一名岳胜，一名孟良，号称天子，招聚五六万人，打官劫舍，甚为民害。老拙飘零半世，只生一女，被孟良瞧见，今夜要来入赘。没奈何只得允从，不然一乡之人难保。是此冤枉无伸也。”六使笑曰：“公公勿忧，孟良是小可故人，待他来，我自有法退之。”主翁曰：“若得小女不辱，即乃重生父母。”六使辞出外面俟候。

却说主翁吩咐家中安排筵席迎接。将近二更，左侧忽闻金鼓之声，灯炬辉煌，人报孟大王来到。陈长者出庄外迎接，孟良进厅上坐定，从人各列于两边。长者拜曰："有失远迎，望大王赦宥。"孟良曰："汝今是我岳丈也，不必施礼。"长者因令家人抬过筵席，故意令百花娘子来把盏。使女回报："娘子怀羞，不肯出来。"长者曰："如今既是将军夫人，怀什么羞，不肯出来耶？"孟良听得，不胜欢喜。时六使与焦赞隔窗张视，私笑曰："若是没王法，凭他横行乡村。今日不遇我来，真被他骗去此女。"焦赞曰："待我出去打折他一脚，看他还做得新郎否？"六郎曰："汝先去捉住，我便来矣。"焦赞忍气多时，即踏进厅上，一脚将筵席踢倒，两手将孟良紧紧抱住。孟良不知提防，动手不得，喝声："手下何在？"喽罗正待向前，六使厉声骂曰："不识廉耻之徒，敢如此无礼耶！"焦赞乃拖孟良出座外，指曰："汝看此位是谁？"孟良灯下认得，连忙拜曰："本官因何到此，万望赦罪。"六使曰："可急备鞍马，回寨中商议起兵救驾。"

第三十一回 呼延赞途中遇救 杨郡马大破辽兵

却说杨六使既见孟良，即欲转回山寨商议救驾。陈长者进前拜曰："将军是谁？愿闻姓名。"六使扶起，将其本末道知。长者大喜曰："久闻盛名，如雷贯耳，今幸有缘相遇。"因令百花娘子出来拜谢。六使看见，果是好个女子，淡妆素抹，体态端庄。虽然难比西施女，胜却寻常窈窕娘。焦赞见了，笑声曰："孟哥哥你真没造化，撞着我等来到。若迟一日，亦得一宵受用矣。"孟良喝曰："本官在此，休得妄言。"众人各掩口而笑。百花娘子拜罢，进入内去，长者亲把盏递与六使，意甚殷勤。是夕，众人依次坐，尽欢畅饮。天色渐明，杨六使辞长者要行。长者取过白金十两，以为相谢之资，六使固却不受。与众人离了庄所，径望太行而来。有诗为证：

愁多不忍醉时别，想极还寻静里行。
谁遣同衾又分手，不知行路本无情。

六使行到山下，孟良先遣人入寨中通报。岳胜闻此消息，即引数十骑出半山迎接，恰遇六使，拜于道旁。六使进寨中坐定，众人齐拜贺毕。岳胜再拜曰："只因本官得罪，致各人四散而去。今日复得相聚，是我众之幸也。"六使曰："前事慢说。今主上被困魏府，声势甚紧，可作急准备救驾。"岳胜曰："主上不以社稷为重，轻信谗佞，要致本官于死地。今幸皇天开眼，留得本官复在，不如只居此处，自称一国之君，图取快乐，何以救驾为哉？"六使曰："我等尽忠报国，留美誉于后世。若占此一方，万代骂名，只是强徒而已。"岳胜不敢言，因设庆贺筵席。是日寨中大吹大擂，众人酣饮而散。

次日，六郎遣人去招刘超、张盖等来到，只有陈林、柴敢未到。岳胜曰:“他二人复归山寨屯集,可着人报知。”六使乃遣刘、张前往。不数日,陈、柴亦率部来到。时帐下岳胜、孟良、焦赞、陈林、柴敢、刘超、张盖、管伯、关均、王琪、孟得、林铁枪、宋铁棒、丘珍、丘谦、陈雄、谢勇、姚铁旗、宋铁鼓、郎千、郎万共二十二员指挥使,部下精壮八万余人。六使曰:“此足以胜敌。”先令人入汴京城报知八王,约期进兵,又令人往虎山寨会知杨太保。六使分遣已定,克日点集部将,旗上大书“杨六使魏府救驾”七字。一声炮响,大军离了太行山,但见枪刀荡荡,剑戟层层。时盛夏天气,南风微起,六使兵马正行之际,忽报前面一彪军到。六使令人探视,却是杨太保兵至。众人相见,一同进行。六使于马上见军容可掬,口占一律云:

复合英豪势更雄,万里风色送行骢。

此回专为安邦国,说与番人亟避锋。

大军将近澶州界,八王亦率部兵四万来会,六使不胜之喜。六使曰:“此行非惟救驾,殄灭丑类,平定幽州,在此一举也。”八王然之,遂驻扎澶州城中。

次日,六使召岳胜谓曰:“主上被围已久,汝为先锋,亟进冲开一阵,使番将先挫锐气。”岳胜领命去了。又唤过孟良、焦赞曰:“汝率刘、张、陈、柴等各部共二万,分左右翼攻入敌之中军,须用力战。吾用后军继进,必获全胜。”孟良等亦部兵而去。六使分遣已定,与八王议曰:“臣与殿下,率精兵后应,诸将必能成功矣。”八王曰:“郡马此举,足能定霸。”六使辞不敢当。

次日,兵行之际,忽正北征尘蔽天,一彪人马来到。岳胜舞刀冲开其阵,番将刘珂不能抵敌,大败而走。宋军夺得囚车,送入六使军中,不是别人,乃是保驾将军呼延赞也。六使连忙打开放出,拜曰:“天教相遇,不然竟遭俘虏也。”赞曰:“老将被捉之时,屡欲报知主上来取足下,争奈军情严密,勿能达意。使今日不是郡马相救,几丧残生。”六使大喜,引见八王。八王曰:“此天子洪福也,故使将军遇救。”六使下令诸将兼程进发。

是时,真宗在魏府与众臣悬望救援消息,音问不通。城中粮草将尽,臣下皆宰马而食。番兵攻围紧急,势已危困。

却说刘珂败回见萧天佐，称道中朝救驾兵到，抢去了呼延赞。萧天佐大惊，即遣人哨探那一路救兵。哨马回报曰："旗上大书杨家字号，来得甚是雄猛。"萧天佐下令各营整兵迎战，分遣未定，前队岳胜军马漫山塞野而来。番将耶律庆列阵先战。岳胜大骂："天兵已到，丑类尚不远遁，是欲自促其亡乎！"耶律庆怒曰："中国君臣困死一半，汝来亦就戮耳！"岳胜拍马舞刀杀进北阵，耶律庆举枪迎之。两马相交，战上数合，番兵围裹将来。孟良、焦赞分左右翼攻入，番将麻哩喇虎举方天戟绕出助战。正迎着孟良，两马交锋。陈林、柴敢率劲兵从旁杀进。是时南北鏖战，金鼓连天，焦赞战得激烈，提利刃横冲北营，如入无人之境。恰遇番将刘珂来到，交马只一合，被赞斩落马下。宋骑竞进，万弩齐发。北兵阵势挫动。萧天佐奋勇来战，杨太保一箭射落马下。土金秀望见，杀出救之而去。耶律庆料不能胜，斜刺杀出，岳胜乘胜追近前，一刀挥为两截。麻里喇虎溃围逃走，被刘超、张盖用绊索缠倒其马，向前捉住。师盖正待来救，被郎千、郎万杀倒，并将生擒于马上。孟良直突进东门，敌楼望见城下鏖战，节度使李明、王全节开门接应夹攻，北兵倒旗弃甲，如风卷落叶而走。宋兵长驱追击，杀得尸横山积，血流成渠。萧天佐与土金秀率残骑垂首丧气，漏夜走回幽州去了。宋兵夺其营寨，掠得牛马辎重无算。盖此战成功有三机焉：一者番人攻围已久，志意寝懈；二者不意六郎尚在，兵势先夺其心；三者宋兵初来，锐气正盛，且又攻其匆备也。后人其诗赞曰：

宋运兴隆启圣明，英雄效命发长征。
番人弃甲抛戈遁，方显杨家救驾功。

时八王单骑先入城中，见真宗称贺曰："赖陛下洪福，已取得杨六使救兵来到，杀得番众残戈败衄而去。"真宗曰："朕脱此难，卿之功也。"因令宣进杨六使，拜伏御前。帝曰："卿因误犯前罪，特悉赦之。今有救驾大功，朕决不有负。"六使顿首奏曰："机会难得，宜乘陛下车驾在此，威风百倍，臣率所部直捣幽州，取萧后地图以献，永息边患，此千载之盛举，乞准臣奏。"帝曰："卿言甚善，奈车驾久出，壮士疲困，须待回朝议之。"六使退出军中，以所捉番将尽行枭首号令。不提。

次日，帝以代州节度使杨光美为魏州留守，下令各营班师回汴。

军士得令，无不欢跃。文武拥护车驾，离魏府望大梁而回。但见：

旌旗动处黄龙舞，画角鸣时白昼闻。

大军一路无词，不日到汴京，车驾进入皇城。翌日设朝，群臣贺毕，真宗以扈从文武，久困魏州，各赏赉有差。宣六使入殿前，亲慰甚厚，因谓之曰："三关赖卿以安，可统所部，仍镇此处，使北番不敢南下，是为社稷捍蔽。"六使奏曰："臣正待再往佳山寨，招募雄勇，以图伐辽之计，未得圣旨，既陛下允臣立功，即便前行。"真宗大悦，加封六使为三关都巡节度使，旨敕一道，斩伐自由。六使拜命。帝于便殿设宴，犒赏救驾将士，君臣尽欢而散。

六使径来无佞府，拜辞令婆起行。有子杨宗保，年纪一十三岁，欲随父同往三关。六使曰："那佳山寨乃苦寒地方，去则无益，不如侍奉令婆，待汝成丁，即来取汝。"宗保乃止。六使辞别府中，与岳胜、孟良等军马前往三关进发。有诗为证：

大将征场得胜回，旌旗云拥后车催。

须知此去存威望，径使皇家诏旨来。

三军一路无词，不日来到佳山寨。六使入旧营中坐定，众人参见毕。乃下令修整营栅，筑造关隘，分遣岳胜等为十二团练，各领所部整点枪刀衣甲听令。自是三关仍前兴旺，六使每遣逻骑缉探北番消息，与诸将自议征进之计。不提。

第三十二回 萧太后出榜募兵 王全节兵征大辽

却说萧天佐自败归之后，萧后日夜忧虑中国见伐，一日，与群臣议曰："近日北兵败衄，又听得南朝将为征讨之计。今杨家人雄马壮，倘若部领北征，谁可抵敌？"道未毕，韩延寿奏曰："谚云：'大国有征伐之兵，小邦有预备之固。'今大辽宿将，老帅已不堪任，乞陛下效选举法例，出下榜文，招募雄勇，任其帅职，以备宋人来侵，则为长保之策。"后允奏，着文臣草招募榜文以进。其文曰：

大辽萧太后为招募英雄，以防国难事。盖闻兵以将为贵，将以才为能。今值大辽多事之秋，戎马相寻，干戈匆息。特出榜文，招寻各处豪杰。或有抱谋略于山谷，怀武艺于穷荒，搴旗斩将，攻关取城，不拘一技一能，可辅定霸者，咸集幽州。孤亲试其才，果能称职，即授重权，尊其爵位。故兹榜示。

萧后看罢榜文，即令张挂城门，招取英雄。正是：

欲教胜敌杨家将，除是神仙降世来。

大中祥符四年，蓬莱山钟、吕二仙，适在三岛洞中炼丹、围棋。钟离问曰："汝曾忆岳阳楼赏白牡丹之事乎？"洞宾答曰："色欲之心，人皆有之。若敝弟子尚且脱胎换骨，亦被迷恋，况凡夫俗子耶。"钟离曰："此理本然。"又问："黄鹤楼酒舍，汝何留恋半载？此岂仙家之所宜乎？"洞宾曰："弟子存神炼气，此味不能断之。"钟离笑曰："众道友论汝'酒色神仙，犹有余染'，果不虚也。"洞宾自觉愧赧，尊敬师长，弗敢与辩。忽然南北起一道杀气，冲入云汉，但见：

红光万丈随火入，千条杀气迸烟来。

洞宾看罢，唤仙童拨开云雾视之。回报道："却是南朝龙祖与北番龙母相斗，杀气迸入于此。”钟离曰：“吾以气数推之，尚有二年杀逆未除，只是可怜黎民受其荼毒。”洞宾曰：“既师父以气数知之，还是龙母战胜，龙祖战胜？”钟离曰：“龙母逆妖之类，走下北番，霸起一国。龙祖应天运而生，以作万民之主，今遭其扰闹，不久当为龙祖灭也。”洞宾曰：“二龙争攘，百姓何辜？我仙家以救人为心，师父何不降凡，收龙母以归升，免得为民之患，岂不美哉？”钟离曰：“世界纷纷，自有人定。我等只存修养，莫将闲事恼心。”言罢径入洞中。洞宾见钟离已去，自思：“众仙笑我酒色为重，师父指道龙祖为能。我今要亲降凡间，扶佐龙母，灭却南朝，又恐师父分上有碍。近见番界碧萝山有万年椿木，今成精怪，不如令他脱身降世，以助龙母。”即着仙童唤椿木精来到。洞宾曰：“吾今付汝三卷六甲兵书。上卷观视天文，中卷变化藏机，此二卷汝不必学；只有下一卷，人难得识，内中尽载阴文迷魂妖遁之事，教汝熟视。即今北番萧太后出下榜文，招募英勇，欲与南朝交兵。尔可脱身降世，将此下卷兵书扶佐北番。待灭却宋朝之后，我收汝同入仙道。”椿木精拜曰：“小孽下凡，难以施展，兵书恐不能通耳。”洞宾曰：“汝先去揭取榜文，我即亲降凡间，代汝用事。”

椿木精即日拜辞仙主，径变身化作一道金光，震声如雷，走下北番，来到幽州城，正见各处壮勇，团立于关门外看榜。椿木精进前，叫声：“待我来揭榜！”众视之，其人生得面如枯铁，眼若金珠，身长一丈有余，两臂筋肉突起，类极奇异。守军以其揭了榜文，引进朝门来见萧后。萧后视罢大惊曰：“世上曾有此怪貌耶？”因问壮士何处人氏，椿木精答曰：“小臣祖居碧萝山，姓椿名岩。”萧后曰：“汝有甚武艺？”岩曰：“兵书战策，一十八般用法，无有不通。”萧后大悦，即与文武议封官职。萧天佐奏曰：“壮士初进，未见其能，陛下权封以中职，候其建立奇功，再议未迟。”后允奏，乃封椿岩为团营都总使，椿岩谢恩而退。

却说宋真宗以魏府之耻，欲图报雪，召集群臣计议。八王奏曰：“陛下以一统之盛，幽州一隅封宇，取之不难，争奈士马未集，尚待从容讨之。”帝未应，忽一人出曰：“不乘此时进兵，更待何时？”众视之，乃光州节度使王全节，近前奏曰：“臣有一计，可使北番拱手随即纳降。”帝曰：“卿有何计？”全节曰：“若起中国之兵，急难取胜，乞陛下敕澶州一路、雄州一路、山后一路，此三路乃幽州咽喉，易为粮饷。臣再提一旅之师，共四路并进，北番虽有雄勇之将，何能当之？”帝依奏，即敕三路出兵，以王全节为南北招讨使，李明为副使，部兵五万前行。全节得旨，克日领兵离汴京，望幽州进发。时初春天气，风和日暖。但见：

路上野花无意采，林中杜宇动人情。

大军来到九龙谷下寨，消息传入幽州，近臣奏知萧后：“中国起四路兵马，声势甚盛。”太后大惊曰：“不意其来如此速耶！”因问谁可部兵迎敌，道未罢，椿岩应声出曰：“陛下勿忧，臣举一人，退宋兵如摧枯拉朽，取中原犹反掌之易。”太后问曰：“卿举何人？”岩曰：“臣之师父，姓吕名客，现在宫门外，未敢擅入。若用此人退敌，何患不克？”后即宣进吕客于阶下，视之，见其人物清雅，举止特异。自思此人必有奇才，乃问曰：“卿要来应募求进身否？”吕客答曰：“臣闻陛下欲与南朝争衡，特来相助一臂之力，取其天下。”后曰：“卿要多少人马而行？”吕客曰：“宋人善战者多，可用阵图斗之。依臣所论，幽州军马不足调遣，陛下须于五国借兵，可成大事。”后曰：“五国是谁？”吕客曰：“可修书一封，差使命往辽西鲜卑国，见国王耶律庆，献送金帛以结其心，问借精兵五万，彼必无推；又修书赍官诰往森罗国，赏赐国王孟天能，令他发兵五万相助；可又再遣一使进黑水国，许以成功之后割西羌一带谢之，令助兵五万，必定悦从；又差一使命赴西夏国，见国王黄柯环，说知中国利害，借兵五万；再着亲臣往长沙国，见国王萧霍王，借兵五万。若得此五国兵来，仗臣平生所学，排下南天七十二阵，使宋君臣视之心胆碎裂，拱手归命矣！”萧后听罢大悦曰：“卿真子牙重出、诸葛复生。”即日封吕客为辅国军师、北都内外兵马正使。吕客谢恩而退。

太后遣下五处使臣，赍金宝径诣鲜卑等国而行。当下领旨使臣分投进见，自是五国得赐敕赉，无不悦从。鲜卑国王差黑靼令公马荣为帅；森罗国王差亢金龙太子为帅；黑水国王差铁头黑太岁为帅；西夏国王差公主黄琼女为帅；长沙国王差驸马苏何庆与公主萧霸贞为帅，各助精兵五万，陆续而来。不消数十日，都集幽州听候。近臣奏知萧后：“五国兵马齐到。”后宣进吕客问曰：“五国之兵已到，军师何以调遣？”吕客奏曰：“臣此行不是等闲，陛下再召回云州耶律休哥等，蔚州萧挞懒等，起倾国之兵，与臣提调，管取克服中原。”后允奏，即下敕于云、蔚二州，调回各处军马，以鞑靼令公韩延寿为监军，都部署土金秀以下并听调遣，统率二十五万精兵，合五国共五十万，随吕军师征进。韩延寿得旨，出往教场中操练齐备。越数日，云、蔚二州军马皆至。吕军师率五国精兵与北番人马出幽州，浩浩荡荡，望九龙谷而进。此一去，有诗为证：

全凭兴国扶王策，能使英雄显智来。

三千世界风云变，七十天门战阵开。

北番兵马来到九龙谷，于平川旷野下寨，对面便是宋营。次日，吕军师召集诸将吩咐曰：“三月丙申干支相克之日，吾将排阵，各人须要听令。如有后期者，先斩后奏。”韩延寿进曰：“军师令旨，谁敢有违！”

第三十三回　吕军师布南天阵　杨六使明下三关

吕军师取过阵图一张，吩咐中营骑军五千，离九龙谷一望之地筑起七十二座将台，每台令五千军守之。另外设立五坛，竖立旗号，按青、黄、赤、白、黑之色，内开甬道七十二路，往来通透，待筑完备时，而后提调。骑军领旨前去，按图筑立。不数日，台、坛俱整齐，甚是完固，回报于吕军师，亲往巡视一遍。军师择定其日，下令诸将听调。三通鼓罢，五国军马齐齐摆列。吕军师先令鲜卑国黑靼令公马荣率所部军列在九龙正南，摆作铁门金锁阵；分一万军，各执长枪，按为铁门，把守将台七座；又分一万军，各执铁箭，按为铁栓，把守将台七座；再分一万军，各执利剑，按为金锁，把守将台七座。马令公领旨，一声炮响，率军排列去了。有诗为证：

画角齐鸣阵势开，铁门金锁巧安排。
对垒敌将若欲破，除是神仙秘诀来。

吕军师又下令，着黑水国铁头太岁率所部军，靠九龙谷左排作青龙阵，分一万军，手执黑旗，按为龙须，把守将台七座；又军一万分四队，各执宝剑，按为四个龙爪，把守将台七座；又军一万，各执金枪，按为龙鳞之状，把守将台七座。铁头太岁领旨，率所部分布去了。有诗为证：

青龙阵势智谋深，百万雄兵亦凛然。
自是中朝豪杰在，敢驰骏马入南天。

吕军师又令长沙国苏何庆，以部下靠九龙谷右排作白虎阵，分万军，各执宝剑，按为虎牙，把守将台七座；分军一万，手执短枪，按为虎爪，把守将台七座。再令耶律休哥屯军一万，守将台六座于前，按朱雀阵；耶律奚底屯军一万，守将台六座于后，按玄武阵，绕围左右，作掎角之势。苏何庆、耶律休哥等各领所部而行。有诗为证：

白虎交加阵势雄，前排朱雀将台中。

后居玄武藏机妙，敌国强兵不易通。

吕军师再遣森罗国金龙太子以所部军端守将台中座，按作玉皇大帝，坐镇通明殿；令董夫人装作梨山老母。再绕中台分军一万，各穿青、黄、赤、白、黑服色，按为四斗星君；另军二十八名，披头散发，绕中台前后，按为二十八宿；又令土金牛装为玄帝，土金秀手执黑旗，排成龟蛇，把守二门之北。金龙太子等各领旨部兵去了。有诗为证：

玉皇驾下列星君，阵势肖然智压群。

不得仙家亲降世，定教中国两平分。

吕军师又令西夏国黄琼女，以所领女兵，手执宝剑，按为太阴星；萧挞懒率所部各穿红袍，按为太阳星；仍令黄琼女赤身露体，立于旗下，手执骷髅骨，遇军大哭，按为月孛星之状；耶律沙率所部巡视四方，按东、西、南、北斗，结为长蛇之势。黄琼女等各引兵分布。有诗为证：

战鼓频挝势若雷，东西南北阵门开。

仙家摆作拿龙计，不想英雄识破来。

吕军师又令萧后单阳公主率兵五千，各穿五色袈裟，按为迷魂阵，内杂番僧五百，为迷魂长老。密取七个怀孕妇人，倒埋旗下，遇交锋之际，摄取敌人精神。单阳公主得令，引兵依法而行。有诗为证：

阵阵相连法甚奇，鬼神夜夜魄精迷。

分明一本安邦术，变作天翻地覆机。

吕军师下令耶律呐，选五千健僧，手执弥陀珠，按为西天雷音寺诸佛，另以五百和尚屯列左右，按为阿罗汉，总居七十二天门之首，以吞敌人威势。耶律呐领命而行。有诗为证：

堂堂阵势立方圆，万马争驰绕将坛。

若使英雄齐用力，尽教圣主定中原。

吕军师排完阵势，着椿岩与韩延寿督战，每阵中并观红旗为号，指挥迎敌。果是仙家妙术，世人莫测。七十二阵变怪奇异，昼则凄风冷雨，夜则河汉皆迷，好使人惧！正是：

不有真仙开妙秘，如何能破鬼神机？

次日，椿岩以师父阵图已完，与韩延寿议曰：“今宋兵列营于对垒，可令人下战书与知，看他如何出兵。”延寿然其言，即遣骑军来见宋将王全节。王全节批回战书。次日，引李明等出九龙谷平川之地邀战，望见正北一座阵势，如生成世界一般，大惊曰：“番邦必有奇才在军中，且未可即战。”道未罢，辽师椿岩、韩延寿二骑飞出，厉声高叫曰：“宋将若只斗武艺，即便交锋；如要斗文，试观吾阵。”全节顾李明曰：“北兵势锐，若与交战，终是不利。以阵图与言，回兵计议乃可。”明然其言。全节曰：“斗战，武夫效力之事，不足为奇。待再整阵图来破，方显高低。”椿岩笑曰：“任尔去排阵来战，吾不暗算汝也。”乃收兵回营。全节归至军中，谓李明曰：“阵势小可颇谙，未见今日之异，当具奏朝廷，速遣能将辨识。”李明曰：“事不宜迟，须速行之。”全节乃画成阵势图局，遣骑军寻夜往汴京奏知真宗。真宗看罢大惊，即遍示文武，无一人识得者。寇准奏曰：“臣视阵图，内中变化必多，除是三关召回杨六使，可识此阵，其他边帅恐不能识。”帝允奏，遂遣使径赴三关来见杨六使，宣读圣旨毕。六使领旨，与诸将议曰：“既主上有旨，当得赴命。”因令陈林、柴敢守寨，自率岳胜、孟良等二十二员指挥使，统领三军，离佳山寨赴京而行。此所谓明下三关也。君恩优渥，将帅威仪，较前兄妹私行，真有天渊之隔矣。有诗为证：

万战丛中争六合，千军队里定乾坤。

英雄自有平戎策，直指旌旗入阵门。

军马一路无词，不日到了汴京。六使以所部扎于城外，翌日随班朝见真宗。帝曰：“近因北征帅将进番人所排阵势图局，文武皆不能识，朕以卿太原宿将，阵图素熟，卿试看此为何阵？”六使承旨，接过阵图视之，奏曰：“臣视此阵必有传授，番邦无人能排此阵者，须容臣亲提士马临敌境看视，方明其理。”帝允奏，赐六使金卮御酒，即命起行。六使谢恩而退，即率所部离汴京望九龙谷进发。哨马报入王全节军中，全节听是杨六使到，不胜之喜，与李明等出营迎接。六使下马，与全节并辔入帐中坐定，二人各叙起居。全节曰：“近因小可北征，不想番家于对垒排下阵势，甚是奇绝。今得足下来此，想有定论。”六使曰：“主上以阵图视之，小可一时难明，还待出阵前观视，看他变化何如？”全节然其言，令具酒醴相待，夜静乃散。

次日，六使下令出军。岳胜、孟良等披挂齐备。鼓罢三遍，宋军鼓噪而进。北将韩延寿亦部兵列于阵前。杨六使端坐马上高叫曰：“北兵休放冷箭，待吾看阵。”延寿认得是杨六使，自思曰：“此人将门出身，深识阵法。”下令各营依红旗指挥，随时变化。番营得令，一声震响，阵图如山岳之势。六使于马上停视良久，谓诸将曰：“阵势吾曾排着几番，未曾见此变化。道是八门金锁阵，又多了六十四门；道是迷魂阵，又有玉皇殿。如此丛杂，如何敢破？只得回军商议。”岳胜等乃收军回营，北兵亦不追赶。六使归军中与全节议曰：“此阵果是奇绝，小可亦不能测。”全节曰：“君若不识，他人愈难明矣。”六使曰：“可急遣人奏知，御驾亲征，然后计议。”全节乃差人赴京奏知，真宗闻报，与群臣议曰：“杨家不识，其阵必非小可，朕只得御驾亲行。”八王奏曰：“此一回须用陛下监战，方可成功。”帝意决，竟下命寇准监国，大将呼延赞为保驾，八王为监军，敕沿边帅臣俱随征听调。旨令既下，诸将俱整备俟候。不提。

次日，车驾离大梁，望幽州进发。时值夏末秋初。但见：

旌旗卷舞西风急，斗帐凄凉夜色寒。

大军一路无词。不日望九龙谷将近。杨六使、王全节等迎候于五十里外。真宗下令于正南驻营，诸将朝见毕。帝宣六使入御前，问其阵势如何。六使奏曰：“其势排得奇异，臣亦参不透，乞圣驾来观。”帝允奏，下令明日看阵。六使退出，吩咐各营整备。不提。

第三十四回　宗保遇神授兵法　真宗出榜募医人

却说北番听得宋君亲到，韩延寿与椿岩议曰："宋君车驾亲来，还当具奏，请萧后车驾亦来监战，则诸将知所尊命，可建大功。"岩曰："此言正合我意。"延寿即具表差人入幽州奏请。萧后得奏，与群臣商议。萧天佐奏曰："陛下此行，乃图中原之大计，勿阻其请。"后大悦，因令耶律韩王监国，萧天佐为保驾，耶律学古为监军，即日驾离幽州，大军浩浩荡荡，望九龙谷而来。韩延寿等接见，具言宋人不识阵势及宋帝亲征之事。后曰："卿等各宜用心建功，若得中原，高职寡人不吝。"延寿拜命而退。萧后立营于正北，分遣诸将，翌日见阵。

平明鼓罢三通，正南宋真宗车驾拥出，将佐齐齐排列前后。对垒萧后亦亲部军而出，遥见黄纛下真宗高坐马上看阵。萧后跨着紫骅骝，立于褐罗旗下高叫曰："宋君一统天下，尚有不足，屡欲图我山后九郡。今来决一雌雄，若破此阵，山后尽归中国。不然，还要中分天下。"真宗厉声答曰："汝陋夷之地，纵归献于朕，朕亦无用处。量此阵又有何难破！"言罢，抽身还营，萧后亦退。

帝回至帐中，召诸将议曰："朕观其阵，变态极多，卿等不能识之，将何为计？"六使奏曰："臣父在日，尝言三卷六甲兵书，惟下卷难晓，皆是阴文妖道之术，想此阵必出于下卷，臣母或闻其详。乞陛下召来问之可晓。"帝大悦，即遣呼延显赍敕命一道，寻夜前去。延显领旨，径赴无佞府见杨令婆，宣读圣旨曰：

> 朕以御驾北征，适因番兵排下一阵，阴阳变化，军中莫测。且番人口出不逊，必欲与朕争衡。朕立意要破此阵。惟夫人久在太原，得先令公之指示，当明其窍。特来宣召，闻命之日，即随

使至，以慰朕怀。

令婆拜受命毕，款待天使，因问阵势之由，延显答曰："前日圣上因与萧后对阵，言语颇厉，故来宣取大驾，立待回奏。"令婆曰："明日即行。"呼延显辞出。

次日，令婆吩咐柴郡主曰："圣上来宣，只得赴命。勿使宗保知之。"太郡领诺。天使催促起行。令婆整点齐备，与呼延显离杨府径望幽州而去。适宗保打猎回来，因问令婆何往。太郡曰："入宫见宋娘娘有国事商议，数日便回。"宗保怀疑，径进城中体问，遇守北门军校，问曰："曾见令婆过此否？"军校答曰："侵早与天使赴御营去了。"宗保听罢，亦不回府，勒骑随后赶来。一路问讯，皆道过去已久。看看日色将晚，宗保一直行去，不想走差路径，来到穷源僻处，全没人烟。宗保大惊，欲待要再出，林深月黑，莫辨路途。正在慌急间，忽见谷中透出一点灯光。宗保随光影近前，见一所大房似庙宇之状，遂拴了马，连叩数声。里面有人开门，引宗保进入，见一妇人坐于殿上，两边仪从极是雄壮。宗保拜于阶下，妇人问曰："汝何人，夜深至此？"宗保道知本末，且言因追令婆，走差路途至此。妇人笑曰："汝令婆赴军中看阵，如何识得？"因令左右具饮食款留宗保，宗保亦不辞，开怀食之，却是红桃七枚，肉馒头五包。食毕，妇人取过兵书一本，付与宗保曰："吾居此间近四百余年，未尝有人至此。今君到此，乃夙缘也。汝将此书熟玩，下卷内有破阵之法，可去扶佐宋王，降伏北番，作将门万代公侯，不失为杨家之子孙矣。"宗保拜而受讫，妇人令左右指教宗保出路。天色渐明，左右曰："此去一直之地便是幽州。"言罢而去。宗保在马上且惊且疑，出得深山，恍然人境，问居民此是何处。居民指曰："前一座大山乃红垒山，内有擎天圣母庙，远年荒废，基址尚在。"宗保默然曰："凡事不偶，此真乃奇遇也。"遂取出兵书玩之，熟读详味，不胜欢喜。后人有诗赞曰：

英雄何幸有奇逢，一本兵书术窍通。

此去定教扶圣主，将军真可倚崆峒。

却说杨令婆随天使到御营中朝见真宗，真宗赐慰甚厚，道知北番所布阵图之事。令婆曰："臣妾先夫曾留下兵书，未知此阵载得有否？

容臣妾与六使出阵观视。”帝允奏，令婆辞退。

次日，率六使及众将等登台观望其阵，但见刀兵隐隐，杀气腾腾，红旗动处，变化无穷。令婆细看良久，取兵书对之，不识在那款中，下将台谓六使曰：“此阵莫道我等不晓，就是汝父在日亦未见也。”六使曰：“似此如之奈何？”令婆曰：“我杨门不识此阵，他人愈难晓矣。”正在闷闷，忽报宗保来到。六使怒曰：“军伍之中，他来何益？”道未罢，宗保已进帐前，见父怒气不息，乃曰：“爹爹莫非为阵图不识而烦恼乎？”六使曰：“汝勿妄言，好好回去，免受鞭笞。”宗保笑曰：“我回去无妨，谁人为破此阵？”令婆闻其言，唤近身边问曰：“汝曾见此阵来？”宗保曰：“孙儿颇识阵图，试往观之，自有定论。”令婆遂令岳胜、孟良等保他登将台看阵。岳胜得令，引宗保登将台，瞭望良久，顾谓岳、孟曰：“此阵排得极巧，只可惜不全，破之甚易。”岳胜、孟良等惊问曰：“御驾前将帅云集，无一人敢正视此阵者，小本官何以识之？”宗保曰：“且回军中细说。”众人下了将台，岳胜入见六使曰：“小本官深明阵法，言破之甚易。”六使笑曰：“休听他胡说。”岳胜即出。宗保见令婆，道知阵图可破之故。令婆曰：“汝既能破，且问此阵何名？”宗保曰：“说起此阵，非等闲之比，自九龙谷正北布起，直接西南一派，都是按名把守，内有七十二座将台，筑开甬道，路路相透，名为七十二座天门阵。靠右侧黑旗之下，阴阴杳杳，日月无光，乃吞迷敌人之所，此一处颇难破之。其外尚有不全之处：中台玉皇殿前缺少天灯七七四十九盏；青龙阵下少了黄河九曲水；白虎阵上少了虎眼金锣二面、虎耳黄旗二张；玄武阵上欠珍珠日月皂旗一面。是几处待孙子依法调遣，破之如风扫残云，霎时即消，有何难哉！”令婆大惊曰：“吾儿何处得此妙诀？”宗保不隐，将所得兵书之事道知。六使听罢，以手加额曰：“此主上之洪福，使汝得此奇遇。”

次日，六使进御营，道知此阵名，且言有不全之处，破亦容易。真宗大悦曰：“既卿能识此阵，当以何日进兵？”六使曰：“待臣与子宗保商议。”帝允奏。六使出到军中，召宗保计议。宗保曰：“彼以干支相克之日布阵，吾当以干支相生之日出兵。”六使然其言，下令诸将听候。不想真宗驾下王钦以阵图不全消息，遣人漏夜入番营报知。韩延寿接得大惊，急入奏萧后。萧后曰："似此如之奈何？"延寿曰："陛下可宣吕军师问之。"后即降敕，宣吕军师入帐中问曰："卿排下其阵，缘何有几处不全？"吕军师自思：彼军中亦有识得其阵者。乃奏曰："果有未全，待臣按法添起，纵使轩辕复出，亦不能破矣！"后曰："卿宜早设，勿使敌人测破。"吕军师出到场中，下令于玉皇殿上添起红灯；青龙阵上开起黄河；白虎阵内左右建起二面黄旗，当中设立金锣二面；玄武阵下竖起日月旗。分布齐备，已成全阵。正是：

只因奸贼通谋计，惹起干戈大会垓。

却说杨六使分遣诸将，并依宗保指挥，择定其日，奏帝出师。帝闻奏，下敕各营并进。宗保复引岳胜等登将台观望，见天阵布全，无路可入，叫一声苦，跌落台下。岳胜大惊，连忙扶入帐中，报知六使，急令人救醒，问其缘故。宗保曰："不知谁泄了军机，使番人知之。今阵图添设完全，除是真仙下降，乃能破矣！"六使听罢，昏然闷绝，众人近前扶起，不省人事。令婆放声大哭，众人皆慌。宗保曰："令婆且慢啼哭，可请八殿下来计议。"令婆乃收泪，着人请得八殿下来到。令婆道知其由。八王曰："既郡马有事，待奏知主上商量。"即辞令婆入见帝，奏知六使得疾之由。帝惊曰："若使延昭不起，朕之江山奈何？"八王曰："陛下须出榜文招募名医，先救好延昭，然后议出兵。"帝允奏，即出下榜文，挂于辕门外。

次日，军校来报，有一老翁，揭取榜文。帝宣医人进于御前，问曰："卿何处人氏？"老翁答曰："臣居蓬莱，姓钟，名汉，人称为钟道士。近闻杨将军为阵图得病，臣特来救之，又解破阵。"帝见钟道士一表非俗，自思此人必有广学，乃令钟道士往视六使病症。回奏曰："臣能救治。"帝问曰："卿还用药医？用针灸乎？"钟道士答曰："臣观其症，阴气伤重，只难为二味药品。"帝曰："卿试言之。"道士曰："须要龙母头上发，龙公项下须，得此二味来，可疗其病。"帝曰："二味药出何处？朕好使人求之。"道士曰："龙须不必远取，只在陛下可办。龙母头上发，须问北番萧太后求讨。"帝曰："萧后朕之仇人，哪里去讨？若有他药代得，须出重金买办。"道士曰："偏要此品来，则可下药。"八王奏曰："延昭部下皆能干之人，陛下出旨道知，或能有人求得者。"帝允奏，令钟道士且退，即着六使部下前去取药。令婆闻旨，与岳胜议曰："此物可讨，只是难得机密人前去。"岳胜曰："敢问老夫人有何计策？"令婆曰："向闻我第四子改名木易，为萧后驸马。若有人通知其由，必能求得。"岳胜曰："惟孟良最机密，可干此事。"令婆即召而行。

第三十五回 孟良盗走白骥马 宗保佳遇穆桂英

孟良慨然领诺，是夜来见钟道士，问要几多。道士曰："汝去足可办事，其发不拘多寡。待求得后，可往御苑中，有匹白骥马，偷得回来，与宗保破阵。又有九眼琉璃井，亦在苑中，今青龙阵上九曲水皆是此井中化出，汝密将沙石填塞中一眼，其龙即旱无用，此阵易破也。"孟良领命，即偷出宋营。恰遇焦赞赶来，孟良曰："汝来此何干？"赞曰："因哥哥一个独行，我心不安，特来相陪同往。"良曰："此行要办机密事，如何带得汝去！"焦赞曰："偏哥哥机密，而我泄露耶？定要同走一遭。"孟良无奈，只得带他径到幽州城中安下。次日，良谓赞曰："汝且留在店中，我探驸马消息即回。"赞领诺，良遂装作番人模样，入驸马府，见四郎道知本官染疾，求取药品之事。四郎曰："此间缉探者多，汝暂出，容吾思计求之，过几日来取。"孟良领诺，仍复变形而出。四郎思忖半夜，心生一计，忽大叫心腹疼痛，不能停止。琼娥公主大惊，急令医官调治，愈称痛苦。公主慌张无计，问曰："驸马此痛不止，曾用何药可疗？"驸马曰："我因幼年战力过度，衄血留于心腹，往时得龙须烧灰调服，已好数年，不想今又发矣。"公主曰："龙须中国可有，北番那里讨处？"驸马曰："得娘娘龙发，亦可代之。"公主曰："此则不难。"即遣人前诣军中见萧后，道知取龙发疗驸马之事。萧后曰："既驸马得疾，服此可愈，我安惜哉！"遂剪下其发，付与来人而回。来人将龙发进入府中，驸马取些发烧服之，其病顿瘥，公主大喜。

次日，四郎将所剩之发藏下，恰遇孟良又来，便交付之。孟良接过，径回店中，付与焦赞曰："汝将此物先去，我干事完日，随即还矣！"焦赞领诺，带龙发星夜出幽州去了。

只说孟良蓦地入御苑，向琉璃井边运下砂泥之类，将中眼填实。抽身出到马场下，正遇喂养番人在彼看守，孟良作番语云："太后有旨，道此马将用，着我牵出教场跨演。"守者曰："请敕旨来看。"孟良身边假造停当，即便取出看验。番人无疑，遂付马与之。孟良骑出教场，勒走一番，将近黄昏，逃离幽州而行。比及番人得知，随后追赶，已走去五十里程矣。孟良偷得白骥马，走了一夜，回到军中，见钟道士，告知干完三件大事。道士曰："不枉为杨家之部下。"

次日，请主上龙须，均与龙发，按治六使，一服便痊。真宗闻道士医好六使，不胜之喜，宣入帐中问曰："汝愿官职荣身，还是只图重赏？"道士答曰："贫道麋鹿之性，不愿官职，亦不愿旌赏。贫道此来，非但调理杨将军，还要与陛下破此阵而去。"真宗曰："卿若能建此功勋，朕当勒名于金石，垂之不朽。"道士曰："此阵变化多端，一件不全，难以攻打。容指示宗保行之。"帝允奏，遂以钟道士权受辅国扶运正军师，除御营以下将帅，并依发遣，不必奏闻。道士谢恩而退，来见六使。六使拜谢不已。钟道士曰："尊恙幸得安痊，贫道当与令嗣破此阵图。"六使即唤过宗保，拜钟道士为师。宗保拜毕，道士曰："军中调遣，还要这几人来用。"宗保曰："要者谁人，乞师父指示。"钟道士即令呼延显往太行山取得金头马氏，率所部来御营听候；又差焦赞往无佞府，召取八娘、九妹并柴太郡；又令岳胜往汾州口外洪都庄上，调回老将王贵；着令孟良往五台山，召杨五郎。分遣已定，呼延显等各领命而行。

却说孟良前往五台山来见五和尚，道知要破天门阵，乞下山相助之意。五郎曰："前者澶州救吾弟，回后一意皈依佛法，忘却兵事，今日又来相扰乎！"孟良曰："此为国家大事，非由于己。师父可念本官勤劳，勿辞一行。"五郎曰："北番有二逆龙，昔在澶州降伏其一，尚留萧天佐在。除是穆柯寨后门，有降龙木二根，得左一根可伏其人。汝若能求得此木与我作斧柄，则可成事。不然，去亦无益。"良曰："既师父务要其木，小可只得往求。"五郎曰："汝去索取此物来，吾当整备俟候。"

良即辞五郎，径往穆柯寨来，恰遇寨主乃定天王穆羽之女，小名穆金花，别名穆桂英，生有勇力，箭艺极精。曾遇神授三口飞刀，百发百中。是日正与部下射猎，射中一鸟，落于孟良面前，良拾得藏之。

行未数步，忽有五六喽罗赶来，叫声："好将鸟还我，饶你一死。"孟良听得，停住脚步。喽罗近前一齐发作，被良打得四分五裂而走。良又行得一望之地，喽罗报与穆桂英，部众追来。良闻后面人马之声，知是贼兵赶来，取出利刃，挺身待之。一伏时，桂英追上大骂："诛不尽狂奴，敢来此处相闹耶！"孟良更不答话，舞刀相战，桂英举枪迎之。二人在山脚下连斗四十余合，孟良力怯，退步便走。桂英不赶，与众人把住路口。孟良进退无计，谓喽罗曰："吾将射鸟还汝，开路放我过去。"喽罗曰："汝来错路头，谁不知要过穆山寨者，留下买路钱。汝若无时，一年也不得过去。"孟良自思有紧急事，只得脱下金盔当买路钱。喽罗报与桂英，桂英令放路与过。

孟良离却此地，竟回寨来，见六使道知五本官要斧柄，穆柯寨主难敌，又将金盔买路事诉了一遍。六使曰："似此如之奈何？"宗保曰："不肖与孟良同走一遭。"六使曰："汝恐不是其敌。"宗保曰："自有方略。"即日引孟良率军二千，来到穆柯寨外索战。穆桂英听得，全身贯带，部众鼓噪而出。宗保曰："闻汝山后有降龙木二根，乞借左边一根与我。破阵事定之日，自当重谢。"桂英笑曰："其木实有，赢得手中刀，两根都拿去。"宗保大怒曰："捉此贱人，自往伐取。"乃挺枪直奔桂英，桂英舞刀来迎。两骑相交，二人战上三十余合。桂英卖个破绽，拍马便走，宗保乘势追之。转过山坳，一支箭到，宗保坐马已倒，桂英回马杀来，将宗保活捉而去。孟良随后救应，寨上矢石交下，不能前进。良曰："汝众人勿退，须待思量着计策，救出小本官。"众军依言，遂屯北关下。不提。

却说穆桂英捉宗保入帐中，令喽罗绑缚之。宗保厉声曰："不必用苦刑，要杀便杀。"桂英见其青年秀丽，言词慷慨，自思：若得与我成其夫妇，不枉人生一世。密着喽罗以是情通之。喽罗道知宗保，宗保自思半晌道："我要得降龙木，若不应承，死且难免，莫若允其请而图大计。"乃曰："寨主不杀于我，反许成婚，此莫大之恩也，敢不从命。"喽罗以宗保之言回报，桂英大喜，亲扶宗保相见，令左右整备酒醴相待。二人欢悦，饮至半酣，忽寨外喊声大震，人报宋兵攻击。宗保曰："既蒙寨主不弃，还着开关与部下知之，以安其心。"桂英依其言，令喽罗开关说知，放孟良入帐中。良见宗保与桂英对席而饮，知是好事，乃曰："小本官在此快活，众人胆亦惊破。"宗保以寨主相顾之意道知。良曰："军情事急，当即回去，再得来会。"宗保欲辞桂英而行。桂英曰："本待留君于寨中，既戎事倥偬，只得允命。"宗保径出寨来，桂英直送至山下，似有不舍之意。宗保曰："倘遇救应之处，特来相请。"桂英领诺而别。后人有诗赞曰：

甲士南来战阵收，英雄到此喜相投。
非惟免祸成姻偶，从此佳人志愿酬。

宗保率众人回见六使曰："不肖交锋，误被穆寨主所捉，蒙彼不杀，又与孩儿成亲，特来请罪。"六使大怒曰："我为国难未宁，坐卧不安，汝尚贪私爱而误军情耶！"喝令推出斩之。左右正待捉之，令婆急来救曰："我孙儿虽犯令，目下正图大计，还当便宜放之。"六使曰："遵母所言，权囚起于军中，待事宁之后问罪。"孟良曰："本官息怒，小本官结姻诚不得已，特为降龙木之故，望赦其囚。"六使不允，竟将宗保囚下。

次日，良密入军中见宗保曰："适见钟道士，言小本官后有二十日血光之灾，在此准折过，只得忍耐。"宗保曰："吾之心事，惟汝知之。穆寨主英雄女流，且军中用得此人，必获大利。汝再往见之，一者求降龙木，二者着她来相助。"孟良领诺，即日径诣穆柯寨，见桂英说知本主特来相请，并要求取降龙木之由。桂英乃曰："正待着人迎请汝主，我如何离得此地？速归拜上小本官，再不来时，我部众来斗也。"孟良听罢，愕然曰："既寨主与小本官成其佳偶，正宜往军中约会，何故出不睦之言？"穆桂英怒曰："当日我少见识，被汝引去，今又来摇舌，若再说，试我刀利否？"孟良不敢应，退出在外，思忖一计道："若不用着毒心，彼如何辄肯下山。"至黄昏，孟良密往寨后放起一把无情火。正值九月天气，夜风骤起，霎时间烟焰障天，满谷通红，穆柯寨四下延烧。众喽罗大惊，齐来救火，被孟良提刀入桂英寨内，将其家小杀去一半。比及得知来赶，却被孟良砍伐降龙木二根，奔往五台山去了。

第三十六回　宗保部众看天阵　真宗筑坛封将帅

却说孟良用火计焚毁穆柯寨，寻夜逃往五台山。天色渐明，火势已灭。寨之前后烧得七残八倒。穆桂英怒气填胸，便点部下军士杀奔宋营，报此仇恨。部将进说曰："此必孟良见寨主不肯下山，故行此计。今山寨凋零，家小抛弃，不如相助宋君，一者佳配完全，二者建功于朝廷，亦良会也。何必自伤和气耶？"桂英沉吟半晌，乃曰："汝言极是。"即命将寨中所积粮草，用车装载齐备，扯起穆柯寨金字旗号，率部径赴宋营中来。正是：

只用奇计能成绩，引到英雄建大功。

骑军报入六使帐中，道知穆寨主部众来到。六使怒曰："深恨此泼贱勾引吾儿，致误军事，今日又来相惑耶！"即统步军五千，出军前大骂："贱人好好退去，万事俱休。若不收军，汝命在顷刻。"桂英怒曰："好意来相助，反致凌辱之甚。"遂舞刀跃马直取六使，六使举枪交战，经数合，不分胜负。桂英欲生致之，佯输而走。六使纵骑来追，一声弦响，射中六使左臂，翻落马下，桂英勒回马捉之。此时岳胜、焦赞等皆不在军中，无人救应。桂英令将六使解回原寨，忽山坡后旌旗卷起，一彪僧兵截出，乃是杨五郎与孟良来到。桂英列开阵势，孟良拍马近前，望见六使高叫曰："本官如何被捉？"六使未答。桂英问曰："此是何人？"孟良曰："正是小本官父亲。"桂英惊曰："险些有伤大伦。"亟下马，着手下解开六使，扶于上座拜曰："一时不识大人，万乞赦宥。"六使曰："汝且起来相见。"五郎等都会一处，合兵回至军中。六使令放出宗保。桂英拜见令婆，令婆不胜之喜曰："此女真乃吾孙之偶也。"因命具酒醴与五郎等接风。五郎见母，哀感甚切。令婆曰:“此吾儿该有佛缘,不必过伤。留得汝母在时,终教相见也。”五郎收泪谢之。酒至半酣,人报岳胜、呼延显等取调各处军马皆到。六使大喜,即出寨迎接。有王贵、金头马氏、八娘、九妹等,齐入帐中相见毕。六使请王贵坐上,拜曰:“有劳叔父驰驱风尘,侄儿之过也。”贵曰:“侄以国事用我,安敢以劳力辞?”令婆等都来叙意,仍教设席相待,众人欢饮而散。

次日,六使入奏真宗曰:“臣今调发沿边诸将,已各听候,特请圣旨破阵。”帝曰:“卿既已诸将齐备,亦宜审机而行,勿使敌人得志,而挫动我军锐气。”六使领命退出,与宗保商议进兵。宗保曰:“师父昨言目下未利出师,尚容克日而进。不肖先率诸将前往探听一回,徐议破阵。”六使然其言。平明鼓罢三通,宗保全身贯带,扬旗鼓噪而出。对垒番帅鞑靼令公韩延寿,耀武扬威跑出阵前,见南旗下众将拥着一少年郎君,端坐白骥马上。延寿认得其马是萧后所乘,大吼一声:“乳臭匹夫休走!”其声如空中起个霹雳,宗保听了,翻身落马,众将救起,番将亦收兵回营。

时六使闻此消息大惊,即引兵来救。众将已扶宗保入帐中坐定,钟道士进药一丸,吃了始得苏醒。六使问其坠马之故。众将答曰:“被番人厉声一震,不知小将军因何便倒。”六使忧闷无计,乃曰:“未与交锋,畏惧若是,倘临战阵,焉望成功。”钟道士曰:“此非弟子不能战阵,奈因未满年丁,难抗拒敌。必须奏过主上,授以重任,赐其壮年,方能御彼阵势而破辽众也。”六使依其议,奏知真宗以宗保年幼,难拒大敌之故。真宗与群臣计议,八王奏曰:“陛下欲建不世之功,当有大授之臣。今北兵众盛,不有韩元帅之职,安能讨服丑虏?乞重封宗保,以破辽众,天下太平立见矣!”帝曰:“当封以何职?”八王曰:“陛下须效汉高祖筑坛拜韩信故事,使诸将知所遵令,摧坚斩敌,无不尽命。”帝允奏,下命军校于正南隙地筑立三层将台,按着天、地、人,五方竖起五色旗号,按青、黄、赤、白、黑。礼仪法物,俱如汉时所行。不二日,军校筑完坛所回奏。帝斋戒沐浴,择吉日率群臣至坛,宣宗保诣御前,焚香告誓毕,帝亲为挂大元帅印,封为“吓天霸王杨宗保征辽破阵上将军”。宗保领旨谢恩。帝谓众臣曰:“朕以宗保年幼,寡人特赐一岁,以作满丁之数。"八王奏曰:"既陛下赐他一岁,群臣亦赠他一岁,共凑成一十六,令过满丁,使出兵有万倍之威。"帝悦曰:"卿见更高。"即如议下敕,差军校捧令牌送宗保归营。宗保再拜受命,与军校先行。帝同群臣下坛,仍回御营。

翌日,宗保坐中军行事,下令各军听候,请钟道士入帐中,商议进兵。钟曰:"番兵阵势甚雄,当先令一人前往探听一遍,然后徐议攻击。"宗保乃问:"军中谁敢往视天门阵?"道未罢,焦赞应声曰:"小将愿往。"宗保曰:"汝性急之人,恐有误事。"钟曰:"这一回正用得此人。"宗保允其行。焦赞入营中与牙将江海议曰:"今晚往视北阵,君有何计教我?"海曰:"若无萧后敕旨,如何能进? 既要往还,须假着敕旨而去?"赞曰:"敕旨能假,那里讨着印信?"海曰:"此事何难! 吾父曾为萧后内官,得其印式,我依样刻出无错,然后与公前行,决无误事。"赞大喜,即请着假敕文,用了印信,寻夜出到九龙谷。先观铁门金锁阵,见番帅马荣威风凛凛,立于将台之上,部下把守得如铁桶一般。见赞问曰:"汝是谁差到此?"赞曰:"娘娘有敕旨,着我来打探一番。"荣曰:"请敕旨来看。"赞辄取示之。荣看罢,令开阵与过。赞大叫一声,遂过了铁门阵,径到青龙阵。大将铁头太岁厉声曰:"此处是何所在? 汝敢来扰乱耶?"赞曰:"娘娘有敕旨,差来巡视,何谓扰乱?"太岁见敕,遂开了青龙阵放入。赞遍观里面,见甬道丛杂,变化不常,但闻四下金鼓之声,心内颇惧。走过白虎阵,恰遇守将苏何庆,喝问:"谁来撞吾阵?"赞曰:"承娘娘敕令巡视。"何庆见旨,开阵与过。赞连忙走到太阴阵,见一起妇人赤身露体,台上阴风凛凛,黑雾腾腾,不觉头旋脑乱,几欲昏迷。黄琼女手执骷髅将焦赞截住,赞喝曰:"吾奉娘娘敕旨,巡视天门阵,汝何得拦阻!"琼女索取敕旨,视罢,始得释放,从旁路而出。至北营数里之外,乃得萧后屯军所在。此时被韩延寿缉知,亟来追捕。焦赞连夜走回军中,见宗保道知阵图奇异,难辨往来,更有太阴阵妖气逼人,尤难攻打。宗保听罢,请着钟道士商议。钟曰:"夜观星象,太阴阵内当有反变,先下令破了此阵,其余可以依次进攻。"宗保曰:"太阴阵中有妇人赤身露体,此主何意?"钟曰:"彼按为月孛星,手执骷髅,遇交战,哭声一动,则敌将昏迷坠马。今破阵先要擒着此人。"宗保曰:"谁人可往?"钟曰:"金头马氏前去,必能成功。"宗保即命金头马氏曰:"汝部精兵二万,从第九座天门攻入,我自有兵来应。"马氏领兵去讫。宗保又唤过八娘曰:"汝部马军一万,靠太阴阵而守,彼有军出来,乘势攻之。"八娘亦领兵而行。宗保分遣已定,与钟道士登将台瞭望。

却说金头马氏部兵从第九门喊声攻入,恰遇黄琼女赤身露体来敌。马氏骂曰:"汝乃一国名将,为西夏王亲生女,部众远来助逆,不为正用,而居下贱之职;披露形体,不识羞耻,而乃扬威来战。纵使成事,亦何面目回见汝主乎?"琼女被骂,无言可答,自觉羞愧,勒马便走。马氏见台上枪刀密布,亦不追赶,与八娘合兵而回。

第三十七回　黄琼女反投宋营　穆桂英破阵救姑

是时黄琼女到帐中自思：我千里部众而来，受如此耻辱。曾记得幼年邓令公作伐，将我许山后杨业第六子，因邓令公丧后，停却此姻。今闻宋军中杨六使，是我夫也。不如将所部投降中朝，以寻旧好，助破番兵，报雪此耻矣。计议已定，次日密遣部卒送书信投入马氏营来。马氏得书，迟疑未决，来见令婆道知其事。令婆曰："我几忘之矣，昔在河东，的有此议，盖因邓令公弃世，一向消息不通。"马氏曰："此女昨被羞辱，今日来降，决非虚诳，令婆可与六郡马商议。"令婆然其言，入见六使，道知琼女要举众投降，且言曾与结姻一事。六使曰："不肖幼年亦闻此说，争奈国家重任在身，非臣子会亲之日，还待殄灭北番之后，然后计议。"令婆曰："汝见差矣！今国家用人之际，彼要来降，欲与汝相认，若阻之，使其生疑，反为不美。今一举两得，有何不可？"六使依其议，即修书与来人，回信约定明日黄昏，内应外合举事，来人接书，回见琼女。琼女看毕，心中大喜。

次日将近黄昏，下令众军整点齐备，忽阵外喊声大振，金头马氏率所部攻入太阴阵。黄琼女听知宋兵已到，部众从内杀出，正遇韩延寿部下巡阵大将黑先锋来到，与马氏交锋，只一合，斩先锋于阵内，北兵大溃。黄琼女与马氏合兵一处，直杀出北营。比及韩延寿、萧天佐等部兵来追，却已离远了。二人悔恨无及而回。

且说金头马氏带黄琼女入军中，见令婆曰："已得琼女归降，又胜北番一阵。"令婆大悦，着与六使相见，众人都来贺喜。

次日，宗保入禀曰："钟师父指示阵图，解说出入攻打之路，甚是分明。第三日甲子乃是破阵之日，乞大人奏知圣上亲来督战，则不肖方好调遣。”六使曰：“汝自去裁度进兵之计，吾自去奏。”宗保退出，来见钟道士曰：“攻阵何者为先？”钟曰：“铁门金锁阵乃咽喉之地，正宜先破，次则便破青龙阵。”宗保曰：“可差谁往？”钟曰：“青龙阵须劳柴太郡，铁门阵必用穆桂英。”宗保曰：“桂英可行。吾母柴太郡有孕在身，如何破得此坚阵？”钟曰：“正以孕气胜之，管取无事。”宗保依教来见六使，禀知调遣之事。六使曰：“军令彼安敢违，争奈太郡有孕，恐有疏虞，如何是好？”宗保曰：“师父道无事，可令孟良助之而行。”六使允言，宗保即下号令，密书破阵计策与之。穆桂英、柴太郡得令，各率精兵三万，一声炮响，二支兵鼓噪而进。

先说穆桂英带领三万人马，吩咐一万兵各提火炮、火箭之类，候交锋之际，炮箭齐发，二万兵从九龙谷正北打入，绕出青龙阵后接应柴太郡之兵。众人依计而行。穆桂英扬声呐喊，分左右攻入铁门金锁阵，恰遇番帅马荣离将台，部众如天崩地裂而下。桂英虚退阵营一望之地，赚敌将近，两马相交，军器并举，二人战至十数回合，不分胜负。桂英部下各望甬道齐进。铁须爪一时并作，被宋兵放起火箭，尽皆射死。铁栓、铁门一十四门精兵来应，宋兵围绕而进，北军队伍乱窜。桂英奋勇前进，大喝一声，杆刀已下，马荣头已落地。宋兵乘势攻入，杀死番众不计其数，遂破其坚阵。桂英领兵直出青龙阵后，且看柴太郡如何破阵。有诗为证：

鼓众麾旗入阵丛，敌兵失算血流红。

从来圣主多灵助，致使英雄建大功。

却说柴太郡率所部三万来到青龙阵下，吩咐孟良曰：“依法所行，汝引劲卒一万，先夺黄河九曲水，从龙腹而杀出。吾引大众打入龙头，绕出后阵，与穆桂英兵合。”孟良领计先行。郡主分拨已定，喊声震天，攻进左阵。守将铁头太岁引所部离将台，厉声叫曰：“破阵宋将要来寻死耶？”柴郡主纵骑杀进，两刀相交，斗经数合，未分胜负。忽阵后一声炮响，孟良以劲军从龙腹杀出，北军溃乱。铁头太岁复兵来救，柴太郡乘势进击，龙须龙爪十四门精卒齐出，柴郡主与孟良前后力战，不觉日色将晡，郡主斗力已乏，冲动胎孕，在马上叫声：“疼痛难熬。”部下军士无不失色，霎时间育一孩子，遂昏倒阵中。铁头太岁回马来捉，忽阵侧一彪军马如风雷驱电来到，乃穆桂英也，见郡主危急，努力来救。交马二合，铁头太岁化作一道金光而去，被血气冲破，桂英抛起飞刀，斩于阵中。番兵大乱，却被孟良从后杀到，屠剿大半，只走得一分回去。桂英向前救起郡主，以所生孩儿纳在怀中，遂破其青龙阵。后人有诗为证：

战阵才交势已危，桂英于此显雄威。

飞刀斩落妖元首，夺取英雄得胜归。

桂英已得全胜，回见六使，详述破阵之事，郡主且得平安。六使大喜，即令郡主入后营歇息，将儿子抱与令婆视之，令婆看罢喜曰："此儿面貌与兄宗保无异。"遂为取名杨文广，吩咐媪婆好生看养。不提。

却说番师韩延寿输了二阵，折了人马，急召椿岩商议。岩曰："彼纵能战，决难破我迷魂阵也。他若来时，管教片甲无存。"延寿曰："将军亦须用心提备，宋军中必多精通惯熟之人，万勿轻视。"岩曰："自有机变捉他。"言罢，径与吕军师商议去了。

却说哨马报入宋营，北兵预防其阵，甚是完固。宗保谓诸将曰："彼势已动，正可依次攻打。"乃请钟道士计议进兵，钟曰："再破白虎阵，其外审机而战。"宗保曰："谁人可去？"钟曰："汝父可建此功。"宗保允诺，入见六使道知，六使曰："正须先声而进，以励诸将。"宗保退出。

次日，六使全身贯带，率骑军二万杀奔北营，攻入白虎阵内。番兵喊声大振，势如潮涌。椿岩先登将台，手执红旗麾动，番帅苏何庆遂开正虎阵门，率兵迎敌。恰遇六使耀武扬威而到。两骑相交，军器并举，二人战到三十余合，何庆佯输，勒马便走。宋兵乘势杀进。忽将台金锣响处，黄旗闪开，陡然变成八卦阵，霸贞公主引精兵围合而来。六使见门路丛杂，进退错乱，被何庆复兵杀回，困于阵中。六使左冲右突，北兵矢石齐下，不能出阵。败军急走报知宗保，宗保大恐曰："此事如何？"即召焦赞谓曰："汝速领兵五千，从旁道攻入，用石槌打损其锣，使虎无眼，则不能视，吾自有兵来接应。"焦赞发愤去了。又唤过黄琼女曰："汝部马军五千，从右门攻入，先把黄旗砍倒，使虎无耳，则不能听，其阵决然溃乱。"琼女亦领兵而去。又唤穆桂英曰："汝率劲骑一万，当中杀入，以救吾父。"桂英慨然而行。宗保分遣已定，自率岳胜、孟良等于对阵接应。

且说焦赞听得六使被困，声振如雷，率兵攻入旁道。正遇番将刘珂镇守虎眼，见宋兵杀来，下台迎敌，交马两合，被赞一刀砍死，杀散余众，将二面金锣打得粉花雪碎，乘势而进。适见黄琼女从右门杀来，一刀砍死张熙，截倒黄旗二面，与赞合兵抄入白虎阵后。苏何庆见阵势危迫，慌忙来应。穆桂英当先杀入，二人交锋不两合，何庆绕阵而走，桂英拈弓搭箭，一矢正中项下，何庆坠马而死。霸贞公主见夫有失，急待来救，不提防阵后黄琼女一马杀出，手舞铁鞭，从背脊打下，霸贞公主口吐鲜血，单马走归本国而去。杨六使闻外面金鼓之声，料是救兵，从内杀出，正遇焦赞屠番兵就如斩瓜切菜。两下合兵，遂乘势破了白虎阵。有诗为证：

巍然阵势巧安排，谁想英雄测破来。

斩将屠兵成败决，中原诚是有奇才。

六使杀回本阵，宗保等接应而去。次日升帐，众将都来庆贺。六使曰："彼阵果是奇异，战至半酣，不知去路，若救兵不至，我命几丧。"宗保曰："既爹爹攻破了白虎阵，当乘势攻其玉皇殿，则他阵易破。"六使曰："阵内藏机莫测，须仔细辨认，而后进兵。"宗保曰："孩儿自有分晓。"即请令婆、八娘入帐中曰："此一回敢劳婆婆与二位姑娘一往。"令婆曰："此为王事，安敢辞却。"宗保曰："阵内按有梨山老母，婆婆若去，先要擒捉此人，其他易攻。"令婆得计，率八娘、九妹前进。宗保又召王贵曰："叔公可引本部从正殿打入，接应本阵。"王贵亦领计去了。宗保分遣已定。但等明日南北将交锋。

第三十八回 宗保议攻迷魂阵 五郎降伏萧天佐

却说令婆部众扬旗鼓噪杀奔玉皇阵。椿岩预下号令，摇动红旗。梨山老母乃董夫人，拍马来迎。两骑相交，兵器并举。二人斗上数合，董夫人勒骑而走，八娘、九妹两翼绕进。忽然阵内金鼓齐鸣，番兵团合而进，将令婆等困于阵内。王贵闻此消息，急引兵杀入前阵来救。恰遇北番巡营帅将韩延寿来到，挽弓搭箭，指定王贵心窝射来，王贵应弦而倒，部下马军被番兵杀了一半。败军走回报知宗保，宗保大惊曰："失吾正将，何以立功？"即遣穆桂英部兵五千前去救应令婆，桂英领计去了。又令杨七姐率步军五千，抄入殿前，破其红灯，则敌人不知变动，七姐亦领计而行。

先说穆桂英杀入北阵，望见内中杀气连天，纵骑突进，正遇董夫人力战八娘，八娘势渐危急。桂英架箭当弦一矢，射中其目，董夫人落马而死。乘势杀散围兵，救出令婆、八娘、九妹，合兵杀出。适遇杨七姐破了红灯，绕出通明殿前，与令婆等一同杀回。韩延寿见宋兵大胜，不战而退。宋军乃夺得王贵尸首回寨。宗保诸将接见，无不哀感。时王贵之妻杜夫人亦在行阵，见夫战死，号泣不止。六使回："婶母勿忧，当奏闻圣上，旌表叔父之忠，报其功业。"夫人收泪谢之。

次日，六使进御营，奏知叔父王贵为破阵战死，乞陛下旌表之，以励后世。帝允奏，乃宣杜夫人入帐前抚慰之曰："王令公，朕之爱臣，今闻战殁，不胜怜惜。今夫人有子三岁，封为无职恩官，候成立之日，许其在朝任事；封汝为贞节夫人；谥赠王贵为忠义成国公，赐金银缎匹十二车。"恩命既下，杜夫人叩谢而退。翌日辞了令婆，装载所赐，径回洪都庄。不提。

却说宗保来见钟道士再议破阵，钟曰："迷魂阵最为惨毒，乘今破之。"宗保曰："弟子在将台上观望，见北营吕军师善能决战，恐难胜敌。"钟曰："吾自有攻他计策，不必过虑。"宗保欣然辞退，即下令攻打迷魂阵。召杨五郎谓曰："此行要烦伯父。"五郎曰："当得效力。"即日率头陀兵五千，喊声杀入迷魂阵，正遇番帅萧天佐阻住，二将交战，经十余合，天佐佯输，放五郎入阵。单阳公主纵马舞刀来迎，不两合，公主拨马而走。五郎驱兵赶入，五百罗汉一齐向前，头陀兵奋勇力战，将五百罗汉诛戮殆尽。耶律呐见宋兵势锐，麾动红旗，忽太阴阵放出一群妖鬼，号哭而来，头陀兵人各昏乱，不能进前。五郎大惊，念动神咒，急率众走回宋营，报知宗保。宗保得知曰："师父曾言，此阵有妖术，须按法破之。"乃取天书来看："要小儿四十九个，各执杨柳枝打散妖妇三魂七魄。"宗保知其意，即下令备此小儿之数，俱要戎装，唤过五郎谓曰："烦伯父领此小儿入阵中，破之必矣！"五郎慨然而行。又唤过孟良曰："汝部兵二万打入太阳阵，抄出其后，接应本军。"孟良亦领兵去了。

且说五郎鼓勇当先，复引众攻入迷魂阵来，单阳公主不战而退，引敌兵入阵。杨五郎直杀进将台，耶律呐摆动红旗，妖氛迸起。四十九个小儿手执柳条，迎风而进，妖氛辄散。耶律呐慌乱，抛阵而走，五郎赶近前一斧劈死。五千佛子溃逃乱奔，头陀兵戎刀齐落，寸草不留。单阳公主措手不及，被宋兵于马上擒住。萧天佐怒极，提兵来救，杨五郎冲出阵前，两马相交，连战二十余合，不分胜负。五郎抽出降龙棒，击中其肩，天佐露出本形，乃是一条黑龙也。五郎绰起月斧，挥为两截，作二处飞去。按天佐头截飞落黄州城，后称火离国王；尾截飞落铁林洞，后作河口军师，又乱中国。不提。

却说是时孟良攻入太阳阵，恰遇番将萧挞懒，交马两合，被孟良一斧砍之。杀散余骑，直冲入后阵，接着杨五郎一齐杀回，遂破了迷魂、太阴二阵，诛剿番兵不计其数。有诗为证：

迷魂阵上妖氛甚，熊虎军中杀气高。

败北番兵风雾散，成功宋将血连袍。

五郎解过单阳公主入军中见宗保，道知破阵杀萧天佐之事。宗保大喜曰:“破了此阵,其外不足惧矣!”因令将单阳公主押出斩之。穆桂英劝曰:“看此女容貌端严,且是萧后亲生,不如留她,以为帐下号召。”宗保允言,遂放了公主,提调诸将破阵。唤过呼延赞曰:“有玉皇殿重兵尚多,汝装赵玄坛攻打其中;孟良装关元帅,焦赞装殷元帅,岳胜装康元帅,张盖装王元帅,刘超装马元帅,是五人击其左右,破他北方天门阵。”呼延赞等得令,各领兵五千去了。宗保分遣已定,与六使登将台观望。

且说呼延赞等整点齐备,扬旗鼓噪杀奔玉皇殿来。恰遇金龙太子,两马相交,二人斗十数合。太子佯输引入阵中,孟良、焦赞乘势杀入,恰近将台,真珠白凉伞下杀气隐隐,不敢突入。赞复率众绕过北阵,正遇土金秀将真武旗麾动,岳胜拍马先进,陡然天昏地黑,不辨进路,被土金秀生擒而去。比及焦赞得知去救,四下番兵围合而来,呼延赞见势不利,引众杀出,归见宗保,备述阵势难攻。及点视失去岳胜、孟良,正在忧闷间,人报二将已到,即召入问之。岳胜曰:“阵内奇变莫测,一时东南错杂,竟被番人擒获。若非孟良来救,几至一命不保。”宗保曰:“内有二十八宿,七七四十九盏天灯,都是变化之名。”乃唤孟良谓曰:“汝明日去攻阵,可先偷去玉皇殿前真珠白凉伞,再着焦赞砍倒二面日月真珠皂罗旗,吾自有兵来救应。”孟良、焦赞领计去了。宗保入禀六使曰:“此一回必得圣驾亲行,敌住玉皇上帝,大人破其右白虎,还须八殿下破其左青龙;不肖自率劲兵破其正殿。”六使可其议,即入御前奏闻真宗。王钦进奏曰:“陛下万乘之主,何必亲劳圣驾。须着诸将前往,如不克敌,罪归主帅。”此乃王钦忌其成功,故以此言阻之也。真宗欲允其议,八王奏曰:“陛下此番盖为破阵,今遇成败将决之际,而有犹豫,何以励诸将士?皇上正宜躬往,使敌人望风而退,社稷之长计也。”帝意遂决,下命准备进兵。

次日,鼓罢三通,孟良与焦赞领兵先入,无人敢挡。直杀近玉皇殿侧,孟良夺下真珠白凉伞;焦赞砍倒日月皂罗旗。正遇番将土金牛、土金秀二人杀到,与宋将两下鏖战。孟良怒极,一斧劈死金牛,焦赞斩了金秀,部下番兵尽被宋军所杀。后队杨六使拍马攻入,先射落四十九盏号灯,其阵遂败。二十八员星官一齐杀出,被孟良、焦赞尽屠戮之。金龙太子见阵势穿乱，单马逃走，宋帝架起翎箭，一矢射死于阵中。宋军竞进，宗保举发火箭，焚其通明殿，烧死番兵不计其数。孟良等合兵一处，遂破了玉皇殿。有诗为证：

玉皇殿势妙无穷，识破从交克战中。

北众凋残风落叶，君王一箭立奇功。

宗保下令曰："乘此破竹之势，诸将各宜效力。令孟良攻入朱雀阵，焦赞攻入玄武阵，六使、呼延赞攻入长蛇阵。"军令才下，孟良鼓勇当先，部众杀入朱雀阵来，正遇番将耶律休哥挺枪跃马来迎，两骑相交，二人战上数合，不分胜败，忽阵后一声炮响，刘超、张盖从旁攻入，休哥力不能敌，遂弃将台而走。孟良乘势追击，遂破其阵。时焦赞攻进玄武阵，遇耶律奚底，战上十数合，奚底败走，被焦赞赶近前，一刀斩之，杀散余骑，破了玄武阵。杨六使率众将打入长蛇阵，耶律沙见阵势俱乱，不敢迎敌，拖刀绕阵走出。宗保阻住，两马相交，未及数合，孟良、焦赞等从后杀来。耶律沙进退无门，拔剑自刎于马上。时宋兵倍勇，那个不要争功。宗保下令攻入北营。

韩延寿见天门阵破得七残八倒，慌忙问计于吕军师。军师怒曰："汝去，吾自往擒之。"即率本营劲卒，如天崩地裂而来。椿岩作动妖法，霎时日月无光，飞沙走石。宋兵个个两眼蒙昧难开。宗保君臣困于阵内，番兵四合砍进。正在危急之际，钟道士看见，奔向阵前，将袍袖一拂，其风逆转，吹倒番人，天地复明。椿岩望见钟道士，忙报吕军师曰："钟长仙来矣，师父快走！"道罢，先化一道金光去了。吕洞宾近前，被钟离喝道："只因闲言相戏，被汝害却许多性命。好好归洞，仍是师徒；不然，罪衍难逭。"洞宾无言可答，乃曰："弟子今知事有分定，不可逆为，愿随师父回去。"于是二仙各驾红云，径转蓬莱。不提。

第三十九回　宋真宗下诏班师　王枢密进用反间

时萧后正营尚有七姑仙、四门天王未破，宗保下令八娘、九妹、黄琼女、穆桂英部兵攻其七姑仙，杨五郎部兵攻其四门天王。众将得令，各引兵前进。八娘、穆桂英杀却番国独姑公主等七人。杨五郎驱众径入，杀死耶律尚、耶律奇四将。韩延寿知大势已溃，入营中报与萧后曰："娘娘速走，四下皆是宋兵。"后惊曰："吕军师何在？"延寿曰："昨已遁去，不知所之。"太后听罢，慌张无计，乘一小车，与韩延寿、耶律学古等望山后逃归。杨六使知之，率众将急追。焦赞奋勇向前，赶上韩延寿大叫曰："作急纳降，饶汝一死。"延寿回马再战，不两合被焦赞擒住。孟良等竞进，番兵抛戈弃甲而走。萧后从僻路去了。此一回，杨宗保大战南台七十二天门阵，杀死番兵四十余万，尸首相叠，血流满野，百年之后尚有白骨如山，观者无不惨伤。有诗为证：

白骨交加委塞墙，问人云此是征场。
停骖顾望添惆怅，晚带斜晖倍可伤。

宗保既获全胜，即收军还营。次日，坐牙帐，调集各处军马。步卒解进韩延寿，宗保骂曰："汝夸北地第一英雄，今日何以被囚乎？"延寿低头无语。宗保曰："留汝奸贼何用？"因命推出斩之。左右得令，绑之枭首讫。再录诸将破阵功勋，遣人追问钟道士消息，皆言："从破北营，竟不知去向。"宗保始知其为汉钟离降世也。吩咐诸将各依队屯营，以候圣旨。诸将遵令而行。自是军声大振，远近惊骇。

却说杨六使以诸将功绩奏知真宗。真宗曰："候朕班师回京，以议升赏。"六使奏曰："难得者机会，今番人大败而去，陛下车驾，长驱直捣幽州，取萧后舆图以归，万世之利也。"帝曰："今番人既去，军士久战力疲，令憩息以固根本，候回朝之日，再作区处。”六使乃退。越三日，帝竟下命：“澶州三路军仍前退回，令筑坚关于九龙谷，留王全节、李明以所部镇守，其余征边帅臣，并随驾班师。”旨令既下，军中无不欢忭。

平明，驾离九龙谷。杨六使为先队，杨宗保为后队，帝与众臣居中，三军迤逦望京师而来。正是：

旌旗动处军声壮，万马嘶时喜气扬。

不一日，已望汴京不远，文武迎车驾入禁中。翌日设朝，众文武朝贺毕，帝宣六使至御前抚慰曰：“此举多劳卿父子，朕当论功升赏。”六使曰：“皆诸将协力效命，臣愚父子安敢独受皇恩。”真宗命设宴犒赏征北将士，杨家女将皆领其席，是日君臣尽欢而散。次日，六使入朝谢恩。帝赐黄金甲三副，白马二匹、纻缎一十二车。六使当殿固辞。帝曰：“此微报也，万勿再三推却。其余建功诸将，当计议超擢。”六使乃受命而出，归至无佞府，参见令婆，道及圣上恩典。令婆曰：“吾儿久离三关，当复往镇守，以防番人不测。”六使依命，因令具筵席犒赏部将。宗保、岳胜等二十员战帅坐于左席，穆桂英、黄琼女、单阳公主等二十员女将坐于右席，杨令婆、柴太郡、杨六使居中，列位次而坐。是日庖人进食，士卒舞剑，众人开怀畅饮。酒至半酣，杨五郎起谓母曰：“不肖佛缘未满，且喜吾弟建立大功，要我在军中无益，今日特辞母妹，再往五台山出家。”令婆曰：“此乃汝之本性，去住但凭裁度。”于是五郎作别众人，领头陀自回五台山去了，不在话下。是晚酒阑席罢，诸将皆退。次早，六使趋朝奏帝，欲往三关镇守。帝大悦，降敕允六使前镇三关；杨宗保监军巡视京城。各各领命去了。

却说王枢密归至府中思道：“自入朝一十八年，不曾与萧后建功立业。”心生一计，入奏真宗曰：“臣蒙陛下收录，未有寸功。今北番败归以后，谅彼必畏我天威。今乞陛下允其降服，以杜他日之患。”帝曰：“此言具见卿之忠爱。”即命武军尉周福同王枢密赍敕前往番地开读。二人得令，赍了敕文，望幽州进发。行至中途，王钦问于周福曰：“此去道经何处？”福曰：“有二路可进：一从黄河，一从三关寨。”枢密听罢暗思：若从三关经过，必被六使所捉，不如生个计较，向黄河经过。乃谓福曰:“我尚有紧关文书失取,汝代我先往,我随后便到矣。”福不知是计,即允其言,竟赍札文先自去了。

且说王枢密单骑出黄河,已到太原府。镇守官薛文遇出郭迎接王钦,进府中相见毕,文遇问曰:“枢密临此,有何公干?”王钦答以往大辽取纳降文书之事,“太守可遣备船只”。文遇曰:“此事易耳。”遂调拨红船,送过黄河北岸,径望幽州去了。

再说周福带了军马,将近三关地界,被六使逻骑拦住,问曰:“来者是谁?”前军报道:“钦差王枢密往北番公干。汝是谁人,敢来阻截?”逻骑曰:“前八殿下有关防来说,王枢密要通番,令我每着实防备,今果然矣。”众人一齐下手,报六使捉得细作王枢密到。六使大喜曰:“此贼因我抬举,得至大官,不思尽忠,屡要起谋作乱。今日自堕网中,决难轻放。”众人将周福缚于帐前,两边剑戟如林,枪刀密布,惊得周福面如灰土,哑口无言。六使抬头一看,怒曰:“此人不是王枢密,你每众人何得虚报,通该按律问罪。”周福方敢应曰:“将军饶命,我乃周福也。”六使问其由,福曰:“蒙圣上遣小官同王枢密往北番讨纳降文书,枢密因失落文书回取,令我先行,而被将军部下所捉。”六使笑曰:“岂有出城而忘文书乎!此贼必知风,故设是计也。”因令放起,延入帐中相见。六使曰:“汝记得昔日河东交兵潘仁美之事乎?”福曰:“小可颇记忆之。”六使曰:“汝乃吾旧知,可不必惊恐。”令具酒醴款待,留营中一宵。次日,送周福过三关去讫。

却说王枢密已进幽州,先着近臣奏知,次日朝见萧后。萧后一见王钦,怒气冲冠,拍案骂曰:“奸佞之贼,我欲生啖汝肉,以雪此愤,每思无计能获,今自来寻死!”喝令推出法场,碎尸万段。军校得旨,将王钦绑起。耶律休哥奏曰:“娘娘且息雷霆之怒。彼今复来,必有长议。若待其言不合,斩之未迟。”后怒犹未息,耶律学古奏曰:“王钦如樊笼之鸟,诛之何难?乞娘娘宽其罪戮。”后乃令放起,问其来意。钦惊复半晌,乃曰:“臣自到中国,非不尽心,奈未遇机会。今宋天子要娘娘九州图籍尽归中华,又欲发兵北上。臣因北番败丧之后,不能迎敌,因请得文书来见,就内中图机会,以报娘娘之恩。”后闻奏,回嗔作喜曰:“卿有何策能图中国乎?”钦曰:“今幸宋廷良将俱各远遣,只有十大文臣在朝，娘娘可回书称说王钦官卑，不能达意，必须着大臣于九龙飞虎谷，交纳九州图籍，待其来，围而执之，再遣使奏知，挟令宋君中分天下，然后送还。宋君以大臣为重，必允所请，那时徐图进兵，管教成功也。”后曰：“谁人可往中国？”钦曰：“臣不惜一行。”后即令草表，着王钦带回。钦辞朝，离了幽州，望京师进发。半路恰遇周福军马，王钦道知见萧后复命之事。福大喜，即回军与王钦由黄河而归。不日到京，朝见真宗，奏曰：“臣领命入北境传旨，萧后欣然，愿纳九州图籍，因言此系重事，臣职卑陋，不能成久坚之盟，乞请十大朝臣于九龙飞虎谷交献，特令臣复命奏知。”真宗闻奏大悦，即下敕着廷臣准备起行。

第四十回　八殿下三关借兵　众英雄九龙斗武

时寇准、柴玉、李御史、赵监军等来八王府中商议。准曰："此乃是奸人之计，若去，必有不测。"柴玉曰："圣上所命，宁敢推辞？"八王曰："列位无忧，此行须从三关寨经过，见杨郡马，借军助行，保管无事。"准等大喜而退。次日，十大朝官入辞真宗。真宗曰："卿等此去，安社稷计也，当谨慎行之。"八王等领命出朝，离京望三关进发。先遣哨马报知六使，六使令孟良、焦赞于半路迎候。

不日，八王与众人将近梁门关。一彪军马拦路，乃是孟良、焦赞等，高叫曰："来者莫非八殿下否？"八王近前曰："是谁拦路？速报与郡马知之。"孟良即下马，伏于路旁曰："蒙本官差遣，令小可谨候多日矣。"八王遂与众官直进三关。又见一彪人马来到，却是六使自来迎接。八王见了六使，不胜之喜，并马入帐中。十大朝臣依次坐定，当下摆列酒席齐备，众官举觞而饮。酒至半酣，六使起而问曰："不知殿下与列公到此，有何高论？"八王曰："此来欲与郡马商议一场大计。近因圣上欲定北番，不想奸臣王钦领旨，往见萧后，欲献九州图籍，以息干戈。萧后来表，必须十大朝臣诣九龙飞虎谷，则可坚此议。圣命已下，着我等前往。想此乃是王钦奸计，若只我等前去，正犹羊入虎口，岂能保全？今特来借兵助往，以破番人之谋也。"六使答曰："日前下官正待擒此贼以除后患，不意从黄河渡而去。今既用此诈谋，欲欺中国大臣，小可当以赴应，务取丑蛮图籍以归。"八王听罢大喜曰："有君调度，诚圣上之福。"是日众官尽欢而散。

次日，六使召过孟良、岳胜、焦赞、林铁枪、宋铁棍、姚铁旗、董铁鼓、丘珍、王琪、孟得、陈林、柴敢、郎千、郎万、张盖、刘超、李玉等二十余人，吩咐曰："此行必要动干戈，汝众人须用心，保着朝臣前往。"岳胜曰："本官所论虽是，倘北番认得我等，怀疑不来投降，岂不误了大计乎？"六使曰："我有计策教汝：每人担箱子一只，俱装作随行之人。箱内藏着军器，上面安顿朝冠、衣服。又用竹筒去其下节，上节贮水，下节藏枪棒。番人若问，只说带水来饮。若无事则止，倘有不测，临时机变而用。"岳胜等受计而退。

即日八王辞却六使，与众臣离三关，径望九龙飞虎谷进发。正值初冬天气，寒风拂面，鸿雁声悲。十大朝官于马上，见两旁横尸白骨交加，断戟残戈无数。八王叹曰："昔汉、周于此交兵，使黎民肝脑涂地，见者无不惨然。"有诗为证：

两岸犹存战血红，当年豪杰总成空。

行人于此重嗟问，惆怅西风夕照中。

此时消息已传入北番。萧后遣耶律学古为行营总管，部精兵一万，先往等候。学古领命，率兵径赴九龙飞虎谷，于正北下寨。次日亲往谷中，巡视一遭，回军中谓牙将谢留、张猛曰："我视其处，四下皆绝路，惟东边一匝平阳地，堪容五六百人。可于是地摆筵，以待其来，就中图事。"谢留曰："总管此计极高。"道未罢，人报十大朝官已到。耶律学古吩咐军马远远回避，自出军前迎接。八王与学古马上施礼曰："汝主自议要献九州图籍，将军意下何如？"学古应曰："阵前不是议和所在，明日当于军中定夺。"八王应允而退，于正南安下营垒。

耶律学古回帐中，召谢、张商议曰："吾明日要行楚霸王鸿门会上宴高祖故事，舞剑斗艺，就筵中决个输赢。汝二人宜用心立功。"谢留曰："凭小可平生所学，须成总管此谋。"学古又召太尉韩君弼谓曰："汝领劲兵一万于谷口埋伏，候有变动，即将宋臣围定。"君弼领计而行。学古分遣已定，一面着人于谷口备办筵席，仍差番卒持书诣宋营，见八王曰："总管有命，请列位大臣明日面议纳降文字，并不得持寸刃相见。"八王得书看毕，亦回书与番卒。不提。寇准进曰："此行若非殿下有先见之明，带得郡马部下同来，决无善意。"八王曰："今虽赴约，看他欲何定议。"众人即散。

次日，耶律学古于谷口等候，遥望尘土荡起，宋臣各跨骏骑而来。

将近面前，学古见无军马相从，心中暗喜，即邀众人进谷中，相见毕，学古恭请十大朝官依次坐定。八王曰："萧娘娘肯归顺天朝，且不失一国之主，诚乃苍生之大幸也。"学古笑曰："此意我娘娘本有，且待饮酒，从长计议。"因命番官进食，乐工品奏。

是日帐前大吹大擂，南北臣僚相会而饮。时柴驸马坐于左正席，学古颇认得，问曰："此位莫非柴先生否？"柴玉听得，即应声曰："学生正是，将军有何高论？"学古曰："汝记得先年进番家天字图入中朝，被公改天字作未字，萧后发怒而动兵戈，今日又有相会耶？"柴玉曰："汝道差矣！我主上应天顺人，不数年间，克伏群雄，遂成一统之盛。惟汝北番，因距中国之远，未暇征讨，致汝君臣屡生变乱，戕扰生民，震动皇威。天阵一破，北骑倒戈而遁，那时我主欲长驱直捣幽州，与汝主面取图籍而归。盖因我等不忍军民再陷锋镝，竟劝班师。若萧后知顺逆之理，不听狂夫所惑，倾心归顺，犹保一邦。不然，堂堂中国，士马精强，安肯与外境称孤哉！改天字图之为，实出我手。事既往矣，何复言乎？"学古被柴玉说了一遍，略有难色。又问于右正席寇准曰："曾记咸平年间，进贡锦皮暖帐，被公沉埋不奏，以致兵革相寻，岂大臣为君谋乎？"寇准厉声答曰："我主上论治理政且无暇日，那里有心玩汝锦帐。今日欲与汝国结和议之盟，索九州图籍来献，何必讲往事乎？"学古曰："图籍再日交割未迟，且教番官帐前舞剑，劝酒取乐。"八王曰："顷言不许带寸刃以随，此又非鸿门宴上，何用舞剑为哉？"道未罢，谢留已应声而出，手提长剑于筵前抽舞。八王见势头不好，即叫："随侍者何在？"孟良激怒向前曰："北兵能会舞剑，中国无壮士耶？我亦对舞，聊助筵前一观。"言罢，挥过利剑与谢留两相交舞。耶律学古见孟良志气昂昂，自思此人必是将军，不可与之斗，辄曰："舞剑没甚好处，且射箭为乐。"孟良曰："要走马射、穿杨射，随汝意欲。"谢留曰："走马射柳，人所常见，须奇巧而射。"孟良曰："何谓奇巧？"谢留曰："将一个活人缚在柱上，连射三矢，能避者便为妙手。"孟良听罢暗笑曰："此贼要暗算我，先须杀之，以挫北番锐气。"乃应曰："哪个先射？"谢留曰："我先射。"孟良慨然允诺，自令人缚于柱上，叫曰："任汝连放三矢。"八王等看见，各有惧色。谢留离筵前一望之地，手拈硬弓，一矢放去，被孟良紧紧咬住；第二矢向项下射到，又被孟良一手拨开。谢留恰慌，再放一矢，要射其腹，不想孟良有护心镜，射之不入。十大朝官连声喝彩。众人解去其缚。孟良曰："借汝与我试箭。"谢留无可奈何，亦缚于柱上。孟良满开雀弓，扣镞射去，不中番官。谢留自思：此人只会舞剑，不能射箭。乃曰："任汝再放二矢。"孟良又放一矢，正中项下，谢留应弦而绝。正是：

无能番士徒施勇，今日须叫箭下亡。

耶律学古见谢留失手，大怒曰："特要讲和，何得相伤！"喝声："众人擒捉！"只见筵前转过番骑五六百，奋勇踏进。岳胜、焦赞等不胜怒激，各打开箱子、竹节，取出长枪短剑，一齐杀来。耶律学古知有提备，先自走了。众骑被宋兵杀死一半。孟良急保朝官出谷口，忽数声炮响，韩君弼伏兵齐起，将谷口截住。岳胜恐北兵紧困，力战得出。怎禁得番骑矢石交下，人不能近。后面又是绝路，四下山崖壁立。正是：

虎落深坑无计出，龙坠铁网智谋疏。

第四十一回 杨延朗应付粮草 八娘子大战番兵

八王与十大朝官被困于谷中，忧闷无计。寇准曰："当辞朝之际，众人就知有难。如今只得忍耐，徐图脱去之计。"八王曰："今粮草将完，援兵未至，倘番兵乘虚而入，何以当之？"孟良曰："殿下请勿虑，待北兵稍缓提备，小可偷出谷口，回至三关招取救兵，殄此丑虏。"八王依其议，遂按甲不出。

却说耶律学古困了宋臣，与张猛议曰："我等只坚守于外，彼虽有霸王之勇，不能出矣。"猛曰："此计极高，恐中国知此消息，必有兵来救应。不如乘此机会奏娘娘自提大兵相助，则可成功。"学古曰："君论诚高。"即遣番兵径赴幽州奏知萧后。萧后闻奏，与群臣商议。耶律休哥进曰："既北兵困却宋臣，此好消息也。娘娘正须发兵应之，以图中原。"后曰："近因丧衄而归，良将已皆凋摧，今无保驾先锋，何以征进？"道未罢，一人应声而出："小将不才，愿保娘娘车驾，剿灭宋人而回。"众视之，乃木易驸马也。木易近前奏曰："臣蒙娘娘厚恩，未酬所志，今愿保驾前行。"后大喜曰："日前台官奏道：'幽州当兴，该有扶佐者出。'想应着卿矣！"即下命封木易为保驾先锋，率领女真、西番、沙陀、黑水四国人马共十万前行。木易受命而出。

翌日，萧后车驾离幽州，军马浩浩荡荡，望九龙飞虎谷进发。不日将近，耶律学古半路迎接，进军中拜曰："赖娘娘洪福，将十大朝臣困于谷中。近闻粮草将尽，不久被擒。臣恐中国发兵来救，特请车驾亲行，定取天下。"萧后大悦曰："此回若图得十大朝臣，足可雪先年之耻。"遂以军马分作二大营屯扎：耶律学古统女真、西番兵屯正北；木易驸马统沙陀、黑水军马屯西南，作长围以困宋兵。学古等承命退出，自去分遣。不提。

却说木易军马安西南营。是夜微风不动，星斗满天。木易在帐中自思曰："今十大朝臣困于谷中，北番人马若是之盛，彼如何得出？救兵虽来，倘粮草已尽，终难保其脱险。"遂心生一计，修下书信一封，缚于箭头，射入谷内，令其密遣人出山后，赠他粮草几十车。准备已定，出帐前射进谷中。恰遇孟良拾得，却是一支响箭，知有缘故。揭开，系书一封，连忙递与八王观看：

> 中国杨延朗顿首拜知八殿下、十大朝臣列位先生前：兹者北兵甚盛，列位且莫辄离，恐伤锋镝无益。不久当有救兵来到，忍耐忍耐。今有粮草二十车，于九龙谷正南交付，聊作一月之给，须遣人搬取。此系机密重事，勿误勿泄。

八王看罢，不胜之喜，谓寇准曰："此书杨将军所报，有粮草于山后相济。北番全赖此人主兵，决保我等无事。"寇准曰："既有粮草，当遣人探视。"孟良曰："小将愿往。"八王允行。孟良即率健军十数人，乘夜来山后缉访，果见粮草二十车，孟良悉取至谷内。八王曰："粮食且幸有矣，若无救兵来到，终是险厄。汝辈计将安出？"孟良曰："殿下放心，小可偷出番营，入汴京求救。"八王曰："汝去极好，亦须仔细。"孟良曰："小可自有方便。"即辞八王，从山后走出。行将一里之地，被逻骑捉住。孟良力斗不胜，竟被绑缚，来见木先锋。木易故近前喝之曰："吾差汝回幽州见公主有紧关事报知，何为被人捉住？"孟良认诈应曰："天色未明，走差路径，致遭其捉住。"木易曰："亟走，便来回报。"左右连忙解放去了。

孟良走出番营，喜曰："若非杨将军，今日一命难保。"自思欲往三关报知，必须申奏朝廷，恐日久误事，莫若去五台山请杨禅师来援，成功较易。即抽身径向五台山来，参见杨和尚。和尚问曰："汝缘何作番人装束？"孟良曰："特有一件紧急事告知师父。深恨萧太后用诡计，赚十大朝官，困于九龙飞虎谷，十分危急。今承八大王命，欲往三关取救兵。自思恐口了缠久，有误大事。五台山去彼咫尺之程，乞师父一行，同扶国难。"杨五郎沉吟半晌，叫声孟良曰："我与汝不是冤家，何故屡次相恼？"孟良曰："小可非为一己之私，亦看本官分上。师父不去，若十大朝臣被害，吾师心上亦难自安。”五郎曰：“本待不去，奈八殿下分上，只得部众前行。”原来五台山近关西地方，出凶顽之徒，但有犯法该死者，逃去寺中为僧，五郎即收用之，故所向无敌也。

当日杨和尚点集寺中一千余人，准备起行。孟良曰：“师父前往。小可再往三关，报知本官同来救援。”五郎应允。孟良即辞下山，寻夜到寨中见六使，道知朝官被困之事。六使曰：“我一面兴兵赴援，汝急赍表入京奏闻。”孟良得令，带表连夜赴京，奏知真宗。真宗得奏大惊，宣上孟良问曰：“朝臣被困几时？”孟良曰：“将近一月，得杨延朗以粮食相济，方保无虞。今三关兵马已发，乞陛下再遣将救应。”真宗问廷臣曰：“谁可部兵前行？”道未罢，吓天霸王杨宗保奏曰：“臣愿往救。”真宗大悦，遂命老将呼延赞为监军，杨宗保为先锋，点兵五万征进。宗保受命而退，来无佞府辞令婆出师。令婆曰：“可着八娘、九妹同行。”宗保曰：“得姑娘相助极妙。”是日，众将整点齐备，孟良为前队，宗保中队，呼延赞率大军随后，径望九龙飞虎谷进发。但见：

万马丛中军刀壮，三千队里显英雄。

哨马报入萧后军中：“宋兵长驱而来。”萧后即召耶律学古等议战。学古奏曰：“娘娘勿忧，我这里有四国军马，何惧宋兵哉！待臣分遣迎战，务取胜敌。”后曰：“卿宜用心调度，不可造次。”学古领命而出，调着女真国王胡杰、沙陀国大将陈深、西番国驸马王黑虎、黑水国王王必达都集帐下，吩咐曰：“明日与宋兵交战，各人努力向前。若能胜敌，娘娘必有重赏。”胡杰进曰：“总管不必烦心，定教杀尽宋兵，方敢休戈息甲。”道声未罢，人报宋兵来到。耶律学古即部众列阵迎敌，遥见旌旗开处，马上一员勇将，乃是和尚杨五郎，高声骂道：“诛不尽辽蛮！好好退去，尚留残喘，不然，殄灭为齑粉矣！”耶律学古大怒，谓诸将曰：“谁先挫宋人一阵？”女真国王胡杰应声曰：“待斩此匹夫。”即挺枪跃马直取五郎，五郎舞斧还战。两下呐喊，二人战上数十合，胡杰力怯，拨马便走。杨五郎驱兵掩之。北阵王黑虎舞方天戟纵骑从中杀来，头陀兵分为两段，辽兵围裹而进。王必达提斧拍马，喊声而进。杨五郎见四下皆是番兵，冲突不透，矢石乱发。正在危急之间，忽西南征尘荡起，鼓角齐鸣，一彪军马杀来，乃八娘、九妹、杨宗保也。

八娘一骑当先,正遇王必达。两马相交,斗经数合,九妹率兵从旁攻入,必达抛戟逃走,九妹乘势追之,将近谷口,一将厉声喝曰:“逆贼早降,免遭屠戮。”乃大将呼延赞当头拦住。未经数合,必达被擒。宋兵竞进,孟良杀入北营,正值沙陀国陈深突到。两马相交,兵刃才合,孟良大声喝曰:“敌贼休走!”一斧劈落场中。杨宗保见南将连胜番骑,催动后军追击。八娘奋勇争先,迎住胡杰交锋,抛起红绒套索,将杰捉于马上。杨五郎勒马杀回,部下僧兵戒刀斩落王黑虎马脚,掀落阵中,宋兵齐向前擒之。

耶律学古见势崩摧,走入营中报萧后曰:“娘娘速走!宋兵英勇,四国将帅擒剿已尽。”萧后听罢,惊得心胆飞裂,撤营单骑逃走,耶律学古与张猛拼死救护而去。后面杨宗保驱兵追击。萧后正走之间,背后一军杀来,乃杨六使之兵长驱而来。番兵望见,倒戈逃遁。萧后仰天叹曰:“今日是吾当尽,汝众人善自为计。”言罢欲拔剑自刎。耶律学古曰:“娘娘勿慌。幽州尚有数十万雄兵,犹可克敌。只争咫尺之程,何乃便为自绝之计耶?”张猛曰:“娘娘从僻路奔走,吾去阻住敌兵一阵。”萧后乃止,与耶律学古望邠谷遁去。

第四十二回 杨郡马议取北境 重阳女大闹幽州

杨六使鼓勇杀来，张猛纵马再战。未及数合，被六使一枪刺死。部下番兵，为三关壮勇屠戮殆尽。宗保军马赶到，合兵一处，会议要乘势赶去。适木易一骑飞到叫曰："吾弟须调回人马，救取谷中朝臣。幽州精兵尚多，待我杀回，内中取事，一举可定。"六使然其言，即放木易军马杀过，部众攻入谷中。时韩君弼听知北军战败，撤围奔走。孟良拍马当先，正遇着敌将，两骑相交，一斧挥为两段。谷中岳胜、焦赞等乘势杀出，番兵死者不可胜数，遂救了十大朝臣。此一回，北兵败衄，折去四国人马共十二万，委弃辎重牛马无算，尸横散乱，血满长川。有诗为证：

北兵败衄尸交横，断戟残戈日半曛。

过客莫言当日事，马蹄余血下荒坟。

杨六使调集军马，人人各上其功。六使下令，将所擒番将尽皆斩首，号令讫。八王等称贺曰："若非郡马救援，非惟朝臣不保，且损圣上威望也。"六使曰："圣上正以殿下被困，忧愁屡日，特遣呼将军与小儿部兵救应。已赖洪福，杀得他垂首丧气而去。"八王曰："阃外之事，君命有所不受。萧后屡为边患，可乘破竹之势，直捣幽州，取舆图而归，诚乃大机会也。"六使曰："殿下不言，小可正待禀知。四兄曾道幽州精兵尚多，彼今内中行事，正宜发兵应之，管教成功也。"八王曰："但凭主意行。朝廷重事，我当承受。"六使乃下令唤过岳胜、孟良、焦赞，部兵先进；八娘、九妹、杨宗保为前后救应；呼延赞保朝臣为监军。分遣已定，岳胜等率兵长驱而进。

是时萧后走归幽州，忧愤无计。耶律休哥进曰："胜败兵家之常，娘娘不必忧虑。城中粮草有十余年之积，精兵猛将不下数十万。宋军若退则止，倘再来侵扰，当与决一雌雄，成败未可知矣！”后曰：“四国之兵，丧将尽矣，尚何望克敌哉？不如纳降，以救一方生命。”张丞相曰：“娘娘何因此一败而自倒志气哉！大辽自晋朝以来，中国仰惧。今虽一时挫衄，犹足称霸。待宋兵再来，臣等背城一战，管取报仇。”道未罢，人报木易驸马杀回。后宣入问曰：“我正虑驸马被宋人所袭，何以后来？”木易奏曰：“臣屯正西营困住十大朝臣，比闻北兵战败，待出兵救之，谷中宋军杀出。那时娘娘车驾已离正营，臣力战宋将，故在后也。”后曰：“宋兵声势何如？”木易奏曰：“近闻得要来围困幽州，娘娘须提备之。”忽哨马入报：“宋兵云屯雾集，将幽州城围绕三匝，水泄不通，乞娘娘作急定夺！”萧后失色。木易曰：“娘娘勿虑，凭臣等一派军将，定将宋兵杀退。”后曰：“卿等用心迎战，不宜造次。”木易领命而退。

话分两头。却说河东庄令公，有女号称重阳女，盖因九月初九日诞生，故取是名。幼有勇力，武艺精通，曾许嫁与杨六使，奈因兵戈阻道，耽搁亲事。及闻十大朝官被困，就举兵来救，以寻旧约。当下兵行之际，哨报杨六使杀退了番兵，攻围幽州未下。重阳女听罢大喜曰：“得此好机会，见夫君必矣。”即率所部诣宋营，令人报知六使。六使猛省曰：“此事吾记得。值国事倥偬，音问不通。今既部兵来应，还当迎接。”遂令岳胜出军前迎候。重阳女轻身入帐中相见，六使不胜之喜。二人各诉往事，极尽缱绻。六使曰：“戎事未宁，待回见令婆，而后讲礼。”重阳女曰：“我初进，未立功绩，欲乘此机，暗投于萧后，内应外合，以成其事，郡马肯许否？”六使曰：“贤妻若能用心，成败在此一举也，有何不可？”重阳女欣然领所部一万冲开南阵，岳胜、孟良等虚作退遁之状。重阳女直至城下，高叫开城。守城军报入城中：“有一女将，杀开南阵，特来救应。”萧后闻报，即与文武登敌楼观望，见旗上大书“河东重阳女”，正在城下追杀宋兵。后辄令耶律学古开门接应，重阳女径入城中，参见萧后曰：“臣乃太原庄令公之女。刘主深恨宋君见伐，遣小将相助，共取天下。”后大喜曰：“汝主刘钧若肯同心破宋，誓与平分中原。”遂令设宴于殿庭，款待来将。酒至半酣，重阳女起，奏曰："宋臣围城紧急，臣率所部擒之，以为初见微绩。"后允奏，重阳女谢宴退出。

杨四郎自思：重阳女曾许嫁吾弟为亲，岂有来助番邦之理，内中必有缘故。乃奏萧后曰："臣部精兵前助重阳女伐宋。"后曰："得驸马同行尤好。"木易领命，出军中与重阳女商议进兵。重阳女曰："宋兵虽众，破之亦易。驸马出北门先战，我引兵继之。"木易驸马笑曰："依你所行，则幽州一战可破矣。"重阳女愕然曰："驸马如何出此言？"木易曰："休得相瞒，事同一家。"因将其本末逐一道知。重阳女喜曰："本为郡马成此谋也，得君共济，何患不克！"亦将其来意说知。四郎曰："事宜机密。萧后驾下精勇者多，须除去爪牙，然后方可进兵。"重阳女曰："君有何计去之？"四郎曰："明日出兵，令上万户、下万户、药义、药信等见初阵，汝率所部当先，斩此四人，遂引宋兵乘势杀入，唾手可取此城。"重阳女大然其言，先自准备出兵。木易因下令："上万户、药义领兵先战。"

万户得令，次日平明，一声炮响，部兵扬旗而出。恰遇宋将岳胜，喝曰："守死之寇，尚不早降何待？"万户骂曰："汝等深入吾地，死在旦夕，尚夸大言乎！"即舞刀跃马直取岳胜，岳胜举刀迎之。二骑相交，战不两合，下万户、药义、药信从旁攻入，岳胜敌不能过，拍马退走。番兵乘势而出，重阳女部骑后进，大喝"辽众慢走"，手起一刀，斩药信于马下。药义大惊，措手不及，被岳胜回马挥为两段。孟良、焦赞率兵掩来，喊声大振。上万户被孟良所杀，下万户敌骑踏死。重阳女当先杀入，宋军随后继进。幽州城中，四下鼎沸。内官报入宫中，萧后听得自思：吾为一国君后，若被擒获，羞辱无地，不如自尽，以免玷污。竟走入后殿，解下戏龙绦，自缢而死。正是：

可怜番国萧君后，今日宫中自缢亡。

是时杨延朗进入禁宫，恰遇琼娥公主走出曰："驸马快走，娘娘已自吊死，四下皆敌兵矣。"延朗曰："公主勿慌，我乃杨令公第四子，诈名木易，蒙汝厚恩，决无相伤。"公主听罢，即跪告曰："妾之性命，惟君处置。"延朗曰："公主若肯随我回中国，即便同行，不然，难以强请。"公主曰："国破家亡，驸马肯念伉俪，带妾同去，岂有不从。"延朗大喜，即令收拾金珠罗翠，装作几车，当先杀出。正遇耶律学古走入殿庭，木易厉声曰："逆贼休走！"学古不知提防，被延朗一刀斩之。耶律休哥听知宋兵入城，削净须发，从后门越城逃走去了。

只说杨六使亲提士卒入城，扫净番兵，杀得尸横街道，血满城壕。日将晡，乃下令禁止屠戮。八王等都进入城中，先问萧后下落，人报自缢死于后殿。八王令解下，停在一旁。宗保调集各军，驻营城东。

次日，八王、六使登殿庭点视宫室。众将解过番国太子二人，提得张华番官以下臣僚共四十九员，番将三十六员。六使俱令将槛车囚起，以候解京。当下诸将皆集，杨延朗进见八王曰："小可寓居番庭十八年，今日得见殿下，甚觉赧颜矣。"八王抚慰之曰："今日定幽州之功，皆出于将军。归见圣上，当有重封。何谓赧颜哉？"延朗称谢。六使曰："幽州既已平定，还当张挂文榜，谕知各地方，务在悉安，然后班师。"八王依其议，着寇准草榜，传布四方。自是大辽郡邑，闻幽州已破，望风归附。

第四十三回　平大辽南将班师　颁官诰大封功臣

越数日，八王于宫中大开筵席，犒劳诸将，众人尽欢而散。延朗进曰："小可一事禀知，未审殿下允否？"八王曰："将军有何见议，但说无妨。"延朗曰："自居北境，蒙萧后盛意看承。今既死矣，乞将尸骸埋葬，庶报一时共事之德，使番人不以延朗为负义耳！"八王曰："此将军盛德之事，当从所请。"是日席罢。次日，八王一面申报朝廷，一面下令以萧后尸首用王礼埋葬。有司奉行，备礼收敛。不提。后人看到此处，有诗赞曰：

盛德于人将德报，杨门豪杰几人同？
片言深仰番庭慕，为筑封茔一念忠。

六使进见，定议班师。八王允言，发遣诸将，分前后队回军。呼延赞等准备起行。寇准与众议留兵镇守幽州。八王曰："留兵有二不便：一者南北杂处，统属不一，则有掣肘之患；二者离中国既远，作逆一时不知。莫若回京，徐定防御之策。"寇准然其言，即日大军离幽州，望汴京而回。但见：

马上红尘随处起，途中箪食喜相迎。

一路无词，不觉早到皇城。八王先遣人报知捷音。真宗遣文武出郭迎接，正遇八王等军马来到。文臣孙御史当先接见，并辔入城。六使人马屯扎郊外。

次早，八王领众臣朝见，进上平定北番表章。真宗览罢，龙颜大悦，抚慰众臣，甚加深意。寇准奏曰："诚赖陛下洪福，杨六使父子兄弟一心为国，今已平定大辽，此乃不世之功。乞加封典，以奖其劳，则国家幸甚。"帝曰："朕深知其功，当得封赠，候颁敕拟议。"

八王等拜命而退。

是时，杨六使与延朗回无佞府，见令婆，拜毕。延朗不胜哀感，乃曰："思不肖一阵之挫，困辱北境，竟至一十八年。不想吾母皓发盈头，桑榆景迫。今日幸得相逢，悲喜交集。"令婆曰："歧路无情，人生有此飘零。今既相见，足慰母子之望，可着公主相见。"延朗唤过琼娥公主，入拜令婆。令婆不胜欢喜。延朗曰："此虽一时佳会，十分得赖提携。"令婆曰："姻缘不偶，观此女子，真是吾儿之配也。"因令具席，以为庆贺之设。是日府中众人，依次坐定，欢饮而散。杨五郎仍领众人自回五台山去了。

却说王枢密见北番已败，恐祸将及，乃假装云游道人，漏夜走出汴京。直待近臣奏入，真宗乃知，大怒曰："此贼屡起反意，朕以故人相待，不忍深罪，今又背朕而去。"急聚群臣商议。八王奏曰："王钦罪恶滔天，不容于诛。想其出城未远，陛下可令轻骑追捕。"帝允奏，即敕杨宗保率捕兵追之。宗保得令，率兵径出北门，问守军："曾有王枢密过去否?"守军曰："适见一道士慌忙出去，莫非是也?"宗保得其实，特骑赶来。时枢密走到黄河渡，见艄人，连叫曰："汝若急渡吾登岸，多将金宝相谢。"艄人听得，遂撑船近前。王钦跳下船，艄人举棹而行。才近东岸，忽然狂风逆作，将船仍吹下来。一连如此三次，不能及岸。艄人曰："风势紧急，难以过去，须待风息而行。"王钦愈慌，只得匿在篷下躲避。一伏时，南路征尘荡起，数十骑赶来。杨宗保马上厉声问渡夫曰："曾见有一道士过去否?"渡夫未应，王钦低声曰："应他已去多时，我便倾囊谢汝。"渡夫曰："且道汝是谁人？明白告我，当得方便。"王钦不隐，将其本末道知。渡夫听罢，怒曰："此处被汝在朝，年年使吏胥打搅，正要报恨，没寻讨处。今日到落手中来也。"即将船撑近前，报知宗保。宗保差骑踏上船捉之，王钦急忙不能逃脱，竟被骑军捆缚到岸，宗保解之而回。正是：

善恶到头终有报，只争来早与来迟。

正值真宗设朝，时文武皆集。近臣奏知：已捉得王钦回朝。帝令军校拿进殿前，面问之曰："汝贼屡在朕跟前献谗佞，寡人优容过多。今汝若走往他国，又将生患矣。"王钦低头无语，只乞早就刑戮。帝曰:“怕尔奸贼不死耶!”因问八王:“当何以处之?”八王曰:“陛下可设大宴,会集外国使臣,皆得预席,将此贼碎剐凌迟,以助筵前一观,庶使后人知惧。”帝允奏,遂下命着司官排列筵宴齐备,征召外国诸臣,两边依次坐饮。行刑军校将王钦绑缚于桩上,慢慢割下其肉,席中观者无不凛然。后人有诗断曰:

作孽年深祸亦深,试看今日戮王钦。
苍天报应无私眼,不使登行竟被擒。

王钦受苦难禁,不消数十刀,气已绝矣。帝令抛其尸骸于野,以彰奸臣。因谓八王曰:“王钦往者所言,本有欺罔之意,而朕不觉,何也?”八王曰:“大诈似忠,致使陛下不觉。今日王钦受刑,朝野皆为之欢庆矣。”帝然之。忽报大将呼延赞夜中风症而卒,帝闻报不胜哀悼,乃曰:“赞自入中国,勤劳王事,未尝一日自安,真为社稷臣也。”因令敕葬,谥赠忠国公。后人有诗赞曰:

愤仇已雪出河东,为国勤劳建大功。
不意将星中夜落,令人千古恨难穷。

天禧元年二月,真宗以平定北番将士未及旌封,特与八王商议。八王奏曰:“赏功怀远,帝王盛德事。今四方宁息,值陛下一统之广,使得谋臣勇将镇抚,诚为社稷长计矣。”帝曰:“往者献俘阙下,朕犹未发遣。萧后太子臣僚,当何以处之?”八王曰:“前幽州班师之际,寇学士等会议,欲留兵以镇守,臣以为不便。目今远人已服,陛下正当兴灭国、继绝世,放他还大辽仍自镇守,递年只取其进贡,则边境自安。唐虞之治,不过如是。”真宗大悦曰:“非卿所论,朕不能及此。”遂下敕赦萧后二太子并所捉臣僚,俱令还国。敕旨既下,番臣大悦,诣阙稽首谢恩。旨赐北番太子金织蟒衣各一袭,赏赉甚厚。太子拜受命,即日率臣僚径回幽州。不提。

翌日,真宗亲拟封旨,宣六使进殿而谕之曰:“卿父子破南天阵,已建大功,朕未及升擢。今又有平定北番之绩。当旌封典,以报汝劳。”六使顿首曰:“破阵平北之功,上赖陛下之福,下则军士齐心,臣区区微劳,何敢受赐?”帝曰:“卿不必过谦,朕自有定议。”六使拜命而出。

是日,封旨辄下,授杨六使为代州节度使兼南北都招讨;杨宗保为阶州节度使兼京城内外都巡抚;杨延朗以取幽州功,授泰州镇抚节度副使;岳胜授蓟州团练使;孟良授瀛州团练使;焦赞授莫州团练使;陈林正授檀州都监;柴敢正授顺州都监;刘超正授新州都监;管伯正授妫州都监;关均正授雷州都监;刘琪正授武州都监;孟得正授云州都监;林铁枪正授应州都监;宋铁棒正授寰州都监;丘珍正授朔州都监;丘谦正授雄州都监;陈雄正授蔚州都监;谢勇正授凤州都监;姚铁旗正授寿州都监;董铁鼓正授潞州都监;郎千正授瓜州都监;郎万正授舒州都监;八娘授金花上将军;九妹授银花上将军;渊平妻周氏封忠靖夫人;延嗣妻杜氏封节烈夫人;穆桂英以下十四员女将俱授诰命副将军;其余有功将士,俱各封赏有差。

第四十四回　六郎议取令公骸　孟良焦赞双丧命

次日，六使诣殿前谢恩，奏曰："臣部下皆蒙恩命，俱各赴任就职。惟臣老母在堂，乞陛下优容限期，不胜感激。"帝曰："卿既以令婆之故，朕亦不十分催促，须候再议，而后赴任。"六使拜受命，退归府中。岳胜、孟良、焦赞、柴敢等都在府中俟候。六使召岳胜谓曰："今圣上论功升赏，授汝众人官职。幸值清平，各宜赴镇，以享爵禄，上耀祖宗，以酬所志。不宜造次而误限期。"岳胜曰："我等赖本官威风，建立微功，今日远舍而去，于心何忍！"六使曰："此君命恩耀好事，何必言离别之情？可将本部军马愿从临任者，则带之同行，不愿去者，多以金帛赏之，令回家生业。但赴任之后，各宜摅忠为国，施展其才，不枉为盛世之丈夫。当急行，勿疑迟。"岳胜听罢，都来拜别，径赴任所。内中有愿从军士，即日同去，不从者回乡一半。当下只有孟良、焦赞、陈林、柴敢、郎千、郎万六人，候待六使离京，然后起程。孟良曰："今众人已各赴任，尚有三关寨守军未知消息，本官须令人报之。"六使然其言，即着陈林、柴敢、郎千、郎万往三关寨调回守军，并将积聚载归府中。陈林等领命而行，不在话下。

时维九月，云汉轻清。是夜，六使散步，于庭下闲行，仰望星河满天，追忆部下，口占长词一阕云：

惨结秋阴，西风送丝丝露湿。凝望眼，征鸿几字，暮投沙碛。欲往乡关何处是，水云浩荡连南北。但修眉一抹有无中，遥山色。

天涯路，江上客，情已断，头应白。空搔首兴叹，暮年离隔。欲待忘忧除是酒，奈酒行欲尽愁无极。便挽江水入樽罍，浇胸臆。

六使吟罢，入西窗下，正待解衣就寝，忽扃外一阵风过，恍惚见一人立于窗下。六使即起视之,乃其父杨业也。六使大惊拜曰:“大人仙久,何以至此?”业曰:“汝起莫拜,我将有事说知。今玉帝怜我忠义,故封为威望之神,已无憾矣。只我骨骸无依,当令人取而葬埋,勿使旅魂漂泊。”六使曰:“十数年前,已遣孟良入幽州,取回骸骨安葬了。爹爹又何言此?”业曰:“汝岂知萧后诡诈之事?延朗自知,汝今便可详细问之。”言罢,化一阵清风而去。六使痴呆半晌,似梦非梦,将近三更左侧,直待天明,入见令婆,道知其事。令婆曰:“此乃汝父英灵特来相告。”六使曰:“可问四哥,便知端的。”令婆唤过延朗问曰:“夜来六郎见父,说道有骸骨在于北番,果有是事否?”延朗惊曰:“母亲不言,儿正要商议此事。自被北兵捉去后数日,番骑赍得吾父首级来到。萧后与众臣商议,正怕南人盗取,以假者藏于红羊洞,真者留于望乡台。往年孟良盗得,乃是假骸骨,除是台上的,是父真首级矣。今日六弟闻是消息,岂非吾父显灵迹耶?”令婆曰:“今既北番归顺,令人取之而回,有何难哉!”六使曰:“若令人取,又是假的矣。盖吾父北番所惧,彼将为威望之神,岂肯付之与归?不如仍令孟良盗取,则可得也。”延朗曰:“汝见甚明。”

六使即召孟良进府中,谓之曰:“有一件紧关事,着汝去干,须要用心。”孟良曰:“本官差遣,就便赴汤蹈火,岂敢辞哉!”六使曰:“吾知汝去,足能成谋。今有令公真骸骨藏于望乡台,可密往取回,乃汝之大功矣。”孟良应声曰:“离乱之时,尚能为是,何况一统天下,取则何难。”六使曰:“汝言虽是,奈番人防守严密,还当仔细。”孟良曰:“番人消不得一斧,本官勿虑。”言罢,慨然而去。

适焦赞听得府中众人唧唧哝哝,似有商议之状,乃问左右曰:“本官将有何事?”左右答曰:“侵早吩咐孟良前往幽州望乡台,取回令公真骸,欲议举葬也。”焦赞听罢,径出府外自思曰:“孟良屡次为本官办事,我在帐下多年,未有些须之劳,莫若随后赶去,先自取回,岂不是我之功?”遂装点齐备,径望幽州赶去。此时杨府无一人知觉。

先说孟良寻夜来到幽州城,将近黄昏左侧,装作番人,进于台下,适遇着五六守军问曰:“汝何人,敢来此走动,莫非细作乎?”良曰:“日前中国天子放北番君臣归境,着我近边戍卒护送。今事宁息,到此消遣一回,何谓细作!”守军信之,遂不提防。日色靠晚,孟良悄悄登台上,果见一香匣贮着骸骨在焉。良自思曰:“往年所盗者果与此不同,今日所得,必是真矣。”乃解出包袱,并木匣裹之,背下台来。不想焦赞随后即到,登台中层,手摩着孟良足跟,厉声曰:“谁在台上勾当?”孟良慌张之际,莫辨声音,只道番人缉来,左手抽出利斧望空劈落,正中焦赞头顶,一命须臾。比及孟良走离台中,并无动静,孟良自忖道:“守军缉捕者,岂止一人来乎？此事可疑。”径踏近前,于星光下视之,大惊曰:“此莫非焦赞乎?”拨转细视,正是不差。孟良仰天哭曰:“特为本官成谋,谁知伤却自家。纵使得骸骨,亦难赎此罪矣。”道罢,径出城市,已是二更。恰遇巡警军摇铃到来,孟良捉住曰:“汝那一处巡军?”巡警军应曰:“我不是番人,乃屯戍老卒,弗能归乡,流落北地,充此巡更之职。”孟良曰:“是吾本官之福也。”乃道:“我有一包袱,央汝带往汴城无佞府,见杨六使,必有重谢。”巡军曰:“杨将军我素相识,敬为带去。”因问:“公乃何人?”孟良曰:“休问姓名,到府中便有分晓。”即解下包袱交付巡军,再三致嘱勿误。复来原处,背焦赞出城坳,拔所佩刀连叫数声:“焦赞！焦赞！是吾误汝,当于地下相从也。”遂自刎而亡。可惜三关壮士,双亡于北地城坳,后人赞孟良曰:

英雄塞下立功时,百战番兵遁莫支。
今日城坳归主命,行人到此泪沾衣。

又赞焦赞曰:

匹马南关勇自然,斩坚突阵敢当先。
太平未许英雄见,致使身骸卒北边。

当下巡军接过包袱,半惊半疑,只得为藏起。到次早,偷出城南,径望汴京去了。

第四十五回　禁宫中八王祈斗　无佞府六使命终

却说六使自遣孟良行后，心下怏怏，坐卧不安。忽夜睡至三更，梦见孟良、焦赞满身鲜血而来。二人拜曰："重蒙本官恩德，未能酬答，今日特来相辞。"六使惊曰："汝等何以出此言？"遂伸手扯住孟良，撇然醒觉，却是梦中。六使忧疑不定，挨至天明，忽府中人报曰："日前焦赞赶孟良同往幽州。"六使听罢，顿足惊曰："焦赞休矣！"左右问其故，六使曰："孟良临行曾言：'若遇番人缉捕，当手刃之。'彼不知焦赞后去，必误作番人杀之矣。"众亦未信。适巡军走入府中，见六使拜曰："小人幽州巡更之卒，前夜偶遇一壮士，付我包袱，再三叮嘱送至将军府来。不敢失误，今特献上。"六使令解视之，乃木匣所贮令公骸骨。六使又问："当时曾问其姓名否？"巡军曰："问之不言，仓卒而去。"六使令左右取过白金十两，赏巡军去讫，仍遣轻骑寻夜往幽州缉访。不数日回报："焦赞、孟良二尸俱暴露于幽州城沟，今以砂土壅之而回。"六使仰天叹曰："值戎马扰乱之日，若非二人效力克敌，焉致太平？正好安享，辄自丧亡，伤哉伤哉！"次日入奏真宗曰："臣部下孟良、焦赞，为事失误，已死幽州，乞陛下追还官诰。"帝闻奏，甚加伤悼，乃允六使所奏，仍下命，以孟良、焦赞有救驾之功，敕有司为筑封坟，谥赠二人俱忠诚侯之职。六使谢恩，退回府中。自因二人丧后，怅怅不悦，杜门敛迹，亦无心赴任矣。

却说八王于幽州回军，路感疾气，卧养府中。真宗不时令寇准等问安。八王谓准曰："与先生辈相处数年，不意于此分别。"准曰："殿下偶尔小恙，何足为忧？值今四海清宁，正须燮理朝纲，共睹太平之盛，如何出兹语乎？"八王曰："大数难逃，宁奈彼何哉！"准等既退，入奏帝，请效祈禳北斗之事，以保八王。帝允奏，着令寇准、柴玉主行是事。准领命去，请华真人建坛于禁中，依法祈祷。二日，真人报寇准曰："坛上天灯长明不灭，八殿下可保无虞。"寇准暗喜。果然醮坛完满，八王病体复瘥，满朝文武上笺称贺。适八王入朝谢恩，真宗亲接上殿，面谕之曰："得卿平复，社稷之幸矣。"八王奏曰："赖陛下福荫，当效犬马之报。"真宗大悦，命设庆筵，礼待文武，是日君臣尽欢而饮。

日将晡，众臣宴罢，拥送八王出朝，来到东阙下，前导军校报入："有一白额猛虎，从城东冲入，百姓惊骇，今直进东阙下。"八王听罢，出军望之，果见人丛列开，其虎咆哮而进。即令取过雕翎，八王拈弓搭弦，一矢射中虎项，其虎带箭跑走。众军急赶去金水河边，不见踪迹，回报八王。八王惊疑半晌，回至府中，旧病仍发，再弗能起矣。

却说杨六使忽感重疾，报知令婆。令婆与延朗、宗保、太郡等都来问候。六使对令婆曰："儿此疾实难自保。"令婆曰："待令医人调理，或可痊安。"六使曰："昨日当昼而寐，偶游东阙下，适逢八殿下与群臣退朝，殿下发狠弯弓放矢，正中儿之项下，便觉骨肢损痛，想是命数合尽。令婆善保身体，勿因不肖过伤。"又唤过宗保谓曰："汝伯延德，善明天文，曾对我言：'国家杀气未除。'汝宜忠勤王事，不可失为杨门之子孙。"宗保拜受命。六使嘱咐已毕，顾谓延朗曰："四哥好看承母亲，今兄弟中惟兄福而有寿，谨记勿忘。"言罢而卒，寿四十八。静轩有诗赞曰：

慷慨归朝志愿酬，将军正尔得封侯。
于今坟上无情土，野草离离几度秋。

令婆等哀号深切。汴城军民，闻者无不下泪。消息传入御前，文武官亦各悲悼。真宗叹曰："皇天不欲朕致太平，而使栋梁先折也。"道未罢，群臣奏知："八殿下听得郡马已卒，愤加危症，夜五更终于正寝。"真宗倍加哀念，为之辍朝二日。寇准、柴玉等会议，奏请八殿下与杨郡马封谥。柴玉曰："杨郡马辅国良弼，今既弃世，当表其谥。明日须同众臣奏之。"寇准商议已定，次早约众人入奏真宗。真宗曰："此寡人之本心也，允卿所奏。"遂追封八王为魏王，谥曰懿；杨延昭为成国公，仍命有司俱用王礼葬祭。寇准等既退，有司承命而行。只见功臣将士相继而死，不知清平世界可得长久。

第四十六回 达达国议举伐宋 杨宗保兵征西夏

却说西夏达达国王李穆，缉探天朝已破幽州，与群臣议曰："宋君混一土宇，北番又归中原。今欲乘本国人马精强，以图伐取，卿等以为何如？"左丞相柯白仙出班奏曰："谚云：'事有可为而为之，则成功易；事有不可为而强为之，悔莫及矣。'且中国一统之盛，谋臣猛将，连藩接境。往者北番自汉晋以来，每见尊惧。宋君御极，遂致干戈日寻，疲于奔命，竟被中国所灭。今西番控弦之众，不足以当大朝一郡。倘若兵甲一动，致怒宋君，长驱而来，岂不是惹火烧身，自取其祸哉，主上自宜详审焉。"道未罢，一将应声而出曰："不因此时进兵而取中原，尚何待耶？"众视之，乃羌氏人氏，姓殷名奇，使两柄大杆刀，有万夫不当之勇，更会呼风唤雨，国人惧之，号为殷太岁。部下一将名束天神，亦有妖法，能化四十九个变身，西番号为黑煞魔君。是日殷奇力奏正好乘虚伐宋。穆王曰："卿要举兵，有何良策？"奇曰："臣近闻中国将士凋残，杨六使等皆已丧亡，沿边守将，武备不修，一闻烽警，人各望风而走。凭臣平日所学，声势及处，先教郡邑瓦解，兵抵皇城，管取一战成功，取宋天下，有何难哉？"穆王大悦，遂封殷奇为征南都总管；牙将束天神为正先锋；汪文、汪虎为副先锋；江蛟为军阵使，共统十万番兵征进。殷奇领命而出，将羌兵操练精熟，克日离西番，望雄州进发。但见旌旗蔽野，杀气凌空。有诗为证：

凄凄杀气遮红日，金鼓声鸣势若雷。
使特英雄生怨隙，径教匹马不西回。

殷奇兵行数日，将近雄州，离城正南十里安营。镇守雄州者乃都监丘谦，闻知西番兵至，与牙将邓文议曰："此是西番听得吾之本官已丧，朝中无甚良将，故乘虚入境，来寇中原。今雄州军马单弱，恐难迎敌，似此奈何？”邓文曰：“都监勿虑。城中有兵四千，留一半守城，吾同骑尉赵茂率兵二千，出城迎敌。”丘谦曰：“贼兵势重，公等不宜轻觑。”邓文曰：“无妨。”即与赵茂披挂完全，率兵扬旗，开城而出。西番殷帅见宋兵出战，排开阵势，马上高叫：“宋将作急投降，必有重用，假若执迷，吾今十万羌兵，即将雄州踏为平地。”邓文一马当先，指而骂曰：“无端番逆，不知天命。大辽如此之雄，尚遭吾灭，汝西番旦夕不保，还敢妄想中原耶！”殷帅大怒，问：“谁出马捉此匹夫？”只见左哨下一将应声而出，乃束天神，手执铁斧，纵骑直取邓文。邓文举枪迎战，四下呐喊。二人斗上三十余合，邓文枪法渐乱，赵茂拍马舞刀相助，天神力战二将，全无惧色。殷奇于马上挽起巨弓，一矢射中赵茂而毙。邓文见茂中伤，抛战逃走入城。殷奇挥羌众奋击，宋兵折去一半，遂乘势围了雄州。邓文下令紧闭城门，入见丘谦，道知西番兵锐，军尉赵茂中矢身亡。丘谦骇曰：“彼众我寡，势所不敌。今其困城紧急，可修表令人入京求救。”邓文曰：“事不宜迟。”即时修表，遣骑军夜深出城，星火来到汴京，投文于枢密院。

近臣奏知真宗，真宗大惊曰：“西番乘虚入寇，实乃大患。”亟聚文武商议，柴玉进曰：“臣举一人，可御番兵。”帝问是谁，玉曰：“三代将门豪杰，金刀杨令公之孙，官授京城内外都巡抚杨宗保也。若用彼部兵前往，破之必矣。”帝大悦曰：“卿之所举，实称其职。”即下命封宗保为征西招讨使；呼延显，呼延达为副使；大将周福、刘闵为先锋，发兵五万，前退番兵。宗保领旨出朝，诣无佞府辞令婆出师。令婆曰：“曾忆汝父遗言，国尚有兵革。须尽忠所事。”宗保曰：“军情紧急，特辞令婆即行。”令婆吩咐：“审机调遣，莫坠先人威风。”宗保领诺，出教场中，催集军马齐备，克日离汴城望雄州进发。时值十二月天气，朔风寒冻，但见：

鸿雁北来声惨切，征人西下怯穷途。

中国人马浩浩荡荡，直抵焦河口，望雄州只争十五里之远。宗保下寨于崖口，遣人报知城中。

却说番帅殷奇闻知消息，吩咐部下大将：“宋之援兵，旗上大书杨宗保。久闻此人六使长子，文武双全，当时破南天阵皆其调遣。今部兵来到，汝等不可轻敌，各宜用心。若能胜之，中原不难取矣。”副先锋汪文、汪虎进曰：“不消元帅出阵，小可二人管教杀退宋兵。”殷奇即付精兵二万。

次日，汪文于平州旷野列阵索战，遥望见宋军鸟飞云集而来。杨宗保马上厉声问曰：“封境有定，何故来犯吾地，戕害生灵？”汪虎答曰：“雄州近西番之地，为汝侵夺，不得不取。”宗保大怒，顾谓：“谁先出马？”呼延显应声请战，挺枪跃马，直取汪虎。汪虎舞刀交还，二人鏖战二十余合。汪文举枪来助，呼延达绰斧从旁攻入。汪虎力怯，跑马便走，呼延显激怒追之。杨宗保率后军继进，汪文抛战退遁。宋军竞进，番兵披靡。丘谦在城上望见西番战败，开东门接应，大胜羌兵一阵。宗保亦不追赶，收兵入城。

文虎率败众回见殷奇，道知宋兵势锐难敌。殷奇怒曰：“些须宋人犹不能胜，尚望取其中原乎？”即欲引兵亲战。束天神曰：“元帅稳坐，看小将立追敌兵。”奇曰：“汝先见阵，吾亦随后接应。”天神领诺。次日平明，于城下扬威耀武搦战。忽东门一声炮响，呼延显、周福厉声骂曰：“番逆丑贼，不即退兵，剿汝等无遗类矣！”天神大怒，纵马举方天戟，直取周福。周福舞刀迎敌。两骑相交，战不数合，天神佯输，引宋兵入阵，口念邪偈，忽狂风大作，飞沙走石，半空中黑煞魔君无数。周福大惊，回马急走，后天神复马杀来，一戟刺于马下。宋兵大败，死者甚众。呼延显慌忙走入城中，扯起吊桥，天神直杀至壕边而回。呼延显入军中，报知宗保周福战死之由。宗保惊曰：“西番竟有此怪异！谁敢再出兵见阵？”道未罢，刘闵进曰：“小将再见阵一番。”宗保允行，即付与精兵一万。

第四十七回 東天神大战宋将 白圣将阵斩张达

次日平明，刘闵率兵，扬旗鼓噪而出。对阵東天神大叫曰：“杀败之将，今日又来寻死耶？”刘闵怒曰：“妖人急退，犹可延生，若执迷不悟，教汝片甲不回。”即舞刀纵马直冲西阵，東天神举方天戟迎战。二骑才交，天神拨马而走，刘闵乘势追击，未及一望之地，作动妖法，日月无光，狂风拔木，空中魔君无数杀来。刘闵大惊，措手不及，被天神回马一戟，刺死阵中。宋兵溃乱，自相践踏，死者不可胜计。天神又胜一阵，率众紧围城池。宗保又见刘闵战死，愤怒已甚，即下令整兵，务与敌人决胜。至次日，亲引呼延显、呼延达开城对垒。東天神排开阵势，上手汪文、下手汪虎。宗保坐于白骥马上，早望见番帅，生得面如青靛，眼若铜铃，须发似朱染就，甚是可惧。宗保骂曰：“逆贼作急回兵，饶汝一死，不然，屠汝辈如齑粉矣。”東天神顾问左右：“此人是谁？”汪虎曰：“宋之主帅杨宗保也。”天神曰：“哪个先战，以挫宋人之威？”汪文应声而出，举枪跃马直奔宋阵。宗保激怒，舞枪迎敌。两下金鼓齐鸣，喊声大振。战上数合，宗保奋勇一枪，刺汪文落马。汪虎见兄被害，大怒曰：“骨肉之仇，如何不报？”举刀跃马，奔出阵来。宗保曰：“一发结果此贼。”遂挺枪迎敌。交马数合，宗保佯输而走，汪虎赶来，将近阵侧，挽弓一矢射去，汪虎应弦而倒。呼延显见主帅连胜，部众一拥冲来。两军合战，杀得天昏日惨、地震山摇。有诗为证：

烈烈旌旗灿若霞，咚咚金鼓急忙挝。

阵前杀气遮天暗，成败斯须属一家。

正斗之间，東天神口念邪咒，顷刻乾坤黑暗，走石飞沙，半空中黑煞魔君各执利刃杀来。宗保惊异，先自退遁。番众掩击，宋兵大败。

呼延达力战，与宗保走入城中。束天神部众拥到，呼延达进退不迭，竟被番人所捉，解进西营，来见元帅殷奇。殷奇吩咐将槛车囚起，下令部落分门攻击。

束天神进曰："宋人虽挫一阵，吾众折去大将汪文、汪虎。只一座雄州，尚不能下，倘至中国，如何克敌？如今之计，可令人回本国，再着添兵相助，鼓勇南下，庶可成功矣。"殷奇曰："汝言正合我意。"即遣骑部回奏李穆王，求添兵马助阵。王问曰："近日西南兵势若何？"骑部曰："西番部众虽多，斗死者亦不少。此时宋兵坚守雄州，师久乏粮。国主若再添兵攻击，破之必矣。"穆王与群臣商议，右丞胡天张奏曰："臣有一计，使宋兵首尾不能相顾，自然退去。"穆王曰："卿有何计？"天张曰："可遣一人，直入森罗国借兵相助，许以和亲，彼必悦从。又遣使往黑水国，说以得中国之后，割重镇相谢。若得二国兵出祁州以袭其后，却令三太子起正兵应其前，无有不克矣。"穆王从其计，即时遣使入森罗国，进上金珠，道知借兵取中原之事。国王孟大能与太子孟辛议曰："西番求援出兵，还当如何？"辛曰："西番原乃婚姻之国，既许以和亲，理合依允。"王曰："往年因借北番兵马，只留得一分回来。只恐宋兵难敌，反惹其祸耳。"辛曰："今中国非往时之比，谋臣勇将已皆凋落。此回发兵相助，必可得志。"国王从之，即令孟辛为帅，提兵四万前行。时王长女百花公主勇力过人，武艺精通，奏王要同出兵，王允行。孟辛即日率兵离本国，望祁州征进。不提。是时，黑水国亦从其约，差大将白圣将部兵三万，从祁州来会。

却说使臣回奏穆王："二国各许相助，军马已望祁州进发。"穆王闻奏大喜曰："此行定交成功。"便问天张："谁可再部兵前往？"天张曰："三太子文武双全，可押兵相济。"穆王允奏，遂令三太子统羌落四万起行。太子领命，率众离西番，迤逦望雄州而进。但见：

红旗开处番兵盛，画角鸣时部落齐。

时殷元帅每遣逻骑随路哨探，回报三太子兵马已到，于正西安下大寨，请元帅来计议。殷奇闻报，即诣西营，拜见毕，三太子问其交兵如何，奇曰："两下征战，互有胜负，正待太子兵到，再议擒斩宋人之策。"太子曰："森罗、黑水二国已各出兵，从祁山来会。候兵齐集决战，务必胜敌。”道未罢，人报二国兵马已到西关下寨。太子即遣人赍羊酒，前到军中来赏劳，并令先出兵以袭雄城。差人送礼物来见二国主帅，道知三太子之命。孟辛受下礼物，吩咐来人拜上太子：“明日请看我等出兵，先破宋军，而后取城。”差人领诺回复。不提。

哨马报入城中，宗保听知森罗、黑水二国动兵，问帐下：“谁敢挡此军马？”呼延显进曰：“小将愿往。”宗保曰：“敌人势大，须着张达助之。”张达领命，宗保即拨兵二万与之。呼延显退出，与张达议曰：“森罗之众利锐，当何以战之？”张达曰：“未知蛮兵虚实，来日见阵，当作三路而进。”显然其议。

次早，以叶武在左，张达在右，自居其中，三路兵一齐出城。但见皂罗旗下，蛮兵漫山塞野而来，帅将孟辛手执铁锤，腰带双刀，高坐于马上。呼延显扬声谓曰：“西番背逆之寇，旦夕不保，汝何故出兵应之？”孟辛怒曰：“宋人杀吾弟金龙太子，今日特来报仇也。”叶武大怒，绰刀纵马，直捣西阵。孟辛舞锤迎敌，两下呐喊。二人战上五十余合，不分胜负。忽右营一声鼓响，白圣将率所部从中攻入，将宋兵冲断，分作两截。叶武力战孟辛不下，百花公主举双刀夹击，叶武部众披靡。右边张达奋勇抡枪救护，却被百花公主放起流星锤，打中张达胸臆，一命须臾。番兵竞进，万弩齐发。宋军大败，死者不计其数。呼延显见势不利，便回马急走。孟辛等乘胜追击，直至城壕而止。有诗为证：

番将狰狞马更雄，勤王效力战酣中。
垓前已丧斯须命，冤耻于今翳草蓬。

哨马报入殷元帅军中，道知森罗、黑水二国所部大胜宋兵一阵，斩其战将二员。殷奇大喜，与三太子议曰：“宋人既败入城，主帅必激怒再来交锋。久闻杨宗保将门之子，武艺精勇，若只与之战斗，难决兴亡。必当用奇兵胜之，则一战而可成功。”三太子曰：“公有何策破之？”奇曰：“昨观地势，此处十五里外有座大山，名之曰金山笼，只有一条小路可入，两边尽是高山。若先着重兵埋伏于此，引得敌兵进笼中，绝其归路，紧紧困之，不消数十日，使宋人尽为饿鬼，而雄州唾手可得也。”三太子曰：“此计虽妙，只恐南人察透不追。”奇曰：“宋人未知虚实，可将营寨移于金山脚下。”分遣已定，殷奇等撤围而去。不提。

却说呼延显回见宗保，道知战败，杀死大将张达、叶武二员。宗保大怒曰：“不戮此蛮类，何面目见天子？”下令各将出兵，欲与西番决战。邓文进曰：“适报番兵撤围，移屯金山脚下驻扎，莫非有计？元帅只宜坚守，从长出兵，或可胜敌，勿激一时之怒，而忘远虑耳！”宗保曰：“彼今惟恃一勇之力，有甚见识？诸君但看吾破之。”邓文不敢再言。次日平明，宗保吩咐呼延显见头阵；刘青次阵；邓文在后，以防孟辛之众，丘谦守城。分拨已定，自率轻骑居中。

且说呼延显扬旗鼓噪，杀奔金山，恰遇番将束天神列阵而待。显马上大骂：“逆丑早早回兵，万事俱休，不然屠绝汝等，以为宋人报仇也。”天神大怒曰：“黄头孺子，今日休走！”遂纵马举方天戟来战。呼延显挺枪迎之。两马才交，战未两合，刘青帅精兵从旁攻入。天神佯输而走，显等乘勇追之。殷奇见宋兵入阵，跑马舞刀接战。杨宗保中军已到，怒战殷奇。兵刃既接，奇乃勒马望金山小路逃走。

第四十八回　杨宗保困陷金山　周夫人力主救兵

宋兵各要争功，如潮涌进。邓文在后看见，亟向前谏曰："贼兵不作妖法，见阵辄输，必有埋伏。且此处离城已远，元帅不速回去，定遭其计。"宗保曰："兵贵神速，正宜长驱而进，掩番兵之不备，则一鼓可成擒也。纵有伏兵，何足惧哉！"众军听罢，皆勇增百倍。赶近山脚，番人遗下辎重衣甲无数。宋兵不疑，一直追入笼中。日已将晡，俄而听得信炮一声响亮，江蛟伏兵齐起，截住笼口。后军报知宗保，宗保大惊曰："不信忠言，果中计矣！"即令众将力战杀出。呼延显、邓文当先杀出，山顶番兵木石矢箭一齐乱发，宋军伤死无数，不能得出。待至山后，却是绝路。正是：

只因误中奸人计，致使英雄一月灾。

宗保与众人被困谷中，心中惶惶。邓文曰："番众坚守谷口，纵有羽翼，难以飞脱。只得忍耐，以图出计。"宗保曰："地理不熟而陷机阱。雄州些须人马，犹虑不保。"文曰："丘都监闻我等被困，彼必坚守，想亦无失。只是此中粮草乏绝，恐无救济。"宗保曰："朝廷倚我为泰山之重，既被奸党所困，诸公可思一良策，以为保全之计。"呼延显曰："今应州军马雄盛，可令人密往求救，方解此厄。"邓文曰："应州贼人往来之地，难以求应。莫若径入汴京奏知，大军一到，足为番众之敌也。"宗保曰："番营严密，但未知谁可前往？"道未罢，一人进曰："小可愿往。"乃是刘青，小名刘招之，凡事敢为，军中号为刘大胆。宗保曰："汝有何计出番营？"刘青曰："元帅不闻孟尝君门下有鸡鸣狗盗之客乎？小可能潜形出去。"宗保大喜，即修下求救文书付之。刘青靠黄昏左侧，密密出笼原，望见番兵云屯雾集围守，遂变成一青犬跑出营来，番人只道营中所畜，并无疑防。刘青得出坚壁。日已沉西，正值番众野地聚食，刘青走进粮草寨边，堆积犹如丘山。心生一计，取过火石，用硫磺焰哨引着，投于粮草屯里。夜风正作，一伏时烟焰涨天，满屯通着。番人望见粮草被火，亟报知主帅来救。四下慌乱，刘青偷一匹快马，寻夜往汴京去了。有诗为证：

困陷金山战阵催，刘青勇敢有谋为。

先教粮草成烟烬，又得番营骏马回。

殷奇令部落救灭其火，粮草烧去一半，方知宋兵有人出营，追悔无及，因下令晓夜巡军提防。

且说刘青不数日来到汴京，先报知枢密院。次日近臣奏知：“边廷帅将全军遭困，乞救兵相援。”真宗闻奏大惊曰：“番人是谁主兵？有此奇异。”因宣刘青入殿前问之。刘青奏曰：“往日西南交兵，互有胜负。近来连损大将数员，元帅激怒而战，不意番人预埋伏于金山笼，引我军入伏中，遭其围困。且雄州势甚急，宋军粮草俱绝。乞陛下早遣援兵，庶不误事。”帝闻奏乃曰：“卿且退，待朕与群臣商议。”刘青谢恩而出。帝问群臣：“谁可部兵前行？”柴玉奏曰：“沿边帅将只好看守本境，难以调遣。陛下必须出榜文于都门，招募诸将中有文武超群者，充元帅先锋之职，押兵前往。”帝允奏，即令学士院草榜，张挂各门。不提。

却说刘青投进无佞府，报与令婆，说知宗保被困之事。令婆大惊问曰：“汝曾奏知圣上否？”青曰：“已先奏知，然后来见令婆。”令婆曰：“主上何日发兵救应？”青曰：“柴驸马奏道朝廷无甚良将，不堪此行，即令出榜招募新将，部兵前往。”令婆乃顿足哭曰：“救兵如救火，吾孙遭困阵中，度日如年。若待临行招募，得知有人来应募否？若使再延一月，宗保性命休矣。”言罢，号恸不止。时穆桂英、八娘、九妹等闻知，都出堂上体问因由。令婆收泪，道知宗保全军被困之事。桂英曰：“此系朝廷大事，何不令人奏知朝廷乞发救兵。”令婆曰：“国无良将，欲待临时招募以允此行。我恐稽延误事，故此恼闷耳。”桂英曰：“令婆勿忧，小妾当部兵救之。”令婆曰：“汝一人如何去得？”八娘、九妹曰：“女孩儿二人愿相助同往。”令婆未应，堂前十二寡妇齐进曰：

"既侄儿有难,凭我等众人武艺,一者为朝廷出力,二者省令婆烦恼,定要救回宗保也。"

今将十二寡妇计开:

周夫人:杨渊平妻,最有智识。

杜夫人:名金娥,杨延嗣之妻,十二妇中惟此一人乃是天上荒星降世。幼授九华仙人妙法,会灭兵接刃之术,武艺出众,使三口飞刀,百发百中,杨府内外皆尊之。

黄琼女:杨延昭之妻,好使双刀。

单阳公主:萧太后之女,为破天门阵捉回。

杨七姐:六使之女,尚未纳婚。

马赛英:杨延德之妻,善使九股练索。

耿金花:小名耿娘子,杨延定之妻,好用大刀。

重阳女:亦六使之妻,善使双刀。

杨秋菊:杨宗保之妹,武艺高强,箭法更精。

孟四娘:太原孟令公养女,为杨渊平次妻,有力善战,军中呼为孟四娘。

董月娥:杨延辉之妻,眼力精巧,有百步穿杨之能。

邹兰秀:杨延定之妻,极善枪法。

令婆喜曰:"我观汝等并力同心,实堪此行。"即吩咐准备枪刀、衣甲俟候,八娘、九妹自去整点。不提。

却说令婆次早入朝奏曰:"臣妾媳妇等闻宗保被困,各要部兵前往救应,与朝廷建功,乞陛下允臣妾所奏。"帝问群臣。柴玉进曰:"臣虑无人应募,正欲请命是事。陛下允其奏,管教成功在即。"帝大悦曰:"令婆若能为朕分忧,救回元帅,当勒名金石,以表杨门之功。"令婆谢恩,帝亲赐金卮一对,乃下敕,封杨渊平之妻周氏授上将军之职,部领精兵五万前为救应。敕旨既下,周夫人等已各整备完全,都出堂下辞别令婆起行。令婆曰:"军情紧急,汝众人当倍道而进。番蛮性顽,若知救兵来到,必要乘势赶来。各宜用心,勿负主上之命。今宗保被困已久,须预遣人报知,以安其心。只此叮咛,各宜牢记。"周夫人领命。即日饮罢饯酒,一声炮响,十二员女将齐齐出府,各执一样兵器,于马上英英凛凛,白皂旗下军威百倍。

宋真宗与文武在城楼上观望，顾谓侍臣曰："朕今日视杨家女将出兵，军前锐气，胜过边将远矣！此一回管取克敌。"柴玉曰："有如陛下所言。"是日君臣各散。

只说周夫人等军马离汴京，以刘青为前哨，浩浩荡荡望雄州进发。时值二月天气，风和日暖，但见：

马似飞龙乘紫雾，人如猛虎逐长风。

杏华扑鼻行骢稳，野水清流急济中。

宋兵进发数日，望雄州不远。刘青曰："近城便是森罗、黑水二国营寨，夫人只好于此屯住，徐议交锋。"周夫人然其言，下令分作三营，着重阳女、九妹、杨七姐、黄琼女、单阳公主五人率兵五万屯左壁；杨八娘、杜夫人、马赛英、耿金花四人率兵二万屯右壁；自与穆桂英、董月娥、邹兰秀、孟四娘部兵一万屯中壁。吩咐交兵之际，互相救应。重阳女等得令，各部兵分屯。不提。

却说消息传入殷元帅寨中，三太子曰："若使救兵缓来十日，宋将皆已授首，雄州破在旦夕。"即召殷奇商议迎敌之策，奇曰："哨马报说宋人皆是女将主兵，此国无良将可知矣。今彼分作三大营寨屯扎，若只攻一处，则两兵必相救应。须分兵前后，令孟辛同白圣将去先战，审其行兵动静，然后以计破之也。"三太子然其议，即发帖文报知孟辛等。孟辛得令，欢然领诺，整点军马齐备。

次日天明，于平川旷野列阵邀战。宋左营九妹、杨七姐出迎。红旗开处，九妹马上指敌将而骂曰："胡蛮狗类！好好退兵，饶汝一死。不然，诛灭无遗。"孟辛大怒，即骤马舞铁锤来战。九妹舞刀来迎。两马才交，二人战上数合，孟辛佯输而走，九妹驱兵赶进。百花公主率轻骑从旁截出，与九妹接战数合，百花又败。九妹不舍，勒骑追之。公主较其来近，取出流星锤转身一放，正中九妹坐马，其马负痛，掀跌九妹于阵中。百花公主正待挥刀砍下，不提防杨七姐一矢射中百花公主左臂，翻落马下，宋兵竞前捉之。孟辛奋力来救，刘青率部军绕进，森罗国兵大败。孟辛单马走投白圣将营中去了。杨九妹等乃收军还营。众人解百花公主入中营见周夫人，夫人曰："且将槛车囚起，以候回军发落。"军校得令，将百花公主槛囚。不提。

忽报黑水国部落索战,周夫人召集一营商议,因问:“谁出兵迎敌?”重阳女应声曰:“小将愿往。”周夫人曰:“更得一人副之为美。”穆桂英进曰:“妾身相助出敌。”夫人大悦,付兵一万与二人前往。重阳女得令,部兵与穆桂英扬旗而出,阵前搦战。

第四十九回 杜娘子大破妖党 马赛英火烧番营

正遇番将白圣将，挺枪纵骑直冲宋阵，重阳女举双刀奋勇来迎。两马相交，喊声大振。战了数合，白圣将力怯，拨马便走。孟辛怒曰："待捉此将，以为吾妹报仇。"舞锤拍马，当中截战。穆桂英看见，拈矢挽弓，指定敌将射去，正中心窝，孟辛应弦而倒。宋兵乘势杀进，重阳女赶上，把白圣将一刀砍落马下。番兵杀死一半，其余抛戈弃甲，各走回本国，委弃辎重不计其数。重阳女又胜一阵，周夫人不胜之喜。

消息传入西番营中，三太子大惊曰："不想女将有如此英雄，一连杀胜二国，汝众人谁敢退敌？"柬天神进曰："殿下勿慌，小可部兵出战，务斩宋将而回。"三太子允行，即付精兵二万。柬天神部兵出阵前，勒马横戟大叫曰："宋将强者来敌，弱者不如早退。"话声未绝，南阵上旌旗开处，一员女将骤马舞刀来迎，威风凛凛，视之，乃耿金花也。正是：

逞威惟仗追风马，斩将全凭偃月刀。

大骂："番奴速退，免污吾刀。"即纵骑直奔番将。柬天神举戟交还，两马交锋，二人战到核心。正是：

征云点点乾坤暗，杀气漫漫日月昏。

逆贼敢当豪杰将，还看今日定输赢。

二将一来一往，斗不数合，柬天神诈败而走，耿金花乘势追进。天神引得敌兵入阵，念动妖言，狂风拔木，日月无光，半空中魔君无数杀来。金花大惊，勒马回走。宋兵大败一阵，死者无数。天神收军还营。耿金花走入军中，见周夫人道知怪异之事。夫人曰："西方常出妖党，有如此之术，谁敢出兵迎敌？”杜夫人进曰：“妾身须往擒此妖党。”穆桂英亦请同行。周夫人大喜曰：“汝等若能破此妖术，则功勋可垂万世。”即付兵一万。二人部兵杀出，正遇朿天神在阵前扬威索战。杜夫人一骑当先，大骂妖人休走。天神笑曰：“杀败之将，尚来寻死耶！”即舞戟纵骑直冲宋阵，杜夫人挺枪迎战。两下呐喊，二人战上数合，天神佯败退走，引杜夫人追来，作起妖法，念几句口号，忽天昏地暗，狂风怒起，空中四十九个黑煞魔君，各执利刃飞下。宋兵恰慌，杜夫人怒曰：“汝之邪法，只好着惊他人，敢在我跟前舞弄！”即诵动九华真人秘诀，一伏时，雷声霹雳，满空尽是火球，将魔君悉皆烧绝，天地复明。宋兵倍勇，如潮而进。天神气势颓败，慌张无计，正待吐气逃走，穆桂英抛起飞刀，斩落阵内，所部番兵，屠戮殆尽。桂英欲乘势攻入番垒，杜夫人曰：“且回兵与主帅商议进取。”桂英乃收军还营。

是时，败军走报三太子，说知朿天神被宋将所杀。三太子闻天神失手，顿足惊曰：“天神有如此善战之术，今尚死于宋家女将，正所谓勇将不离阵上亡也。令人何以为计？”殷奇曰：“太子勿虑，犹有王垒军马未动，明日保着殿下与宋人决一胜负，便见端的。”太子依其议，下令部落倾壁而出。缉探军报入宋营中：“番人长驱而来，欲与我军大战。”周夫人听得，聚集女将议曰：“胜败在此一举，可先令刘青入金山笼报知宗保，约定明日从内攻出，方好调遣。”刘青应命去了。

周夫人唤过黄琼女曰：“汝引步兵一万与彼交战，引敌人至雄州城下，吾自有兵接应。”黄琼女领计去了。又唤过董月娥：“汝引马军五千，与邹兰秀于城沟两旁埋伏，信炮一起，乘势杀出。”邹兰秀亦领兵而去。又唤过马赛英曰：“汝引轻骑五千，各带火具，候交兵之际，焚其营寨。”赛英承命而出。周夫人分拨已定。次日鼓罢三通，令杜夫人率后军应之。

先说黄琼女勒马阵前索战，西阵殷奇一骑先出，手执利斧大叫：“来将速退，尚保残生，若来强战，管教汝片甲无存。”黄琼女怒曰：“汝之狗类已被我军屠戮殆尽，尚夸大言耶！”即舞刀直取番帅。殷奇绰斧迎敌，两下金鼓齐鸣，喊声大振。黄琼女诈败而走，殷奇驱众赶来，将近城壕，宋营中信炮并起，董月娥、邹兰秀二支伏兵齐起，万弩齐发，番众溃乱。殷奇知有伏兵，勒马杀回。穆桂英从中杀进，冲开番阵，三太子之众各不相顾。马赛英轻兵已出阵后，放起烈火。正值东风骤起，霎时间烟焰涨天，满营皆着。番骑报道宋兵已焚寨壁，三太子惊得魂飞魄散，弃敌而逃。殷元帅见势不利，口念邪偈，怀中取出聚兽牌望空敲动，忽一声震烈，四下黑雾中拥出一群猛兽，尽是豺狼虎豹，冲入阵中。宋人个个失色，各回马逃生。杜夫人望见宋阵披靡，即念起真言，满空中火焰齐下，将猛兽烧得四分五落，番众倒戈弃甲而逃，恰如残云风扫，病叶经霜。殷元帅拼死杀出重围，正走之际，杨秋菊一箭当弦，正射中殷奇左眼，落马而死。

是时，金山笼杨宗保等望见火起，刘青引兵杀出。呼延显鼓勇争先。恰遇汪蛟，交马只一合，刺于马下。部下番兵，杀死大半。穆桂英、黄琼女二骑直进金山脚下，与宗保合兵一处，乘势追赶，杀得番众尸横散野，血满如川，夺得牛马辎重不计其数。有诗为证：

四面干戈战阵连，杨门勇将定中原。

番人弃甲抛戈遁，正是英雄效力年。

宋军已获全胜，惟呼延达先被番人所杀。周夫人乃收回众军，城中已开门迎接。周夫人以军马屯扎城下，自与宗保入府中相会。宗保曰："不是姆婶齐心克敌，宗保几至颠危，此一回足洗困辱矣。"周夫人曰："圣上以侄被困，无人押兵赴救，令婆怀忧终日，我等只得前来救应，不意尽剿敌兵也。"宗保曰："机会难再，此去西番连州城，数日程途，莫若乘此破竹之势，直捣其境，擒取国王以献。千载一遇，不可失也。"周夫人曰："阃外之事，君命有所不受。但可利于国者，行与无妨，吾意正待如此。"即下令进兵以取连州城。众人得令，各整备起行。次日平明，三军望西番征进。

是时，三太子望僻路走回，奏知李穆王："殷元帅并二国借兵，尽被中国女将剿灭殆尽，即日人马长驱来取连州。"穆王听罢，神魂飞坠，拍案悔曰："早不听柯丞相之言，致有今日之祸。"道未罢，传报宋兵将连州城团围三匝，水泄不通。穆王下令众部落婴城坚守，与文武商议迎敌之计。柯白仙奏曰："宋兵声势甚盛，西国大将尽皆授首，今日那个敢再战!”王未应,忽珠帘后一人进曰:“小妾愿部众以退宋兵。”众视之,乃王长女金花公主也。穆王曰:“只恐汝不是宋人之敌。”公主曰:“儿幼年武艺曾学,何倒自己志气?儿若与交锋,自有方略破之。”王允奏,再付兵二万,公主得命,次日部众开西门出战。

第五十回　杨宗保平定西夏　十二妇得胜回朝

却说金花公主来到城外，正遇宋女将杨九妹，两阵对圆，公主谓曰："宋兵不识时势，深入吾地，作急退去，免遭屠戮。"九妹怒曰："该死之贼，犹不纳降，尚敢来争锋耶！"即舞刀跃马，杀奔番阵。公主举枪迎战。两骑相交，斗经数合，九妹刀法渐乱，败战而走。公主奋勇追来，城上喊声大振。杨七姐看见公主追逼九妹，紧急挽弓，一矢射去，可怜金花一命归冥。宋兵竞进，番众死者无数，只走得一半入城，报知穆王："金花公主战阵射死。"穆王仓皇无计，寝食俱废。

越二日，宋兵攻城危急，武将张荣奏曰："主公勿忧，城中兵马尚有四万，粮草可应一年。且宋兵虽盛，远来运饷不给。臣愿率所部出城一战，若使能退，乃主上之福，若不能胜，君臣婴城而守，亦长计也。"王允奏，即令张荣出兵。

按张荣，羌落人，极有勇力，使一柄大杆刀，上阵如飞，军中号为铁臂将。是日领了主命，次早率众二万，出城迎战。南阵中一员女将当先出马，乃单阳公主也，大叫："番狗尚不献城，犹来抗敌耶！"张荣更不答话，舞刀纵骑来迎。两马相交，战未数合，张荣佯输，绕城而走。单阳公主尽力追之，张荣较其来近，转身一刀劈下。公主眼快，侧身躲过，其马跌倒在地。却得杜夫人连忙撇起飞刀，看正张荣一砍，中其左胁，死于马下。番兵杀死无数，乞降之声震动原野。此真见杨家女将互相救应之能也。有诗为证：

城下英雄势力争，一时先算倒前征。

敌人莫保须臾死，方显杨门互救兵。

却说番众于城上望见张荣战死，报入城中。穆王忧愤无地，欲为自尽之计。左丞柯白仙奏曰:“宋君宽仁大度,降者无不膺爵,抗者自取灭戮。今宋兵坚屯城下,成败已分,主公何不遣使纳降,献上图籍,递年惟出贡物,尚不失为一国之主,此则大计也。如何效取儿女子态,自经沟渎,以取笑于外国乎?乞我主审焉。”穆王沉吟半晌,乃曰:“宋军当隆,依卿所奏。”即令城头竖起降旗,次日遣人赍纳降文书,诣宋营投进。

周夫人正坐帐中与众人商议西番来降之事,忽人报:“番王遣使来议投降。”杨宗保令唤入。使臣进帐前,道知其主纳款之意。宗保犹豫未决,邓文进曰:“西番乃遐荒之地,无用所在,众类顽皮,难供使令。元帅正宜允其降,以彰圣上柔远人之德也。”周夫人然其议,批回来书与使人,回奏穆王。穆王君臣大喜。次日,亲率文武,开城迎接。杨宗保先进,见西番君臣拜伏道旁。宗保敬他一国之主,扶起并辔入宫中。部落各备香花灯烛迎候。穆王端立于庭阶请罪。宗保曰:“吾天子仁爱,国君今既归降,若使倾心无二,必不失旧封矣。”穆王称谢。是日宫中大开筵宴,周夫人率十二员女将并部尉继入。穆王拜见毕,周夫人慰谕亦厚。众将依次而坐,宫中大吹大擂,番官进食,番妇进乐。众人尽欢而饮,夜深乃散。宗保安营于城里,周夫人等屯扎于城外。

又越数日,旁境皆宁。宗保乃议班师,报于各营寨知道。众军得令,准备起行。穆王送宗保真犀带二条,珍珠奇异之物无数。宗保只受其带,余物留以进主。乃以阵上所捉将帅,俱令送还,惟有百花公主解入中国。是日中军离了连州,西番君臣送出十里之外而别。班师将士,分作前后队而回,军威大振,四海钦服。有词一首为证:

盖闻天时不如地利,地利不如人和。兵乃凶器,战为逆德,圣人之所不谈,尧舜弗忍于用。兹者西番播乱,兵甲扰雄州之境;皇上震怒,旌旗出汴城之师。征云冉冉,杀气腾腾。连环寨垒,如山岳之势;辎重器械,犹鱼鳞之多。金鼓鸣声,车箱匝地。六师奋力以前,三军鼓勇而斗。金山一战,垓下遭围。激烈闺中之寡妇,敢膺阃外之重权。周女帅运筹算于帏幄,杨七姐破坚阵于山前。斩将搴旗,独羡单阳公主;呼风唤雨,最雄杜氏夫人。

马赛英有争先缚捉之能，耿金花多救应砍劈之力。运双刀，黄琼女军中独胜；开的矢，董月娥寨下无双。邹兰秀枪法取番人之首，重阳女飞刀枭敌将之头。孟四娘英雄莫及，杨秋菊气势超群。穆氏桂英，施百步穿杨之箭；八娘九妹，怀图王霸业之机。天生豪杰，地聚精灵。干戈西指，束天神倒旗丧命；貔貅齐进，殷元帅跌马亡身。屠部落如残云迅扫，斩蛮丑如病果辞柯。番王纳款，边境争迎。班师唱杨柳之歌声，回旅敲金鞍之响镫。於戏盛哉！宋运休明，名播万方之威武；杨门奋勇，世称千载之英雄。

行程数日，已望汴京不远。宋之君臣预闻捷音，帝先着柴玉一派文臣出郭迎接，宗保望柴玉来到，下马候问。柴玉近前，手携上马，并辔入城。翌日，乃朝见真宗。真宗面慰之曰："卿为朕远涉风尘，成功不易。"宗保顿首奏曰："臣赖陛下洪福，平定西番，已取舆图以献：属州十四，县二百，户口一万八千，租赋四百石，珍奇异物三十余车。"帝颜大悦，以所献俘俱发无佞府处置。因谓侍臣曰："杨门女将俱有功于朝廷，朕当论功升赏，以旌其忠。"柴玉曰："此国家之盛典，理合颁行。"帝遂下敕，加封杨宗保上柱国大将军；呼延显等俱封典禁节度使；周夫人忠国副将军；八娘、九妹等俱封翊运副将军。并令有司于内庭设大宴，犒赏征西将士。诏旨既下，杨宗保等再拜受命。是日依班列坐，君臣尽欢而散。

次日，宗保谢恩回无佞府，与周夫人等参见令婆。令婆不胜欢喜，遂以百花公主配与杨文广为室，时文广一十五岁也。吩咐设庆贺筵席，与众媳妇解甲，众妇依次饮至夜分乃散。惟有令婆恩典，直待杨文广征服南方而后受封也。自是四方宁靖，海不扬波，宋室太平可望矣。

万花楼演义

（清）李雨堂　著

目　录

目　录

引　首

歌曰：

继天立极惟盘古，混沌初开天地分。
三皇五帝均调治，相传统绪万民钦。
唐虞二帝求贤让，化育玄功圣泽深。
当时洪水为民患，大禹功成水土分。
历年四百终于桀，运属商汤仁圣君。
相传历久亡于纣，文武西兴拯溺民。
御临八百称长久，国祚延绵德业深。
称雄七国相吞并，无道强秦二世分。
楚汉争锋刘应运，四百余年鼎足均。
晋兴未久遭胡乱，禅基数传不永君。
隋文一统亡杨广，十有三年社稷分。
义师奋起唐高祖，二十相传属宋君。
数传之后惟千古，兴废无常是古云。

俚言叙罢。此书上不言五代纷争，下不述太祖建业，且一开卷杨宗保职任三关，狄武曲星临凡佐宋，佐弼乾坤，乃大宋之良将也。初年未遇，困乏流离，屡遭颠沛，后得苦尽甜来。正合着孟子曰“天将降大任于斯人也，必先劳其心志，苦其筋骨”之意云耳。

第一回　奏宫闱陈情炎宋　承君命赍旨山西

诗曰：

修己安人是圣君，群生瞻仰沐王恩。

开基首重施仁义，方得延绵国运臻。

却说大宋真宗天子，乃太宗第三子也，名恒，初封寿王，寻立为皇太子。太宗崩，遂登大宝。在位二十五载，寿五十五而崩。即年乃戊戌咸平元年，其时乃契丹统和十六年也。考帝之初，宽仁慈爱，大有帝王度量，然好奉道教，信惑异端，而祸乱生矣，故屡有边疆之患，后有契丹澶州之扰也，且慢言。

又说真宗登基后，即进刘皇妃为东宫皇后，封赠李妃为宸妃，二后俱得宠幸。其年，两宫皇后齐怀龙妊，真宗暗暗欣然，惟愿二后早生太子，接嗣江山。

又表朝中文武自宰相一品以下，二、三、四品官以下百余员，一一实难尽述。考其忠诚为国者不少，其奸佞不法者尤多。其当时称贤表行者，太师李沆、枢密使王旦、平章寇准、龙图阁待制孙奭四位大人，乃当时忠心贯日贤臣。只有王钦若、丁谓、林持、陈彭年、刘承珪五人，相济为恶，聚敛害民，时人号为"朝中五鬼"。更有陈尧叟、晏殊，亦是奸佞之臣，余难尽指。时包拯初为开封府尹，庞洪职居枢密副使，忠佞二臣，下书交代。

庚子八年，有内监陈琳，一天出朝上殿，俯伏金阶，呼声："我主万岁！奴婢见驾。"天子一见，说曰："你乃掌管宫闱，司理内监，今来见朕，有何章奏？"陈琳奏曰："奴婢并非文武司职，并无本章上奏，不过面陈奏耳。"天子曰："你且面奏来。"陈琳曰："只因上年蒙我主隆恩，放出宫中中年妃嫔一千五百余名，各官民父母领回已讫。如今三宫六院，缺少了许多妃嫔，遂觉使唤已稀。望乞我主颁旨，另选少艾，以备宫中充用。奴婢司理内宫，不敢隐奏。”

当下天子听奏，想道：“宫中妃嫔上年虽则放出一千五百多，但目下年少者尚属不少，焉可再选？岂可有屈民间多少年少美女。如今朕有个主意，想来八王兄上年王嫂已去，王兄中馈已缺。他年将半百，尚无后嗣。不若趁此选点秀女，内中挑具美丽超群贵相者，送与王兄作配，岂不是着美事。倘或一二载产下麟儿，以接宗支，未可知也。”当日真宗即降旨前往山西太原，只此一府，只选才女八十名，不许多选，亦不得借端滋扰良民，限以五月内回朝缴旨，即命陈琳前往。陈琳领旨，天子退朝进宫，文武官员各回衙署，俱已不提。

单说内监陈公公赍了圣旨，带了八名近身勇士、一千护送宫女兵丁，一路奔进，一月余方得到了山西省境内。到得太原首府，早有督抚、司道大小文武官员前来迎接钦差。陈公公一路进至城中，一同滚鞍下马。到了大堂中，开读圣旨已毕。众文武接旨已毕，一同见礼，依次坐位，谈说一番。是夜饮酒相待，不用烦言。晚膳已完，众文武各各相辞散去。

却说此座城池乃太原府城，城中督抚、布安二司、各府州县大小文武五十多位官员，当时得知万岁旨下，挑选才女以充宫用。其地头官员怎敢延慢，知府转委知县，处处地方，俱已找寻保领人等，一刻齐集于县堂。有县主吩咐传言：“当今万岁旨意，挑选美女八十名。不论官家宦女，民家才女，凡十三岁以上，十九岁以下，生来果有才貌两全者，俱要报名上册。限以十日以内，要齐八十名之数，须要早候钦差挑选。如有匿名违命徇私，定当重责不宽。”众保人领命而去。（又稽史载：狄青，字汉臣，原乃山西省汾州府西河县人氏，兹悉依传，本言其太原府榆次县，有大同小异之别。今特表明，看者勿疑而多辩论也）

当日地方保领于一府之中，城厢内外，名门宦户的，逐一点名核查。不想太原一府地方，军人百姓，贫富不一，闻得此消息，甚是惊惶。内有许字了人，自然即时完娶。其年少些未曾匹配的，仓卒也不用过聘，立刻嫁娶的甚多。至有年高配了年少，贫贱娶过富豪也不少。若论挑选宫女，于一府地方选其八十名，众民何故如此慌乱？皆因父母爱惜子女，责怪不得。倘有年少女儿，育成十四五岁，有六七分姿容，倘或被选去，已是永无相见之日，犹如死了一般，为父母者好不着急。当日，不特民间慌乱，即名门官宦之家，倘有美貌超群者，有才情的，各不敢隐瞒，只因奉着圣上旨意，你顶我，彼顶此，皆要献出，不用烦言。

这一天，众美人带至金亭驿中，民家美女却有二百余名，内有官宦之家贵女不过二十多耳。陈琳一连挑选过，其上等美丽、身材窈窕、纤纤指足者，不过五六十名，其余的虽然有六七分花貌，不是肌面黑些，抑或身材不称，选不上的。陈琳曰："众位大人，你们若不嗔怪，咱就直言了。圣上上年放出中年宫女一千五百余名，如今只选回少美者八十名，可谓圣上之仁德也。至于宫中降旨之时，命要首选一名绝色才貌双全者为贵人。岂知太原一府地方，八十名尚且不足。众位大人啊，难道不足八十名之数，就可还朝复圣上旨意不成？倘列位大人有美隐瞒，欺着圣上，就难怪陈某亲往搜查。倘若众官长中查出有美丽贵人，勿言某之不情，奏明圣上，以违旨论！"众文武听罢，皆无言语，只是眼睁睁的看着一位武官。此人姓狄名广，现为本省太原府总兵。祖上原居山西，其祖父名狄泰，五代时曾为唐明宗翰林院。父亲名狄元，于本朝先帝太宗时职居两粤总制，威震边夷，声名远扬。中年殡天，老夫人岳氏尚存，生下一子一女。长子即今狄广总爷；后得怀胎，幼女名唤千金，长成十六之年，真有闭月羞花之貌，沉鱼落雁之容，不独精于女工，而且长于翰墨，还未许字于人。这岳氏老太太爱之犹如掌上之珠，怎肯去报名上册？众官员闻狄门有此美女，内中亦有为子求婚的，只因岳太太不舍，至此蹉跎至年已十六。当时狄爷听了陈琳要亲身到各府搜查，知瞒不过，心中闷闷不乐，只得与众官同声说："陈公公将就些，且宽限我们三天，内如有美不献出者，回朝奏知圣上，也怪说不得了。"当时陈琳允诺，众文武各散回衙不表。

单说狄爷已有二女一子，长女名金鸾，次名银鸾。但次女未及三岁，已早夭亡，如今大小姐年方九岁。公子狄青初产下，方才对月。

略略叙明,不用多表。

当日狄爷回至府中,滚鞍下马,回进后堂,闷闷不乐,不言不语。孟氏夫人看了此光景,即道:“老爷!你往日回来,愉颜悦色,如今有何不乐?”狄爷见问,便将陈琳催迫之言细细说知。夫人听了,也觉惊骇。夫妻愁叹,正在闷乱筹谈之际,不料小姐适进中堂,一闻愁叹之声,也觉惊惶。哥嫂叹惜之言,也早已听得明白,便慢趱金莲来至堂中,与哥嫂见礼,只作不懂,开言道:“哥嫂缘何在此愁叹?有甚因由?”狄爷见问,只得言道:“贤妹,愚兄因思父亲弃世太早,中年亡了,说起来不觉令人感伤。”小姐曰:“哥哥既然思念父亲,缘何说到违逆圣旨,只恐举家受累,罪及非轻之言?此乃何解?”狄爷夫妇听罢,低头不语。小姐又叫道:“哥嫂,你言奴已尽悉,今日既然事急,何必相瞒?”狄爷听了即道:“贤妹啊!不幸父亲归世太早,撇下萱亲在堂,只有你我兄妹二人。如若今日将妹子献出上册,一来痛哭坏了老娘亲;二来难以割舍同胞之谊,算来觉得烦难。不免明天待愚兄备下一本,附陈琳顺搭,还朝奏辩明白,正在筹思不知可否。”小姐听了说道:“哥哥,此事万万不可。你非一介愚民,为官岂有不明法律之理?圣上倘准了此本,固然是好了,抑或不准,怪责起来,圣上一怒,你便有逆旨之罪,一家性命难保,更累及母亲。岂不是哥哥只因妹子一人,累你有不忠不孝之名。此举望哥哥再为参详。”狄爷听罢,低头想了一番,便说道:“贤妹,依你主意怎生方为上算的?”小姐说道:“依愚妹之见,还是舍着我一人,既保全了举家,又免了哥哥有逆旨之罪,方为上算。但不知哥哥意下如何?”狄爷不觉愁容顿起,长叹一声。三人谈论一番,不觉天色已晚。

果然过了三天,是日狄爷夫妻正与小姐商量之际,只见一个老家人慌忙走进内堂,口称:“老爷,今有陈公公领了军兵,先往节度使衙中搜寻,少一刻定到我们府中来的。”狄爷听了,闷上添愁,孟夫人吓得慌忙无措。小姐说:“哥哥嫂嫂不必着慌,愚妹自有主意。”便吩咐老家人:“且往外堂,唤中军迎接着陈公公,请他早回金亭驿,不必到我府中,说狄总爷有位姑娘报册。”当下老家人领命,出外堂去了。小姐唤丫环进佛堂内请到岳氏老太太。此时太太坐下,看见孩儿愁容满面，又见媳妇、女儿各各一汪珠泪。太太见此，好不惊骇，即说道：“你夫妻、兄妹为何如此？”狄爷只是摇首难言，犹恐太太悲哀起来。太太又问女儿：“你因何也如此悲伤？其中必有缘故了，快些说与娘得知。”狄小姐未启言而泪浮粉面，说声：“母亲，你女儿从小长育于宦门，深居闺阁中，有谁委屈于我？只因今日圣上有旨，到本省点选秀女，册上缺少了数。钦差难以复旨，只着要官宦人家闺女补数，如今挨户搜查。如若再匿名不报，全家就祸有不测了。早间报已挨搜至节度使府中，料然来搜查我府了。只因哥嫂慌乱，又无可再设施的，女儿只得舍着一身去报名，以免满门之累。但割舍不得母亲之恩，哥嫂之情，总之女儿不孝也。”言罢珠泪沾衿。老太太听了此言，恰似魂魄飞腾去三千里，吓得手足如冰，母女抱头痛哭。正在悲啼，狄爷夫妇劝解间，那老家人跑进内堂，报知说：“中军官方才将陈公公请回金亭驿去了。但陈公公说，老爷若肯将小姐献进，至为知机，但切不可延留耐久，即要就日还朝复旨。”狄爷说：“知道了，你去罢。”家丁退出。又说这狄广有一子年方哺乳，故属不知事体；那九岁女儿虽知人事的，别离哭泣，到底不甚过伤；只有母女、夫妻四人的凄惨。

又过了三天，又见老家人传报：“陈公公今日立刻要请小姐出府。只由于官宦人家选足了八十名之数，只差我家小姐一人未到的。”老太太听了，母女痛哭得倍加凄惨。狄爷夫妇含泪苦苦相劝，老太太只得收了泪，说道：“也罢！为娘且送你至驿中，以尽母子之情。”狄爷连忙吩咐备了两乘大轿伺候。小姐带泪相辞嫂嫂。这孟氏夫人下泪纷纷，各言珍重之话。当时母女上了大轿，狄爷骑上骏马，一班随行家将一路呼呼喝喝出了大堂帅府，一程来至驿中。先差旗牌官去通报，然后将二乘轿抬扛到内厢，狄爷下马相随至大堂。陈公公敬他是位小姐，又是狄爷同到，步下阶相迎。母女下了大轿，太太携挽娇儿，站立右堂。陈琳先与狄爷见礼，后将小姐小心举目一瞧，果然生色丽异于众秀女。有诗赞曰：

轻盈娇艳一鲜花，均与西施斗丽华。
慢言古美堪飧色，再世杨妃产狄家。

当下陈琳看见小姐生得容光姣姣，拔出寻常，满心喜悦。说声：

“总戎大人,此位是你令爱小姐么?”狄爷曰:“非也,乃下官同胞小妹。”陈琳曰:“原来乃大人令妹。果然天赋美质,非凡香所及。倘注上册名回朝,如经圣上一目,乃一大贵人也,福分非轻的。”狄爷说:“老公公前日已有言在先,倘众文武中有美不即献出,回朝奏知圣上,以违旨论。但下官思量妹子虽有此才美,只因家母年高,爱惜女儿如珍,割舍不离,是至隐瞒未报。望祈老公公回朝将就些,以免下官有欺君之罪,不胜感激了。”陈琳曰:“总戎大人何须过虑。汝今依旨将令妹上册,何云为欺君?既迟些报献,不过人子体念亲心之意耳,陈某焉有深求。但令妹是何尊名?”狄爷曰:“小妹闺名千金也。”陈琳即命秉笔人将进宫册上头名注上“狄千金”毕。陈琳得此美人,随即于众美中选了十余名,凑足了八十名之数,余美人发回,各家父母领还。

当时不用狄府大轿,要请小姐上香车。当下老太太心如刀割,小姐泪如涌泉,扯牵母手,奚忍分离?狄爷见此光景,也觉惨然,只得硬忍,解劝母女一番。老太太只得含泪叮咛女儿一遍,转身又向陈琳道:“陈公公,我女儿年少,寸步未离闺阁,娇生贵养一十六秋,万里风霜,望祈照管。老身即死在九泉,也寄归肝胆了!”陈琳诺诺应允,即说道:“老太太,小姐今日选回朝,定然一位大贵人了,实乃可喜,何须悲苦?陈某凡事自当照管,不用挂怀。且暂请回府去,吾即速登程回朝了。”母女只是珠泪纷纷,实乃死别生离。母子情深,悲难尽述。狄爷也来催促,小姐又含泪说道:“哥哥,小妹此去吉凶未卜。但母亲年老,小妹一别之后,定然愁惨不堪。万望哥哥嫂嫂百般解劝,只祈留心。即小妹一别,死死生生,别无所虑了。并今趱急,不能与嫂嫂面别一言,心有不安。望哥哥回归,代小妹拜上一言,留意抚训侄儿侄女。哥嫂自能教育,固已不用小妹多嘱。总于母亲处用心留意,即乃哥哥看待小妹之恩了。”言未罢,珠泪一行。狄爷带泪连声允曰:“贤妹,汝且放心。愚兄平日侍奉母亲,汝也尽晓。”当日兄妹二人,身同一脉,也觉不忍别离,各言衷曲之语。不特小姐女流情种,故属依依留恋兄母,即狄爷乃是轰轰烈烈英雄,此际未免儿女情长而英雄气短。说至胞谊生离,不禁潸然泣下。不知小姐分袂如何,且看下回分解。

第二回　仁慈主选美赐兄　贤孝女回书慰母

诗曰：

君圣臣贤国运昌，情深一脉更为良。

同眠大被美家德，灼艾分疼是宋王。

当时狄爷兄妹正在悲离之际，岳太太流泪，在袖中取出玉鸳鸯一对，呼唤女儿："此对玉鸳鸯，乃是当初你爹爹奉旨征讨，回朝加爵，圣上所恩赐，此宝实善，能避邪镇怪，刀斧不能砍下，此乃传家之宝。父亲归世遗下，为娘谨敬收藏数十秋。今日与一只你带去，留下一只与你哥哥，以遗日后便了。"小姐一双玉手接过，正要说话，有陈公公几次催促，小姐只得含泪上了香车。众女子当日也有父母、哥嫂一班相送，何下三五百人，哭泣的哭泣，嘱咐的嘱咐，一一实难尽述。陈公公吩咐起程，文武官纷纷送别，俱已不提。

单说岳氏太太只见女儿香车一起，泪如雨下，心似刀割，哭声凄楚，扑跌于地上。狄爷连忙扶起，解慰一番，太太只得带泪起轿。狄爷辞别众官，乘马回衙，进内安慰太太。孟氏夫人已知姑娘别去，夫妻谈论，不胜伤感。

按下狄府慢提。却说陈琳催车出了城外，一路程途急发，直向汴京而来。水陆并进，已有月余，方至河南地面。又是数天，方达帝都，于午朝门外候旨。此日悉值真宗天子方临朝罢，与南清宫八王爷在长乐殿内下棋。有内侍奏知选至美女回朝一事。天子闻奏，龙颜大悦，传旨先宣陈琳，一一奏明；然后传旨："宣进美人于殿内，朕当亲目。"陈琳领旨，即跑出外殿，至午朝门外，吩咐众美人："下了香车，即要入朝面圣。"

当下陈琳带领八十位美人，引进长乐殿中，在丹墀之下，齐齐倒身下跪。陈琳捧册献上，有内侍展于龙案上。天子举目一观，只见头一名美女姓狄名千金，下边注着“宦门”二字。天子此时从头至尾看毕，或有宦门，或有闺女不等。天子看罢，即传旨宣首名狄千金上殿。陈琳领旨下阶，奉宣千金见驾。言毕，只见中央一位美裙钗，金莲慢趱，上了丹墀，正身跪下俯伏，燕语莺声，口称“万岁”。天子看见此位美人，不啻蕊宫仙女，宛如月殿嫦娥。龙颜倍喜，说：“此女果然美丽不凡。”八王爷也是赞叹：“不独美色天姿，更且礼数雍容，出身必非微贱之辈。但不知怎样人家官职耳？”天子说：“待朕细问他。”便朗呼：“狄千金，你既是山西太原人氏，身居宦门，父居何职？你且细细奏与朕知。”狄小姐说：“臣妾领旨。”即有七言绝句奏上。诗曰：

原籍山西府太原，父为督制狄名元。

总兵狄广亲兄长，深沐王恩世代沾。

真宗天子听奏，喜气洋洋。八王爷曰：“不意此美人才貌双全也。”天子说：“王兄果然眼力不差，他果然是世代勋家之女。朕选此美女，原有个主意在先：想来王嫂去岁登仙，王兄目今尚缺中馈之人。朕今将此女赐与王兄，送至南清宫内，以主内助便了。”当时八王爷一闻天子之言，慌忙离位，欠身打拱，口称：“陛下虽有此美意，但臣该有罪如天了。狄千金乃奉旨点选，圣上以充宫中使唤，微臣焉敢领旨匹配！伏望我主龙意参详。”天子说：“王兄不必推辞。此是朕之美意，有旨在先，如不中于理，陷王兄于不义，朕岂为之哉！”即传旨陈琳，将狄美人送至南清宫，再赠宫娥十六名陪伴美人，脂粉银十万两。八王爷只得谢恩而出。此时陈琳领旨，送狄小姐往南清宫去了。天子又看第二名美人名册，唤寇承御。天子说声：“好个承御的美名！”也就将他改填作头名。当时天子又命宫娥领了七十九名美人，带引至东宫见娘娘，待他分发三宫六院，也且不表。

次日，天子命发出库银一万六千两，发往山西各家出选父母，以为保养之资。

又说是日狄小姐早有宫娥与他梳妆，穿过宫衣服式。八王爷望北阙先拜谢君恩，后坐于正殿当中。早有宫娥扶出贵人，两边音乐齐鸣，铿铿盈耳。来至正殿中，朝见千岁，行了君臣大礼，然后参天叩地已毕。有宫女一班，扶了美人还宫。当晚王府内摆设筵宴，众文武俱来叩贺，在于正殿上饮宴庆闹，直至日落西山，众大臣拜辞千岁爷回府而去。陈琳复又进宫回复圣上，俱已不表。

单言是夜，王爷回进宫中，与贵妃合卺传情交杯，酒至数巡，方才命散去余席。君臣二人同携玉手，同归罗帐，共效于飞之乐，难以形容。一宵好事，不觉五鼓更初。次日，王爷与贵妃梳洗已毕，清晨进朝谢了君恩，退朝回归王府内，有狄妃接迎王驾。坐下，王爷开言说："贤妃，你匹配孤家，实乃圣上龙恩美意。但只一说，前日陈琳奉旨往选时，将你名姓报入皇册内，充做宫娥，以供使唤。今日身作皇妃贵人，你的令堂、令兄远隔数千里外，未必知之。明日圣上差官往山西赏赐银两与众秀女父母，以补赔养育之资。你何不修书一封，待孤家命差官附搭你兄母，以免他切望之心。你意下如何？"狄妃闻命，立即离位下拜谢恩。八王爷命左右宫娥扶起，即取过文房四宝放于桌上。宫女浓研香瀚。狄妃玉指将龙笺展开，提持毫管，快似龙飞凤舞，又如骤雨狂风，笺上书得"沙沙"有声。大意安亲问候信息，不用多述。当下八王爷看见狄妃下笔敏捷，拾起书笺一看，言如锦绣，字字珠玑，心下暗喜。赞羡道："贤妃真乃才貌两兼也！"此刻狄妃将家书封固，八王接转，即起位离后宫，到正殿上坐下，即命掌府官："宣来往山西的钦差见孤。"掌府官领旨，去不一刻，将钦差宣到王府，掌府官引见。此时一见王爷，登时俯伏拜见，八王爷即命平身。

原来这钦差乃一位奸佞狼臣，由知府职行贿赂于上司，拜大奸臣冯拯太尉为门下，庞太师是他岳丈，数进大财帛于众奸权，是以由知府升为道，以至知谏院。此人姓孙名秀，当时躬身立着。八王爷呼声："孙钦差，你今奉旨往山西给赏，但孤家狄妃子有家书一封，劳你顺带往榆次县，投于狄总戎府中，回朝日孤家自有重赏。"孙秀听了，诺诺连声，双手接过书来，叩谢出了王府，扳鞍上马，数名家丁随后而回。想道："狄总兵名狄广，乃狄元之子。想当初狄元为两粤制台，那时吾父在他麾下，奉命解粮，只因违误了限期，被他按以军法枭首，死得好不惨伤。我今与狄门不共戴天之仇。如今八王爷选这狄妃，此女是他亲生。此一封书不过是报喜的吉信。不若我将此书埋没了不与,再与他报个凶信,暂解心头之忿,岂不快哉!”主意已定,即将书藏过,押起车辆,离却汴京城,一路登程。水陆并进,已至山西。

是日,城中督府司道早知钦差到来,远远恭迎。见礼之间,不能尽述。当日孙钦差即将银子交付布政使司暂贮,传命县主传示选女的父母人民,报名领给,每一门赐赏白金二百两,实得一百二十两。此缘孙秀乃奸贪之辈,折出每二百两赃克了八十多金,赚出六千四百两,被他吞去瞒昧了,众人那里得知。

当日狄总爷一闻圣上有银两恩赐,故钦差一到,他正要打听妹子的信息。至次日早晨,具备名帖,吩咐家丁到衙,邀请钦差。当日孙秀早已定下主意,即传命回了名帖,吩咐就日打道向总戎狄府而来。狄爷闻报孙钦差来拜会,又称言有机密事情相商,必要到后堂才好相见,狄爷连忙出府迎接。两相见礼毕,携手进至后堂,再复叙礼坐下。家丁敬过名茶。狄爷启口道:“无事不敢邀驾钦差。只为大人奉旨到来,给赏众秀女父母,内有位狄千金之名,进京之后,但不知如何下落?谅大人在朝必晓原由,故小将特请孙大人到来,求达消息。”孙秀听了,反问:“老总戎,你因何知有狄千金之名?又是同姓,莫非此女是你令爱么?”狄爷曰:“非也。不瞒大人,此女乃末将舍妹子也。”孙秀曰:“原来乃总戎大人令妹,真乃可怜可惜也!”狄爷听了,连忙问曰:“孙大人为何说起怜惜二字,莫非有甚差池不美么?”孙秀故意左右一瞧,呼声:“总戎大人,傍侍家丁可是内堂家人,抑或是外班散役?”狄爷言道:“乃内堂服役。”孙秀曰:“下官言来,不要传扬出外方妙,倘一走漏风声,便祸于不测,连下官也要累及了。初时令妹进到皇宫,略闻他思念家乡,忆思父母,日夜悲啼,天天怨吵。三宫六院,个个憎嫌不悦。岂知令妹性急,抑或忧忿过多,竟自悬梁而死。圣上闻知大怒,说污渎了宫闱,罪不容于诛,已将尸首弃抛于荒郊之外。下官奉旨之日,圣旨称言,命我密访他父母问罪。幸得陈公公一力为大人遮瞒,不奏明是大人嫡妹。想来大人还须趁个早时寻条出路,以免受此罗网之灾。下官但据事直言,只恐冲渎,休得见怪。”狄爷听了,神色惨变,只得称谢。孙爷顿时告别,狄爷当时无心留款,相送钦差去了。

回至内堂,早有岳氏老太太在堂后听得明白,一见狄爷进堂来,他便一把扯住,问曰:"我儿!方才钦差之言是真是假?倘若是真的,为娘的性命断难留于世了。"狄爷听了,忙说道:"母亲何用惊慌?早间钦差不过谈论国家事情,未有什么言辞,你为甚如此着忙?"太太说道:"我的儿!方才钦差与你说的一番,我也明白得七分,为何你倒瞒我么?"狄爷听了,不觉垂泪,说:"母亲,这是祸福无常,如今不必追究真假了。你既然得闻钦差之言,便是如此了。"老太太说:"我女儿到底怎生光景的,须要速速说明来!"狄爷曰:"母亲啊!今日圣上旨调孙钦差到来,恩赏众秀女父母,不论官民,一概俱有给赏的,惟我家无名,料想起来,妹子定然凶多吉少了。这钦差之言岂不是真的么?"岳氏太太听了,早已吓得三魂失去,七魄飞腾,大呼一声:"我的好苦命也女儿,死得好惨伤啊!"往后一跤,跌于地中,一气绝了。狄爷夫妇齐步赶上,慌忙扶起,哭呼"母亲"、"婆婆"。众丫环使女齐集至内堂,看见老太太面如金纸,一息俱无,已知死了。狄爷含泪说:"手足已冰冷了。"夫妇对着放声哭泣。狄爷说:"一向安安然,岂知今日妹死母亡,如此惨伤,实乃天之不祚也,至弄得如此收场。"孟氏夫人纷纷下泪,说:"不意祸从天降,实我狄门不幸,至有此灾殃。可怜姑娘年少惨死,又受此暴露尸骸之罪。老婆婆又因他而亡。数月之久,家散人亡,言之令人痛心不已。"狄爷闻言,更觉凄惶。夫妻对着尸骸,痛哭过哀。有众家丁、丫环、仆妇一同下跪道:"禀上老爷、夫人,不可过恸。老太太既已殡天,好打点收拾,方是正理。况于天暑,烈炽非凡,诚恐太太玉躯停贮不得多天。"当天狄爷夫妇听得家人禀告,只得收泪,即于堂上安放下太太。狄爷又进内取出白金百两,命得力家丁去备办棺柩。不一会扛抬到,即命匠人登时赶造起一棺一椁,又做许多衣装之类。官家使用丰烦,不比民间埋葬,一一实难尽述。

到次日,将太太玉躯入殓已毕,夫妻痛哭一番。其时大小姐金鸾年已十岁,已知人事,不免伤感,忆着婆婆。只有小公子年幼,不知人事。也不多叙。当日收殓太太之后,少不免僧道追荐。狄爷忙乱数天,方才宁静。

有一天,夫妻商议,狄爷曰:“如今妹子在朝自尽了,母亲又因妹子气忿身亡。且孙钦差又通知皇上大怒,只因妹子自缢了,污秽了宫闱,还言要访拿父母取罪,幸得此机未泄。我今不免趁母亲亡过,预上一本,搭附抚台,辞退官职,一来省却祸患之忧,二来归回祖居,以葬母亲,夫人以为何如?”孟氏夫人听了说:“此言未为不是。但想这钦差之官未知真假,岂可因此一言,便灰了壮行之心?老爷还该细细参详,抑或命人回朝打听才是。”狄爷曰:“据这孙秀之言,说得似乎真确,但今又难得实信。倘要回朝打听,往返数十天,倘圣上当真追究起来,那时逃遁不及了。况吾年近五旬,在朝为官十余年,后来奉旨回乡剿灭盗寇,不觉将近十载。如今看得仕途甚淡,不若趁此退回故土,乐得自活消闲,省得担忧受虑,羁制于官规。如今且不分孙秀真假之言,且辞官回归故土,以了吾毕生,以终天年。”不知狄爷如何辞官,告驾允准否,且看下回分解。

第三回　奸用奸谋图正士　孽龙孽作陷生灵

诗曰：

用舍行藏不可期，乐天听命要知机。

避凶趋吉多明哲，方见保身智士奇。

却说狄广夫妻商议已定。是夜，狄爷于灯下书了辞官殡母本章一道，封固了。到次早，打道来至左都御使衙中，恳求附呈辞官本折一道，制台只得顺情收了。当下狄爷辞别回府，登时打点起行装，天天等候圣旨下，且慢表。

先说孙钦差颁给完了公务，是日回朝。有各府司道送财礼，彼乃奸贪之辈，一概收领，并无推辞。是日，文武官员纷纷送别。刻日登程，涉水行舟，月余方到汴梁城中。次早上朝缴旨后，到南清宫复命，对八王爷言："狄总兵外出巡边，未曾讨得回书，故臣难以听候他回至，今日还朝复旨。"当下八王爷信以为确，倒厚赏了孙秀数色礼物。

孙秀拜谢回府，即将私抽秀女之赏银及各官送礼，共得银三万余两，派为三股，与冯拯、庞洪分得，二奸臣大悦。次日上朝，冯太尉、庞枢密启奏圣上，言孙秀奉命往山西，一路风霜，未得赏劳，又力荐他才可大用。圣上升他为通政司，专理各路本章呈还。孙秀不胜喜悦，感激冯、庞二人。当日孙秀侍奉庞洪甚恭，二人十分相得。孙秀言听计从，故庞洪将女儿匹配于孙秀。闲话休提。

忽一天，话有山西左都御使有本回朝奏圣，并附搭狄广辞官告假折子一道，一同投达至京都。本章经由通政司，当日孙秀见了此本，犹恐八王爷得知，问起根由，泄出机关就不妙了。即将狄广折子竟自私下埋没了，止将御使本章达呈。圣上准奏，旨下山西。孙秀又阴与冯、庞二相酌量，假行圣旨，准了狄广辞官归林本章。此事果然被三奸瞒没了。

圣旨一下，狄爷接得旨意，欣然大喜，与孟夫人连日收拾起软细物件，打点行程。是日，带领家眷人口、车辆，驾着岳太太棺柩，一程回到西河县小阳地故居宅子。住顿数天，择选了良辰吉日，将岳太太灵柩安葬已毕。狄爷又在坟前起造了一间茅屋，自要守墓三年。狄爷之纯孝，尽人子之心，诚难以及也。

又说狄青乃武曲星君降世，为大宋撑持社稷之臣。但狄门三代忠良，惠民保国，是以武曲降生其家，使其先苦后甜，以磨砺其志，正见金愈锻而愈坚，玉愈琢而愈光也。

又言江南省苏州府内包门三代行孝，初时玉帝原命武曲星下界，降生包门。有文曲星，听了玉旨差走武曲，他亦请求下凡，先造包氏家降生了，故玉旨敕命武曲往狄府临凡。及各凶星私走下凡者甚多，大宋委曲讼狱者不少，故应于文武二曲除寇攘奸，故今大宋文包武狄，在仁宗之世，非此二臣不能安邦定国也。

按下闲言少表。考史景德甲辰元年，皇太后李氏崩，文武百官挂孝，旨下遍告四方，不用多述。至仲秋八月，毕士安、寇准二位忠贤并进相位，不过群臣朝贺，也不烦谈。忽至闰九月，契丹主兴兵五十万，杀奔至北直保定府，逢州夺州，遇县劫县，四面攻击，兵势利锐。定州老将王超拒守唐河，契丹几次攻打不进。王将军百般保守，弓箭火炮，城上准备，亲冒矢石，日夜巡查。契丹攻不得利，只得驻师于阳城。王老将军即日急告回朝，又有保定府四路边书告急，一夕五至，中外震骇。文臣虚恐，真宗天子心头纳闷，惶惶无主，问计于左相寇准。准言："契丹虽然深入内境，无足惧也。向所失败，皆由彼众我寡，人心不定，至失去数城。倘我主奋起，一时领兵，御驾亲征，虏寇何难却逐！"时天子心疑不定，悉值内宫报道刘皇后、李宸妃娘娘两宫同时产下太子，当时帝心闷乱，忧喜交半。闻奏正欲退回内宫，有寇公谏帝曰："今日澶州有泰山压卵之危，人心未定，若非陛下御驾亲征，不能鼓舞众武夫之锐气。倘一回内宫，陛下疑难不决，料然不往亲征，则北直势难保守。北直既陷，大名府与吾汴梁交界若此，则中外彷徨，臣料虽愚劣，以智者所猜，必曰大事去矣。恳乞陛下深思之，请勿还宫而行，如臣所请，则幸甚矣！”当时毕士安丞相亦劝帝准寇丞相之言。真宗天子时已准奏，乃不进宫，酌议进征之策，传旨两宫皇后好生保护初生太子，不表。

是日，天子召集群臣，问以征伐方略。有奸臣二人：资政学士王钦若，彼乃南京临江人，犹恐圣上亲征，累及于己，要随驾同进征伐，契丹兵精将勇，抵敌不过，就难逃遁了。故奏请圣上驾幸金陵，以避契丹锋锐，然后旨调各路勤王师征剿，无有不克矣。又有陈尧叟附和搭奏，他乃四川保宁府人，请帝临幸成都。其时天子尚未准奏，即以二臣奏请出奔之言，以问寇公。然寇公心中明白二人奸谋，乃大声言曰：“谁为陛下设画此谋者，其罪可诛也！此人劝驾出奔，不过为一身一家之计耳，岂以陛下之江山为重乎？况今陛下英明神武，群臣协和，文武具备，倘大驾亲征，敌当远遁。不然，出奇以挠其谋，坚守以老其师，劳逸之势，我得胜算之利矣。奈何陛下弃社稷而幸楚蜀远地哉，万一人心散溃，敌人乘势而深入，岂不危哉？”于是帝意乃决，准于即日兴兵。将陈尧叟贬罚其禄。寇公又惧王钦若诡谋多端，疑阻误了军国大事，奏他出镇大名府。他一到成守，契丹兵至城下，他束手无策，惶惶恐惧，只是闭城修斋诵经，祈祷不已。后得圣上大军一至，方才救回此城。此是后话，休得过述。

却说冯拯太师一见圣上依寇准之谋，御驾亲征，又罚去陈尧叟俸，贬出王钦若，心中忿恨不平，即奏曰：“陛下专用准谋者，斯亦危矣。谚云：凤不离窠，龙不离窝。今陛下离朝中而历此疆场险地，岂不危乎？不若命将出师，便能奏效，何必定请圣上亲征？伏祈我主勿用寇准之言，则社稷幸甚！”圣上未及开言，寇公怒曰：“谗言误国而妒妇乱家，信有之矣！尔冯拯不过以文章耀世，军国大事，非尔所知也。如再沮疑君心，所误非浅。不念君恩，不恤生民，只图身家计者，则非人类也！”冯拯亦怒，正要开言，恼了一位世袭老元勋，官居太尉，姓高，他乃高怀德子，名高琼。即出班大声奏道：“寇丞相之谋，深益社稷良策。奈何陛下信奸臣之论，误之非轻。今日澶州危于旦夕，百姓彷徨，将士离心。目击澶州全省尽陷，陛下再迟疑不往亲征，则北直失守，中州乃四面受敌之地，社稷非吾有矣，陛下不免为失国之君。”冯拯在旁叱曰：“辱骂圣上，当得斩罪，还敢多言么！”高太尉厉声喝曰：“老匹夫！尔乃区区于笔砚之间，以文字位至两府，不思答报君恩，只图私己以病天下，生成人面畜心，还敢多言沮惑！如众文武中有忠义同心者，共斩尔头，以谢天下，然后请圣上兴师。况尔既以文章得贵，今日大敌当前，何不赋一诗以退寇虏乎？”冯拯被骂得羞惭满面，不敢复言。当时天子决意亲征，不许再多议论。

是日，点起精兵三十万，偏将百余员，命高千岁挂帅，寇丞相为参谋，大小三军皆听高、寇二人调度。即日祭旗兴师，旗幡招展，一路出了汴京城，水陆并进，不止一日。可退得契丹否？按考一连相持十余年，方得平服，按下不提。

又说宫中刘皇后当日闻知李妃产下太子，至晚他产下公主，他心头愤忿。次早，二后俱报生太子。但刘后思量，今日圣上虽然出征，不知何日回朝？倘班师回来，吾生下公主，出报太子，一时之忿，岂不惹下欺君之罪，怎生方算才好？忽又想内监郭槐是吾得用之人，且喜他智谋百出，不免召他来，商议有何良策便了。想罢，即命宫女寇承御召至。郭槐来到宫中，叩见刘娘娘，问曰：“呼唤奴婢有何吩咐？”当下刘娘娘将一时心急，差人报产太子，犹恐圣上回朝诘责之事细说一番。刘娘娘道：“既恐圣上执罪，又恼着碧云宫李宸妃产下太子，实忧圣上还朝倍宠于他。故哀家特召你来商量，怎生了结得他太子？”郭槐听了，想下一计，说道：“娘娘勿忧，只须如此如此，包得谋陷得太子了。”刘后听了大悦，说：“好妙计！”即要依计而行。

忽一日，李氏娘娘正在宫中闲坐，思量圣上为国辛劳，不见亲生太子一面，刻日兴兵去了，但愿早早得胜回朝。为今产下太子数月，且喜太子精神倍足，健质魁魁，实乃令吾暗喜也。李娘娘正在思量间，忽见宫女报说刘娘娘进宫，李娘娘听了，出宫相迎。二后一同见礼坐下，二人细细谈言。刘后装成和颜悦色，甚是自然，说：“公主乏乳，要喂乳，特到宫中。”当时李娘娘接抱了公主，刘娘娘抱着了太子，耍弄一番。时刘后十分喜色，说：“今日圣上亲征北夷，闲坐宫中，甚见寂寥，贤妹不若到我宫中一游，以尽姊妹之乐，不知贤妹意下何如?”当时李后见他喜色甚浓,不知是计,不好却意,只说道:“蒙贤姐娘娘美意。但吾往游,只恐太子无人小心持怀,怎生是好?”刘后说:“不妨。这内侍郭槐为人甚是谨细小心,太子交他怀抱,一同进宫去,便可放心了。”李后欣然应允。是日,带领了几个宫娥,将公主交回刘后,小太子刘后交郭槐怀抱,一路进到昭阳宫。二后分坐交谈,刘后传命摆宴。不一刻,佳宴丰盛,两位皇后东西并席,两行宫娥奏乐,欢叙畅饮。刘后殷勤相劝,交酢多时,已至日落西山,方罢止宴。李后问及太子时,刘后言道:“太子睡熟,犹恐惊了他,故命郭槐早送回贤妹宫中去了。”此时李后信以为真,安心在此交谈一番。已是宫灯亮设,李后谢别,刘后相送出宫房去了。

先说刘后回至宫中,唤来郭槐,问及太子放于何所。郭槐道:“禀上娘娘,已将太子藏过了,用此物顶冒过。但奴婢想来,此事瞒不得众人,况娘娘生的是公主,人人尽知。倘圣上回朝,他奏明,便祸关非小,不特奴婢万死之罪,即累及娘娘亦危矣。”刘后听了,大惊说:“此事弄坏了,怎生是好?”郭槐一想,说:“娘娘,如今事已至此,一不做,二不休,只须用如此如此计谋,方免后患。”刘后说:“事不宜迟,今晚可为。”

时交三鼓,二人定下计谋,刘娘娘命寇宫娥将太子抱往金水池抛下去。寇宫女大惊,只得领命抱着太子到得金水池来。已是时将天亮,寇宫女珠泪汪汪,不忍将太子抛溺,但无计可出得宫去,救得太子。只深恨郭槐奸谋,刘后听从毒计。但此事秘密,只有我一人得知,如何是好?

不表寇承御之言。先说李后回至碧云宫来,问及众宫女,太子在那里。宫女言道:“郭槐方才将太子抱回,放下龙床,又用绫罗袱盖了,说太子睡熟,不可惊觉于他,故我不敢少动,特候娘娘回宫。”李后说:“如此,你们去睡罢。”众宫娥退出。其时李后卸去宫妆,正要安睡,将罗帐揭开,绫袱揭去,要抱起儿子。一见吓得魂魄俱无,一跤跌扑于尘埃。一刻,悠悠复醒,慢慢扶起,说:“不好了!中了刘后、郭槐毒计!将儿子换去,拿一只死狸猫在此,如何是好?”不觉纷纷下泪,“如今圣上不在朝,哪人与吾作主?况刘氏凶狠,与外奸臣交通,党羽强盛,泄出来圣上未得详明,反为不美。不若且待圣上班师回朝,密奏明方得妥当。”

不表李后忿怒。却说寇宫女抱持太子在金水池边哀哀暗哭。时天色大亮,有陈琳奉了八王爷之命,到御花园来摘采鲜花,一见寇宫女抱持一位小小主子在河边暗泣落泪,大惊,即问其缘由。寇宫女即将刘后与郭槐计害李后母子原故一一说明。陈琳惊惧,说:“事急矣!且不采花了,你且将太子交吾载藏于花盒之内,脱离了此地才是。”当时寇宫女交付太子与陈琳,叮嘱他:“须要小心,露出风声,奴命休矣!”陈琳应允,急忙忙载太子于盒中。正借先王灵庇,大宋不应失嗣,太子在盒中不独不哭泣,而且沉沉睡熟。故陈琳捧着花盒,一路出宫,并无一人知觉。

又说寇宫女回宫复禀刘皇后。是晚,刘后与郭槐定计,又要了结李娘娘。至三更时分,待众宫女睡去,然后下手。寇宫女早知其谋,急急奔至碧云宫,报知李娘娘。李后闻言大惊。寇宫女说:“娘娘不可迟缓了,倘若多延一刻,逃脱不及了。幸得太子得陈公公救去,脱离虎口。今奴婢偷盗得金牌一面,娘娘可速扮为内监,且往南清宫,去狄娘娘处权避一时,待圣上回朝,然后伸奏此冤情也。”当下李后十分感激,说:“吾李氏受你大恩,既救了吾儿,又来通知奸人焚宫。今日无可报答,且受吾全礼,待来生衔环结草,以酬大德。但今一别,未卜死生,你如此高情义侠,令我难忍分离。”言罢倒身下拜。寇宫女慌忙跪下曰:“娘娘不要折杀奴婢,且请起,速改妆逃离此难。待圣上还朝,自有会朝。但须保重玉体,不可日夕愁烦,奸人自有复报。”说完,李后急忙忙改妆,黑夜中逃出宫院,又不见逃到南清宫,不知去向,后文自有交代。

是晚,火焚碧云宫,半夜中宫娥、太监、三宫六院惊慌无主,及至天明,方才救灭。众人只言可惜李娘娘遭此火难,那里知是奸人计谋。连及八大王与狄后虽知奸计焚毁此宫,但亦不知李后逃出,只言可惜焚死于宫中,不表。

又说刘后,有宫人报上寇宫女投死金水池中。刘后与郭槐大惊,说:“不好了!料然他通知李后逃去。他既通知李后,必然不肯溺死太子。”是时又无踪迹可追，只得罢了，命人埋掩了寇宫女，按下不提。

又说狄广自从埋葬了母亲，守墓三年。不觉又过几载，狄爷年已四十八，狄青公子年方七岁，小姐金鸾年已十六。此日狄爷对妻言：“女儿年已长成，前时已许字张参将之子。吾年将五十，谅后头光景无多，意欲送女去完了婚，了却心头一事也。”孟夫人说：“老爷之言不差。男大须婚，女大须嫁，定不更移之理。所恨者，前时姑娘至年长，未许字于人，耽搁至年十六，故被选去，白送断了性命，真可悯也。”狄爷说：“妹子死了，实乃母亲爱惜之过。至年长不愿许字，可怜他青年惨死也。”说完，具柬通知张家。

又说这张参将，名张虎，现做本省官，为人正直，与人寡合。上数载夫妇前后而亡，遗下独子名张文。他自父母弃世，仍袭依武职守备官，年方二十一岁。接得狄爷书，他思量，父母去世，又无弟兄叔伯，不免承命完娶了好，待内助维持家业。是日一诺允承。是月择了良辰吉日，娶了狄小姐，忙乱数天，不用烦言。这是少年夫妻，况小姐美慧和顺，夫妻自是恩爱。但张文家与狄府同县，故张文时常来探望岳母，意气相投。时狄公子年已八岁，郎舅相得叙话，极尽其欢。张文见舅子虽是年少，生得堂堂一表，言谈气概与众不同，必不久于人下之辈。话休烦絮。

一天，狄爷早起，打个寒战，觉得身子欠安，染了一病。公子母子惊慌，延医调治，皆云莫治。想是大限难逃，一日沉重一日。张文夫妇回到狄府，看见狄爷奄奄一息，料然此病不起，母子四人暗暗垂泪，不敢高声哭泣。小姐暗对狄公子含泪叫道：“兄弟啊！你今年幼，倘爹爹有甚差池，依靠何人？”公子含泪道：“姐姐，这是小弟命该如此吃苦也。”

不言姐弟伤心。忽一天，狄爷命人与他穿着冠带朝服，众家人小使不知其故，孟夫人早已会其意。又闻半空中一派仙音乐奏，狄爷二目一睁，也知辞世之苦，泪丝一滚，呼声：“贤妻、子女，就此永别也！”说完瞑目而逝。孟夫人母子哀哀痛切，一家大小哭声凄惨。张文泣下，劝解岳母不必过哀。当日公子年幼，未谙事情，凡丧事张文代办，数天料理，方才安殓殡葬了狄爷。

又说狄爷在日，身为武职，并非文员有财帛得来。况他为人正直，私毫不苟，焉有重资遗后？无非借些旧日田园度日。是以两次殡葬之后，一贫如洗。小公子得些园中蔬菜之类，与母苦度。亏得张文时常来往照管。公子年幼，乃伶仃孤苦。狄小姐挂念母、弟，故恳求丈夫常常来往，是他的贤孝处。

是时，又是一阳复始。初春了，家家户户庆贺新年，独有公子母子寂寥寥过岁。忽一天，日正午中，只闻狂风大作，呼呼响震，乌云满天，忽又闻汲汲水浪滔涌之声。一乡中人高声喧闹，多说："不好了！如何有此大水滔滔涌进？想必地陷天崩了。"母子听了大惊，正要赶出街中，不想水势奔腾，已涌进内堂，平地忽高三尺。一阵狂风，白浪滔天，母子漂流，各分一处。原来此水乃赤龙作孽，即将西河一县反作浮海。不分大小屋宇，登时冲成白地，数十万生灵俱葬鱼腹，深为可悯。恶龙既作此恶孽，伤害多人，岂无罪过？上帝原以好生为德，岂容作此恶孽灾虐殃民？后来贬下凡间作龙马，以待有用之人，下文详表。

当日公子年方九岁，母子分离于波浪之中，自分必死。按下孟夫人不表。单言公子被浪一冲，早已吓得昏迷不醒，那里顾得娘亲。耳边忽闻狂风一卷，早已吹起空中，又开不得双目，只闻耳边风声呼呼响亮，不久身已定了。慌忙睁开二目，四边一看，只见山幽寂静，左边青松古树，右边鹤鹿仙禽，茅屋内石桌石椅，幽雅无尘，看来乃仙家之地，心中不明其故。见此光景，心下惊疑之际，不觉洞里有一位老道者，生得童颜鹤发，三绺长须，身穿八卦道衣，方巾、草履，混然仙气不凡，走将出来。公子一见，慌忙跪拜于洞外，口称："仙长原来搭救弟子危途也。"老道人听了，呵呵冷笑曰："公子，若非贫道救你，早已丧于水府了。你现难已离了，但今休想回转故乡了。"公子听罢，目中流泪，呼声："仙师！"不知公子有何言论，何日回归故土，且看下回分解。

第四回　西夏国兴兵侵宋　王禅祖遣徒下山

诗曰：

边疆敌患古今常，定国安邦借良将。

武曲降生扶宋室，功标麟阁姓名芳。

当下狄公子言曰："仙师，弟子如此一般苦命，自幼年失怙，与母苦度安贫。不意洪水为灾，谅来母亲已死于波涛之内。今弟子虽蒙仙师搭救了，但想母亲已亡，又是举目无亲，一身孤苦，实不愿留命于人间。伏望仙师仍将弟子送回波涛之内，以使此生免受阳尘苦楚，实见仙师恩德矣。"德人听了，微笑曰："公子不用心烦。吾非别人，吾道号鬼谷子。此地乃峨嵋山也。贫道在此山修道有年，久脱凡尘俗务，颇明天意。你目今虽然困苦多灾，日后实乃国家栋梁之贵。即你母亲虽然被水漂淘，尚还未死，仍得亲人救了，日后母子还有重逢之日。你今且坚心在吾山中守候，待贫道传授你几载兵机武艺。灾退之时，然后回归故土，自有一番显达惊人、扬名后世之举，方不负吾救你上山一番缘遇之心。"公子听了，即连连叩首不已，愿拜仙长为师。当时公子叩首，仙师双手扶起，带他至洞中安慰一番。自此，狄公子在洞中安心习学武艺。王禅又授他六韬三略奇能，以待天时协举。公子虽听仙师劝勉，但思亲之念未尝一日忘之，并忆姐丈夫妻，亦未知被水所伤否，生死如何？

不表仙山公子习业，再言朝上情由。却说南清宫八王爷，自从得陈琳忠心，为主救了小太子回宫，只因圣上起兵征讨未回朝，故未得奏明奸后、奸监陷害太子情由，只得将太子认作亲生儿，与狄后抚育。至次年，狄后又产下一子，八王爷大喜，一同抚养。又过了数年，圣上仍未回朝，时真宗自起兵，一去已有九载，太子已有九岁，狄后子已八岁。其年八王爷年已五十八。一天，王爷得病不起，崩于庚申四年。圣上未回，满朝文武百官开丧挂孝。只因八王爷乃赵太祖匡胤嫡裔，其威名素著至外夷，萧后也闻其贤，即当今皇帝亦敬重于他。故今殡天，不异帝崩，大小文武挂孝，绝禁乐音。闲言休絮，话不重烦。

又说真宗天子一连进征十一载，方解了澶州之围，败逐契丹。契丹遣使讲和，每岁纳币二十万。天子准旨，命寇丞相、高元帅即日班师。涉水登山，非止一日。大兵一路凯歌高奏，王者之师一程毫不惊扰，百姓安宁。一朝回至汴梁，各文武大臣齐集，远远出城接驾。天子只因得胜还朝，文武大臣各各加升。随征文武论功升赏，不能一一尽述。

帝一回朝，方知八王爷去世，不胜伤感，即谥为忠孝王。其子长的原乃太子，如今真宗那里得知？八王去世，狄后不敢奏明，故圣上只痛恨火毁碧云宫，李后母子遭难而已，只言不幸，不得太子接嗣江山。自思年将花甲，精力已衰，未必再嗣；即有孕嗣，恐已不久于世，年幼儿难以嗣位，不如册立了王兄长子，以嗣江山便了。主意已定，次早降旨，册立受益为王太子，改名曰桢，其年十四。又敕旨加封狄妃为太后；次子赵璧封潞花王，年方十三，袭父职。其年册立太子，群臣朝贺，大赦天下。旨意一颁，各省十恶大罪俱沾了天子恩德，一一实难尽述。到次年壬戌，乾兴三年春二月，真宗天子果如所料，不久于世，得染一病，调治不愈，月内崩于延庆殿，寿五十五。计其在位二十五载，谥曰文明武定，葬于永定陵。是时百官举哀，遍颁天下，不用烦谈。

皇太子桢即位，号曰仁宗，刘、狄二后并尊为皇太后。其时未有太子，故未册立。癸亥天圣元年，立正宫郭氏为皇后，美人张氏为贵妃。后来郭后被废，罪由吕夷简唆言。再立曹氏为皇后，是曹彬孙女，后话不提。

至秋闰九日，故相寇准卒于雷州。自真宗得胜回朝，有奸党一班，王钦若、丁谓、钱维演、冯拯、陈尧叟、内侍雷允恭等，谗毁寇准，至降贬至司户。乃丁谓内结刘太后，假传圣旨，而帝尚不知。而人畏太后、丁谓，无敢扶准以明奏也。卒于雷州，归葬西京。路至荆州公安县，民间感德，皆设祭于路，因立庙，字号竹林寇公祠。公三居相位，忘身报国，守道嫉邪，却被奸臣陷害，深为可叹。后追赠为中书令，敕封莱国公，谥曰忠愍，厚锡良臣。也不多表。

更考大宋真宗之时，常有契丹入寇之患，至仁宗即位之后，增岁币四十万，契丹以兄礼事帝，其侵扰之患方息。当日虽无契丹北扰，而西戎日见强威，兵精将勇，屡思夺占宋室江山。前者雄关既得杨延昭拒敌，屡次兴兵未得其利。延昭既没，又有后嗣杨宗保据守北关多年，西戎屡被败回，戎主略不敢侵扰。但今日蓄锐师已久，一交秋日，发动大军四十万、战将数十员，领兵主帅乃赞天王，副元帅子牙猜，左右先锋大孟洋、小孟洋，主佐中军伍须丰，五员猛将乃西戎头等英雄。是日，奉了西夏主命，路经巩昌府发进。巩昌府在陕西边界，一连凤翔、平凉、延安几府，俱被攻陷，直抵绥德府，与山西省偏头关交界。三川关口守将杨宗保，几次开兵，未分胜负，只得差官快马上本回朝告急。当时差官不分星夜，赶趱回朝。

此一天正在设朝，众文武臣趋跄朝贺毕，有值殿官传圣旨旨意："有事出班启奏，无事退朝。"旨意宣罢，只见武班中有兵部尚书孙秀出班奏上："雄关杨元帅有本上谒我主天颜。"当时有殿前侍卫接上本章，展开御案上。仁宗龙目一观，本章曰：

雄关总领兼理军兵粮务事、军国大臣杨宗保：臣奉守三川二十余年，向借圣朝威德，陛下深仁，宁谧多年，兵无锋镝之忧，将无甲胄之苦。可恼西夏国赵元昊贼心不改，称帝于西羌，于七月孟秋日兴兵四十万，水陆并进，寇陷陕西。全省震动，数府扰攘，直抵德绥，与三川边界相连。臣几次开兵，未得其利。臣年花甲，精力已衰，难胜其任，不能为主分忧。恳乞陛下早发锐师，经济谋臣，戍此重地，方解旦暮之危。缓则雄州之地非吾有矣。并虑隆冬寒候，军士苦寒，还仰陛下早赐军衣三十万，得以军濡。乞陛下龙意留神，万勿以为泛视。臣冒死谨陈，不胜待命迫切之至。

当下仁宗天子看毕，开言问曰："既然西夏赵元昊作叛，寇陷陕西，众卿有何良策禁他？"言未了，只见文班中一位大人执笏步至金阶，奏曰:“臣启陛下。”天子一见,乃吏部天官文彦博也。天子说:“卿有何良谋以禁叛逆?”文彦博奏曰:“臣思偏头关与绥德府交界,三川重地若非杨元帅镇守,不独陕西失守,即邻省山西危矣。今有本回朝,请益兵并求军衣,虽然求救兵心急,无奈契丹攻于北,朝内武略大臣曹伟、韩琦、仲世衡等,皆分兵守镇,今一时未得领兵之臣。陛下须早降旨意,操练三军,招兵募勇,岂无出类拔萃之人?然后挑选智勇双全者,解送征衣。我主以为何如?”天子闻奏,点头曰:“依卿所奏。”即命孙兵部招集智勇双全之将,并往御教场操训十万军马,以备登程。是日孙秀领旨,天子退朝,文武各散回衙。

又说当日仁宗皇帝即位之后,选了庞洪之女为西宫昭仪,加升其职,庞洪入相。孙秀,庞洪之婿,由通政司又进为兵部尚书。二人显耀,权势威隆,不多烦表。

按西夏姓拓跋,自赤眉归唐,太宗赐其姓李,后又讨黄巢有功,虽未称国,而久已称王。五代子孙世王,至宋太祖加封镇兴太尉,赐德明姓赵,称臣于宋室,至子元昊始称帝,兴兵寇宋凡二十年,强悍莫禁。及降服,以臣事宋。凡传二百五十八年,后元灭之。后话不提。

再说狄公子自遭水患,子母分离,幸得王禅鬼谷救上峨嵋山,收纳为徒,传授诸般武略,屈指光阴迅速,已有七载。一日,独自思量曰:“吾命生不辰,父亲身居武职,祖父亦是显贵名扬,不料及至我父亲亡后,与母藉些旧产相依,清贫苦挨,也是本然。岂料年方九岁时,洪水为灾,伤害了多少人民。吾蒙王禅老祖救上仙山,收纳为徒习艺。但不知母亲落水后,存亡如何?倘若丧于波涛之内,不免鱼腹安葬了,为子岂不痛哉!但日前师父有言安慰,吾母命不该终,还得亲人搭救,日后自有重逢。思量师父虽然为此说来,但吾思亲心切,愁心焉能放下?几次要拜辞师父下山,寻访母亲下落,无奈师父不许,我只不明其意。今在山中七载,且喜学得武艺高强,志在安邦定国,建立功劳,恢宏先人之绪,方得遂心。吾年已十六,正当少年,正该与国家出力。但师父近年吩咐我,待时而动,下山扶助宋君。料此机会不远,只不知待到何时?”

慢言公子日日山中思闷,半思立业半思亲。又说鬼谷仙师,一日推算阴阳，西羌称王称帝，赵元昊得势，雄师猛将如林，要争占大宋江山。杨家将不能平伏，狄青贤徒不得在山修道了，只好保宋安邦。今在山中已有七载，不免差他回归汴京，趁此机会扶助宋君便了。即命童子唤来狄公子。当下公子拜见，称说："不知师尊呼唤，有何叮嘱？"老祖曰："贤徒，喜得你今灾难已消，为师今日命你往汴京，速速离山去。一旦回朝，自得亲人相会。就今日下山去罢。"公子闻言，不觉落泪曰："师父，既然我灾难已消，可以离山。但一来蒙师父救吾一命，恩育七年，传授全身武艺，一日分别离山，心中不忍负此恩惠；二者弟子既下山，实乃思亲念切，待我先回山西故土，寻着母亲下落，然后回朝，未知可否？"老祖听了，微笑说："贤徒！你虽有此良孝之心，且丢开离师为母忧愁之心。我许你到汴京，自有亲人相会。为师岂有误你的，何必定转故乡？"公子一想曰："师父命我速回汴京，许有亲人相见，想必是我母亲了。"只得诺诺应允："谨依师命。但盘费毫无，那里走得？"老师父冷笑曰："男子汉大丈夫，盘费小事，何须挂虑。吾今与你子母钱一个，须当谨记收藏，便是盘费日用了。但到得汴河桥地面，就没了此金钱，也无妨碍了。"公子听了大喜，拜谢师尊，双手接了金钱，收入香囊中。微笑上启师尊："再有什么神通妙术，传些与子弟，以应防身之用。"老祖曰："贤徒，你的随身武艺尽可足矣，何必再求仙术？况且仙家妙术，非一朝一夕可传也。趁此天气晴明，下山去罢。"公子称是："弟子就此拜别了！"深深四叩。起来肩负行囊，踩开大步，出仙山而去。老祖微笑曰："好个年少小英雄也！实乃国家栋梁之臣。岂惧西羌猛将雄师？但狄青此去，尚有微灾。但趁赶机会，该应如此。虽然先历些苦楚，后来显贵非比寻常。"遂唤童子："你可于七月十五之日，在河南开封府汴河桥，将狄青子母金钱收取回来，不得有误。"童子奉命去了。不提。

不表老祖妙算机关。却言狄公子出洞下山，独自行走，忽然耳边呼呼响亮，开不得双目，身不由己起在空中。不久腾腾而下，双眼睁开，不是仙山，乃平川大道。日已归西，一见旅店即进内安身。但思量：不知此处是何地名，被风吹到此处，必然是师父的妙法，想必近朝中了。不觉店主拿到酒饭，便问他："此何地名？"店主言："河南省近开封府。”狄青闻言大悦:“不料师父一阵狂风送吾到汴京,不用跋涉程途,妙啊!”不觉放量饮嚼。只因在仙山素食七年,如今见了三牲鱼肉,觉得甘美异常,吃个不休。再言狄青乃一员名将,贵品不凡。生来堂堂一表身躯,不长不短,肥瘦合宜。面如傅粉,唇似丹珠,口方鼻直,目秀眉清,看来不甚像个有勇力、有武艺之辈。岂知他乃一员虎将,食量自然广大,店主多送酒馔,一概吃个尽罄,反吓得店主惊讶不已。老夫妻两口儿说:“不料这人生来如此清秀,又不是猛汉粗豪,吃酒馔如此过多,果奇哉也!”

不言店内夫妻俩之语。却说小英雄吃酒半酣半饱之际,偶然想起没有盘费结交店主酒馔钱,心下筹思,说声:“罢了! 且将囊中金钱做抵庄押在此招商店中,且寻另日机会便了。”用饭已毕,即向囊袋中一摸,此番公子大喜,说曰:“奇了! 吾别师父动身之时,只得一个金钱,为何此时有了许多?”捞将出来,数了一数,却有一百个铜钱。再摸,没有了。原来要晓得这金钱来历,乃鬼谷的子母金钱,产出一百个铜钱,待他足一天用度,多也不得,少也不得。当日狄青欣然想来:这子母钱原乃仙家宝物,深感师父大恩,一铜钱反化出一百个来,但愿天天如此便好了,路中盘费不用过虑的。当日歇宿了一宵,次朝又用了早膳。店主算账,用了酒饭铜钱九十三文。公子交结完,又问明开封府城路途,还有四五天方进得大城。问明,一路而去。这子母钱日日如是,产出一百个来。

公子一连数天,夜则宿,晓则行,单身寂寞凄凉,不觉到了皇城。但见六街三市,人烟稠密,人民、居止、铺户密密层层。到了一方,名曰汴河桥,公子就驻足于桥栏中。自言:“师父有言吩咐,倘我进了汴城,自得亲人相会。我今已进了皇城,未晓亲人在于何方,教我那里去寻找? 况且我年交九岁就上了仙山,至今已有七载,纵使亲人在目,日久生疏,也难识认。料想必非别的亲人在此,想必是我生身母也。母亲啊,不知你在于何方?”一路感叹,不觉腹中饥了,欲进招商店。伸手向袋中一摸,不觉大惊,说:“不好了! 因何子母钱今天只得一个,连余剩的一文也没了?”不信的又摸一回,果然剩下一个金钱。此时小英雄心中烦恼,紧锁双眉。不知狄青此日如何度日寻亲,且看下回分解。

第五回 小英雄受困参神 豪侠汉怜贫结义

诗曰：

英雄结识义相投，合志同心契合稠。

今日贫交初聚会，他年功业觅封侯。

当下狄公子曰："金钱，我一路而来，亏得你天天以作用度，为什么你却产不出百十个来？倘你化不出来，就没了盘费，教我那里去觅食？"当时公子自言自语的踌躇，取出金钱，反反复复摸弄，不觉失手咕咕碌碌滚下桥栏。公子说声"不好"，两手抢抓不及，已跌于桥下波澜中。公子心中大恼，眼睁睁只看着桥下水似箭流，对着波涛说出痴话来，呼声："水啊，你好作孽也！此子母钱乃师父赠吾度日的，你因何夺去？真好狠心也！如今失去金钱，从何处觅食？又无亲朋可依，如何是好？"心中气闷，长叹一声："罢了！我狄青真乃苦命之人，该受困乏的。奉师之命到此，只望得会亲切之人，料然师父之言有准，岂知到此失去子母钱。如今难以度日，我亦断不到街头求丐的，顶天立地之汉，岂肯作此羞惭之行？不若身投水府，以了此生，岂不干干净净？"

又论这狄青，小小少年，全不想到七年肄业，武艺高强，又不记忆师父之言：一到汴京，自有好处。失了金钱，愁无盘费度日，就寻起短见来。这是小英雄立志不愿乞度丐食以辱亲，高品也！当时放下衣囊在于桥边，低头下拜，呼声："水啊！我九岁时便遭你大难淹溺，因命未该终，得师父救了。今朝不愿乞丐度日辱亲，愿入波涛之内，料想师父未必再来搭救。虚劳精神，集得全身武艺，师父奇能未展，双亲未报劬劳……"正在倒身下拜，有些来往之人立着观看，都说他痴呆人，纷纷交头接耳言谈。忽来了一位年老公公，前来扯着小公子，问曰："你这小小年纪，是何方来的？缘何在此望空叩拜，且说与老汉得知。"公子抬头一看，说曰："老公公，你有所不知。吾不是你贵省人，我乃山西省来的。为遭水难，得师王禅救上仙山，收我为徒，习艺七载……"老公公说："你既上仙山，因何又来此处？"公子曰："只因奉师之命，到此访亲。得师赠我金钱度日，方才堕下水中。没有盘费，因不愿丐食偷生，特地拜谢师父之德，父母之恩，溺于波涛之内。"老公公听了，微笑曰："你这小官人好痴呆也！万物皆惜生，为人岂不惜命？你为失此金钱小事就寻此短见，真乃痴呆也。"公子曰："老公公，非我看得生死轻微，只因没了金钱，乏了盘资，乞丐于道中，岂不羞惭于先祖？与其生不如死为高耳。"老人听罢，说："小汉子，你是远方外省人，不晓得我们本省事。待老汉指点你一个所在。离此地不远，有一座相国寺庙，当日周朝郑国贤大夫子产爱民清正，死后人民感德，立庙而祀之，十分灵感。人若虔诚祷告，十有九验。不若你去求问神圣，倘若神圣许你得会亲人，自然神差鬼使，你得相见了；如神圣说你难会亲人，那时候你再死未晚也。"众观看之人也来相劝他。狄公子听罢，只得依从，说曰："既蒙老公公、众位良言，小子前往求祷神明便了。"老人又呼："小汉子，还有一言你可晓得？古话云：逢人且说三分话，未可全抛一片心。你师命你下山，是天机秘密之旨，言语之间须要敛迹些。在老汉跟前，言既出便罢了，倘别人询你真情，断断不可透露。"公子应允。当时拿回包囊，踩开大步而去。

又明：这子母钱虽是狄青失落水中，实是王禅手下童子收还去。更有一说驳问老祖，既将子母钱赠与狄青，为何今日又收取回此钱？无非助他路上的盘费，但他到得汴京，自然另有机会，故收去此钱，正是助他得会亲人机窍也。即方才老公公言语机密，或是老祖化身来点化也未可知。

当下狄青一路上逢人便问相国寺的去处。一到寺前，果见来往参神之人甚多，十分拥闹。这公子等候一会，方得来往人少些，即忙进内，放下衣囊。只见有僧人在此，便呼一声："和尚，吾要参神求问灵签。"僧人听了应诺，即引公子到了中殿。炷上名香，跪于蒲团上，稽首祷告一番，诉明来意情由。禀告罢起来，到神案上提签筒，信手拾起竹签一枝。公子一看，其签上有绝诗四句云：

古树连年花未开，至今长出嫩枝来。

月缺月圆周复始，原人何必费疑骇。

狄公子看罢，持签对僧人曰："和尚，吾小子请问你：我要寻访一人，未知可得会晤否？"和尚接签诀看罢，问曰："你寻访之人未知是亲切之人抑或异姓友朋？"公子言："是亲切之人。"和尚曰："据贫僧推详起来，此位亲人分离日久的了。"公子曰："何以见是日久不会的？"和尚曰："首言'古树连年'句，岂不是日久不会之意么？"公子说："不差也。"和尚又曰："'至今长出'第二句，是与你至亲至切，同脉而来，他是尊辈，你是晚辈之意。其人必然得会相见，日期不远。"公子想来：一脉亲人，必然吾母亲无疑了。又问："应于何期相会？"和尚曰："'月缺月圆'，即在此一二天即可相会了。但今日虽是月圆之夜，据贫僧推详起来，即此七月还未得相会。"公子曰："缘何还有一月隔离？"僧曰："'周复始'三字，还要过了此月。待至下月中旬中秋之节，定得亲人聚会无疑了。"公子听罢，复又倒身下跪，叩谢过神祇，拱手作谢过僧人。

正要踱出，僧人上前与公子讨些签资，公子微笑曰："和尚，小子是个初到汴京贫客，实无钱钞与你。已经动劳于你，我不该当的，改日多送双倍香资便了。"僧人听了狄青之言，即上前扯牢，怒曰："万般闲物可以赊脱得，惟有求神问卜之资，难以拖欠神明的。你这人真乃可恶，劳动贫僧一番，分文不与的么？你倘不拿出钱钞来，休想拿走此囊包。"说未了，向地下抢去香囊。当时公子大怒，喝声："休走！"抢上捞住僧人一手。不须用力，这僧人十分疼痛，挣扭不脱，高声嚷救。

不意当时外边来了两个人：一人是淡红脸，宛如太祖赵匡胤一般；一人生得黑漆脸，好像唐朝尉迟敬德模样。若问两汉来由，乃是天盖山为强盗的英雄，结拜弟兄。当日扮为贩卖绸缎，是在山上打劫得来的绸缎，来到河南开封府城做客商。进城将缎子贮于行家销发，但未销发完，是以二人也来相国寺中参神。久闻相国寺乃子产庙，神圣灵感，弟兄二人特至寺中求问日后如何结果。参神已毕，早闻公子、僧人争论之言，也不甚在意。正要跑出庙门去，猛然看见狄公子乃一纤纤少年，扭住僧人一手，僧人就大呼救喊，痛得额汗并流。当下这红脸汉对黑脸汉说："看此人细细身躯，不想有此膂力，必非等闲之人。"黑脸汉言："如此看来，此人只在你我之上。但不知他何等样人，且与他做个相识也妙。"言罢，二人复跑进庙中，带笑曰："你这和尚行为太差也！你既为出家之人，原要方便为主。既然他是外省人，未曾便得钱钞也罢了，不该强抢他的包囊。"又说道："此位仁兄，且看吾弟兄面上，放手饶他。"当下公子抬头，一看二位少年昂昂气象，便放了僧人，喝声："出家之人如此势利，若非二位来劝解，定断不饶你的！"当下僧人得放，心中气闷，只得进内拿出杯茶相奉。

三人叙礼坐下。有红脸汉曰："请问仁兄尊姓高名、贵省仙乡，乞道其详。"狄公子曰："小弟姓狄，贱名青，乃山西太原府西河人氏。二位尊姓高名，还要请教。"红脸微笑曰："原来狄兄与弟一府之谊。"公子曰："兄弟也是西河人么？"红脸言："非也，乃同府各县，吾乃榆次县。贱姓张，名忠也。"公子曰："久仰英名！此位是令昆玉么？"张忠曰："不是。他是北直顺天府人，姓李名义。吾二人是结交异姓弟兄。但不知狄兄远居山西，来到汴京何干？"公子言："二位有所未知，小弟只因贫寒困乏，特到京中寻访亲人下落。二位仁兄，到此有何贵干的？"二人言："狄兄，吾二人只因学习得些武艺，但无能得荐效力，故在家置办些缎子布匹到来销发，以遣愁烦。如今货物销发于行，不意在此相会狄兄，实乃三生有幸。"公子曰："原来二位乃英雄之辈，正该效力于国家，足见与弟心同一业。"张忠曰："敢问狄兄，小弟闻西河县有位总戎狄老爷，是位勤政清官，除凶暴，保善良，为远近人民称感，不知可是狄兄贵族否？"公子曰："乃弟先严也。"二人闻言，笑曰："小弟有眼不识泰山，冒昧不恭，多有得罪。原来狄兄是位贵公子，果然生来贵品，非比常流。"公子曰："二位言重，弟岂敢当。但吾一贫如洗，涸澈之中，言来羞愧。不得已诉之神明，以待许吾以生死的。"二人听罢，微笑曰："公子休得太谦。既不鄙吾弟兄卑贱，且到我们寓中叙首盘桓，不知尊意如何？"李义又呼唤和尚："且拿去此小锭银子，只作狄公子的香资。"这僧人见了五两多一锭银子，好生喜悦，连称厚赐作谢，要留住再款斋茶。三人说："不消了。"公子拿回香囊，三人一同出庙。

三人一路谈谈说说,进了行店中。店主姓周名成,当时与狄公子通问了姓名,方知狄青乃官家公子,厚礼谦恭。当晚周成备了一桌上品酒筵,四人分宾主坐下,一同畅叙,传杯把盏,话语投机,谈说直至更深,各各睡去。

至次日,张忠、李义对狄青言曰:“你乃一位官家贵公子,吾二人出身微贱,原不敢亲近。但我弟兄最敬是英豪,今见公子英雄义气,实欲仰攀,意欲拜为异姓手足之交,不知尊意容纳否?”公子听罢,微微笑曰:“我狄青虽然忝属先人之余光,今已落后,是个贫穷下汉。二位仁兄是富厚英雄,弟执鞭左右,尚且不足,但辱承过爱,敢不如二位之命?”二人听了大悦。张忠又曰:“若论年纪,公子最小,应该排在第三。但尔乃贵公子出身,若称之为弟,到底心上不安。莫若结个少兄长弟之意。”李义笑言:“此话倒也说得相宜。”公子闻言曰:“二位仁兄说的话,倒也糊涂了。论理般般原要挨次序才是,年长即为兄,年轻即为弟,方合于理。”李义又曰:“吾二人主意已定,公子休得异议多端。且在于店中阶下,当空叩告神祇便了。”当下又求店主周成备办齐香烛之类,焚炷香,一同告祷。狄青恭身将居止、年辰上书表白,张忠、李义亦是皆然,此不用再言。述过即禀告结拜桃园之誓,无非凡俗之谈,也难尽说。三人祝告已毕,起来复坐。自此之后,张忠、李义不称狄公子,即转呼狄哥哥。

是日,狄青想来:前者多蒙师父搭救上仙山,学全武略,打发吾下山,许以到京便有亲人相会。岂料亲人不见,及得邂逅相逢,结交得异姓弟兄,算来乃一奇遇也。但见一紫脸、一黑脸,昂昂气概的英雄,生来异相,觉得惊人。且弟兄二人言,在家天天操习武艺,但今未曾与他比较得高低,未知那人精通。要知武艺谁好,且待空闲之日,虽当演比英雄便了。张忠一日呼声:“狄大哥,你初到汴京,未曾遍耍各地头风俗,且耽搁多几天,与你玩耍。待销完货物,再与你一同访亲,未知意下何如?”李义笑曰。

不知李义有何言语,如何比较雌雄,且看下回分解。

第六回 较演英雄分上下 玩游酒肆惹灾殃

诗曰：

穷困英雄涸困龙，一朝奋翮便乘风。

可量海水人难量，方信天机造化功。

当时李义笑曰："张二哥，今日既为手足，何分彼此。好鸟尚且同巢，何况我们义气之交。况狄哥哥为遭水患，亲谊之人已稀，又不知此地亲人访寻得遇否，莫若三人叙首，岂不胜于各分两地哉？"张忠听罢，言曰："贤弟之言有理，愚兄差了。"狄青听了二人之言，不觉咨叹一声曰："二位贤弟提起我离乡别井，不觉触动吾满腹愁烦。"张、李言曰："不知哥哥有何不安也？"狄青曰："吾单身漂泊，好比水面浮萍，倘不相逢二位贤弟如此意气相投，寻亲若不遇，必然流荡无踪了。"张、李齐呼："哥哥，你既为大丈夫英雄汉，何必为此担忧。古言'钱财如粪千金义'，我三人须学管、鲍分金，勿效孙、庞结怨。"狄青听了曰："难得二位如此重义也。吾之疏见，难及高怀。"言谈之间，不觉日坠西山。一宵晚景，夜膳休提。

次日，李义取了几匹缎子，与狄青做了几套衣裳更换。张忠又对行主周成说："倘若哥哥要用银子，多少且与他，即在吾货物账扣回便是。"周成应允。从此，三人日日往外边耍玩。或是饥渴，即进酒肆茶坊歇叙。玩水游山，好生有兴。当时张忠对李义私言议曰："吾们且待货物销完，收起银子，与狄大哥回山受用，岂不妙哉！今且不对他明说。"

不表二人之言。原来狄青又一别样心，要试看二人力量武艺如何。偶一天，耍玩到一座关公庙宇，其庙殿中两旁有石狮一对，高约有三尺，长约有四尺。狄青曰："二位贤弟，当日楚项王举鼎百钧，能服八千英雄。此石狮贤弟可提得动否？"张忠曰："看来此物有千六百斤，差不上下，且试试提举罢。"当下张忠将袖袍一卷，身躯一低，右手挽起狮腿一提，拿得半高，只得加上左手，方才高高擎起。只得走了七八步，觉得沉重，轻轻放下，头一摇，说声："来不得了，只因此物重得很。"李义曰："待吾来也。"低躯一坐，一手提起，亦拿不高。双手高持，亦走得殿前一围，只得放将下来。笑曰："大哥，小弟力量不济，休得见笑。"狄青言："二位贤弟力气很强，真乃英雄之辈。"李义曰："大哥，你也提拿来与小弟一观。"青曰："只恐吾一些也拿不动的。"张忠曰："哥哥且请试看拿来。"当下狄青微笑走上前，身躯一低，脚分八字，伸出猿臂，一手插入狮腿，早已高高擎起，周围团团三四转。张忠、李义见了，吐舌摇头，言曰："不想哥哥如此怯弱之躯，力量如此强很，我们不能稍及。"当下狄青提着狮子运转几围，面不改色，气不速喘，将狮子一高一低几次，然后轻轻放下，依旧放归原处。张忠笑曰："哥哥，你果然力勇无双，吾二人所深服也。实乃安邦定国奇能，唾手可取功名富贵了。"狄青曰："二位贤弟休得过誉，愚兄的力量武艺有甚奇罕。"当下又见庙左侧有青龙偃月刀一把，拿来演武。上镌着"重二百四十斤"。张忠、李义虽然舞得动，仍及不得狄青演得如龙取水、燕子穿梭一般。张、李实乃深服。玩耍一番，三人一同出了庙，向兴闹街而去。李义曰："二位哥哥，如今天色尚早，玩得腹饥了，须寻个酒肆坐坐才好。"张忠、狄青皆言有理。

一路言谈多见投机，不觉来到一所十字街头，只见一座高楼，十分幽雅。三人步进内楼，呼唤拿进上好美酒佳馔来。酒保一见三人，吓了一惊，言："不好了！蜀中刘、关、张三人出现来，走罢！"张忠曰："酒保不须害怕，吾二人生就面庞凶恶，心中乃是善良也。"酒保曰："原来客官不是吾本省人声音，休得见怪。且请少坐片时，即有佳酒馔送来。"当下三人只见阁子内有几桌人食酒，又见楼中不甚宽大，一望至里厢。对面一座高楼，雕画工巧，芳香花气远远吹喷出外厢，阵阵扑鼻芬芳。张忠呼酒保，要拣个好座头。酒保应诺："客官且在此位便甚好了。"张忠曰："这个所在我们不坐，须要对面此座高楼，我们要在此食酒。”酒保说:“三位客官要坐此高楼,断难从命了。”张忠曰:“这却也为何?”酒保言:“休问多端,你且在此食酒罢。”张忠听了,问曰:“到底为什么登不得此楼的?快些明言来。如若果然坐不得的,我们就不坐了,你也何妨直言。”酒保说:“三位客官不是我本省人,怪不得你们不知。吾隔楼有个大势力的官家,本省胡老爷,位居制台职。有位凶恶公子,强占此地,赶逐去一坊居民,将吾阁子后厢起建此间画楼,多栽奇花异草,古玩、琴棋、名画,无不具备,改号此楼为‘万花楼’。”张忠曰:“他既是官家公子,更有这样凶恶的?”酒保曰:“客官你不知其故。只因孙兵部就是庞太师女婿,胡制台是孙兵部契交党羽,是以他势炎滔天,人人害怕,百姓人家那个敢去惹他?这公子名胡伦,日日带领十余个家丁,倘愚民有些小关犯于他,即时拿回府中,登时打死,谁人敢去讨命?如今公子建造此楼,时常到来赏花游玩,食酒开心的。故禁止一众,不论军民人等,不许到他楼上闲玩,岂敢在此食酒?如有违命者,立刻拿回重处。故吾劝客官休问此楼,犹恐惹着,大凡灾祸不轻了。”

当时不独张忠、李义听了大怒,高声咆哮如雷,即狄青也觉气忿不平。张忠早已大喝一声:“休得多说!我三人今日必要登楼用酒,岂惧胡伦这小畜生!”言罢,三人就要跑进楼去,吓得酒保大惊,额汗并流,只得跪下叩头求告,言:“客官千祈勿上楼去,方才饶得我性命也。”狄公子曰:“酒保,吾三人上楼食酒,倘若胡伦到来放肆,自有我们与他理论,与你什么相干,弄得如此光景?”酒保曰:“客官有所不知,胡公子谕条上面有规定:本店若纵放闲人上楼者,捆打一百。客官啊!我岂经得起打一百么,岂非一命无辜送在你三人手里!恳祈三位客官不要登楼,只要算个买物放生,存些阴骘也罢。”张忠冷笑曰:“二位哥弟,胡伦这狗子如此凶狠,也怪他不得。恃着数十个蠢汉,横行无忌,顺者生,逆者死,不知陷害过多少个良民也。”狄青曰:“我们不上花楼去,显然惧怕这狗乌龟了,非为汉子之称。”李义也答言有理。急吓得酒保心乱如麻,此番叩头如捣蒜一般。张忠一手拉起,呼声:“酒保,你且起来,吾有个主张。如今赏你十两银子,我三人且上楼坐坐,片时就下来了。那胡伦难道有此尴尬,即此刻到来么?”

李义曰:“酒保,你好愚呆也！一刻间受用了十两银子,还不妙么?”当日酒保也贪想这十两银子,想来这紫脸客官说的倒也无差,难道胡公子却有此凑巧,向此时候就来了不成罢了?且大着胆子受用了十两银子罢。即说:“三位啊,就登一刻即要下来的。”三弟兄说:“这个自然,决不累着你淘气的。且拿进上上品美酒佳肴送上楼来,还有重重银锭赏你。”酒保听罢,应诺而下。

三人登进楼台,但见前后纱窗多已关着。先推开前面纱窗,一看就是街衢上,多少人来往,铺户居民,宇屋重重;又推开后面窗扇,果见一座芳园,森森树木,队队飞禽,亭台楼阁,犹如图画一般。只见秋花满目,及时而开,青松翠柏,参天秀茂一片,巧鸟灵禽,娇声频美,弟兄称意开怀。李义曰:“此座花园好幽雅也!”只见四边粉壁如雪如霜,张着名人古轴,箫管桐丝俱备,玩物器皿俱齐。只因胡公子四时登楼玩耍,合了一班朋党,吹弹歌唱,是以如此。

三人坐于白玉凳上,一刻酒肴送到,排开案桌上,弟兄放开大量,畅饮醇醪,言言谈论。又闻阵阵花香喷鼻,更觉称心。若说这三位少年英雄,包天胆量,况且张忠、李义乃是天盖山的强盗,放火伤人不知见过多少,那里畏惧什么胡制台的公子。他不登楼则已,到了花楼来,总要吃个爽快的酒,焉肯即时下楼。当时高声喧闹,几次催取好酒。李义高声呼唤:“酒保！还不速送酒上来?”拍台掷凳。张忠骂声:“狗王巴的浅囊,既开的是酒肆,巴不得客人多用酒馔,多卖钱钞。”酒保一闻呼骂之言,即忙跑走上楼中,称:“客官,小店里实在没了酒的,且请往别处再用罢。”张忠喝声:“狗囊！你言没了酒,欺着我们的?”一把将酒保揪住,圆睁环眼,擎起左拳,吓得酒保色寒抖抖,蹲做一堆的求饶。在旁李义曰:“酒保,到底有酒没有的?”狄青言:“酒是有的,无非厌烦着我们在此,只恐胡伦到来,连累于他之意耳。酒保,如若胡伦到来处治你,只言我们强抢上楼的,决然不连累于你。”酒保曰:“既如此,请此位红脸客官放手,待吾拿酒来罢。”当下张忠放手。酒保下得楼来,吐舌伸唇,言:“不好了！这三人食了两缸酒,还要添起来,也罢了,只忧公子到来,就不妥当的。”酒保正在心头着急,却然胡伦就到了。

再讲胡伦，年方二十外，生得面貌不佳，不是胡制台亲生，乃胡爷继养独子，只贪游荡，不喜攻书。胡爷并不拘束，听其所为，是至胡伦放纵得品行不端。平素凌虐良民过多，众民一知他到，便远远躲避，所以送他一个混名“胡狼虎”。这一天，乘了一匹白马，带了八个家丁，各处去玩了而回。本来不是要到酒肆中，只因狄青三人未登楼之先，已有一个无赖棍汉名徐二，在里食酒。后来看见酒家得了张忠十两银子，私放三人上花楼食酒，徐二暗言曰：“我前日食了他的酒肴未有钱钞，仰恳他记挂数日欠账，他却偏偏不肯，要吾身上衣衫折抵了。如今破绽落吾眼内，不免报禀与胡公子得知，搬弄些唇舌。料想恶公子必不肯干休，教这狗囊混闹一场，方出我的怨气。正是明枪易躲，暗箭难防也。”想罢，完了酒钞，出门而去。事有凑巧，胡公子正在一路回府，徐二急赶上跪下，言：“小人迎接胡大爷。”胡伦曰：“你是哪人？有甚事情？”徐二曰：“无事不敢惊动大爷。只因方才酒保故违大爷之命，贪得财帛，擅自容放三人在万花楼食酒，特来禀知大爷。”胡伦听了，问曰：“如今还在此么？”徐二曰：“如今还在楼中。”胡伦曰：“你且去罢，明天到来领赏。”徐二言“多谢大爷”而去，喜而言曰：“搬唆了口舌，还有赏领，这买卖真好做也。”

不说徐二喜悦。却说胡伦想来怒气冲冲，带了家丁，如狼似虎，一程来到酒肆中。喝声：“酒保！哪人登楼食酒？”店中阁内坐下食酒人一见公子到来，一哄走散了。酒家吓得魄散魂飞，连忙跪下，叩头不止。有八个家丁跑进楼台，大喝：“这里什么所在，你们敢在此吃酒么？”弟兄三人听了大怒，立起座位，言曰：“酒楼是留客之所，人人可进，你莫非就是胡家几个奴才么？奉命来阻挠吾们吃酒，好生胆大！”八人齐喝：“我家胡府大爷要登楼来，你们快些走下还好，这算不知者不罪。”三人喝声：“放屁！胡伦有甚大来头，不许吾们在此么？快教他认认我桃园三弟兄，立侧侍酒，方恕他简慢之罪。”家丁大怒，喝声：“胆大奴才，好生无礼！”早有胡兴、胡霸抢上，挥起双拳就打。却被张忠一手带一人，乘势一进，又至胸前，二人东西跌去丈远。又有胡祥、胡福飞步抢来。不知如何争持，且看下回分解。

第七回 打死愚凶除众害 置生豪杰慰民情

诗曰：

官民犯律一般同，岂料制台纵子凶。

当世若无包府尹，善良定遭罗网中。

当时李义看见两人打来，他圆睁环眼，喝声："慢来！"飞起连环脚，二人一齐跌去。胡昌、胡荣、胡贵、胡顺四人一齐拥上，向三人奔来。狄青实不介怀，将身一低，伸开双手，向四人腿上一擦，四人喊声："不好！"一齐扑地跌覆下。八人一齐起来，又是抢上，岂知身躯未近，人已先跌，只得爬起身来，一同逃下楼去。狄青看见，冷笑曰："这八个奴才，不消三拳两脚，打他奔下楼去。二位贤弟，我想胡伦未必肯干休，料他必来寻事，不免我们三个一同下楼去，方为上策。虽然不是畏怯于彼，犹恐他多差奴才来，就虎落平阳被犬所欺了。"张忠曰："哥哥所算不差，我们下楼罢。"

此时，狄青在前，张忠、李义在后，正要下楼，岂料胡伦公子雄赳赳气昂昂抢上楼来，高声大喝："谁敢无礼！吾胡大爷来也！"狄青问曰："你就是胡伦么？"轻轻在他肩上一拍，胡伦已立脚不稳，翻身跌下。八个家人上前扶起，已跌得头晕眼花了，即唤家丁们："快拿住三个贼奴才！"狄青喝声："胡伦，你还敢来么？"胡伦被扑跌得疼痛，心中忿怒，喝声："何方野畜，擅敢放肆！我公子就来，你便怎的？"直抢上前，七个家人随后。胡荣见势头不好，先回家中禀报胡爷去了。胡伦奔抢至狄青跟前，狄青伸手夹胸抓住提起，脊背向天，如抓鸡一般。七个家人只管呐喊，又见张忠、李义环眼圆睁，不敢上前。大骂："这还了得！三个死囚奴，如此胆大凶狠，还不放下公子。胡老爷一怒，担忧你三条狗命死得惨刑！”当时狄青乃少年心性猛，再者，酒已半酣之际，一闻家丁之言，怒气冲冲，喝声：“狗奴才！要吾放他么也不难，且还你罢！”将胡伦一抛，高高掷起，头向地，脚顶天，已跌于楼下。三人哈哈冷笑，重回楼中食酒，已忘记了方才下楼之言。当下七名家将见抛了公子下楼，急急跑走下楼来。只见公子磕破天灵盖，血流满地，已是不活。吓得面如土色，大呼：“反了！反了！清平世界，有此凶恶之徒，将公子打死，真乃目无王法了！”店家早已唬吓得半死。街上闲观之人渐多。是时，胡府家丁又添上百十余人，将店中重重围了。

这三人在楼中食酒，还不晓得胡伦跌死，正在食酒高兴之中，你一盅我一盏。有二三十人一拥上楼来，要拿捉凶手。这三人一见大恼，立起来，仍复拳打脚踢，多已打退下去。酒家看来不好，只得硬着胆子登楼来，跪下叩头不已。称言：“三位英雄，乞祈勿动手，救救小人狗命才好。”三兄弟曰：“我们又不是打你，何用这等慌忙的？”酒家曰：“三位啊，你今扑跌死了胡公子，他的势大凶狠，你不知么？方才小人已曾告禀过了。”狄青曰：“胡伦死了么？”酒保曰：“天灵盖已打得粉碎，鲜血满地，还有活的么？但今胡老爷必来拿问我了，岂不曰小人一命丧于你三位手中？”狄青曰：“店主休得着忙，我们一身做事一身抵当，决不来干连你的。”酒家曰：“你虽然如此言来，只是你三人乃异省的，一时逃脱去，岂不连累害了小人？”张忠曰：“我三人乃顶天立地英雄，决不逃走的。你且再拿美酒上来，我弟兄食个爽快就是。如不送酒来食，我们即逃走去了。”酒保听了，诺诺应允，言：“要酒也容易了。”此时急忙跑下楼，取一壶美酒送上楼来，只忧三人脱身而去，是以美酒佳肴多送上楼来，三弟兄大悦，尽量饮用不休。

是日，胡制台闻报，大惊大怒，立刻传地头知县，前往捉拿凶身。差役人等数十名，到了酒肆门前。县主于此排堂，验明尸伤，系跌扑殒命的。只因知县要奉承上司胡大人，少不得要审问的。当时县主唤酒家，问其姓名，酒家禀上：“大老爷在上，小人名唤张高。”县主又询三人姓氏：“怎样将胡公子打死的，你直白说来。”酒家言：“老爷，他三人名姓小人倒也不晓，只是一人红面的、一个黑面的、一位白面的同来食酒，要上对楼中。当时小人再三不肯，再四推辞。岂知他十分凶狠，伸出大拳头，将小人揪住要打。那时小人畏怯了，只得容他登楼去。后来公子到了，即时登楼厮闹。若问如何殴打，小人倒也不知，只为小人在楼下，他相殴在楼上，所以不知其由。老爷若问公子如何死法，只要询三个客人才知明白。”县主听罢点头。

当下衙役唤至三人，县主问曰：“你姓名且禀来。”张忠曰：“吾姓张名忠，山西榆次县人氏。”李义禀曰：“吾乃北直顺天府李义也。”青曰：“吾乃山西西河人狄青是也。”县主曰：“你三人既为越省人氏，在外为商，该当事事隐忍才是。在此食酒，缘何一刻便将胡公子打死？你且从实招来，以免再动刑。”张忠曰：“大老爷明鉴，吾三人在楼中食酒，与这胡伦两不交关的。岂料他领了七八个家丁打上楼来，不许我们食酒，这是胡伦差也。”县主听了，喝声：“胡说！你还说胡公子差么？你既坐了他楼，只须相让，用些婉辞赔语解劝，未必至于相殴的。况他是个尊贵公子，你三人乃一介愚民。即同辈中借用了东西，还要婉语相让。如今料你三个凶徒欺他质弱斯文之体，行凶将他打死了，还说此强蛮之话，好生可恶。”狄青曰：“老爷，若论理来，胡伦亦有差处。他一到店中，即差家人打上楼来，不分理论。后至胡伦厮闹进楼，小人并不曾将他殴打，他已怒气冲冲，失足扑于楼下。他是失足跌死，怎好冤屈小人打死他？望乞大老爷明鉴参详，保持为民父母之心。”县主大怒，喝声：“利口凶徒，你们将公子打死，还敢花言强辩！况属皇城法地，岂容此凶恶强徒！若不动刑法，怎好招认？”吩咐：“先将这红脸贼狠狠夹起来！”

当时差役正动手要将张忠靴子脱了，岂知来了一位铁面阎罗官。此人姓包名拯，一路巡查到此。却论包爷身为巡抚，此时不是圣上差他做个日巡官，乃是包公自为主意。只因目下奸党甚多，恐防他作弊端陷民，是日不打道又不鸣锣，只静悄悄带了张龙、赵虎、董超、薛霸四个排军各处巡察。一近酒肆坊中，只见喧哗人拥，包爷住轿，唤赵虎去查问何事。赵虎领命，去一会回来：“禀上大老爷，有三个外省人氏，张忠、李义、狄青，将胡制台公子打死在酒肆中，封丘县老爷在此相验问供，是以喧闹。”包爷一想，胡奸贼纵子不法，横行无忌，几次要擒他破绽收除，奈无机窍。这小畜生也有今日，正死得好，地头除一大虫子。想未了,有知县到来迎接,曲背弯腰,称言:“卑职封丘县参见包大人。”包爷就问:“贵县,这三个凶身那一人招认的?”知县曰:“启上大人,这三个凶身都不招认。卑职正要用刑,却值大人到此,理当恭迎。”包爷曰:“贵县,这件事情重大,谅你办不来也。待本部带转回衙,细细究问,不忧他不招认的。”县主曰:“包大人,卑职是个地方官,待卑职审究,不敢垂劳,烦大人费心。”包爷冷笑言:“你是地方官,难道本部是个客家官么?张龙、赵虎,可将三名凶犯带转回衙。”二人应诺,一同带住三人。包公又转店中,再验尸首,并非拳刃所伤,只是破了天灵脑盖。当下心中明白,登轿回衙。只有封丘知县心中不悦,恨着包公多管闲事,必然带去开豁了凶身,岂不令胡大人将吾见怪,只恐这官儿做不成了。只得吩咐衙役:“录了张酒家口供,将公子尸骸送到胡府中。”不打道,一程到了胡府中。

先说胡爷一闻儿子身亡,怒忿不消的痛恨,夫人哀哀苦哭,痛着儿子丧于无辜。忽报封丘县到来,胡爷传命后堂相见。知县进来,叩见毕,低头禀知:“大人,方才卑职验明公子被害,正在严究凶身,不想包大人到来,将三名凶犯拉去。为此卑职特送公子尸躯回府,禀明大人定夺。”胡爷言:“包拯如此无礼么?”知县曰:“是。”胡爷呼道:“包拯啊!这是人命重大事情,谅你不敢将凶身开豁的,先请贵县回衙罢。”知县打拱言:“如此,卑职告退了。”知县去后,胡爷回进后堂,一见尸首,放声悲哭。又见夫人苦切,家小丫头也是悲哀。胡爷长叹一声:“如今爹娘年老,单养成你一人,爱如掌上明珠。儿啊!指望你承嗣香烟,今被凶徒打死,后嗣倚靠谁人?贼啊!我与你何仇?行凶将吾儿打死,斩绝我胡氏香烟,恨不能将你这贼千刀万剐!”闲话休题。是日,免不得备棺入殓。

却说包公带转犯人,升堂坐下,凛冽威严,令人着惊。命人先带张忠,吩咐他抬起头。张忠深知包公乃是一位正直无私清官,故一心钦敬。呼声:“包大老爷,小民张忠叩见。”包公举目一观,见他豹头虎额,双目电光,紫膛面,看他猛勇之辈,若为一武职,不难挑上。即言:“张忠,你既非本省人,做什么生理?因何将胡伦打死?且公禀来。”张忠想定:这胡伦乃是狄哥哥将他撩下楼去跌死的,方才在知县跟前岂肯轻轻招认？但今包公案下，料想瞒不过的。况且结义时立誓义同生死。罢！待我一人认了罪，以免二人之累便了。定下主意，呼声："大老爷！小民乃山西人氏，贩些缎匹到京发卖，与狄、李二人在万花楼酒肆叙谈。不料胡伦到来，不许我们坐于楼中，领着家人七八个，如虎如狼打上楼来。只为小人有些膂力，将众人打退下去。后来胡伦跑上楼，与小人交手，一跤跌于楼下，撞破脑盖而亡，小的原是个凶手。"包拯想曰："本官见你是个英雄汉子，与民除害，倒有开豁你们之意，怎么一刑未动，竟自认为凶手，这是何解？"即喝曰："这是胡伦自己跌下身亡，与你何干？"张忠曰："是小的打他下楼的。"包爷喝声："胡说！胡家人多，你人少，焉能反将胡伦打下楼的？"喝他下去。

又唤李义上前，命他当面。包公一看李义，铁面生光，环眼有神，燕颔虎额，凛凛威严。包爷曰："你是李义么？那里人氏？这胡伦与你们相殴，据张忠言，他跌坠下楼身死，可是真么？"原来李义亦是莽夫，那里听得出包公开释他们之意，只想：张二哥因何认作凶手？待我禀上大老爷，代替他罢。"启禀大老爷，小人乃北直顺天人。三人到来，贩卖缎匹，在万花楼食酒。与胡伦吵闹，小的性烈，将他打下楼，坠扑身亡。"包爷喝曰："张忠已经说明白，两相殴打，他失足坠楼而死，你怎的冒认打死他？难道打死人不要偿命的么？"李义言："小的情愿偿命，只恳大老爷赦脱张忠的罪，便沾大恩了。"包爷听了，冷笑曰："好个莽匹夫也，下去！"

再唤狄青上堂。包爷细看小英雄，好生面熟，但不知在那里相会过的。原来包公乃文曲星，狄青乃武曲星，今生虽未会，前世已相逢，故尔当时包爷满腹思疑，此人好生面善，但一时记认不着。呼声："你是狄青么？那省人氏？"狄青禀曰："小民乃山西省太原人氏。只为到此访亲不遇，后逢张、李，结拜投机。是日在楼中食酒，不知胡伦何故引了多人上楼，要打吾三人。但小民等颇精武艺，反将众人打退下楼，吾将胡伦丢抛下楼跌死，罪归小民，张、李并非凶手。大老爷明鉴万里，万望开二人之恩。"包爷将案桌一拍，大喝："你小小年纪，说话胡涂！看你身躯怯弱，岂像打斗之人，如何这等冒认胡供？此人必是痴呆的。"喝命："撵他出去！"狄青大呼："老爷，小的是凶手正犯！"包公喝曰:“痴呆人胡说！况且张忠说明他坠楼身死,你这奴才敢在本部跟前冒为凶身!”大喝扠出。早有差人将狄青推出去了。旁边胡府家人看见,急上前:“禀上大老爷,这狄青既是凶手正犯,因何将他赶出?”包爷曰:“他乃年轻弱质,不是打斗之人。”家丁曰:“启上大老爷,他已自己招认作凶身的。”包公曰:“他乃冒认,欲脱张、李二人耳,怎好再屈枉无辜。”家丁曰:“望恳大老爷勿放走凶身,只恐家老爷动恼了。”包公怒曰:“你这狗才！将主人来压抗本部么?”扯签撒下:“打了二十板!”打得痛苦哀哀,登时逐出。包公本欲将张、李一齐开豁了,无奈无此法律,不免暂押狱中再处,即时退堂。

有众民见包公审三人,将狄青赶出,打了胡府家人,好不称快。只为胡伦平日欺压众民,被害过多,今日见三人乃外省人氏打死了他,犹如街道除去猛虎,十分感激三人,实欲包公一齐放脱了他,你言我语,不约而同心想来。好善憎恶,个个皆然。不知张、李如何出狱,且看下回分解。

第八回 说人情忠奸驳辩 演武艺英汉从权

诗曰：

忠良本是惜忠良，不比奸臣恶毒肠。

只为私仇忘正义，万载难免臭名扬。

不表众民人喜得打杀了胡伦公子，除去本地头大患。却说狄青被包公赶逐出了衙门，不解其意，一路思量：包大人将我开释了，难道吾父亲做官时与他是故交？但吾幼年时，爹爹升到本籍山西省做总兵时，包爷初在朝做内官。如今虽将我罪名脱摘，还不知二位弟兄怎么样了？狄青正在思想，只见衙役等押出两人，连忙上前随后："二位贤弟出来了么？愚兄在此等候多时了。"二人说："哥哥，你且回店中，等候我二人则甚？"狄青曰："候你二人一同回去。"二人微笑曰："小弟回去不成了。"狄青问曰："不知包大人如何断你二人？"张忠曰："包大人也没有什么审断，只传谕下来，将我二人收禁候定。"狄青曰："你二人下监牢去么？如此我也同去了。"二人言："大哥，你却痴了。你是无罪之人，如何进得狱中？"狄青曰："贤弟那里话来！打死胡伦，原是我为凶手，包大人偏偏不究，教我如何得安？岂忍你二人羁于缧绁之中。我三人死生不离，方见桃园弟兄之义也。"张忠笑曰："哥哥，你今日就欠聪明了。吾二人是包大人之命，不得不然耳。你是局外之人，况乎这个所在，不是无罪之人可进得的。吾还有一说，哥哥附耳近些，方可说知。"当时张忠附耳细言："这件事情，包公却有开释之意，小弟决无抵偿之罪。哥哥可放心回去，对周成行主说知，拿百十两银子来使用便是了。"狄青闻言叹声曰："屡闻包大人铁面无私的清官，若得他开发你二人无大罪，我心方安的。"谈谈说说，不觉到了牢中。

狄青无奈，只得别去。回归店中，将情达知周成行主，吓得他吃惊不小，就将他货物银子兑了一百两，交付狄青。次日到狱中探望二人，分发使费。少停回转行中，心头烦闷，日望包爷释放二人。

按下三人不表。再言胡坤府内之事。家丁被打回来，禀知："包公审坏此事，将一个正犯狄青开放去，小人驳说得一声，登时拿下，打了二十，痛苦难堪。"胡爷听了，怒曰："可恼！包拯竟将正犯放走了，又毒打家人。如此可恶，包黑贼真不近人情了。"吩咐打道出衙，一路往孙兵部府中而来。原来孙秀因庞洪入相，进女入宫为贵妃，他是国丈女婿，故由通政司职升为司马，名声赫赫的大奸权。适胡坤是庞国丈的门生，故孙、胡二人十分厚交，是为莫逆弟兄。又言胡坤不去见包公，名正言顺，说秉公之论，反去鬼头鬼脑来见孙司马，显见他不是光明正大之人了。

当日孙兵部闻报，吩咐大开中门，衣冠齐整的迎接。携手进至内堂，分宾主坐下。茶递毕，孙爷问曰："不知胡老哥到来，有失远迎，望祈恕罪。"胡爷曰："老贤弟，休得客套了。愚兄此来非为别故……"胡坤将此事一长一短说知，再说道："孙贤弟，吾平日本与包拯不投机的，今又打我家丁，欺吾太甚，故特来与你相商。但狄青是个凶身正犯，他已放脱了。有烦老贤弟去见这包拯，要他拿回狄青，与张、李一同审作凶身，一同定罪，万事干休。如若放走了狄青，势不两立，必要奏闻圣上，究问他一个坏法贪赃之罪，管教他头上乌纱帽子除下。"孙兵部听了，大怒曰："可恼！可恼！包黑贼如此欺人太甚！胡兄不必心焦，愚弟亦与包拯不合。但为此事，亦代你走一遭去见他。凭彼性子倔强固执，吾往说话，谅包拯不得不依。"胡爷曰："如此，足感贤弟，有劳了。"孙秀当日吩咐备酒于书房，二人食至红日西归，胡坤方才作别回衙。

到次日，孙秀打道上马，一程来至包府，令人通报。包爷一想，孙秀从不来探望我的，此来甚是可疑。只得接进私衙内，双双见礼坐下。包爷曰："不知孙大人光降，有何见谕？"孙秀冷笑曰："包大人，难道你不晓得下官的来意么？"包爷曰："全然不晓。"孙爷曰："只为胡公子被张、李、狄三人打死，理当知县审究，却被包大人带转回衙来。"包公曰:“这件案情知县办得,难道下官倒管不得么?”孙秀曰:“管是管得的,但不应该将个凶身正犯放脱去,是何道理?”包爷曰:“怎见小小少年狄青是凶身正犯?”孙秀曰:“这是狄青自招认的。”包爷曰:“如此孙大人亲自目击么?”孙秀曰:“虽非目击,难道胡府人算不得目击么?”包公曰:“如此只算得传来之言,不足为信。倘国家大事,大人可以到来相商,如今不过是一桩误伤人命,不是什么大不了的事情。若要私说情面,休得多说。”孙秀曰:“包大人,尔说的多是蛮话。”包爷冷笑曰:“下官原是蛮话,只要说蛮话蛮得有理就是了。但这胡伦是自跌扑于楼下而死,据你的主见,要他三人偿他一命之意,尔岂不晓得家无二犯,罪不重科?比方前数日有许多人在此食酒,如是一概多人俱要偿他的命了?为民父母,好善乐生,大人未必昧此。况且此案下官未曾发结,少不得还要复审再行定夺。”孙秀曰:“包大人,你一向正直无私,是至圣上十分看重于你,满朝文武人人敬你。岂知今日此桩人命正案便存了私,弄得化为乌有。如今你私放了正犯,胡坤儿子被他打死,岂肯干休?倘被他奏闻圣上,你头上乌纱帽可戴得稳牢么?”包爷听罢,冷笑曰:“孙大人,下官这乌纱时刻由着不戴的,只有存着一点报国之心,并不计较机关利害也。”孙秀曰:“包大人,据你的主见,这狄青不是个凶犯,应得释放的么?”包公曰:“何曾是凶犯?自然应该放脱的,少不得也要奏知圣上。这胡坤不奏知圣上,下官也要上本的。”孙秀曰:“大人,你奏他什么来?”包公曰:“只奏他纵子行凶,欺压贫民,人人受害的款头。”秀曰:“这有什么为据的?”包公冷笑曰:“你言没有凭据么?这胡伦害民恶款过多,吾已查得的确,即现在万花楼之地,亦是赶逐去居民强占夺的。况且张、李、狄三人乃异乡孤客,这显见胡伦恃着官家势力,欺他寡不敌众,弱不敌强,哪人不晓?岂有人少的反把人多的打死,实难准信的。倘若奏知圣上,这胡坤先有治家不严之罪,纵子殃民,实乃知法犯法,比之庶民罪加一等。即大人来胡讲,私说情面,也有欺公之罪。”这几句言来,说得孙秀无言可答,带怒曰:“包大人,你好斗气之人!拿别人的款头,捉别人的破绽,我同你一殿之人,何苦尽结冤家?劝你世情看破些也罢。”包公大声言曰:“孙大人!这是别人来惹下官淘气的,非吾去觅人结抗也。

奏知圣上，亦是公断。是是非非，总凭圣上公议。倘若吾差了，总然罢职除官，吾包拯并不介怀的。”

当时包公几句侃侃铁言，说得孙秀也觉心惊了。想来这包黑子的骨硬性鲠，动不动拿人踪迹，捉人破绽，倘或果然被他奏知圣上，这胡坤实乃有罪的。悔恨此来反是失言了，此时倒觉收场不得。只得唤声：“包大人！下官不过闻得传信之言，说你将凶手放脱了。又想大人乃秉公无私的，如何肯抹法瞒公，甚是难明，故特来问个详细。大人何必动恼？如此下官告辞了！”

当日孙兵部含怒作别，一路复来到胡府，将情告知：“包拯强硬之言，反要上朝劾奏胡兄。”胡坤听罢这番言语，大怒，深恨包公。是晚，只得备酒相款。叙间，孙秀讲起狄青，言他乃一介小民，且差人慢慢缉着，访明下落，暗捉拿回处决他，有何难处。

不表二奸叙话。再说黑面清官包公见孙秀去后，冷笑曰：“孙秀，你这奸党虽则借着丈人势力，只好去压制别人，若在我包拯跟前弄些乖巧，教你休想！也真扫刮得他来时热热，去时淡淡的。”又想：“胡伦身死，到底因张忠、李义而来，于律又不能将二人置于无罪。故吾将二人权禁于囹圄中，这胡坤又奈不得我何。”

不说包公想象。再说狄青自别了张忠、李义之后，独自一个在店中寂寞不过，心中烦闷，只因弟兄两人坐于狱中，不知包爷定他之罪轻重，一日盼望一日。当时来了周成，笑曰：“狄公子，有段美事与你商量。”狄青曰：“周兄，有何见教？”周成曰：“小弟有一故交好友，姓林名贵，前者一向当兵，而今升武员，为官两载。日中闲暇，来到谈叙，方才无意中谈及起你的武艺精通之处。林老爷言，既是年少英雄，武艺精熟，应该图个进身方是。我说只为无人提拔，故而埋没了英雄。林爷又说，待他看看你人品武艺如何。即依吾主见，公子有此全身武艺，如何不图个出身，强如在此天天无事的。若得林爷看观，你就有好处了。不知公子意下如何？”狄青想道：这句话却是说得有理。但想这林贵不过是个千总官儿，有什么希罕？有什么提拔得出来？但这周成一片好心，不好却拒他之意。即时应诺，整顿衣巾，一路与周成到来拜见林贵。

当日,林老爷一见狄青,身材不甚魁伟,生得面如傅粉,目秀神奇,虽非落魄低微之相,谅他没有什么力气,决然没有武艺的。看他只好做文官,为武职休得想望了。便问狄青:"你年多少?"狄青曰:"小人年已十六了。"林爷曰:"你是一年少文人,哪得深通武艺?"狄青曰:"老爷,小人得师指教,略知一二。"周成说:"林兄长不要将他小觑,果然武艺高强,气力狠大。"当日林爷哪里肯信,便叫狄青:"既有武艺,须要当面试演,可随吾来。"狄青应允。林爷即刻别过周成,带了狄青回到署中。开言:"狄青,你善用什么器械?"青曰:"不瞒老爷,小人不拘刀、枪、剑、戟、弓、矢、拳、棍,皆颇精熟。"林贵想来,你小小年纪,这般夸口,且试演尔一回便知分晓了。即同到后厢宽敞地,已有军器齐备,就命狄青演武。

狄青暗想:可笑林贵全无眼力,小视于吾。且将王禅师父的仙传武艺演来,只恐唬杀你这官儿的。当时免不得上前说道:"老爷,小人放肆了。"林爷曰:"你且演试来。"小英雄一提起枪,精神抖擞,舞来犹如蛟龙剪尾、狮子滚球,真乃枪法希奇,世所罕有。随营士卒见了,心寒惊讶。林爷更觉慌张深服,方信周成之言非谬。枪法已完,又取大刀玩演,只是霞光闪闪,刀花飞转,不见人形。当时人人喝彩,个个称扬,林爷大悦。大刀舞完,剑、戟、弓、矢般般试演,实乃非人可及。林爷不胜赞叹,自道肉眼无能,错觑英雄小汉。便问及狄青:"你有此高强武艺,哪人传授你的?"狄青言:"家传世习也。"林爷曰:"既家传,你父是何官职?"狄青曰:"父亲曾为总兵武职。"林爷曰:"原来世代将门之种,怪不得武艺般般迥异寻常。今吾收用你在营中效用,倘得奇遇,何难武功显达惊人。恨吾官卑职小,不然还借你有光了。今且屈你在此效力,入你一名步卒便了。"狄青曰:"多谢老爷提携也。"此时只得羁身于此兵营矣。狄青思量:欲托足于此,以图机会耳。不然即做了这把千总官儿,亦不希罕的。

是日,周成店主心中喜悦,以为狄公子得进身地了,这是浅人之见如此耳。但他亦是一片留心盛意,故狄公子不好却他之意,权在林贵营中。不知如何图得机会进身,下回再叙。

第九回　急求名题诗得祸　私报怨越律伤人

诗曰：

爱民保国忠良志，妒技憎贤奸者心。

善恶两途奚混迹，春秋直笔见公吟。

慢言狄青在林贵营中进用。其时乃七月才残，始交八月。前时西夏赵元昊兴兵四十万，攻下陕西绥德、延安二府，直进兵偏头关。守镇三关口乃杨元帅。三关一曰偏头、一曰宁武、一曰雁门。此三关乃万里长城西北隘口重地，屡命名将保守。如今杨元帅关内亦是兵雄将勇。上月杨元帅已有本告急回朝，仁宗天子命兵部孙秀天天操演军马，挑选能将，然后发兵。时乃八月初二，选定吉日，谕集一班武职将官，要往教场开操。是日，城守营乃值林贵，于教场命人打扫洁净，孙兵部的公位乃铺毡结彩，安排了座位名款，预备以俟孙爷下教场不表。

又言狄青在教场中独自闲玩，不觉思思想想，动着一胸烦恼，长嗟短叹道："吾蒙师父打发下山，到了汴京已有二十多天，不见亲人，结交得异姓手足，实见义气相投。岂知不多几日，惹起一场灾祸。但想我虽在营中当兵效用，到底不称吾心，不展我才。虽说目下兵困三关，我狄青埋没在个小小武员名下，怎能与国出力效劳？真枉为大丈夫也。"当时，小英雄双眉紧锁，自叹自嗟。想来目下正是用兵较武之际，只可惜吾狄青枉有全身武艺。想来又不便勉恳林爷，独推荐于己。这孙兵部焉能晓得石中藏玉、草里埋珠，这便怎么的好？当日自言自想，走过东又走过西。又见公位案上有现成的笔墨在此，暗想：不免吾于粉壁上面题下数言，将姓名略见，好待孙兵部到此细问推详。倘得他贵人举荐,便可展吾的安邦定国之略了。想罢,即提起毫管,写了四句诗词于粉壁间,后面落了姓名。放下毫管言:“孙兵部啊!你是职居司马,执掌兵符,总凭你部下武员将士许多,焉能及得我狄青仙传技艺!”但见红日沉西,狄青回营去了。

次日五更天,教场中许多武将官员纷纷叙集,兵丁纷纷叙班。多少总兵、副将盔明甲亮,兵丁队伍旗幡招展,教场中杀气冲霄。当时,人马拥旺闹热,天色尚属黎明,未大亮,故壁上字迹没有人瞧见。少停鼓乐喧天,孙兵部来到教场。非同小可,各位总兵、副将、参将、守备、游击、都司、总管等五营八哨,诸般将士,挨次恭迎,好不威严。当时孙兵部端然坐下公位,八位总兵分开左右,下边挨次侍立。两名家将送上参汤用过。

时天色已大明,偶然看见东首正面壁上有字迹几行,不知哪人胆大书于此。只为往日开操,此壁并无一字,孙秀如今一见,命张恺、李晃二总兵往看分明。二位总兵奉命向前,细观诗句,记了姓名,复位上禀部台言:“粉墙上字迹乃诗词也。旁边书着姓名,乃山西人,姓狄名青。”孙秀闻言,想来狄青还在京,又问:“其诗如何?”张恺言:“其诗曰:‘玉藏蛮石少人知,如逢识者见希奇。有日琢磨成大器,惟期卞氏献丹墀。’”孙秀当下想来:一些不错,料然是前日打死胡公子狄青也,却被包拯放走了他。虽则同名同姓,天下所有,怎的又是山西人氏?想必他仍在京中未回故土,但未知安身在于何处。倘若为着胡伦之事查捕于他,犹恐结怨于包黑。不若因此事执罪,何难了决这小畜生。想罢,传知八位总兵言:“作诗之人,诗句昂昂,寓意迂阔,必然狂妄。你等须要留心,细访其人,待本部另有规训于他。”众人同声答应。

忽旁边闪出一位总兵:“启上大人,卑职冯焕,前日查得兵粮册上有城守营林贵名下新增步卒姓狄名青,亦是山西人氏。”孙兵部听罢,喜盈于色,言曰:“妙!妙!”即传谕千总:“引领狄青来见本部,暂停操演。”一声军令,谁敢有违?当时孙秀心花怒放,暗言:“狄青啊!谁教你题此诗句?这是你命该如此的。少停来见本部时,好比蜻蜓飞进蛛丝网,鸟入牢笼那里逃。胡坤好不感激于本官也。但此事弄翻了,这包黑子哪里得知,还来放脱得他的。”思未了,忽家将领进营员林贵到案下，双膝跪下，叫声："大人在上，城守营千总林贵叩见。"当时伏跪下。孙秀曰："林贵，你名下可有一新充步兵，是狄青否？"林贵禀曰："小弁名下果有步兵姓狄名青。蒙大人传唤，小弁已将狄青带同在此。"孙秀曰："如此快些唤来见本官。"当日林贵只道好意，恨不能狄青得遇贵人提拔，是以满心大悦，带同他至来参叩兵部大人。此时跪倒尘埃，头也不敢抬。孙秀吩咐"抬头"。当面呼声："狄青，你是山西人氏么？"狄青曰："小人乃山西省人也。"孙秀曰："前日你在万花楼上打死了胡公子，已得包大人开豁，你怎不回归故土，还在京城，何也？"狄青言："启禀大人，小的多蒙包大人开释了罪名，实乃感恩无涯。如今欲在京中求名，故未归里。又蒙林爷收用名下，今闻大人呼唤，特随林爷到来参见。"孙秀听了，点头暗言："正是打死胡伦之狄青。"登时怒容满面，杀气顿生，喝声："左右，拿下！"当下一声答应，如狼似虎抢上，犹如鹰抓鸡儿。

若论狄青的英雄膂力，更兼拳艺超群，这些军兵几人焉能拿捉得他？只因思量：以国法，这孙秀乃一位兵部大人，此时身充兵役，是他管下之人，那里敢造次？这是有力不敢用，有威不能施，只听他们拉扯起。当时，旁边林贵吓得惊骇不小，又不敢动问。孙爷复喝令将狄青紧紧捆绑起。狄青呼曰："孙大人啊！小人并未犯法，何故将吾拿下的？"孙秀大喝曰："胆大奴才！你缘何于粉壁上妄题诗句的？"狄青禀上："大人，若言壁上诗词，乃是小人一时戏笔妄言，并未有冒犯大人。只求大人洪量，开恩姑饶。"孙兵部喝声："狗奴才！这里是甚么所在，擅敢戏笔侮弄么？既晓本部今日前来操演，特此戏侮，显见你看得军法全无。照依军法，断不容情！"吩咐林贵："将他押出，斩首报来！"狄青呼："大人！原是小人无知，一时误犯，只求大人洪量，饶恕小人初犯。"复跪下连连叩头。有林千总也是跪在左边，一般的求免死罪。孙兵部变脸大喝道："休得多言！这是军法，如何徇得情面？林贵再多言讨情，一同枭首正法！"当下林千总暗想：狄青料然与孙贼有甚宿仇，料也难以求情脱的，只可惜他死得好冤屈也。逆忤不过兵部权令，早已将此小英雄紧紧捆绑起，两边刀斧手推下。

当下狄青看此，只是冷笑一声，言："吾狄青枉有全身仙艺，空怀韬略奇能。今日时乖运蹇，莫想安邦定国，休思名入凌烟。既残七尺之躯，实负却鬼谷仙师之德。”想来实觉怒气冲天，双眉倒竖，二目圆睁，哪里心上有惊，只是重重气勃，这是英雄气概出于自然也。当时捆推狄青出教场外，小英雄虽然不惧，反吓唬得林贵暗暗忧惊，教场中大小将官士卒个个骇然。又见林贵被叱，那得还有人上前讨救。当其时，虽则军令森严，不许交头接耳，到底众军多人暗中你言我语言：“狄青死得无辜，孙兵部实乃胡涂之辈，全不体念人。若当兵，也是无可奈何的困苦人。他纵然一时戏写了几句诗词，犯了些小军法，也不该造次将他斩杀的。”有人言：“孙兵部乃是庞太师一党，共同陷害忠良。想来狄青决是忠臣后裔，是以兵部访询得的确，要斩草除根，不留余蔓之意也未可知。况且狄青一小卒耳，入队尚未多日，怎尽晓军法如炉的？还可以从宽饶恕于他。既不然陷害于人，也是狼心过毒了。”

不言众将众兵私议。再表狄青正在推出教场之际，忽报来说，五位王爷千岁到教场看操。孙爷吩咐将狄青带在一旁候开刀。是时兵部恭身出迎，林贵带狄青在西边，两扇绣旗裹住他身躯。林贵附耳教他：“待千岁王爷一到，快速喊救，可得性命了。”又言兵部迎接的王爷，第一位年少，潞花王赵璧；第二位汝南王郑印，是郑恩之子；第三位勇平王高琼，高怀德之子；第四位静山王呼延显，呼延赞之子；第五位东平王曹伟，曹彬之子。此五位王爷除了潞花王一人，皆有七旬八十之年，在少年时皆是马上功名，故今还来看操演。此时身坐金銮，徐徐而至，许多文武官员等候两旁。此刻，林贵悄悄将狄青肩背一拍，狄青便高声大喊：“千岁王爷，救命啊！”一连三声。孙兵部觉得呆了一呆。

有四位王爷不甚管闲账的，只有汝南王郑印好查察事情，问曰：“甚么人喊叫？左右速查来。”当下孙兵部低头不语，接了五位王爷。坐下，一同开言问曰：“孙兵部，因何此时还未开操？”孙秀曰：“启上众位千岁爷，只因有步卒一名，在粉壁正对公位胡乱题诗戏侮，为此将他查问正法，故而还未开操。”郑王爷问曰：“其诗句在于哪里？”孙秀言：“现在于对壁上。”当时汝南王特自踱上前，将诗词一看，思量：这几句诗词也不过高称自才，求人荐用之意，并非犯了什么军法。想来孙秀这奸贼，又要屈害军人了，本藩偏要救脱此人。即踱回坐下，早有军兵复禀："千岁爷！小人奉命查得，叫屈之人乃是一名步兵，姓狄名青。"王爷吩咐："带他进来。"当时汝南王呼声："孙兵部，此乃一军卒，无知偶犯的，且姑饶他便了，何以定要将彼斩首？觉得狠心太残忍了。"孙秀呼声："老千岁，这是下官按军法而行，理该处斩的。"千岁冷笑曰："按什么军法？只恐有些仇怨是真。"言未了，不觉带上狄青，捆绑得牢牢跪下。

王爷吩咐放了绑，穿上衣。当下狄青连连叩首，谢过千岁活命之恩。王爷曰："你名狄青么？"狄青俯伏称是。王爷又问曰："你犯了什么军法？"狄青曰："启禀千岁爷，小人并未犯军法。只为壁上偶题诗句，便干孙大人之怒，要处斩的。"郑千岁听了点头言曰："你既充兵役，便知军法，今日原算狂妄些。孙兵部，本藩今日好意，且饶恕了他。"孙秀曰："千岁，这军人不可姑饶的。"王爷曰："缘何饶恕他不得？你且说来。"孙秀曰："狄青身当兵役，岂不知军法利害？既敢如此不法，若不执法处斩，便于军法有乖了。"王爷冷笑曰："你言虽有理，只算本藩今日讨个情，饶恕了他也。"孙秀曰："千岁的钧旨，下官原不敢违逆。但狄青如此狂妄，轻视军法，若不处决，则十万之众，将来难以处管了。"郑千岁曰："你必要处斩他么？本藩偏要放释他的！"当时激恼了静山王曰："孙兵部，你今太觉不情了。纵使狄青犯了军法，郑千岁在此讨饶，也该依他的。"四位王爷不约同心，一齐要救困扶危，你言我语，倒弄到孙秀哑口无言，满面发红，深恨五人来此，狄青杀不成，又羞惭得不好收场的，只得气闷言曰："既蒙各位千岁钧旨，下官也不敢复忤了。但死罪既饶，活罪难免也。"汝南王曰："据你便怎么样再处的？"孙秀曰："打他四十军棍，以免有碍军规。"郑千岁曰："即饶他死罪，又何苦定打他四十棍的凶狠？且责他十棍也罢。"二人争执多时，孙秀皆以军法为言。众位王爷觉得厌烦了，勇平王言曰："若论小军兵犯了些小军律，念他初次，可以从宽概免。如责打四十棍，也过于狠毒。如今孙兵部还要置人于死地，可为残忍之人也。也罢，打他二十棍，好待孙兵部心头略遂，不许复多言。"孙秀听了大惭，不敢再辩，即离了座位，悄悄吩咐范却总兵用药棍，总兵应允。

又言平日间孙秀制造成药棍，倘不喜欢此人，或冒犯于他，便用此药棍。打了二十棍，七八天之内就要两腿腐烂，毒气攻于五脏，就呜呼哀哉了。打四十棍对日死，打三十棍三日亡。打二十棍不出十天外，打十棍不出一月中，也要死的。范总兵当时领命，将药棍拿到，按下小英雄，一连打了二十棍，好利害疼痛。打完，言道："禀上千岁爷，已将狄青打完了，缴令。"王爷言："且放他起来。"孙秀吩咐："除了他名，撵他出去！"然后发令人马操演。

此日金鼓齐鸣，教场中热闹操演。但不知狄公子乃日后一位王侯贵品，今日被药棍打了二十，苦痛难忍，血水淋漓，直觉可悯，出了教场而去。不知性命如何，且看下回分解。

第十回　被伤豪杰求医急　搭救英雄普济良

诗曰：

运退黄金多失色，时来顽石也生辉。

未逢机会英雄困，能屈能伸智士为。

慢说教场中操演军马。却言狄青被药棍打了二十，痛楚难当，由你英雄猛汉、强健之躯，也难忍当此疼痛。一程出了教场，连心胸里也隐痛起来。可怜一路慢行迟步，思思想想。这孙兵部好生奇怪，吾与彼并非冤仇，为何将我如此欺凌的？当时若无千岁王爷解救，必然一命呜呼了。但想我狄青不过年方长成二八，指望得些功劳，出力于皇家，以耀先人武烈。岂知时命不济，运多迍蹇，受此欺凌。但想孙秀，你非为国求贤之辈，枉食朝廷厚禄，职司兵权之任。倘我狄青日后风云一助，不报此怨，誓不立于朝堂。但今痛得苦楚，如何行走？当下鲜血淋淋，不住滴流，犹如刀割一般。约慢走半里之遥，实欲走回周成店中，不想痛得挨走不动。不觉行至一座庙堂，不晓是何神圣，只得挨踱进庙中，权且歇息。在丹墀上卧下，呼喘叫痛连声。

约有个辰刻，来了一位本庙司祝老人。定睛一看，动问曰："你是何人，睡卧于此？"青曰："吾乃城守营林老爷名下兵役，因被孙兵部责打二十棍，两腿疼痛，难以行走，故于此处歇息片刻。"司祝曰："这孙兵部可与你有什么仇怨，抑或误了公干事情？"狄青言："非与彼有仇，亦不是误了公干。只一时犯了些小军规，被他打了二十军棍，痛苦难禁。"司祝曰："久闻孙爷的军棍比别官的倍加利害，军人被打的，后来医治不痊，死过数人，老拙所目击。你今着此棍棒，必须早日调治才好。"狄青曰："不瞒尊者你，吾非本省人氏，初至京城，哪里得知有甚高明国手？”司祝曰：“医士甚多，只不能调愈得此棒毒。只有相国寺内有位隐修和尚，他有妙药方便，乃吾省开封一府有名神效打扑被伤诸般中毒方药。但这和尚与众不同，他为人心性最清高，常闭户静养，只有官员里来交参。另有一说，他人既与官宦相交，心性定然骄傲，但他不然，生来一片慈善之心，倘得医治人痊效，富厚者定然酬谢金帛玩器。如遇贫困人，说得苦切求恳，即方便赠送方药，也常有的。”当下狄青听了，说：“多承指教。”司祝言罢，进内去了。

狄青思量，既有此去处，不免挨进去求见和尚调治便了。但我今身上未有资财，只得往去求恳他开个善心。调理好，张、李兄弟处，店中尚有些银子，借他些酬谢也使得。想罢起来，踱出庙去，一步挨着一步，逢人便问相国寺之所。行不远，果有古庙一间，闭着寺门。只得忍着疼痛，将门拍上几声。里面开门，来了一位小和尚，言曰：“尔这人因何叩门？到此何事？”狄青道：“小师父，吾狄青有急难，来求搭救。身当兵役，却被棍棒打伤，要求和尚大师父调治。”这小和尚听了，进内禀知。去半刻而回言：“大和尚呼唤你进内相见。”

当下狄青忍着痛，随着小和尚进至里厢。一连三进，内一座幽静书斋，一位和尚当中坐于交椅，年已有花甲，丰姿神圣，双目澄清，颜容绰彩，开言曰：“尔这人来求药调疾的么？”狄青见问，即倒身下跪，将情一一达知。老和尚听他如此痛楚，便呼徒弟扶起。言曰：“你既受此棍伤，十分痛楚，何须倒跪尘埃，更然痛苦难忍了。贫僧是出家人，无乃救人为心，何曾计较分毫。又念你远方孤独飘零客，更何计较。我想这孙兵部乃庞太师的女婿，二人相济为恶，更有王钦若等五人，百姓称之朝中五鬼，亦是大奸大恶之臣。贫僧看你的痛苦直透内心，必然被他药棍打伤的。这奸臣制造成毒药棍，伤害人死的已多。”言罢，引狄青至侧室，睡下禅床，将窗门紧闭。又细问狄公子一番，便言：“你今受孙贼毒害了。他用药棍打尔两腿，不出三天就腐烂，至七天之内，毒传五心，纵有名医妙药，也难救解的。”狄青一闻此言，心内一惊，口称：“大和尚，万望慈悲，搭救我异乡难人，叨感恩德如山也。”那隐修听了，笑道：“贫僧既入修戒之门，六畜微命尚且惜其所生，何况同生同类之人。你今受此重伤，吾若坐视不救，何用身入修行之域?”当时在架上取出一小葫芦,倒出两颗朱丹,一颗调化开教他先吃下,一颗出汗后而服。回身又取出草药三束:一束是善能解毒;一束善能活血;一束善能止痛。就命小和尚一齐捣烂,用米醋化开,涂搽于两腿之上。当时狄青越觉痛得昏迷,大叫一声:“痛杀也!”足一伸一缩,登时昏晕了,遍身冷汗滚流不住。此时小和尚也吓一惊。见他昏迷不醒,大和尚又唤徒弟:“速取油纸,将他被伤处封固,再取被褥一张,与他盖好身躯。这一颗丹丸,待他汗止后化开而服。”时天色已晚,小和尚送进斋饭。武曲星身遭灾难。按下慢题。

又言教场孙兵部见天色已晚,吩咐暂止操演,明日再操。当日五位王爷一齐起驾,孙秀频频恭送,此话休提。

又说林千总回归署内,心烦不乐,言:“狄青,你是具英雄伟略,何难上取功名。岂知你祸起壁上,几行字迹险些一命难逃。你今虽得汝南王救了,但这奸臣久闻造成药棍一条,伤人不少。倘或被他仍用此棍打你,又是难逃一命也。但今不知你走在哪方,痛苦在哪里,使吾一心牵挂不安。也罢,且差人查访他罢了。”

不谈林贵差人查访。又言狄青虽遭药棍伤害,幸得隐修的妙药调治。当日内服丹丸,外敷山药,毒气尽消。一连过了五六天,其腐烂处已皮光肉实,走动如常。又按:这隐修和尚,实乃济世善良之人,调愈了狄公子,尚怜他行走未能如常,且冒不得风。既无财帛相谢,反将公子留款,飧膳之费乃是他的。看来真乃救急扶危为心、不以资财为重之辈,在出家人中如是存心,亦不可多得。狄青在寺中治有数天,又调服了几次丹药,痊愈了。思想,这和尚如此救济,得他调理痊愈,吾赤手到来,飧膳所供,乃是他的,今日无物作谢于他,不免将此身上血结玉鸳鸯相送与他便了。但又思想:此宝吾七岁时母亲对吾言,此物乃三代流传家宝,外邦进贡一对与朝廷,圣上赠赐与我祖。乃雌雄一双,一只雌的祖母已交付姑娘,一只雄的与吾母亲收藏。如今交于我佩服于身边,已有九载。一见鸳鸯如见生身母一般,今日无可奈何,只得将此宝送与老和尚罢!主意已定,向腰间解下绣囊,取出玉鸳鸯,但见闪闪霞光从口中吐出。言:“宝物啊!你出产在番邦,我祖叨先皇惠赐,伴吾佩服多年,今日不想要分离了。但今见此鸳鸯，不觉又想起吾的姑娘。曾记幼年时，母亲常说，父亲有一同胞妹子，似玉如花之美，先帝已选上朝中。父亲身为本省总制，难以隐瞒，故将姑娘填册上名。自从送进朝中去后，后来得听凶信，已归黄土，可怜尸柩还在京邦，既不得归乡入土，想来也觉令人心酸。想我姑娘，虽则身死，未知雌的鸳鸯存于何所？想来此对鸳鸯好比夫妇一般，前日成双成对，岂料今朝又归别人，实乃不得完叙也。”

正自言自想之际，只见小和尚含笑到来，言称：“官人，你今患症痊了。”狄青曰：“多感你师莫大之恩，无可酬报。”小和尚曰：“你手中弄的是什么东西？”狄青曰：“乃血结宝鸳鸯也。只因思量大和尚活命之恩，怎奈吾并无财物相谢，故将此宝送他，聊表微诚。有劳引见。”小和尚微笑曰：“难得你有此良敬之心，去罢。”

当下狄青随着小和尚来至静房，拜见隐修，言曰：“有蒙活命深恩。”言未了，跪拜于地上。大和尚冷笑曰：“些小搭救之情，何足言谢。”当下隐修起位，扶挽小英雄。狄青递上宝鸳鸯，隐修一见此宝，连忙问其缘由。狄青将此情历说明，言：“深沾活命洪恩，无以报答，只有随身小物，聊表寸心，伏望勿嫌微薄。请收领，小子心下略安。”隐修听了，微微冷笑曰：“吾既入戒门，必以方便救济为精修，那个要尔酬谢的？况且此物是尔传家之宝，老僧断不敢领情也。”狄青当时恳切诉说一番，隐修只得收放下。

是日，狄青想身体已如常痊愈了，即要拜辞出寺。隐修曰：“你患伤虽痊，还未可粗动，且从缓，多耽搁两三天乃可。”狄青曰：“还动不得么？”隐修曰：“这是孙贼用毒药汁浸淫棒棍伤，他一心要绝你性命，非用药快速，总不出十天之内，毒气传于六腑，则难救矣。今幸安痊，到底两腿尚劣弱，且再耐静数天，服些丹丸，永无后日之患了。”狄青听罢，应诺依命。隐修又吩咐徒弟引他回到禅床安息去了。又说明，老隐修平生所爱者，古董玩器之物。如今狄公子做人情，相送得知已，故他满心欣然，拿起玉鸳鸯，看弄一番，笑道：“果好一桩宝物也。我想狄青有此奇宝，必非平常人家之了，老僧要问过清白，才得放心。”当日就将此鸳鸯放装入香囊里，还有霞光闪射于外。隐修大喜，言：“此物虽是桩宝贝，但他家传数代东西，怎领取的？且待他回时,吾自有主意。"

又过了三天,无事不说。此日乃八月初十,隐修正在禅房闲坐,忽小和尚报说静山王爷到来。原来静山王呼延千岁与这隐修和尚时常来往,甚是厚交。此一天呼延千岁骑马,八名家丁跟随来到相国寺门首。隐修忙出迎接,随至静堂。参礼毕,递奉过茗茶。隐修请过千岁金安,王爷也说:"和尚这几天可有兴么?"隐修曰:"贫僧不晤千岁尊颜,十余天觉得太寂寞。"王爷言:"和尚既然寂寞,何不讨个娘子来陪伴的?"隐修曰:"阿弥陀佛,如此则罪过良深了。"王爷微笑曰:"本藩原与你取笑。"隐修点头不语。王爷言:"吾倒忘记了。"隐修曰:"千岁忘记什么?"王爷言:"本藩有丹青一幅,相送与你,不想连次忘怀了,当真记性平常也。"隐修言:"千岁爷为国分忧,记大不记小。贫僧改日到府领赐便了。"王爷四边一看,只见禅榻清静,迥无尘埃的幽雅,不觉嗟声曰:"你修行无忧无虑,好比一活神仙。我等为官,纷繁于政务,实不如你自得逍遥。"隐修曰:"承千岁谬赞。念贫僧在此,无非靠着十方田土供奉三尊圣佛,闲来数卷经书消遣。多蒙王爷抬举,贫衲得借有光。"王爷冷笑曰:"可我说你这光头却会能言。今日本藩不往看操,且取棋来与你下几局罢。"隐修取出香囊,内拿出棋子。王爷偶然看见袋中一只玉鸳鸯,毫光四射,带笑抬头一摇言:"你这和尚果是个趣客。这玉鸳鸯是件至趣妙的东西,非民间所有之物,那一位老爷送你的?"隐修微笑曰:"千岁爷,原乃民间之物,只可惜雌雄不得成双。"王爷曰:"是了,倘得雌的,配成一对,价值连城了,可以上进得朝廷的。不知你多少银子买得下来。"隐修笑曰:"不用银子的。只因贫僧医痊一人,他送吾作谢的。"王爷曰:"你这光头,倒也得此便宜奇货。"当时王爷放下这玉鸳鸯,隐修已将棋子周围排开,摆下对坐交椅。桌面上是棋盘,棋子是象牙造成。不知二人下棋之后,狄公子如何拜别老和尚,且看下回分解。

第十一回 爱英雄劝还故物 忿奸佞赐赠金刀

诗曰：

忠良小将多堪爱，奸佞之臣众所嫌。

嫉妒生成狠毒性，欺君联党势炎炎。

却说静山王正在与隐修长老下棋，方完一局，有小和尚趋进来禀曰："启上师父，今有狄青在外，要拜辞师父。因见千岁爷在此下棋，故等候于外厢，不敢进来。"隐修曰："狄青要去了么？教他且耐半天罢。"小和尚应诺而去。当时王爷听得狄青之名，接言问曰："这狄青是何等之人？是你徒弟，抑或外来人？"隐修曰："千岁爷，这狄青乃城营守林千总名下的步卒。"王爷曰："他在此何干的？"隐修言："千岁爷，只为此人前数天被孙兵部大人打了二十药棍，故来见贫僧，求吾医治。今已患伤得痊了。"王爷曰："但想这狄青乃一穷兵，犹恐没钱钞谢答于你。"隐修曰："不瞒千岁爷，贫僧原不冀他酬谢的，倒亏他有知恩有报之心，方才此玉鸳鸯乃彼之物，送吾作谢。又言此物三代传家之宝。"静山王听了，看看隐修冷笑曰："你方才不说明此物来因，莫非你贪财爱宝，有意图谋他的？"隐修曰："千岁爷责备贫僧太重了。吾并非贪图之心，实乃彼恳切相送，迫吾收下的。"静山王言："此宝是他世代留传之物，竟然一旦送了你。然而你是出家之人，不该受领他的才是。"隐修曰："贫僧原推却不受领他的，但彼执性强恳，只得权且收下。待彼辞去，仍还于彼。"王爷微笑曰："曾见八月初二操兵，有一步卒名狄青，人才出众，器宇轩昂，诗抒安邦定国之怀，必然是此人。可恨孙秀狠毒，要屈杀此人，亏得汝南王郑兄一力保全了狄小卒性命，不然身至鬼门关去了。但想这孙秀打他二十大棍，原要陷害他之意，但不知是何仇怨的？待本藩问个明白也罢。”呼曰：“和尚，本藩有话问明，快些唤他来见孤家。”隐修曰：“千岁爷，彼乃一小军民，怎好胡乱进见千岁爷的？”王爷曰：“这也何妨，速速唤来！”

当时隐修领命，亲往外厢唤进小英雄。狄青一睹，连忙拜伏在地，不敢抬头，呼：“千岁王爷在上，小人重罪千斤，望乞容饶。”王爷呼狄青：“你且抬起头来。”狄青领命抬头。当时呼延千岁犹恐不是教场中狄青，故命他抬头，认个明白。静山王细认小英雄，果然不错，乃教场中题诗步卒。便问狄青：“尔是何方人氏？”狄青禀：“启千岁爷，小人家在山西省。”王爷曰：“尔既然远隔山西，今到京中何事？”狄青曰：“小人落难困苦，原到此访寻亲人不着，一身飘泊无依，后蒙总爷林贵收用，权且当兵苦挨也。”王爷曰：“莫非你与孙兵部有什么宿仇的？”狄青曰：“从无与彼瓜葛，并没有什么缘故的。即壁上题诗，乃平常无关犯的，他要借端杀害小人。非众位王爷解厄，难免身首分开。”王爷言：“狄青，本藩前日看尔诗中寓意不凡，乃一英雄大器，抑或尔素性狂妄，一时胡乱偶言，可明白说与本藩得知。”狄青曰：“不瞒千岁爷，小人六韬三略、兵机战策，颇得精通，膂力强大，箭法希奇。前日已在林爷处面为试演过，并非狂妄大言。”

静山王想来：看不出这小狄青身材不甚魁伟，一貌斯文，不料具此英雄技艺。他夸口大言，看来非假。但不知他胆量如何，待本藩试他一试，便知分晓了。便呼狄青：“你言孙兵部与你并无仇怨，奈他一心要计害于你，莫非尔祖父宿仇也未可知。”狄青曰：“小人也如此思量，足见千岁爷明训。纵然祖父之仇，小人全然不得而知。”王爷曰：“你前日多亏郑千岁搭救，方免一刀之苦。那孙兵部的威权利害，似虎如狼。又言死罪既免，活罪难饶，打你二十无情棍。此位大和尚言，这奸臣制成药棍，曾经伤害过军民几命，他今原要绝你性命，是以又用此药棍打你。若非这隐修大和尚与你调治，便凭你盖世英雄终是死，铁石将军也命亡。”狄青曰：“小人原知老师父大恩。”王爷曰：“狄青，你虽然两次死中得活，只忧孙秀终难饶你，又生别的计谋捕擒于你，也未可知。”隐修在旁笑言：“千岁爷虑得不差也。”王爷曰：“尔既然武艺精通，明日去了结孙秀，免却终身之患，出了怨气，尔意下如何?”狄青曰:“千岁爷啊！吾若得手持三尺龙泉剑,不斩奸臣誓不休!”静山王曰:“本藩赠你军器,敢放胆往除奸臣否?”狄青言:“千岁爷若有军器付赐,小人立刻便取奸臣孙秀首级,以复千岁爷遵命了。”王爷言:“倘若画虎不成反类犬,你便怎么的好?”狄青曰:“如弄不倒奸臣,小人殒残一命,有何相碍,何须畏惧。”王爷听了,哈哈笑言:“果见高怀,是个英雄胆量。且随本藩回去府中。”狄青应诺。

王爷还要询问:“这玉鸳鸯是你送与和尚的么?”狄青曰:“小人沾大和尚活命深恩,故将此物相送。”王爷曰:“此鸳鸯乃雄的,有得雌的成双么?”狄青正要开言,忽醒起记忆前日老人教“逢人且说三分话”之训,只得转曰:“禀知千岁爷,鸳鸯原有一双,只因日久,遗失去雌的了,至今止有雄耳。”王爷曰:“此物既然是尔三代家传之宝,不可轻易送于别人。”狄青言:“小人见受了和尚大恩,无可报效,故将此物相送,略表寸心。”王爷听了点头,言:“和尚,本藩做主,尔且将此物还了狄青。如若尔少什么玩物,本藩送尔几款便了。”隐修曰:“贫僧本来不领他的,况千岁爷的钧旨,岂敢不遵!”当日难得呼延千岁爱惜小英雄之心,隐修即取出玉鸳鸯送还。狄青无奈,只得收回,载入香囊。王爷取出黄金二小锭,曰:“和尚,此微资权作狄青医药之费,你且收下。”隐修曰:“贫僧不敢受领千岁爷厚赐。”狄青曰:“千岁爷如此,且待小人有寸进之日,再行报答深恩便了。”王爷曰:“既如此,金子且留下作香烛之费便了。”隐修当时只得领谢过。王爷吩咐狄青出外侍候,他二人仍要下棋。一僧一俗,同比高低,一连要了七盘,王爷赢了三局。小和尚连进香茶,二人随用。言语之间,无非论着狄青气概不凡,必非久于人下的。言谈之际,不觉日落西山。当下静山王别了隐修,带了狄青、家将一路随行,回到府中。

到次日早起,王爷传唤家人,请过先皇金瓒定唐刀。家人领命,即时两人扛到。王爷一见,俯伏叩礼毕起来,呼唤狄青:“兹今付尔先皇金刀一口,着尔立斩孙秀首级。尔今敢放胆量去否?”狄青一听此言,接刀答应曰:“谨遵千岁爷的钧旨!”发勇逞威,别了王爷,一程跑出王府。王爷又着家丁刘文、李进二人远远随后。原来这柄金刀,乃是宋太祖留遗下的,犹恐日后国家出着奸佞之臣、不肖子孙、败紊朝纲纪律者，若人人可拿出此刀，不论王亲国戚，也能割下首级，并不能执罪凶身。故太祖遗命，将刀现贮在潞花王、汝南王、静山王、东平王、勇平王五位王爷府中，六日一轮，谨敬供奉。若问金刀轻重，上镌刊“一百斤”。此日静山王大喜，思量：狄青真乃英雄烈汉，倘然此去斩却孙秀，实乃初出场的第一功。除却孙贼，不啻收除狼虎，还去命他灭决庞洪，真是除清朝野也。

不表王爷大悦。却言英雄情由。狄青提起大刀，高高擎起，一路跑来踱去。有官署里人，认得此金刀乃先皇遗下的，又见此位小英雄拿跑去，认得金刀的人人害怕，吓得惊慌躲避。当时狄公子初到汴京，那里得知何处是孙兵部府中，一路逢人便问。细细思量被孙秀暗害，心中忿怒，立心要寻找他，了结冤家。当时王爷先已打发刘文、李进远远跟随在后，以为照应。狄青一程先走，并不知有人随后，所以往来便问孙府。当时寻问着，偏偏孙兵部不在府，往庞国丈府中去了。狄青问明原故，只得转回。有孙府中众家人甚觉惊骇，商量：“这壮士拿了先帝金刀，一胸忿气而来，寻问老爷，幸喜老爷往庞府去了，若在府中，只忧性命难保。到也为着何由要杀我家老爷的？”内中有一家人，名孙龙，言：“吾认得此人，名唤狄青，在教场中被老爷打了二十棍，结下冤家的。”众家人曰：“为此快速去报知老爷才好。不然老爷不知其故，一路回来，逢着此人就不妙了。”当下孙龙上马加鞭，急忙忙而去。

却说孙秀、庞洪翁婿二人正在着书斋吃酒，正到巳时牌，忽报道：“孙龙要见孙老爷。”当下传进孙龙，翁婿二人动问何故。孙龙曰：“禀上太师爷、大老爷，不好了！今有狄青，手持先帝金刀来到府门，要寻找我大老爷。有门上回说不在衙中，他又往别处去寻找了。小人犹恐大老爷不知其情由回府，恐有不测，特来禀知。”庞洪听了，骇然说：“有这等事？”孙秀更觉一惊，唤孙龙且在外厢侍候，庞洪吩咐赏了他酒膳。当下孙秀急忙忙呼：“岳丈，吾想狄青被药棍伤得深重，是个必死之徒，已达知胡兄，欢欣不尽。不知今日哪人将他医调好，教他弄起此事来。若非孙龙来报知，小婿几乎遭他毒手。”庞洪曰：“贤婿，据我算将起来，今日乃呼延显值管金刀。这老匹夫与尔并无冤仇，如何干起此事来?”孙秀曰:“岳丈,如今教吾怎生回去的?”庞洪曰:“尔且留宿在此,这小畜生候不耐烦,自然去了。”孙秀言:“呼延显,平日间吾不来算账尔,尔反来欺我么? 况且狄青何等样人,擅把先帝金刀胡乱与他的?”庞洪曰:“贤婿,呼延显老匹夫少不得慢慢算账他。”

按下不提翁婿商议。小英雄气昂昂提刀到了天汉桥,乃是来往经由的要道。想来此奸贼经由此桥,不免在此等候,一刀结果他的性命,何不胜于往来跑走。当时坐在桥栏,吓得经由之人尽是惊慌,不知何故。还有胆小者犹恐退后不及。只有刘文、李进,是远远离开,站立闲谈,只恨不得壮士一刀了却这孙贼,免得纵容下人强买民间什物,乘机诈取民财,多端扰害。

不表二人之论。且言狄青坐于桥栏杆半天,已交午未时,不觉腹中饥枵了。只见桥左边有饼面店一间,他提刀大步跑进店来,呼声:“大店主,快些取面来食。”早已将金刀放在店里,坐在一桌位。有众食面客人,不明此壮士的原由,能提持此金刀,更有店主甚觉骇异不明。当下只得泡上一盆香料三仙佳面,送至桌中。狄青一见众客人慌忙忙的赔结了钱钞账,一刻间走跑去尽。狄青问曰:“你们众人因何如此慌忙的? 且不用惊慌,吾的金刀不是胡乱杀人的。”店主曰:“壮士如此英雄,能提百斤金刀,想必事有来因,方才动起先帝金刀,求言其故。”狄青曰:“此刀不杀别人,只斩孙秀奸贼。”店主曰:“可是孙兵部老爷么?”狄青言:“不差也。”店主曰:“他是害民贼,正该杀的。时常纵容家人强买民间之物,藉端如狼似虎,人人忿怨。不意这奸恶臣也有今日!”这狄青又呼:“取酒!”将面正食得爽快,忽听桥面一片喊叫,多人之声,一望有许多人飞跑上桥。又听大呼:“要性命的快走啊!”顷刻间如山倒的一般,口喊“逃命”,下桥而去。当下狄青看见许多人跑来疾奔,不知何故,众人如此慌乱。欲知详细,且看下回分解。

第十二回　打猛驹误入牢笼　救故主脱离罗网

诗曰：

忠厚生来性本然，知恩报效便称贤。

不忘旧德追思远，方见英雄品行全。

却说狄青看见远远一匹骏马，追赶跑上桥来，想来必然是匹颠狂之马，即跑出店去，走上桥栏，大喝："逆畜休走且住，吾来也！"让过众人，走跑上前。当下店主言："此人真乃装着狐假虎威，来骗食酒面了，趁着狂马而去，不拿出钱钞来，且收藏他此大刀便了。"店主正要叫伙计来扛抬大刀，有刘文、李进跑至店来，喝声："奴才！这是先帝金刀，吾们呼延王爷府中拿出来的，你敢动拿么？"店主言："这是不敢的。王府人来，本当白食也。"刘、李二人只不管他，且扛回金刀，仍在桥旁。

只见狄青在桥中，跑来一匹骏马，生得昂大高长雄胖，浑身好像朱砂点染，四蹄生来如铁，光身并无鞍辔，向狄青扑面冲来。原来此马乃东番进贡与朝廷，名曰"火骝驹"。只因此马凶恶的狠，圣上赐与庞国丈。岂知马狠强不服鞍辔拘锁，反伤陷了几名家丁。只为钦赐之物，做制囚笼，将驹困了。这火骝驹不伏拘禁，力势儿狠，天天吵闹。此日却被它挣塌了笼厩，逃走出府外。家人飞报与太师。庞洪听了，忙唤能干家人追赶上前，谕令众人："如有能降伏得此马，不拘军民也，须请到府中领赏。"众家丁领命，一程来追赶火骝驹。跑近桥边，只见一位少年揪住火骝驹，还是纵跳不已，嘶怒如雷。众人看见此人生得堂堂一表，力能挽擒此马，十分惊骇，看不出此人气力很大。

当下狄公子手挽马鬃，马儿挣跳不脱，前蹄抓后脚，惹恼了狄青，喝声："逆畜，强什么！"手狠力一捺，马已倒按尘埃，不能挣跳。公子性起，连连踹它几脚，痛得极了，滚来滚去，叫跳不出来。又复狠狠踹踏几脚，这火骝驹虽则雄壮，怎经得英雄虎力威狠，登时踹破肚腹，肠多已泻出，横倒于桥下。众人观看的愈多，人人赞叹英雄力大。又有庞府家人走上前，拉住小英雄，同声称说："壮士，我们此狂马乃庞府跑走出来，伤陷于人，无人可降伏。方才相爷有言，若得有人降伏此马，请到府中领赏。"狄青笑曰："哪人望他的赏？吾不往也。"众人曰："壮士不来，太师爷必责备我们了。况且壮士降杀此马，乃是一位英雄无敌之人，速往见太师爷，还有重用于你。"当时你也扯，我也拉。狄青不觉也见可笑，真乃生来性心粗莽，也忘记了拿回店内金刀，只随相府家人，一同而走。后面刘文、李进不住呼叫："狄壮士，不要随他去，快些转回来！"当日观看的闲人何下千万，一片喧嚷之声不绝，狄青那里听得见呼唤他，随了众人，竟归相府去了。刘、李无奈，只得扛了金刀回归王府。岂料呼延千岁不在，勇平王高府请他赴宴去了。二人只得将金刀藏好，又不往禀知千岁，故静山王此日也不知其缘由。不多细表。

却说庞洪、孙秀在书房吃酒已完，仍谈及狄青之事。只见几个家丁前来禀上："太师爷，火骝驹逃至天汉桥，遇一少年，十分猛勇，揪住马儿，按倒在地，踹踏几脚，此马登时穿腹而死。为此小人等带了小汉子回来，禀知太师爷，可有赏赐否？"太师曰："此人能降伏打杀狂驹，可见是英雄之辈，且唤他进来。"家丁领命出外唤狄青。庞洪即时踱出书斋，在中堂坐下。狄青已倒身下跪。若讲到狄青至汴京未及一月，是以不知孙兵部就是庞太师女婿也，不晓庞洪是个大奸臣，所以到他府中。当时倒跪尘埃，言："太师在上，小人叩头。"庞洪说："英雄少礼。尔尊姓高名？"狄青曰："小人姓狄名青。"太师曰："尔是狄青么？原籍何方？"狄青曰："世籍山西。"当时庞洪听了不语，暗思量：不料此人是吾贤婿大仇人，不意他反投入吾府中，正如困进铁网牢笼。待老夫款留在府中，断送了这小畜生，方免了贤婿大患。想罢说道："狄壮士，老夫有言在先，如有能人降除此猛驹，必当重用。难得你如今除却了狂驹，是位盖世英雄，天下稀少。目今兵犯边关，杨元帅受困，尔如此英雄，岂可埋没了？目下正是调兵遣将之期，尔且在吾府中耽搁几天，待老夫于圣上面前保举尔到军前效用，建立功劳，尔意下如何？”当时狄青那里知他暗算机谋，听他此言，倒跪连连叩首，狄青曰：“若得太师爷抬举，小人三生有幸，深沾大恩。只为小人前时有犯孙爷，只忧他不肯容留于我。”国丈言：“不妨，待老夫保举你，岂惮他不收用的。家将且请他往后楼园中少歇，备酒款待。”家人领命。

当时狄青竟忘记了奉杀孙秀之事，随着庞府家人到后园楼丹桂亭中食酒，真乃是个有头无尾的莽少年。独有庞太师大悦，踱回书房，只见孙秀已睡在醉翁床上。太师喜欣欣叫道：“贤婿，且大放心了，狄青已入吾彀中了。”孙秀闻言，立起来问其缘故。太师就将他自投到此一一说知。孙秀大悦，喜洋洋言：“岳丈啊！这小畜生听了呼延显使唤，仗着金刀如此猖狂。今日难得上苍怜悯，使彼自投罗网，反自遭殃，实乃快哉也。”太师曰：“贤婿，如今放下愁肠了，早些回府罢。”孙秀言：“谢过太师。”即时告辞过，喜悦回家中而去。

且说太师是晚差唤四名得力家丁，要将狄青弄得大醉，然后待夜深放起火来，将他焚害死，明日另有金银赏劳。当时内有一名家将，名唤李继英，此人生来心雄胆壮，拳艺精通，上前禀曰：“太师爷，这贼狄青如此狠恶，不独太师爷动恼，触及小人也气忿于他。但思附近皇城之内放火，惊扰不安，终为不美。”太师曰：“依你便怎生打算来？”继英曰：“据小人的主见，一些不难。三位不用多劳，且待今夜小人进往苑中，与狄青假作厚款他，弄彼大醉，何难一刀了结彼性命。神不知鬼不觉，即夜埋了尸首，泄却兵部大人之气，岂不省烦，强如放火惊扬。”太师听了继英之言，点首笑曰：“如此更妙。但汝虽有些本事，犹恐独力难成，倘然刺他不得，反为不美。”继英曰：“太师爷！不是小人夸口，倘若不斩得狄青，愿将小人首级送献上抵当。如若杀了狄青，只求太师爷提拔，小人便是感恩。”太师曰：“既如此，看你往取他首级，老夫且提拔你做个美地方七品县官。”继英曰：“还求太师爷再赏酒筵一桌，待小人将他劝醉如泥，方好下手。”太师准请，命复备酒于园中。又启上：“太师爷，这匹死马如何料理？”太师言：“埋于土中可也。”

是晚，国丈排夜宴于书房，独对银灯而自酌，言："狄青，汝先遭了药棍，又得医痊不死。不想今日依从呼延显，持刀来杀吾婿，汝图杀命官，应该重罪。奈此刀乃先帝遗留之物，人人杀却，也无偿罪。幸喜有救星，小畜生今夜遭吾毒手。但呼延显这老狗，吾的女婿与你并无仇怨，因何怀此毒念？有日教你一命难逃，方见吾老夫手段也。"

不表国丈之言。却表继英一路进园，思量当初随着狄广老爷在边关，多亏先老爷自少年出生，长育加恩，不异亲生儿女。自从恩师归仙之后，又遇水灾，西河一县，人民俱遭水难。吾在水中得逃性命，自奔投相府，已将八载。吾时常在此想念着夫人、小主，遇水之灾，未知生死。方至今朝得逢公子于此，力降龙驹，反遭罗网。但吾继英曾受先老爷恩德，今日小主有难，岂得坐观不救？故特领此差，搭救了小主离灾，方见吾继英知恩报答之心。思未了，不觉已进至花园中。只见星光灿灿，月白如银。

当晚狄青用过晚膳已久，正站立于桂花亭中。只见寒露霏霏，金风拂拂。此时人静心清时候，不觉衷肠动起，满胸烦闷。思起下山之日，仙师有言说知，教吾至汴京，自得故人会合，至今还未得与亲谊人一会。又曾记逃水难时，与母分离，今已八载，不得重逢，谅来骨肉沉于波浪中了。又不知张忠、李义身下囹圄，何时脱难？只恨孙秀妒嫉，险些将吾身首分开，还亏得众位王爷相救。孙贼又用药棍打吾二十，几乎丧命，又蒙隐修调理痊，恩德如山，使吾铭心刻骨。又思到一段念头，不觉顿足，悔恨心粗，拍胸言："不好了！呼延千岁赐吾金刀往杀孙贼。为降除狂马，将金刀抛弃在面店中，我之罪大如天了。若不杀孙秀也不打紧，要失去金刀，千岁爷岂不动恼者？此时又夜深，难以出相府，不免挨至明宵晨早，取回金刀，杀了孙贼，千岁爷岂不提拔吾的，强如在此庞府也。"

正在思量，又见来了一人，送来酒馔一桌，道："壮士，太师爷敬汝是个英雄汉子，方才传言备酒设筵，以待壮士尽欢赏月，勿要辜负此良宵也。"狄青曰："方才已领太师爷叨赐了，如何一而再至？"家丁曰："太师爷赏尔的酒食，有什么希罕？还要狠狠的提拔尔也。"狄青言："因何用着两副杯箸？"家丁曰："太师爷犹恐壮士寂寞，特命继英兄来伴汝用酒。”狄青曰：“尔们继英是何等之人？”家丁曰：“此人乃是太师爷得用家将也。”狄青听了，暗言曰：“思记那继英之名十分熟悉，但一时刻想不起来。”若问狄青九岁时已遭水难，主仆分离已经八载，故不能记忆。正自言之际，继英早已到了，扛酒馔家人已转身去。继英到亭中，呼声：“壮士！”狄青呼：“足下是何人？”继英曰：“小人姓李名继英，特奉太师爷之命，着吾到伴，奉敬数杯。”狄青曰：“哪里敢当。”二人坐下用酒一番。

时交二鼓，一轮明月当空。四顾无人，当下继英细观公子，长叹一声，立起身躯，把首一摇。狄青不解其意，便问：“李兄，好好食酒，因甚登时发此长叹，何也？”当时继英离座，双膝下跪，呼声：“小主人！汝可知今夜有大难临身否？”狄青惊道：“李兄，因何如此相呼？未知劣弟有何大难，且请起才说。”正要伸手搀扶，继英起来，手一招，二人并跑至登云阁。足踏扶梯，步步而上。秋风阵阵卷透衣襟，时继英道：“公子，汝不认识小人了？”狄青曰：“想继英之名似甚善熟，奈一时记认不来。”继英道：“公子，我昔日跟随先老爷，多蒙恩育，故今不更别名。自从老主人归仙之后，小主人长成九岁，忽遇水灾，小人水里逃得性命，流落至汴京。无奈一贫如洗，只得投于相府羁身。时思主母、公子，逢灾存亡未卜。今幸公子脱难长成，只可惜不晓得狼虎共同群，难脱此祸耳。”狄青听罢言：“不差了，如今醒记汝了。但汝言语不明，犹如昏镜，速些说明罢。”继英呼唤：“公子，尔与孙兵部不知结下什么大冤仇？”狄青曰：“吾与彼风牛马不相关，不知他如何生心害吾的？”继英曰：“公子，尔难道不知兵部是庞太师的女婿么？”狄青曰：“我实也不知他是翁婿。”继英说曰：“太师言，尔要杀他女婿，为此今夜留款于尔。公子岂不中了奸谋毒害？犹如蝇投蛛网、鱼入纱缯，焉能飞遁？”

狄青听罢，双眉逆竖，怒目圆睁：“如此言来，庞贼也要害我了？”继英曰：“他是翁婿相通，要谋害公子。是以小人特领此差，以搭救公子。”狄青曰：“只要尔通知消息，吾明白了。待我今夜打出庞府去，明日还来报仇。”继英道：“此事不可！尔虽则英雄胆壮，但思侯门比海，断断不能易逃。况且他家将人多，狠勇者不少。”狄青曰：“纵使他庞府千军万马，我何惧哉？”继英曰：“尔纵然打出相府去了，太师爷明知小人通风，岂不将小人处治，一命难逃了？”狄青曰：“倘若不打将出府，如何得脱离虎穴？”继英曰：“吾先已打算，此园门已经封锁，难以私逃，即此一带围墙如斯高险，也难爬跨。只有对壁盘陀石旁有古树，高接云烟，公子若爬得上树枝，就可跨得过高墙了。墙外也有大树相接，即是韩琦吏部老爷府第。”狄青曰：“韩吏部可是庞贼同党否？”继英曰：“非也，韩爷乃赤心为国、无私之臣。我太师爷几次欲除他，也动不得。公子权且走过韩府，避过一宵才可。”狄青曰：“继英，若非今夜汝通知消息，吾定然遭其奸害。受汝大恩，理当拜谢。”言罢，低头便拜。继英也忙跪下，摇首曰：“公子，不要折杀了小人，且请起。事不宜迟，休得耽搁，速些离却此地为高。公子且来此处。”二人下了登云阁，即至盘陀石。公子爬上大树，继英又恐有人进园，东西四瞧，只见寂静无声，略觉放心。当时公子爬上古树，又跨过高墙，双手又爬过隔墙大树而去。狄青过得隔墙大树，望下有三丈余，也觉心寒，只得扳枝立而不下。未知过园如何逃脱，且看下回分解。

第十三回　脱牢笼英雄避难　逢世谊吏部扶危

诗曰：

持危周急是仁人，妒技憎贤是佞臣。

君子小人难混迹，忠奸善恶两途分。

不表狄公子跨过隔壁大树，扳枝不下，一望园林，一派亭台画阁，此处乃韩府后园。却言韩琦官居吏部尚书，年近六旬，为朝廷社稷重臣，忠心耿耿，深疾目前奸佞弄权，朝中五鬼当道。其时相得厚交，不过范仲淹、孔道辅、赵清献、文彦博、包拯、富弼几位忠贤而已。只因西夏兵困三关，韩爷日夕心忧为国。近于月中，夜观星象，只见武曲星金光灿灿，该当有名将出现，保邦护国。但不知何方埋没了英雄将士，至边夷外敌屡见侵凌，皆由外无良将，内有奸臣也。

此夜，韩爷用过晚膳，在着庭前少坐片时。其夜乃八月十三，仲秋之节，天气晴爽，万籁无声。但见：

月射光辉窗透影，庭留芬馥桂生香。

当晚韩爷踱进花园中，更觉皎洁无尘。风敲竹韵，月照花容。韩爷命童子炷上炉香，于月下跪于当空，祷告上苍悯恤生民，早降定国安邦之将，以攘外敌侵凌。告祝一番，起来又仰观星月，正应在武曲星显现，缘何不见将士闻于朝？韩爷正在思量，四方观望。于当时缘何不见狄青在树中？其夜虽然月色光辉，但树大枝丛，是以看不见树上有人。但狄青在树上听得韩爷上禀苍天之语，句句为君忧民之志，果乃中流砥柱之臣。吾今下去见他，必无妨碍了。想罢，呼声："来也！"飞身而下，反吓得韩爷一惊。定睛一瞧，乃一位少年汉子，穿着长袍短袄。韩爷连忙喝道："尔是何人？好生胆子，于更深夜静从空而下来。”其人即跪下，口称：“大人在上，小人姓狄名青，山西人氏。只因庞太师要将小人谋害死，四门已封闭了，小人无奈，只得越垣而过。久闻大人爱民忠君，清廉刚正，望乞宽容渡延蚁命，世代沾恩。”韩爷听了，暗言曰：“庞洪此奸贼，今夜又要陷害人了。且今天早晨老管家言，有位小英雄名狄青，持了定唐金刀行凶，要杀孙秀，莫非反被拿下？”想毕，即呼狄青：“汝与庞、孙，实言有何仇怨，以至他们设谋陷害？”狄青曰：“大人听禀上。”

当下狄青将七月至汴城，得林千总收用，入为步兵起，又说至领命持刀，刺杀孙兵部，后至除火骝驹。韩爷听了打死火骝驹，即拦止他，曰：“今日踹死猛驹者，即是汝否？”狄青曰：“正是小人也。”韩爷大喜，曰：“妙！妙！看汝文雅之姿，不像个有狠力气之士，不道能除此狠驹，乃是个英雄无敌之汉了。前日番邦贡来此驹，殿前勇侍御四人降他不服，后得石玉小将，方能拿下，放于马厩。尔既降驹，以后即如何？”狄青曰：“小人打死狠驹，早有许多家丁要小人至相府领赏。小人不允，家丁人多，说太师爷还要重用，由他等说的说，拖的拖。吾闻彼言要重用，心下亦有思图机会之意。其时见了庞太师，他大赞赏我之英雄技艺，故殷勤留款在后楼园，不料杀心顿起。”韩爷曰：“汝难道不知孙秀乃是太师的女婿？”狄青曰：“小人果也不知。幸有他家将继英通知消息，教吾逃到此园。”韩爷曰：“此人为何有此好意也？”狄青曰：“那继英本乃吾父旧日家将，只因身遇水灾，分散以后投归相府。承他不负先人之德，故来搭救通知。”韩爷听了曰：“尔父何等之人？”当此狄青说开了，便忘却“逢人且说三分话”之意，言：“先君狄广，在故土身为总兵武职。”韩爷曰：“尔祖何名？”狄青曰：“先祖考狄元，先帝时官居两粤总制。”此时韩爷听了，不胜大喜曰：“原来汝乃一位贵公子，世交谊侄。吾中年时与汝父在朝十分相得，曾有八拜之交，不啻同胞谊切。后来山西盗贼猖狂，本处官不能禁制，故先王命狄广哥哥出镇山西，已将三十载。后也一音不闻，已是登仙，亦未知他后裔几人。但前七八载，山西警报山水灌注，伤坏了万数生民，只言狄门火尽了。喜得今日叔侄相逢于偶遇，且生来气宇非凡，更具此英雄武略，今宵一会，令老夫喜得心花大开。但愿汝大展谋猷，光恢先人伟业，老夫之深望也。”狄青听了，曰：“小人乃落魄汉，安敢有此妄想？”当时韩爷双手扶起，曰：“如今不必如此相呼，竟是叔侄呼唤便是了。”狄青领命，即称：“叔父请上，待侄儿拜见。”韩爷曰：“不消了。”即手挽狄青，一路回进书房中，只见桌上银灯尚还光亮。

狄青立着不敢坐，韩爷再三命坐，二人方对坐交椅中。问曰：“如今不知令堂还在否？”狄青称：“叔父听禀：自吾父归天，小侄年方七岁，与娘苦挨清贫两载。九岁时，身遇水灾，西河一县万民遭殃。母子被水分离，至今七八载，母亲还未知生死。”韩爷曰：“汝昔者耽搁在何方？”狄青曰：“侄儿被水时，幸得王禅鬼谷师救上峨嵋山上，收为门徒，传授武技。向在仙山七载，蒙师传习将略兵机。但思亲念切，日夕愁怀。奉师下山之日，又不许吾回归故土，言一至汴京，自得亲谊相会，不料今朝未得娘亲一面。”当下韩爷听了，不觉喜形于色，曰：“怪不得贤侄有此英雄技俩，原来是王禅老祖之门徒。”

是晚，又吩咐家丁设备酒筵排桌，二人持盏饮酒。叙中，韩爷询曰：“汝是王禅老祖高徒，自然武艺精通，须得求个进身之地。待有机会，老夫自然提拔于汝。”狄青称：“叔父，小侄虽略有些武艺，奈无提拔之人，只得守拙待愧而已。”韩爷曰：“尔言差矣。说什么守拙无能之语，为大丈夫立身处世，须要扬名显世，以昭耀先人。虽有千难万苦，何须计较。必要轰轰烈烈，显现一番。虽周末仪、秦，寒儒奋翮，即汉初信、哙，亦行伍功勋。遍观出类拔萃之人，多出于微贱。汝今正当少年发奋之期，岂可灰冷功名二字？汝无非碍着庞、孙翁婿灰心。但众奸罪恶满盈，何能远遁长存？贤侄可想得来？”狄青曰：“叔父，小侄非是夸能。既得兵符满腹，武艺全身，心存万丈冲霄志。即日兵困边关，我亦时思效力，奈何机会不就。其时倘能一日风云助，扶持社稷定稳江山，小侄亦不让于旁人也。”韩爷听了，不觉抚掌欣然，称言：“妙！妙！贤侄，汝有此大鹏奋翅之量，何难云龙风虎之会无期。果然志量高天，非老夫所限量也。”狄青曰：“此乃小侄狂言妄思耳，岂当叔父谬赞。”当夜，尔言我语，更觉投机，叔侄情深谊切。

按下韩府长谈。却说庞府内家人继英见狄青跨过了高垣，心头放下，回转身，步进书房，只见庞太师坐下独对银灯，持杯自饮。继英上前，禀上："太师爷，小人已将狄青弄得大醉如泥睡了，请太师爷赐口龙泉与小人，好待下手。"太师笑曰："狄青果然弄醉了？如此，与汝宝剑一口，速速割他首级来回话。但此人能力打猛驹，乃英雄狠汉，汝往除他须要小心。"继英曰："太师爷不必费心，狄青已醉得懵懂了，何难一刀结果他！"当时继英怒气顿生，恨不能一刀砍去这老奸臣脑袋。还防一身独力难逃，只是忍耐性子。早已将私积百余两白金束系腰间，再持相府提笼，挂了宝剑，哄骗出重重府门。时候已交三鼓，庞府众家人有睡有还未睡者，故府门尚未下锁。当时继英只言奉太师爷之命，差往孙兵部府中有话，慌忙出逃。重重府门不拦，只为平日庞太师也有夜差家人往兵部府，况继英往日行为光明正大，是以人人信服，并无拦阻盘诘。继英一出门，犹如鸟出牢笼，鱼脱金钩，如飞而去，只为一片心怀报主之恩。

当夜庞太师独酌持杯，不觉沉沉大醉，和衣而睡在沉香榻中。内外家丁各自睡去。庞太师酒一醒了，已是五鼓更初，自然先往上朝。朝罢回来，早有园官禀报："逃走了狄青。"庞太师一闻此语大惊，即查问继英。内有家丁几人禀上："昨夜三更将近，继英出府，言称奉太师差往孙大人府中，但昨夜一去未回。"太师曰："他一人出府门，抑或与狄青同走？"家丁言："他独自一人去了。"太师曰："好胆大奴才！明乃将狄青放走了。"当时庞太师大怒，步进园中。四围一瞧，园中墙垣高有三丈，园门四路封锁，难道腾云飞遁了的？走过东又步至西，偶然看见盘陀大石与旁边大树紧紧相连，说声："是了，狄青定然逃往隔壁韩吏部府中而去。"即踱回中堂，登时打发了家丁四十名，两人一路，分头去追捕继英，又发令往兵部府中，取兵三千往围韩府前门后户，俱要搜查狄青回话。

当时孙秀闻报，也怒气冲冲，踏穿靴子，骂声："狗奴才！好生放肆。"又恨韩吏部收留逃卒，顷刻点起三千铁甲军，一齐来至韩府，重重围困，呐喊喧天。早吓得韩府家人惊慌无措，不知为着何由，当时禀报上："大人，不好了！今有庞太师点兵数千，将吾府中前门后户团团围困了，声言要献出狄青，万事皆休，如若大人窝留不放者，即打进门来，言大人也有不便之处。"韩爷曰："有此异事？

尔等何须大惊小怪,老夫自有道理。"韩爷不觉发声冷笑,骂曰:"狂妄庞贼,尔真乃眼底无人太放肆,敢来与吾结冤作对!"狄青在旁听了,大怒道:"叔父,休惧数千军马,只惟小侄一口兵器出府,可杀他马倒人亡,才算小侄手段非弱。"韩爷听了,摇首曰:"贤侄,休得将杀人两字作顽耍。彼是命官,尔是子民,岂有强民擅杀官兵而无罪律?这老奸臣好生刁滑者,尔如杀伤他兵,必来奏劾老夫了。吾自有主意,且玩弄得他胡胡涂涂,不敢来查也。"正在言谈之际,忽闻一片喧闹之声,又有家人禀知:"庞太师亲自到府来了。"韩爷曰:"这老贼亲自来到好了,贤侄且这里来。"

当日韩爷不慌不忙,引狄青到一所在,有三丈高楼,上书一匾,曰"御书楼"。此楼乃先王钦赐韩爷校阅典籍,旁有圣旨牌位。除了皇上,不许别人擅进此楼,知有私进,即同侮君论。当日韩爷引狄青进楼,开了重门,留他在内,仍复封锁回。然后出外,吩咐家人大开府门。

当下庞太师登时踱进通名。韩爷少不免衣冠迎接施礼,分宾主中堂下坐。韩爷开言:"请问老太师,本官并未干犯国法,因何私差许多军马围困吾家,是何缘故?"庞太师曰:"韩大人,为人倘若欺瞒,自然败露。尔将狄青窝藏在那里?速些放交出,老夫即不敢唐突骚扰了。"韩爷曰:"本官也不明什么狄青。太师既带兵在此,谅来要搜查了。汝且查来,吾并不阻挡的。"太师听了,点头称是。即呼众兵,且进来搜。当时众兵领命,如狼似虎,内外中堂尽搜,单单搜剩的御书楼,余外均不见有什么狄青。众兵与家人只得禀上庞太师。当时太师狐疑不决,不知他早已放出狄青,抑或留藏在御书楼上。是时韩爷冷笑道:"老太师,这狄青在着御书楼上,为什么不搜查此人下来?真乃枉用多军了,乃愚夫之见量也。"不知狄青被查捕捉如何,且看下回分解。

第十四回 感义侠同志离奸 圆奇梦贤王慰母

诗曰：

骨肉分离二十年，衡阳雁断信稀传。

此日鸳鸯重聚会，方知作善感青天。

却说庞太师听了韩吏部讽刺之言，也觉没趣，又兜收不得场，没奈何，只得传与众家丁：“三千兵丁不分日夜，在此守候。狄青必藏在御书楼，如今是韩琦的硬话，老夫岂有不知。”又叫道：“狄青啊，尔藏也藏得好，少不得连累及老韩了！”说完吩咐打道回归相府。当日三千兵卒，日夜轮流看守，日给饔飧，往庞府发用。狄青在着御书楼内，十分恼恨，但遵着韩爷之言，只得忍耐。当时韩爷见庞洪去了，拍掌冷笑曰：“庞奸贼啊，说是搜不出狄青，也不消用许多守候之人，劳兵费饷，真比愚夫呆子的，乃是自作自弄也！”

不表韩爷之言。却说静山王回府，是晚，不是他有心不问金刀之事，只因是夜食酒过多醉了，一觉睡至四更时。朝罢回府，方才省悟此。即时呼唤至刘文、李进，二人叩首上禀：“千岁爷，昨夜狄壮士在天汉桥等候孙兵部未见遇。先将庞府中的火骝驹踹死，后被庞府人邀去，至今还未见回来。”千岁曰：“金刀放在何方？”二人言：“狄青弃了金刀去收除此驹，为此小人将金刀请转回来。”千岁言：“因何不即禀明？”二人曰：“昨夜只因千岁爷去赴宴，回来已经沉醉了，故未得禀明。小人该得有罪，望乞姑宽。”千岁听了，言：“你们去罢。”又想：可笑狄青是个有勇无谋的莽夫，要除狂马，就将金刀抛弃了。倘或失去此刀，怎生是好？本藩一片真情，有心提拔于尔，岂知尔如此狂莽心粗。一事误来，诸事也误了，还望尔掌什么帅印兵符？尔今到着庞府中，犹如困入毒蛇窠里一般。但如此不中用的东西，我也难顾了，但落得奸臣怪着老夫。

按着静山王之言不表。再言庞府一班狼虎奴才四十名，分为二十队，分路去查捉继英，追赶出关城，加鞭拍马，不敢少懈。二十路人，你走一路，我跑一方，倘一路之人拿了继英，二十路之人一众有功同赏。当时庞喜、庞兴同伙，一路不从官街大道，只向私路盘查。

话分两说。先表继英一路逃出皇城，他原虑得庞太师差人追赶，是以不从官街而走，却由小路而奔。其时日已午中了，腹内觉得饥了。只跑一阵，不觉有酒肆一所，是静淡之方。当下继英将身直进，坐下一桌，呼酒保拿至上好酒馔、鲜鱼、美肉、时菜排开，一人独自擎杯，十分幽静，倒觉开怀。一边食酒，一边思量叹曰："吾继英虽为下等之人，出身微贱，也是轰轰烈烈之汉。自幼身进狄门，先主归天之后，还指望小主长成，早日袭荫为官。岂知未久遭逢水难，一家骨肉分离，流落汴京，只得身投相府。难得今日公子脱得水灾，长成了。可恨孙秀、庞洪与他结下深冤，昨夜险些中了他奸谋暗害。我想韩琦老爷是个忠良之官，昨夜必然留救于你，在此我也略得放心。庞洪啊！尔是刁奸万恶之臣，势焰滔天，算计多人。吾并不疏言，并不管理。若然要害吾小主，不得不搭救的，纵然弄得我投奔无地，也尽吾一点报主之心。但今虽脱离虎穴，奈无家可奔，如今哪里去才好？也罢！不免回转山西，另寻机会便了。"

不言继英正在思算。又说庞兴、庞喜二人，一路逢人便查问，查过东来查过西，不论茶坊酒肆，也要看看，即招商旅店、古庙庵堂，也进去瞧瞧，那处地头不查不诘。二人寻找得焦闷起来，商量言："继英不知去向，人来人往许多，知道他打从那路途走的？吾二人定然空徒奔波也。"又行至一所三岔路的去处，只有一座高耸耸的酒肆，二人也是同行同走，进去查看。只见望进内厢三大进，四周桌椅两边排，但是静悄悄并无一人在此用酒宴。有店主一见，问曰："客官要用酒么？"二人言："非也，我们要寻一人。"店主笑曰："里面一人也没有的。"庞喜曰："没有就罢了。"正要跑出来，忽听得楼上喊曰："大店主，取酒来！"店主应诺。庞兴言："楼上还有人吃酒，快些看来。”二人洒步进至楼中，继英只道是酒家送酒到楼，忽一见了庞兴、庞喜，顿觉呆了。庞兴叫道：“继英，你做得好！为什么放走了狄青，自己脱身而去？故违主命，该当何罪？我们特奉太师爷之命，前来拿尔，快快回府罢。”继英道：“二位哥哥，我是不回去了。”二人曰：“尔为何不回去的？”继英曰：“弟在相府八秋，多无差处。但狄青是吾旧小主，不忍彼死于非命，故特将他放走。二位哥哥啊，我想世间万物尽贪生，为人岂有不惜命。如今放走了狄青，我原该有罪，如若回去，太师爷岂肯轻饶于我？今日好比鳌鱼得脱金钩钓，岂有再回去之理？”庞喜言：“继英休得多言，快些与吾二人回去见太师爷。”继英曰：“二位哥哥，若要吾回去，万万不能了。”又呼酒保，且再添两箸杯来二位食酒。店主应诺下楼而去。兴、喜二人大呼：“店家不用去拿杯箸，哪个要食他的酒？”

当时店主下得高楼，有兴、喜二人即时翻转面目，喝声：“继英，你到底当真回去否？”继英曰：“去是断然不回去的。”庞喜曰：“你当真不回去，休怪我们动手了。”他二人一齐跑将过去，要捉拿继英，却被继英一拳飞去，打倒庞兴，当胸一托，好不利害，庞兴已仰面跌于楼台。庞兴爬起身，还不肯干休，一拳飞到门面，又被继英左手一接，右手一拍，已打于楼下。庞喜抢来，又被继英飞脚踢去，跌抛数尺。打得二人满身疼痛，只喊声：“好打的！”

当时店主拿上杯箸两双，到楼一见之时大惊，呼曰：“客官，不要殴打！”继英曰：“还要打死这两个奴才，抵当偿他的命。”店主曰：“不可！倘若当真打死了，岂不累及我开店之人么？三位且吃酒罢。”当时二人被打，思量：不料继英有此本事，实难与争。我二人何苦与他结抗？回归只言不见就是了。庞兴呼声：“李兄不必多言了，既然你不肯回去，我们只回去复禀太师爷便了。”继英听罢，微笑曰：“你二人早些如此说，我也不敢得罪。二位且请过来吃酒罢。”兴、喜曰：“我们没有酒东。”继英曰：“多是吾办的酒馔。”二人言：“如此，叨扰了。”继英曰：“哪里话来，同伴弟兄，何须客套？”店主问曰：“客官可是做贼盗的么？不然争打一番，又同食酒。”继英喝声：“胡说！这二位是吾同伴弟兄，我们是庞府中来的。再有上品佳肴美酒，且拿几品来用罢。”

店主领命，登时取到。

三人一同把盏，尽欢畅饮一番。二人问曰："继英兄，我们方才不是了。但今不知尔到哪里安身？又缺少盘钱，怎生主张？"继英曰："二位哥哥无须为我担忧，行程盘费吾尽足的。"庞喜曰："继英兄，方才说回转山西，你却愚了。在着庞太师府中，吃的现成茶饭，穿着现成衣冠，仗着太师爷的威权，好不荣光有庆头的。那狄青到底与尔有甚相关？尔将他放走了，抛却富贵荣华的大门风，只落得孤零飘荡苦受风霜。纵然尔回得山西，一艺不成，怎生是好？"继英曰："二位哥哥，人各有心。吾当初跟随狄老爷之日，待吾不异儿子一般。今日小主人有难，理当搭救，保全了先主人一脉香烟。吾继英纵然祸有不测，死在九泉也是心安了。况且庞太师行恶，势如烈火，多少无辜尽丧得惨，然日后终于无好报答的。我断不永远与此奸臣同伴也。况男子之志在四方，六尺身躯男子汉，何愁度日无依？"庞兴听了，道："继英兄，果然言来不错。"便对庞喜言："我家太师爷作恶多端，后来决无好报。倘或有什么祸事临门，思欲逃遁迟矣。古道：识时权变者呼豪杰。不如趁此另寻机会，与继英兄作伴同行，尔意下何如？"庞喜曰："正该如此。但不知继英兄肯允否？"继英笑道："二位哥哥既愿同行，妙甚。"庞兴又曰："只是吾两人盘费未曾拿得，空空两个光身，如何远遁？不若转回盗他些银两，连日同行，岂不更胜的？"继英曰："不消如此。二位倘能作伴同行，盘钱多是我的。"兴、喜曰："叨扰尔的酒东，怎好又费尔的盘钱？着实不该当。"继英曰："弟兄同志，奚分彼此。"

当时三位说谈胶漆，下楼完了酒钞，齐齐出了酒肆门，一路而行，意向山西而去。适经天盖山，有数十强徒，手持利刃，要打劫东西。却被继英抢了钢刀，一口杀死数人，余外的四散奔逃，亦有逃走回山中。原来此座山岗乃是张忠、李义聚集所在，他二人一去两月多不返，这些小喽罗天天在此打劫。今被继英等占夺此山，三人在此暂且羁身落脚，命小喽罗伏其使唤。此话暂停，后文自有交代。

回书再表汴京潞花王讳赵璧，乃是赵太祖嫡玄孙，当时年方十五。生来一貌堂堂，与当今嘉祐王手足之称。不幸父王早已归天十余载，他父排行第八，即八王，赵德昭其讳名也。上书选狄妃，已有叙明。如今他子袭依父职，封为潞花王。先帝已敕赐南清宫居住，仍授着打王金鞭。宫中建造一座嵌宝龙亭，供奉着太祖龙牌。有一天潞花王在宫中，夫妻朝参母后毕，坐于两旁，宫娥送上参汤用罢。潞花王爷一看说："王儿启上母后，为什么愁眉关锁，带着忧容，未知有何不悦？伏望母后说与儿、媳们知之。"狄后闻儿动问，便言："儿、媳，只因昨夜三更得了一梦，思量实见奇哉，未知主何吉兆，故以想起来，也觉烦闷不悦。"小王爷曰："不知母后有何梦兆，怎生梦来？"狄后道："儿、媳，为娘的梦见饮宴之间，取一肉馅，方入口中，咬着两开，内中有肉骨一块，骨已将牙齿插得疼痛，血来将骨肉染遍了，其馅即合圆。醒后方觉了，想来牙损见血，滤于骨肉，其梦兆谅来凶多吉少，是以想来纳闷不安。方才查搜诸典籍上，并无此详。"小王爷听了言："母后休得心烦。待臣儿去召取详梦官到来详解，便知其兆吉凶了。"

当时潞花王辞过母后出堂，想来：龙图阁包拯、韩琦乃是博学之臣。想罢即差内监往召到二臣。先来韩老，后到包公，上银銮殿参见千岁。王爷言："二位卿家休得拘礼。"即命赐坐。内侍献茶毕，潞花王即将母后之梦说明。早有包爷曰："微臣粗老愚蠢之辈，只知判断民情，圆梦幻事，从来不懂。"王爷道："包卿不明详解么？"包爷曰："臣详解不来。"王爷又道："如此，韩卿可详解否？"韩爷曰："臣略能详解此兆。"王爷曰："其意如何？"韩爷曰："其梦肉开见骨，齿血滤于骨肉之间，太后娘娘必主骨肉重逢，是乃吉兆。"王爷曰："见应在何时？"韩爷曰："臣思馅缺复圆，该应于十五月圆之夜。"包公暗想，喜道："韩年兄为人学问广博，比老包中用，实为龙图阁之臣也。"包公正在自言，当时潞花王微笑曰："果也如此，实见奇了。"韩爷曰："臣据理而详，该得此兆。但未知准验也否。"潞花王道："包卿，尔职事太烦，且请先回府。韩卿且少留，待孤家禀复母后，再行定夺。"当时包爷别去，韩爷留待，潞花王进内禀知母后。不知狄太后如何主见，且看下回分解。

第十五回　因圆梦力荐英雄　奉懿旨擒拿龙马

诗曰：

龙驹觅主下凡尘，佐弼英雄立大勋。

有日功完成正果，依然试雨复行云。

当日潞花王回进内宫，将韩吏部圆梦之言一一禀知。狄太后想来，不觉倍加愁闷。追思昔日离别家乡，将已二十载，别却母亲、哥嫂以后，一信无闻。后来只闻水涨山西太原，狄氏宗支无人已久，还有什么骨肉重逢的？遂言曰："儿啊，既然韩吏部如此言来，亦真假未分，且待来天月圆之夜，准验如何。且留款下韩吏部，倘果有此事无差，必然厚赏于彼。倘梦详不验，然后教他回衙。"当时潞花王领旨，是日留款下韩爷。又言狄太后自思："吾身虽云玉叶金枝，王家之贵，只可惜故乡骨肉分散如烟，还有什么亲谊之人相会？可怪韩吏部无凭无据，反惹着吾的心酸。"言未了，不觉泪已一行。

却说韩爷是日被潞花王留款在书斋，不觉心中气闷起来，反恨方才圆详此梦，抑或未知激恼了狄娘娘。但据梦而圆，依理而详，也该有骨肉相逢之兆，但不知验准否。如若准了便好，倘或不验，太后娘娘怪责，就不妙了。早知如此，方才悔恨把梦来详，不如照着包年兄，只推不懂，何等不美？

书中慢表韩琦语，再说宫中一事端。当初有一龙马，名九点斑豹御骝鬃，乃是一条火龙变化，帮助赵匡胤骑乘。混一江山以后，此马仍归上天为龙，受玉旨恩封。不想数十年间，凡心未了，走下落在山西省，将西河县翻沉了，残害却十数万生民性命。玉帝大恼，要剐此孽龙。后得众星君保奏："目今西夏叛宋，武曲星下凡，平西保国。莫若仍贬他下去作龙马，劳顿数十年，帮助征战，将功折罪，以彰吾主好生之德。”玉皇准奏，故今降下此龙在于南清宫后花园荷花池内，作浪兴波，好生猖狂。当日吓得管园官魂不附体，认作妖魔在花园作怪，即来银銮殿上禀知。潞花王听此，也觉心寒。当日王府众人，多已唬怕。狄太后听知，心中倍恼。不知哪方妖怪作孽，思往龙虎山召取法师商量收怪，又觉路途遥远，往返日久，不知妖魔怎样猖狂，天天将园门下锁闭固。众家丁内监人人唬心，三言两语，早已惊知书斋韩吏部。他想来：“狄青乃王禅鬼谷门徒，向在水帘洞学法七年，况勇力能除狂马，不免待吾保荐他去收服了怪魔罢。如若狄青收除此妖，千岁自然将他重用，便得进身了，又可免了孙、庞之害，有何不美？”

主意已定，即日对潞花王说知：“有壮士狄青，本领强狠。他是王禅老祖之徒，仙传武艺，非人可及，曾在天汉桥力除狂马。不如召到此人，拿了怪魔，以净宫闱。千岁意下如何？”潞花王曰：“韩卿，未知此人在于何方？”韩爷曰：“现在微臣之家。”潞花王曰：“既在卿府，即速召来。”韩爷曰：“这狄青踹死了庞府狂马，被他哄去到府中，欲图谋害。幸亏得他故旧家人放走，逃入臣家。询起世家，原非微贱，乃臣世交谊侄。年纪青春，气宇昂昂。不想目今庞洪得知在臣府，即差兵围守于臣家，犹如抄没家产一般。”王爷听了言：“可恼！此老贼如此无礼么？”韩爷曰：“臣该当有罪，不得已藏了狄青在御书楼。”王爷曰：“后来庞贼便怎的？”韩爷曰：“当时庞洪只得回去了。”王爷曰：“忧他不回的！”韩爷曰：“庞洪虽云回去，尚有数千军兵，不分日夕看守，将臣衙署前门后户也多把守了。”王爷怒曰：“有这等事么？真可恼老奸臣！”即传差官捧了龙牌，立刻要将庞府兵驱散。当日差官领旨，一到韩府，将铁甲军尽皆赶散。这些军兵实守厌烦了，借此为由，一哄而散。

又提庞府打发四十名家丁，前往追擒继英。先有三十八名回来禀知，继英并无踪迹。庞太师闻言，正在着恼，忽听潞花王降旨，驱散了三千兵丁，倍加火上添油忿怒。想来狄青小奴才，定到南清宫里去，教老夫也无可奈何了。即差人往报知孙兵部，且也休提。

却说狄青出了御书楼，身乘银鬃马，离了韩府。一路思量：“不知此去是凶是吉?”当时进至藩王府中,千岁降旨召进。狄青双膝跪于银銮殿下,俯伏,头也不敢抬,山呼:“臣山野子民狄青,朝参千岁爷!”潞花王曰:“平身。”呼:“狄青,孤家召你到来,只为宫中后花园新出了一妖魔,十分利害。其形似龙,狰狞两角,遍体血结通红,在荷花池内作浪兴波。合府忙乱,今关闭数重园门,正欲往召法官。今有韩吏部保荐尔有降龙伏虎之能,从王禅师学艺,法力高强。倘能除了精怪,令母后心安,当今圣上自然封爵奖赏功劳。”狄青听了思量:“叔父真乃可笑,吾虽是王禅老祖之徒,武艺般般多晓,惟有擒拿妖魔不曾学得,尔如何将我保举起来?这是何解?但想想叔父已经引荐于我,倘若推辞了,千岁爷岂不见怪的?也罢,我想既为男子汉大丈夫,须要做出掀天揭地奇能,方为显也。倘若伤在妖魔之手,连叔父也倒翻了。若吾命不该亡,得除妖怪,千岁爷自然收用,就那庞洪算账也不得碍了。”想罢便说:“野民果有降魔妙手,千岁爷何用担忧。”潞花王听了大喜,传旨备酒相待。用酒膳已毕,已是红日归西。

是晚八月十四之夜,一轮明月东升,秋夜天晴气爽,迥净无尘。是晚银銮殿上灯高挂,南清宫内烛辉煌。夜宴方完,又闻园内喧振之声。宫人内监个个惊慌,多言:“妖怪凶狠。”当晚,狄青对众内监说:“你们只须助吾皮鼓、铜锣声响,便立擒妖怪了。”众人多说:“全仗英雄大力,不知要用盔甲否?”狄青曰:“不消盔甲,只要钢刀一口。”当时内侍急忙忙扛至钢刀。好个心雄胆壮的英雄,腰间挂起宝剑,手提着大钢刀,呼人引道。众人不敢先走,内中有胆大些内监,引着小英雄,敲锣击鼓,好比庆闹元宵。方才开了几重园门,放狄青一人进去,连忙闭锁回,在着门里筛起锣,擂起鼓,一片响声,无非助其兴也。当时狄青勇抖抖提起大刀,跑来走去。花园宽大,走过东,跑过西,又走至望月堂,大喝:“妖魔怪畜,快来纳命,狄青在此!”当时跑走呼喝不已。看看走到荷花池所,未到池边,先见水高数丈,伸出一怪,遍体朱红,看来原是一条火赤龙也。张牙舞爪,真有翻江倒海之势,大吼一声,如比雷鸣。当下狄青大喝:“逆畜,来试试钢刀!”说完,擎起刀尖,指定火龙。其龙一起于岸,池中水势定了,波浪不抛,但觉耳边狂风大作,呼呼响亮,园内叶落纷飞。此龙哮咆之声不绝，张开大口，摆尾昂头，月光之下，红鳞闪耀，铮齿像钢枪，照狄青抓来。人龙相搏，已有半个时辰。狄青虽有此英雄武艺，然龙势更强，相斗已久，手中一松，大刀坠地。急急回身退后，跑走如飞，却被火龙赶上，张开血盆大口。狄青反吓了一惊，原神出现，火龙方知是武曲星。只见红光一道，透上青霄，大吼一声，在地滚滚碌碌。红光过后，只听嘶唎之声，化成一匹大龙驹，约有五尺高，遍身红绒毛，乌黑生光。马蹄四个。双眼与月映射，如灯血红。头上当中一角，色青，生来异样无双。当时狄青立着看定，不觉笑曰称奇："方才交斗时一火龙，倏忽之间变化为马，莫非上天赐此奇马于我？"呼声："龙驹，尔若肯随吾狄青，可将头儿点上三点。如若不归吾者，首摇上三回。"说言未了，马头顷刻连点三点。

当时狄青大喜，即忙跪下，拜谢当空。起来即扳上马角坐上，徐徐走回。连叩园门不见开，只为园里军人敲锣擂鼓，喧闹之声不绝，左右园门皆叩不开。心中喜悦，在着园中往来驰骋，跑去跑来。其时约有二更时候，园里众人且住了鼓锣，一同忖度言："狄青进园已有三四个辰刻，与妖怪相斗，料然胜负已分了。思量开园门，只好狄青收除了妖怪，倘怪物吞了狄青，开园门就不妙了。"你言我语，只得静住听一回，只得开了门，一同拥进。只不见有人，又不听妖物吼叫之声。东西四望，不独不听妖怪倾波作浪之声，即狄青也不见了。岂知此座囿园宽大，一望渺茫，周围有四五十里。当下只瞧见远远有一人一骑而来，快如闪电，登时跑至。座上狄青，高与檐齐。又见他在马上，呵呵发笑，得意洋洋，往来驰骋。见了众人，连忙下马，呼声："众位侍官，我已将妖魔收降了。"众曰："妖魔在哪里？"青曰："此龙驹便是了。"众人看来，此马果然生得奇异于寻常，一同往报知千岁爷。

当下潞花王听知，心中大喜，登时传命召到。狄青一路牵着龙驹，一见千岁，即下跪禀曰："小民已收服火龙，不料化为此马。"潞花王一见此驹，连称奇事。又看此驹生来过于高长，遍体红毛生采，中央一只独角，果然异于凡马。狄青启上："千岁爷，此马乃龙变化而成，人间罕有之物。今千岁爷府中出此宝驹，料然祥瑞之物，必须装上一副鞍辔乃可。"潞花王曰："尔言不差。传旨，将孤家的追风驹鞍辔卸下来，装配此驹之上。”当时内侍领旨而去。王爷又传命，备排筵宴。

当晚王府中人，七张八嘴，多称奇异。早有宫娥一众禀知狄太后去了。又有韩琦在书斋听知，连忙跑至内殿，见过此驹，不觉喜悦，称奇曰：“世所骇闻，龙变化为驹。”看罢又道：“贤侄，看尔果也奇能，王禅鬼谷之徒名不虚传也。”狄青说：“叔父，此乃千岁爷的洪福齐天，小侄何能之有？”说未完，鞍辔到了，装配起来，更见毫毛光采。潞花王见装配起此驹更加异色，吩咐两旁侍官即扶上马。那知龙驹发起狠性，将头一摆，前蹄一曲，后腿一伸，险些儿将潞花王跌将下来。早有侍官扶下来，便说：“此驹不服孤家。韩卿，尔且试试骑上，龙驹服否？”韩爷笑呼：“千岁，老臣福分薄低，如何乘得此宝驹？”潞花王曰：“休得过谦，且坐试如何。”当日韩爷无奈何，只得来乘。只为马高人矮，仍要侍官扶上。果然韩爷上得龙驹，又是依然不伏。马背一曲，头一颠一摆，几乎将韩爷跌将下来。侍官连忙扶持下了驹。王爷见了，微笑呼唤狄青，言：“此龙驹尔降伏他的，彼必然伏畏于尔。且乘骑上看看。”当下狄青曲背躬腰，曰：“此驹既然不伏千岁与韩叔父，焉肯畏伏着小人？”潞花王喜而言曰：“此驹乃尔降服的，岂不畏惧于尔？”韩爷曰：“千岁有旨，尔且试乘坐来，也是无妨。”狄青听了言：“小人如此告罪了。”即扳上当中马角，轻轻一跳，早已跨上金鞍，此驹全然不动。韩爷一见，大喜称奇。潞花王喜形于色，跑上前呼：“马啊！你真乃欺善畏狠了，偏会使刁作难的，将本藩欺着。”当时狄青心中暗暗大喜。一刻下了鞍来，上前叩谢过千岁爷，即开言曰：“此驹既不伏千岁爷乘坐，且待小人道它几句，待千岁爷再乘上看是如何？”潞花王曰：“不消了。孤家的宝驹异马尽多，如今连鞍辔一并赏与尔罢。”狄青大悦说：“多谢千岁！”狄青受赐龙驹之后，不知如何得会狄太后娘娘，且看下回分解。

第十六回　降龙驹因针引线　应尘梦异会奇逢

诗曰：

悲离欢合是情常，久别重逢倍喜扬。

善锡盈亏天道报，矢函两艺要参详。

话说狄青得潞花王将龙马赏赐于他，心中大喜。拜谢复又启上："既蒙千岁爷惠赐，还请赏它一个美名，未知可否？"潞花王曰："在月色光圆之下所得，即名'现月龙驹'便了。"狄青听罢，欣然下阶，与众侍官站立。当时天色曙亮了，王爷吩咐带龙驹入后槽喂料，内侍领旨牵驹而去。是日，潞花王复诘询小英雄道："狄青，看尔不出，青年俊美，不意有此奇能。家中父母还存否？作何生理度日？几时得到仙山，拜着王禅为师？今朝降伏了龙驹，免了府中忙乱，皆得尔之功力也。明天奏知圣上，自有奖赏尔劳。"狄青见问，即启禀上："千岁爷，小人原祖上不为无名之辈，世籍山西太原府西河县小杨村，祖父狄元，曾为两粤都堂。父亲狄广，官居总制，不幸相继而亡。小人九岁便逢水难，母子分离。自得王禅老祖救至峨嵋山学艺，曾经七载。上月七夕间，奉师命下山，言还汴京，自得亲人相会。岂知亲人不见，反被奸臣谋害。"当日潞花王还要再盘诘他几言，忽听说太后娘娘请千岁爷进见。潞花王正要抽身，又有韩吏部道："千岁，这狄青命他回去，还是留在这里？"潞花王曰："他有此重功，自然留在此，少不得母后娘娘还有恩赐。尔且陪伴狄青饮宴可也。"韩爷言："领旨。"当下韩爷叔侄倾杯，谈谈论论，更觉开怀。

却说潞花王一路跑回内宫，心喜欣欣的，朝见母后娘娘。当下年尊太后开言道："孩儿，方才宫监报说，已经有一英雄汉子收服妖魔。"

潞花王曰:“臣儿禀知母后,此人年轻,武艺高强,名唤狄青,山西人氏。诘问起他家,原非下等之流,世代为官,一位贵公子。又得王禅带至峨嵋山学艺,果也英雄。收服龙驹,皆得韩吏部之荐。”狄太后听了,言:“此人名唤狄青,山西人氏么?”潞花王曰:“山西省太原府西河县小杨村人也。”太后听了,沉吟自语:“我想小杨村地名乃是吾家乡,一村中没有别姓,所居单有我狄姓之人耳。数载之前,只听水决山西,西河一县尽皆淹没,料得我狄姓之人尽遭水难,也未可知。莫非此少年即水中逃脱的?又名狄青,有此尴尬的?”呼:“孩儿,尔可询他祖上父亲名讳否?”潞花王呆想一会,曰:“儿也曾诘过他,彼言祖上名狄元,曾为两粤都堂;父名狄广,官居山西总制。”当时狄太后听了,连声言:“不错!不错!”说未完,珠泪纷纷,愁锁双眉。呼唤王儿,即要传旨,令狄青进见。当时命宫娥垂挂珠帘。当时潞花王不晓其意,忙道:“母后,你传他进见,何也?”狄太后说声:“王儿,据他言来世胄,乃是做娘的嫡亲侄儿了,故要询他一个明白。”潞花王听了,反觉惊骇,说曰:“既然如此,即要宣唤他来问个明白的了。”即传旨召进小英雄。太后娘娘坐于珠帘里面,潞花王坐于珠帘外边。

当时狄青膝行而进,伏倒宫前,不敢抬头仰面。更有太监一名,传言道:“狄青,太后娘娘问尔,既是山西省人,哪一府、哪一县、哪一乡、哪一庄?祖宗三代名讳、字号、官居何职?母亲何姓氏?如今在也否?且要一一奏明上来。若有藏头露尾,反取罪戾不便。”当下狄青不语,暗言:“这太后娘娘盘问得太奇了,因何盘诘起我的家世来?但内里机关吾难猜测,说出真情来,未知是吉是凶。”只是无可奈何,只得从祖父母姓氏、官职一概说起,说到并无亲叔伯弟兄,止有长姊金鸾早已出适了,次姊银鸾早已夭亡。太后娘娘见说到此处,便问:“尔既无叔伯弟兄,可有姑娘否?”狄青曰:“姑娘果有一人,只幼年时听母亲言过,进上皇宫,早已身故了。”太后娘娘闻言,暗暗惨然,泪珠滚落,嗟叹一声,言:“现在皇都之地,说什么身故的?”又问曰:“尔既知姑娘身故,死在那几载?得何病症而亡?”狄青曰:“只为先皇点采秀女进朝,时小人年幼,不知其由。至长时只听母所说,姑娘进京之后,即已归仙。”

原来此段情由，上书已明了。当初狄氏选进宫，圣上赐配八大王。孙秀奉旨做钦差，八王爷命顺搭附家书，往山西知照于太原府。孙秀诓言狄氏进宫之后已经身故，是以狄广闻知，即时上本辞了官。告驾被准，亦是奸臣暗算，认准妹子死了。故狄公子长成八九之年，孟氏夫人已告知姑娘进宫身死，故今狄青见问，即如是而对。狄太后听罢狄青之言，不觉肝肠欲断，带泪又道："狄青，尔既是狄广之儿，有何凭据的？"狄青一想便说："禀上太后娘娘，小人有一家传血结玉鸳鸯一只。幼年时母亲与吾佩系于身，曾说鸳鸯原有一对，雄的留于此，雌的留与姑娘进朝，但不知雌的失遗在于何方。"太后带泪取钥匙，开了取出雌的鸳鸯。狄青又将雄的献上，仔细看来，一双无异，一色无分。太后娘娘看过此宝，传旨："速将珠帘高卷起。"狄太后珠泪盈腮，抽身出外，连呼唤三两声"侄儿"！狄青一见，呆然惶恐，伏倒尘埃，开言不得。早有潞花王见母后唤他"侄儿"，自然非错的，即起位说曰："请起。"狄青忙呼："千岁爷，小人乃一介平民，还祈不要认错了。"太后娘娘听了，带泪双手扶住狄青，道："侄儿啊！老身是尔嫡亲姑娘，在此与尔认真了，何用犹疑。还不起来相见。"当下，潞花王微微含笑言："真乃天赐骨肉重逢，不期叙会。"呼道："贤兄，尔何用犹疑，吃此忧惊。"即呼内侍备下香汤，待狄爷沐浴，又命宫娥取讨衣冠。有宫人启禀："千岁爷，不知用什么服式与狄爷更换？"潞花王曰："即取孤的服式与狄爷更换是也。"内监、宫娥领旨去讫。

当时狄后娘娘手挽狄青，呼曰："我那侄儿，做姑娘的今朝与尔相逢，犹如见尔爹娘一般的了。喜得尔长成，得延一脉，生仪表堂堂，威威烈烈气概。若非花园中逆龙作祟，怎能今日姑侄相逢？"狄青道："千岁爷、太后娘娘啊！吾实无姑娘的，犹恐错认了。"狄太后言曰："汝方才说有姑娘的，怎么今言没有，何也？"狄青曰："姑娘本是有的。"太后曰："如今在哪里？"当时狄青又要说出已经身故的话，但细想他如此相认，又不好如此说来，只得转口言："只知进宫之后已音信俱无，不知详细了。"太后道："侄儿，吾是你嫡亲姑娘狄氏也。吾生身故土是小杨庄，与尔父身同一脉。吾父官居两粤都堂，如今现合鸳鸯成对，雌的吾所收拾，雄的尔母收藏。如今有了凭据，还来糊惑不认姑娘么?”当下狄青言:“师父之言验了。他有言吩咐,教我一至汴京,自得亲人相会。岂知相见亲人于此地。”只是连连叩首道:“姑母大人在上,侄儿不孝,罪大如天。只为侄儿九岁年间,母子分离,六亲无靠。后得王禅老祖救离水难,峨嵋山学艺七年。今朝不期而会,何异枯木逢春,枯苗得雨,实乃可喜欢!”潞花王喜色洋洋,上前拍拍狄青言:“太后方才与尔初见,至尔殷勤尽礼,弟之罪也。以后不用相呼千岁的,弟兄呼唤可也。”狄青曰:“岂敢如此僭越。贵贱悬殊,岂得并称。”潞花王曰:“至亲切中,哪分贵贱。”狄太后道:“侄儿且起来,沐浴更衣,再行相见。”狄青领命,谢过姑娘母子,侍官领他沐浴慢表。

当时狄太后呼曰:“孩儿,尔且看此双血结玉鸳鸯好否?分别多年,今日始得成双。”少年千岁接转鸳鸯细看,连声称妙。只见鲜血彩彩,口吐霞光,即曰:“请问母后,此对鸳鸯既乃一颗宝贝,不知此物产在何方?”狄太后道:“孩儿,此双鸳鸯原出于北番,外邦进贡与先王,后钦赐尔外公祖。为娘得了雌的,雄的留于尔舅母。为娘时常想念雌雄两宝,原道没有会期,岂料鸳鸯今重逢有日。追思曩者,倍复惨然。”潞花王曰:“这却为何?”狄太后曰:“王儿有所不知。此双鸳鸯乃狄门已传留三世镇家之宝,贵重好东西。今日为娘见鞍思马,把亲人念。外祖与舅哥哥得病而亡,倒也罢了。苦则苦舅母遭殃,被水而亡。骨肉沉流波底,不得嗣享以安。”潞花王启上:“母后且免愁烦,今喜得表兄长成,气宇非凡。外舅父母留得英雄好后裔,此乃天不亏良善之报也。而今贤表兄生来品质昂昂,其此英雄武略,何难光继先人?待明日进朝,奏知圣上皇兄得知,封他一员武职官,还有哪功臣敢于欺侮的?”狄太后道:“王儿说什么封武职官,等明朝传吾之命,要当今封他一个王位。如若不封,说言做娘必要动气了。”潞花王应允。狄太后又言:“韩吏部洞深算理,圆梦如斯准验。如今且请他回府去,如赠他金帛财宝,谅他也不领受;也须奏知当今,升他职爵,以奖其劳。”

正言语间,狄青已沐浴更衣,穿着潞花王服式,看来愈见增威数倍。上前拜见姑娘,太后娘娘见了,心花大放。当日表弟兄一同叙过礼,宫娥内监多人,俱来参见狄王亲。太后娘娘又道:“侄儿且往外中堂，会宴毕再来与汝叙谈。"狄青领命，告辞退出中堂去了。

当时日已午中了，潞花王带喜，即传知韩吏部先归衙署，候日加封，即差内官送他回府。此日韩爷喜悦万分，不觉暗暗称奇，说："哪知狄太后即狄广哥哥妹子。即陈琳奉选回朝，将已二十年，老夫亦未深究及此事，但想详梦，不意如是神准的。"又言："狄青，尔若非吾荐尔往王府擒魔，焉能今日得姑侄相逢？如今是赫赫然一位王亲了，庞洪、孙秀的打算、暗谋难施了，即吾老人家也觉心安放了。"

不表韩爷心悦。却说潞花王爷是夜陪伴狄青筵宴，弟兄开怀畅叙，自未刻谈言交酢，不觉吃酒数巡，已是时交二鼓。用过夜膳已毕，潞花王传旨：内监宫人不必多人在此侍候，只留下四名侍儿服伺狄王亲。当晚潞花王辞别，自回寝宫安歇去了慢表。

却言狄青当晚已经吃酒过多了，又说他酒量虽高，然而他的酒性有分。大凡酒量与酒性却有两般之别，吃酒多而不醉者为之好酒量，吃酒多过醉而不生端狂莽者为之好酒性。狄青的酒量虽高，而酒性却也平常。所以前者在万花楼上打死胡公子，也因酒性平常之累也，如今又要因酒后弄出事来了。

当夜吃酒膳已完，却有三更时候，他仍未安睡，却于灯下想象一番，思着两奸臣，一人乃孙兵部，一人乃庞太师。想来便说："孙秀啊！吾与尔毫无瓜葛，又并非世仇，为什么两次三番要害吾性命？"越思越怒，大呼："可恼！可恼！尔这恶毒之人真难容也。今夜必要除决尔这刁奸恶臣，免却毒害无辜之患。"登时怒气冲冲，即要抽身。便呼侍儿两人："快打提笼，吾要出府。"侍官禀上："狄爷，时交三鼓中了，要往哪里去？"当下狄青到底醒中已醉，醉中有醒，倘若言明往找杀孙兵部，他们不愿与往的，不若骗哄他们说到韩吏部府中乃可。是时言来。未知狄青如何找杀孙兵部，且看下回分解。

第十七回　忿奸佞图杀被获　脱英雄解危生嗔

诗曰：

　　未遇英雄困不舒，一朝奋翮有谁如？

　　漫言胯下为羞辱，多少高人发达殊。

当下王府侍官禀上："狄爷，夜已深了，请明朝去罢。"狄青喝声："吾必要走的！尔敢阻挡么？"当时内侍不敢违逆，只得点起灯笼。这狄青穿的是潞花王服式，腰下又悬着一口宝剑，两名侍官持了一双南清宫大灯笼，一重重的叩出府门而出，一连出了九重，方至王府头门。跑出平街大道，真好一天月色也。万里无云，一天星斗。街衢中家家户户肃静无声，只闻鸡声唱叫无休，犬吠留连不断。两侍官不觉向南路而往韩府。狄青指着南方言："此道往哪去处？"侍官曰："此地是往韩吏部府中。"狄青曰："如今不往韩大人府了。"侍官曰："狄王亲不往吏部府，要往哪里去？"狄青曰："吾与孙兵部有深仇，如今要往他府中，仗着三尺龙泉宝剑，今夜必取这奸臣脑袋！"侍官听罢，吓了一惊，叫道："狄王亲，这是行凶之事，万万不可。"狄青喝曰："谁言杀他不得？只须吾一剑，即挥成两段了。"侍官不敢多言，只得引道往孙兵府而去。

过了天汉桥，一路不觉已至孙府衙前，周围照壁高昂，府门前大灯笼照耀光辉。有千总官、把总官四围巡哨，一见了南清宫灯笼到来，吓得惊骇，躲避不及，慌忙无措。认做潞花王驾到，俯伏尘埃，声声呼着："王爷的饶恕。"狄青听了，呵呵冷笑曰："尔们夜深在此，却也何因？吾不是妄乱杀人的，只手中宝剑要砍奸臣的头颅耳。"众员曰："禀上千岁爷，小臣等乃孙兵部衙中巡哨也。"狄青曰："既然如此，快唤孙秀出来见我。”众员曰:“孙大人不在府中。”狄青曰:“他不在府中,哪里去了?”众员禀曰:“孙大人往九门提督王大将军衙中赴宴去了。”狄青曰:“可是真么?”众员曰:“小臣们怎敢哄骗千岁爷?”狄青听了,又吩咐向王提督府衙而去。侍官应诺,提灯引道,踩步频频。

若说孙兵部府往提督衙的路,原要经过天汉桥,故今狄青仍要转回天汉桥,遂持着宝剑随着侍官。三人正上了桥中,狄青酒不觉涌泛起来,双足酸麻,晕懵懵的,东一步,西一摆。侍官两人,左右扶定,道:“狄爷仔细些才好。”狄青曰:“吾要杀孙秀奸臣。”内侍曰:“狄爷沉醉了,明日杀他不迟。”狄青喝声:“胡说!吾今夜不取孙秀脑袋,枉称英雄。”口中说话,四肢已酥麻了,此刻一步也难移。内监只得扶定在桥栏立着。狄青此际甚是糊涂,便大呼:“孙秀,尔这狗奴才,躲过了么?”侍官道:“狄爷,孙秀是惧怕了,果然避躲过的。”狄青曰:“奸贼啊!躲得好!弄我找寻得好。但今夜不除了尔这害民奸贼,非为大丈夫。”当时狄青身体困软了,凭尔英雄健汉也用不出强来。算来非狄青酒量不高,易于沉醉,只为王府中的美酒比不得闲等之家,酒性好比药力烈焚,是至狄青醉得沉沉不醒,手插剑尖于地中,侧身合眼已入睡乡了。侍官两人心焦意闷,只得一手持灯笼,一手扶持伺候立定。

不一刻久,只见远远有灯笼火把而来。一乘白马,一座大轿,原来二人乃孙秀、庞洪也。是晚,只为王提督大将军天化的母亲庆祝寿辰。这王天化乃庞太师的得意门生,故此夜翁婿二人在王提督衙门中开筵宴庆闹。梨园唱戏,酒叙数巡,许多文员武吏,畅叙于府堂。当晚翁婿吃酒至三鼓终方回。两乘轿马正要过桥,早有家将跑转回禀曰:“启上太师爷,桥上边有潞花王爷,坐在桥栏之上,像着有些酒醉一般。”二人齐曰:“有这等偶然事也?快些下轿马便了。”一翁一婿,慌忙下马,急急步上桥栏。一看,俯伏跟前,呼声:“千岁爷!”当时只为狄青手插宝剑于地中,头已低下,是至庞洪、孙秀看不出面貌来,只见南清宫的灯笼,又是一般服式,自然是潞花王了。二人俯伏在地呼:“千岁!臣庞洪、孙秀见驾,愿王爷千岁千千岁!”当日两个侍官平素也怪着二人,是时并不做声,待他们跪在此地。一对佞臣的膝儿跪得已疼痛了，实觉不耐烦，又明言："臣等护送千岁爷回府罢。"狄青耳风听言，头略抬一抬，二人一见，顿觉骇然，登时抽身而起。庞洪即跑开呼道："贤婿过来！"孙秀走近，庞洪曰："贤婿，细看此人容貌，并非潞花王也。"孙秀道："岳父大人，那是狄青了。"登时吩咐家丁把火一照，喝令众军上前捉拿。早有侍官两人阻挡住，言："此人拿捉不得的，太后娘娘听知，尔们之罪还了得么？"庞洪喝曰："他是有罪之人，还敢穿此服式，冒认王爷，万死不赦的罪。"侍官听了，心中着急，大喝曰："此人是太后娘娘嫡侄，你们还敢动手么？"庞洪大喝道："休得胡说！"孙秀呼家丁："一并三人拿下来！"当下两名内监看来不好，飞也似跑走了，竟回归王府内宫报知。

又言狄青虽有英雄奇能，此际无奈醉得麻软如泥了，糊糊涂涂，不知所以了，故被他们紧紧绑缚了，还毫不知觉。有数十对家丁，见他迷迷不醒，只得扛抬而起。翁婿二人登上轿马，下了桥匆匆赶路。狄青的宝剑一柄也被庞府家人拿去。方才跑得两箭之路，只见前途一对小红灯笼，一肩小轿，坐着一位官员。庞洪是妄大自尊之辈，全无忌惮，在轿命家丁喝曰："那个瞎眼官儿，还不回避么？"原来此位官员正来得凑巧，乃是正直无私的包龙图也。夜来巡察地头，在此不期相遇。他本非奉着圣上旨意巡查，皆因勤于朝政，不惜辛劳，自要查察。强恶顽民乘夜抢夺、酗酒行凶，即要擒拿处治。当时张龙、赵虎启禀："大老爷，前面庞太师、孙兵部来了，不知为什么拿了一位王爷服式人，请大老爷定裁。"包爷听罢言曰："这两人又在此作祟了。"吩咐："与他相见，可将此位王爷放了绑。"当下张龙、赵虎领命，上前呼声："包大人在此，请庞太师、孙大人暂住宝车。"正是赫赫有名的包铡刀，庞、孙府的众家丁也心惊了，即丢抛了狄青，远远的走开。董超、薛霸已将狄青松绑拖扶定。

孙秀、庞洪一见大怒，齐呼："包大人哪里来？"包爷曰："下官巡夜查稽到此。庞太师二位哪里来？"庞洪曰："往提督府那里赴宴回来。"包爷曰："老太师为何将这位王爷拿着，何故的？"庞太师曰："是什么王爷？乃是一位逃兵狄青，盗穿王爷服式，假冒王爷，如今将他拿下定罪。"包爷听了狄青之名，暗说："前日将他开豁了罪名，后来又在演武教场几乎死在孙秀钢刀之下。前两天闻家丁传知他力降狂马，被庞府人邀去，不知今夜怎生穿了潞花王服式，又被他们拿下了。"原来狄青逃往韩府，又往南清宫降龙驹，姑侄相会事情，包公尚还未知。当下心内猜疑，便开言："本官来稽查巡夜，那狄青是个犯夜小民，待吾带回衙中查询便了。"孙兵部道："包大人，这是逃兵小卒，应该下官带回去的。"包爷曰："你说哪里话来？狄青兵粮已经大人革退了，还是什么逃兵？只算犯夜百姓，应该下官带回。"孙秀曰："这人原是与尔不相干，是吾管下的革兵，休得多管。"包爷曰："胡说！这是下官犯夜之民，于尔甚事？"庞洪曰："包大人太觉多招多揽了。这狄青非尔捉捕，休想带去！"包爷曰："老太师不必多言争论了，一同去见驾，是兵是民，悉听圣上主裁。"庞洪听了，便言："此话倒也说得不差。"三人多不转回衙，竟往朝房来伺候圣上，按下慢提。

先说王府二名内监跑回南清宫报知。是晚潞花王已安睡了，太后娘娘尚未睡卧，与媳妇谈言，不期而遇嫡侄，狄氏香烟有继，不尽欣喜。一闻此说，心中惊怒，忙传内侍宣召潞花王。潞花王闻言，心中带怒言："狄表兄为人真乃狂莽也。尔今虽是王家内戚，不应夜出持刀往杀这奸臣。如今偏偏又遇着这两个冤家，被他拿去。孤不去救解，谁人出力？"太后道："我儿，汝今不必往询问庞洪、孙秀，且亲自出朝往见当今，将此段情由剖奏明白。若要将吾侄儿难为了，吾为娘断不干休的。"潞花王曰："遵懿旨。"太后又言："须要对圣上说知，必要封赠他一家王爵乃可。奏上当今，须要体谅做娘情面。"潞花王应答时，耽耽搁搁，已是四更中了。潞花王梳洗已毕，将龙袍朝衣穿上，用过参汤，嵌宝璞头上戴，蓝田玉带半腰围。上了一匹白雪小龙驹，三十六对内监跟随，灯火辉煌引道。

慢说年轻千岁来朝。其时五鼓初交，狄青已经酒醒了，问曰："宝剑哪里去了？"董超曰："没有什么宝剑的。"狄青曰："孙秀的脑袋在哪里？"薛霸曰："休得如此。尔方才已被孙兵部拿下，难道不知么？"狄青曰："奇了，果有此事么？"即把眼睛一抹，睁开虎目，立起来，骂声："孙兵部，尔这可恶奴才！"口中骂，又要踩步动手。旁边四名旗牌军扯住言："休要走，不要痴呆！孙兵部乃圣上的命官，尔敢杀他的？倘杀了他,尔还了得!”狄青曰:“吾若杀了此奸臣,抵挡偿他一命。”四人曰:“此地乃官员叙会之所,休得在此罗唣。”狄青曰:“吾缘何在于此方?尔等是何人?”四人曰:“我们乃包大人手下旗牌军也。方才尔已被拿,全亏我家大老爷巡夜而来,方得放脱,尔方免了此灾。如今大老爷、庞太师、孙兵部带尔前来面圣,且不要张声。”狄青听罢,言曰:“不意有此等事的,真乃妙、妙!罢了,且静静在此伺候便了。”

当日上朝大小众官,先后而来,叙集于朝房中候驾。时交五鼓,未央之天,只听得钟鸣鼓响,文武百官朝参,叙爵分列两行。圣上降旨:“哪官有奏,即可启明,以待宣批。”早有庞太师出班奏曰:“臣庞洪昨夜与兵部孙秀拿得逃兵一名,唤狄青。身穿着潞花王服式,张着南清宫的灯笼,假冒王爷的刁棍。如今拿下,该得奏闻,以候圣裁。”天子闻奏,正要开言,又有包爷出班奏曰:“臣启陛下,昨夜臣因于衢道上稽查奸匪强民,时初交四鼓,不想一名犯夜之民,被孙兵部捉获。但思臣是文官,他是武职,武员定例管理军兵,文职定然司管百姓。伏维圣上降旨,与臣将此犯夜民并冒穿王爷服式情由交臣询察明复旨,未知圣意如何?”当时圣上有旨:“狄青不论是兵是民,总以假冒服式为重,即着包卿询明复旨定夺。”包爷称言:“领旨。”翁婿二人面光扫尽,只得归班不语。

又道年少藩王驾到,直上金銮殿上。朝参已毕,即将狄青于王府降伏龙驹,母后问起因由,得据玉鸳鸯之事,一长一短启奏明。当时天子闻奏知,心中也觉骇异。想来狄青是母后侄儿,是寡人表弟兄了。又转言道:“庞卿,尔也太欠主张,不该混拿御戚为逃兵犯人。倘母后得知,罪干非小。”庞太师听了,吓得跪倒丹墀,抽身不得。在旁孙兵部也是一般。只有包公大喜,不意小小良民,乃一显贵王亲也,只好戏弄得两奸臣着急的。当时又有制台胡坤在右班中,听见圣上责罚庞太师,并知狄青是圣上内亲,暗中怒气冲冲,思想如今难以报孩儿之仇了。当下狄青如何处分,且看下回分解。

第十八回 辞高官英雄血性 妒国戚奸佞同心

诗曰：

降生武曲英雄将，扶助江山第一功。

枉尔群奸交冒嫉，昭昭天眼岂朦胧。

当下包公一闻圣上责斥庞太师之言，暗暗大喜，不意这狄青是当今御戚，好作弄得这两奸臣也。是日，嘉祐君王喜色洋洋，传旨："宣御戚上殿！"值殿官领旨，降出午朝门，引见官乃包龙图。狄青闻召，即叩问包爷曰："小人乃一介小民，穿了这等服式，如何见得当今？"包爷曰："圣上不许则已，倘动问来，尔原说太后娘娘赐尔所穿的，便无碍了。"时包爷领了小英雄至金銮殿，山呼拜舞已毕，圣上钦赐平身。细观狄青，气概昂昂，好位英雄小汉，便道："御卿，可将尔世系重新细细奏与朕得知。"

当时狄青听了圣上动诘世胄，只得将祖上世谱官职，细细奏明。上闻奏知，喜色洋洋，又遵着母后懿旨，即封赠为王。狄青一闻上言，倒伏丹墀不起，口呼："虽蒙陛下天恩浩荡，咸感无疆。但无功而受此重爵，于理上难行，免不得满朝文武批论不公也。"天子言曰："此乃朕遵着太后娘娘之懿旨，哪有非理之所可议者？御弟休得过辞。"狄青奏曰："臣启陛下，念小人并无寸功于国，格外恩封重职，纵然众文武大臣不议，即小人亦有何颜面在朝？故断然不敢拜受此重爵也。"当时潞花王巴不能狄青受职，岂知他偏偏不受，心中甚觉不悦，便道："表兄，这是母后娘娘的懿旨，断不可违忤的。"狄青道："千岁啊！微臣蒙太后娘娘、万岁龙恩，原不敢违逆，但毫无寸功于国，难以受此厚禄耳。但臣有一言启奏陛下。"天子曰："汝且奏来。"狄青曰："伏乞万岁降旨，着令英雄武将与微臣比武，臣若强如一品者，愿受一品职；胜于二品者，服二品；不过于三品者，即受三品职。此上不负太后、万岁之恩，下不干满朝文武之议，臣列于班僚之中方不有愧。此乃量材拔用，方见公平也。”嘉祐君王听奏，微笑曰：“御弟言来有理，实可准依。即传旨文武诸卿，次日清晨伺候，寡人亲临御教场看比武。”众臣皆称领旨。又言：“御弟二人自回王府，明天早往御教场中。”潞花王、狄青称言“领旨”。时已辰刻，候驾退回宫，群臣各散。

潞花王表弟兄一路回归王府，进至内宫，挽手同参太后娘娘。狄太后开言道：“侄儿，不是姑娘埋怨了你，原不该夜深人静外出王府，去行凶杀这奸臣。若非内监回来报我，又是牢笼之鸟矣。”狄青禀曰：“并不是小侄平白妄寻生事，只因想起孙兵部奸贼，忿恨难消，时刻也难容忍，思杀这奸臣。不料到了天汉桥，酒醉就糊涂了，呆呆不醒，反被二奸所获。多感恩官包大人稽察救脱，奏明当今。”狄太后曰：“既然得包大人脱尔，但不知圣上封赠尔什么官爵？”潞花王曰：“皇上遵着母后，封他一家王位。岂知表兄偏偏说不愿无功受此重职，反讨教场比武，然后封官。故今圣上已经降旨，明日清晨亲临御教场比武。”当时太后娘娘听了，顿生不悦道：“侄儿，尔为人真乃不知进退也。不费吹毛之力，当今即加恩封赠尔为王爵，正乃平步登天之易。尔缘何反要逞勇恃强，场中校武？太欠主张也。”狄青曰：“姑母娘娘，不是侄儿不知进退。吾自幼许为顶天立地奇男子，必要光明正大的行为，不受着别人背后言谈，方为无愧。况且笔头尖上文官业，刀剑撑持武将威。情面上为官，有甚希罕的？借武艺高强，量材调用，此乃大中至正之明理，侄儿立志如此也。”狄太后曰：“侄儿，尔言虽有理，但满朝武将不少，内中岂无本事强狠者？而尔只言力壮，还更有英雄的。倘怯弱与他人，即要当场出丑了。别人耻笑犹可，若被一班奸党笑谈，连我姑娘也少面光了。”狄青曰：“姑母娘娘不须过虑。虽然满朝强似我者亦有，然弱于我者不少。侄儿自有主见，姑娘且免挂怀。”

狄青虽然如此说来，但太后娘娘心烦不乐，唤声：“王儿，虑只虑庞洪、孙秀与他结仇冤，党羽之中岂无武官狠强的？定然被奸臣托嘱，暗中算计了。况且刀枪之上，乃无情之物，万一失手便伤身，如何是好？”潞花王摇头曰：“儿也想至其间了。无奈贤表兄不听劝言耳。倘有差迟，便遂了众奸权之愿。”当时狄太后想了一会，道：“我儿，做娘有个道理在此，若要保全侄儿无害，且暂借高太祖的金刀、盔甲与他穿戴起，还有哪人敢在他身上动一动么？”潞花王曰：“母后之言甚属有理。”狄太后即时领了宫娥、太监，来至中殿太祖龙亭位，焚香俯伏禀告太祖公公，要求借用盔甲，以保全嫡侄之故。告祝完，有司管龙亭太监就将八宝金盔、金甲一齐请出。两名内监，一人捧甲，一人捧盔。太后娘娘接过，谢恩而回。还有一柄金瓒刀，其日乃东平王值管，潞花王亲身往借，请回府中，以备明朝之用。

按下西边，却讲东边话文。原表两奸雄是日退朝，孙秀与胡坤随着庞洪回至相府。太师心头大悦，道：“二位啊，我想那小畜生是个痴呆人了，现现的一个王爵不要做，反要比武受职，不知他甚么想头。”孙兵部曰：“岳父，但如今冤家愈结愈深了，总要将这小畜生收拾了才好。”庞太师曰：“这也何消说的。”胡制台曰：“不知老太师有什么摆布之法？”庞太师曰：“一些也不难。待吾即日传请几位武员厚交的，王天化、任福、徐銮、高艾到来，教他比武之时将狄青了结性命，何曾费吹毫之力。”孙、胡二人听了大喜，说曰：“果然高见不差。”

当下庞太师即时差家人分头相请，只言请至相府花园赏桂玩菊。又吩咐备列酒筵，翁婿二人等候。不一刻，先后而来。吃茶已毕，一会邀至待月亭，七人就位畅叙，待酒自有旁童。八音齐奏，韵雅铿锵。酒过数巡，有徐銮动问曰：“老太师，不想狄青就是狄太后嫡侄。孙兄，尔三位欲收除此人，如今反把狄青光辉到这个势头了。”高艾答曰：“若是狄青受此重职在朝，好比山林出了大虫一般。靠着太后娘娘势力，必然横冲直撞，我辈休矣。我们岂不倒了威风？”孙秀听了，点头称言：“二位想来透论了。”胡坤曰：“原为此事，故请诸位仁兄到此酌量。但凭小卒如此猖狂，这还了得。”有殿前校尉任福笑而言曰：“列位老年兄，这狄青乃太后娘娘内戚，与当今御表相称，看来难以作对。这段冤家只可解，不可结的。”庞太师听了，双目圆睁，带怒而言曰：“任兄之言，头也欠通。尔难道不闻：恨小非君子，无毒不丈夫。这狄青乃吾翁婿所深疾，胡兄的大仇人，如何容得他过？”王天化问曰:“不知老太师意欲如何?”庞洪曰:“老夫特因此事,故请各位贤兄到来商议。明日比武之时,将这小奴才一刀一枪,了结其性命。”王天化曰:“老太师,若要了结狄青是不难事,只恐太后娘娘加罪,圣上诘责,这便如何?”庞洪曰:“此事不妨。从来比武争雄,律无抵偿之例。如若太后有甚言词,自有老夫与尔分辩。万岁诘责,有老夫力保,包得无事也。”王天化曰:“如若老太师包得定无事,即在吾王天化身上,立取狄青脑袋便了。”庞洪曰:“这是老夫包保得定,无妨的。”有孙秀、胡坤齐呼道:“王将军,尔以雄汉自称,有道是:一言既出,驷马难追,才算得尔英雄胆量!”王天化曰:“孙、胡二兄,哪里话来! 俺明日若不取狄青首级,愿将自己的脑袋献上。”孙、胡大悦,曰:“休得重言。”计较已完,复又畅叙,交酣劝醉。用酒已毕,四人作谢,告别归衙;孙、胡也归府去。此日闲文不表。

再说次日,是当今天子亲临教场看比武,非同小可,故御教场中打点得清清净净,采山殿上排得整整齐齐。龙亭座铺着虎皮毡褥。殿旁围绕玉石栏杆,说不尽奇灯异彩。兰菊四芳,金炉霭浓。复又设立两旁东西的位次,好待公侯将相序排班。

是日五更初,满朝武职文臣纷纷入朝见驾。众王侯大臣俯伏金阶,恭请万岁往御教场看比较武艺。未知何时起驾,候旨定夺。圣上旨下:于辰刻起驾,着今一品文武大臣随驾,二品、三品文武俱往教场而去。当时一交辰刻,天子宴罢,排摆金銮起驾。侍御数百名,太监数十对,一路行程,笙歌嘹亮,香馥满街。一到了教场外,早有二、三品文武官数十员,俯伏两旁,恭迎圣驾。当下天子下了八宝沉香彩辇,太监们侍御等随从。至采山宝殿,升登龙位。文武臣再行参见已毕,站立分班。潞花王复奏:“狄青已带来至教场中候着旨宣。”当时天子降旨:“狄青进见。”狄青听召,即顶盔贯甲来见君王。

天子一见狄青用起太祖盔甲,顿觉慌忙,立起位来迎接。若言到赵太祖驾崩之后,遗下一顶八宝金盔,一副八宝黄金甲,一柄九环金瓒定唐刀。先皇旨意,将此金盔铠藏在南清宫,另用座宝龙亭,谨敬供奉,四名内监,逐日司管。这柄金瓒刀,发与五家王爷,六日一轮,轮流值管。若请得出此刀,人人由他斩去首级。请得盔甲出见,满朝王亲御戚大臣也要俯伏恭迎。即当今天子见了此盔甲，亦如见了赵太祖的一般。今狄太后欲使侄儿不受他人之害，故今请借了金刀盔铠与狄青用。故天子忙问潞花王曰："御弟，这副盔铠是哪个主意与他用的？"潞花王曰："是母后借与他用也。"嘉祐君王曰："如若狄表弟能用此盔甲，即宋室江山也可让与他了。御弟即速回宫，请问母后才是，如若臣下可用王家之物，尊卑无序，君臣难以辨别了。"当下庞洪等暗暗欢然。潞花王听了，一想主上之言原不差也。即时辞驾回至宫中，禀明母后。狄太后听言，想来言曰："这原是我失于打算，免不得满朝文武私谈了。但今已借了侄儿所用，儿啊！决不又收还的。汝对圣上言明，只不计较是先王之物，只作狄青自用之物便了。但只一说，倘狄青有甚差迟，总要当今讨取的。"当时潞花王应诺，拜辞上马，加鞭回来，采山殿上将母后的言辞一一奏知圣上。嘉祐君王一闻此语，不觉微微含笑言："母后真乃浅见多心也。原来借此盔铠金刀与狄表弟用，无非是恐妨别人所欺也。但他是一王亲御戚，众臣中岂不留情面与寡人的？"

当下狄青见君，山呼万岁。天子降旨平身，又传旨意："三品武员先与狄青校武。"三品中称言领旨。天子又言："贤御表须要小心。"狄青言："领旨。小臣告罪了。"辞君下了采山宝殿，连忙上了现月龙驹，手执百斤重九环大刀，豪气昂昂。有庞家翁婿、胡坤、冯拯与着丁谓、陈彭年、张尧叟一班奸党，巴不得将狄青一刀挥为两段。只有包拯、呼延显、韩琦、富弼、文彦博、赵忠献等一众忠良，实欲狄青取胜，以扫奸臣之兴。不一刻，只见三品武员中闪出一位总兵官，姓徐，名銮，年未满三十。生来一张紫膛脸，颏下短短微髭，平高七尺身材，顶盔贯甲，走近采山殿，俯伏见驾。不知比武那人胜负，且看下回分解。

第十九回　御教场英雄比武　采山殿恶党被诛

诗曰：

强中更遇强中手，逞勇还逢逞勇人。

寄语力微休重负，且看刚暴必伤身。

再说总兵徐将军俯伏奏帝曰："臣徐銮愿与狄王亲较比。惟彼持着先帝金刀，将人压制，还有哪人敢与交手？伏惟陛下降旨，着令狄王亲转用器械方好交锋。"有旨意下来言："太后有旨，金刀盔甲不作先王之物，不须转换，只作狄青自用之物。卿家不须过虑了。"当时徐总兵领旨下殿，骑上花鬃驹，勇赳赳，手持丈二蛇矛。两旁战鼓轰天，四围肃静。狄青金盔、金甲、持执金刀，目睹威严凛凛。徐总兵在马上，拱手呼狄青："王亲小将，徐銮奉旨与尔比较武艺，望恕粗率之肆。"狄青也横刀打拱曰："请总戎大人指教。"二人言毕，放开架势。狄青飞动金刀一起即落。徐銮纵马持枪，急架相迎。徐总兵虽然武艺不弱，怎当得狄青刀重力狠。徐銮枪上一连三挡五架，枪如秤钩，手疼臂麻。勒退马曰："难对敌也。"狄青一见，也不追赶，喜洋洋曰："如此东西，也来胡混！"又呼："哪位出马？"当中三品班中几员武将，多在徐銮之下，只见彼交手，只挡招得三四架，自忖不用献丑了，是至三品班中无人出马。有庞洪等暗暗心忙："不道他一介小卒，有此高强武艺。"

当下三品班中退缩，无人出敌，只有二品武班中闪出一位带刀指挥，姓高名艾，年方四九上下，身长八尺余，脸如淡烟蜜刷，浓眉环目阔颔，颏下半截短乌髭。黑甲乌盔，手提大斧，拍打乌骓马。二人拱逊已毕，双方迎敌逞强。若论高艾本领，比徐銮高两倍，彼由武进士出身，官升至指挥，二品之中，算他头领英雄。斯时恶狠狠飞动大斧，当头砍劈。狄青金刀急迎。二马相交已十余合，高艾已急喘嘘嘘，招架不牢。连忙退后，连呼："狄王亲果也强狠，小将无能了。"高指挥退归班内。

当日不独潞花王与一众贤臣心悦，嘉祐君王也见蔼蔼龙颜，暗想：喜得此英雄小将，乃寡人之幸也。当时只有庞、冯、孙、胡众奸羞愧成怒，满面通红。又有长沙小将石玉，官居御使，慕羡狄青武艺高强，思量欲与彼交手，见个高低。但思他一者是太后内亲，二者乃忠良之后，倘或胜他，日后也不好相见，不如退步为高。

不表石玉思筹。当日二品班中见高艾已败，武将人人不敢出班。忽一品班中跑出一员猛将，声如巨雷，此人乃九门提督王天化也。生来青蓝面，头大腰宽，獠牙露齿，身长九尺，宛像唐时单雄信转生之貌。这王天化乃庞洪心腹门生，故上时已先奉着太师之托，今日要取狄青首级。彼穿戴上青盔金甲，手执青铜大刀，有双钩半轻重。座下浑红点子马，飞奔而出，大呼："狄王亲，小将今日奉旨比武，倘有妄动得罪之处，休多见怪。"狄青称："言重不敢当。小子武艺庸常，还望将军大人疏容一二，足领厚情。"王天化听了，冷笑言曰："休得谦言。"当日王天化轻视狄青，大刀当头砍下。狄青那里着急，持定金刀撒开。王天化原自恃英雄无敌，故不将狄青放在目中，岂知被他金刀一撇，王天化在马上一连退后两步。想来他乃一弱少年，劣劣之躯，没有什么狠勇，岂期如此利害。当下使尽平生技力赛战，将青铜刀紧紧挥去，大刀左右飞腾。狄青见彼第一刀架开，即一连两振，知是个无用之辈。但想来彼乃官高职显，且相让一二有何干。且持刀一架一挑，并不回刀。

当时潞花王见此，心中暗急，想来九门提督王天化，有名无敌大将，倘或狄青败于他，母后定然不乐了。当日不独年少藩王心头着急，连及众位老贤臣人人惊惧，恨不能两边住手。长沙小将石玉暗暗思量：狄青与王天化杀个平手，倘吾石玉出马，何难杀败这王提督？但比武场中不许协助。斯时只有庞、孙、胡三奸暗喜，想来名不虚传蓝面王也。何不早早一刀两段，取他脑袋，还要挨到什么时候也？

嘉祐君王细细观看二人比武，想来狄青谅难取胜。倘有措手不及时就不妙了，母后怎肯干休。想罢，即忙降旨鸣金。君王旨召，两位英雄方才住马歇手。两旁校军扛抬过大刀，二人相拱揖逊下马，二驹小军牵过。一并同到采山殿上，两旁俯伏。君王开言曰："二卿家的武艺均平，略无伯仲之分。今天较比一场，谁高谁下，不必认真起来。"即旨命狄青授一品之职。狄青曰："臣有启奏。陛下今天亲临御教场，各献武艺，岂可不分高下？既未分高下，微臣焉敢受此显职？这断然不可。"天子曰："依尔主见如何？"狄青曰："微臣之见，自然见个高低才是。"王天化暗言：吾因看太后娘娘面上，故不伤害于汝。岂料汝不知进退，定要见个高低，只忧性命难保了。

此时嘉祐君王闻奏，也无主见。庞太师自言曰："这小畜生焉能斗得过王天化？原算吾贤契的狠勇，吾也明透了王天化之意，一心到底碍着狄太后怪责，故不敢将狄青伤害。如若不能断送狄青，枉尔王天化平日称雄逞勇。也罢，待老夫唆动，来断送这小畜生，才得遂愿。"即忙出班，俯伏奏曰："臣启陛下，从来比较技武，定然见个高低。谅来王天化有碍太后娘娘诘责，是以带着三分情，让过狄王亲。至当者，立下一纸生死状，彼此有伤，皆不计及，方可重新再比。伏惟我主准奏。"嘉祐君王一闻此奏，龙颜冷笑而言曰："同殿中比武，如同玩一般，又不是阵中厮杀，岂可弄成真的。况二人武艺一般均勇，方才已见，如今何用重新再比，立什么生死状来？尔心明将狄青欺弄也。倘或狄青有甚差迟处，太后娘娘已有言在先，要在寡人身上赔交狄青，尔可担当否？"狄青又暗言："这老奸贼想差了念头，吾无非逊让三分，彼即疑吾难胜王天化，故特来请旨立文书。若将王天化了结性命，有何难哉？岂不是奸贼尔害了王提督也。"当时即出奏曰："臣愿立生死文书。"天子未及开言，潞花王曰："狄贤兄，汝如立了生死文书，万一有伤，母后定然与万岁吵气，尔因何如此痴呆不悟也？"狄青听了，微笑曰："千岁爷勿忧，纵然吾死在钢刀之下，全然与万岁无干碍，太后娘娘何得追究？且请陛下降旨，立了生死文书，以待微臣决个雌雄。"嘉祐君王又曰："贤御表休得狂躁。既然立了生死文书，倘被伤了，决无抵偿命也。寡人劝汝受职为高。"

当时狄青见说论得长编，厌烦了，带着怒，高声呼道："陛下，臣今断不敢受职，如要受职，除非取下王大将军首级。"狄青此言，激恼得王天化怒气顿生，大声言曰："如若立了生死状，本将军不断送尔一命，誓不称雄汉！"登时蓝面涨成紫色，高声呼曰："请陛下准立生死状，待臣再见个高低！"当时天子只得准奏。内侍传下文房四宝，即于殿下各立生死状一纸，大意言御校场中比武，即遇伤人，并无抵偿的原由。各立一编，各觅一位大臣见证，书花押。当日王天化见证人是庞太师，只有狄青见证没有一人书押填名。众王侯、大臣想来，狄青本领怯于王天化，如若做个见证，倘他被伤，太后娘娘追责，祸必干连了。别的诸事何妨，只此桩重大事那里有此呆人担当？众位忠良大臣，不约同心，故他见证无人。只有潞花王心急，带怒圆睁双目，看着狄青，暗暗言曰："世间有此执拗呆人！圣上也如此恳谕，不须再比，以授官爵，岂不现现容易一品朝臣之贵，因何尔如此执拗不依？实乃自寻死路的。倘失手于王天化，只干连着圣上与孤家与母后淘气了。"

慢言赵千岁心中烦恼。又谈石玉想透机关，自语曰："据吾看起来，狄青之技艺还在王天化之上，方才见他所用刀法，乃是虚招浮架，并不发刀。察其情，又肯立生死状，定然复有本领使来，可胜王天化。可笑众臣无此胆量做个证人，待本官与他做个证人也何妨。纵然狄青死于王天化之手，即太后娘娘诘责，将吾处决了，无非将一命结交了此位英雄耳。"即出班见君王曰："臣石玉愿与狄王亲作证人，伏乞准旨书名。"嘉祐君王准奏，石御史即押填上名，仍复归班。有勇平王高千岁顿然不悦，双目注看石玉，言曰："可笑贤婿，为人毫无智识也。倘然狄青被伤了，连尔一命也难保。"当时意欲阻挡，无奈圣上已准旨，又已书上姓名。

不表年老王爷烦恼。且说狄青得了证人，二纸文书呈于龙案上。嘉祐君王对王天化曰："卿家须要谅情些。狄青乃朕内戚。"王天化曰："臣领旨。"王天化自语曰："生死状已经立了，还有什么谅情的！"二人离了采山殿，各请上马提刀。战鼓复响，九环大刀一起，青铜大刀架迎响亮，火光迸出，闪烁交加。二马飞腾，已有三十合，还未见高低。若论王天化，也有千斤狠力，当日只见立了生死文书，要取狄青首级，故今舞动大刀，左右上下砍发，尽着平生技俩较比。狄青曰："方才且让尔三分，如今顽真了，让尔不得，取尔脑袋下来也！"即将九环金刀紧紧挥逼十刀，杀得王天化只有抵挡之功，并无还刀之力。越觉两臂酸麻，双手震痛。正思量败走，却被狄青持刀背砍去。王天化慌忙大刀撒架，即要还刀，早被狄青顺转刀口落下，喝声："去也！"向着王天化太阳斜半面劈下。喊叫得一声，王天化合体分为两片，跌于马下。狄青笑曰："王将军，小子狄青得罪了，伏祈恕怪也。"将他一摆，下了雕鞍。庞太师等见了大惊，呆呆瞪着双目。有韩爷呼道："千岁！"包公、石御使一众贤臣大喜，人人欣美英雄武艺。

又表狄青身躯止得七尺余，王天化将有一丈之高，怎能从他上体劈下地中？只因现月驹比王天化青鬃马高多三尺，故而一长一短，两英豪比来原是一般高。当日劈死了王天化，各位武员、将士人人吐舌摇头，哪里还再有一人出马。若云王提督身死，虽云庞洪挑唆，但彼趋炎附势，混交于奸臣党羽中，身居重职，不念君恩，未尝无罪。而今一死，亦自取哉，而且污名难免。前后有诗讥叹之曰：

为国致身臣子任，趋奸党恶必忘君。

扬名百世忠良铭，遗臭千秋志佞人。

当日君子降旨，着令狄青去了盔甲，更换一品朝服。狄青即称言："领旨。"有庞太师出班奏曰："臣有启奏。"天子曰："庞卿有事且奏朕晓。"庞太师曰："狄青虽云王家内戚，但未受王封，乃一子民耳。擅敢无礼，当驾前杀死大臣，应得取罪，未便赐其一品之职。望我主龙意参详。"不知嘉祐君王如何处分，将狄青拟罪否，且看下回分解。

第二十回　奖英雄荣封一品　会侠烈晤对相投

诗曰：

明君有道重贤良，风虎云龙此日当。

慢语赓扬难际遇，一朝期会见鹰扬。

当下嘉祐君王听了庞太师奏言，未及问答，早有潞花王奏曰："思忖比武者，各逞平生技俩。况已当御前众臣耳目立下生死文书，是乃铁笔，更无异言。王天化伤了，狄青亦不能加罪，老国丈言差矣。既唆言立生死状，又欲背约倾人，诚乃出尔反尔。尔亦拟请罪，其唆立状者其谁之咎？"天子闻言，点首开言曰："御弟之言明而更公。庞卿勿得多辩。"即宣狄青更换一品朝衣。

当日英明天子将庞太师面光扫尽，此老奸羞惭满面，呆呆不敢复辩。孙、胡二人，也恼得通脸涨红。时狄青卸下金盔金铠，着人请回南清宫收管，九环大刀送回王府收藏。狄青更换朝衣一品蟒服，气象岩岩，轩昂雅质，俯伏面君。君王传召，钦赐御表弟平身。言："武艺奇能，即授王天化缺职，再勿固辞。"狄青谢恩起来。传旨摆驾回銮，众文武随驾相送。又旨："恩赠收殓王提督，用侯礼，世禄其子。"是君上加恩。王天化夫人闻报，哀哀痛哭。满门老小，恼恨庞太师害了王提督。

不表收殓事情。却说潞花藩王手挽狄青并归王府，进宫朝见。太后娘娘好生大悦："难得贤侄儿年少英雄，今已足抑尽众奸臣也，可与先人有光及吾姑娘壮气。"是日，南清宫内设张筵宴，潞花王弟兄把盏，先敬高年。

闲文少表。即日潞花王传旨："着令王提督家属人口，限以三天内迁出衙署，以待狄王亲接印。”连日新任提督先往呼府拜见静山王，谢了前日赠刀杀奸之情，复往谢韩琦叔父，后拜望各位王侯大臣，并谢石御史于教场内作证。众皆留款酒宴。内有领的领，辞的辞，长编之书，一难尽述。

次日朝罢回来，又往拜谢包公，谈论一番，不觉已交辰候。包爷留挽，狄爷不好却意。叙间说起庞、孙翁婿二奸权，狄青曰：“未知缘由，与晚生结此深冤，好教吾难揣难猜这两奸徒了。”包爷听了，微笑曰：“狄王亲大人，尔还不明也。据下官看度来，不因别故，只为前时胡伦之父胡坤。他乃庞洪党羽，拜他门下，孙秀是为相助。今乃朝中奸党成群，犹如蛆附臭穴窠中，焉有美虫？尔前者伤了胡伦，下官看尔是个有用英雄，又除民害，将此开释免究。故此贼怀恼在心，上日借着演武题诗为由，将尔诘责要斩，也是如此。”狄爷听至其间，方觉醒悟。曰：“包大人明见，猜测不差。”包爷曰：“王亲大人，下官想来也怪及于汝。是汝原有差处，当日也不该恃勇将胡伦打死。他虽犯法害民不少，死有余辜。论理，执政惟官吏可杀。若非下官知尔是有用之人，将尔开豁，一经别官辩理，定然依律抵命了。”狄爷曰：“这原得大人之恩德也。”包爷又曰：“即前日既奉命执金瓒刀杀这孙秀，不成即可了，缘何又力降狂马，被庞府家丁诱去？是尔躁莽，不知机之过。并且昨夜醉得如泥，又要持刀往杀孙兵部，亦尔之差也。况乎子民杀官，事关重大。杀不成，又醉中被他拿下，这原是尔少年心性，轻妄不谙也。今已拘于官箴，以后须知切戒，方不误大事。”狄爷听了，曰：“大人金石教谕良言，晚生敢不佩服？种种提拔之恩，没世不忘。”包爷曰：“休得重言。下官不过度理而劝言耳。即今尔虽高官御戚，但庞老贼是圣上得爱之臣，宠妃之父，从不畏别人官高势重，暗恶阴谋，人人怯惧。尔须刻刻要当心。”狄青点首言诺。又曰：“敢问大人，这张忠、李义，未知怎样处分？”包爷曰：“下官原知彼二人亦是少年英雄气概，不愿将他归入重典，只拟个误伤人命，断个缓决之罪耳。”狄爷曰：“足见大人保赤之恩，惜重人材也。”包爷又曰：“下官想来可发一笑。”狄爷曰：“未知大人所笑何事？”包爷曰：“笑只笑孙、胡、庞三奸，千般暗算，纠合众厚交党羽，又挑唆立下生死文书，欺着汝再无本事可胜王天化，故力唆立生死状。但这王天化乃武状元出身，果有一膂力千斤。今天老奸贼将尔计算，反把王天化一命断送了。可笑这帮奸臣空徒打算也。今王天化虽死，反害得他夫人年少无夫，子幼无父，觉也生怜。”狄青道：“包大人，不是吾晚生夸能。倘有日捉得奸贼破绽，定然削草除根也。”包公听了，只管点头称是，暗言：尔虽则英雄，原是个鲁莽之夫。朝中多少能臣，也扳他不倒，尔初出仕的少年，虽有此志气，焉能即办得来？当日谈论多时，重酌交酬已毕。狄爷作谢而别，却归王府，别无多叙。

却言提督夫人米氏，遵着潞花王钧旨，三天之外，衙署已迁清楚。当有吉期，狄爷进衙内，有相得大臣多来护送，衙役、伶人数百恭迎，别有一番庆闹。只因无关之论，却不重言。

又表狄太后喜得狄青，不啻见睹亲兄，故爱惜彼不异亲儿一般。缘他是将门之裔，要将太祖金盔、铠甲赐赠侄儿。狄青推辞言：“先皇之物，臣下不敢动用。”太后又传懿旨，照式造成盔铠一副，九环金刀一柄，又将血鸳鸯一对嵌镶在金盔左右。此宝能避诸邪妖物，刀枪箭石不能侵。狄青谢恩拜受。

再言石御史，一天闲坐衙中，想来与庞洪有不共戴天之仇，父亲无辜，一命被他陷害。又想上年与母初至汴京，屈指光阴又已一载。已经送母还乡，托了姐丈夫妻二人，代着本官承欢膝下，略觉无虑。第思去秋与母离乡别土，到汴寻觅父亲，中途困乏，后得奋勇斩蛇，今职御使。可恨庞老贼伤吾父命，未知何日得雪深仇，不觉为官蹉跎一载。又想这奸贼又与狄青作对，不知为甚因由。前数天狄青比武时，这些武将多人不是他对手。一伤了王提督，旁目老奸臣满面怒容，定然二人合谋暗算狄青，故力请立生死状，亦此意也。吾前日收拾了白蟒怪，多言本官狠勇，岂期又出一狄青英雄，不在吾下。但吾二人，多是庞洪眼中钉。况狄青、狄太后一脉之亲，上日彼来拜望，在先前时，他在王府中，不便往答拜，彼今已归署所，不免前往答谢也。

是日石郡马端正衣冠，高乘银鬃白马，十六对家丁拥护，相随一程，而至提督府门。令人通报进内达禀。若照官规，自有尊卑之叙。狄青因彼是勇平王之婿，又曾与己作见证人，是个义侠之辈，而御使与提督之职，不分上下之官，吩咐大开中堂门，恭身迎接至后堂。分宾主坐下，叙说温寒一番，复提及庞太师。石爷曰："彼老贼是个弄权不法大奸臣，不知又与王亲大人何以作对，乞道其详。"当时狄青将包公忖度之胡伦事一一说明。御使听了微笑曰："这老贼好没分晓，为着他人事情，将个冤家担在自身。但思王亲虽乃英雄之汉，怎奈庞贼阴谋狠毒，甚于蛇虎，倘被他暗中又起波澜，难出奸臣圈困，这便如何？"狄爷听了，冷笑曰："石大人，庞贼奸谋，吾也原早防备。但削佞除奸志不忘。"石爷听了，点头曰："倘然如此，本官也感大人之恩也。"狄爷曰："郡马大人何出此言？"石爷曰："一言难尽。"遂将庞洪陷害，父仇未报，细细言知。狄爷听罢，曰："原来郡马也是会中之人。"石爷曰："狄王亲，尔若除此奸佞，只消请了太后娘娘懿旨，则何难剪除庞贼众奸党？"狄爷曰："大人哪里话来？若靠了太后娘娘势力，将人抑制，则尽可杀人不偿命了。此言不必言也，说来只恐被人入耳耻笑，识智低了。庞贼岂无权势倾消破绽之日乎？"石爷听罢，觉得失言没趣了。即曰："足见狄王亲丈夫气概，下官失言了。"登时告别。狄爷曰："下官狂言差了，莫非郡马大人见怪？"石爷曰："非也。莫逆之交，岂因言语中执泥者？"狄爷曰："如不见怪，再请坐少时，奉敬数杯薄酒，略表敬诚，然后回府如何？"石爷曰："不敢叨扰，改日再领情。告辞了！"狄青殷勤留款不住，只得送别。石御使回归府中，想来：狄青原是气量清高之英雄，只因思报亲仇，心急口快，恼怒而失言了。此时不可将石玉错看了，彼原赞美狄青志量宏高，心中敬爱。

慢语石爷思虑。书中再表狄青，因当日闲中无事，思起身入王家显贵，想出几条心事来：一者撇不下生身之母，未知死活存亡；二来抛不下张忠、李义英雄两弟。自于万花楼一别，至吾今日身荣安享，彼在牢中苦挨，不知何日得出牢笼。又思及王禅仙师救难之恩，道德清高，阴阳准断无差。原许我至汴京得会亲谊之人，前时未知因果，现今姑娘尚在，身入宫闱荣贵，三番数次，死里逃生，得遇姑娘，皆亏韩叔父之荐，方得今日身荣，可知师父之言不谬。但吾一心还期安邦保国，扫除外寇，灭尽内奸，是吾志也。

不表英雄思念。却言狄后娘娘，一天心头自悦，只因思起姑侄重逢，狄门香烟有靠，追思往事，如同春梦。自离故土已经二十年，南清宫内，身作王妃，生下王儿赵璧。未及半载，陈琳救得太子进宫，八王爷收育为己子，抚育一十六年。自太子一经救出，即晚火焚碧云宫，可怜李后遭其一难，只落得刘氏太后安享逍遥。即当今王儿，那里得知认仇人为嫡母。数载之后，八王爷殡天，先帝真宗数载后得胜还朝，不一载亦驾崩。早立了太子登基嗣位，年方十七，至今二载。老身今已安享晚年天福，但因故土心牵，难得今日姑侄重逢，狄门香烟有种。喜得侄儿虽然年少，生来烈烈英雄汉，心性清高，令人敬爱。无功受职不为，自要校场比武逞奇，能立下生死状，险也令人惊心。岂料他有此本领，伤却王提督，目今已一品高官。但未成配，须要寻觅贤淑娇娥匹配，重整先人庙宇坟茔，振作旧家园，方不负侄儿显贵，吾之心愿毕矣。但连数天不会侄儿，心殊怅怅，不免宣来，谈及此事便了。

顷刻便传懿旨。九门提督闻召，即刻端正衣冠，至王府内拜见。太后娘娘心头怡悦，赐坐于旁。内监递过龙泉茶一盏。狄太后开言道："侄儿，想汝父亲弃世，母子相依，又逢水难，汝得仙师搭救，但母亲未知生死，汝今思念否？"狄爷曰："提及吾母亲，令吾心更切。一自耽搁仙山七载，日日思念老萱亲。但想当初身入波涛之内，怎得复有王禅相救？想来娘亲定然不在世了，只可怜身躯若浮萍飘泊于水晶宫。"狄太后听了，不觉心酸，下泪不语。半晌叹声，曰："贤侄儿，汝今已身荣一品，无奈故居府第、先祖庙宇茔坟被水塌坍，已成白土。今须重壮门墙，昭耀先人才是。未知贤侄意下何如？"狄青离位称："是。姑娘大人训谕，敢不如命。"太后曰："虽然如此，但汝乃一武员之官，哪能抽俸费办？待吾发出黄金四千两，差两名得力官员前往料理可也。"狄爷曰："恩谢姑娘大人费心。"狄太后又道："贤侄儿，为姑娘还有事说与汝言。知汝今年少，官居一品之荣，无如内助人尚缺，待吾与汝细选贤淑作匹，以主中馈便了。"狄爷曰："姑娘此说，且慢酌量。待侄儿觅回生身母着落，如若果不在世，是终身不娶了。"太后听了，摇首曰："如此，是痴儿了！枉汝是一英雄汉子，理上欠通。汝不闻不孝有三，无后为大。为人子岂欲斩绝宗支的？即汝母亲不在阳世，亦要继后传流。愿汝今天遵着吾言,倘得汝香烟种有继,吾姑娘复有何忧?"狄青只得曰:"谨依姑娘训谕金玉。"

言谈未毕,潞花王已至内宫,表弟兄相见,欣然喜色。叙礼复坐,叙谈一刻间,不觉设摆华筵,弟兄对酌,音乐和鸣。欢叙间,已是红日西沉。狄爷吃酒至半酣,用过晚膳,狄太后曰:"恐妨侄儿酒醺醉了糊涂,又往外厢生事故。"止打发随从人等回衙,将狄青留宿于王府中。次日饭后,方拜别太后,又辞过潞花王,还至署中。数日后,狄太后选择吉期,发出黄金四千两,差文武官两员,竟往山西西河修建坟茔第宇而去。不关正传,不须详言。不知后文如何交代,且看下回分解。

第二十一回　荐解军衣施毒计　趁承王命出牢笼

诗曰：

英雄出现异寻常，蹈险行危不较量。

为国勤劳无别念，留名青史见馨香。

话说左都御使胡坤，前者儿子胡伦死在狄青之手，反被包公将他开释了，几次杀他不成，如今又是狄太后内亲，当今御戚，官封一品，那敢动他？一天，孙兵部与胡御使并车排道来见庞太师，议及一番。庞太师定下一计谋，呼声："胡贤兄与贤婿不必心烦。老夫想来，前月杨宗保一连三本，催讨军衣，如今军衣已经赶造完成，定于本月十五起解。待老夫保奏狄青做名正解官，那石玉这小畜生又是容他不得，保荐他为副解官，好待两条狗命一刻倾消也。"孙秀曰："岳丈大人，即解送征衣，如何害得他二人性命？"庞洪曰："贤婿，尔未知其详。前月仁安县王登有书到来，言他金台舍驿中有妖魔作祟伤人。惟县丞，乃老夫的门生，待吾修书一封，前往拜托，他照书而行，这双小畜生还不中计？"孙秀未及回言，有胡坤曰："石玉曾斩过白蛇蟒怪，狄青曾降伏龙驹狂马，这两名奴才何曾畏惧什么妖邪？倘然此计不成，也是徒然打算了。"庞太师听了，冷笑曰："此计不成，还有奇谋打算。再修书一封交寄潼关马总兵。此人姓马名应龙，是吾心腹家丁放升的，一见了老夫的来书，岂敢违忤。教他如此如此，纵他不在仁安县死，定然潼关上亡。尔们思此计妙否？"孙、胡听了大悦，曰："此连合计谋大妙也。"登时双双告别。

至次日，庞太师奏知圣上言："三十万征衣已经造备完成，惟缺能士解官。但臣遍观满殿文武官员，皆不可领此重任，惟狄王亲、石郡马二人智勇双全,此去可保万全。望吾主准奏。"天子旨下曰:"依卿所奏。"即旨召取至二英雄。金阶朝谒已毕,旨命钦赐平身。曰:"二位卿家,只因边关杨元帅催取军衣,即于急用。三十万已经赶备,惟缺能勇解官。兹有庞卿荐保二卿解送,狄表弟为正解官,石郡马作副佐官,不知二卿可往否?"狄青一闻此旨,想来:莫非又乃庞洪用的奸谋?吾今若不领旨,反被他笑我无能,没此胆量。即解送军衣,也是非难事,即差吾往边关破敌也何妨?想罢即奏曰:"臣无功劳尺寸,身受陛下隆恩,不啻天高地厚,敢不遵旨而往?"天子又曰:"石卿之意何如?"石玉想来:狄青已领旨,本官岂得推辞?即奏曰:"国家有事,臣下当代劳。臣何敢忤旨?"天子又曰:"狄卿,但解送一事,律有限期:定于一月解至,如迟一天,打军棍二十;迟误两天,耳环插箭;三日不至者,随到随斩。这是军法无情,将在外,君命有所不受,杨元帅执法,即寡人也不便讨饶。卿家二人也须立定意见,可行则行,不欲前往者,待寡人另立差官解送。"

数句言词,乃圣上暗点狄青勿往之意。岂期狄青会意差了,想来:圣上也用反激我们。但吾现有月龙驹,不消半月可至,有何惧哉?即奏曰:"臣愿遵定限,如若违误限期,甘当军法。"天子曰:"倘卿果误了限期,杨元帅执法无情,必然处治,母后定然着恼,即朕也不安。"狄爷曰:"臣既不误限期,难道杨元帅还执责于臣的?"天子听了,舒颜点首曰:"传旨意,与兵部挑选三千锐兵,备下文书旨意,前操十万之师,且待调回招讨使曹伟,为后队进发。"当时狄青又想:"李义、张忠二人,尚且羁留于囹圄之中,不免趁此机会奏明圣上,将他二人释放出狱,庶不负当初结义之情,又得同伴前往,有何不妙?"即奏帝曰:"臣启陛下,臣未遇之时,与张、李二人在酒肆中,因酒招灾,误伤了胡公子。曾经包待制判询明白,现发于狱中。但误伤者,原无抵命之罪。但二士虽乃一小民,然武艺超群,不居臣下。当初义结金兰之日,许以患难相均。伏乞陛下开恩,旨赦二人,与臣共往边关,以防路途虞阻,或可将功折罪。"圣上准旨,即命包拯询明定夺。是日退朝,各也不表。

单提狄爷回衙,下坐未久,有内役禀知:"石郡马拜访。"狄爷闻言,即开中门迎接,分东西阶并进后堂,弟兄相称。只因二人乃年少英雄,言谈得投机意合,今者又共往边关,故石爷特来拜望。当时二人见礼已毕,石爷曰:"狄哥哥,吾料庞洪荐吾二人解送军衣,谅非好意也,须提防小心。"狄爷微笑曰"贤弟,"——又表明白,原来石玉年长于狄青三岁,乃敬彼是王家内戚也,是少兄长弟之意。当时曰:"纵然庞贼群奸设施计谋,焉制困得吾英雄之汉?贤弟,尔若介怀畏惧者,吾自抵挡也。"石爷曰:"哥哥,尔那里说来?小弟岂是怯劣之夫?如或惧彼奸谋百出,吾亦不愿在朝为官了,一心还要报复不共戴天之仇。"狄爷听了,点头曰:"足见是英雄胆量了!须早打点动身。"石爷曰:"这也自然。但还要请问哥哥,方才启奏这张忠、李义缘故,祈与弟知之。"狄爷即将结义在万花楼,打死胡公子之事,一一说知。石爷听了,微笑曰:"哥哥既然结交生死之重,便当救他出牢笼,及早关照知包大人,好待复旨圣上。"狄爷悦曰:"弟高见不差。"当交辰中,狄爷留款,双双持盏欢叙闲谈,一言难尽。

用酒膳已毕,石爷谢别,随从多人回还府内。有彩霞郡主动问丈夫:"未知圣上相宣如何,还祈达知。"石爷曰:"郡主未知其详。只因庞太师这奸贼在圣上驾前荐举本官与狄家哥哥解送征衣往边关应用,故有旨宣召。"郡主听了,登时不悦,曰:"君家,汝今领旨否?"石爷微笑曰:"君王有命,为臣岂得推辞?"郡主曰:"君家,汝可晓庞贼奸计狠毒。当初已把老公公谋害了,如今又妒忌汝为官近帝,犹恐君家要报复父仇,是以平地立起风波。今荐尔往边关,定然差心腹人在前途等候暗算,要斩草除根之意,如何是好?"石爷曰:"郡主休得担烦。本官与狄哥哥乃是英雄杰汉,岂惧庞贼诡谋?今既奉旨,岂容推卸,有奸谋也必往也。郡主奚用挂牵,但愿平安还朝,夫妻再叙。"当时郡主花容上眉锁不开,只为女流胆怯情柔,是皆如此。银牙切咬,大骂奸权,只得将此情由上达双亲。高王爷闻此,心头大怒,郡太夫人气忿不过,骂声:"庞贼万恶刁奸,须千刀万剐不足尽其辜!贤婿在朝,吾得相依,今又使甚么奸谋,荐彼往边关。吾年老夫妻,止存一女。贤婿此去,吉凶未卜,倘被奸臣害了,倚靠谁来?"勇平王也是一般愁闷。

慢表高家不乐。再言狄太后得知,心中烦恼,即日宣至狄青。开言唤:“侄儿,汝缘何全无主见,只听奸臣挥调的?况今已隆冬在即,朔风凛冽,大雪纷飞。倘然风雪将儿阻挡,耽搁了光阴,违误限期,杨宗保的军法如山,岂认得汝是王亲御戚,定然受亏了。教吾不尽挂牵,不免待吾打发王儿,伴汝共往。”狄爷曰:“姑娘休得挂牵。侄儿有此龙驹,限一月光阴也能转回。”太后听了,想来侄儿乃卤直英雄。即曰:“汝一人自然仗得龙驹倚赖,一月可以回来。三千兵丁,难道人人都有龙驹的?侄儿且不往为妙。”狄爷曰:“吾自许是烈烈男儿,大丈夫些些小事看得甚也平常,管教此去毫无所碍,即月回朝。”狄太后想来:侄儿乃执性的硬男儿,须由他去,只命王儿伴他前往。原来太后爱惜狄青,一来只惧庞洪暗算;二者恐他耽误了限期,杨宗保执法无情,故要潞花王与往,可保无碍之意。此是妇人爱惜之见,皆已如此。岂期狄青看得甚不介意,再三推却力辞。潞花王曰:“倘兄果误了限期,杨元帅岂徇情于汝,定然执法处正的。况又庞洪所荐,不知他又用什么阴谋。不若待弟伴尔前往,方可无虑于心。”狄青听得厌烦了,即言曰:“姑母娘娘,侄儿性命只付由天命,人或死或生,自有分定之数。若仗着姑娘、千岁势头,压制别人,反被群奸哂笑,非为丈夫也。”说罢,辞别娘娘、千岁,回归衙去。

当时,太后娘娘想下一个主意,即传懿旨往天波无佞府,召宣佘氏老太君。旨下,太君不敢停延,即离却天波府,驾銮车竟至王府内,朝参太后,山呼之礼。狄太后即命宫娥扶挽,赐坐于旁。茶吃罢,佘太君开言曰:“不知太后娘娘宣召臣妾,有何懿旨?”太后曰:“劳宣太君到来,只因侄儿狄青,小小少年,初出仕于朝廷,不知利害,领了当今之命,解押军衣往边关。但此去只愁关山险阻,雨雪延绵,违却限期,犹恐令孙执法森严之缘故。”佘太君听了,曰:“原来娘娘为此挂怀。何不降懿旨前往,吾孙儿怎敢违却?”太后曰:“吾的旨意也无如太君的手书更切也。故而请汝到来商议,有劳太君作书一封,待吾侄儿亲投与令孙,纵然他程途上多耽阻几天,也无妨碍了。”太君曰:“折枝小事,有何难处?待臣妾就此修书也。”太后大喜,即唤宫娥取到文房四宝。佘太君举笔,大意只言:狄钦差领旨解送军衣,因他是太后娘娘嫡侄,狄门后继一人。倘然违了日期，须要从宽不究，凡事要周全，看体娘娘金面，叮嘱一遍之辞。书罢，送与狄太后。太后观看毕，欣然喜悦。当日佘太君不曾带得图印，立刻差人到天波府取至珍藏印，打上固封。太后接转收藏过，即排筵相款。佘太君领谢了，少停回归天波府而去。

话分两头。再说狄青是日打道前往见包公，只为张、李弟兄，言知包公明察，从宽复奏之意。包公曰："下官原知二人可为武职，今得狄王亲奏明圣上，下官可以从宽复旨。但王亲此去押解征衣，是庞老贼荐的，谅有奸谋，路途上须要提防。又属重任之事，倘然途中阻隔，误了批期，杨元帅执法无情，不认汝是王亲，定然正法不饶。如今下官预修书一封，汝且带藏在身，倘恐违限期，关中有礼部文员，此人姓范名仲淹，可将此书投送他，自有照应。"狄爷领书称谢，登时告别回衙。

次日，包公上朝奏明圣上："张、李二民，果无抵偿之罪，实乃误伤，跌扑死胡伦。二人仍禁于狱中，以候圣旨。"当有旨命："既胡伦自跌扑身死，焉能牵连得张、李抵命。今准狄卿之奏，恩赦二人，护从押解征衣，将功折罪，回朝赏劳升职。"包爷言："领旨。"当时气恼得庞、孙、胡三奸，暗咬钢牙，深恨包公开释二凶身。料想狄青先奏明二人护押征衣，再奏圣上亦不准。

当日退朝，有包公回衙，释出张、李。二人拜谢包大人，包公言明："狄青，太后内戚，今已官居九门提督。汝二人是他保奏出狱，可到衙门拜谢。"二人听了，喜从天降，拜别包大人，一程飞跑至提督衙门来。狄爷早已预吩咐两旗牌官，引进二人，沐浴更衣。然后中堂三人晤会，彼此欣然。狄爷曰："二位贤弟请坐。"张忠曰："如今哥哥是王亲大人了，我们何等之人，焉敢望坐。"狄爷曰："汝言差矣。想当初结义之日，各愿苦乐相均，患难相济。岂料祸生不测，至二位贤弟身禁囹圄之中。为兄非但不能甘同患难，亦无能为与解纷，过意不及，今始脱罪，伏望贤弟大度海涵，不怪愚兄。"张、李二人听了，不知如何回言，且看下回分解。

第二十二回　出牢狱三杰谈情　解军衣二雄言志

诗曰：

当兴运会出贤良，撑定乾坤佐帝王。

佞者若登为国患，忠臣出现必安邦。

当下张忠、李义闻言，打拱曰："哥哥言重，使弟羞赧无措足之地了。"狄爷曰："二位贤弟既不见罪，且请坐。"二人欣然落坐两旁，内役献茶毕。二人合言动问："难得哥哥一朝平步登云，古今罕及。自从包公堂上别离，只道今生难期再会，但不晓哥哥一朝荣贵，祈言弟得知。"狄青曰："言来也觉长编。"遂将身投在林千总当步兵，后被孙秀陷害，幸逢五位王爷救脱，又将呼延千岁赠金刀杀奸之事述说一遍。二人曰："哥哥，当日千岁赐汝金刀，未知汝有此胆量去否？"狄青曰："也愿往也，只杀这贼不成。"张忠曰："哥哥，不杀这奸臣既非英雄汉，又徒然负却静山王之心。"狄爷曰："二位贤弟有所不知。"又将降狂马，得庞府继英通线，逃难于韩园，后荐伏龙驹，得认太后姑娘，至比武得官为止之经过说了。张、李曰："哥哥既是太后娘娘亲人，如今岂惧庞、孙众奸再使刁的？"狄青曰："奸臣虽奈我何不得，但他狠毒之心未已，不知他又生甚么诡谋，竟在君前保奏吾二人解送军衣。"张忠曰："哥哥，这奸臣定必又生恶谋了。但未知尔今领旨否？"狄青曰："二位贤弟还未知，今日虽然是庞洪恶计多端，押解军衣乃圣上所命，如辞旨不往，一者逆忤君上，二者被庞洪哂笑，言吾无此志量。若畏惧他奸谋计算辞旨不往，非为丈夫也。"张忠、李义齐曰："哥哥此语言来有理。汝还要何人同往？"狄青曰："愚兄为正解官，有御使石郡马为副佐。"张忠曰："为此，我们也要随从哥哥前往来了。"狄青笑曰：

“贤弟，只因尔二人坐禁牢中，愚兄无日不切思，故特借此为由，保奏尔二人出狱，随同押护征衣，将功消罪。同到边关，见机而行，立些武功，有何不妙？”二人听了曰：“哥哥高见不差。”

狄爷曰：“贤弟，吾还有句衷肠之语，在别人跟前并不说出也。”李义曰：“哥哥有何要语？”狄爷曰：“目今西夏兵犯边关，久闻兵雄将勇，杨元帅前者有本回朝，来请救兵，目今难以退敌。不是愚兄夸张，不独杀退边关围困之兵，即奉旨往平西夏，也是非难之事。”张、李二人道：“哥哥说来，尔却愚了。”狄爷曰：“何愚之有？”二人曰：“汝何不即于驾前讨请旨意，前往征西，显些本事与庞、孙众奸贼看看，岂不更妙的？”狄爷曰：“贤弟，吾若在驾前请旨征西，也不是希罕。押解征衣到得边关，即在杨元帅帐中，也不说明。但在此见景生情，将兵马出于意外，大破西夏兵，方使庞洪众奸党心头畏服。奏凯还朝，乘机将奸党拔除，方得朝中宁静。”张忠听得“奸臣”二字，觉得怒气顿生，曰：“哥哥，尔是个绒囊子，不中用的。尔既称烈烈英雄汉，王亲御戚大势头，前时被奸臣陷害，险些丧命，死中得活，哪里还待得及奏凯班师。小弟甚也容他不得，倘哥哥若付三尺龙泉剑与小弟，若不将庞、孙、胡三奸首级拿来，即将己之首级献上。”旁侧李义微笑曰：“张哥哥，汝且收忍耐些乃可，休思动凶。才得身脱牢灾，又思闯祸，倘若再犯时，脑袋难保了。”张忠曰：“三弟，虽然如此，但这些群奸，令人一刻也难忘忍性了。倘杀得三奸臣，万死不辞，并无翻悔。”狄爷道：“张贤弟，今异于昔矣，也须耐着三分性子。前日身为百姓，一口一身，纵然死活，有何干碍？汝今刺杀了奸臣，不独自身有罪，究起来，愚兄先有干连，难得到边关去了。不若权且忍耐，待奸权终有败露破绽之日，然后削除，岂不得当？”李义连声称是，张忠默而不语。李义又言：“绸子、什物、银子，且交付周成店主也罢。”张忠曰：“如今何暇计及此事的。”当日狄爷吩咐，排备酒筵，三人持盏言谈多少，难以尽述，是日不提。

到了限期日，乃九月初八日，端备了三十万军衣，车辆满载，正副领了批文，张忠、李义押管二千兵丁，车辆粮草悉备，随从二位钦差，拜别忠良，不辞奸佞。有韩爷将书一封，交付狄钦差，曰：“此书投送与打虎将杨青，他是同乡之谊厚交，见了来书，自有照应之意。”狄爷作谢，将书收藏过。

是日，狄爷复进王府内，拜别潞花王母子。狄太后带闷交付佘太君家书。后又嘱咐曰："侄儿，尔虽乃英雄少汉，只是程途遥远，苦冒风霜，进退小心为要，休得莽为。渡水登山，非比在朝安逸，倍加提防。庞贼众奸党定有阴谋设陷也，须时刻当心。交卸了征衣，即须早日回朝。"狄爷跪受姑母娘娘训谕。当日，潞花王吩咐，早排筵宴饯别，弟兄对酌闲谈，无非饯行之语，不用烦言。宴毕，拜别姑娘母子，来至教场。顶盔贯甲，三千兵丁早班伺候。

又言石御使拜别岳父母、彩霞郡主，也是一番饯别叮嘱之辞，不表。即日高昂骏马，已至教场。又言狄青众人有书付交照察，这石玉并无一书。只因狄青是正解官，石玉是副佐，正解无事，副佐自然无碍了，故石玉无人付书也。

当日狄钦差头上金盔，内藏玉鸳鸯一对，闪闪霞光，直冲霄汉，可以驱邪避妖物、挡刀枪。手提金刀，左插狼牙之袋，右佩那锋利龙泉剑，坐上现月龙驹，真乃威严凛凛。石御使头戴银盔雪甲，坐下白龙驹，一双霜雪铁鞭分插左右，手捧长银枪，实乃浩气昂昂。即张忠、李义，虽无官职，也是顶盔披甲，高坐骅骝，押了车辆。炮响三声，旗旛飞动，离却皇城。所至地头，哪官不来迎接？非止一天行程也，且按下。

又说庞洪一心图害两位栋梁小将，尚早数天，差家人送书一封与仁安县，一书送与潼关马应龙总兵。

不表庞洪暗计。再言河北陈州，一连遇饥荒数载，地头该当遭劫。至第四载，更倍饥馑凄凉，粒米无收。百姓饥死者填盈衢道，贫困者十不存三四。县主详文上司，是日，本折进朝。君王览表，方知河北陈州饥馑，问治于群臣。有枢密使太师富弼奏上君王曰："老臣当日曾莅任于河北，惟陈州之地，土豪恶奸甚多，诡谋百出。有豪恶积聚，不粜者很多。惟地方官只图贪酷，焉有为国安民者。至强恶日增，用财可以买法。即丰稔之年，粮米不得贱粜。此事必须得包待制往陈州，赈济饥民，并收除土恶。有粟之家，自然出粜。虽年不丰熟，而良民自得食矣。"君王闻奏大悦，曰："老卿家之荐得其人矣，可为朕分忧也。”即降旨包公往河北陈州，开皇仓赈济。御赐龙凤剑一口，不拘文武官员，如有不法，任卿施行处斩。当日包公领旨，拜辞同僚文武，限日登程，也且不表。

再说仁安王知县，得接庞太师来书，观毕即回与来人，复赠白金二十两，以作程途费用。又表仁安县金亭官驿中，上年出一妖魔，是以众民沸扬起来，远近惧怕。即扬传至汴京城，也有知者。惟日午中有胆识雄汉方敢进驿中，至晚夜来，连驿外近地没一人跑走。当日王登依了庞太师吩咐，一心要害狄、石二位钦差。想来纵然二人被妖怪吞陷了，也非吾之立心。纵然上司追究，庞太师来书说，自有他一力担肩无碍，还要升吾官职。

当日即差唤役人数名，将金亭驿扫洒得洁净无尘，铺毡结彩，四壁熏香，以待安宿钦差大人。当时衙役人有多般议论，内有胆小者，进内洒扫，只得胆战心寒，迫于大人之命，不得不然耳。众役人曰：“王老爷好泼天大胆，此驿中妖魔利害，屡说伤人。倘或钦差大人来，也被伤了，这还了得。况乎二位钦差势头很大，天子内戚，追究起来，老爷焉能得保性命。倘有干连我们差役，也有不便之处。”当时议议论论，果有胆小的几人也逃走了，且按下。

已是端备净驿中，仁安县令王登天天伺候钦差大人。驿外平阳大地，安排营帐，安排兵丁。另设空场马厩，众武员束备武装，军兵弓箭马匹齐备。是日乃十五日，忽报二位钦差大人到了，众文武员齐迎跪接。王登知县及文员跪请二位大人下马归驿中，安顿兵丁。当日二位钦差一进了驿中，齐揖见礼坐下。狄爷下令驻兵驿外。张忠、李义押管兵丁，小心巡逻征衣，在此留宿一宵。仁安县令与众文武回衙，不必在此伺候。号令一下，炮响连天，安了营帐。二位钦差即卸下盔甲，穿过便服。十六名勇壮铁甲军乃亲随身役。当时日落西山，驿内灯烛辉煌，文武官员早备酒筵，款过二钦差毕。

是夜，狄爷曰：“石贤弟，吾观此驿，一望空荒野地，吾二人且不安睡，明日黎明赶程也。”石爷曰：“狄哥哥思虑是了。”二人同志，尔言安邦，我思定国。时交一鼓，更锣响敲。石爷曰：“哥哥，不觉说话之间，已是一更时分了。”狄爷曰：“贤弟，吾与汝辞别汴京到此，已有八九天了。吾恨巴不能早到边关，交解了征衣，方得心头放下。”石爷曰：“小弟也是这个主意。还未晓此去三关还有多少程途，倘然违误了日期，杨元帅定然着恼了。”狄爷曰：“贤弟，这也不妨。即误了数天限期，尚有谅情，杨元帅未必见罪，自然无碍也。”石爷又曰：“哥哥，尔看好月色光辉也。”狄爷曰：“贤弟，今天九月十五夜，月明如昼，地上如霜。曾记来八月中秋夜事，南清宫内后花园称言有怪，岂知乃龙驹出现，愚兄得会太后姑娘，亲人圆叙，犹如天上月缺而复圆，真乃光阴迅速催期快，而今又是阳春天了。”石爷曰：“因尔言，小弟却也想起去年，也是中秋月圆之夜，有白蟒精变化人形，在勇平王府内摄去彩霞郡主。当时已将郡主拖入蟠云洞，高千岁着急。是时，小弟初至汴京，觅寻父亲，贫困如燃眉之急。故弟领旨探其穴，进其巢，与怪蟒争持，力斩蛇妖，救得郡主回府中。勇平千岁大喜，将郡主匹配了小弟，又奏闻圣上，加封官爵。瞬息间已是对岁一秋多，真乃光阴似箭，日月如梭也。”狄爷闻言，长叹一声，也想起困乏遇张、李弟兄时苦处，曰：“果也世间凡事原难料，富贵穷通只在天。”

二人言谈之际，不觉二鼓更敲，登时一阵狂怪风吹起，呼呼耳边响亮。弟兄二人立起，四周一看，十六个亲随壮军也觉心寒。石爷曰：“哥哥，此狂风非正风也。”狄爷曰：“贤弟，尔看此风又起来了。”果然又是一阵狂风，已将灯烛尽皆吹灭。二人呆想其故，此风又打从东北上吹来，明知是怪风，当时各拔出佩剑，面向东北上定睛一看，里厢并无一物。只见月光遍洒，耳边仍是呼呼响振，唬吓得十六名铁甲壮军呆呆发抖惊惧。狄青大喝曰：“本官二人在此，妖魔敢来作祟也！”二人正呼喝之际，但见远远射出白光一道，跳出一雪亮人，身高长丈，皱口攒眉，上身短短，下身尖长，飞奔而出，直向石玉跟前跳蹿。石爷呼道：“哥哥，此物莫非又乃白蟒蛇魔的？”言未了，见此怪扑来，石爷大喝，挥剑砍去。只见白光响亮，不知此物是何妖怪，人妖胜败如何，且看下回分解。

第二十三回　现金躯玄天赐宝　临凡界鬼谷收徒

诗曰：

神圣临凡赠法宝，他年破敌立功勋。

天生英雄扶真主，枉尔群奸用计深。

当时石爷大喝一声："逆畜休得猖狂！"挥动起龙泉剑，光射寒霜。此物持铁棍如银光抵挡。人妖争持，光如闪电，兵刃交加。狄青意欲上前帮助，思量：且试他武艺如何，如若怯于此怪物，然后相助未迟，故旁站不动。当有石玉气勃勃，剑飞闪烁斩去。只见白人且斗且退，诱他至庭心。石玉一步步追出庭前。又闻狂风大作响亮，只见后厢门大开两扇，前面妖人飞奔出外。外厢一带空荒，周围野地。忽妖魔口吐人言，喝声："石玉，汝既逞强，好胆子出外见个高低。"石玉大喊："吾来也！"即飞奔追出内厢门。狄爷笑曰："真乃胆量英雄也！"高声接言曰："贤弟，休得放走了妖魔，吾来助汝！"即手持宝剑，大步飞跑出至庭心。

登时一派白光射目，双眼昏花了。闻言曰："狄大人，不可出外了。"狄青听了，即擦目一看，只见一人祥云乘体，身高丈多，披发仗剑，半离土地，约与檐齐，阻挡去路。狄青喝曰："尔莫非也是妖魔？"此人言曰："非也，吾乃北极玄天真武也。今夜贵人在此，特来一会。"狄青听了，惊疑不定。细看一番，开言曰："或者尔是妖魔，敢冒圣帝，也难分辨也。"此人曰："狄大人何必多疑。吾乃北极玄天，只因本部下神将思凡，目前俱已流至于西夏，扰侵炎宋二十余载。全赖范、韩、杨、狄韬略能臣四人，振抚西夏，保邦安民。兹有两桩法宝付汝，此宝名'人面金牌'，如遇西夏交兵，急难之际，将此宝盖于脸上，发念'无量寿佛’，自然敌人七窍流红归原了。此宝虽小小葫芦，内藏七星箭三枝，如逢劲敌，危败之时，发出一箭，其快捷如风，敌当授首。今赠汝二宝，使汝一生建立功劳、安民保国，尽此二物，须谨细收藏，勿得轻亵。倘成功后，二宝仍要收还。”当下狄青听了，满心大悦。原来今夜圣帝赐二法宝，即双手殷勤接转。细看“人面金牌”，倒像孩子们玩弄之物，只是金光闪闪。又将葫芦内覆出三枝七星箭，细细看来，约有三寸余长，两头尖小利锐，霞光炎炎冲起，方知宝贝之妙。看毕，将二法宝收藏皮囊中，跪伏尘埃叩谢。圣帝吩咐：“大人不须多礼了。但叮嘱之言还须谨记：此去多灾转福，遇难呈祥，不烦多虑。”狄青曰：“谨遵圣帝法旨。但小子还有义弟石玉追拿妖魔出外，未知吉凶如何，再求指示。”圣帝曰：“此非妖，乃变形物耳。石御使追赶去，须无碍。惟去而不返，难以相见了。”狄爷曰：“石弟去而不返，怎生复旨？”圣帝曰：“日后自得重逢，不必介怀也。”

当时圣帝使起神通，龙袍袖一展，高起祥云，香生馥馥，霭射飘飘，光华冉冉而去。狄爷殷殷下拜毕起来，有十六名壮军，跪至上禀狄爷言：“方才石大人追捉妖魔，还未见回来，请大人定夺。”狄青一想，自言：“圣帝虽然如此吩咐，吾若不往追寻相助他，非是弟兄手足。”想罢，即跑进内厢。岂知四处周围敞阔，四壁围墙无路可通。狄青四方一瞧，曰：“奇了！方才见有门户一重，如今四周密壁。圣帝预定天机，言石弟日后自有相逢。罢了，如难以追寻石弟，只难免忧疑介挂胸中。”坐下只呆呆想象。旁从人点起明灯。

再说白人在前诱石玉，且战且走。石玉偏不肯纵饶，高擎宝剑，大喝：“怪物哪里走！还不早现形。”趁着月光如昼，紧紧追来。不知有多少程途了，妖人复兜转步，喝曰：“休赶！”持棍当头打去。石英雄那里怯惧分毫，举剑挥开，复手砍去。白怪急忙闪退，石爷飞进数步，剑如雨下。怪物架挡不及，将身一低，在地滚滚碌碌，团团而转。石玉目光跟定，细细观睹，不觉自笑曰：“奇了，只言此物是魔，却原乃三尖枪柄。”即拾起来舞动，只见霞光闪闪，与月争辉。心头喜悦，连称：“妙！妙！今夜幸矣，皇天赐赠宝枪。不免叩谢上苍，然后回见狄哥哥。”石玉正思下跪，又闻香浓拂拂，云绕当空，一位仙翁乘云而下，五绺长须，微笑曰："石贵人，你今虽得此神枪，只缘枪法未精，还不见尔之英雄，怎能与主保国安民？不如拜贫道为师，再传授尔兵机武艺，练习精通，才建奇功。尔如不准信，待吾试演双枪之法与尔看来。"石爷曰："仙师肯教习，乃深幸也。且请试双枪一观。"言毕，将双枪与道人。只见他大袖一展，双枪起时，左旋右复，宛似蛟龙取水，又如燕子穿梭。石爷呆呆而看，果见枪法精奇，迥异凡常。只见他使一路方完毕了，呼声："贵人观枪法如何？"石爷一想，道："也觉奇怪，不通姓名，也相识吾姓名，料然是位有道仙翁。"又见枪法希奇，即曰："愿拜仙长为师，但今日有王命在身，不能违误，待到了边关，交卸征衣毕，然后拜从赐艺便了。"道人曰："吾非别凡人，乃鬼谷也。如尔到边关，再无机缘会吾的。即夜可随往了。"石爷曰："今夜断难从命。我奉旨解征衣，杨元帅有限定之期，倘违定期就不妙了。"道人笑曰："小小事情，即过于介怀，岂是名将襟怀的？"语毕，口念有词，将枪尖挑起顽石二段，忽化作一对斑猛白虎，爪舞牙张，向石玉奔扑。石玉大喝："逆畜慢来！"即拳打足踢。道人喝声，虎不敢动。即跨上虎背，又对石玉曰："尔若骑上虎背，可胜坐马，倘出敌，百战百胜也。"石玉曰："如此妙甚。"即跨上虎背，道人一见大喜，喝声："起！"风一响，二虎即跑上云端。石玉惊骇呼曰："倘跌扑下，一命休矣！"鬼谷笑曰："如此胆小，焉能出得沙场，杀得上将？"言话之间，跑得渐高，双入云霄，竟往峨嵋山而去。按下不提。

却言狄青独坐，心烦不乐。思量方才圣帝之言如此，料然石弟难以相见，还不知他收除得怪物如何，不知走往哪方，教吾实难猜测。方才果见后厢围壁中门户遥远，石弟追赶出外，因何霎时并无门户？想来乃神仙妙术变化无穷也。惟正、副二解官共事，今缺了石弟，如何复旨？少不得照此直言也。

不觉天明，发令宣扬，众兵方知驿中有怪祟出现，昨夜摄去石郡马。狄爷言："仁安县这狗官，定有机谋。"即传王登进内问供。护兵三千闻此，人人骇惧。张忠、李义私议称奇。当时王知县进驿参大人。狄爷喝声："尔狗官，好生胆子！此驿中既有怪物，因何将本部留宿于此？昨夜已将郡马爷摄去，定然凶多吉少。尔这狗官，是受人嘱托，抑或自见主张？从实招供，以免动刑！”王登听了，惊慌无措，倒跪叩头不止，腾腾振抖。上告：“王亲大人，此驿从无怪物，不知怪祟从何方而至。卑职怎敢生心主谋暗害二位大人！”狄爷喝声：“胡说！这不是尔自主谋，定然受奸臣密托。若不明言，刀斧手斩讫！”庭下一声答应，上前扭起王知县，解去袍服，又除乌纱帽，吓得王登魂魄飞天，高声呼道：“大人饶命！此乃庞太师有书到来，压着卑职行此机谋的。他要害二位钦差大人之意，实非卑职敢生胆子，立此歪心也。”狄爷听了，点头骂声：“恶毒奸臣！岂知尔又行此阴谋毒害。但虽庞贼压制着你行此恶谋，尔既是正大之人，即挂官不做，亦不行此不义之事，尔今罪亦难免。”王登曰：“是！是！原卑职悔恨已晚了，虽有罪死无辞。只求大人姑宽开恩一线，世当衔草以报。”叩头不已。狄爷终于仁慈，况留他为证复旨。喝声：“本官王命在身，不能耽搁。王知县交府官，下禁狱牢。即着本地文武官员访寻石御使着落。待本官公务毕了，回朝于圣上驾前，与庞贼算账，知县由圣上旨处。”当时，王知县谢了大人不斩之恩，众文武官员多言领命。时交辰刻，本地文武官员备酒宴送行相款，休得多谈。犒劳三军，也无烦叙。

是日，发令登程。炮一响，旗旛飞动，文武俱齐相送。张、李二将，仍押管军马征衣。只有石爷撇下坐骑一匹，狄爷仍令马夫带行，好生喂料。此日慢提。

又说王知县带往府衙而去，自己短叹长嗟，恨着庞太师：“方才若不分说明白，险些性命活不成了。”只恳求府尊申详文书，送投上宪，附达还朝。庞、孙、胡闻此，重重纳闷。言：“狄青、石玉皆吾作对，今石玉已经中了毒计，定遭妖魔伤陷了；只有狄青仍在，只望他至潼关，不知此计成就如何?”是日君王一看表文，龙心大恼怒曰：“仁安县令定议处决。”当日庞洪力与分辩保免，私传旨命复职不表。

再说勇平王得知大恼，郡主母女苦切万分，深恨庞贼设施奸谋，害了石玉。郡主道：“母亲，去年白蟒摄去女儿，多亏丈夫救脱，收除怪物。不意今被庞贼所害，妖魔摄去无踪，还有何人救拔？定然凶多吉少了。”王爷、夫人终日安解女儿，也且不表。

却说潼关总兵官名马应龙前月接得庞太师来书，想太师立心要除害狄王亲、石郡马，本总兵定然依命的。但关外地方乃本镇所属，如何刺他？也须在百里外方可，虽是所管属，也隔远荒野，差刘参将前往下手方安。马总兵打点定，传备大小将官，明盔亮甲，候接钦差大人。一天未到，又一天。是日，狄爷一至潼关，马总兵与大小官员迎接，进关中坐下。众员参谒过大人，上请金安毕。是日盛筵设款，也无多叙。当下马总兵自语："太师书上言副佐石御使，因何不见到来？也须问个明白。"即询问王亲大人。狄爷将在仁安县上，被妖魔摄去说明。马应龙听了，曰："有此奇事也！但今潼关外面也是地广人希，空荒之所，王亲大人须要小心。"狄爷曰："这也何妨？如今天色尚早，即速启关，以待本官趱途。"当此总兵领命放关，车辆纷纷，出关城而去。马总兵送出关外而回，即日邀传参将刘庆。

又表明，这刘庆年方二十四少年，身高九尺，面玄黑而光采。从幼得异人传授席云之技，来去如飞，故他混号"飞山虎"。以后当兵效用，膂力强狠，生擒凶盗，故先已拔为千户，今已升为参将，随同马总兵守潼关。年少父亡母存，一妻二子。今得为参将职，时常还望高飞，取得玉带横腰，屡思领兵灭平西夏。但这飞山虎仗着席云本领，常想征西。抑不知西夏兵雄将勇，只些席云之技怎能抵挡。是日遵着呼唤，进见打拱，曰："不知总爷传召有何吩咐?"总兵即将庞太师与钦差狄青为仇，今他来书要结果他一命，一一说知。参将道："总爷，既云庞太师要取狄钦差一命，何不方才设宴时将他弄醉，一刀砍下头颅，有何难处?"马总兵冷笑曰："尔乃粗莽之徒，哪里得知？若在关中弄死他，况有三千兵，人岂有不知？况又有步将二人，十分凶恶之貌，不是良善之徒。故特放他出关，在百里之外，要尔往行刺了他，也无干咎我们。倘谋事成了，庞太师喜悦，尔我官爵定有加升了。"刘庆听了，笑曰："这也非难，且至落雁坡地起席云结果他便了。"马总兵闻言，大悦曰："参将须要小心。"刘庆允诺，藏了利刃，驾云而去。不知刺杀得狄青如何，且看下回再叙。

第二十四回 出潼关虎将行刺 入酒肆母子重逢

诗曰：

图谋虎将重重计，恶党群奸个个狠。

转难成祥豪杰福，多谋佞者反遭殃。

话说刘参将奉了马总兵之命，驾上席云，离了潼关，向前途落雁坡而来。一路追上，将已有十里，早已赶上。在空中缓缓随着狄青，岂料他金盔上一对宝鸳鸯有霞光冲起，人下得来，大刀不能落下。今日方知玉鸳鸯之妙处，霞光冲起，刀斧不能砍下，真乃世间无价之宝，故刺客难伤狄青一命。当日乃九月二十九，已日沉西坠，天色昏暗。三人并马同行，催军前进，意欲赶个好些地头安扎。张忠不意抬头观看，连忙抽勒丝缰，叫道："大哥、三弟，尔看空中这朵乌云，倏上倏又下，总正对着大哥头顶上，是何缘故？"李义曰："果奇的。莫不是妖云也？"狄青曰："不理论他妖云妖物，且赏他一箭罢。"即向皮囊中取一箭，搭上弓弦，照定乌云，嗖的一声放出。只见这朵乌云像流星飞去。当日一箭已射中飞山虎的左腿上，好生疼痛。弟兄三人因天色乌暗，到底不知此物是什么东西。又见天晚难行，只得在平阳大地安扎，屯了军马。

是夜军士埋锅造饭，马匹喂料。张忠、李义巡管征衣，点起灯烛，四野光辉。狄青不觉步行四野，下得平阳地，远远见有灯火光辉，再跑数十步，乃丁字长街衢也。对面左侧，有酒肆一间，酒店主正在将上好美酒小缸倾转大缸，香浓浓的，顺风吹送来。大凡爱酒之人，见了酒总要光顾的。狄青想来，此刻夜静更深，这酒肆还不闭门，夜来还做买卖。不免进内吃酒数盏，然后回营也未为迟。想罢，徐徐举步而进。店主一见,吓得慌忙下跪不及,满面涨红。但见此位将官,头戴金盔,身穿金甲,想来不是等闲之人,故店主跪地叩头,呼声:“将军老爷,小人叩头。不知驾临何事?”狄青曰:“店主不必叩头。你店可是卖酒的所在么?”酒保曰:“将军爷,此处乃卖酒馔之所。”狄青曰:“如此,有好酒馔取来,本官要用。”酒家诺诺连声,曰:“将军爷,且请至里厢下坐,即刻送来。”

当时狄爷进内一看,只见座中并无一客,堂中一盏玻璃明灯,四壁周围四盏壁灯,两旁交椅,数张梨花桌,十分幽静。狄爷看罢,倒觉开心。拣了一桌,面朝里厢,背向街外坐定。即刻店主已将美馔佳酿送至。狄爷独自一人斟酌。吃过数杯,偶然瞧看里厢西半角内,坐着一个妇人,年纪约有二十三四,面庞俊俏,淡淡梳妆,目不转睛的观看。狄爷见了,心中不悦,曰:“这钗裙真乃不识羞惭也,因何眼呆呆将本官瞧看?父母家若养了这等女儿,大不幸也。认他为妻子,必然家颠倒而衰落的。”原来狄青暗暗之言,乃他正大光明,不贪女色的英雄,故见女子目呆呆看他,恼他不是正性妇人。当下妇人唤酒保进去,便问此位将军姓名、住居、多少年纪。酒保曰:“奶奶,他是不意到店中吃酒,过路的客官长,你诘盘他何事?”妇人曰:“不要多管,快些往问清白来。”酒保应诺,暗言:“小奶奶甚奇,吾在他店中两载,一向谨细无偏,今教吾诘此位将军姓名、住居、年纪,定然看中了少年郎。”不觉行至桌旁,口称:“将军爷,请问尔尊姓高名,住居何处,乞道其详。”狄爷见问,不觉顺口言:“世籍山西,狄姓名青。”酒保曰:“多少年纪?”狄爷听了问曰:“尔因甚诘起年纪来?”酒保曰:“我这里奶奶请问的。”狄爷称:“奇了。”即言:“吾年方一十六,尔好不明礼体也!”酒保曰:“将军爷,休得见怪,吾回报奶奶了。”酒保跑进内言知。那妇人听了,喜盈于色,还要再诘。酒保曰:“奶奶,还要再动问什么?”妇人曰:“问他世籍山西那府、那县、那村、那堡,速问他来。”酒保强着应允,一路摇头曰:“我家奶奶好蹊跷。但想青春女子,谁不愿乐风流?怪不得见了年少郎君,春心发动,只恐尔画饼充饥难得饱。我看此位将军,生来性硬无私,尔枉思他,他不来就尔。”又到了桌边,道:“将军爷,休得动气。小人还要请问,贵省既是山西,请问那府、那县、那村庄？”狄青想来，为什么盘诘起吾的根底来？即说明尔知，且看尔这妇人怎奈我何？便言：“吾乃山西太原西河小杨庄人也，快去报知。”酒保欣然去了，将情达知。

这妇人听了，眼睁睁的盯着外厢少年将军一会，只得转身进内，开言叫道：“母亲，外厢有位年少将军，女儿看他举止容貌，好像我家兄弟。故查诘他姓名，又是山西太原西河，又同小杨庄，名狄青，分明确是吾弟了。但女儿不敢造次轻出，母亲快去看来。”孟氏听了，又惊又喜曰：“想起前七载，水灌太原，骨肉分离，多入波涛之内，只言汝弟死于水中，为娘时时伤感，暗暗忧思。今日万千之幸，孩儿还在世。”狄金鸾曰：“母亲休得多言，快些出外厢认明是否。”孟氏急步道：“女儿且随娘出外。”金鸾随后，孟氏来至酒堂之所。金鸾在后，手指将军曰：“母亲，此人便是，汝可近前认看来。”孟氏即近前细看少年，点首大呼曰：“孩儿狄青，可知娘在此否？”狄小姐忙呼道：“兄弟，母亲来了！”狄爷停杯一看，立起来抢上，双膝下跪，呼道：“母亲！姐姐！可是梦中相会么？”孟氏夫人手按儿肩，声言不出，泪珠滚流。狄青呼曰：“母亲休得伤怀。只因不孝孩儿自那日大水分离，已经七八载。儿得仙师搭救在仙山，无时无刻不挂念生身母。今宵偶会，好比花残复发，月缺重圆。”老太太曰：“孩儿，汝多年耽搁在何方，且起来说娘知。”狄爷曰：“不孝孩儿多年远离膝下，至虑老母愁苦，罪重非轻。待儿叩禀。”那里敢起来。孟氏曰：“这降自天灾，何独汝一人，且起来再谈罢。”小姐悲喜交半，又呼曰：“兄弟休言自罪，且起来相见。”狄青曰：“方才弟认不得姐姐了。”金鸾曰：“兄弟同胞一脉，焉有不记认的？”狄青曰：“早时只为离别多年，不期相会，一时间记认不来。今日实乃天遣，母子弟姊重逢也。”小姐听了，含笑曰：“也怪不得兄弟。汝只因水灾分离之日，年才九岁耳。”转声又对母曰：“且到里厢，然后言谈心事罢。”又吩咐酒保收拾残馔，闭门，不表。

当时母子三人进内坐下，太太呼曰：“汝一向身羁那里？怎生取得重爵高官？”狄爷曰：“母亲听禀。”就将被水灾之日，得师救上仙山，习艺七年，至得高官。思亲之泪难止，但师父言应得数年隐灾，留阻不许归乡之事说了。太太听到此，也说：“为娘遭此水难，几乎性命难存。幸得汝姐丈张文驾舟相救了，留育在家中。前为潼关游击，故今在此藏身。不料姐夫去年被马总兵革职了，故在此开了酒肆。”狄爷曰：“如今姐丈那里去了？”太太曰：“他往顾客家收取账钞去。”狄爷道：“母亲，但姐丈曾经做过武官，何妨乐守清贫，因何做此微贱生理，开此酒肆？实乃羞颜也。”太太曰：“此乃素其分位而行，不得不然耳。”狄青曰：“姐姐乃女流之辈，又是官宦门之女，如何管理店内为生理？岂不被旁人议论，有何面目的？”又论狄青原乃直性英雄，是以有言在口，便按捺不住，就埋怨多言。金鸾小姐想来，因何兄弟初会，就怨言着奴的？便曰：“兄弟，此乃妇人从夫而贵，从夫而贱，事到其间，也无可奈何了。”说完抽身往厨中再备办菜馔。

当晚狄爷言来烈烈轰轰，又见姐姐去了，心甚不安，悔错失言，招姐姐见怪。老夫人道：“孩儿，汝性直心粗，埋怨着姐姐，但今久别初逢，不该如此。”狄青曰：“母亲，这原是孩儿失言了。姐今见怪，怎生是好？”孟氏曰：“不妨，待娘与汝消解便了。但汝方才将分离别后的始末才说得半途，怎生得官，如何受职，且尽说明白来。”狄爷将别师下山时起，一长一短，直言到目今领旨解送征衣。孟氏闻言，心花大放，喜曰：“前闻姑娘已归泉世，岂知今日仍存身作皇家母后之尊，相认孩儿，情深义重，可幸玉鸳鸯也有会期之日。但儿啊，尔奉旨解送军衣，身当重任，不可耽搁了程途，早到的好，倘然违误了限期，罪责非轻。”狄爷曰：“母亲不妨也。得蒙姑母娘娘恐忧孩儿耽却程途，逆了限期，特宣到佘太君，授着一封书与杨元帅，还有韩叔父、包大人密书相保。倘孩儿过些限期，杨元帅也要谅情，决不加罪于孩儿。”孟氏听了，深感姑娘用情，并各位忠良厚爱。母子言言论论，不觉已交二鼓。狄金鸾烹好佳肴美酒，排开桌上，请母亲上坐，弟姊对坐，细酌慢斟，按下不表。

再说飞山虎倘是弱些汉子，被狄青一箭，早已当熬不起，岂不跌下尘埃。幸然飞山虎的本领很好，雄壮身躯，左腿带箭，忍着疼痛，缓缓些落下云头，在着无人所在，拔出箭头，捻尽瘀血，再驾起席云。探得狄青落在张文酒肆中，又是远远落下，坐在一块顽石之上。想来：张文是吾同僚好友，待我与他商量，好去了结这狄青罢。刘庆正在思量,只见火光之下,有人一程跑来,原是张游击。刘庆欣然招手道:“张老爷,哪里来?”张文止步一观,笑曰:“原来是刘老爷。夜深一人,缘何在于此?”刘庆曰:“有话与你相商。但你往哪里回来?”张文曰:“收些账目,遇友人留款,是以回归晚了些。但有何商量,快些说知。”刘庆曰:“非为别故,只为朝廷差来狄王亲解送征衣往三关,今已出潼关。但此人与庞太师作对,故太师有书来与马总兵,要害钦差一命,教吾行刺死他,即加升官爵。方才驾上席云,正欲下手,不知他头盔上两道豪光冲起,大刀不能下,实见奇也。今反被他放一箭,射伤了左腿,十分疼痛。如今打听他进了汝店中吃酒。尔回去若用计劝灌醉他,待吾去了结此人性命,将汝之功上达太师,管教起复你的前程。”张文听了,道:“刘老爷,尔得包定起复吾前程,即帮助你一力便了。”刘庆曰:“多在吾身上的。”张文曰:“如此,你且在此候着,一个更鼓方好来的。”刘庆允诺,暗喜,在此等候张文回音。

这张文急匆匆来至家中,将门叩上几声。酒保早已睡熟,当时惊醒了,开了店门,说曰:“原来是老爷回来。”又说这酒保缘何称张文是老爷?只因他前上年曾做游击武官,人人称呼惯张老爷,即近处的百姓或厚朋,也是张老爷的惯称。当下酒保揉开睡眼,道:“老爷,今宵有亲眷人来探访尔了。”张文曰:“是什么亲人?”酒保曰:“老爷,尔不知缘故,待小人说知。此人年少,气宇昂昂,穿戴金盔金甲,一位武官。老太太说是他儿子,今进内与奶奶三人同吃酒,说谈心事。老爷还该进去陪伴吃数杯。”张文曰:“此人什么姓名?”酒保曰:“姓狄名青,老爷认得他否?”张文曰:“如此,果然是吾舅子了。”方才刘庆在张文跟前只说狄王亲,并不说出狄青名字,是致张文全然不知。如若他说出狄青之名,张文自然晓得是郎舅了,也不担承刘庆将他算计。当夜张文自言:“岳母时常愁苦,想念孩儿,猜他死在波涛之内,日夕惨伤。岂知仍留于世,又得重逢,真乃可喜。”不知张文相会狄青,如何处置刘庆,且看下回,便知分解。

第二十五回　设机谋缚拿虎将　盗云帕降伏英雄

诗曰：

奸臣党羽计谋多，欲把英雄入网罗。

天降将星难逆害，愈图愈福奈谁何。

当晚，张文一路进内，思量喜悦。到了中堂，果见一位满身甲胄的将军，坐于妻子左侧，丫环两人旁立，当中老太太，一同举杯。又闻妻曰："兄弟，酒虽寒了，再吃数杯，包汝姐夫回来。"言未了，张文进至，言曰："待我来陪伴一杯可否？"金鸾顿时站起呼声："相公，我家兄弟在此。"狄爷见姐姐起位，他也站起来，抬头一观，呼声："姐丈！"太太也言："贤婿，吾儿子到此。"张文喜曰："岳母啊，尔今从此眉锁得遇钥匙了，真乃可喜也。"转声呼曰："舅舅兄弟，请坐罢。"当时二人殷勤见礼，丫环又排上椅一张，郎舅二人对坐，添上杯箸，重新吃酒。至数杯，张文又问及狄青别后之事，狄青将前话一长一短说知。

张文听罢大悦："难得兄弟少年英雄，早取高官，人所难及。但吾有一言问及，汝前途可曾遇有刺客否？"狄爷曰："前途并未逢什么刺客。姐丈何出此言？"张文曰："为此，还算尔造化，险些儿一命送于乌有了。"当时太太母女大惊。狄爷问曰："甚么人行刺？你何以得知？"张文听了冷笑："多是庞贼奸臣起此风波。有书到来，马总兵将要结果尔命，故差飞山虎在前途等候。"狄青曰："吾在程途二十多天，并未逢什么刺客。如今姐夫既知刺客，在哪方埋伏？"张文曰："尔出关后可曾发放一箭否？"狄爷曰："途中曾见乌云对顶，或上或下，于空中不知何物，故放射一箭。这段乌云犹如鹰鸟飞去，到底不知什么东西，正见狐疑。"张文冷笑曰："尔不知也，此段乌云乃是马总兵手下的参将，姓刘名庆，混号飞山虎。曾遇异人，传授腾云之技，来去如飞，算得希奇绝技。方才刘庆对吾说知，身驾高空要行刺于尔，不知何故，尔盔顶上两道红光冲起，大刀不能砍下，又说反被尔一箭伤了左腿。今打听得尔进吾家中，要我灌醉你，待他来取首级，事成之后，许升复我游击前程。当时他说狄王亲，我不知何等之人，岂料是至戚谊弟兄。刘庆固属妄想徒思，庞贼毒计又不成了。”狄爷听罢，重重发怒。母女深恨奸臣恶毒。老太太曰：“这玉鸳鸯原是一桩宝贝，若非姑娘好意，将此宝配于盔上，早已身赴黄泉了。”金鸾曰：“母亲之言不差，实乃此宝贝之功也。”狄爷曰：“姐丈，这奸臣如此恶毒，数番计害。待飞山虎来，小弟宝剑先结果此人，后回关斩马总兵。他是一班奸臣党羽。”张文曰：“贤弟且慢，休得动恼。这飞山虎虽有行刺之心，乃是希图官高爵显之故耳。但此人秉性坚刚，最有胆智。虽然人非出众超群，然而算得一员英雄上将，只可用计将他降伏，不可伤其性命。”狄青曰：“倘或他不肯服我便如何？”张文曰：“不妨，他平素与我相交，不啻同胞之谊，吾言无有不从。须用如此如此计较，诱引他落圈中，还忧彼不降伏么？”狄爷听了，喜曰：“姐丈方算真乃妙用也。”孟氏母女也觉欣然。

当时母子四人，酒已不用，金鸾命丫环收拾去了。张文计较已定，将狄青安顿在后楼阁中藏睡。若论张文曾做过武官，是至房屋宽大，也是厅堂书斋，楼阁内外，多是幽雅洁净，不比俗中，肆灶旁是床帐，堂中是堆柴之所。

当下张文秉烛，命丫环将方才余馔搬出酒堂中，两双杯箸，一壶冷酒，这是张文的设施。只因要收服这刘庆，故而设此圈套。只言与狄青二人一同对饮之意，酒未完而狄青已先醉了。又唤醒酒保，吩咐曰：“少停刘老爷来时，不可说出狄老爷是我郎舅之亲，不要先睡去，犹恐要你相帮之处。”酒保应诺。张文即开了门，拿了火把，来至衢中。一见这飞山虎，只言狄钦差早已吃酒醺醺大醉，如今睡于后楼中了。刘庆闻言，心头大悦，道：“张老爷，既然狄钦差被尔灌醉，待吾前往赏他一刀，尔的前程即可起复了。”张文曰：“刘老爷且慢慢的，倘或被他挣扎起来，你我不是他的对手，如何是好？”刘庆冷笑曰：“张老爷，不是吾的夸言，只一刀管送他性命，若再复刀，不为豪杰了。”张文曰：“既如此，与尔同往了。”

二人进了店中，将门闭上，引刘庆至方才摆列残酒馔之所，然后唤酒保收拾去杯箸残羹，吩咐再取几品好馔菜，上美酒一大壶，吃个爽快，然后下手不迟。飞山虎果然跑走至三更多，腹中饥乏了。况是好酒之徒，心中大悦，道：“张老爷之言有理，果是肺腑兄弟。说到吃酒二字，是吾意中之物。但屡到尔家便吃酒，叨扰过多，弟过意不去。”张文曰：“刘老爷，你若说此言，便不是谊交爱友了。”刘庆喜曰：“足见厚情。但方才收拾的余馔，可是狄钦差食残余的么？”张文言：“是也。”当下酒保排开几品佳馔，一大壶双烧美酒，备办得速捷，皆因他店中馔酒尚有余多。二人对坐，你一盅我一盏，张文同吃，是有心算他无意的，杯杯都是虚食。飞山虎一见酒便大饮大嚼，顷刻一连进了三大瓶，张文杯杯殷勤而劝，不一时间吃得醺醺大醉，心内糊涂，张文大喜。

忽时刻间，飞山虎喃喃胡说，已睡于长板凳中，呼呼鼻息如雷。张文连呼不觉，即唤酒保取到麻绳，将他紧紧捆牢了。又言：“刘参将的本领我却不惧，只妨他的席云帕跑走利害，不免搜将出来便了。”即解脱衣襟，内有软布囊一个，裹着席云帕子，即忙取了。又腰下一把尖刀，即也拿下。一一收拾停当，然后加上一根大绳捆绑着，犹恐他力狠挣扎脱。拿了尖刀、帕子，回到后楼中，对狄青说知，弄醉他，捆缚了，并拿下尖刀，盗藏了云帕。狄青接转明亮一把尖刀，想来怒气冲冲，说：“可恼这党奸臣，必要害吾一命。我却怪这刘庆不得，他不过奉公命而来。只有庞洪、孙秀这两虎狼，行此毒意。今生不报复此仇，枉称英雄也。”将尖刀撂于地下，又将席云帕拿起一看，道：“姐夫，此物取他何用？”张文曰：“弟有所不知，飞山虎一生的本事全仗此帕，来去如飞。今夜盗了他的，就不是飞山猛虎了。且待他降伏，然后送还。”狄青笑曰：“果也算无遗策了，吾不及也。”郎舅二人言谈有兴，言语烦多，不能尽述。

时交四鼓，四声鸡声，飞山虎悠悠醉醒了，呵叹一声，一伸一缩，动舒不得。呼曰：“那个狗囊将吾捆绑了么？”用力一挣，身躯一扭，挣扎不脱，便高声大骂："那个狗奴才将吾捆绑，还不松脱吾么"旁边酒保笑曰："刘老爷，哪人教你贪杯，吃得昏迷不醒的？那狄王亲是我们老爷亲舅舅，我老爷是他姐姐夫君。你今落在他圈套中，只忧今夜一命呜呼了。"刘庆听了，二目圆睁，大骂张文不绝口。郎舅二人同跑至外厢，张文抚掌笑曰："刘老爷，为何如此？"刘庆骂声："张文，我与汝平素厚交爱友，不异同胞，不当口是心非哄骗的。为什么将吾捆绑了？莫非欲害吾性命么？"张文曰："非也，刘老爷休得心烦。这狄钦差原与小弟郎舅之亲，他是当今太后嫡侄，贵比玉叶金枝。况他奉旨解送征衣，身担王命，重任不轻。你今害了他性命，一则狄门香烟断送了；二来征衣重任何人担当？即尔害了他，圣上根究起来，太后娘娘怎肯干休？即庞太师也难逃脱，尔与马总兵难道得脱干系么？"刘庆曰："张文，既有此言，何不明言早说？将吾弄醉，捆绑身躯，是何理说？"张文曰："吾不下此手，谅来尔不依，活活一位狄王亲，岂不死在尔尖刀之下么？"狄爷又唤："刘参将，尔既食君之禄，须要忠君之事，不应该听信马应龙的恶意，要伤害于我。况与吾平素非冤非仇，并无瓜葛，汝今依着奸臣，害吾一命，即苍天亦不佑汝。奸党之辈，终有恶贯满盈失势之时，臭名扬播于人间，有何美处？即庞洪的作奸为恶，我也深知，有日捉拿他破绽，定不姑饶。必要削除奸臣党羽，肃正朝纲。待至此时，即马总兵也难脱。党羽中只忧此时，汝也要埋怨着这大奸大恶之臣了。"张文又道："刘老爷，尔与我平日故交，何殊箕箎一脉。但尔立心入于奸党中，忘却君恩，图害钦差，即杀尔亦不为过。弟念昔日厚交之情，不忍相害，故劝准狄王亲收录于尔，随同前往边关。倘或立得功劳，与国家效力，即不为潼关上参将，也不希罕的。尔原乃一位烈烈英雄，何必依奸附势，受奸人牵制，即高官显爵，总非馨香。况先皇多少势大奸臣，王钦若、丁谓、林持等，前时威福炎炎，后来人人恶死焉，有好收场的？尔今听弟劝言，便是尔知根之处。"

当下飞山虎听了，想来已入圈套中，况他郎舅串通，将吾捆绑了，不允依他也不能的。即想来狄青是太后嫡侄，官高势重，年少英雄。虽则太师身居国丈，焉能及得此人。一出仕未及半载，已名扬姓显。况太师作恶为奸，立心不善，张文之言，果也不差，后来必无善报的。

莫若听彼之言，随钦差到三关，倘立得战功，岂不强于在此为副佐武员。想罢便道："张老爷既有此美意，何不早与我商量？"张文笑道："刘老爷，若不如此，尔未必丢此参将前程。"狄青又笑曰："可惜尔乃堂堂七尺之躯英雄，不与国家效力，反附和奸臣，瞒心昧己行为，真乃愚人也。"飞山虎道："王亲大人，原是小将差了。"张文又道："刘老爷，如今汝果愿随我家舅舅否？"刘庆曰："固欲与狄王亲执鞭左右，只忧马总兵忿恨不容情，要害吾的家属也，且待吾回去携带家口而遁便了。"张文听罢，言曰："尔见不差。若接来吾家中同处，未知尊意如何？"刘庆曰："张老爷若就相容，更妙也。但今狄王亲有王命在身，料难耽搁，请自先登程，待小将安顿了家眷，随后而来便了。"狄爷曰："尔言是也。"当时张文跑过来，将绳索轻轻解脱了。飞山虎上前参见狄王亲，又将怀中一摸，不觉呆然了。即叫道："张老爷，吾这席云帕子被尔收藏过，快些交还。待吾回关，打算回复马总兵的。"张文笑曰："若将席云帕交还尔回关，犹恐不愿往矣，不再来了。"飞山虎曰："君子一言，快马一鞭，那有回去失言负约不来之理？况弟兄之间，何用多疑。刘某虽乃一愚卤之人，颇知爱善，岂是奸诈之徒？"张文曰："这也不相干，尔且回去，携了家口前来，方能还尔。"飞山虎听罢，无奈只得拜别狄王亲，辞过张文。

此日话分两说。单提飞山虎徒步而走，一程回至潼关，不觉天色已黎明了。当日早晨，马总兵起来升帐，坐于虎堂，自言曰："昨夜飞山虎一去，狄青性命定然了结矣。"正在自语思量，忽见小军报上："禀启大老爷，今有参将刘老爷进见。"马总兵传说："请进来相见。"小军领命起来，出到关前，请进飞山虎。但不知他怎生回复马总兵，如何脱身逃遁，且看下回分解。

第二十六回 军营内传通消息 路途中搭救冤人

诗曰：

君子相交道义亲，芝兰气味与同群。

惟归是德无偏倚，方睹贤臣国宝珍。

当下刘庆传进，参见过总兵大人。马应龙一见，开言道："刘参将，昨夜此事成功也否？"飞山虎曰："马大人，不要说起昨夜，徒费而行。小将一驾上席云，即追赶至三四十里外，已赶至狄青，一下手，不想他顶盔上两道豪光冲起，大刀不能下，不知他盔上有甚宝贝的。一程追去，已有二更时候，刺杀不成，反被他一箭射伤左腿，只得不追而回。"马应龙听了，曰："果有此奇事么？但庞太师特有此意，如若害不得狄钦差，被他看得我们是个无能之辈了。"飞山虎曰："大人不须烦恼，待小将今夜打算，定必了结他性命，才算小将不是口上夸言也。"当日马应龙点头喜悦。

刘庆辞别，回至家中，将言细说妻母得知。妻曰："夫言，妾无有不依，但吾乃女流之辈，出关一事为难，怎能骗哄瞒得马总兵，共出得潼关？"母又曰："媳妇之言不差，须要打算而行，不可造次乃可。"飞山虎笑曰："母亲、贤妻，不必过虑了，如今不用出关了。"就将张文收留于家中一一说明，妻、母二人应允。

按下刘庆与家属商量。且说张忠、李义只因昨夜狄哥哥一人信步去了，等候至天色微明，还不见回营，只得东西找寻，分途而觅。先说狄青，是夜原恐二人寻找，故要辞别母亲。孟氏太君唤声："孩儿，我母子分离七八载，死中得活，难得今日天赐重逢，实乃万千之幸也。但汝身负王命，做娘不便牵留。但今夜人马安扎了，不用趱程，且不宿睡罢，谈谈离别后事，天明你登程便了。”狄青不逆违母命，是夜母子、姊弟言言谈谈，不觉天已微亮。狄青一心牵挂着征衣，又恐妨张、李二弟兄找寻不遇，故先差张文姐夫前往军营通知信息，说明一红脸的名唤张忠，一黑脸的名唤李义，“他二人是吾结义弟兄，有烦姐丈往言明，以免二人找寻，放心不下。”张文领诺登时抽身出门。不及行走三箭之途，将近军营，只见一位紫脸大汉踩步而来。张文迎上前，欠身拱曰：“将军可是张姓么？”张忠住步说：“是也，尔这人一面不交，问我何干？”张文曰：“将军可是张忠否？”张忠喝曰：“尔是何等之人，敢诘吾姓讳么？”上前一把抓住。张文呼声：“将军不必动恼，我特奉狄王亲之命，前来寻尔。”张忠听了，言：“狄王亲今在哪里？”张文将情由一一说知。张忠听了，急忙放手不及，笑曰：“多有得罪，望祈恕怪。狄钦差一命，又多亏张兄保存，实见恩德如天，待吾叩谢便了。”正要下拜，张文慌忙扶定，曰：“张将军，弟辈哪里敢当。且请到前边弟舍相见如何？”张忠曰：“前边一带高檐之所是尊府么？如此兄且先请回，待小弟寻找过李义兄弟，一同到府便了。”张文曰：“李兄那里去了？”张忠曰：“亦因不见了狄哥哥，故吾二人分途去寻访，不知他寻找到那方去了。待吾往寻找他回来也。”张文曰：“如此弟回去俟候二位便了。”

慢表张文回归言知狄青。却说张忠一程跨走，寻觅李义，东西往返。当时日出东方，只见前途连连叫喊哭泣之声。驻足远观，只见前面有二十余人，多是青衣短衲，又见后边马上坐着一人，横放一个妇女，犹如强盗打抢光景，拥向而来。那女子哀声呼喊“救命”，连声不断。张忠一见，怒气顿生，抢上数步，站立定，大喝一声：“狗强盗，休得放肆！目无王法，抢夺妇女，断难容饶的！”一众闻言，犹如雷声发响，反吓了一惊。只见他一人，那里在心，蜂拥上前，动手打他。却被张忠双拳跌二人，一拳倒一个，打得众人躲的躲去，奔的奔逃，伸手将马上人拖下，扶定妇人站立道中。一连几拳，打得此人抵痛不过。喝声：“奸贼奴才！怎敢青天白日之下擅敢抢人家妇女，难道朝廷王法管尔不得么？打死尔这贼奴才不为过！”此人呼喊：“大王爷勿要打我，望乞宽饶！”张忠喝声：“尔是什么样奴才？说得明明白白，饶尔狗命。”此人道：“大王爷且容我说明。吾本姓孙，世居前面太平村。哥哥孙秀在朝,职为兵部。我名孙云,号景文。"张忠喝曰:"尔这奴才就是孙兵部弟兄么?"孙云曰:"是也。且看我哥哥面上饶了我罢。"张忠喝声:"看你哥哥面上,正要打死尔这狗畜生!"孙云呼喊:"大王爷恳乞饶命,不要打我,以后再不敢胡行了。"张忠冷笑曰:"尔没眼珠的奴才,我不是强盗,呼我大王爷作甚。且问你,这女子是哪里地头抢来的?说得明白时,便饶尔性命,若是含糊,登时活活打死。"孙云未及开言,旁边妇人哭告曰:"奴居前面村庄,不逾二里。丈夫姓赵,排行第二,耕种度日。这孙云倚着哥哥势头,欺人多少。几番来调戏强蛮,要奴作妾,丈夫不允。前数天,强恶几人将我丈夫捉拿去,今日还不知丈夫生死。今早晨天色还未明,打进妾家,强抢了我。喊叫四邻,无人救援。今得仗义英雄搭救奴家,世代沾恩。"张忠听了,气怒倍加,曰:"有此事?真乃无国法、无青天了。可恼!可恼!"骂声:"奴才,尔将他丈夫怎样摆布了?"孙云曰:"英雄爷,这不知何人捉他丈夫,休得枉屈我。"张忠听了,喝声:"尔不知么?"一拳打在他肩膀上。孙云叫痛,抵挨不过,只得直言:"收禁在府中。"张忠曰:"既在尔府中,放他出来方才饶尔。"孙云恳求曰:"望英雄放吾回去,方能将赵二放回。"张忠曰:"不稳当,放他出来方才饶尔。"孙云只得大呼:"哪人躲在林中?可急急回府放出赵二也。"当时众虎狼辈已走散,单剩得家丁孙茂、孙高,远远的走开,吓得魂不附体,又不敢上前救解,探头探脑的听瞧,一闻主人言,二人同跑回府中。

又说张忠拔出宝剑一撇,喝声:"孙云,尔这畜生!尔哥哥是个不法大奸臣,与我等忠良之辈结尽冤家。尔这狗囊该当行为好些,以盖哥子之愆,缘何倚势,全无国法,强抢有夫之妇,该得斩罪否?"孙云苦苦恳求,声声饶命。正在哀恳之间,来了孙高、孙茂,拥着赵二郎而来。哭叫曰:"将军老爷,吾即赵二郎了。请将军爷放饶了孙二老爷罢。"张忠冷笑曰:"尔是赵二郎么?"此人说:"小人正是赵二。"有妇人在旁边说:"官人,吾夫妇得亏此位仗义将军爷搭救,今妾又得脱离虎口,理当拜谢。"赵二曰:"娘子之言有理。"登时下跪,连连叩首。张忠曰:"不消了。尔被他拿到家中,可曾受他灾殃否?"赵二道:"将军爷,不要说起。小人被捉到孙家,不胜苦楚。将我禁锁后园中,绝粮三日，饥难熬忍，逼勒我将妻子献出。小人是愿死不从，被他们日夜拷打，苦楚难禁。今日若非恩人将军搭救，小人一命看看难保了。”张忠听罢，言：“你今脱离虎口，且携妻子回去罢。”赵二曰：“将军爷，今日我夫妇虽蒙搭救了，得脱灾殃。只虑孙云未必肯干休，吾夫妻仍是难保无事的。”张忠曰：“既然如此，尔且勿忧，待吾将这狗畜生一刀分两段，你便除了后患。”

张忠将孙云正骂言动手，只听得后面一声喝曰：“休得猖狂，吾来也！”张忠扭回头一看，只见一长大人，一铁棍打来。张忠将剑急挡架开，左手一松，却被孙云挣脱了。即呼道：“孙高、孙茂二人在此打听这红脸野贼是何名字，哪里来的，速回报知。”二人称言领命。当时孙云满身疼痛，一步步跑走回家中。

且说张忠一剑挡开铁棍，大怒喝曰：“尔这奴才有何本领，敢来与吾争斗么？”那人大喝：“红脸贼！你老子行不更名，坐不改姓，吾名潘豹，混名飞天狼也。尔这贼奴才本事低微，擅敢将吾孙云表弟欺压么？尔且来试试俺的铁棍滋味，立刻送尔到阎王老子那里去。”言未了，铁棍打来。张忠急架宝剑相迎，共比高低。只有野旁地赵二夫妻巴不得张忠取胜，方能保得夫妻无事而回，倘或红脸汉有失，我夫妻难保无虞了。一边夫妇私言暗惧。若说张忠本领、力气，原非弱于飞天狼，但这护身宝剑轻小不堪用，飞天狼的铁棍沉重长大，故斗格不住。即大喝：“飞天狼，我的儿！果然利害！”大呼：“赵二郎，我也顾不得汝了，快些走罢！”他踩开大步望前而奔。潘豹哪里肯放松，大喝：“红脸贼，我定要结果尔的狗命！”一程追去。这张忠飞步而逃，喝声：“潘豹，我的儿！休得赶来！”后面大呼：“休走！”

不说张忠被他追赶。当下赵二夫妻心惊胆战，妇人说：“官人，尔虽无力相帮，也该跟去看看恩人吉凶如何，若有差池处，我夫妻打算去避离虎穴，方免后忧。”赵二曰：“娘子之言不差。汝且躲于树林中，吾即转回。”赵二飞步跑走赶去。

先说赵娘子躲在树林之内，遍身发抖，早有孙茂、孙高先已看见。孙茂曰：“尔看，赵娘子独自一人在此，吾与你将他抢回府，送上主人，必有厚赏的。”孙高听了大喜。二人即向前，不声不响背上妇人而走。这妇人惊慌叫救，那孙高背着他，言曰："尔喊破喉咙，中什么用的?"一头说，一路奔。可怜赵娘子，喊叫连声，地头民家知是孙家强蛮，无人敢救。

此时将近太平村不远，真乃来得凑巧，原来前面来了离山虎李义。他与张忠分路去找寻狄青，寻觅不遇，一路看些野景，寻不见人，又无心绪。忽一阵狂风吹送到耳边，闻得姣声悲切哭泣，甚觉惨然。抬头一看，远远一人背负一女人，后面一人随着飞奔而来。离山虎大怒，使出英雄烈性，大喝："两个畜生那里走！清平世界，名教乾坤，胆敢强抢妇女！"提拳奔向孙茂而来。孙茂喊声"不好"，发足走了。只有倒运孙高背负女子走不及，丢得下来，被李义拉定，挣扎不脱。妇人还坐地上哭泣。李义曰："尔这妇人是哪里被他抢来的？这两个奴才怎样行凶？速说明来。"当下妇人住哭，从始至末，细言尽说。李义听了，怒目圆睁，大喝："奴才仗了主人的威势即行凶，今日断难容汝，送汝归阴罢！"说完，倒拿住孙高两条大腿，他还哀求饶命几声。李义哪里睬他，喝声："容尔贼奴才不得！"双手一开，扯为两段。笑曰："来得爽快也！"望着荒地一撂。当时妇人慢慢上前，深深叩谢。李义摇头曰："尔这妇人，何须拜谢，尔丈夫哪里去?"妇人曰："将军爷，奴丈夫只因红脸英雄斗败了，被飞天狼追赶，故丈夫追赶，看他吉凶如何。但小妇人亦不知追去好歹。"李义曰："如此说来，是吾张哥哥了。但从哪道途中去?"妇人一一说明。李义听了，心中着急，抛别妇人，一程飞奔而去。只有妇人仍从此路一步步的慢行，仍是胆战心惊。

不表孙茂逃回家中奔报。当日张忠被飞天狼追赶得气喘嘘嘘，幸得李义如飞赶到，呼声："前面可是张二哥否?"当时张忠恨着逃走得迟慢，哪里听得后头呼唤之声。赵二郎一程追随去，慌忙忙正在四方瞧望，欲找寻个帮助之人。一见此黑脸大汉，赶上呼唤，心中大喜，说："好了，救星到了！"是日不知李义赶来救得张忠如何，且看下回分解。

第二十七回　图奸惹祸因心急　别母登程为国忙

诗曰：

扶民保国是忠贤，秉正朝纲所重先。

借势奸徒惟利己，损人奚惮有青天。

却说潘豹只顾追赶张忠，那里顾得后面有人追赶，却被李义飞趱上数步，一刀望他顶门落下，喝道："贼奴才，狠恶不成了！"飞天狼喊不半声："痛死也……"一颗首级，砍落尘埃，头东身西。李义笑道："不中用的东西，强狠什么？"挥刀将潘豹之身砍为七八段，又将刀穿上飞天狼的首级，一路赶上来呼曰："张二哥不要走！"张忠被飞天狼追昏了，呼道："贼奴才，休得追赶！"口中喊叫，飞奔而逃。李义赶上前，夹领伸手抓住。张忠回头喝道："蠢贼还不放手！"李义曰："同伴合伙，还唤蠢贼么？"张忠方觉是李义，问曰："三弟从哪里赶来？"李义放手，言曰："二哥，尔这等没用，日后如何出师对垒？"张忠曰："三弟，我斗此人不过，只因剑短太轻，不称使用，却被他赶得逃走无门。"李义刀尖一挑，呼曰："二哥，你观此物是什么东西？"张忠一看是首级，笑曰："三弟，你的本事胜于愚兄也。"李义曰："他名飞天狼，如今目击他狠不得了。"说完将刀一撇，首级撂去丈远。李义又曰："二哥，这班奴才如此强恶，白日抢掠妇女，不知是何等土豪恶棍的人？"张忠即将孙云借势作恶一一说明。李义听罢，带怒骂声："可恶奴才！借着哥哥势头，欺压善良，真乃朝廷无法了！"

言未了，赵一到来，欣然呼道："二位将军爷，小人夫妻得蒙搭救，且请到茅舍中，待吾夫妻拜谢，尊意如何？"张忠曰："不消，我二人有公务在身，耽搁不得。且尔姓名吾忘了。"他曰："小人名赵二。"张忠曰:“马上人挣逃去的是孙云,乃孙兵部之弟。但后来救孙云的一脸胡须,这是何人?尔可认得此人否?”赵二曰:“他是孙云中表之亲,唤之为兄,混名飞天狼潘豹也。平素恶狠如虎,本事高强,与孙云交通并恶,二人倚势官家势力,欺凌百姓。个个憎嫌,人人被害怨恨,不知何日何时,收没此大虫也。”李义道:“二哥,若论孙秀,是我狄哥哥仇人,他的兄弟如此不法,这还了得。不若吾二人到太平村杀尽孙家满门,方才出得我怨气,好待百姓家家平安也好。”张忠也是粗豪胆量汉,言:“三弟主见不差,去罢。”赵二曰:“二位将军动不得的。若杀了孙云,不独小人夫妻性命不保,即本地头百姓也要累及了。”李义曰:“我们杀了孙云,乃与民除害,缘何反害了地头百姓?此何故也?”赵二曰:“若将孙云杀了,朝中孙兵部得知,得二位将军已去了,他奏闻圣上,地头百姓岂不尽遭殃么?”张忠曰:“不妨,吾二人乃狄王亲部下副将,今领旨解送征衣往三关。今日倘杀了孙家,必然禀明狄王亲,自然奏本回朝,定然为国除奸,以安黎庶。圣上必然追究孙兵部,恶弟在家借势行恶害民,圣上岂不加罪?扳倒了孙兵部,地方上万民永保平安了。”赵二听罢大喜:“如此小人引路便了。”

当日张忠、李义随着赵二行程不上二里,驻足曰:“前面一带高大围墙,便是他的府门了。”李义曰:“尔且站着。”二人一人提剑,一人执刀,一同跑近孙家府门处,喧闹不休,喝呼:“孙云,我的儿!仗了孙秀之势,强抢有夫之妇,这等无法无天,今特来取尔脑袋!我两位英雄名唤张忠、李义,随同狄钦差大人解送征衣到三关上去,今日路见不平,拔刀相助。尔这狗奴才,即速出来受死。若再延迟,吾二人就杀进来了!”

当下守府人飞报知,孙云大惊失色,连说几声:“不好了!他杀了飞天狼表兄,料必利害英雄,众家丁那里是他对手。”吩咐关了府门勿启。孙府中家人大小唬吓得魄散魂飞。幸得有位西席先生,名唤唐芹,乃教训孙云儿子孙浩习读的。唐芹道:“东翁不用慌忙。古言:柔能克刚。待晚生出府以柔而言,管教两位粗豪转刚为柔而退。”孙云曰:“先生出府,倘被他们杀将进来,如何是好?”唐芹曰:“晚生包得不妨也。”便教家人开了府门。一见尊称:“二位将军请息雷霆之怒。”二人问曰:“尔是何人?”他言:“小人唐芹,也传闻狄钦差大人清正好官,并帐下张、李二位乃盖世英雄,有保国安民之志。幸到此方,不啻熏风冬日之仁爱也。”唐芹要解劝二人,自然要奉赞他几句。此言奉迎人意,哪个不喜欢,谁人不乐爱?二人冷笑曰:“我们原是为国家效力、收除尽刁奸强棍的英雄。”唐芹曰:“二位将军之言是也。尔二位原乃当世英雄,要到边关立战功的。彼孙云没用东西,何足轻重,杀之不费吹毛之力,杀便杀了,但杀之污了器械,二位将军饶了他如何?”二人喝声:“休得多言!这孙云可恶,不守王法,强抢有夫之妇,捉他丈夫,几乎困屈死,岂得轻恕此奴才!不须多说,速教他出来纳命。”唐芹曰:“二位将军是个明事人,岂不知孙云是个村愚俗汉,不读圣书,不明礼法,是一时妄做,做下不法事。皆因表亲飞天狼不好,挑唆他行此事。今这恶徒被二位杀了,谅孙云再不胡行了。望祈二位将军赦他,老汉再不令他蹈前辙了。”张忠曰:“既赦他强抢妇女之罪,但彼哥子孙秀乃狄王亲仇人,这孙云趁此有罪,断断饶他不得。”唐芹曰:“二位不知其详。若说孙兵部,与孙云虽是弟兄,岂知两不投机,犹如陌路一般。故兄官居兵部之职多年,孙云没有官做。况冤有直报,德有德酬,狄钦差与兵部有仇,理该去寻兵部算账,若将孙云准折,岂不屈杀他?请二位将军参详。”张、李听了,李义曰:“孙云果与孙秀不投机么?”唐芹曰:“老汉怎敢欺瞒二位将军?”张忠曰:“三弟,我们果与这孙云无怨无仇,不过一时气岔。况冤家乃孙秀,他既与兄不睦,且饶他罢。”李义气平易了,说:“走罢。”二个踩开大步跑走了。唐芹喜曰:“好不中用的莽夫,来时雄勇狞狰,不须老汉舌尖几点,一溜烟走了。”

当时唐芹喜进内府堂,将言对孙云一一说知。孙云听了唐芹一遍之言,不觉怒从心上起,恶向胆中生,说曰:“原来这班狗畜生,与我哥哥为仇。我孙云倘不害他,终然有日被他们所害了。欲保全孙家免祸,不如先下手为强。”想定一计,暗弄机关,瞒着唐老先生,只因事关重大,不轻易露得风声。即回书房写下密书一封,取出五百两黄金、明珠四颗,打发一个心腹家人,名唤孙通,将书并金珠物件,吩咐如此,速去速回,不许泄漏,回来重赏。孙通领命而去。要知孙云用计,下文自有交代。

却说两位莽英雄不杀孙云,一依原路而回。赵二一见道:“将军,未知孙府中被杀得如何?”张忠想来,一盆火性承应去杀人,焉好说出一个也杀不得之话,只言:“孙云已趁手一刀割下脑袋了。”李义接言曰:“杀得干干净净,鸡犬也不留的。快些寻妻子回去罢。”赵二称谢不尽,叩头起来,往寻妻子回来。却说李义道:“二哥可曾寻找遇狄哥哥否?”张忠曰:“早已寻着落了。”李义曰:“找寻遇了方得心安。”张忠又将狄青会母,飞山虎行刺,反被降伏,一一说明。李义听了此言,拍掌笑曰:“原来狄哥哥母子相逢、姐弟叙会,真乃可喜。我二人同往拜见狄家伯母,尔意下如何?”张忠曰:“且先回营中去看看征衣,然后去也未迟。”

二人回营,已见微微红日东升,有丈余高,是辰时中了。但天色昏暗,红日淡淡。李义曰:“二哥,尔看天色像是阴暗了,倘若下雨,如何是好?”张忠曰:“三弟,东北角上重云黑黑,朔风紧紧,若非下雨,定然风雪狂飞。倘耽误在中途,征衣就过限期了。”李义曰:“二哥,算来批文御旨上限期十三解至关前,今日已是初二了,不知还有十几天程途,可赶得及限期否?”张忠曰:“吾前六载曾由本省至陕西一次,若一刻不停步,决不过限期。”李义曰:“就限期过了,也无干碍,有太后娘娘金面,难道杨元帅不谅情些么?”张忠称是:“倘迟三两天,杨元帅未必执责吾狄哥哥。只忧天下雪霜,军士受苦也。我们往催促哥哥频些赶程便了。”李义曰:“张文家中我却不认得。”张忠曰:“贤弟勿忧,愚兄得知了。”

当时吩咐军士造朝飧,好打点登程。弟兄一同来到张文家中,张文出迎,接进内见了狄爷。同说:“狄哥哥,难得尔今母子不意重逢,同胞完叙。我二人特来拜见高年太太。”狄爷曰:“二位贤弟如此美意,且请坐。待进内禀知母亲相见。”当时狄爷进内禀明母亲,老太太大喜,传请二位英雄进堂内。狄青引见,张文在后。二人一见太太,纳头叩拜。老太太双手挽扶曰:“二位贤侄请起。我儿前日飘荡到汴京,身穷落难,得蒙二位周旋,使老身感激不尽了。可恨众奸结通党羽,设计施谋,驾前保奏我儿解送征衣,在仁安县几乎被害,今出潼关,又险遭行刺。今全亏二位贤侄同伴,情谊如胞,更使老身铭感殊深也。”二人说:“伯母大人言过重了!”当时二人告坐,狄爷与张文相陪,吃过茶一盏。太太曰:“贤侄,若未逢会面,也不谈言,今日奉解三十万军衣,非同小可。我儿为正解,尔二人本属不相干,忝叨结义为手足,全仗二位贤侄小心扶持,一路防患保护到关,老身才得放心。”张、李答言:“小侄自然关心检点程途,不过所差十一二天的,老伯母且请宽心。”张文又对狄青曰:“贤弟久别初逢,心犹留恋,实思盘叙久几天,言谈别后长编之语。无奈限期迫速,且待交卸了征衣,再叙话便了。”狄青曰:“深感姐夫美情,但母亲在府全仗照管。”张文曰:“这也自然,何须挂虑。”狄青曰:“倘刘庆来,即教他早到边关。”张文应允。言语间早膳到来,四人用过。当时只为行色匆匆,离别言辞尚且谈不尽,张忠、李义哪有工夫说出孙云的话来,是以当时母子众人尚未得知情由。是日狄青又进内辞别姐姐,彼此言谈几句分离之语,然后转出拜别母亲、姐丈。张忠、李义也辞别太太、张文出门而去。当日老太太不见儿面,倒也绝其念,只为母子离别多年,才得相逢,即时别去,未免胆酸心酸,尚属依依。只因迫于王命,不得已母子天各一方,只有张文夫妇安慰。不表。

单提营中众军兵已用过早膳,还不见狄钦差回营,多疑评论,有说犹恐过了限期,逃遁了不成?有言猜他到嫖妓家里去,尔言我语不一。书中有话即长,无辞即短。当下狄钦差与张忠、李义三人回至营中,众将士纷纷跪接进。狄爷传知:“众将兵,本官已用过早膳,倘众军用了早膳,发令刻日登程。”众军上前禀复过。

是日狄爷吩咐拔寨起程,仍是身披甲胄,骑上现月龙驹。张忠、李义也坐上高骏骅骝马,随侍两旁。数十辆车征衣在前,粮草在后。不想是日果然天昏地暗,细雨霖霖,一连四五天,已是寒风凛凛。又一日是初八,加些霜雪飘飘,军士多人着急。张忠、李义曰:“我们大抵要停屯了。”狄爷曰:“贤弟,今天已将晚,再停一刻,寻个地头屯扎便了。”当日冒着风霜而走。不知路途上征衣有阻隔如何,且看下回分解。

第二十八回　报恩寺得遇圣僧　磨盘山偶逢强盗

诗曰：

英雄奇遇有仙缘，指点无差妙道玄。

厚福有归方得渡，人谋岂胜道根原。

当日众将兵三千军马，冒着风霜而走。张忠马上叹言："苍天何不方便我们数天的！"李义曰："二哥，果然有此大雪霜也。何不待我们到了边关，再飞雨雪，悉听风雨下到明年也何干。"

次日，狄爷传知军士，各换上油衣油兜，并将油套套在车辆之上盖好了。弟兄三人也用雨笼摺子，仍复催赶程途前进。雨雪仍不断加大，狄爷思算程限不多，只得三四天，如若耽搁多一天，就违一天期限。虽有几封密书的倚靠，到底不违限期为妙。是以悉由天下雨雪，日则兼程赶趱，夜方屯扎。一连三天，已是霜雪加大，雨点浓浓，滑足难走。众军士叫苦悲嚎，颇有私言怨语。狄青对张忠、李义曰："二位贤弟，今天雪霜比往常倍加，军士们声声叫苦，于心不忍，无可奈何，只得暂且停顿，待雨雪略小些再行前进便了。"张忠曰："此地一片荒郊，四边受风霜雨打，在此屯扎，仍见吃亏，须要得个安固地头安顿才好。"狄爷曰："二位贤弟略且停车，待吾往寻个好地段安扎也。"张、李允诺。李义道："哥哥寻了地段，速回乃可。"狄青点首，即提金刀拍马而奔。一瞧四处，荒冈野岭，多是银霜。算来今天已是十一天了，计到三关路途差不多尚有三百里。我原指望再两天到得三关，交卸了军衣，销了御旨，事已毕也，岂料连天雨雪纷飞，可怜军士叫苦悲嚎。朝来雪似烟翻片片，此时绿水盈衢。目击军兵劳苦，又因并日兼程，真苦恼也。只得安顿，把限期耽误了。想来虽则耽误了限期，杨元帅军法虽乃森严,自然看太后娘娘情面,并且还有几封书暗佐,料得杨元帅决不加罪于我也。

一路思量,加鞭快马,往寻所在。岂知龙驹飞跑得快捷,不知觉已有二十里程途。西风迎面而来,隐隐闻钟声在耳边而过。当日狄青只道行走四五里之遥,这现月驹乃一匹龙马,已走了二十里。又跑走半刻,狄青看见一座寺院十分高广,不觉满心大悦。说曰:"这个所在,正可停顿了。"想罢复加鞭如飞,迎着雨雪,但此龙驹既能翻腾波浪,何愁三尺途中霜雪?奔至山门首,只见石狮东西对立,左种是松,右栽是柏。山寺门漆朱油红,直竖金字牌匾一个,是"报恩寺"三大字。狄青跑进头门,下了龙驹。不觉内厢走出两个僧人,笑容欣欣,年方四十上下,拱揖曲背呼声:"狄贵人老爷,吾家师知今天驾到,故打发贫僧在此恭候。难得果然有贵人到来,方见家师之言神准也。且请至里厢叙谈。"当下一人牵马,一人引道,金刀狄青自己拿着,只为刀重,二人拿得艰辛。狄青想来,和尚之言觉得奇骇。素未晤交,先知吾名姓,真乃令人疑惑难猜。

当下到了内厢,正中央立着一位老和尚,下阶相迎。但见他脸黑如乌金,僧袍皂帽,草蒲履雪白,三绺长须,双目湛澄,胸挂一串珊瑚念珠,手执龙头杖一根。身高九尺多,腰圆背厚,宛似天神上圣下凡的庄严。狄青见他来接迎,但见此老僧形容古怪,未会面先知姓名,必然是一位有德善行高僧,故不敢怠慢于他,先打了一躬。那和尚只两手略略一拱言:"王亲大人何须拘礼。"狄青一想,本官深深打躬,这和尚只拱手而答,必然是个大来头的和尚了。便开言询问老和尚法名、年纪。老僧曰:"大人请坐,待老僧上告一言。老僧法名圣觉。问年纪,自唐至今三百八十五了。"狄青闻言,骇异曰:"如此,一位活佛了。"和尚曰:"王亲大人,老僧的父亲乃唐朝尉迟恭,吾俗名宝林也。"狄青听了,言曰:"原来大唐天子驾下尉迟老将军的后裔。小将不知,多有失敬之罪了。"和尚曰:"王亲大人休得谦恭,贫僧失乎远迎,望祈恕怪。"狄爷曰:"哪里敢当。但老师父既然唐朝大功臣之后,因何作了佛门弟子?"和尚曰:"王亲大人,尔也未知其详。只因大唐贞观天子跨海东征之日,老僧也随天子进征。岂料大海洋中波浪大作,险阻无涯，君臣将士个个惊惶。当日天子志诚祷告上天，若得波浪平息，自平服高丽回朝后，情愿身入佛门，潜修超圣。祷愿毕，果得浪波平静，方渡东洋。后来征服东辽，班师归国，我王不忘此愿，要去潜修佛道。王亲御戚、文武大臣，多言万岁乃天下之主，臣民所瞻依，岂得潜修佛教，效愚民所为？我王言：‘君无食言，况祈许上天之语。’不依众臣谏言。当时老僧志愿代圣修行。我王大悦，即于此处敕赐建造报恩寺，是如此来头也。”狄青曰：“原来有此缘由，足见老师父忠心为主，不愧万古流芳也。但今下官有请教于老师父。”和尚曰：“大人所欲何为？”狄爷曰：“下官只为奉旨解送军衣前往边关交卸，哪知近数天雨雪纷飞，军兵苦楚。目睹伤心，又无地安营，故而特到此地，欲借宝山寺中安屯一、二天。若得雨雪一消，即行前进了。”和尚摇头曰：“不须借扎此地了。尔们数千万征衣尽数失去，休思此处安屯也。”狄青变色曰：“老师父，这是圣上钦命征衣，断不失得。”和尚曰：“是失去了，还说失不得么？”狄青曰：“倘失去征衣，下官性命就难保了。”和尚曰：“大人这征衣于来时候还未失去，今乃失也，此乃定数。如今申时候了，尔且在此权宿一宵，贫僧有言奉告。征衣虽然失去，大人不必惊心，有失自然有归，从中因祸而得福。老僧断然不误尔的。”狄青听了，心下惊疑：看观此僧，是个清高超越不群辈。又言有失有归，因祸而得福，言吾不用心烦疑，留吾宿此，想必一番缘遇，也不免在此耽搁一天，明早再行罢。况天色将晚，雨雪难奔。但只虑张忠、李义两人在中途盼望的。

不表狄爷权宿寺中，与圣觉禅师叙话。却说杨元帅自真宗天子时已奉旨镇守雄关，只因杨延昭弃世后，朝中武将虽有几位王爷，但年已高迈，少年智勇者却稀。杨宗保年二十六七，袭依父职后，至仁宗帝即位，加封为定国王，敕赐龙凤剑，专主生杀之权。三关上将士专由升革，先斩后奏。他为帅多年，冰心铁面，军令森严，扬名当世。

是日升帅堂，言曰：“本帅自先帝时，已奉旨镇守此关。只因父亲去世，袭依父职，执掌兵符。此关一向平宁十余载，岂知近年数秋，西戎兵连年入寇，兴动干戈。内有权奸当道，外有敌兵犯境，怎能有日向化邦宁也？屈指光阴，守关二十六载。自西戎兴兵争战多年，本帅只有保守之力,奈无退敌之能。目下隆冬霜雪之天,帐下军兵数十万,专候军衣待用。前者连连有本回朝催取,不料此时候尚还未到。前月正解官有飞文到来,言在于仁安县驿中被妖怪将副解官摄去。本帅犹恐有弊端欺瞒,是以飞差查探,果有其事,已经走本进朝去了。但限期一月,今日已是十二天了,是二十八日期,因何征衣御标不见到来?狄青既为钦差命臣,可知隆冬霜雪,兵丁苦寒,早该急赶程途到关,为何耽误限期?可怜数十万兵丁寒苦,实见惨伤。"当中杨元帅公位在中央,左有文职范仲淹,官居礼部尚书;右坐武将杨青,年高七十八,仍是气烈昂昂。年少时已随杨延昭身经百战,两臂膊犹如铁铸之坚,曾经见二虎相争,被他力打而服,故有名"打虎将官",封"无敌将军";还有多少文官武将,多在帐外东西而列。

当时范爷见元帅嗟叹,微笑道:"元帅不必心烦。圣上命狄青解送军衣,决不敢在途中延误。况今限期未到,何须过虑?"元帅曰:"范大人,如此天气阴寒,兵丁惨苦,倘或被他再耽迟三五天,可不寒坏了众军也。"范爷曰:"元帅,这狄青既为朝廷御戚,岂不体念军兵寒苦?或于限内到关也定论不得。"元帅曰:"范大人,狄青既然奉旨,限了军期,莫非仗着王亲势力,看得军士轻微,故意耽误日期也?"杨老将军冷笑道:"元帅,尔哪里话来?如此连天雨雪,三十万征衣,车辆数百,途中好生费力,定然雨雪阻隔行程。如要征衣解至,除非雨止雪消。"元帅曰:"老将军,若待雪消衣到,众军兵已寒死了。"范爷曰:"元帅既不放心,何不差位将官往前途催钦差,意下如何?"元帅曰:"大人言之有理。"元帅正要开言,只见部中一将匆匆跑上帅堂,身长九尺,膀阔腰圆,面如锅底,豹头虎目。上前打拱呼道:"元帅,小将愿往领此差!"一声响吼如雷。此人乃焦赞之孙名唤焦廷贵。元帅曰:"焦廷贵,本帅着尔往前途催赶征衣,限尔明日午刻回关缴令,如违定斩不饶。"焦廷贵手执短刀,身乘骏马,带上干粮草料,离关飞马而去。此话暂停。

又说雄关之内,相离二百五丨里有座磨盘山,山上有两名强盗,乃嫡亲手足,长名牛健,次名牛刚。弟兄是个英雄之汉,占据此山已有一十二年,喽罗兵约有万多,粮草也有三年。这两名强盗无非打劫为生，并不想什么大事。故杨元帅道他蝇虫之类，不介怀于心，又因西北兵连年入寇不暇，故不征剿他。又有李继英自在庞府放走狄青，与庞兴、庞福据了天盖山为盗。只因庞兴二人心性不良，只得一月，继英见他残忍害民，不睦分伙而奔，路经磨盘山，又结交牛家兄弟。牛家兄弟二人向与孙云有事相通。是日乃十月十二清晨，孙通有书送来，二人看罢，牛健曰："原来孙二老爷要害狄王亲，教吾劫他征衣。尔意劫也否？"牛刚曰："哥哥，孙大老爷乃庞太师女婿，并且他二房中孙武前时向有关照，我们岂可逆他之意？况有金宝相送，有什么劫不得？"牛健曰："劫是劫得，但这狄钦差与我并无仇怨，劫了征衣，害他性命，于心不忍。"牛刚笑曰："哥哥，狄王亲若向日与我弟兄有相交，今日原难劫他的；今妙不过一向无交，正好行此事了。"牛健闻言只得回了来书，白银五两赏孙通而去。登时敲鼓传集众喽罗，吩咐毕，再请至三大王。继英、牛家弟兄起位，三人告坐。牛健笑而言道："李三弟，方才孙二老爷有书到来，只因孙大老爷与钦差狄青有仇，如今狄青奉旨押解征衣到三关，故孙二爷托着我们劫取征衣，待他难保性命。有劳三弟管守此山，我弟兄各带喽罗五千下山往劫掠他征衣。"继英听了，呆想一番，摇首言："不可劫他征衣！这是朝廷之物，二位哥哥休得听孙云之言，莫贪此无义之财也罢。"牛刚曰："三弟之言却像痴呆者，哥哥不可听他之言。"继英又言："二位哥哥，那孙家乃是奸臣一党，奉承着奸臣，非为英雄大丈夫也。尔二位果要劫掠征衣，结义之情撒开便了。"牛健闻言，怒发于色，二目圆睁，喝声："胡说！尔是异姓之人，如何做得我们之主！尔要交情撒开，决不留尔的。"继英想来，看他们如此，料想阻挡不住了。不免待吾先跑到军营，通个消息，待狄公子准备便了。这继英装着假怒，气昂昂顷刻分离，单身上马，提了双鞭，即匆匆而去。牛健弟兄也不相留，即时召集喽罗，兴兵下山。

又说继英到山入伙之时，只言知是天盖山的英雄，牛家兄弟不知他是庞府的家人，为私放走狄青逃出来的，若知此缘由，定然不对他说此事了。当日继英冒着风寒雪雨，跑马如飞。岂知一来道途不熟识，二来性急，慌忙走差了路途，故不能去保守得征衣，有些尴尬，亦是定数之难移也。是至张忠、李义并不知此缘由，不作得准备，不表。

却说牛健弟兄留下一千守山寨，各带五千喽罗，是日各执兵器，杀下山来。此日现阳光，雪略消，但继英是迷失走差去路，是致牛健喽罗兵先杀到。牛氏弟兄在此山为寇一十二年，那个僻静地头不稔熟？料度东京到此，必从此道经过，必在此处安扎，如今果然不出所料。张忠、李义上一日等候狄钦差择地安营，岂知去久不回，张、李二人只得商量，屯扎于荒郊之中，四面受抵风霜之地。一面安营，又是埋锅造膳。军士人人抵冒风雨私言。张、李弟兄言谈曰："怪不得言征夫劳苦，非比些小辛劳，今日身经担任方知也。"

不表弟兄言谈，众军私论，不知强盗杀来，征衣劫得如何，且看下回分解。

第二十九回 磨盘盗劫掠征衣 西夏帅收留降将

诗曰：

军衣一失害钦差，奸险小人立志歪。

关节交通强盗辈，英雄中计遂心怀。

话说李义道："张二哥，今天乃十二日了，风雪雨霜已消了。但解官老爷因何昨天往寻地段安营扎屯征衣，如今不见回来？待他一回，好赶到关了。"张忠道："三弟，我想这狄钦差实有些呆气，前数天一人独出，险些被飞山虎结果了性命，今日又不知哪里去了？"正言之际，忽有军士飞报："启上二位将军，前面远远刀枪密密，不知哪里来的军马。恐妨征衣有碍，请二位将军主裁。"李义喝声："有路必有人走，有人马必持军器用的。我们奉旨御标征衣，谁敢动他一动！轻事重报的戍囊，混账的狗王巴！"军士不敢再多言，去了。

未久，又报启上："二位将军，两彪军马杀近我营来了！"张忠、李义齐言："有这等事？"一同出外观看，果有两支军马，分东西营杀进。刀枪剑戟重重，喧哗喊杀，大叫要献出征衣。牛大王五千喽罗冲进东营，二大王五千喽罗杀入西营。张忠、李义连声呼道："不好！"即速上马，取家伙不及。李义拔出腰刀，张忠拿出宝剑，喝令众军抵敌强人。岂知牛刚、牛健的人马分左右裹将进来，好生利害，高声喊："杀！献出征衣！"张忠、李义心慌意乱，各出刀剑迎敌，四人厮杀在荒郊。众军兵慌忙不定，保护征衣尚且不及，还敢迎敌？张忠挡住牛健，李义敌住牛刚，东西争战，哪里顾得征衣。三千军又不知喽罗多少，喊战如雷，早已惊慌四散，纷纷逃窜，幸得早奔保全性命。当下三十万军衣及粮草盔甲、马匹，尽数劫上磨盘山而去。

再言张忠与牛健对敌，岂知宝剑短小，抵挡大砍刀不住，只得纵马败走，却被牛健追了三四里。尴尬之际，幸得继英一马飞来接战，张忠复回马，二人杀退牛健，也不追赶。又言李义与牛刚大杀一场，亦因腰刀短小不称手，放马败走。牛刚见他去远，不来追赶，带领喽罗回归山寨，撞遇牛健，弟兄喜悦而回。

先表李义败回，想来心中大怒，言："可恼！可恼！不知哪里来的强盗，如此厉害。"又有败回军士聚集回，启上曰："将军爷，征衣、粮草、马匹尽遭劫去了。"李义一闻，连声说："不好了！"又问："张将军哪里去了？"军士言："杀败而逃，不知去向了。"李义烦恼，正寻抽身帮助，张忠已至，又多出一继英。问明缘故，继英细细说知前情，方知是磨盘山上的强盗，受了孙云之托，来劫征衣。李义听了大恼，悔不当初杀却这奴才。又呼道："二哥，不若我们带了军士，杀上山去，夺取军衣回来如何？"张忠曰："三弟，不可。方才我二人已被他们杀得窜败了，保也保不住，哪里夺得转来？"继英曰："军衣果在他山中，且待狄老爷来时，再行商量罢。"李义曰："尔们且在此招集回军士，存屯于空营，待我去找寻狄大哥回来便了。"张忠曰："焉知他在哪里，何方去找寻的？"李义曰："人非蝇虫之类，长长七尺之躯，藏得到哪里，有什么找寻不遇？待我去找寻回哥哥，将山中一班狗盗强人一齐了结。"说完，怒气冲冲，加鞭而去。张忠与继英只得招集回三千兵丁，守了空营等待，也不多表。

先说磨盘山牛氏弟兄、一万喽罗，回到山中，将三十万军衣收点停顿了，犒赏众喽罗，休得细表。弟兄开怀乐饮，谈言一番。牛健忽然想起，拍案说："贤弟，不好了！此事弄坏了。"牛刚曰："哥哥因何大惊小怪起来？"牛健曰："贤弟，征衣劫差了。"牛刚曰："到底怎生劫差也？"牛健曰："那三十万军衣，乃是杨元帅众兵待用之物，被我们劫掠上山来，杨元帅岂不动恼么？他关内兵多将广，经不得他差遣大军前来征讨。我弟兄虽有些武艺，哪里抵挡得过他关上的众军？可不是征衣劫坏的么。"牛刚听了，顿然呆了，连声说："果然抢劫得不妙了，杨元帅震怒必不干休的。哥哥，不若今宵速速送回他，可免此患。尔意下何如？"牛健曰："贤弟，这是尔撺掇我去抢劫的，如今劫了回来，又教我送回,岂不是害我的么?”牛刚曰:“今已劫错了,悔恨已迟。杨元帅大怒,他兵一到,这万把喽罗必不济了。不若及早送还的妙。”牛健曰:“我弟兄做了十余年山寇,颇有声名,劫了东西又要送还他,岂不败了自己名威,而且被同道中哂笑不智了。”牛刚曰:“如若不然,怎生打算也?”牛健曰:“朝廷御标杨元帅征衣,擅敢抢劫,还敢大胆往送献,只好将脑袋割下送献,方得元帅允准也。”牛刚曰:“果然中孙云计的。”当时兄着急,弟慌忙,思来想去,酒已不食。到底还是牛健有些智略,呼声:“贤弟,我有个道理在此。不免我们连夜收拾起金银粮物,带了征衣喽罗,奔往大狼山,投往赞天王麾下,定然收录。若得西戎兵破了三关,西夏王得了大宋江山,尔我做名官儿,岂非一举两得也!”牛刚喜曰:“哥哥妙算不差。”二人算计定,传知众喽罗,将征衣车辆数百驾起,推出山前,并粮草马匹,一齐牵载出,二人收拾财物,然后吩咐放火烧焚山寨,下山而去。

不表牛家兄弟向大狼山而去。先说焦廷贵奉了元帅将令,匆匆忙急来到荒郊上,日夜不停蹄走,已是时交五鼓,寻觅不遇钦差。他在马上思量,奉了元帅将令,催取征衣,岂知鬼也不遇一位,元帅限我明天午时缴令,如今寻至天将大亮,回关缴令就不及了。如今我也不往找寻了,且进前边数里看看罢。手持火把,上马奔行。行不觉数里,猛然抬头一看,只见火光一派冲天,山顶一片通红。焦廷贵住马曰:“这座山乃磨盘山也。山上刚、健两只牛,二人做了十多年强盗,从来没有一些儿孝敬我焦将军。如今山上放火,不免待吾跑上山去打抢他些财宝用用,岂不妙哉!”言罢,拍马加鞭,上到山峰。只见寨中一派火光,哪有一物。便言:“两只顽牛多已走散了,想必财宝尽空了,下山去罢。”打从山后抄转,且喜得一轮明月光辉,天犹未亮。跑下山脚,有座亭驿,进至内,仍有明灯一盏。焦廷贵此时腹内饥了,就将干粮包裹打开,食个爽快。解下葫芦壳,将酒尽罄喝了,已醉饱。且将马拴于大树枝上,打算睡于亭中。此言慢表。

却说牛健、牛刚弟兄,一路往投奔大狼山,打从燕子河过渡,但无船只可渡,冰坚塞河,只得沿绕河边而进。到了大狼山,天色大亮。阳和日暖,雪霁冰消。吩咐众喽罗将军衣、车辆、粮草、马匹停顿山下，弟兄上山，求见赞天王。有军兵进内，禀知其事。赞天王登时升坐金顶莲花帐，百胜无敌将军子牙猜对坐，还有大孟洋、小孟洋左右先锋坐于两旁。赞天王传令："速唤牛氏兄弟进见。"

当时弟兄进至山中帐下，同见赞天王已毕，仍然跪下。赞天王闻言诘曰："尔二人名牛健、牛刚么？"弟兄二人说："然，小人乃磨盘山上强民，乃同胞手足。"赞天王曰："尔二人既是磨盘山为盗，而今到此何干？"二人禀启："大王，小人久已有心要来投降麾下，奈无进身之路。幸喜得宋君差来狄王亲解送军衣到边关，道经磨盘，已被小人杀退护标将兵，劫掠军衣到来，投献大王。又有三年粮草并财帛、马匹、精壮喽罗一万二千，伏乞大王一并收用，小人弟兄当效犬马之劳。"赞天王曰："孤打听得朝中狄青，乃一员虎将。况三十万征衣，岂无将兵护送？尔弟兄有多大本领，杀退得解官，抢掠得征衣？莫非杨宗保打发来的奸细，欲为内应么？"二人曰："大王，小人并非杨宗保打发来的奸细。现在磨盘山已将火焚毁山寨，有凭有据的。三十万征衣余外，金银万余，喽罗、马匹、粮饷多在山下，并没有丝毫作弊的。"当下赞天王听了，吩咐大孟洋下山去查明。大孟洋领令，立刻下山，逐一检验讫，即进回帐中禀知。赞天王方才准了收录弟兄二人，一万两千喽罗兵注名上册。粮草归仓，马匹归厩，金宝收贮了。又将三十万军衣给散众兵。又说这些西兵多是皮衣裘裤，比之大宋军衣和暖，有天渊之隔，是以众兵用不着，原封数百车一件也不乱动。待等狄青一到，原璧奉还。此是后话，也不烦言。

此书先说狄钦差上一夜在着报恩寺安宿，至次日早晨，天乃十二日。红日东升，急忙忙洗浴，用茶已毕，登时告别老僧人。是日圣觉禅师微笑道："王亲大人，昨夜已失征衣了。但原有归还之日，大人不必介怀也。如今贫僧还有偈言数句相赠，大人休得多哂，即今此去，便有应验了。"当日狄青细思：这老和尚未逢面即知名姓，是个深明德性、潜修品粹高僧，故一心恭敬于彼，即言言入耳，句句中听。当下这老和尚言未了，向大袖中取出一柬，递与狄青。这狄青双手接过，口中称谢，曰："得蒙老师父指示，感德殊深也。"又将柬上一看，有绝句诗四句，其词曰：

匹马单刀径向西，高山烟锁雾雪迷。

防备半途逢刺客，立功犹恐被奸危。

狄爷看罢偈言，收藏进皮囊中。又说：“小将此去边关，不知吉凶如何，还求老师再指迷途，更见慈悲之德。”老和尚曰：“大人乃保宋佐主之臣，总有凶险，逢凶而化吉，何须多虑。”狄爷听了曰：“老师父妙旨不差，就此拜别也。”早有少年僧牵至龙驹，狄爷坐上，执起金刀，出寺而去。

先说焦廷贵在驿亭中睡醒转来，已是一轮红日出现东方。揉开二目，说声：“不好了！”插回腰刀，拿起铁棍，急匆匆的解下马，即跨上。只为奉元帅将令，要是日午后赶回关中，不然脑袋不保。此为何说？只因杨元帅军令森严，一过限期回关，即要受罚，是以焦廷贵睡醒，急忙忙的跑走。他用的镔铁长棍，倘有失时倒运之人，撞在他棍上，阻他马道，就到阎王老爷的去处了。当时飞马而行，心急回关缴令，只碍着雪成冰块，一见太阳就消化，冰滑而马要快时，蹄滑难快。但这焦廷贵生来性情焦躁，急说：“不好了！我赶回关去，尚有七八十里途程，如今已是辰时了，这马又行走不快，如何是好？罢了，罢了，不要坐这老祖宗，舍脱丢下他罢。”想完，连忙跑跳下马，撇在路旁。不知何人造化白得此马，书中也无交代。

当下焦先锋一程踏冰跑走，反觉快捷。只见前面来了一位黑脸将军。原来焦、李二位莽汉的尊容，黑得光辉，不相上下。原来此人乃李义，一路找寻狄钦差。当下路逢焦廷贵，诘曰：“黑将军可见狄钦差否？”焦廷贵见问，喝声：“尔这乌黑人，擅敢与吾焦老爷拱手么？”李义曰：“不瞒将军，吾乃狄钦差帐下副将，吾名李义，混名离山虎也。”焦廷贵曰：“离山老虎，果然凶也。吾今与尔斗上三合，强似我者，才算尔为离山虎；如怯弱于我者，只算煨灶猫儿也。且看铁棍来！”言罢，当头打来。不知二人如何顽战，焦廷贵如何回关缴令，且看下回分解。

第三十回　李将军寻觅钦差　焦先锋图谋龙马

诗曰：

一缘一会总无期，不意知交更见奇。

只为勤劳同护国，丹心协力佐军机。

当时李义见铁棍打来，短刀架过，呼道："将军休得动手！吾要觅寻钦差狄老爷，那里有闲暇日期与尔赛斗？"焦廷贵曰："谈讲了半天，尔今往觅找那个狄老爷？"李义曰："即正解官狄王亲也。"焦廷贵曰："他与尔一程同走，一营同止，何用找寻。"李义曰："只因昨天单身独马觅地安营，至今未见他回，故往找寻。"焦廷贵听了，喝声："胡说！他既择地安营，怎说不见回？此言何解？吾奉杨元帅将令，催取征衣，尔反言不见了正解钦差。莫非尔得他钱钞，放他脱身走了么？"李义怒而喝曰："这狄钦差又没有什么罪名，怎说吾贪财放走？尔这人言来太狂妄了。莫非尔暗中害了钦差性命，反向我们讨取么？"

当日两人一言贪财放走钦差，一言暗中图害他性命，二人多是狂莽粗蠢之徒，在此疾言戏语。焦廷贵曰："吾今奉元帅将令，来催趱他军衣，怎说吾图害了钦差？倘尔这鸟人激恼了吾，焦将军就要动手了。"李义微笑曰："尔来催取军衣，休得妄想了！军衣数十万已被磨盘山上的强盗尽数劫掠去了。"焦廷贵曰："此话是真否？"李义曰："吾半生未说谎言，为此我找寻狄钦差，前去取讨回来。"焦廷贵曰："没用的饭囊！尔还说去找取磨盘山的强盗么？如今山上的鬼也没有了，不知走散在哪一方，且请拿下吃饭的东西去见元帅。"李义听了，吓了一惊，言："不好了！既然强盗奔散，狄钦差不见回来，怎生是好？可恼强徒，狄老爷性命休矣！"焦廷贵见李义着急，便呼道："李将军不用着忙，既失了军衣，只求我焦将军在元帅跟前讨个情面，元帅决不计较了。”李义曰：“焦将军，尔休得哄我。”焦廷贵曰：“谁哄尔的？吾平生并未说些谎言。”李义曰：“如此，分头去寻觅钦差便了。倘一遇狄钦差，焦将军须要对他说个明白，言征衣虽然失去，幸喜军兵未受伤残，现扎屯于荒岗，要他速速回营定裁。”焦廷贵应允，各自分途。

又表明，焦廷贵固属粗莽之徒，倒有些主意。想来这班强徒既烧了山林，毁了巢穴，又不见投到我关，想必别无去路，定然劫了征衣，犹恐元帅发兵征剿，想来立身不定，投奔大狼山而去。一路思量，心中带怒。又见远远马上一员将官，真乃威严凛凛，金盔、金甲、金刀，盔顶上豪光显现。又想：这员小将的坐骑，在于冰雪堆跑走如飞，更兼马相如此奇异，一片淡赤绒毛，定然是龙驹马。不免打他一闷棍，抢夺此马回关，献与元帅坐乘，岂不美哉？焦廷贵想定主意，将身躲在一株大树的背后，等待此将而来。

当日狄青别却圣觉僧，依他偈言，望西大道而奔。行程不觉二十余里，果见烟透路迷，封罩树林中。狄爷自言曰：“老僧人偈言验矣！果然烟封林径了。”岂知此路是磨盘后山山寨，虽然焚透，然而山后顺着风，故烟锁山林。狄爷想来，既烟透道途，定然有刺客了。犹恐被他暗算，即发动大刀，前遮后拦，闪闪金光飞越。焦廷贵在着大树后闪将出来一看，不觉呆观一会。言：“此人好生奇了，难道知吾在此打他闷棍么？一路而来，舞起大刀，前劈后挡，做出几般架势来。他的刀法周密，哪里有下棍之处？”焦廷贵曰：“一闷棍也闷他不得，不免做个挡路神罢。若不抢夺他马匹，不见焦老爷的厉害。”即跑出，迎面横棍挡拦，大喝：“马上人休走！腰间有多少金银，尽数留下来。”狄青住马一观，原来乃一条黑脸大汉，步行手提铁棍，要讨取金银。当时狄青亦不着恼，徐徐答曰：“本官只得一人一骑，并无财帛，改日带来送尔如何？”焦廷贵喝曰：“尔不遇我的，是尔造化；若遇了，路途钱定然要全出的。”狄爷曰：“实是没有在身边。”焦廷贵曰：“当真没有么？”狄爷曰：“果也没有。”焦廷贵曰：“罢了！航船不载无钱客。尔既经由我径，必要路途钱了。若果没有钱钞送我，且将此马留下准折，便放尔去路。”狄爷曰：“要本官的坐骑么？倘若不送此马，尔便怎的处置？”

焦廷贵曰："实乃放心，不忧尔不送。尔若不送此马我手中，家伙强蛮了。"狄爷曰："吾固愿送尔，只有同行伴当不愿。如若同伴允了，本官即送尔了。"焦廷贵曰："尔伙伴在哪里？"狄爷金刀一摆，大喝："狗强盗！此是本官的伙伴，今无别物相送，且将金刀送尔作路途钱！"金刀连连砍发。焦廷贵铁棍左右砍架，哪里抵挡得住，振得双手疼痛，大刀已将铁棍打下地中。大呼："不好，真厉害也！马上将军，饶恕小将，休得动手！"狄爷冷笑曰："尔今要钱钞、马匹否？"焦廷贵曰："不要了，让尔去罢。"狄爷曰："与本官速速送来路途钱，好待趱程。"焦廷贵曰："吾既不要尔的钱、马，尔反讨我的路钱，有此情理否？"狄爷曰："没有钱钞送上，定然不去。"焦廷贵曰："吾不知尔这俊俏人如此厉害，如今果没有钱钞携来送尔。"狄爷曰："既无钱相送，且将一件东西抵押，我就趱程了。"焦廷贵曰："没有一件东西。也罢，且将头盔、铠甲奉送尔如何？"狄爷曰："不要。"焦廷贵曰："短朴刀、铁狼棍送尔罢。"狄爷曰："要他没用处，焉抵得尔身上的好东西？"焦廷贵曰："这不要，那没用，难道我身边好东西是鸡巴么？尔要急用也？"狄青微笑曰："非要你鸡巴急用，只要尔的脑袋也。"焦廷贵曰："这家伙实乃奉送不得。"狄爷曰："这也何难，只消本官一刀砍下了。"焦廷贵曰："这实难送的东西，倘拿下送尔，教吾拿什么物件饮食？"狄爷喝曰："既不肯将脑袋相送，本官伙伴强蛮了。"提起金刀，光辉灿灿，正要砍下，焦廷贵慌张得着急了，高声喊曰："尔这人，不要错认吾为强盗，我乃三关上杨元帅麾下焦先锋。尔若杀我焦廷贵，杨元帅要与尔讨命也。"

当下狄青听了此言，暗想：边关闻有焦廷贵，乃是当初焦赞裔孙。想他既为边关将士，为何做此非歹之事？即言曰："尔既乃杨元帅帐下先锋，缘何在此做此勾当？莫非尔贪生畏死，假冒焦先锋么？"焦廷贵曰："哪里话来，吾乃一个硬直汉，哪有假冒别人姓名。"狄青曰："既非假冒，乃为焦先锋，应当在关中司职，缘何反在于此劫掠，这是何解？"焦廷贵曰："吾奉元帅将令，催取狄钦差军衣。只为关中众兵急需此物，限期已满，还不见军衣到关。吾也限午刻回关缴令，跑近此山，见此匹坐骑生得异常，意欲劫回关中，送与元帅乘坐。此是实言。"狄爷曰："尔元帅差来催取征衣么？本官乃正解狄青也。"焦廷贵厉声喝曰:“尔何等之人,胆敢冒认钦命大臣,罪该万死!”狄爷笑曰:“一钦差官有什么希罕,何必冒认起来?”焦廷贵曰:“尔既是狄钦差,缘何一人一骑的耍乐?征衣不见,何也?”狄爷言:“现扎屯前途,不出二十里外,在于荒郊中。”焦廷贵听了,大笑不已。狄爷曰:“尔发此大笑是何缘故?”焦廷贵只是笑而不言。狄爷曰:“尔这人莫非疯癫呆的么?”焦廷贵曰:“吾虽则半癫半呆,只是尔管的征衣尽数失去了。”狄爷闻言着惊而言曰:“果也应了老僧之言了。”焦廷贵还在那大笑不休。狄爷呼道:“焦将军,尔既知军衣失去,必知失去哪个地头所在。”焦廷贵曰:“尔跟寻失却的所在,莫非要吾赔还尔么?”狄爷曰:“非也,只要焦将军言明失却在哪方,吾自有道理。”焦廷贵曰:“失在大狼山赞天王贼营里边。只是朝廷差汝督解军衣,应该小心防守,怎么尽数失了,反来诘问于我?还不割下脑袋来见元帅。”狄爷曰:“失去征衣,原是下官疏失。既然尽失落大狼山,吾即单枪匹马,立刻讨取回,岂惧贼将强狠?倘若缺少一件,也不希罕。”焦廷贵曰:“尔这人正是癫呆的了,管守也管不牢,还说此妄言。单枪匹马取回,尔今在此做梦么?况大狼山赞天王、子牙猜、大小孟洋五将,英雄无敌,且具十万精兵,屡称劲敌。杨元帅血战多年,尚难取胜,尔这人身长不过七尺耳,一人一骑,不要说与他交锋,被他一唾液也灌淹倒,尔休得痴心妄想。尔若知识权变者,早些听吾好言妙语,不过逃之夭夭。待吾回关禀明元帅,只说强盗劫去征衣,杀了钦差。尔便遁回去,隐姓埋名,休思出仕,以毕天年,方保得吃饭东西。”

狄爷听了此言,不觉动恼,双眉一皱,二目圆睁,呼道:“焦将军非得将本官小视也。但吾非惧怯赞天王等强狠,十万精兵劲敌。吾自有翻山手段,管教他马倒人亡,才算得吾狄青平生本领。”焦廷贵曰:“吾今听尔说此荒唐之言,真乃要到河边洗耳不堪听的。”狄青曰:“焦将军,难道尔不知么?”焦廷贵曰:“岂有不知。固知尔是太后娘娘嫡嫡内亲,但太后的势头压不倒西戎兵将。”狄爷喝声:“胡说,谁将势头来压制贼帅!但本官在京刀劈王提督,力降狂驹马,赫赫扬名,谁人不晓?今宵定必伤了赞天王,单刀一骑,翻扰十万西兵。”焦廷贵曰:“倘尔杀不得赞天王,讨不转征衣,那时一溜烟走了，教吾老焦那处去寻？实准信不得汝。”狄爷曰：“吾亦不与尔斗唇弄舌，倘杀不得赞天王，愿将首级送尔回关缴令。倘吾讨取回征衣，焦将军愿在元帅跟前与下官讨个情，将功折罪，可允准否？并不知大狼山在于哪方，还要动劳尔指引。”焦廷贵曰：“尔果也收除得西夏将兵，即征衣失去，元帅也不敢责罪了。大狼山路程小将更为熟认，如今不必多言，就此去罢。”说完，拾起铁棍，踩开大步而走。一对飞毛腿，跑捷不弱于狄青现月龙驹。

又说明，别位正人说来的言辞自然清清楚楚，那焦廷贵是个痴呆莽汉，言来七不答八，驴头不对马嘴。方才李义说明被磨盘山强盗劫去征衣，是有凭有据的实事，他并不提起，反说征衣现在大狼山赞天王营中，此是焦廷贵见磨盘山放火烧尽，是他猜疑测度，反当作真实为据的。今幸果然猜测准了，反助着狄青立下战功，这实乃出于意外也。当日二人迅速行程，已有数里，前面燕子河阻隔了前程，没有船筏可渡。若直河而走，只得五里之遥，倘沿河周围而走，却有十多里。狄爷勒马，二人商量，只得沿绕河边而走。幸喜龙驹跑走得快捷，焦廷贵两腿如飞赶进，一连跑走十里多，其时日交巳刻了，相近大狼山不远。又只见远远一座高耸巍峨山，连天相接，密密刀枪如雪布，层层旗旛似云铺。又闻吹动胡笳一遍，声音嘹亮。有巡哨的巴都军，四山巡逻；许多偏将，驰骋飞奔。狄爷看罢，呼声：“焦将军，前面这座高山，一派旗旛招展，莫非即大狼山也么？”焦廷贵曰：“正是，只恐尔今见了此座山，魂魄也倾消了，还敢前往对垒争锋否？”不知狄青如何答话，到山讨战不晓胜败怎分，且看下回分解。

第三十一回　匹马力剿强虎寨　单刀倒搅大狼山

诗曰：

一出惊人大将材，单刀匹马疾如雷。

沙场破敌功魁首，名表凌烟凤阁台。

当下焦廷贵正讥诮着，狄青言："焦将军休得多言。尔且看下官往讨转征衣回来，才见吾言非谬说也。"焦廷贵曰："尔一人果杀得赞天王，讨取得回征衣，算得尔仙人手段了。但吾不能帮助尔的，只好远远在此旷野之中等候尔。"狄青诺允，一连打马三鞭，飞跑到半山中，高声大喊："西戎奴才的叛贼赞天王，抢掠了征衣，速速送还，万事干休。不出会战，本官即杀上山来了！"早有巡哨军进寨报知。

是日，赞天王、众将同在帅堂吃酒畅乐，吹番笛，唱番歌，一片胡笳声彻响亮。闹庆之际，见小番进来跪报："有山下一小将，单刀独骑，十分猖狂，痛骂要讨取回征衣，必要与大王会阵，如无将士出马，他即杀上山来了。请定裁。"赞天王曰："有多大本领的宋将，如此狂言？他若讨取回征衣，且还他便了，这些军衣一些也用不着。"子牙猜曰："不可。吾自兴兵以来，一向强狠，威名远扬，何曾畏怯？岂可一朝怯弱，还他征衣？"赞天王曰："孤这里众兵，一衣也不合用，还了他原无损益的。"子牙猜曰："大王若将征衣还他，不但我人人之耻辱，而且敌人只言我等惧战，畏怯了他，断然还不得征衣的。"言未了，又闻报："山下小将自称解官狄青，必要与大王见个高低，若再延迟，他就杀上山来。"赞天王曰："宋将如此猖狂，必要与孤家出敌，可恼！可恼！传左右，抬过兵器盔甲。"这赞天王生来面似乌金，两道板眉，豹头虎额，凛凛神威；朱砂狮子鼻，口阔唇方；长拖两耳，眼珠碧绿而圆；颏下花黑，半如灰色；长大身躯，一丈二尺；声如巨雷。他的本来面目无人晓，乃圣帝跟前一大龟化生也。穿挂上镔铁金铠盔，手持流金铛，骑上乌骓马，不异金刚神汉，乃西夏国首领英雄。赞天王想来，孤屡日沙场未逢敌手，这狄青单刀独骑杀来，取他首级，不费吹毛之力。如若多带兵丁去杀了他一人，反被宋人言吾领众欺寡了。故赞天王不带一卒，拍马加鞭，一声炮响，冲下山坡。子牙猜、大小孟洋出至山峰观看。

赞天王跑出山前，高持流金铛，大喝："宋朝来的无名小卒，有多大本领，敢来大虫额上抹汗么？速速回马，保全性命。"狄爷大喝："番奴休得无礼！吾乃大宋天子驾前官居九门提督狄青也。吾金刀之下，不斩无名弱将，快通上姓名。"赞天王曰："孤乃西夏王御弟，今奉命为监军总管赞天王也。"狄爷大喝："叛贼畜生！还不知我主嘉祐君王乃仁德之君，文忠武勇。屡次姑宽，岂道由尔逞强。吾主以惜悯生民为心，故略不行征伐，是尔造化。今又胆大，将本官数十万军衣劫掠，今日断难容尔狗命。"赞天王喝声："狄青休得妄夸大言。孤自兴兵七八载，百战百胜。杨宗保尚且不敢出敌，尔乃黄毛未退的小儿，休来送死。况我国自唐末时已世胄称王，今日兵雄将勇，取尔大宋江山易如反掌。且吃吾一刀！"言未了，一铛打来，狄青金刀豪光闪闪的挑开。若问赞天王身高一丈二尺，而狄青七尺之躯，虽则龙马高大，然比之赞天王矮了三尺多。他虽是王禅老祖门徒，仙传刀法，技艺精通，然赞天王功力很大。当时狄青与他兵刃交锋七八回合，觉得两臂酸麻，难以抵敌。斯时欲败而不可败，欲战又不能战。

这焦廷贵在旷野中探出头一瞧，高声大喊："大狼山翻不转，赞天王杀不成，军衣讨不还，流金铛挡不过了！"这几言送到狄青耳边，激恼他只得拖刀败走。赞天王拍马而追，狄青想来，圣帝赠吾的法宝，今日危急之际，不免试用起来罢。勒住马缰，急向囊中取出七星箭一支，呼声"无量寿佛"，登时祭起一道金光，飞绕空中。赞天王眼晕神乱，兵刃低垂。七星小箭犹如流星一般，嗖嗖声音。廷贵大呼曰："好个戏法来了！"只听得空中一响，宝箭飞溜下来，金光四射，向赞天王头盔心射下，复飞起空中。此时赞天王痛得难挨，自马上翻身跌下。

焦廷贵一见，即要动强蛮，飞步赶上，拔出腰刀，将头砍下，扼发束系在铁棍上，踏扁铜盔，收藏怀内。狄青手一招，收回七星箭。焦廷贵好生喜悦言："不想尔有此妙戏法来弄倒了赞天王，这等看起来，打破大狼山却是容易了。"狄爷曰："焦将军，且收拾番奴首级。"焦廷贵曰："然也。但见此宝贝西瓜灯一般，狄钦差，尔云好看也否？"

当日箭杀赞天王，龟将先归真武殿，只邀蛇将其成双。焦廷贵曰："且再收除了子牙猜，夺还征衣，攻破大狼山，回见元帅缴令罢。"狄爷允诺，大呼曰："子牙猜，吾狄青在此，速将征衣献还，卷戈投顺，便饶尔等狗命。若再延迟，吾即杀进山中，不饶一卒！"有子牙猜番将，见赞天王被他杀翻下马，大惊言曰："不好！"番兵扛至铁铠，即刻上马，提持兵器。

这子牙猜生得面方而长，淡淡青色；浓眉高竖，两耳兜风；阔额与大鼻相连，颏下根根赤短须；身高一丈余，膂力在赞天王之次。手执金楂槊，一丈八尺，十分沉重。乘上一匹追云豹，凶恶狠狠。他自言："二狼主尚且被伤了，要小心些防备乃可。"即带领一万番兵，一声炮响，飞杀下山来。大喝："小小宋将，本事低微，用此邪术伤人，有何希罕？"狄青大喝："番奴可是子牙猜么？"番将喝曰："既知本先锋大名，还不献上首级？还敢多言猖獗，且看金楂槊。"当头打来。狄青大刀急架相迎。又论子牙猜之力虽则次于赞天王，然而力强于狄青。

当日二员猛将尔一刀我一槊，杀得征尘四起。番兵喊杀声如雷，正要杀上前帮助，焦廷贵大呼："不要群战，再变一套戏法，又好割脑袋。"狄青杀得看看抵敌不住，虽然未闻焦廷贵之言，然而却有此意。左手架槊，右手向怀中取出金面牌，戴上念声"无量寿佛"。焦廷贵笑曰："如今不弄戏法，竟在此演剧耍戏了。狄钦差乃趣人也。"有子牙猜见了此法宝，登时晕了，目定睁睁，手足低垂了，金楂槊跌于地中。只听得半空中一声响亮，一阵霞光，子牙猜喊呼一声，七窍血流，直僵僵的翻于马下。狄青一刀枭去首级。焦廷贵大悦，笑曰："妙！妙！戏文做得果然高。"又见一万番兵吓得四散奔逃，狄青二人不赶。

焦廷贵又将首级束发绑于棍上，大呼："首级卖银子，五两一颗，两颗只取十两，是贱货而售。"狄青暗暗发笑："世间有此痴呆的东西也！”焦廷贵仍踏扁头盔，塞于怀中，呼：“狄大人，已经收拾了二凶狠之将，余不足介意，快些攻散山上番蛮将兵，得征衣转回。”狄青收回宝牌，大呼：“杀不尽的番奴，有多少，须速下山来，会吾祭刀！”有大、小孟洋，吓得骇然不定，登时提刀上马，尽领十万戎兵、众副将，杀下山来，犹如山崩海倒一般，将狄青团团围困，喊杀连天。狄青虽然武艺精通，但数千员番将、十万戎兵，非同小可。狄青飞动大刀，连杀番兵数百人。无奈兵多拥挤不能杀出。焦廷贵速速瞧见势头不妙，挑起两颗首级，如飞跑走，要回边关报告元帅，添兵帮助。此话慢提。

却说两牛力量英雄将，初出交锋被敌欺。密密刀枪围狄青于中，左冲右踩，杀得血染征袍，人头满地。众番将坠马者亦不少，故众兵亦不敢逼近他马前。又复言狄青现月驹，乃一临凡龙马，所以特异于寻常，一灵不泯，当日大叫，嘶唎一声，吓得众偏将与两孟洋的凡马儿纷纷跌扑，有缩跑数十步，反将众兵踩踏死者甚多。狄青趁此持大刀急劈，杀出重围而去。两孟洋、众将多吓一惊，言：“狄青这匹马，分明是马祖宗也。”只得吩咐小番将二个尸骸抬上山头，着令牛健弟兄好生成殓，保守山寨。即带领十万兵到八卦山，去见伍大元帅，待他尽起大军，与杨宗保算账，并拿狄青。当日一路旗旛招展，往八卦山而去。大狼山单剩两牛弟兄，一万喽罗兵把守，按下慢题。

再言狄青杀出重围跑走下山，不见番兵来追赶，放心住了马。想来戎兵众盛，一人难以讨取征衣。息憩一会，又见大队军马往后山远远去了，不知何故，即拍马又奔上山峰顶，大喝：“番奴，还不送转征衣，必要杀尽罄才送么？”正在痛骂，牛健弟兄觉得惊慌，吩咐一万小兵放箭。狄青正讨债间，只见箭如飞蝗骤雨纷纷射来，将金刀舞动，纷纷撇下山中，一枝也近不着他。但此时十月中，天日迅速，早已是黄昏天了。狄青想来，日已沉西，今天料难讨还得征衣，不免回营，明日再来讨索便了。

慢语狄青回营。先说焦廷贵棍上挑了两颗首级，喜色洋洋来到燕子河旁，绕河边而走。这焦廷贵虽然步走快谏，然绕河边而走，将有二十里，跑到五云汛上，已是初更了。十三夜，月色光辉如画。一路想来，到得关中，请到元帅救兵不及，狄钦差胜负已见，死活已分。不走了，连回关也无用枉力的，不免先到五云汛上李守备衙中，不忧这官儿不请我焦老爷吃个大饱醉，况腹中已饥乏太甚。想罢，转向五云汛来。但只见守备衙门关闭了，只有巡哨兵丁在此敲梆打报更筹。

已是一更天，一双守备府灯笼点起光辉。焦廷贵到了府门前，大呼小叫，将门犹如擂鼓。大喝："门上有人在么？快些教李守备出来迎接吾焦将军！"当下惊动了把首门兵，跑出一瞧，只见一位黑脸将军手持腰刀，铁棍上挑着两个人头，鲜血淋漓，好不害怕。不敢怠慢，呼声："此位哪里来的？到此何事相商？"焦廷贵喝声："瞎目的王巴！吾乃边关杨大元帅帐前先锋焦老爷，多不认得么？"这兵丁听了，吓惊了不小，即忙下跪，言："小役不知将军爷驾到，望乞宽容免罪。"焦廷贵曰："吾又不来杀尔，又不罪尔，为何这等畏惧？好不生胆子之人。只这两颗人头要贱卖的，如今卖不去，速唤李守备出来买了。"这小兵诺诺而去，一重一重门的叩开。有丫头传进话来，李成听了大惊，忙与沈氏奶奶酌议言："边关这焦廷贵，呆头呆脑，不知那里将人杀害，拿人头来强卖诈银子。若不将他招接，必有是非寻扰。"李守备妻沈氏，虽乃一妇人，然有些胆识。他胞兄沈国清，在朝现为西台御使，拜在庞洪门下，也是不法奸臣。李守备单生一子，沈氏所出，名唤李岱，父子同守五云汛。这李岱年登二十，习学武艺，目下已为千总武职。当下沈氏听了，笑曰："老爷休得惧怯，这焦先锋将人头发卖，无非借端强取些东西。"李成曰："他若要我的财帛，这就难了。"沈氏曰："他是上司，老爷是下属，上司到来，理当接迎，如彼来，若要财帛，汝原说吾是穷乏小武员，实难孝敬。又闻得此人是位贪杯之客，汝且请他食个饱醉兼全，管教他拿了人头，远远别方去发利市，也未可知。"当夜不知李成如何打发焦廷贵出衙，且看下回分解。

第三十二回 贪酒英雄遭毒害 冒功奸辈设谋狠

诗曰：

生死机关定数排，人谋枉尔用心歪。

祸淫福善循还理，天视分明报应佳。

当下李成听了沈氏之言，大喜言："贤妻高见不差。"即整衣冠出至府堂，言："不知焦将军夜深到来，迎接不周，卑职多多有罪。且请将军至中堂坐如何？"焦廷贵道："李守备，这两颗脑袋尔可认得么？"李成曰："实认不得来。"焦廷贵曰："尔真乃一名冒失鬼了。与吾拿此宝贝去罢。"李成允答，双手接过铁棍，背了人头，曰："焦将军请进来。"

当时焦廷贵进至内堂坐下，喧喊啾啾道："李守备，比言上宪到来尔衙内中，孝敬东西该当送否？"李成曰："该当敬送的。"焦廷贵曰："吾今亲自到此，说什么周与不周的接迎，只明欺我的。好生胆子，想尔颈上多生一颗头么？"李成曰："焦将军请息怒。如若将军常常到惯的，自然不时伺候。况并夜深时，将军密地而来，卑职果于不知，伏惟谅请宽恕。"焦廷贵曰："也罢，尔既出于不知，不来多较。但吾今夜杀尽大狼山敌人，如今要转回三关，尚有百里多，未带得盘费，进不得酒肆，是以将两颗首级售于尔，速将盘费拿出来。"当日焦廷贵对李成说此蛮话，无非希图些酒食。李成心中明白，想来他说什么杀尽大狼山，我想大狼山兵雄将勇，如此东西焉有此手段？这两颗首级不知哪个倒运的被他杀了，在我跟前夸张恐吓。即道："焦将军，尔只一身，又无坐骑，怎说杀尽大狼山？莫非哄我的？"焦廷贵曰："好个不明白的李守备！尔岂闻将在谋而不在勇，兵贵精而不贵多。为将者于军中队伍畏怯而退，乃庸懦之夫，非英雄将也。”李成曰：“大狼山赞天王、子牙猜、两孟洋五将，乃英雄盖世，更具十万雄兵，杨元帅尚且不能取胜，焦将军只得一人，如何杀得尽他将兵？”焦廷贵冷笑曰：“尔言吾杀不得西夏将兵么？这是赞天王的首级，此是子牙猜的脑袋，乃本先锋一手亲杀的，难道我偷盗抢掠的么？好个不识货的李守备也！”李成曰：“果然是焦将军亲手除此二巨寇，实乃可喜可贺，立此重大功劳。但不知怎杀法，求将军说明卑职知之。”焦廷贵曰：“不瞒尔，吾一箭射倒赞天王，割下首级，一朴刀砍死子牙猜，取他脑袋。杀得大小孟洋、十万夏兵四方奔散，杀得好爽快也。”李成曰：“请问将军，并无弓箭，如何射得赞天王？”焦廷贵喝曰：“以下属盘诘上司么？多管闲账也。”

李成应诺，不敢再问。焦廷贵曰：“两颗人头，吾要回关报功的，实不能卖送尔的。但吾既到此，尔是下属，今天怎生相待？”李成曰：“卑职是个穷小守备，实难孝敬，只好奉敬三杯美酒，聊表微诚，且权屈一宵也。”焦廷贵曰：“请我食酒么？也罢了，只酒要食得爽快，便不深求余外的别事了。”李成诺诺连声，进内与妻商量，言：“外厢焦廷贵说来箭伤赞天王、子牙猜，现有两颗首级在此，立此重大武功。吾今夜欲思谋死焦廷贵，明日拿首级往见杨元帅，与孩儿李岱冒了此功。待杨元帅奏知圣上，定然父子加封官爵，岂不留名于古的馨香么？”沈氏听罢大喜，道：“老爷好高见计谋也！”即时传与众丫环，往东厨安排酒馔。如今焦廷贵说话荒唐，哄着李成将功冒认，称己之能，岂知弄出天大祸事来。

当夜，守备立心冒此功劳，故将蒙汗药放在酒中。焦廷贵是个贪杯莽汉，见此美酒佳肴，大饮频嚼，食尽不休，食得东歪西倒，不一刻已遍身麻软了，动弹不得。李守备一见，满心大悦，始对儿子说明。李岱是个胆怯少年，听了说声：“爹爹，此事行不得的，还要商量才好。”李成曰：“吾主意已定，还用什么商量？”李岱曰：“爹爹，孩儿想，这焦廷贵乃是杨元帅麾下的先锋将，倘或果然杨元帅差他出敌，立了功劳，而今爹爹弄死他，前往冒功，元帅不准信，盘诘起来，登时对答不及，就要败露了。倘然机关一泄，此罪重大如天的。那时父子难逃军法，反惹人耻笑批谈。望爹爹参详乃可。”李成听了，冷笑曰：“孩儿，尔真乃一痴蠢呆人了。这是送来的礼物，焉有不受之理？吾与尔暗中杀了焦廷贵，神不知鬼不觉，拿了两颗首级到关，只言十三夜父子二人在汛巡查，只见赞天王、子牙猜在汛口上图奸百姓之妻，我父子不服，吾一箭射死赞天王，尔一刀了结子牙猜，故连夜拿了首级，特到辕门献功。杨元帅定然欢欣，自然申奏朝廷得知，稳稳一二品的前程了，强如做此守备微员，无人恭敬，千总官儿到老也贫穷。若问富贵荣华，谁人不想望的？”

当时李岱听了父亲之言，上梯一般的容易，其心已转，便曰：“爹爹，此事果做得周密便好。”李成曰：“有什么做不密？杀了焦廷贵，便放心大胆到三关去献功，轩轩昂做位大员，好不快意也。”李岱曰：“爹爹，既然如此，须要杀得焦廷贵暗密才好。”李成曰：“这也自然。”登时取上一条大绳，就将焦廷贵缚捆牢牢。李岱只是浑身抖振腾腾，李成曰：“不中用东西！这点点的小事，就发振抖？”李岱曰：“爹爹，这个勾当孩儿实在没有做惯，故弄不来的。”李成曰：“现现成成的一人杀不来，如何上阵打仗交锋？”李岱曰：“爹爹，所以孩儿只好做一个千总官儿顽顽的。”李成曰：“如此，且闪开些，待吾来也。”李岱曰：“爹爹小心些，不要反被他杀了。”李成喝声：“休得多言！”即拿起尖刀磨刷，便道：“焦廷贵，不是吾今天无理心狠的，可进禄加官，谁人不想念的？今日杀了尔，休得怨着吾不仁。”正言语间，说：“奇了，为什么心也惊，胆也不定？不好了，因何两臂也酸麻起来？”李岱在旁自言，想我家爹爹有些硬嘴。曰：“爹爹为何不下手杀他？”当时李成走上前两步，不觉胆振心寒，莫言下手杀人，连刀也跌下地中央了。李岱叫道：“爹爹，何故呆呆不拾大刀？”李成曰：“我儿，且来帮助吾，一刻可成就此事。”李岱曰：“儿已有言在先，此事我实实弄不来的。”李成曰：“罢了，原是我来拿起刀，不觉手软发抖，又是跌下。想来莫非这焦廷贵不该刀上死，应该水上亡的不成？也罢，不免将他撂抛水中便了。”

又等候一时，已是三更候了。这李成恐防众人得知，事风泄漏，故待至夜静更深，丫环、家丁睡去，外面兵丁人人睡熟。故焦廷贵如何被害，无人得知，单有守门的王龙晓得他放进了焦先锋，即闭回府门。当时李成父子二人取到棍索，将焦廷贵扛抬起，出了府门外，沈氏将门关闩闭回。父子趁着月明下，一路匆匆而走。沈氏府中等候父子回来，思量今夜害了焦廷贵，决无人知觉。明日父子辕门报此大功，杨元帅定然喜悦，差官回朝，奏知圣上，岂不加官封爵？奴随夫封赠，好不荣光。

慢言沈氏胡乱思量。却说李成父子急忙忙扛了焦廷贵，李岱道："爹爹，将他抛在哪里？"李成曰："且到燕子河送他下去。"李岱曰："前面有山，山中有水窖，抛他下去，纵使淹灌不死，也寒冻死他。"李成曰："此算倒也不差。"二人扛抬至前山。但这水窖，月光照下，乌光灿灿，深有丈余，还不知水之浅深，即将焦廷贵抛下，父子二人转回。岂期失手，连铁棍也跌下去。后来焦廷贵赖以不死，是人之奸谋断不能越于定数之外。故李岱不欲杀害，李成欲杀害而不能下手。不撂抛燕子河反投水窖中，又连铁棍丢下，有许多周折，实焦廷贵不该绝命，天使其灵之故也。当时父子欢然跑归，仍是一轮明月当空。不贤沈氏正在等候，且喜父子回来，进内仍闭上府门。内有余馔，夫妻、父子吃过数盅，李成曰："夫人，这段事情神不知、鬼不觉，吾与孩儿拿了首级，连夜到关去献功的。"沈氏曰："老爷，如此速些登程乃妙。"当夜，李成拿了赞天王首级，李岱持了子牙猜脑袋，二人上马出府，沈氏闭门安息。

话分两头，慢语沈氏，休表李成。却说狄钦差杀出重围，拍马飞程来到燕子河边，已是月色澄辉。当狄青到了燕子河时，乃焦廷贵进守备衙的时候，故一口难提二话。当有燕子河隔五云汛有十里程途。是日，狄钦差下得大狼山，已不见了焦廷贵，一到河边，方才想起焦廷贵，言："从河面过，仅得四五里，绕河边走，倒有十五六里。如何是好？"只因已有一更时候，心急意忙，要赶回营中，但大水汪洋，无船筏载渡，正要沿河跑走。加上几鞭，岂料现月驹闻言，站立不动。狄青言："奇了，莫非龙驹思渡水不成？"不意此马点头三搭，前蹄一低，后腿一纵，嘶唎一声，正要飘下河中。狄青紧紧扣定丝缰言："马啊，下不得水也。倘被淹灌，尔我不能活命了。"此马闻言，倍加纵跳，嘶唎之声不绝，早已飞奔于浪波了。狄青紧挽丝缰，扣不定，身不由主，只得随马下水。但见此马发开四蹄，蹈水面犹如平地。月照河中，马蹄濯水，金光灿烂。狄青初时也觉怯些，及至半里，不觉大悦，笑曰：“妙！妙！此马世所希罕了，能浮水面，是奇见也。但是吾在南清宫降伏，尔出身原乃金龙，化成匹马的，故乃善伏水性。”当时半刻，已将狄青渡过燕子河，趁着月光，一程跑过数十个山冈。一到了荒郊大营扎屯之所，高声呼曰：“张忠、李义二位贤弟可在么？”

当晚张忠、李义与继英找寻不遇狄爷，三人正在烦恼。征衣被劫去，又寻找狄青不遇，粮草又经劫尽，与着三千军兵人人受饥。忽闻呼张李贤弟之声，人也到了营中来。三人齐呼曰：“狄老爷虽然回来了，但征衣已被抢劫完。”狄爷言：“吾已得知了，粮、草、马匹齐全，尽罄的。”狄爷又曰：“此乃小事也。”又问继英缘何得到此方。继英见问，将逃出相府后事一一说知，又要叩头。狄爷不许，连忙下马扶起。继英接金刀，带过马匹，交付小军去了。张忠、李义曰：“狄哥哥，尔果好，往寻地头安顿征衣，一去日夜不见回来，却被磨盘山强盗劫抢了征衣，连夜放火烧山，逃遁而去，如今只剩下一座空营寨的。看尔如何到得三关，交卸复命得杨元帅？”狄爷曰：“贤弟，征衣失去也不妨，乃小事的。”张、李曰：“失了征衣还是小事？必要失了江山才算大事不成？”狄爷曰：“贤弟不知其详。征衣虽然被劫去，今日立了大战功，杀赞天王、子牙猜、杀散十万西兵，到关也可将功赎罪了。”张忠曰：“哥哥愈觉荒唐了。赞天王、子牙猜英雄盖世，杨元帅尚且不能取胜，汝虽乃员虎将，到底一人一骑，他有十万雄兵，又闻精锐，哪里杀得过，杀散他兵？休得哄着我们的。”狄爷曰：“贤弟，吾非谬言哄你们。”即将报恩寺内得遇老僧人，赠了偈言，路遇焦廷贵，方知磨盘山的强盗劫去征衣，献上大狼山；即单刀匹马与焦廷贵到了大狼山，箭除赞天王，金面牌收拾了子牙猜，细细说明。李义曰：“哥哥，尔既收除得二贼首雄，也该割下他两个首级，前往三关献功。难道无凭无据，杨元帅便准信了？”不知狄青如何答说，如何到关，且看下回分解。

第三十三回 守备冒功奔报急 钦差违限趱程忙

诗曰：

行险奸徒冒大功，生成狠毒立心凶。

只图自富行残忍，不畏苍天听视聪。

话说狄青闻李义之言，即道："贤弟，这两颗首级是焦廷贵取下，难道他没有到营中？"李义曰："并未有一人到此。"张忠曰："不好了！焦廷贵拿首级回关冒此功劳也。"狄爷曰："不妨，此人是杨元帅的先锋，乃硬直莽汉，决非冒功之辈。"继英曰："谅他先回关通信息，杨元帅也是理论不得。"狄爷又诘继英："方才尔言孙云有书与强盗，劫去征衣。但不知此人是怎生来历，要害我们？"继英曰："小人自逃离相府，与庞兴、庞福同到天盖山落草存身。不料二人残杀良人，吾为劝言相失，与二人分伙。偶到磨盘山，又与牛健弟兄结拜为盗。不想孙兵部之弟名孙云，将金宝相送，打劫征衣，要害主人。吾即再三相劝，二人不允，只得反面分了手。意定下山通个信息与主人，不料心急意忙走差路途，未到营中，征衣已失。如今既立了大战功劳，失去征衣之罪可赎，不须在此耽搁，趁此天色已亮，即可动身。"狄爷听了曰："尔言有理。"李义又将遇见孙云强抢妇人，吾二人搭救了，一一说明。复言："可恨这奴才，又通连两名狗强盗，将征衣粮草尽罄齐劫，弄得我们众人受饥抵寒，好闷人也！"狄爷言："我们彼此一般。"张忠曰："身为大将，挨饥一天二日，有什么难挨的！"李义曰："又只苦众军兵同饥寒趱路也。"张忠曰："一到关中，即用膳了。"狄青又理论孙云抢劫妇女，又串强盗劫征衣，理应擒拿定罪。但无实据，并今趱程在即，不能即办，暂且丢开。计程急走，明日到关，过限期五天。幸圣上外加恩限，多五日限，明日到关，实过期一天。即日拔寨，狄爷上了龙驹，张忠、李义、继英三人同上坐驹而行。三千兵丁，人饥马渴的，同赶趱三关，按下慢言。

先说李成、李岱拿了两颗首级，是夜趁着月光，一程飞跑，到得三关，已是巳时候。父子下马，早有关上的游击、参将、千百把总多少官员诘询曰："尔是五云汛的守备李成、千总李岱？"二人称是。参将曰："尔父子离水汛而来，到此何干？这两颗大大人头哪里得来？"李成曰："卑职父子射杀赞天王、子牙猜，此两凶将的脑袋，特来元帅帐前献功。"众武员听了，又惊又喜，说："妙！妙！能员的李成，英勇的李岱。"二人称言："不敢当！"中军官言："尔且在此伺候着。"父子应允。

又表杨元帅是日正用过早膳已毕，坐于中军堂帐，浩气岩岩，威严凛凛。左有尚书范仲淹，右有铁臂老将军杨青，下面还有文武官员，分列左右。杨元帅开言道："范大人，想这狄青为钦命督解官，征衣期限三十天，已蒙圣上多限五天，今天十五，尚未到，想他仗着王亲势头，故耽延日期。他若到时不即处斩，难正军法了。"范爷道："元帅，这狄钦差倘或不是王亲，只故意怠惰延运，也未可知。他乃朝廷内戚，岂故延程，以伤圣上边兵？元帅明见参详。"杨青老将曰："解官未到，只算他故意耽延，即迟到一天，不过打二十军棍，何至于斩首？元帅的军法过于太严了。"遂冷笑数声。元帅想来，范、杨二人因何帮助着狄青？莫非狄青先已通个关节？又莫非二人已趋奉着当今太后娘娘也？乃言："杨将军、范大人，如若狄青心存为国，惜念众军冻寒之苦，还该早日到关。如今限期已过，况大寒雪霜天，众军苦寒，倘遭寒死，此关如何保守？"范爷曰："关中苦寒，未为惨烈；他在途中跑走，迎冒风霜，倍加苦楚。"杨青曰："如若要杀狄钦差，须先斩焦廷贵。"元帅曰："焦廷贵不过催趱之人，怎的牵罪于他？"杨青曰："元帅限他十四午时缴令，今日十五，还未回关，此乃故违军令，应该正军法处斩的。"杨元帅听了，默默不语。

正在沉想之间，忽见禀事中军跪倒帐前："启上元帅公爷，今有五云汛守备李成、千总李岱，同到辕门求见帅爷。"元帅曰："他二人乃守汛官儿，怎敢无令擅离汛地？又非有什么紧急军情来见本帅，与吾绑进来。”中军官言:“启上元帅爷,那李成、李岱有莫大之功,特来报献。”元帅曰:“他二人又不能行军厮杀,本帅又不差他去打仗交锋,有何功劳可报,何功劳可立?”中军启禀:“元帅爷,这李成言箭射赞天王,李岱杀却子牙猜,现有两颗首级带至关前,求见元帅爷。”元帅曰:“有此奇事也?有此事,实乃可喜。传他二人进见。”范爷听了,微笑道:“元帅,吾想他父子二人毫无智勇,如何将此二奸雄收除得?此事实有跷蹊动疑。”杨青曰:“如此听来,是被鬼弄迷了,元帅休得轻信他。这该死的狗官儿,将吾辈欺负,好生可恶。”元帅曰:“范大人、杨将军且慢动恼,若言此事,本帅原是不准信的。但想李成父子若无此事,也不敢轻妄来报,况且现有首级拿来,那赞天王、子牙猜面容岂无识认?且待他父子进来,将两首级一瞧,可明白了。”

当时父子二人进至帅堂,双双下跪,称:“元帅爷在上,五云汛守备李成、千总李岱参谒叩见。只因卑职父子箭杀赞天王,刀劈子牙猜,有首级两颗呈上。”元帅当时令左右两边提近,还是血滴淋漓。元帅细细认来,点首面向东西叫道:“范大人、老将军,看来两颗首级果也赞天王、子牙猜的,请二位看明是否。”二人细认来,言曰:“果是不差了。不信李成父子一向无能,今日如何强在一朝?”范爷道:“元帅,那首级虽然是两贼首的,但不知李成父子怎样取来也,须问询个明白。”元帅曰:“这也自然。”又发令将两颗首级辕门号令,觉得人人害怕,个个惊寒。

当下元帅问道:“李成,尔父子两人有多大本领,能收拾得此二雄?须将实情由言明本帅得知。”李成曰:“帅爷听禀:前天,卑职父子同在汛地巡查,已是二更天时候,只见二人身高体胖,踏雪步月而来,吃酒醺醉沉沉,并无械器护身。询诘卑职,此地头有姿色妓女如何。当时吾父子见他不是中原人声音,即动问他姓名。这黑脸大汉自言是赞天王,紫面的是子牙猜。卑职父子见他二人已经醉了,吾即发一箭,射倒赞天王,儿子李岱顺刀劈下了结子牙猜。将二首级割下,今到元帅帐前请功。”当时倘李成言在阵场中交战立功,自然众人不准信。他言是夜深了,二人趁他酒醉,无人保护,手无兵器,趁此出其无意中下手,说得理可凭。当是时,杨元帅、范爷、杨青俱已准信为真了，一同出位言曰："此乃贤乔梓莫大之功也。本帅之幸，国家宁靖可赖了，且请起。"李成曰："元帅、范大人、老将军，吾父子毫无所能，全仗天子洪福齐天，元帅雄威显著，是以二凶狠自投罗网而来。卑职父子偶然侥幸，何蒙元帅如此抬举，实为惶恐也。"元帅欣然扶起李成，礼部范爷扶起李岱，此番乐杀两愚夫。父子二人起来，曲背垂头。元帅吩咐摆下两个座位，父子连称："不敢当此座位。"元帅再三命坐，范、杨二人亦命坐。李成、李岱只得告罪坐位。帅堂上吃过献茶，元帅又吩咐备酒筵贺功。元帅曰："难得贤乔梓除此二凶狠，大小孟洋即不介怀也。待本帅申奏朝廷，贤乔梓定有赏功，重爵荣封了。本帅先奉敬一杯，以贺将来。"李成、李岱曰："元帅爷虽有此美意，但卑职断然当不起的。"

当日帅堂排开酒宴，李成父子正食得兴阑，忽闻报进狄王亲钦命官，解送至三十万军衣，现有批文呈上元帅。将批文拆开，上填三十万军衣，九月初九在汴京发进，圣上加恩限期多此五天，算今天十五也，算过限期一天。元帅吩咐："将狄钦差捆绑进。"范爷道："元帅，狄钦差此刻到关，也算差得半天。且念他风霜雪雨劳徒，该应免绑才是。"杨老将军也言曰："元帅须要谅情些。护载数百辆车、三十万征衣，途中霏霏雨雪难行，昨天不到，今日方来，虽说过了限期，不过差得几个时刻，便要绑进钦差，元帅太觉无情了。"元帅想来：尔二人受了狄青贿赂，所以屡次帮衬于他。便曰："既然如此，免绑。有劳二位大人出关，点明征衣，倘差失一件，仍要取罪。"二人言："领命。"一同出关外。

范爷东边立着，杨将军西首拱立。开言曰："足下是钦差狄王亲否？"狄爷曰："不敢当。晚生辈狄青也。请问大人尊官？"范爷曰："下官礼部范仲淹也。"狄爷曰："原来范大人，多多失敬了。"深深打拱，向锦囊中取出待制书一封，双手递过范爷，言曰："此书乃待制包大人命晚生送与大人。"范爷接转曰："重劳王亲大人了。"狄爷曰："岂敢！当劳的。"此地不是看书之所，范爷将书藏于袖中。想来包年兄料得狄青在途中必耽误限期，要吾周全之意。又问曰："包年兄与各位王侯近来如何？"狄爷言："一一安康。"又向囊中取书一封，不想取杨青的书，连佘太君之书一同取出。狄爷也不敢藏回囊中，且揣于怀内。又向杨青打拱曰："此位老将军是何人？"杨青曰："某乃安西将军杨青也。"狄爷曰："原来杨老将军，失敬，多多有罪了！"连连打拱。杨青还礼。狄爷曰："吏部韩大人有书命晚生带送上。"打虎将军笑曰："原来韩乡亲不曾忘记我铁臂杨也。"此间不便开书，且揣于怀内。杨将军不问忠臣，反诘奸党："这些冯拯、丁谓、王钦若、吕夷简、陈尧叟、庞、孙一班奸党乌龟，近今如何？"狄爷曰："不要说来。一班奸佞倚势陷害忠良，如狼似虎，君子退贬，小人日进了。"范、杨二人叹咨一声："圣上原乃一明君，但终于仁慈，致奸臣胆大弄权，滔天焰势，可慨也！"范爷又曰："狄王亲，元帅如今正在着恼，只因天寒冻苦，征衣待用，理该及早到关。但限期在于昨天，今天方至，莫非尔果有意耽误延迟的？"狄青曰："范大人哪里话来？晚生辈虽则蒙昧少年，但岂不知天气严寒，征衣乃众将兵待用之物？况且仰承王命，焉敢故意延迟，以取罪戾？奈何路途上风雨雪霜，兵丁寒苦，难走程途，不得已停顿。如今延迟一天，不过止差半日。"范爷又询："征衣可是齐到了么？"狄青曰："齐到了，但现扎屯在大狼山。"范爷听了曰："是何言也？元帅委我们查点明征衣，方好给散众军人。如何汝反说停于大狼山？此是何解？"狄青曰："大人不用查检了，谅也不差错的。"范爷曰："休得闲谈，速命众兵押车辆到来，方好查点给众军。"狄爷曰："大人，这些征衣已经失去了。"范爷曰："怎么说失去的？"狄爷曰："被强盗抢劫去，解往大狼山。"范爷曰："抢去多少？"狄爷曰："三十万尽数抢劫去了，一件也不留存了。"范爷听罢高声说："不好了！如今是捆绑得成的。"杨将军曰："杀也杀得成了，有甚么理论说情的？快些走罢，勿来此混账，休得担搁，且走回朝中，不要在三关上作孤魂鬼。"不知狄青如何答话，被杨元帅执斩否，且看下书便知详细。

第三十四回　杨元帅怒失军衣　狄钦差追还功绩

诗曰：

一念贪图冒大功，机关败露法难容。

须知作善膺天眷，行恶奸徒定必凶。

当时杨青、范仲淹并曰："征衣既然尽失，须要逃走回朝，方得性命也。"狄青曰："二位大人，征衣虽然失去，明日定然讨还。"杨青曰："征衣失在大狼山，汝还想讨得回么？随口乱谈，休得多说，速些遁逃，没藏姓字，方保得头颅。"狄青道："二位大人，晚生既未讨回征衣，如立下一战功，可以抵消此罪否？"范爷曰："征衣尚然管不牢，被强徒劫去，还有什么大功来抵此重罪？"狄青曰："小将匹马单刀，杀上大狼山，已经箭杀赞天王，刀伤子牙猜，杀退西戎两孟洋。晚生虽然有罪，但此功可以抵偿，伏惟二位大人明鉴推详，引见杨元帅，待晚生领些军马，刻日讨回征衣。"范爷曰："缘何又是尔收除此二贼雄？吾却不准信。"杨青曰："口说无凭，哪人准信？由尔说出天花坠地，且自去见元帅，待尔分辩的。"

当下三人进关，杨、范二人踱至无人之处，将书折开。二人看毕，范爷曰："包年兄，若是狄钦差违了限期之罪，本部便能一力周全。无奈军衣尽失，除非代补赔了方得完善。"杨青也言："韩大人，军衣一失，重罪难宽，教我二人如何搭插帮助他？除非圣上有旨颁到方免，不是朝廷赦旨，哪人保得此罪？"当时二人将书收藏过。杨青曰："范大人，若在元帅跟前说明失了军衣之事，定然捆绑辕门号正军法了。"范爷曰："这也自然的。"杨青曰："且不要说明，待他自往分辩，我与尔见景生情，可以帮衬者帮衬，不可帮衬者，再行处置。范大人意下何如?”范爷曰:“老将军之言有理。”二人进至帅堂,杨元帅立起位,言曰:“二位大人,军衣可无差么? 查点得如此捷速也。”范、杨曰:“一一无差,值得甚事?”元帅曰:“二位大人且坐。”范爷曰:“元帅请坐。”当下又传狄青进见。

又复言明:前日焦廷贵说明狄青功劳,李成断然不敢冒此功,如今只因焦莽夫夸口,扯下弥天谎语;今又已将焦廷贵弄死,故放胆前来冒功,是死无对质了。父子二人只晓得是焦廷贵功劳,不知狄钦差功绩。当是时,狄青到了,李成、李岱全不介意,只顾扬扬然于帅堂侧吃酒爽快。想到元帅定然奏知圣上,父子加官进禄,好生荣华,岂不快哉! 乐哉! 古言:愚人作事愚,皆因不免个贪字,招取杀身之祸也。

当下狄青进见元帅,躬腰曲背呼声:“元帅,正解官狄青进见。”杨元帅见他的盔甲,乃是赵太祖之物,想这狄青虽是太后内戚,总为臣子,怎合用着先王太祖的遗物? 定然太后赐赠于他。又言:此副盔甲前已交代明白,狄青以臣下不当用王家之物,故太后另加照式造成一副,与侄儿所用,故今元帅认为太祖之物,心头颇有不悦。即起位立着拱手曰:“王亲大人休得多礼。”又问曰:“批文上副解官石郡马何在?”狄青曰:“启上元帅,只因副解官石郡马在于仁安县金亭驿中被妖魔摄去,未知下落。小将已有本章回朝启奏圣上。”元帅曰:“关中亦有文书到来。狄王亲,解送征衣限期十四日,如今十五了,及早该体恤众兵寒苦,即早些赶趱到关,交卸才是,为何违却限外而来? 本帅这里军法断不徇私,汝难道不知?”狄爷曰:“元帅听禀:小将既承王命,遵着军法森严,岂有不知。原要是日赶到关来交卸,并非偷安延缓日期。无奈中途霜雪严寒,雨水泥泞,人马难行,故违期一天,望元帅体谅姑宽。”范爷点头自语:“尔言之有理,只恐说出不好话来,就要动劳捆绑了,看尔如何招架?”元帅曰:“若依军法,还该得罪王亲大人。姑念数天雨雪阻隔,本帅从宽不较。”即呼统制孟定国,吩咐速将征衣散给众军。

孟将军得令,正要动身,范、杨摇首,暗言:“不好了! 不好了!”狄爷打拱告曰:“元帅且慢。”元帅曰:“却是为何?”狄爷曰:“征衣已失去,无从给散了。”元帅听罢,喝声:“胡说! 怎样说的?”狄爷曰:“征衣果然尽失了。”杨元帅登时大怒,案基一拍:“尔既管解三十万征衣,因何不小心?想必偷安懈怠。御标军衣,岂容失的?是欺君藐视本帅了!”喝令捆绑手,卸他盔甲,辕门斩首正法。两旁一声答应,刀斧手上前,跪参过元帅,如狼似虎,上前要动手捆绑钦差。这狄青两手东西拦开,道:“元帅!小将虽然失去征衣有罪,还有功劳可以抵偿。”元帅只做不知不听。范爷接言道:“元帅,钦差既言有功抵罪,何不问他明白,什么功可抵此重罪?待他可抵则准抵,不可抵者再正军法,未为晚也。”元帅将范爷一瞧、杨青一看,似乎道:“尔二人说查点过征衣,一一无差少,为什么尽罄没有?还要多言插嘴的。”范仲淹俱已理会。二人想来,失了征衣,干我甚事?莫非要我们赔偿还尔不成?不然观看我怎的?狄青曰:“元帅,若问失去征衣,小将理该正法,但元帅的罪名却是难免。如若要执斩小将,元帅理该一同斩首正法,独斩我一人,小将岂是贪生畏死之徒?元帅是畏死贪生之辈,没奈何将大罪卸在小将身上,只恐圣上察知其情由,凭尔位隆势重,天波府内之人也要正其罪法的。”元帅闻言,心头着恼,案基一拍,喝曰:“尔失去军衣,难以卸罪。本帅吩咐捆绑起,不用多言!”刀斧手应答上前。杨青问曰:“汝的征衣在哪处地头失去的?”元帅曰:“不要管他哪个地头失去,此乃谎言耳。”狄青曰:“元帅身当天下攘寇之任,督理各路军民,皆乃元帅所属。失了征衣,不独远方失警,元帅失察捕盗之罪难免。况这磨盘山离关不满二百里程途,尔既为各路捕督元帅,岂附境之内管察不着?显见尔按兵不举,旦夕偷安,元帅纵盗偷安之罪,将何功绩抵消得来?”

当日若问狄青之罪,比之杨宗保之罪还有分别。譬之地头上失了东西,自然是地方官身上之事。杨宗保统管各路军民,难道二百里之内磨盘山的强徒即管察不及?须早已剿灭安民乃是,缘何日久纵容强盗,故此胆敢来打劫征衣。是杨元帅失捕近处强盗,比之狄青失征衣之罪加倍重大了。

时狄青曰:“小将在元帅关内地头失征衣,理该元帅补偿还,如何反将本官屈杀?军法上全无此理。吾与尔回朝,面见天子,情理上看谁是谁非。尔今不过以势头恫恐相欺。但本官乃一烈烈丈夫,岂惧尔存私立法的!"范爷听了,暗言曰:"此语却是有理有窍正论。"元帅听罢,难以答话,只得说曰:"尔失去征衣,罪该万死,还来顶撞本帅么?吾且问汝,言将功抵罪,实实有什么功劳于此?"狄青曰:"收除西戎首寇赞天王、子牙猜不是战功么?"元帅喝曰:"胡说!现有李成箭射赞天王,刀伤子牙猜是李岱,尔擅敢冒认么?不须多说,捆绑手,速将解官拿下正法!"狄青冷笑一声:"杨宗保,尔当真要杀害我么?也罢,由尔便了。"即自卸下盔甲,脱去征袍,刀斧手将狄青紧紧捆绑了。元帅拿出尚方宝剑,旁边礼部范爷怒气满胸,打虎老将气塞喉咙。狄青厉声大骂:"杨宗保!吾明知尔受了朝中大奸臣买嘱,串通了磨盘山强盗,劫去征衣,抹煞本官战功,忘却无佞府三字,故归于奸臣党羽中,辜负了圣上洪恩。尔虽生,臭名万载,吾虽死,百世之冤。"这几句言辞,将杨元帅几乎气倒帅堂。二目圆睁,首一摇,骂声:"胆大狄青!敢将本帅枉屈痛骂么?速速将他推出辕门斩首正法!"狄爷曰:"杨宗保,尔且住。如若要斩我,须将赞天王、子牙猜首级拿来还我,便由尔杀的。"元帅喝曰:"尔有什么首级拿来,向本帅讨取?"狄青曰:"交代与焦廷贵拿来,已经在尔辕门号令,怎言没有,何也?"杨元帅听此言,顿觉惊骇,心中有几分明白,忙问左右:"焦先锋可曾回关否?"众将曰:"启禀元帅,焦先锋尚未回关。"范爷听了,只是冷笑。杨青曰:"既然狄王亲交首级与焦廷贵,须向他取讨还,方得分明此事。"

正说之间,偶见地下一封书,拾起一看,上面书着:"长孙儿宗保展观。"杨青微笑曰:"元戎的家书到了。"只因此书狄青卸甲解袍卸跌下来。当时杨元帅心中明白,哪里按捺得定,只得立起位,一手还拿尚方剑,一手接过家书。一瞧乃祖母大人来的家书,只因在着帅堂上,不便拆书观看,且收藏袖中。明知祖母大人要保庇狄青之意,一把尚方宝剑持定,发又发不出,放又放不下。正有些事在两难,便对范爷曰:"礼部大人,狄青两颗首级,他说是焦廷贵拿回,但今是真是假,须问焦廷贵才知明白。尔道如何?"范仲淹听了,冷笑自言想:方才要将狄青处斩,如今看尔杀得他成否?即言曰:"狄钦差过却限期,罪之一也;失去征衣,罪之二也;冒功抵罪,罪之三也;辱骂元帅,罪之四也。将他处斩之罪还轻,理该碎剐尸骸方正军法。"这几句言辞,说得元帅脸色无光，只转向西边，呼问杨青言："狄青失去征衣，已该正罪，但有此大功，可以抵偿。然而焦廷贵回来方知明白。不知老将军怎样主裁？"杨青曰："生死之权，多在元帅手中，缘何动问起小将来？倘吾劝谏不要斩他，又补赔还不得征衣。此事牵干重大，吾实不敢担当多言喋喋也。"当时言语，又说得元帅满脸通红，呆呆不发。只得吩咐刀斧手且住。又推转狄青，徐徐道："狄青，尔即收除了赞天王、子牙猜，可将其情由细细言明本帅的。"狄青带怒大声曰："杨宗保，且听着！"遂将失征衣在磨盘山，后往大狼山杀了二将，交首级与焦廷贵先回关中报知，一一说明。复言："吾立下此战功，可以抵偿了失征衣之罪。尔今实贪冒吾大功，害我一命耳。"元帅闻言，心中不安。杨青笑曰："妙！妙！两颗人头，三人的功劳，这场官司打斗讼来，着实好看不过也。"

元帅即吩咐传进李成、李岱父子。二人闻令，即齐来进见元帅。只因官卑职小，自然该当跪下。父跪东，子跪西。言："卑职李成、李岱谢帅爷赐宴。"元帅曰："李成、李岱，这赞天王、子牙猜二将，乃钦差狄王亲箭射刀伤的，尔父子二人为何冒认了他的功劳？该当何罪？"李成见问及，吓惊不了，李岱慌张得头也不敢抬。李成想来：只道功劳是焦廷贵的，故立心冒认了，希图富贵，岂知乃狄王亲功劳。也罢，事已至此，木已成舟，但抵罪不招，要冒到底了。遂道："元帅爷，实实是卑职箭杀赞天王、儿子刀伤子牙猜，岂敢冒别人之功以欺元帅的！"元帅曰："狄青，那里李成、李岱认是他功劳，现有两颗首级为凭，缘何反说是尔之功？李成、李岱现在这里，尔且与他对质来。"狄青曰："既捆绑了本官，杀之何难，何必多诘言的。"元帅即吩咐放了捆绑，觉得面无容光，尚方宝剑只得放下。不知狄青如何对质分明，且看下回分解。

第三十五回 帅堂上烈汉嗔功 水窖中莽将逢救

诗曰：

贫富穷通各有时，强求未必遂如期。

乐天听命何云辱，知足无忧古训辞。

当时杨元帅收回尚方宝剑，道："李成、李岱，狄王亲在此，尔与他质对分明。"李成曰："是卑职父子功劳，不消对质了。"元帅又唤狄青："若是尔的功劳，为何并无一言与李成父子对话?"狄青曰："李成父子何等之人，教堂堂一品，青衣秃首，与他讲话的?"元帅又道："左右复还他盔甲。"狄青穿戴回盔甲，怒目纵眉，大言曰："拿首级回关者，乃焦廷贵。若要分明此功，须待焦廷贵回关见证。本官与这李成对质，终什么用? 犹如虎犬同堂，岂不威光灭尽!"范爷听了，点头答言曰："钦差大臣如何与冒功的犯人言论? 失了帅堂之威。"杨元帅喝声："将李成、李岱拿下!"左右刀斧手答应一声，登时将李成父子拿下。可笑一念之贪，至弄巧反拙。元帅即差孟定国将李成、李岱管守，又拔令唤沈达速往五云汛，确查十三夜可有赞天王、子牙猜二人酒醉踏雪私行否。沈达得令，快马加鞭而去。再令精细兵丁查访焦先锋去处。"二位大人且与狄钦差做个保人如何?"范爷二人曰："事关重大，保人难做的，休来惠赐也。"元帅曰："暂做何妨。"言来只觉少面光，退下帅堂，进里厢去了。

当时失去征衣的事情丢抛一边，重在冒功之事，只等待焦廷贵回来，就得明白。范仲淹见元帅退堂，笑曰："元帅方才气昂昂，只怪狄王亲。只因理上颇偏，又有佘太君书一封，要杀要斩，竟难下手。"杨青曰："方才险些儿气坏吾老人家! 观王亲大人，好像一位奇男子，说得理上，烈烈铮铮的敏捷。但不用心烦，待焦莽夫回来，自有公论。且先到吾衙中叙话如何？”狄爷曰：“多谢老将军！”杨青又道：“范大人，同往如何？”范爷应允，三人同行。

又说关中众文武官员，尔言我语，喧哗谈论短长，不关正传不录。有孟定国奉了元帅将令，收管李成父子，上了锁具不表。

又言李岱道：“爹爹，太太平平，安安逸逸，做个把小武官，岂不逍遥？因何自寻出烦恼，痴心妄想荣华？岂知今日大祸临身，皆由不安守天命也。”李成叹声：“我儿，这件事情多是焦廷贵不好，狄钦差功劳，他说己之功劳。若还说明狄钦差战功，我也决不将他弄死，决不冒认此功了。”李岱曰：“爹爹，明日追究起来，招也要死，不招也要亡，如何是好？”李成曰：“我儿，抵挡一顿夹棍，即使断两腿，总然招认不得。”

不言父子二人之说。且表元帅进至帅府内，拆展祖母家书一瞧，看罢言：“祖母大人，若是狄青过了限期几天，孙儿敢不依命周全？无奈征衣尽失，大罪岂得姑宽？连及孙儿也有失于捕盗之罪。如若狄青果有战功，还可以将功消罪。但不知焦廷贵哪里去了？想来定然李成父子希图富贵，谋害了焦廷贵，混拿了首级，到来冒认功的。倘焦廷贵果遭其陷害，这桩公案怎生了结？”是夜，元帅闷闷不乐，也且慢表。

再言副将沈达，奉了元帅将令，带了数十名兵丁，向五云汛而来。先说焦廷贵，一夜昏沉在水窖中。若讲水窖，差不多有二丈深，李成将他抛撂下去，跌扑也死了。纵然跌扑不死，天寒大雪，也寒浸死了。今日焦廷贵不死，想必要与国家效力，建立武功的，不当胡乱死于李成之手，故得地头上神祇救护，寒跌不死，亦造化定分也。但彼贪图口腹，满口胡言，冒了别人功劳，使人争论不明，罚他小小磨难，也是报复之公耳。

一夜及至天明，蒙汗药已醒，焦廷贵即忘记了昨夜事情，反说浴堂内绡了水窖，还要洗什么澡。手足一伸，呼道：“不好了，那个狗囊将吾身体捆绑了么？”口中大骂不止，“那个狗王巴要吾焦老爷的性命？”两手一伸，断了绳索，又将腿上麻绳解下，周围一看，说：“不好了，此方黑暗，是什么所在？”又细细想来，昨天要打闷棍打不着，做了挡路神，后同狄钦差往大狼山，一款戏法射死了赞天王，一剧戏文弄死了子牙猜；番兵大队杀来，吾挑了人头两颗，往三关讨救兵，打从汛上过，教李守备请吾吃酒，怎的吃到这个所在来的？是了，定然吾吃醉而回，却被歹人鼠盗劫了东西，捆绑身躯，撂在水窖里，冻得吾死了一般。想来我一身空空如此，又无什么好东西，莫非劫吾鸡巴去的？真乃可恶的狗强盗！大骂时，东西跳跃，但并无一处路相通。几次捞住铁棍扳上，有二丈多深难以爬上。山高广大，人到又稀，只可怜了焦廷贵。

到了下午时分，方得一樵子经过，只闻呼曰："救人啊！吾焦老爷也寒冻死了。"那樵子住步四下一瞧，言："奇了，何处声声喊救？"不觉行至水窖，原来跌下一人。又闻呼喊曰："上面那人，拉了焦老爷上来，妙过买乌龟放生的。"樵子曰："尔是将烧焦老的人么？"焦廷贵喝声："胆大戎囊！吾乃三关焦将军，哪人不闻名的，岂是烧焦老的？"樵夫笑曰："原来三关上的焦黑将军也，多多有罪了。"焦廷贵喝曰："吾不过面貌黑色，岂是烧老焦黑的么？不必多言，快些拉吾起来，到衙中吃酒。"樵夫听罢，笑曰："原来是个酒徒。"即将绳索放下。幸得手中还长二三尺，焦廷贵两手挽住麻绳，双足蹬着铁棍。这樵夫幸喜气力很大，两手一提，吊将起来。大呼曰："像着死尸一般的沉重。"焦廷贵上得来，喝声："多言！得罪吾焦将军么？"樵子曰："焦黑将军，尔方才言过请吾吃酒，休要失信的。"焦廷贵曰："尔要酒吃也何难，且随吾来。"樵夫曰："焦黑将军那里去？"焦廷贵曰："且到李守备衙中去，即有酒吃了。"樵夫曰："吾不去的。"焦廷贵曰："尔何不往？"樵夫曰："李守备那个儿子李岱，前月来吾家中强奸吾妻，被吾取尿一缸撒去，他方才奔了。我今若到他衙里来，此人岂不记恨前情么？定然要报雪此恨了。"焦廷贵曰："如此说来，尔定然不去，焦将军一人去也。"踩开大步，奔走如飞。樵夫见了，发笑不已："莫非此人是个癫呆的么？"

不谈樵子归家去，书接前文。莽汉因又到来守备衙中，高声呼喊门上的。有管门的王龙出外一看，呼声："焦将军爷，昨夜哪里去了？为何今日又来？"焦廷贵喝声："来不得的么？速些唤这两名官儿来便了！"王龙曰："两位老爷都出外去了。"焦廷贵喝声："狗奴才！无非言我又要吃酒的,虚言相哄,言两个狗官不在么?吾今不吃酒,只要用饭了。”口中言,大步已踏到里边来。当中坐下,双手拍案,喧声响振。大呼:“李成!李岱!在哪里?”焦廷贵大骂,催取用膳。当时府内人免不得禀知。沈氏恭人闻言,吓惊不小,说声:“不好了,焦廷贵不死,即死他父子了。”只得吩咐备酒饭出去。奶奶思量下些毒药,怎奈日间人目众多,反为不美。沈氏当时心如焚烁。

却言副将沈达一路上查来,没有踪迹。只因此事李成说是初更已尽之时的事情,是以汛地上众百姓军民多说不知。一程又到守备衙中查问,众兵役也说不知。当日沈达一到,只有守门王龙理会,猜着:“定然老爷害了焦廷贵,拿了人头往三关上献功,这是胆大如天的行险也。如若焦廷贵死了倒也不妨,如今焦廷贵现在,老爷、公子便有丧身之祸了。”

慢说王龙自语自惊。有沈将军一到了守备衙中,进府堂内见了焦廷贵,不觉又惊又喜。呼声:“焦将军,尔吃酒好有兴的,还不快些回关去。”焦廷贵一见,笑曰:“沈将军,因何尔也到此处来?”又说明,沈达为人最是仔细,想来这是事关天大,只好在元帅跟前方好说明白,若在此处说知,倘被他癫性发作,恶狠狠一刻杀出,不好看来了。若说明白,犹恐招惹违令之责,不若暂瞒了这狂莽酒徒的妙。即道:“焦将军,元帅差尔催取军衣,到底军衣到否?狄钦差在哪里?为何尔也违将令而耽搁限期?”焦廷贵曰:“沈将军,不要说起来,吾昨夜食醉了酒,跌下水窖中,险些寒冻死了,还顾得什么征衣军令的鸟娘!”沈达曰:“元帅只因尔违误军令,大振发怒,特差吾来抓尔回去。如若再延迟,取下首级,然后回关。”焦廷贵曰:“迟些即取去首级回去?不好了!去了首级,用什么东西吃饭?速速走罢。”沈达曰:“刀马在哪里?”焦廷贵曰:“失掉去了,铁棍也跌下水窖中。”沈达曰:“不中用的东西!”焦廷贵曰:“若是中用的,也不在水窖中过夜了。”

慢表沈达带回兵丁、焦廷贵而去,又说李守备府王龙,当日被吓得惊呆不已,只悄悄到三关打听消息去了。又言沈氏在内堂,倍加着急,呼天呼地呼神祇,只愿父子平安无事回来便好了。但想此事,原是老爷欠主张,及早杀了焦莽夫,方免后祸的,因何将他活活的撂抛在水窖里？岂料他偏偏不死，又得回关。如今凶多吉少，如何是好？免不得父子同归刀下而亡。

丢下沈氏心中惊乱。再说焦廷贵、沈达二人飞跑，马不停蹄，到得关来已有二更天了。内重关已紧紧闭下锁，沈达只得邀他到己之衙府中。登时吩咐摆酒，二人双双对酌。尔一盅，我一盏，半酣之间，沈达向焦廷贵道："焦将军，如今此事要动问尔了。"焦廷贵曰："沈老爷诘问什么事来？"沈达曰："元帅差尔催趱军衣，因何一去不回，反在水窖中过夜？又在守备衙中吃酒，是何缘故？"焦廷贵曰："沈老爷，不要言来，吾焦廷贵真乃倒运也。"即将来去情由细细说明。沈达听了，点首明白。又将李成父子冒功细细达知。此番焦廷贵大怒，咆哮如雷，火光直喷。呼叫道："沈老爷，我原想不起怎生在水窖里过夜，原来是李成父子将吾弄醉，丢抛在水窖里，拿却人头去冒功。可恼！可恼！这还了得！待吾连夜回去，将他狗男畜女，大小齐齐杀尽，还出不得吾之气忿也。"沈达曰："焦将军，去不得的。"焦廷贵曰："有什么去不得的？只消吾两足飞奔，明天早到汛了。"沈达曰："不然了，李成父子已经拿下。尔今不知，只要尔回来询质明白，李成、李岱的性命即难保了，何劳尔去将他杀的？是是非非，总在明天了。"焦廷贵曰："沈老爷，待吾先往杀他家口男女，留下李成父子，难道没有凭证的么？"沈达曰："军中自有一定之法。他虽有罪，但罪不及于妻孥。若尔不奉法令，擅自杀人，岂得无罪的？断然是动不得，不可造次也。"焦廷贵曰："但气忿他不过的。但这个人情卖在沈老爷面上来，乃便宜了这班奸党了。"沈达曰："焦将军，明日元帅审问起来，汝便怎生对质他？"焦廷贵曰："吾只言狄王亲一弄戏法，射死赞天王，一弄戏文，刀劈子牙猜，吾代他挑了首级，道经五云汛，被李成父子用酒灌醉捆绑了，丢抛下水窖中，拿了首级，前来冒认功劳。汝道是否？"不知沈达如何答话，且看下回分解。

第三十六回 莽先锋质证冒功 刁守备强词夺理

诗曰：

英雄量大福仍大，奸佞机深祸更深。

昧法瞒天终泄漏，千秋只染臭名音。

当下焦廷贵道："沈老爷，小将明日如此证他冒功，管教李成父子头儿滚下来。"沈达笑曰："忧他头儿不滚下的？"是夜不表。

到了次日，太阳东升，辕门炮鼓响鸣，文武官员穿袍盔甲，兵丁刀斧如银明亮。杨元帅升了中军公位，身穿大红文武袍，背插绣龙旗八面，腰围宝玉赤金绦，头上朝阳金盔戴起，双足战靴蹬踏，真乃浩气腾腾，威严凛凛，乃宋朝一位保国功勋、寄命大臣。有诗赞曰：

六尺之孤托大臣，边疆首重抚三军。

羹梅辅弼文官任，攘寇除凶赖武勋。

左位有范礼部，右坐有安西杨老将军。文员袍服分班立，武将戎装合集站。狄青上帐见礼毕，即于范仲淹位下摆，坐金椅位。昨天要正军法斩首，今天元帅不即深究，又命人摆了座位，实乃元帅心中明白了李成父子冒认战功。又有沈达上帐缴令："启禀元帅，昨天奉令往五云汛细细查确，据众军民多言夜深人静，并不知其有无此事。但焦廷贵拿了两颗首级道经五云汛上，被李成父子灌得大醉，捆绑身躯，抛于水窖中一夜，直至昨天午时分，亏得一樵夫将他扯吊上，如今现在辕门候令。"元帅曰："果有此事，李成父子冒功无疑了。"吩咐孟定国抓李成、李岱到来。孟将军奉令，展出虎威，抓拿到二犯，拍搭在地。父子不啻磕头虫一般，呼曰："元帅开恩！卑职父子实乃有功之人。"元帅大喝："该死的狗官！本帅已经差将查明五云汛上并没有赞天王、子牙猜二人酒醉夜出之事。尔敢无中生有，捏诳虚言，冒认功劳的么？”李成曰：“元帅，其时只为更夜已深，汛上军民多已睡熟，是以无人得知。”元帅喝声：“佞口的狗奴才！本帅且问汝，因甚用酒弄醉焦先锋，捆绑抛于水窖中？一心希图富贵，将人陷害，取了首级来冒功，忍心害理，畜类不如！”父子闻言，吓得大惊，犹比头颅上打个大霹雳。李岱想来：这件事情料想抵赖不过的，不如招了，免挨夹棍之苦。那晓得李成立定主意，只愿抵死不招。李岱无奈，只得随着父亲抵赖不招。李守备只管叩头，“元帅爷”连连呼叫不已，道：“卑职父子并不曾将焦先锋灌醉，抛下水窖中，岂敢在元帅台前欺心诳言，上有青天，下有地祇，三光日月内，怎敢将人谋害。”元帅闻言大怒，喝令传进焦廷贵。

这焦廷贵一进至帅堂，怒气冲冲抢上，靴尖将李成、李岱踢打不已。大骂：“好胆大的乌龟的李成！狗王巴的李岱！将吾弄得大醉，捆绑了丢下水窖中，至吾寒得几乎险死。可恼尔丧良心狼贼，一刻处死尔两个狗畜类，也难消吾忿气。”父子二人呼叫：“焦将军！望乞饶恕了卑职的狗命罢！”焦廷贵喝声：“狼心狗肺的戎囊，也要命么？难道本将军由尔捆绑了，抛在水窖中，拿首级来冒功，便不要性命？”李成曰：“焦将军休得枉屈了人，卑职父子那有此事？”焦廷贵大怒，喝曰：“还言枉屈尔么？好畜类！”靴尖踢打不已，父子二人呼叫将军不已的讨饶。范爷喝曰：“帅堂之上，不许喧哗。焦廷贵休得罗唣，失了军规。”杨元帅问曰：“焦廷贵，本帅差尔催趱狄钦差征衣，为何反在五云汛而去？李成父子怎生将尔弄醉，且细说明本帅得知。”当时焦廷贵从奉令未到军营，先逢李义寻找狄青，又说至生心图谋狄青之龙驹马。

又略表明，焦廷贵乃一直性莽英雄，从来说话有一句言一句，即做贼盗、做乌龟也要说个明明白白，藏留不住一句，所以他抢掠东西的行为也要直言出来。元帅曰：“蠢匹夫！身为将士，立此歪心，一鄙陋小民耳！敢于本帅跟前胡说也。”焦廷贵呼曰：“元帅，有些缘故。当时小将见此马乃一匹异色龙驹，意欲做个打闷棍人，抢劫了这匹异驹，回来送与元帅乘坐。”元帅喝声：“该死的蠢匹夫！”案基一拍，两旁吆喝齐声。焦廷贵慌忙打拱，再言闷棍打不进，直言得功：“道经五云汛,腹中饥了,只得进守备衙中讨膳一饱,然后跑走。不想被他父子弄醉,捆伏身躯,抛下水窖,几乎寒浸死。混拿首级来冒功,险将小将与狄王亲一命遭此恶狼毒手。这两员狗官,虽粉身碎骨,不足以尽其辜的。"元帅听了,冷笑一声,喝道:"李成、李岱!焦先锋说得有凭有据,尔还不招认冒功么?"李成曰:"元帅,这些虚言何足为据。实乃卑职箭杀赞天王,儿子刀伤子牙猜,现有两颗首级为凭。若是狄钦差之功劳,何故并无首级?卑职现有首级为凭,倒是假的?狄王亲没有首级可据,倒是真的?只求元帅将卑职父子与狄王亲、焦将军狠夹起来,便分真假了。"焦廷贵听得,怒气冲冲,抢上一抓提起,喝声:"胆大狗畜牲!吾的首级被尔盗来,自然没了凭证的。"又呼曰:"元帅不必问长问短,快将两个狗官正法便了!"元帅曰:"焦廷贵不必动手。"又呼曰:"李成,既是尔父子功劳,可晓得赞天王、子牙猜头上戴什么盔,身中穿什么战袍?须说得对准,才算尔的功劳。"李成想来:须要说得情形相配才好。又想:焦廷贵只有两颗光光人头,没有盔帽的。若说酒醉踏雪,决无有盔甲在身的。便呼道:"元帅爷,这赞天王头戴螺皮玄皮帽,身穿大红袍;子牙猜身穿玄色战袍,头上红褶子。"李成说未完,焦廷贵高声大喝:"尔该死的狗囊!说什么皮螺帽子,乌尔的娘!"伸手向胸怀中取出踏扁头盔,呼曰:"元帅,这是赞天王的盔,这是子牙猜的盔,无意之中带藏在此。人多说我呆痴,今日也不算痴了。"李成想来:若吾知尔有踏扁头盔藏在怀内,早已拿出来了。元帅曰:"李成,如今还有何分辩?"李成曰:"元帅,不知道焦将军哪里找来此盔搪塞元帅。揆其情,度其理,实乃钦差失去征衣,故以买嘱焦将军为硬证,冒着功劳,欺瞒元帅的。"范爷曰:"李成,本部且问尔,二贼人既有首级,被尔父子乘其不备所杀,岂无身体的?倘二贼人身体尚在,尔找寻得来,也算尔之功。"范爷询诘也诘得透;李成辩答也辩答得妙。即言:"他二人原有四个随从同走,已将身体抢回去了。"范爷曰:"他马匹何在?"李成曰:"他是雪夜步行,哪有马匹?"狄爷听了,不觉微笑,叹声:"辩得清楚,好个伶牙俐齿的刁奸贼也。"

帅堂之上,正在审诘未得分明,忽有军兵报曰:"启上元帅爷,今有八卦山伍须丰合同大小孟洋统领三十万雄师,将四城围困了,要与钦差狄大人会战，要报赞天王、子牙猜之仇，十分猖獗。请元帅爷定夺。”元帅打发报军兵去了，心想，西兵卷地而来围困，我也曾会敌过红须三眼将，身高丈余，十分凶勇，在八卦山屯扎，与赞天王大狼山相隔一百二十里，两边成列掎角之势，定称劲敌。今天尽起雄师而来，只因狄青杀了他二员猛将也。当下又呼曰：“李成，若果然是尔父子二人功劳，为什么贼将伍须丰反不与尔父子讨仇，偏偏要狄钦差会战，何说？”李成曰：“元帅，这个缘故，卑职却不晓得贼将伍须丰怎么与狄钦差讨战。那段功劳，只是吾父子的。”元帅喝声：“佞口贼！明白到此也不招认么？”忽又报到：“元帅爷，西兵攻打四关甚急，请令定夺。”狄爷听了，立起位道：“元帅，既是西寇猖狂，待小将出马，或借元帅之威，以立寸功。”元帅正要开言，焦廷贵曰：“且慢！尔的仙法奇巧虽好，但今用尔不着。”又言：“元帅，李成父子既能收除赞天王、子牙猜，待他二人出马与西戎对垒，倘杀得退敌兵，便算他功劳。倘杀败了，是个无能之辈，休思此段功劳，是冒认已真了。未知元帅意见如何？”

当时焦廷贵虽然鲁莽，却有些主见，倘他父子出敌，必被西兵一刀一个，岂不省却多烦折？元帅曰：“匹夫说来，乃不知进退之见，说什么！倘或李成父子杀了，不须言必被番蛮冲进关中，那敢担此干系？”焦廷贵曰：“不妨。倘他父子出敌，待小将随后掠阵，不许西兵冲进关来。”范爷曰：“焦廷贵也有三分近理。如若狄钦差在大狼山收除了赞天王、子牙猜，这大小孟洋定然认识他，见了李成、李岱，自然说不是狄钦差，仍要觅他交战的。果然西戎二将在五云汛被他父子所伤了，大小孟洋定然有说了，那时真假可立分的。”焦廷贵曰：“吾愿往做个见证。”杨青笑曰：“范大人之言公断不差，元帅可准依。”元帅听了点首，即差李成、李岱领兵出敌，惟当小心。

父子二人闻令，吓得胆战心惊，父子叩首求元帅免差。元帅曰：“尔父子身居武职，必与朝廷出力。沙场对敌，乃武将之常，何得推诿？”李成恳告曰：“卑职父子虽云武职，只好守着近汛查诘奸民，若要打仗交锋，实在弄不来的。”元帅喝曰：“身作武员，如何畏惧对垒交锋？许多将士，谁敢违吾号令，尔敢不遵将令么？”焦廷贵大喝：“狗囊子！做了武官，全仗交锋对敌之劳。若尔这般贪生畏死，朝廷何用养军蓄将？倘不遵元帅将令，伸舒狗项吃刀。尔若杀不过敌人，自有吾在此帮助尔二人。”父子听了无奈，只得胆战心惊，令已领了，道：“元帅，卑职父子出关抵敌便了。”元帅又给他盔甲、马匹，他父子二人手持兵器，带兵一万而去。焦廷贵在着后远远跟随着。李成暗对李岱曰：“再不想冒功冒出这般事来，今日可以死得成了。”李岱曰：“爹爹，好好的守着汛地上，吃的现成俸禄，逍逍遥遥，岂不是好？为贪富贵高官，拿了人头来冒功，连膝盖儿也跪得痛破了，不想仍要死的。”

不言父子一路出关，懊悔不已。有关内狄爷起位，道：“元帅，我想李成父子岂是西戎将兵对手，不若待小将出马，帮助抵敌如何？”元帅曰：“这伍须丰也是西戎一员有名上将，身为贼帅，本领不弱于赞天王、子牙猜二人。尔既出敌，须要小心。”狄爷称言：“领令！”元帅复唤：“狄王亲，须带多少军马，乃可退敌？”狄爷曰：“须得二万兵丁。方才李成共足三万，尽足了。”当时元帅打发二万锐兵，与狄青出关接应；杨青老将也带兵一万随后，率着孟定国、沈达等一班武将、副将，一一不能尽述。炮响连天，冲关而出。当日杨元帅深知西戎将兵势大，故仍令众将领兵助战。时发兵已毕，与范仲淹登上高城观看。

却说炮响一声，关门大开，李成父子二人心惊胆碎，魄散魂飞。李成提枪不起，李岱低伏于马鞍，一万精兵纷纷拥出。只见西戎兵列成阵势，倒海推山一般，剑戟如林之锐。有西戎国大元帅伍须丰，座下花斑豹，手持钢铁金鞭丈余长，耀日光辉。不知李成父子如何迎敌，三关怎样解围，且看下回分解。

第三十七回　刻日连伤三猛将　同时即戮两微员

诗曰：

运会兴隆将勇集，边疆破敌立功超。

五凤楼前登伟绩，麒麟阁上姓名标。

话说西戎主帅伍须丰列开阵势，左有大孟洋，右有小孟洋，三十万兵，旗旌密布，器械交森。这李成父子一出至阵前，惊慌得几乎坠于马下，枪刀早已落下尘埃。伍须丰一马飞出，大喝："宋将何名？因甚如此惊惧？莫非不是狄青？本帅金鞭之下不死无名之将，快些通下名来，好送尔狗命！"金鞭高举，吓得父子二人抖振腾腾，倒伏马鞍上，叩首不已，连呼曰："伍大元帅，吾名李成，现为守备微员。原无计谋力量，无奈勉强临阵的。望乞元帅饶吾一命，永沾大恩。"伍须丰听了，不觉发笑一声，言："杨宗保气数已绝，打发这样东西出阵混耍。也罢，饶尔的狗命。"李成曰："多谢伍元帅。"伍须丰又喝道："马上倒伏的，要死还要活？"李岱曰："元帅，恳乞勿动手，且开恩。吾名李岱，是五云汛的千总官儿，从来不会相争相杀的。"伍须丰曰："尔既不会上阵交锋，来到阵中何故？"李岱曰："伍元帅，此是奉元帅所差。只因军令难违，无奈出阵，只求元帅开恩，留吾蝼命。"伏贴马鞍，叩头不住。伍须丰见了，言曰："果然不济了，又是个没用的东西。杨宗保这般倒运，只打发此废物来奚落本帅，好生可恶。本帅的金鞭之下，惯打有名上将，今日取了尔小卒性命，岂不污了吾的金鞭，饶尔去罢！"李岱曰："沾元帅大恩。"父子得命，喜洋洋心安了。焦廷贵一见，怒气冲冲，大喝："两名狗官，为何如此畏死贪生，倒灭了吾元帅之威？"父子不回言答语，只转马跑回。廷贵只恐二人逃走了，上前一手捞一人，拿翻下马，交付与孟定国收管了，复又带兵一万出关。

伍须丰正带领众将兵冲杀进关，早有焦廷贵率众兵拥出。狄爷又统领二万精兵，一马飞出，拦阻伍须丰，金刀耀日，高声大喝："叛贼奴！尔何人？且通报名来！"伍须丰曰："吾乃西夏国赵王驾下伍大元帅伍须丰是也。尔这无名小卒，可是狄青么？且报上名来，好送尔归阴。"狄青喝曰："叛贼奴！既知本官名望，还不倒戈投降，献上首级来。且看刀！"言未了，金刀砍去。伍元帅一闪，金鞭复又打来。狄爷还刀急架，拦腰复斩，二员虎将杀战沙场。西夏兵刀斧交加，宋将喝令数万雄师奋勇杀上。西兵势倒，各自退后，自相残踏，死伤甚多。又看狄青与伍须丰，连人马相比，狄青还短四尺，所以交锋时伍须丰低头，狄青仰面，金刀挥动只好在他腰膊左右。但伍须丰的力狠强猛，狄青不过以刀法抵挡，冲锋十余合，觉得抵敌不能，只一马退后半箭，取出人面金牌戴上，念声"无量寿佛"，只听得半空中雷鸣响振，一派金光罩目。伍须丰一马正在追去，忽然金鞭跌地，目定如呆不语，直僵僵的跌下马来，八窍流红——只为他多生一目，故八窍血流。焦廷贵早已见了，飞步抢来，砍为两段。王天君归于圣帝殿中。

有大小孟洋气怒塞胸，一持大斧，一提长枪，大喝："狄青！"飞马奔来。狄青法宝尚未收还，连连咒念"无量寿佛"数声，金光闪闪飞扬，一声雷鸣，二贼将翻身落下尘埃，七窍血流。焦廷贵仍把割下首级三颗，共为一束，笑曰："果好妙仙戏！"又说明：狄青这两件法宝，只收除得圣帝殿前神将，这些副将众军多不在其中，故而没有应验。如有应验者，岂不人人尽死，个个皆亡，狄青可以一战成功了？大孟洋是张元帅，小孟洋是邓将军，一日同归真武殿。只有三十万贼兵，见主将尽死，吓得四散奔逃，却被宋兵奋力追杀得真乃可悯可怜，尸横遍野，鲜血滚流，只逃走脱的数万残兵，跑回八卦山，会合在山的众兵，也有数万，走回西羌而去。未知又哪将来争锋，下文交代。

当日沙场中，狄青收回法宝。焦廷贵大悦，拿了三颗首级，抛掷起空中又接回，大呼曰："狄王亲好戏法也！"狄青意欲带兵杀上大狼山，要剿除尽贼营，只见天色已晚，只得收兵回关。杨元帅喜气洋洋，与范礼部齐步出关，迎接进内。各见礼，四人坐于帅堂，狄青刀马自有小军牵抬去了。元帅曰："狄王亲如此英年神武，今复尽除敌寇，立此重功，本帅有何颜面执此兵符，居此重位？告归在即，托王亲也。"狄爷曰："小将哪里敢当？元帅重言谬奖了。"焦廷贵又提三颗人头呼曰："元帅，好一段戏文，杀了三名贼将，真成仙戏了。"元帅喝声："匹夫休得戏言！"吩咐拿出辕门号令。

又溯明：狄青到关，已有两天，缘何张忠、李义、李继英并三千军马不见提出？因狄青昨天性命尚且未保，故未对元帅说明。他一到了，即交归关内大营，张忠三人守候狄钦差回音，故略按下。当时元帅又曰："狄王亲立下此大战功，实为可敬。圣上洪福，故天授此韬略英雄。"狄爷拱手曰："小将罪重如山，还望元帅大度雍容，小将即感恩了。"元帅言罢，即吩咐摆宴庆功，并犒赏大小三军众将。又发令沈达，将被杀贼兵尸首觅地掩埋，未死的马匹、械器、盔甲一一收管，暂入军装库内。又将众将功劳一一记录毕，候来日再升。

又传孟定国："李成、李岱何在？"孟将军禀曰："小将已收管在此。"元帅吩咐："即速带来！"孟将军领命，即拘李成父子至帅堂，捺倒在尘埃。父子二人齐呼曰："元帅，卑职是有功之人，如今不望荣华富贵，只求元帅爷开恩复职，父子便深沾大恩不浅了。"元帅大震雷怒，拍案骂声："丧心万死的恶贼！只贪图富贵，便忍心伤人，如此心毒意狠，真乃畜类不如也！"李成曰："元帅，这功劳实乃卑职父子的。"焦廷贵喝声："万死的狗王巴！差尔出敌伍须丰，为什么一见番将，尔即叩头不已，倒灭了元帅的威名？可恶的狗官！"李成曰："元帅，卑职原说过并不会相争厮杀。"焦廷贵曰："可恼的狗官，将吾扔下水窖中，便会得紧。"当下元帅喝令："将李成父子捆绑起，推出辕门枭首正军法。"父子乞曰："元帅开恩，休要屈抹卑职父子功劳。"元帅大喝："死在目前，还要冒功么？"当时捆绑手将父子二人剥去衣帽，赤条条的，刀斧手登时提起大刀，推出辕门。一声炮响，两颗人头落地，高挂上辕门号令，尸骸抛弃于荒郊野外。一心妄图高官显爵，立心伤害于人，是日过刀而亡，亦如斯狼心之报也。

有王龙守门兵，上日急赶至三关，不分日夜在着附近打听音信。知杨元帅将父子二人一同正法，他即日夜如飞赶回，次日方到衙中，进内报告沈奶奶。这沈氏闻言，吓得魂魄俱无，痛哭凄凄，咬牙切齿，深恨杨宗保："若不雪此冤仇，不算吾手段。"即日暗暗将父子的尸骸收拾埋掩了，又收拾好柜箱物件，带了两名使女，与王龙竟向东京西台御史沈国清哥哥处商量翻冤，计较告御状，又是一番混搅生端也，且慢表。

却说杨元帅是日大排筵宴，庆贺大功，犒赏众将士兵丁。且心爱敬小英雄，欢叙闲言，谈国家政务，狄爷一一对答如流。元帅大加赞叹："不意狄王亲如斯年少，具此韬略奇能，真乃当今洪福。"范爷、杨将军也是大悦。四人尔言我论，甚觉投机。元帅又言："失去征衣，如何上本奏明圣上乃可？"狄爷曰："元帅，今日西夏贼兵虽退，但大狼山余寇未除。且待明日小将领兵，借着元帅之威，或尽铲余寇，夺回征衣，未可知也。望祈元帅本上周全些小将之罪，便足感元帅用情之德了。"元帅曰："如若夺得转回征衣，免了众兵丁寒苦，本帅即当上本奏知圣上，抹过失去征衣之事，只将狄王亲大功陈奏，明请旨荐尔执掌印令兵符，守保此关，本帅可以告退了。"狄爷曰："元帅休出此言。小将乃初仕王家的晚辈，全无才德，敢当此万钧重任？况有误失征衣大罪，只可将功消罪，还敢望嘉奖？元帅重于过奖了，反使小将赧颜也。"元帅曰："不然。王亲具此少年英略，本帅足以放心重托边疆重任了。吾领守此关将已三十载，军务太烦，自思年迈，及不得英年精锐时。如今交此任与王亲，吾回京少奉年老萱亲、高年祖母几秋，以终天年也。"范爷、杨青曰："元帅立意已定，王亲休得推辞。有此大功，为帅何言是赧颜的？"言谈已毕，是夜各归营帐。

次日，元帅道："狄王亲，如今仍劳尔往大狼山，剿除尽余寇，夺回征衣，好待本帅备本回朝。"狄青曰："元帅，小将如今要禀明了。"元帅曰："王亲有何酌量？"狄青曰："小将有结盟义弟，现带领三千兵，路护征衣，而现伫停关外。但张、李二将，本领不弱于小将，待他领兵往大狼山，自然夺取征衣而回。"元帅曰："王亲既有二将随来，何不早说？"狄爷曰："昨天小将自命几乎不保，哪有心情及此二人。"元帅听了，言："昨天错罪王亲，休得见怪。"言罢，拔令焦廷贵言："本帅着尔出关外，速传张忠、李义到本帅营中，领兵二万，前往进征大狼山余寇，夺回丢失征衣，不得有违。”焦廷贵得令而出，传知关外两弟兄。张忠、李义领了雄兵二万，提了刀枪，杀气冲冲而去。

先说大狼山牛健、牛刚二人，一闻伍须丰已死，吓得惊慌不定。皆因一时之错，贪了些金珠，误听孙云之言，劫去征衣，思害狄钦差。岂知投至此未满七八天，众贼兵尽消亡，想来狄青本领非凡利害也。牛健曰：“谅他们必要讨取回征衣，倘他领兵剿捣，我辈怎能抵敌？如此危矣。”牛刚闻言，冷笑道：“哥哥说此没用之言，倘被旁人知之，羞赧难当的。”牛健曰：“兄弟，据尔之见若何？”牛刚曰：“有何难处？如今打发喽罗，在着山前山后，山左山右埋伏，倘有兵来，四边发箭，他兵一退，即不妨了。”牛健曰：“此庸才算耳。能有多少箭的？倘放完了，便吃亏了。如劫了别的东西还小故，如今劫了征衣，杨元帅怎肯干休？他关兵精粮足，被他经年累月来征剿，吾山中兵微粮寡，怎与争锋？”牛刚曰：“哥哥，如若不然，怎生算计乃可？”牛健曰：“吾也算计不来的。”牛刚曰：“罢了，吾二人不若即日带兵投奔到西夏赵元昊，或投取一官，即永远安身了。未知哥哥意下如何？”牛健曰：“贤弟若要做官，还在本邦故土的为美。据吾之见，弃此大狼山，亲到辕门边上叩见，退还军衣，想杨元帅乃宽洪大度英雄，倘允收留，不究前非，收录于麾下军前效力，要做一个小小武员，也何难的？想来强如在此落草为盗，是非结果收场也。况吾又不思九五之尊，无非靠着喽罗在山前打劫小民，既非善行。又思有日年高老迈之时，即打劫不得了，岂非无结果的？吾兄弟不如趁此机会，往投三关，待杨元帅收录了，这是正路行为。”不知牛刚如何答话，往三关否，且看下回分解。

第三十八回 大狼山盗降宋室 杨元帅本荐英雄

诗曰：

天生豪杰护君王，保国安民赖将良。

运会当兴贤者任，同心同德振边疆。

却说牛刚听了牛健之言，气昂昂道："哥哥，尔如此胆怯，称什么英雄？既为男子汉，须要自作自为的，奈何哥哥一心畏怯杨宗保，要往投降的？"牛健曰："贤弟，尔休得一偏之见，听吾之言，方是见机也。"牛刚曰："哥哥，尔言无有不依，如要三关投顺，弟断不往也。哥哥立意要去，弟亦不相强留。"牛健曰："既然贤弟不愿同往，别有良图，也罢，与尔分伙便了。"牛刚笑曰："倒也不差。"当时牛健将在山的喽罗兵带了三千，尽将征衣装载回车辆，出山而去。余外的物件，牛健一些也不拿，留与牛刚受用。牛刚曰："哥哥，此去须要做个大大的官员，荣宗显祖，荫子封妻才好。"牛健曰："贤弟，尔做强盗，也要做得长久称雄的方妙。"牛刚笑曰："且待看谁算的高。"当下牛健吩咐喽罗三千，推押征衣三十万，并劫来粮草，一同推下山。炮响三声，离山望三关路途而去。牛刚也不来相送，摇头长叹一声，道："哥哥，尔缘何如此惧怯杨宗保，劫抢了征衣送交还？也罢，倘然他不允收录于尔，那时一命难逃，反吃一刀之苦了。"

书中不表牛刚之言。再说李义、张忠奉了元帅将令，带领精兵二万，将近燕子河，只见前面一标军马，直望而来。李义曰："二哥，尔看前途那支人马，哪里来的？"张忠曰："三弟，此路军马，定然是杀不尽的余寇也。"李义曰："狄钦差立了大战功，我二人也立一点小小功劳，尔道可否？"张忠曰："说得有理。"吩咐军士杀上前。当时二万雄师，齐齐队伍，杀奔上前。张忠、李义刀枪并举，勇赳赳的飞奔杀去。大喝："杀不尽的反贼，哪里走！"牛健一看，认得二人是护守征衣二将，知他是杨元帅麾下之人，今既去投降，必先向二人礼下，方是进见之机。即马上欠身打拱，口叫道："二位将军，吾不是西夏叛徒之党，不必阻拦。"二将曰："既不是叛徒，莫非强盗么？"牛健曰："吾原是强盗，如今不做了。强盗所为，非有结果的。"张忠曰："尔是哪方的强徒？今欲何往？"牛健曰："二位将军听禀：吾本在磨盘山落草……"说未完，弟兄重重发怒，骂声："狗强盗，尔一班狗党，劫抢去军衣，险些儿钦差被害，连累及吾众将兵，关中三四十万兵丁，俱受冻寒之苦。今日仇敌相遇，断不容饶！"言未了，长枪大刀齐砍刺来。牛健闪开刀，架过枪，即打拱呼道："二位将军，请息雷霆之怒，且容小的奉告一言。"张忠、李义曰："尔有话快言来。"牛健道："二位且听禀：念小人一时不合误听了孙云的言语唆弄，劫抢征衣，罪该万死。即日劫上山，已悔之不及，恐妨连于钦差有罪，原要即日送还到关。不想牛刚兄弟不明，言已误劫抢征衣，送还料杨元帅执罪不赦，不如献送大狼山。是日心忙意乱，吾也依他。即晚放火烧山，投奔上大狼山，献于赞天王，给赏众军。岂知他是西北外，所穿的多是皮袄毛衣，比中国征衣有天渊和暖之隔，故征衣原装不动。吾今连劫来粮草，送还元帅，立志归投效力，伏望将军引见元帅。"张忠曰："尔唤何名？"牛健曰："小的名牛健。"李义曰："还有一人在那里？"牛健想来，若说明在大狼山，他二人必往寻牛刚了。故言："他与吾已经分散，不知去向了。"张忠喝声："胡说！想尔们已经投顺赞天王，既为敌国叛寇。今将征衣为由，其中定有计谋，不然，差尔来作奸细，内应消息？"言罢，大刀砍去。李义长枪又刺。

牛健是有心投伏，故仍不敢动手，几次架闪开刀枪，道："二位将军，小人实有投降之心，望勿动疑。"张、李言曰："尔既有投降之心，也罢，且盟下誓来方准尔。"牛健闻言，道："天地昭然在上，吾牛健立心投顺杨元帅麾下效力，若有丝毫歹意，口是心非，上遇神明责谴，在阵过刀而亡。"张忠、李义是个直性英雄，见他立下重咒，即放下刀枪，言曰："我二人且留些情面，但作不得主张，且带尔回关，待杨元帅定夺。如若元帅允准收留，是尔的造化。倘然不准投降，便不干吾二人事了。”牛健曰：“深谢二位将军高义，还乞周全些。”张忠吩咐众兵丁：“就此回头。”二将押兵而回。牛健随后押着征衣车辆，仍从燕子河道而回。

有李义打算立功，道：“张二哥，吾与尔到元帅帐前须说些谎语，也可立些功劳。”张忠曰：“三弟，尔怎生说谎可以立得战功？”李义曰：“只言奉了元帅将令，杀到大狼山，杀得二牛大败，被牛刚逃脱了，牛健已被擒回，取回征衣，夺转粮草。如此岂不尔我得功的？尔主见如何？”张忠曰：“三弟，元帅案前且勿谎言，方见光明正大。即拿回强盗，讨还征衣，也不算什么功劳。且待有日血战沙场，敌人授首，定国安邦，显标名姓，方见馨香也。假功劳有何希罕的？岂可效着昨天李守备父子行为？”李义曰：“二哥这句言辞深为有理，到底不说谎言不欺公的好。”张忠曰：“这个自然。”路上二人谈谈说说，已是红日西归，早已封锁关门，只得在外城屯扎一宵。

次早，元帅升坐中军帐，文武官员多来参见毕。有焦廷贵上帐说：“启禀元帅，于今有李义、张忠带领大军前往大狼山，路逢强盗牛健投降，送还征衣，现于辕门外候令。”杨元帅喜色扬扬，连称：“妙！妙！”吩咐连传进二人。焦廷贵领令，不一刻间，张忠、李义报名，进至帅堂，参见过元帅，站立于两旁。元帅虎目一瞧二将，一人面如枣色，一人脸如淡墨，体壮身魁，凛凛凶狠，不凡将士。元帅开言道：“张忠、李义，尔二人带兵往大狼山讨取征衣，事体如何，且细言本帅得知。”二将齐禀：“元帅，小将奉令带兵未到大狼山，在燕子河即逢牛健，押解回原劫征衣并粮草。元帅，他自愿投降，军前效力，小将只得冒昧带同牛健而来。准其投降否，伏祈元帅定裁。”元帅闻言点头，又唤孟定国将征衣检点明白，给散众军兵，粮饷贮归军库。狄爷点首，自言曰：“今朝才应圣僧之言，有失有归，祸中而得福，毫厘不差也。”

不表狄青思忖。当日杨元帅吩咐捆绑进牛健至帅堂，跪于帐前，低头伏地。元帅带怒喝声：“牛健，尔据占磨盘山为盗，本帅一向全尔蝼蚁之命，故未来剿灭。尔蛆虫群队，今日擅敢劫抢御标征衣，连累钦差、本帅，多有罪名。尔今又投于敌人麾下，今见贼人倾尽，进退无门,方来投顺,本帅这里用尔不着。”喝令刀斧手,推出辕门斩讫号令。牛健曰:“元帅爷开恩,听禀告一言。原只因孙云有书,投到磨盘山,教吾弟兄将征衣抢劫,原该如山重罪。一劫上山来,想起登时悔已不及,料得元帅震怒,大兵一至,吾弟兄休矣。当时原思送还,但都是吾弟牛刚不明,只恐元帅爷加罪,参唆吾放火烧山,投归赞天王部下。但今粮草征衣原装未动,今日小人悔改前非,特来献降,愿在元帅军前牧马效劳,以盖前愆。伏乞开恩,留残躯于一线,足见元帅爷仁恩。”元帅又问:“孙云是何等之人,与尔书信往来?且直言,休得隐瞒。”牛健曰:“元帅,那孙云的胞兄名孙秀,在朝现为兵部之职。”元帅曰:“如此,是孙秀之弟。”又道:“王亲大人,那孙云与尔为仇么?”狄爷细将情由说明,元帅方知其故。又问牛健:“那孙云的来书何在?”牛健曰:“放火焚山,其书未存,已烧毁在山中了。”元帅曰:“狄王亲,如若有书留存,本帅可以上本声明,收除此贼了。怎奈凭证全无,言词不足为据,如何是好?”狄爷曰:“元帅,孙云虽然有罪,但今不得书为凭,他的恶贯未盈之故耳,今且慢除他。小人立心不善,下次岂无再作恶之时?待犯了大关节,再行除他未晚。”元帅喜曰:“狄王亲海量仁慈,非人可及。”

又有焦廷贵半痴呆呼道:“元帅,小将有禀。”元帅曰:“尔有何商议?”焦廷贵曰:“牛健是个信人,断然杀不得!”元帅曰:“尔怎知他是信人?”焦廷贵曰:“他不是信人,怎肯听信孙云之言,劫了征衣,来害钦差,劫去又送还?况只有拿来犯人,没有自来犯人。元帅是明理的,杀这自来盗寇,不是元帅欺着信善之人?”元帅大喝:“匹夫胡言乱语。”又问:“范大人,怎生处决?”范爷曰:“想大狼山寇尽除,饶了他谅亦无妨。”杨青曰:“他投降无歹心,何须杀却此人。”狄青见焦廷贵讨饶,料与牛健有瓜葛,就此呼道:“元帅,牛健也是一念之差,恕彼已知罪,送还征衣,免其一死,仰见元帅仁慈。”元帅曰:“狄王亲既如此宽洪大度,本帅未便执法。死罪饶了,活罪难宽。”吩咐捆打二十,发在军前效用。当时打了二十军棍,牛健起来忍痛谢了元帅之恩。元帅曰:“牛健,尔还有弟牛刚,如今何在?”牛健曰:“逆弟不愿归降,已经分散,不知去向了。”元帅曰:“何须猜测,定然在大狼山,少不得发兵征剿也。”牛健曰：“上启元帅，小人尚有兵三千，求元帅一并收用。”元帅命焦廷贵将兵点明上册，焦廷贵得令而去，牛健随后而出。又有孟将军上帐缴令，已将三十万军衣给散毕，并三千押征衣兵补归元帅麾下，粮饷贮归军库，缴还军令。狄爷曰：“元帅，小将有言告禀。”元帅曰：“王亲大人有何见谕？”狄爷曰：“五云汛守备衙现今空缺，小将有一姐丈，名唤张文，向为潼关游击，被马应龙无故革除，望元帅着他暂署此缺，未知可否？”元帅允准，拔令差将前往，起复张文。此事慢提。

当日张忠、李义，元帅命作三关副将。独有三关上的官员要升要革，要死要活，悉凭元帅定裁，先行后奏。只因先帝真宗时，杨延昭守关之日，已敕授斧钺生杀之权。至宗保袭职，复赠赐龙凤上方剑，得专授官爵，执掌重大兵符。当下杨元帅要备本回朝，一众商量，荐举狄青拜帅。只因失却征衣之事，须要怎生周全乃可。范爷曰：“若言失了征衣，其罪非小。大狼山破敌功劳虽大，只好功罪两消，焉得圣上准旨拜帅？”杨青曰：“征衣虽失，不过三天已复还了，将此事抹煞去，有什么证考的？本上只言钦差征衣依限期而至，进城数日，立下大战功，岂不省却烦思多虑。”元帅听了，依此拟备修本章赍奏，即日差将登程。吩咐一回汴京，勿与众奸党得知，须要亲到午朝门，通知王门官传奏。另有书一封，送回天波府祖母佘太君、母亲王氏夫人。狄爷一书，送至南清宫狄太后。范爷一书，送至包待制府中。杨将军一书，送交韩吏部府上。别无言语，无非关照狄青征衣解至的话，并破大狼山立下血战大功。长编文义，实难细述。

是日，只有狄青想来：生身母在张文姐丈家，一心牵于两地。今日起复张文为守备，母亲定然到此，待吾少侍晨昏，为子方得安心。是夜不表。不知后事如何，且看下回分解。

第三十九回　五云汛李张授职　临潼关刘庆冒神

诗曰：

莫道英雄发达迟，只因忠硬被奸欺。

时来有会仍叨福，运至无亏天禄期。

当晚狄爷思亲之际，杨元帅退了帅堂，众将各归营。只狄青一切无差，单单差得忘却一位活命恩人。原来此乃庞府逃出李继英，他乃与张忠、李义同到此。是日，元帅只令张、李进见，狄爷已忘遗他在外营。忽一天，得遇张忠，他只言要见狄老爷。张忠反觉骇然，言："狄老爷忘遗了活命恩人？待吾与汝传知。"

是日，狄爷正与杨元帅对坐，谈论圣上增送岁币与北夷契丹之差处，有张忠上帅堂向狄爷禀知："继英要求见。"狄爷听了，忽觉醒悟来，言曰："果也忘遗了他，只算吾无情的。传命他速请进相见。"张忠领命而出。元帅忙问："那继英乃是何人？"狄爷细将得他搭救前情说明。元帅与众将多言："此等义侠人，实为可敬。"正言之间，李继英已至，参见过元帅，又拜见狄爷，狄爷即挽扶起继英。再参见范礼部大人、杨老将军、孟焦等一班文武员，众将敬他是侠烈士，不便轻慢。元帅又与他一座位于狄爷位下。谈论数言，元帅吩咐赏酒一桌。狄爷命张忠、李义陪宴，不用多表。狄爷又曰："元帅，五云汛上还缺一千总官，可命着继英补了此缺，不知元帅意下如何？"杨元帅曰："狄王亲既荐他，本帅且依命。"即着继英莅任五云汛，继英叩谢而往。此事暂停。

再说前文，飞山虎刘庆前月依了张文之言，归随了狄王亲，但碍着妻子，又不能逃出潼关。当日算计定，收拾起金帛细软物件、丫环家眷，送在一所僻静尼庵安顿了，又来见马总兵。他言："庞太师一心要害狄王亲，不想前月一连几次汝不下手，莫非尔与他有什么瓜葛，不肯下手的？"飞山虎拱曰："小将与他毫无相交，焉有违命不下手？但他盔上甚奇，日夜放光，冲开大刀，不能劈下，不免待小将再至三关走一遭便了。"马应龙曰："狄青到关已久，尔今此去，更难下手了。"刘庆曰："不妨。小将此去，定取狄青首级回来，断不再误。"马应龙曰："既如此，速速前往。"飞山虎退出，想来马总兵果也胡涂，乃贪财受贿之徒，实不可与此奸佞同群。按下刘庆不往别处，只往张文家。

又说孟氏太君，自与孩儿分别，终天挂念。只时值三冬，雪、霜飞下，倘道途耽搁，违了限期，犹恐杨元帅执法无情。虽有佘太君书一封，不知元帅遵从宽限否？金鸾小姐时常安慰母亲。张文又言："狄兄弟乃烈烈英雄，定然无碍的。"是时已十月下旬了，忽一天，报进杨元帅差官到来，反吓得张文一惊，只得接进来。武员见过礼，杯茶递毕，动问："孟将军，到此有何公干？"孟定国曰："只为狄钦差英勇，杀退敌人，即于元帅前保举张老爷为五云汛守备职。元帅有文书在此，请看便知明白。"张文曰："有此奇事么？"张文前日虽做过游击，但前程已被革去，因何孟定国仍称他为张老爷？只为张文是狄钦差谊戚，今又起复为守备，故孟定国特恭敬于他。

当下张文看了文书，满心大悦，言："备酒款留。"这孟将军告辞而去。张文大喜，进内堂告知岳娘。太君孟氏闻言大悦，言："有幸！难得孩儿立此大功。"金鸾欣然道："母亲，果见兄弟为人胆正志高，具此奇能，如今愁闷尽消了。"太君曰："此乃苍天庇佑，吾儿年少立此奇功也。"是日，张文选了本月吉日二十七，登程赴任。预早收拾物件，不用细言。

是日，又来了刘参将，言："马总兵必要谋害狄王亲，但吾已将家口安顿在尼寺中，心无挂碍了。张老爷可还吾席云帕也。"张文微笑曰："刘老爷乃言而有信之君子也。"刘庆曰："为人言出如山之重，岂容变更的？"张文曰："我家兄弟年虽轻，实见英雄骁勇，方到边关即立下大功。"刘庆曰："立了什么大功？"张文笑曰："首寇赞天王等五将，数十万敌兵，齐杀个尽罄。今又来保荐我做五云汛守备，尔道奇妙否?”刘庆曰:“可惜!可惜!追悔已迟了。我何不及早跟随狄钦差的?若还早到边关,也立下些战功了,岂不快哉!孰知耽搁来迟了,还有何面目往见钦差也?”张文曰:“刘老爷何须着恼,尔今来见,小功还有,大功待后建立。”刘庆曰:“张老爷且还吾席云帕,待吾刻日往见狄钦差。”张文曰:“尔即日往三关,也终迟了。如今何须性急,小弟再两天也要动身,同往如何?”

当时张文款留飞山虎,堂中排开酒宴一桌,二人对坐,吃得尽欢。酒至半酣之际,谈论庞洪奸恶,马应龙附和趋权,要陷害狄钦差,张文不觉宽泛而言,道:“刘老爷,吾想庞洪、孙秀、胡坤与狄钦差结下深仇,要图陷害,也不计较。但马应龙与狄钦差并非宿怨,不该深信庞洪恶言图害他,比之三奸狠恶,倍加锐毒也。他命尔往杀狄钦差,不若尔今反往杀这奸贼,取彼首级,拿到边关,交于我家狄弟,言尔是个为国除奸英雄。但不知尔有此胆量否?”飞山虎听了,冷笑曰:“要杀奸臣唾手可得,速将席云帕还吾,管教即晚取到首级来此。”张文曰:“刘老爷,果敢胆子去乎?”飞山虎曰:“畏怯于往者,非为丈夫也。”张文暗自言曰:“吾不过是戏言,岂知认作为真。待吾索性将他激恼,着除却奸党。”即道:“刘老爷,但下属擅杀上司,罪名重大,倘然杀害不成,尔命休矣,这是不稳当的。”刘庆曰:“尔休得小觑于我。如一诺允承,即赴汤蹈火也不辞,何独些小事情,有何难处?若无首级回见于尔,即将吾脑袋送割与尔。”张文曰:“如若杀此奸臣,也算除一国患也。”当日食酒已完,不觉红日归西,张文取出帕子,交还了飞山虎,再言谈一番。

时交二鼓,刘庆将腰刀紧紧束紧,驾席云飞来至潼关,还不落下庭中,在着他内府四城观望,想来:马应龙谅已睡卧了,不若特唤他出来,赏彼一刀矣。即大呼:“马应龙,吾乃上界速报神,今奉玉帝旨到此,即速接旨。”却言马应龙正在内堂与夫人食酒闲谈,已二更残,夫人先醉了,这马总兵还不住杯。想飞山虎的席云奇本领,但愿此去一刀两段,收除了狄青。除得此人,其功不小,庞太师定然才算升吾的官爵。正在心中思想,忽闻庭外大呼喧唤之声,静听来言,奇了,什么上天速报神?忙唤丫环小使,岂期夜深多已熟睡了。他只得自持银灯，起位步出庭前。飞山虎看得明白，即厉言大喝："马应龙身居武员，当为国除奸，今不念君恩，反附奸臣，图害狄青。他乃保宋良臣，今吾奉玉旨，斩却佞臣，断无轻赦！"马应龙早已吓得魄散魂销，抖振腾腾，跪下尘埃呼曰："尊神在上，吾实无此事……"方说得一声"无此事"，刘庆已飞身而下，只一刀，血淋淋头儿滚将下来，提了人头，飞空而去。又腾空到临潼府内。当日刘庆想来：不好！犹恐牵连近地官民。按住云头高呼："临潼府太守何在？"

是晚，府太爷还在灯前批阅几款下属详文，忽闻半天中呼唤，不觉吓了一惊，抽身出外，喝问："哪方呼唤本府？"又闻高空曰："临潼府听吾吩咐，我乃上界速报神也，奉了玉旨所差至此地。只因潼关马总兵应龙所信庞洪奸佞之言，嘱托打发刘参将前往边关行刺狄钦差，此等恶狠奸臣，趋权附势，今已上天大怒。吾乃值日，奉差先往边关，取了刘参将首级，又回潼关，斩却马总兵，俱拿去首级复旨也。本神知尔是位爱民清正官，是以特此报知，此非盗杀凶手可延追的，不要累及近地官民，即庞洪奸恶险毒，后头自有报应诛之。"说完，嗖的一声去了。当晚府太守闻言并不惊慌，心中明白，进回书房中。

又表明，这位临潼府太爷姓白，讳山，字峻高，是位公正无私清官。江西省人氏，两榜出身。年近五旬，办过多少公案，经历有年，岂不明白此事。自言曰："什么上界速报神？本府久闻潼关参将刘庆善于席云之技，想必马总兵差他行刺狄青，刘庆反而刀枪杀了马应龙，犹恐累及他人，故来本府跟前言此诘诈之言。"想罢长叹一声："刘庆，尔自不附奸臣党羽，却是尔正大光明立品，但不该胆大，擅杀上司。况且杀害官员，事关重大，岂不干连近地头百姓、本府官员的，教我如何处决？此无凭无据之论，难以申详上宪。有此桩重案，如何了得？"想来思去，只得请来刑名、幕宾师两人商酌。两师道："老爷，这桩重案不据此而办者，一府城文武员多有干碍了。依晚生愚见，只须据此而办，又须快马赶回朝，密禀冯、庞二相，送副厚礼，要挽求他周全，方保本府官员无碍。但老爷可连夜进关查确有无此事，方好播扬众官员得知，要先说明天遣神人责备之言方妥。"白老爷听罢点首。

顷刻传知众衙役，打道随从白老爷，一程来至马总兵衙中。见其丧命,实有此事,即吩咐差人分头往报知各官。城厢内外文武员,多有熟睡了,一闻此报,众员吓得骇惊不小,不一刻已齐到马府中。进中堂,只见是该身体,不见了首级,众员嗟叹称奇。当日府内夫人也信为确,哭得肝肠寸断。众文武议议论论,言:"若非白老爷连夜查明是神圣显灵,上干天谴,哪里去捕拿凶手?此桩大事怎生完结?"当下天明,众官散去,少不得复会叙商,备厚礼申备文书本章投达东京。马府夫人只得收拾无头尸首,哭泣哀哀,不须多表。地头百姓私议称奇,正所谓湛湛青天,焉可欺也!

不表众民多论。却说飞山虎驾云走到荒郊之外,将首级埋藏于坑土中,然后回见张文,细言其事。张文抚掌欣然曰:"刘老爷果也胆量包天。"时天色已亮,只有金鸾母女,又惊又喜,惊只惊杀人如同儿戏;喜只喜除了一奸臣,免了弟兄后患。次日是十月二十七日,张文已收拾齐备,携家眷在大舟水面运进。有五云汛上的兵役纷纷迎接进衙,又有李继英也来参见上司张守备。众兵人人叩首毕,一言交代,文不烦言。

却说飞山虎一到了边关,将此情由启知狄青。这狄青一闻此语,责怪他目无王法,彼虽乃附和奸恶之臣,但并非尔可杀者。又妨于累及此处官民,只得将此情由禀知杨元帅。杨元帅反敬羡他是义侠刚烈英雄,授他副将之职。又制造成四扇大旗上,取狄青为"出山虎",张忠为"扒山虎",李义为"离山虎",刘庆为"飞山虎",四围辕门,高高竖起。此时方得四虎将,后来石玉到关,加上一旗,名"笑面虎",又成全五虎将。

又说狄青是日一见张文有文书到帅堂,他即日到五云汛见了母亲,喜色欣欣,又与姐丈、姐姐一堂谊叙重逢。叙话长编,不能细述。不知后文如何,且看下回分解。

第四十回　贤德夫人心报国　贪婪国丈计瞒天

诗曰：

贤良诰命达君恩，劝保留全护国臣。

不负朝廷存大节，流芳青史女钗裙。

不表是日狄青母子姐弟重逢。又言杨元帅身居二十六七载边关主帅，从无半点私曲徇情，惟独自今本章一道，周全狄青之罪，抹刷过失征衣，单提到关即退大敌，立下战功，李成父子冒功之事，一概不提，只候圣上准旨，封拜青为帅。岂料偏偏有李沈氏要与丈夫、儿子报仇之事，至失征衣事情仍然败露，故又有一番大大波澜兴出，搅扰一场。故杨元帅本章未到，他早到三天。

沈氏一程进城，到沈御史衙中，进内拜见哥哥，又与嫂嫂尹氏贞娘殷勤见礼，东西而坐叙谈。各问平安毕，沈国清曰："贤妹，尔今初到来，似觉愁眉双锁，满面含悲，是何缘故？"当下沈氏呼声："哥哥，妹子好苦也！"未出言词，泪已先堕。言："丈夫、儿子尽屈死于钢刀之下，故特来告诉亲兄作主。"沈御史听了，吓一大惊，呼道："妹子，且慢悲啼，速速明白说知。"沈氏含泪将夫、子身死情由一一说明。沈御史曰："贤妹，这段冒功事情，原乃妹丈差处，教我也难处决。"沈氏曰："哥哥，妹夫虽差，但杨宗保太觉狂妄了，即使冒功也无处死之罪。"沈国清曰："怎言无死罪的？死有余辜也。"沈氏曰："哥哥，但父未招，子未认，不画供，不立案，如何诛杀得？人命大事，故以妹子心实是不甘愿。抵死而至回朝，要求哥哥作主，将仇恨雪，即夫、子在九泉之下，也得瞑目。"沈国清曰："贤妹，且开怀罢手为高，何苦如此？"沈氏曰："哥哥若不出头，枉为御史高官，赫赫有名，反被旁人耻笑尔是个没智量之人也。”尹氏夫人听了这些言辞，想来：这等不贤之妇，不明情理之人，世间罕有。不嫌己之歹心恶行，反怪他人立法秉公，言来句句理偏，乃不中听的。转身向内室去了。沈国清曰：“妹子，吾还要问尔，古言木不离根，水不脱源。尔言狄青失去征衣之事，须要真的，方可说来。”沈氏曰：“乃磨盘山上的强盗抢劫去征衣，众耳目见闻，不但妹子一人所晓。”沈国清曰：“尔若要报仇，事关重大，为兄的主张不来，待吾往见庞国丈商量方可。但有一说，这位老头儿最是贪爱财帛的，倘或要索白银一二万两之数，尔可拿得出否？”沈氏曰：“妹子带回金珠白镪约有五万两，如若太师作主，报雪得仇冤，妹子决不惜此资财。”沈国清曰：“如此待吾往商量便了。”吩咐丫环服侍夫人进内。众丫环领主之命，扶引这恶毒妇人进内。沈氏心下思量忖曰：“缘何嫂嫂不来瞅睬于我？难道没有三分姑嫂之情？”便命自带来两名侍女去邀请尹氏。这夫人只强着相见叙谈。是日排开酒宴，面和心逆，二人对饮言谈，多不表。

又言沈国清匆匆来到庞府，家丁通报，见过国丈，即将妹子之事，细细言明。有庞国丈想来：老夫几番计害狄青，岂料愈计算他愈得福，如此冤家更倍结深。此小贼断断容饶不得！即杨宗保恃其权势，目中无人，做了二三十年边关元帅，老夫这里无一丝一毫敬送到来。老夫屡次要起风波搅扰于他，不料彼全无破绽，实奈不得。彼今幸有此大交关好机会，将几个奴才一网打尽，方称吾怀。但人既要除，收财帛也要领惠。待吾先取其财，后图其人，一举两得，岂不为美？开言呼声：“贤契，这段事情难办的。”沈国清曰：“老师，此何故也？”国丈曰：“贤契，尔难道不知么？杨宗保乃天波无佞府之人，又是个天下都元帅，兵权狠重，哪人动他一动，摇彼一摇？除了放着胆子叩阍，即别无打算了。”沈国清曰：“老师，叩阍便怎生打算的？”国丈曰：“叩阍是在圣上殿前告诉一状，倘圣上准了此状，杨宗保这罪名了当不得，干及狄青、焦廷贵二人也走不开，杀的杀，绞的绞。他即势大封王、御戚，也要倒翻了。碍只碍这张御状无人主见秉笔，只因事情交关，所以尔妹子之冤竟难伸雪。”沈国清曰：“老师，这张御状别人实难秉笔，必求老师主裁方可。”国丈曰：“贤契，尔笑话了。老夫只晓得与国家办公事，倘然管闲事的，不在行也，且另寻门路罢。”

此刻庞洪装着冷腔，头摇数摇，只言难办。沈御史当时也会其意，明知国丈要财帛，即曰：“老师，俗语言揭开天窗说明亮话。这段事情乃是门生妹子之事，只为门生才疏智浅，必求老师一臂之力，小妹愿将箧中白金奉送。”国丈冷笑曰：“贤契，难道在尔面上也要此物的么？”沈御史曰：“老师，古人言：人无利己，谁肯早起？况此物非吾之资，乃妹子之物。拈物无非藉脂光，秀士人情输半纸。今日仍算门生挽求老师谅情些，足见情深了。但得妹子雪冤，不独生人感德，即父子在阴之灵，也不忘大德。”国丈曰：“此事必要老夫料理么？”沈国清曰：“必求老师料理的。”国丈曰：“御状词尔用何人秉笔？”沈国清曰：“此状词正求老太师主裁。若老太师不承力，谁人敢担当此重事？”国丈曰：“或有言：持笔去墨取人头者，不益荫子孙。”沈国清曰：“非也。为人伸冤雪恨，无量之功，上天岂有不佑者？老太师休得多心。”国丈曰：“也罢，既汝此说来，也不计较多虑了。但还有一说，御状一事，非同小故。守黄门官、值殿当驾官，一切也要借重使费，即用些面情，只抵微用，也要四万多白金。劝尔令妹且收心也，是省得费去四万多金。”沈国清曰：“既费去四万金，吾妹子也不罕惜。休言御状大事要资财费用，即民间有事于官门，也用资财。”国丈笑曰：“足见贤契明白的。但不知尔带钞在此，或回去拿来？”沈国清点头暗言：“未知心腹事，且听口中言。这句话明要现钞了。”便说：“不曾带至，待吾去取如何？”国丈曰：“既如此，尔回取至，待老夫订稿。”沈御史应允，相辞而去。

当时国丈大悦。好个贪财爱宝奸臣，进至书房坐定，点头自喜，自言：“老夫所忌者包拯，除了包待制，那怯惮别人？今幸喜他奉旨往陈州赈饥不在朝，故老夫不畏他。那畏天波无佞府之人，天下都元帅威权狠重。那畏彼南清宫内戚，一张御状呈进金阶，稳将个狗男女一刀两段。啊！杨宗保，不是老夫心狠除尔，只因尔二十余年没一些孝敬老夫。”当日庞洪犹恐机关泄露，闭上两扇门，轻磨香翰，执笔而挥，一长一短，吐此情由。写毕，将此稿细细看阅，不胜自喜：“不费少思，数行字迹人头落，四万白金唾手而得。但老夫不领，谁人敢取？”

国丈正在心花大放，外厢来了沈御史，已将四万银子送到。国丈检点明收领，即曰："贤契，尔是个明白之人，自然不用多嘱。只恐令妹不惯此事，待老夫说明与尔，尔今回去将言说知令妹。"沈国清曰："吾为官日久，从不曾见告王状之人，怎生一法，望老太师指教如何？"国丈曰："贤契，这一纸乃是状词稿耳，只要尔妹誊书的更妙。"沈国清曰："幸喜吾妹子善于书誊。"国丈曰："又须要咬破指头，沥血在上。他虽有重孝，且勿穿孝服。"沈国清曰："此二事也容易的。"国丈曰："又须一身素服，勿用奢华，须要装成惨切之状。一肩小轿，到午朝门外侍候。待黄门官奏称李沈氏花绑衔刀，然而此事假传，可以行得，并不用花押绑的。"沈国清点头称是。国丈又曰："主上若询问时，缓缓而答，雍容而对，不用慌忙，切不可奏称尔是他胞兄，他是尔妹子。倘圣上不询问也不可多言答话。又须将状词连连记诵，须防对答状词不准，还防背诵，这是切要机关，教汝令妹须要牢牢记着。"沈国清听了，言曰："谨遵吩咐。"沈御史即时接过状词，从头遍诵完，便连称："妙！妙！老太师才雄笔劲，学贯古今，此状词果也委曲周章，情词恳挚。"看毕，轻轻收藏袍袖中。

是日，国丈早已命人排开酒宴，留饮一番。少刻辞别归衙，便将状稿付交妹子，又将国丈之言一一说知。这沈氏听得，一行珠泪辞别哥哥，回至自寓内室中。若论沈氏虽则为妇人之蛮恶狠毒者，然而于夫妻情分却有无差之处，立心要与夫、儿报仇，拼着一死而不惜。即晚于灯下书立状词，记诵一番，待至明天五鼓，要至午朝门外进呈。不表。

又言沈御史至夜深，回至内室中，只见灯前肃静无声。有尹氏夫人一见丈夫进来，只得抽身曰："相公请坐。"沈御史也答言而坐。又曰："夫人还未安睡么？"尹氏曰："未也。"沈国清曰："夫人为什么愁眉不展，面带忧容，莫不是有什么不称心之事？"尹氏曰："非有不称心忧怀。"沈国清曰："是了，定然憎厌姑娘到此，故夫人心内不安也。可晓得他是吾同胞之妹，千朵鲜花一树开也，须念未亡人最苦。夫人，尔即日间冷淡他，也不应该的。"

尹氏听罢，叹声道："相公，亏尔也说此言。妾之不言无非假着呆聋耳目，我不埋怨于汝，何故相公反埋怨于妾，何也?”沈国清曰:“夫人，今日姑娘非无故而至，是个难中人。姑夫、甥儿多死于刀下，有何心乐？尔为嫂嫂，当看吾面份，多言劝慰，方见亲亲之情。何故这般冷落于他，还要埋怨下官怎的？夫人尔却差了。”尹氏曰:“相公，妾既冷落了令妹，尔该还亲热些。但这不贤之妇不冷落他也难令人喜欢的。可笑彼为人不通情理，不埋怨丈夫、儿子冒功，反心恨着杨宗保，强要翻冤。这事是他夫、儿己之干差，冒了别人功劳，希图富贵，将人伤害，人心变为兽心。岂知天理昭然，水落石出之时，罪该诛戮。如达理妇人即收拾夫、儿尸首，闺中自守，才为妇道。今日还亏他老着面颜，来见相公，打算报仇，岂非良心丧尽之人？妾实难与此恶狼情厚。只因他是相公合母同胞妹子，只得勉强与他交谈。相公官居御史，岂不明此理的？实是不该担承领助他翻仇。倘然害了边疆杨元帅，大宋江山社稷何人保守？奉劝相公，休得忘公惠私的，及早回绝了他，免行此事为理。”

沈御史听了笑曰:“夫人，尔真乃是个不明白之妇也。杨宗保在着边关，兵权独掌，瞒过圣上耳目，不知干了多少弊端。”夫人曰:“相公，尔知他作何弊端以欺圣上?”沈国清曰:“怎么不知的？圣上命他边疆把守拒敌西戎，如命经年累月，不能退敌，耗费兵粮不计其数之多，其中作弊处不胜枚举。纵使吾妹丈、甥儿干差了事，重则革职，轻则重打军杖即罢了，为什么这般惨薄，没一些情面，竟将他父子双双杀害？况且并不画供，又不立案，杀人杀得如此强狠，法过于律外，别人哪个不忿恨？况吾的妹子，一个是丈夫，一个是儿子，焉得不思报仇？即铁石人也心上不甘，焉怪责他报仇是蛮的？夫人，尔错怪他了。彼今既来找哥哥作靠，岂有袖手旁观不帮助之理?”不知尹氏夫人如何答话，图害得三关将士如何，且看下回分解。

第四十一回 行贿得机呈御状 受赃设计害邦贤

诗曰：

心狠欲毁擎天柱，受贿婪赃昧主恩。

灭法瞒天奸佞辈，朝纲败紊绝彝伦。

当时尹氏夫人听了丈夫之言，即曰："不知相公如何料理翻冤大事？"沈御史曰："本官也料理不来，故与庞太师酌议。费去四万银子，做御状一纸，待妹子于驾前哭告。但愿得上苍默祐，得君王准了，天大冤仇可稳稳雪翻了啊！夫人，是亲必顾。从来说：那管得江山倒与坍也。尔是一介妇人，休得多管，休思阻挡。吾自有主意，断无不助妹子之理。"尹氏夫人自语曰："大奸弄些伎俩，众忠良虽然凶多吉少，但思沈氏乃单微武员之妻，呈此御状，事关天大，料必君王未必准他。但沈氏身属女流之辈，如何起此恶毒念头？泼天大胆，又如蛇蝎之凶。投伏奸权作士谋，纵然御书状词做得狠切，看尔弱弱钗裙，怎到得巍巍五凤楼前？即圣上乃英明有道之君，尔要扳倒此大忠良，怎生准汝？岂不一场画饼充饥的妄想，反惹人笑话，万人羞也。"

当时沈御史见夫人自言自语，又不阻挡他，只说出一番有紧无关之言，暗中挡他。便说："夫人休得多言，尔且看冤仇翻与不翻，日后自见。且请安睡罢。"夫人诺而不再言。

不表东边却说西。当日庞国丈收领沈御史四万两白金，喜色扬扬，是日即往见黄门官，言曰："明日万岁临朝，有一妇人在午朝门外来叩阍呈御状，断断不可拦阻他。劳尔奏明圣上，一切言语之间帮衬些。"黄门官答言曰："国丈大人吩咐，当得效劳。"若问庞太师女为宠妃，把握朝纲，赫赫有名一品，上下官员十有七在他门下，如今他对黄门说了一声，那有不遵？谁敢强辩？是以李沈氏叩阍，名说费了四万银子，而庞太师一厘一毫也不曾破费，实乃一人叨惠了。

次日五更三点，东方未明，已有文武官员齐集。天子登金殿，香烟霭霭，氤气腾腾，但见：

文臣武将参天子，国戚王亲一体朝。

东西对面分班列，个个低头尽曲腰。

朝罢，圣上有旨："文武众臣，有事出班启奏，无事即此退朝。"有黄门官俯伏："启奏上万岁，有一妇人于午朝门外，自称李沈氏，花绑衔刀，手呈御状，俯伏哀泣，声言身负沉冤，无门申诉，冒死而来，乞求万岁爷作主。小臣即将该氏驱逐，该氏称言杨宗保误国欺君之语，不知是真是假，小臣不敢不奏明万岁定裁。"班中国丈暗点头，自语："黄门官果也能言之辈。"当日，众文武员个个心惊，不知真假，竟有此交关重大事情。独有庞洪、沈国清心头明白。

嘉祐君王开言曰："妇女之流，泼天胆子，敢到此间，哪有此理，不知死活。有何海底极情之冤，敢于午朝门外呈此御状？寡人不是地头官司案民情者，恕他妇女无知，从宽免究，逐退午朝门，不许再奏。"黄门官听了万岁之言，焉敢再奏，口称："领旨。"正要抽身，只见庞太师执笏当胸，俯伏金阶，奏曰："臣思李沈氏乃一妇人耳，据称身负大冤，无门伸雪，想必冤沉案没，故敢于吾主驾前求伸也。更言杨宗保误国欺君，此事必因国家而起。陛下若不究询明虚实，而该氏果有重冤者，何忍其伸诉无门？至如杨宗保，倘果有欺君误国之弊，亦不便由其所作也。伏惟陛下睿鉴参详。"君王曰："朕思杨宗保世沐君恩，府居无佞，为将多年，只有保邦，从无误国。此事定然妇人听了别人唆惑而来。朕必不询究，卿勿多言。"天子果乃明君，参透此事。有众位忠良大臣猜测无言，独有庞国丈满脸透红，沈御史心如火炙，眼睁睁只看着庞国丈。这庞洪只得再奏曰："臣思地方有司衙署，或有刁民藐视国法，以假作真，以曲为直，捏情诬告，刁讼唆斗者不胜枚举，姑所勿论。但万岁驾前，该氏若非沉冤重枉，焉敢冒死而来，以身而试法？况有误国欺君大款头，谅非海市蜃楼之虚也。伏望陛下准收御状，以免此妇有屈难伸。重臣弊法，有碍朝廷纲纪，圣朝风化。臣待罪宰阁,不得不冒死罪上言。”嘉祐君王看看国丈,想必此事是汝从中主唆也,故以着力为言。也罢,寡人且看状上情由如何便了。言:“依卿所奏,着黄门官取状进呈。”黄门官口称:“领旨。”去不逾时,取到李沈氏状词,呈于龙案上。嘉祐君王御目一瞧,状曰:

诚惶诚恐,稽首顿首,冒死上言。诉冤妇李沈氏,现年四十五,江南松江府华亭县原籍。诉为冒功枉法、婪赃冤屈、斩宗绝嗣、屈杀害命事。氏夫李成,曾为五云汛守备,仅有独子李岱,是汛千总。冤于本年十月十三日,钦差狄王亲领解征衣,已至关外荒地屯扎,悉被磨盘山强盗抢劫。至十四夜,氏夫、子经汛巡查,偶遇胡人赞天王、子牙猜醺醉逡巡,蹈雪履霜而至。夫思二恶乃西戎巨寇,中土大患,父子私算,乘其醺醉糊涂,伺机除灭。夫箭射赞天王,子刀伤子牙猜,二首并枭,双功望奖。父子共赴边关,献功帅府。孰料狄钦差尽失征衣,难弥其罪,重行贿赂于焦先锋而为硬证,故钦差得以冒功卸罪。惟杨宗保徇情弊法,混将氏夫及子枭首辕门。痛思氏之夫、子,功凭级证,奈杨宗保恃职司权,凌属如蚁。嗟乎!人心何在?国法何彰?既掌三军司命,职司生死之权,理应秉公报国,乃竟有功得罪,因功惨死。在氏冤屈沉沦,绝嗣斩宗。在杨宗保昧法欺君,专权屈杀。至彼兵符统属,势大藩王,故氏无处伸诉,不得已冒死午门,沥血金阶。倘黑天翻白,虽死之日,犹生之年。衔刀上陈,恳乞皇天电鉴,不胜哀惨痛切之至!

嘉祐君王看罢,将信将疑,推测不明。若说狄青征衣尽失,照依国法原该有罪。如无此事,这沈氏妇人怎敢轻告此词?也罢,寡人且自准他,将情由一询,看是如何?传旨:“李沈氏放绑卸刀,着进金銮。”黄门官领旨。

当日天子吩咐将沈氏松绑卸刀,然这沈氏跪于午朝门外,并无背刀花押,惟是庞太师的权柄大,得了银子,在黄门官奏事官知会,弄了手脚,自然入奏沈氏背刀绑押,天子哪里得知?这沈氏低着头,一身淡素服式,步至金銮殿俯伏下,两泪交流。当时圣上诘他情节,而沈氏照依状词上,句句对答无差。天子想来,此款状词十有七八是国丈专主，故不诘及谁人代笔主谋，降旨："将李沈氏发往刑部天牢中。但此案未分明皂白，寡人暂准此状，着令九卿四相，公同为主办理，以三日内复明定夺。"当时退朝，群臣各散，俱各不表。

单言李沈氏，天子虽言降发他在刑部天牢中，但沈御史即日弄了些权势，只与司狱官知照说了数言，李沈氏仍归御使衙中。原因妯娌二人不甚相得，沈爷又差人悄悄将妹子送至一尼庵内，权且耽搁。一言交代，也不多提。

当日九卿四相、文武大臣奉了圣旨，在朝房公议。当初忠义重臣，首相寇准、毕士安，仁宗即位元年已卒。次后则继而亡者，太师李沆、待制孙奭等已弃世。如今冯太尉、庞国丈、吕夷简秉政，欲拟狄青中途失去征衣，贿证冒功，杨宗保昏昧不察，妄伤有功两命，误国瞒公，其罪重大。又有左班丞相富弼、平章文彦博、吏部天官韩琦三位忠贤，驳论曰："据妇人乃一面之词，岂得为凭，而伤边疆望重之臣？依私秉公，焉有此法律？如要力办此事，须要严审狠究李沈氏，方得分明真伪的。"此一天议不定，第二天仍复如此。

又至次日，五更晓，天子设朝，正在君臣议论此事。忽有黄门官入觐："奏知圣上，有边关杨元帅差官赍表进呈御览，现于午朝门外候旨。"圣上当时传旨宣进。赍本官进阶俯伏，山呼"万岁"。有侍官取上本章，在于龙案上展开。天子看罢，其表上叙及狄青征衣限内到关，力除西戎国五员骁将，杀败十数万敌兵，解了边关围困，特请旨荐保狄青为帅，彼要告驾回朝之意。天子看完，欣然大悦，开言道："庞卿，汝且将杨元帅折本看来。"当下庞国丈言："臣领旨。"看罢本章，惊吓不小，顷刻满脸涨红。暗想来：再不想狄青有此本领奇能深算，他反得此重大功劳。今杨宗保又荐他拜帅，如若狄青做了边关主帅，老夫休矣。即忙俯伏奏曰："陛下明并日月。臣思杨宗保荐狄青为帅，但现据沈氏控他失征衣，贿证冒功，希图抵罪，此乃机关不对。而杨宗保本上并无失征衣之事，既李成父子冒功正法，因何本上绝无一字提陈？是沈氏所呈确切而杨宗保弊端显然。但昧法欺君，理当究本穷源。仰祈陛下龙心明察，庶无负冤之妇、蒙弊之臣也。"

当下君王听罢，想来：此事教寡人也推测不来，怎生是好？有首相富弼怒气不平，出班奏曰："陛下，老臣有奏。"天子曰："老卿家有何奏闻?"富相曰："臣思此妇敢于叩阍者，必有主唆奸臣。而李成父子若不冒功，杨宗保岂有屈杀无辜？狄青果然无功，彼焉肯欺君请旨拜帅？陛下如要明追此重案，先将沈氏泼妇交包拯严究何人唆诱，则李成父子冒功真假，彻底澄清矣。"此番话弄得君王心无定主，思想来：富卿所奏虽然合理，但想此事定是国丈主谋的。但凭贵妃情面，如何深究？倒教寡人左右两难。

当下庞洪又奏曰："臣思该氏冤大惨天，无门伸雪，到午朝上呈御状，实为极情，冒死而来，还有那人不畏死的与他把持？如要究李沈氏，须先究明杨宗保。祈陛下降旨往边关，即将狄青、杨宗保、焦廷贵等扭解回朝，陛下发交大臣勘问，便分奸忠了。"有吏部韩爷出班奏曰："臣思边关重地，岂可一天无帅？若将彼等扭解回朝，一有泄露，其祸匪轻。契丹在北未平，西夏叛逆未服，此举万万不可。"天子闻奏，喜色道："韩卿所言至理。江山为重，非同小故。三位卿家且平身。"

三位大臣谢恩而起。天子曰："朕想杨宗保失察征衣，狄青疏忽被劫，焦廷贵婪赃硬证，朕亦未深信。李沈氏诉雪夫冤，亦不便置之不办。待寡人差一大臣，密往边关，明为清盘库仓，实则暗查此事真伪，则无糊涂不决了。众卿以为何如?"富、韩两相都言："陛下之旨甚善。"当时庞太师也无可奈何，不便再奏。天子看看两旁班列，即下旨二品文员，此人乃工部侍郎孙武，往边关。庞国丈自言曰："此官差得有机窍了。"当此，富弼、韩琦、文彦博几位忠贤思："孙侍郎虽是奸臣党羽，料想杨宗保等立于不败之地，畏他什么?"

是日只因功罪未分，天子于杨元帅的本章也不批旨，狄青的元帅也未封赠，且待孙武回朝再行定夺。时朝廷退驾，群臣回衙。不知孙武到边关，如何复旨回质，且看下回分解。

第四十二回　封库仓将计就计　获奸佞露机乘机

诗曰：

代君保国是贤良，污利婪赃佞党行。

青史留名忠义辈，千秋唾骂是奸狼。

群臣朝罢回衙，俱各不表。单提庞国丈回归相府，自语曰："只言几个畜生易于翻倒了，岂知这昏君心事不决，反差孙武往边关盘查仓库。汝这昏君主意虽好，但这差官已错用了。孙武乃孙秀从兄弟，又是老夫的心腹人，不免邀请到来，嘱咐而行，岂不美哉！"想罢主意，吩咐备酒席，设于暖房。然后差人请到孙侍郎，进相府拜见庞太师。即于暖楼中，二人举杯，细细商量一番。国丈言曰："孙武，老夫请汝到来，非为别故。一则与汝饯程，二来有事相托。"孙武称谢，又曰："不知老太师有何嘱咐之言？"国丈曰："狄青乃老夫不喜，又与汝哥哥、胡坤二人切齿仇人，孙兄所知也。"孙武曰："晚生也深知的。"国丈曰："几番下手算账，不独害他不成，反被他取高官封显爵，又得此重大战功。这冤仇如此，与孙、胡二位实不甘心的。即杨宗保身居二十六七秋元帅，眼底无人，不看老夫在目中，从无一些孝敬送回朝。此老狗囊，亦是容他不得，是以吾也刻刻恨恼于他。汝是吾的心腹厚交，今日圣上差尔到边关，古言：明人不用细嘱……"当下国丈说到此言词，孙侍郎即打了一拱曰："此事多在晚生身上。"国丈笑曰："孙兄乃明白之人，我也不用多言了。只是回朝如此如此，收拾此党也。"孙武连连应诺。再复持杯一刻，至晚完毕，辞别而回。

道经孙兵部府，顺便传进，谈说之间，孙兵部与国丈不约同心。是日，胡制台亦在孙府把盏，心中大悦，总要力托计算狄、杨二人。孙武见二人之言，即说：“国丈方才已说过，小弟自必当心注意，无差误也。”孙秀曰：“若得如此，愚兄感激无涯矣。”孙武曰：“哥哥，弟兄之间，些小之托，何足介怀？”孙、胡二人听了大悦。孙武登时告别回衙，打点动身。宴毕，胡坤亦告辞分手。

当日不表孙武出京。又说边关赍本官尚在汴京，是日将杨元帅、狄钦差各书分途送达，还有一书要送投包待制，岂期包拯在陈州赈饥未回，故将书投送包府。

是日，韩爷将杨青来书展阅，分明知果乃狄青功劳，只恨庞奸贼兴此风波，至有沈氏叩阍之事。当日备酒款了差官，又修书一封，带回边关，说明钦差孙武到关，明查仓库、暗则访失征衣的缘故。

又言天波无佞府老太君，是日接到边关来书，与孙媳穆氏、众夫人等拆书一看，方知狄青初进，即杀退敌兵。众位夫人一同羡慕，不用烦述。然佘太君与众人俱不上朝，故不知孙武奉旨出京之事。

交代清楚天波府情由，又说南清宫狄太后得接侄儿回书，母子大喜，言：“难得此英雄立建大功。”又表明，潞花王是朔望上朝，或一月一朝，平日间并不上朝，随着其便不等，故今孙武出京之事，又不得而知。即沈氏叩阍情由，亦无人提及，是悉有凑巧之端，不表。

再说庞国丈、冯太尉一天接了几方密禀，方知潼关马应龙被神圣所诛，说出他用计恶处。冯太尉不知其由，只有庞国丈心下大惊。二人不敢陈奏圣上，即私自酌量，私放一官，赴任潼关总兵。用此暗里机关，圣上何以能得知？

不表二奸欺君昧法。却说边关杨元帅见狄青力退敌兵，灭除五将，解了边关围困，一心敬重他乃当世英雄，国家有赖，随时设宴款叙。每日间谈论兵机、邦家、时政，觉得相投契合。

忽一天，赍本官回关，元帅细问圣旨缘故不下，赍本官回禀曰：“朝廷未有加封拜帅旨意。但不日之间即有钦差孙侍郎到关，盘查仓库了。”元帅曰：“孙侍郎奉旨到关盘查仓库么？本帅守关二十余年，并未见盘查仓库，莫非又是大奸臣的计谋也？”赍本官又将韩爷的回书送与杨青，然后叩辞元帅而出。杨青将书拆展，细细看明，发声冷笑：“可恼庞洪老贼，弄此恶奸谋，将此美事又弄歪了。”细细说知三人。元帅曰:“纵有钦差到来,我何惧哉?况乎仓库历年无亏,岂畏盘查的?”范爷曰:“这孙武乃孙秀族弟,庞洪心腹,料这老贼定然有计作弄。他亦必需索财帛,回京复旨,只言失征衣是真,李成父子冒功事假。我众人亦不在朝与辩,必中上奸计,不妙了。须要预早打算,不落他圈陷为高。”元帅曰:“礼部大人才高智广,如何打算便是?”范爷冷笑曰:“只略用半点小功夫可也。先将库仓封固了,只说仓库钱量亏空过多,要求请钦差回朝周全免盘查之意。想孙武乃贪财帛小人,送彼三五万银子,求彼万岁驾前只言仓库无亏无缺之言。如孙武得了银子,自然应允,待他转身后,预差一精细将官在于前途埋伏拿下,踏住赃银子为凭,即备本劾他。他罪如天了,既陈奏李成冒功事假,失征衣事真,圣上也不准信他。自然扳顶出庞洪来,此为诈赃处赃之计,未知元帅尊意如何?”元帅听了,笑曰:“范大人智略高明,非人可及。所虑者,孙武倘然不上钩,如何再处治这奴才的?”范爷曰:“定然中计的,老夫稳稳拿定也。”狄青点首曰:“这众奸臣见了财帛,岂有放脱的?元帅休得过虑也。”

言谈已是日落西山,帅堂上夜宴安排,四人就席把盏,书不烦谈。范爷又言:“孙武一到关,且依计而行。但焦廷贵跟前说不得明,倘被他癫癫呆呆,泄漏出机关,事不成了。”元帅曰:“范大人高见不差。”是夜不表。次早,元帅发令,将仓库悉皆封固,不许私开。

不表边关安排妙计。却言孙武一自离却王城,一程自恃钦差,故所至地方,文武官员多来迎接,留款筵宴,送程仪食物之官员不少。如若送馈得轻微些,孙侍郎便不动身,故一程耽耽搁搁,获发大财。孙武想来,这个买卖果也做着了。但本官一到边关,必要将仓库查得清清楚楚。料想杨宗保领职边关二三十载,亏空的谅也不少,不忧他不来买求本官的。此款好美差也。”一程途喜欣欣。

非止一日,到得边关。报知杨元帅,排开香案,孙侍郎气昂昂下马进关。开读罢诏书,方见礼,坐于帅堂,闲言一番。元帅又曰:“本帅职任此关有年,圣上从无查盘旨章。如今忽差大人到来察查,莫非又是庞国丈的主唆也?”孙武冷笑曰:“元帅之言说得奇了。下官奉了朝廷旨意,只因圣上常忧仓库空虚,是至差下官到来,一盘清白,岂是国丈从中起此根由?”元帅曰:“果也朝廷的旨意,本帅失言了。敢问大人,本帅有本还朝,请旨荐狄王亲为帅,不知何故万岁没有旨意下来?准旨否也,大人必知其由。”孙武曰:“元帅,圣上览表之后,并无语及准与不准,下官却也不得而知。”元帅冷笑曰:“大人竟不得知么?果然不得知也。”当时元帅也不多辩明言。是日,少不免酒宴盛款,那天只为天色已晚,是以仓库尚未盘查。

下一日,孙侍郎先要暗查失征衣之事,有关内的偏将兵丁,自然护着元帅,多言征衣未有疏失。即咐城中百姓,内有智识者,知他来访察杨元帅的底蕴,亦言不失。故孙武不甚查访得的确。又访察到李成父子冒功之事真假,众人多言冒功是实。这孙武此日又亲往打探库仓,岂知尽皆封固。自言曰:“杨宗保,不知尔亏空得怎样,尔若是个在行知事者,早在吾跟前说个明白,送我三五万两也不为过多。本官看了银子分上,自然在圣上驾前将尔掩饰,只言仓库并不空缺,还将误杀瞒公之罪遮掩几分。”

是日,又进来见杨元帅,只见帅堂上早已安排早膳。叙席间,孙武开言道:“元帅,下官原奉旨盘查库仓,不知为何悉皆封固了,难道不许盘查以逆圣旨不成?”元帅曰:“孙大人有所不知,只因本帅在此领职二十六七年,哪有一载不亏空钱粮的?向来圣上不曾降过旨来盘查,本帅也便糊糊涂涂混过了。岂知圣上今天忽然要盘查起来,特命大人到关,教本帅千方百计打算,难以弥补得足,亏空多年,一朝败露也。”孙武听了,想来:吾料定尔亏缺仓库的。即言曰:“据元帅的主裁,叫下官不盘查了么?”元帅曰:“盘查是悉凭尔的,但本帅亏空之处,仰仗大人周全些为妙。”孙武一听,自言:“吾又开不得口要借取他银子,但彼既要我周全,不免一肩卸在国丈身,当才易言也。”即言:“元帅若要下官回朝遮饰,这是不难。圣上可以瞒过,独有国丈瞒他不得。”元帅曰:“国丈如何不能瞒他?”孙武曰:“吾实言元帅得知,国丈明晓库仓有亏缺,故教下官彻底清盘。”元帅曰:“国丈既然如此,怎生料理的好?”孙武曰:“下官断没有不肯周全的。”元帅曰:“如此,国丈那边送他二万两,大人处奉送一万两,有劳大人与本帅在国丈那里说个人情如何?”孙武曰:“下官一厘也不敢领元帅之惠,但国丈那边还要商量。”元帅曰：“还嫌微薄么？”孙武曰：“国丈也曾言来，元帅二三十载，从无些小往来，此是真否？”元帅曰：“果然也。历久并未丝毫往来。再增一万如何？”孙武曰：“元帅，尔在此为官二十余秋，职掌重位，即一年计来三千，合总七万二千两。如依下官之请，不查仓库，也免国丈多言了。”元帅开言微笑曰：“奈何本帅乃边城一贫武官，七万二千两实难筹办得来。也罢，国丈三万两，大人二万，共成五万两，多也万不能筹办了。”孙武笑曰：“既元帅如此说，下官从命，如数五万两，不用查仓库了。”

正说之间，那知不的当，焦廷贵在左阶部中听着大怒，跑上帅堂，不知情由，将孙武夹领一抓，拍搭一声，撂在地上，喝声：“贪财污利的狗王八！我元帅在此多年，从无亏空仓库的。庞洪奸贼要元帅的财帛，想是他做梦么？”已将孙武拿按地中。这焦廷贵那管什么钦命大臣不大臣，将拳犹擂鼓一般打下。孙武大骂：“无礼畜生！尔辱殴钦差，该得重罪！莫非杨宗保暗使尔这匹夫如此的？”当时杨元帅气怒得二目圆睁，大骂焦廷贵，离位上前扯开。孙侍郎方得抽身而起，还是气喘吁吁，纱帽歪斜，怒气冲冲，喝道：“杨宗保！尔纵将行凶，可知国法否？”杨元帅想来：好个巧妙计，被这匹夫弄坏了。早知如此，不瞒他也好。今日此计不成，范公的机谋枉用了，只落得本帅有纵将行凶，辱打钦差之罪。只得骂一声：“孙武！尔也不该如此。圣上命尔到来盘查库仓，本帅此库仓历年无亏无缺，如何尔反听信庞恶，贪图诈赃银五万两？尔乃大奸党羽，本帅容尔不得。好生可恶，诈着赃银，欺君误国，王法已无。”喝声：“拿下！”与焦廷贵用两架囚车禁了，连忙写本章一道，差沈达解到京中，悉凭圣上作主。另修书一封，这一封书教沈达到了京，悄悄交送天波府，达知佘太君。沈达领命，带了十名壮军，押了两个囚笼，离了边关，向汴京城而去。二人不知如何发落，且看下回分解。

第四十三回 杨元帅劾奸上本 庞国丈图谋蔽君

诗曰：

慧眼君王照万方，贤奸须辨察行藏。

倘然受蔽非轻祸，佞者得谋忠被伤。

却说沈达进京去了，杨元帅心头气怒，又觉发笑。然哂笑者，范礼部未事而先知，设成妙计，孙武已上了圈套。恼者是不遂其谋，被莽匹夫弄歪了，不得不将焦廷贵并解回朝中，总然朝廷议罪，也体念开恩。又有祖母佘太君周全，管取无碍。范爷长叹一声："都是这莽匹夫，将机谋泄露了。虽然有佘太君保庇无妨，只忧这老贼臣又有风波兴作来。"杨元帅曰："事已弄坏了，纵然朝廷执罪，也定论不得。"狄爷也是点头，长叹一声，言："朝内有奸臣，实难宁靖的。"杨爷曰："从今之后，不可重用这狂莽之徒也。"

且住忠良语。又言沈达趱程途，一程无阻，不分昼夜而奔，其时过了残冬春又复。沈达到得东京地面，未进王城。思量若将二人解进王城，圣上未知，奸臣先晓，倘或被他谲弄起来，便不稳当了。即于相国寺中将两架囚车悄悄安放僧房内余地，着令兵丁看守。

其时天当午中，处置停妥，先往天波府内投递了家书。佘太君接书，从头细看，冷笑一声，道："庞洪，尔何苦将此恶毒计施来？虽则狠烈，只好将别人摆弄，我府中人休得妄思下手也。"太君吩咐摆下酒宴，留款沈将军。当日众位夫人也知此事，即日差人往朝中打听消息，倘有干系情由，即要报告，此说书中慢表。

又言相国寺中，焦廷贵将孙武大骂"奸贼"不休。一程出关，已是大骂喧喧，是日寺中更吵骂得凶。虽孙武欲待通个消息到庞府，无奈随行家将人等，多被杨元帅留在边关，当时并无一人在于身旁，只得忍耐。只由焦廷贵痛骂，且待来朝庞太师自有打点，按下不表。

至五更三点，万岁登坐金銮殿，百官入朝。参见已毕，文立东，武立西。值殿官传旨已毕，忽有黄门官奏知万岁："今有边关杨元帅，特差副将沈达赍本还朝，现在午门候旨。"天子闻奏，想来：朕差孙武往边关查察，尚未还朝，杨宗保缘何又有本章回朝？即传旨黄门官取本进看。

不一刻，已将本章呈上御案前。圣上龙目细细看完毕，又向文班中看看庞国丈，明白他贪财帛诈赃的，便曰："庞卿，杨元帅此本，汝且看来。"国丈领旨上前，在御案侧旁细看。只见上书曰：

> 原任太傅左仆射、统领粮饷军机大臣、兼理吏、兵、刑三部尚书罪臣杨宗保，恭迎先帝浩恩浩荡，职任边疆将已三十载。复蒙我主陛下加恩，奚啻天高地厚，虽肝脑涂地，难补于万一。至臣铭心刻骨，颇效愚忠，敢替先人余烈，以紊六律章程。兹奉钦差工部侍郎孙武，至关盘查仓库。臣即遵旨，将仓廪库藏悉行封固，恭候稽查。孰意孙武阳奉阴违，诈赃索贿，仓不查，库不察，称系庞洪嘱托，言臣按照每年应得馈礼五千两，共合镒银十三万五千，而孙武言索送五万二千，每年二千两，不为伤廉之语。依与则免费盘查之意，不允彼索，则回朝劾奏仓不亏为亏，库不缺言缺。当臣不遂其欲，即帅堂吵闹。悉有焦廷贵，忿怒激烈，不遵规束，辱殴钦差，与臣例应并罪。惟臣领职边疆重地，不敢擅离。先将孙武、焦廷贵遣差沈达押解回朝，恭仰圣裁定夺。臣在边关恭候旨命待罪，谨此奏闻。

当是庞国丈看罢大惊，想来：只言孙武是才干能员，岂知是个无用东西。今日驾前多文武之众，教我如何对答当今？只得奏曰："陛下啊，念老臣伴驾多年，深沐王恩，岂肯贪图索诈。前蒙陛下差孙武出城，何曾有言嘱托？况今孙武现在，只求万岁询问他便知明白了。杨宗保会使刁，自知有罪难逃，捏言谎奏，无据无凭，希图搪塞重罪。但现今纵将行凶，将钦差辱打，狂徒胆大，显系恃势欺凌。伏惟我王明鉴参详。"天子曰："庞卿平身。"即传旨焦廷贵见驾。

当驾官领旨，宣进这焦廷贵。他昂然挺胸，踩开大步，一至金銮殿，全然不懂山呼万岁见驾之礼，高声呼："皇帝在上，末将打拱。"天子见他如此，也觉可哂笑，想来此人莫非呆呆的？早有值殿将军呼曰："万岁驾前，擅敢无礼，还不俯伏下跪么！"焦廷贵曰："要我下跪的？也罢，跪何妨事乎？皇帝，我焦廷贵下跪了。"天子倒也喜色洋洋："此人是一般呆呆腔的，只闻呆人老朴直梗，待寡人细盘诘他失征衣之事，定然分明了。"

当日圣上缘何不问辱殴钦差，倒盘诘起失征衣之事？原来法律重于失征衣。况殴辱钦差原由，为着失征衣而起，故先问征衣失否。向呆将讨固实信，如若失征衣事真，孙武诈赃事定假，诈赃既假，则焦廷贵辱殴钦差之罪不免。天子曰："焦廷贵，狄青解到征衣如何？且明言来。"焦廷贵曰："征衣到也到了，只因不小心，被强盗抢劫去的，险些狄钦差吃饭东西保不牢也。"国丈在旁，心头暗暗喜欢。难得圣上先问失征衣事，喜这莽汉毫不包藏半言的。天子听了失去征衣，点首而问："焦廷贵，征衣失去在哪地头？"焦廷贵曰："离关不过二百里，是磨盘山强盗抢去，哪人不知，谁人不晓？"天子曰："失去多少，留存多少？"焦廷贵曰："抢去光光，失得尽罄，一件也不留存。"庞洪想来：圣上若再问诘下去，杀射赞天王、子牙猜事情必败露了，必须阻挡着君王问诘方妙。即俯伏金銮殿，奏曰："臣启陛下，那焦廷贵乃是杨宗保麾下将官，今日已经招认，失征衣的事既真，一事真，事事皆实了。狄青冒功抵罪，杨宗保屈杀无辜，李氏呈他冒功屈杀之语，实为确切。孙武诈赃，显然并无事了。焦廷贵如此强暴，岂无辱殴钦差之事？但审供案情委曲周章程，恐有费龙心，伏祈殿下发交大臣，细加严鞫，询明复旨。未知圣意如何？"天子曰："依卿所奏。但此事交关非小，不知发交何人可办。"国丈曰："臣保荐西台御史沈国清承办，必不有误。"原来沈御史嫡名沈不清，只因圣上跟前，其名不雅，久后更名国清。

当日圣上准了国丈奏议，发交西台御史审询。当时沈御史口称"领旨"，早有值殿将军拿下焦廷贵，他还是高声大骂，呼曰："尔如此，真乃糊涂不明帝王了。怎么听了这鸟奸臣的言语，欺吾焦将军么？"

国丈大喝曰:“万岁驾前,休得无礼!”焦廷贵乃一蠢莽之徒,怎知君王之尊威?还不断大骂:“奸贼!狗畜类!”当有值殿将军将焦廷贵拿推出午朝门外而去,押回入囚车。国丈又奏:“押解沈达不可放归边关。”天子诘曰:“此何也?”国丈曰:“臣启陛下,倘然沈达回关,杨宗保得知了,自觉情虚,恐有变端之弊。且将沈达暂行拘禁,待审询明之后释放方可。”天子准奏,着将沈达暂禁天牢。值殿将军领旨,登时将沈达押下天牢。真乃忠奸不分,辨认不明。

天子退朝,当有忠义大臣几人见天子事事准依国丈佞言,气怒不平,忿忿怪着圣上不念忠良勤劳王室,不以江山为重,轻听一面之词,而伤重托股肱之臣。他既不以江山大事为重,我们何用多言插嘴?众大臣几位忿气不平,不约同心,也不谏诤。又想:沈国清是庞洪奸党,朝内官员尽知,独有天子不晓,故发与沈御史公断复旨,众员索性由他。此朝所议,并无一臣答奏。

时文武各回衙,有庞洪、孙秀一退朝,命人打开孙武囚车,同至庞府中。若问孙武也是犯官,因何沈御史既领旨审办,又不带去?只为一班奸党相联,私放了孙侍郎,独欺瞒得朝廷耳目。仁宗之世,原算奸臣势焰滔天。

当日孙武随着庞洪、孙秀至庞府,胡坤悉来叙会。国丈曰:“出京之日,一力担肩,怎生倒翻杨宗保之手?几乎干及老夫,实乃不中用的东西。”孙武曰:“太师,非吾不才,他们早已暗算机关,装成巧计。”孙秀曰:“岳丈大人且免心烦,如今埋怨已迟了。但焦廷贵已经招出尽失征衣,只要御史用严刑,还逼他招出狄青冒功之罪,何妨杨宗保刁滑势头,即佘太君、狄太后也难遮庇得狄、杨也。”四人正言间,沈御史也到了。“晚生特来请命太师,这焦廷贵如何审办?”国丈曰:“沈兄,这些许小事,还来动问么?只须将焦廷贵用严刑拷究,失征衣之事,已经在驾前招认了,还要他招出李成父子功劳被狄青冒去,焦廷贵又受赃,做了硬证,杨宗保不加细察,反将李成父子糊涂屈杀了。再审得钦差孙武诈赃事假,焦廷贵殴打钦差事实。审明复旨,将这几名狗党斩的斩,杀的杀,好不沁心凉也!”胡坤曰:“太师,但想那焦廷贵乃一铮铮烈烈硬汉,倘然抵死不招,便怎生设法?”国丈曰:“他抵死不招，何难之有？做了假供复旨可也。”沈御史喜悦允诺。是日辰刻时候，顷刻中堂上排开筵宴叙酌。多言不能细述。宴别，各各告辞回府，俱已不提。

单言沈御史进归内堂，时交午刻。尹氏夫人一见，道：“老爷，今天上朝因何这时候方回？莫非议政国大事？”沈国清曰：“夫人，吾与汝夫妻之谈，言知也不妨。”即将始末情由细言明。尹氏夫人听了，心中不悦，顷刻花容失色，又道：“老爷，此是他人之事，别人之冤，即妹子适人，已是外戚；何况胡氏之子死有余辜，胡坤不过与汝同僚，一殿为人。既出仕王家，须望名标青史，后日馨香乃可。缘何入此不肖党羽，将众贤良一网尽收？此事断然不可！万祈老爷三思衡量为高。”沈御史冷笑曰：“夫人，汝言差矣。本官若非庞太师提拔，怎能御史高升？夫人汝也非此凤冠霞帔了。”夫人曰：“国丈今日势头虽高，但他刁恶多端，上天岂得轻饶！有朝倒势之日，料这老奸臣遗臭千秋也。”沈御史听了“奸臣”两字，即怒气顿生，连骂“不贤泼妇”数声，“不明情由，出语伤人，因何平风自浪，惹来淘气？”夫人曰：“老爷，不是妾身平空惹汝动气，也不过将情度理，劝君以免灾祸耳。”沈御史曰：“怎见吾有灾祸来？”夫人曰：“老爷这般奉趋奸相……”言未完，御史喝骂：“不贤泼妇，他何为奸相？奸在何来？汝且说知。”夫人曰：“妾是劝谏老爷忠君之美，何须动恼。但国丈作尽威恶，陷害忠良，贪财误国，即妾不呼他为奸臣，也难遮外人耳目。”沈御史曰：“汝知他害了那个忠臣？”夫人曰：“怎言不是？即今要扳倒边关杨元帅是也。尔可晓得他乃大宋世袭忠良将，保护江山老元勋。即提拔狄青，乃当今太后内亲，在边关立下此大战功，亦武勇之臣，为国家所倚重将士。若还灭害了众英雄，君王社稷那人撑持？但老爷食了王家厚俸禄，须当忠君报国，方得后世流芳。若趋炎附势的，千秋之下，臭名不免。倘君不入奸臣党羽中，妾即终身戴德了。”沈御史听罢，怒曰：“可恼贱丫头！尔乃一无知妇人，休得多嘴。倘烦饶舌，逆吾之意，定断不饶！”不知尹氏夫人如何答话，劝谏得夫君依从否，且看下回分解。

第四十四回　贤惠劝夫身尽节　奸愚蔽主自乖名

诗曰：

彼此不分男与女，但行仁义便称贤。

君恩洪荡臣当念，方见存心不愧天。

当日尹氏夫人呼道："老爷，妾是一片忠言谏劝，还望准从。岂期尔仍归奸臣党羽，难怪妾身多言，也还防日后有倾家荡嗣之祸，方知船至江心补漏迟，此日方懊悔不听妾谏之言，反落得臭名与后人笑话。"沈爷大喝："不贤之妇！后日纵然有倾覆之祸，与汝何涉何干？"伸手两个巴掌打去。旁首众丫环趱近，扯着老爷袖袍，呼道："老爷既骂夫人也罢，乞祈万勿动手。"众丫环扶持主母，共归内房。夫人坐下，呼唤丫环素兰往外堂屏风后打听老爷将三关官如何审断，即回来复知。丫环领命而出，不表。

又言沈御史怒气冲冲，不听夫人劝谏，一出外堂，登时传话升堂。早有差役带上焦廷贵。他早已上了刑具，一到御史堂上，高声大喝，立定呼道："沈不清！尔休得妄自尊大。"沈御史拍案，喝声："蠢奴才！法堂上还敢如此无礼！尔要怎的？"焦廷贵曰："焦老爷要回边关去。"沈御史曰："焦廷贵，今日本御史奉旨审询杨宗保乱法欺君之事，速将狄青失征衣、冒功劳、杨宗保屈斩李成父子、尔受狄青多少贿赃、怎生殴辱钦差、杨宗保妄奏诈赃事，细细供来，以免动刑。"焦廷贵大喝："沈不清的鸟御史！说什么话？吾焦老爷只不知，休得多问。"御史曰："本官也知尔不动刑法怎肯招认。"吩咐将他狠狠的夹起。

差人领命，即将焦廷贵下脚镣，登时赤足一双，套入三根木中。焦廷贵曰："这个东西人耍足，甚趣！"沈御史拍案喝声："焦廷贵招罪否？"

焦廷贵曰:“吾焦老爷招取尔狗命!”御史再呼役人,将夹棍一连三收,两棍头又加数十斤。焦廷贵愈加大骂不绝,喝曰:“沈不清,乌龟官!狗奴才!敢如此欺侮尔焦老爷么?”御史曰:“焦廷贵,本官劝尔招了罢。”焦廷贵大喝:“沈不清,尔取得下吾脑袋,才算尔的本领。”沈御史想来:焦廷贵原乃一硬汉英雄,谅他不肯招罪的,不免做个假招供也。吩咐左右,将他松了刑棍,上回镣具,发回天牢,待明天取他脑袋。

不表焦廷贵发下天牢。御史退堂回进书斋内,准备假口供。当有丫环素兰在后屏风瞧着,打探得分明,进至后堂,细细达知主母。尹氏夫人听了,登时脸上无光,盈盈珠泪。打发丫环众人多出房外去了,夫人独自一人,将房门闭上,长叹一声,浓磨香翰,题绝命诗曰:

妾身一殒有谁怜?虚度光阴三十年。
但愿夫君偏性改,纵归黄土也安然。

诗罢,泪如涌泉,言:“可怜十余载恩爱夫妻,一旦分离,未免伤情。第今日劝谏夫君不从,出于不得已。日后亦不免杀身之祸,反要出乖露丑,与其生不如与其死也。”言罢,自缢身亡。

众丫环见夫人进房,耐久闭门不开,众人说:“老爷从未与夫人淘气,今朝口语相驳,叱骂一番,又打了两个巴掌,为着外人之事,夫妻惹起气来。今久闭门不开,不知夫人吉凶如何?”众丫环商议,甚觉慌忙,只得齐齐动手,打开房门一瞧,吓得惊慌无措。多言:“不好!夫人当真寻了短见。”素兰呼道:“金菊姐姐,尔等且看夫人,待吾往报老爷得知。”言罢,慌急忙忙去了。内房丫环将汗帕解下,哭啼呼叫,灌下姜汤,哪知夫人身体冰冷,那得复苏?

不表众丫环张惶。当时沈御史在书楼中正做完假口供,写完本章,要来朝奏帝。自笑曰:“此一本哪管尔天波府势头高,杨宗保性命难存。即狄青是太后娘娘内戚,也逃不脱狗命。”沈奸写就此本,正要连日去见庞国丈,看假口供本章。只见素兰丫环跑进,气喘喘而来,呼声:“老爷,不好了!”沈国清喝曰:“贱丫头,因何大惊小怪?”素兰曰:“老爷,不是贱奴惊怪,只为夫人死了。”沈御史喝声:“小贱人,敢来唬恐吾老爷。夫人毫无病症,怎言死了?”丫环曰:“果然夫人自缢身死,我众丫环打开房室门,现有众人尚在房中救唤夫人。”御史曰:

"此不贤妇人,应该死的。"素兰听了,泪流呼曰:"老爷,谁道口头上争闹几言,就断了夫妻之情不成?又可惜夫人乃一位贤良诰命,翰墨名家之女,死得如此惨伤,老爷还不速往看看夫人救活否?"沈御史喝声:"贱丫头,胡说!尔们且救他,吾不往了。彼如此可恶,口口声声,只骂吾奸臣,还有什么夫妻情分?"言未了,又见两名丫环飞奔进来,啼啼哭哭,称:"老爷,夫人缢死惨伤,我们多方解救,只不得还阳了。"

当日沈国清趋奉奸权,厌恼夫人谏阻多言,竟将夫妇之情付于流水。是日见丫环多来禀告,只得进内房,走近尸旁立着,冷笑呼曰:"尹氏,谁教汝多管我的差处?为此尔自寻死路,实乃口头取祸也。汝死在九泉,怨恨不得丈夫。"回身吩咐丫环:"速唤家丁掘土埋他。"众丫环呼曰:"老爷,不知怎生埋法?"沈爷曰:"即于后园亭中掘个地窖,埋掩尸骸是也。"众丫环齐称:"老爷言差了。主母夫人曾受王封诰命,二者是老爷结发夫妻,今日寻了短见,死得如此惨伤,理应开丧超度,然后棺椁入土为安才是。"沈爷喝声:"贱婢!休要你们多管。"众丫环呼曰:"老爷,这是理该如此,算不得我们丫环多言也。"沈爷喝曰:"这是不贤之妇,死何足惜?有什么超度棺椁成丧?哪个再敢多言,活活处死!"言罢,出房而去。众丫环、妇女听了不敢再言,珠泪纷纷,人人苦切。言:"夫人死得好苦楚也。何故老爷心肠如此硬,全无夫妇半点恩情?夫人你在九泉之下,略有三分未泯,必须哭诉阎君天子,诉明苦楚才好。"

当日,只得无奈遵命,唤至几名家丁,哪一个不道及主人之差?即日,带备锹锄,一至后园心,掘开泥潭数尺之深,众丫环伏侍夫人,沐浴了身体,更换新衣裳,头上插些花钿环钗之物。众人落泪伤心。其时候乃初更鼓也,前后有提笼灯火引道,将夫人抬起,是日乃三月初二,故月色早沉。来至后庭中,家人、妇女悲嚎惨切,已将夫人埋入土泥窖中,上面仍用泥土浮松盖掩,以免压腐体骸。这是众家丁、妇女怜惜夫人受屈,不忍之心,不然日后怎生全尸起还?后话不提。

是夜众家丁、妇女人人叩首,个个含悲。多言:"夫人受过王封,金枝玉叶之体,惨死了,不得棺椁安装,皆乃老爷薄幸不情也。"

不表家人痛泣主母。又言沈爷亲到后庭心,看见夫人埋于土中,言："尹氏，你今死了，是尔命所该，勿怨着我丈夫无情。待吾来朝奏主，杀了焦廷贵，公事一毕，然后棺椁再埋葬。只因今日公事烦忙，不及备棺收殓，今暂屈尔涂泥数天的。"言罢，回进书房，头一摇，言："罢了，哪有这等多管闲事妇女、不畏死的裙钗？可恼他还留下诗辞四句，要本官改什么偏性来。"言罢，命家丁持火把往国丈府中。一至，令人通报进内相见，即将本章假供与国丈观看。国丈灯下看毕大悦："此本甚是妥当详明，待明朝呈进相见。"沈爷曰："夜深如此，告退了。"当日算得神差鬼使，尹氏自尽的缘由御史并不说明，是以国丈全然不晓。

沈爷回衙，二鼓将残了。归房坐下，不觉动起愁思，咨叹一声："夫人死去，顾影孤单，今宵没有作伴了。"想至其间，心中烦恼，不免唤名侍儿作伴也妙。想来素兰年长了，有些姿容，不免命他陪伴罢。忙呼素兰到房中。沈爷一见曰："素兰，吾老爷有句密语与汝言。"素兰曰："老爷有何吩咐？"沈爷曰："只为夫人死，衾寒寂寞，今夜汝来陪伴老爷，汝即承当敕诰凤佩了。"素兰听了，惊慌呼道："老爷，奴婢乃一下贱丫环，况主母夫人待我们犹如子女惜爱，厚德深恩岂敢忘？老爷休思此歪念头也。吾又乃下贱之体，怎能陪伴老爷贵人？"沈爷听了，曰："你这丫头，好不识抬举。今日陪伴老爷一宵，明日做夫人，与吾老爷敌体之贵，哪个敢来轻慢你的？"素兰曰："贱体福分浅薄，承当不起，老爷免费盛心。"沈爷曰："贱丫头胆大，吾老爷好意抬举，汝擅敢违抗么？"言罢关闭房门，已将丫环拦上牙床。素兰犹恳老爷："吾贱质实有污老爷贵体，饶恕奴婢罢。"沈爷曰："若再不顺从，活活打死，不许多言！"当日素兰年纪虽长，但心怯主人之威，出于无奈，只得顺从。是夜陪伴老爷，不多细表。只苦尹氏夫人死得惨然，并不安入土，魂在九泉之下，焉肯饶过此薄情薄幸丈夫？此言不表。

次日早，沈爷起床，梳洗毕，穿过朝服，竟到朝房。少停，万岁身登宝殿，文武朝参分列。值殿官传过旨意，有沈御史出班，俯伏奏曰："臣奉旨审断焦廷贵，初则倔强不招，次后略用薄刑，招出狄青失去征衣，冒功抵罪；焦廷贵受贿为证；李成父子除寇有功，杨宗保反不察而屈斩；钦差孙武又被他封固仓库，不许盘查，纵令焦廷贵殴打钦差，反刁滑劾孙侍郎诈赃。”又将本章供状上呈。天子看罢，龙颜大怒，骂声：“泼天胆大杨宗保！朕只言尔乃边疆寄命大臣，看来乃一大奸臣也。深负国恩，目无王法。狄青既失征衣，不该冒功抵罪，屈斩有功良善。一班欺君藐法小人，断难轻恕。差官扭解进京！”国丈一看，如若扭解回朝，必被佘太君、狄太后出头，仍是杀不成。即出班奏曰：“臣庞洪有奏。”天子曰：“卿且奏来。”国丈曰：“臣奏杨宗保久镇边关，兵权统属，如若扭解回朝，诚恐被他闻风准备，万一路途变端，祸关非小。”天子曰：“卿之见如何？”国丈曰：“臣思焦廷贵招认罪名，无容再问。莫若密旨一道，赐其刑典。待狄、杨二臣即于边城尽节，焦廷贵即于王城处决，未知我主龙意如何？”天子准奏，仍命孙武赍旨一道，朝典三般，密往边关，着令杨、狄二臣速行受命，孙兵部监斩焦廷贵复旨。二奸得差大悦。又有众贤臣文武，人人惊恐，一同出班保奏。有富太师、韩吏部与天子语争辩驳，天子只是不依。众臣只落得气怒不悦，又无奈。此时随驾在朝，也不能往南清宫、天波府通知消息。

时兵部奉了圣旨，一刻不停留，即往天牢中带出了焦廷贵。这位黑将军还是不绝大骂：“奸臣！乌龟！”一程骂到西郊。早有天波府家丁打听明，飞奔回府报知。佘氏老太君自从沈达回朝后，得接边关来书，日日差家人往朝中打听。今一见绑出焦廷贵，即奔回府报知。佘太君闻言大怒，即时上了宝辇，亲自上朝面圣。犹恐搭救不及焦匹夫，先命杜夫人、穆桂英往法场阻挡监斩官，不许开刀。若问天波府几位夫人，十分利害。这孙秀虽乃王亲，见了二位夫人恶狠狠，也惧怯三分。大喝：“奉佘太君之命，刀下留人！”这孙秀那里敢动？当下焦廷贵高声呼唤：“夫人，速来搭救小将，不然活活的人分作两段。”二位夫人曰：“焦廷贵不妨，如若杀你，自有孙兵部抵命。”焦廷贵曰：“如此方妙也。”不知佘太君上殿见驾，救赦得焦廷贵如何，下回分解。

第四十五回　佘太君嗔临金殿　包待制夜筑乌台

诗曰：

　　天波无佞府中臣，历世忠良建大勋。
　　岂料群奸行嫉妒，欲将一网陷贤人。

却说佘太君进至金銮殿中，俯伏见驾。天子即命内侍扶起，坐下锦墩。太君开言曰："陛下，未知因何处斩这焦廷贵？他乃边关效力之将，况乃忠良之后，即有罪于国法，圣上亦须体念他祖焦赞有血战大功，略宽恕几分，免折断了忠良后裔，方见陛下仁慈。"天子听了，觉得难将此事分明说，只想一会。国丈暗言：君王何不善于答辞？何不言君要臣死，不死不忠。吾亦不敢多言辩驳，只因这位佘太君不是好惹争论的。

当下天子不言。太君曰："陛下，臣妾丈夫、儿子数人，多是为国捐躯。苗裔只存一脉，即吾孙儿，领守边关，将已三十载，尽心报国，并无差处，陛下所深知。即焦廷贵随守边关，也有战功，未知犯了何罪，要处斩他？"天子见太君多问，只得言："朕差孙武往边关查仓库，焦廷贵不该辱殴钦差。如殴钦差，即殴朕一般。如此目无王法放肆，理该处决。"太君曰："孙武既奉旨查盘仓库，仓库不查，反诈取赃银五万两，钦差诈赃，犹陛下诈赃也。应该将孙武执法正处乃是。"天子又曰："孙武并未诈赃，处决他岂不枉屈的？"太君曰："焦廷贵辱殴钦差，并无此事，杀之无辜也。"天子听了，微笑曰："焦廷贵辱殴钦差，已经明究招供，岂是枉屈斩他。"太君曰："既重办焦廷贵，孙武何得并不追究？况殴打钦差，理该罪及杨宗保，如何独执焦廷贵？如此非陛下刑法私立，法不当乎？"天子听了太君之言，龙首略一点，开言曰："汝孙儿果也有罪，难以姑宽。朕且念彼是功臣之后，守关二十余年，不忍身首两分，特赠三般刑典，全其身首也。”太君听了大怒，大声言曰：“故臣妾丈夫、儿子十人，死其七八，俱乃为国身亡，不得令终。圣上毫不作念也罢，即吾孙儿杨宗保，守关有年，辛勤为国，陛下轻听谗言，一朝赐死，其心忍乎？即此民间讼案，也须询诘分明，两造谁是谁非，方能定断。何况如天大事情，不究孙武，不诘杨宗保、狄青亲供，但据狂妄焦廷贵之言，便杀者的杀，赐死者的死。倘果也奸臣作弊，不独一死何所惜命，而且忠良受此冤屈，一生忠义之名化作万年遗臭之行，岂不冤哉？然沈御史与庞国丈是师生之谊，孙武是孙兵部手足，内中岂无委曲之弊？伏祈陛下暂免焦廷贵典刑，且将杨、狄二臣取到，陛下亲自询供。如果有实情，非但杨宗保之罪难免，则无佞府之名污矣，臣妾满门亦愿甘受戮矣。若此陛下不分明四人罪端，先将焦廷贵处斩，是立志存私，非立法之公也，何能服众臣之心，公论怎泯？”

又有国丈暗看佘太君，想来：今天稳稳的杀了焦廷贵，并无反供口对，那边关上两名奴才易于收拾。不知哪个畜生胆大，暗中往天波府通知消息，故这老婆儿到朝，说出一段恶言狠烈。君王犹如木偶一般，老夫好计谋枉用了，定然焦廷贵杀不成，狄青、杨宗保还在也。又有文阁老、韩吏部、富太师众良臣想来：老太君之言理明而公正，直破奸党衷肠，圣上定然准依了。

当下天子闻太君之言，想来有理，只得传旨：“焦廷贵暂免开刀，仍禁天牢。孙武免赍朝廷典物，另颁旨意。召取杨宗保、狄青回朝，询明定夺。”太君又恳奏陛下：“将焦廷贵赐于臣妾收管，决不有碍。”天子准奏。又着旨太监四名，送老太君回归天波府内。

当时圣旨一到了法场，焦廷贵不用开刀，旨上又着令孙兵部送回天波府。有杜夫人、穆桂英冷笑，骂声：“奸臣！佞贼！尔敢向大虫头上抹汗么？”当日天子驾退，群臣出朝。有孙侍郎仍奉旨往三关，召取杨、狄回朝，次早登程。国丈回归相府，心中忿怒，也不多表。

再言佘太君与杜、穆二位夫人回府，众人带怒骂道：“大奸臣！缘何平地起此风波？你要计害别人犹可，要计算我天波府内之人也难了。”太君曰：“且待宗保孙儿回朝分明此事，复与众奸狼作对也。”

当日焦廷贵到府，拜见老太君并列位夫人。太君曰：“边关之事，实乃如何？”焦廷贵曰：“狄青失征衣、立战功是真，李成父子冒功是实。孙贼一到，即诈赃数万，是以小将将他殴打。”太君曰：“多是你打了孙武，中了庞洪众奸之计。”焦廷贵曰：“太君不妨，庞洪这奸贼，断断容他不得，待小将往取他首级，方消此恨。”太君喝曰：“休得闯祸！或是或非，且待元帅回朝再行定夺。”当日太君犹恐焦廷贵出府招灾闯祸，故以将他留款在府中，不许私出。又差人往天牢吩咐狱官，待沈达细心供给。此话不表。

又先说明：阳间世事可见可闻，方可为据，独有阴司杳冥，不见不闻，何足为凭？但据尹氏夫人还阳之后，泄出情由，方有此段之书。不然书上言及鬼神阴府之事，实见荒唐荒诞了。今略表明，以免看官疑议也。

有尹氏夫人死去，寿数原未终尽。哭诉阎君身遭惨死之由，阎君查阅夫人年寿有八旬八，目下虽亡，实属屈死，应得还阳。沈国清年寿三十六，本年三月初八应死于凶刑刀下。阎君开言曰：“尹氏夫人虽被冤屈，但汝丈夫本年该凶死于朝廷法律。夫人可速回阳世，包待制那边告诉他，自有救汝还阳之法。”夫人上禀阎君：“包大人往陈州赈饥未回，妾乃一亡女，如何越境远奔？岂无神人阻隔？”阎君闻言，即备牒文，差鬼兵二名，吩咐送夫人往陈州城隍司管收留，以待夫人告诉冤状回阳。二鬼卒领旨，护送尹氏夫人。一刻，乘风已至陈州城隍那边交代。

不能详表阴司之案。却说包爷上年奉旨赈饥，尚未回朝。前书言陈州地面连饥数载，众民苦度维艰，岁岁粟价倍增。只因蝗虫太盛，稼稻被蚀，十不存一。有产业之民犹稍可度挨，更有贫乏之家，老少多少，死于沟壑之中，灾殃可悯。故本府官员是年申详上宪督抚，文武拜本回朝。圣上恤民，敕旨包公，调取别省米粮到陈州，低价而沽，济活多少生民性命。人人感沾皇恩，个个美戴包公大德。包爷又立法，不许富厚土豪积聚，倘查出多收积而昂价沽者，即要拿究，均施与贫民。是以恶棍土豪，不敢积粟图利，官吏粮差，不敢作弄卖法，人人惧怕着包拯利害。

当日乃三月初三日，包公督理饥民粮粟，正在转回来。三十六对排军，前呼后拥。包爷身坐金装大座轿，凛凛威严，令人惊惧。其时日落西山，天色昏暮，忽一阵狂风，向包公耳边呼的一声响而过。包爷身坐轿中，眼也乌黑了，众排军被此怪风吹得汗毛直竖。包公想来：此风吹得怪异，难道又有什么枉屈冤情事？想罢即吩咐住轿。即开言大喝："何方冤魂作祟？倘有冤屈，容汝今夜在荒地上台前托告。果有冤情，本官自然与汝力辩，如今不须拦阻，去罢。"言未了，又闻呼一声狂风，卷起砂石，渐已静了。包公吩咐打道，回至衙中。用过夜膳，即命张龙、赵虎："今夜可于荒郊之外，略筑一台，排列公位于台中，在此伺候，不得延迟。"两名排军领命去讫。

是晚只为要迅速赶办，立刻在于北关外寻了一所空闲荒地，周围四野空虚。邀齐三十余搭浮竹棚人，不半刻，已搭成一坐棚，上中央排列公案一位。其时初更将尽，二人回禀知包大人。包公赏了众人之劳，不带多人，止携两对排军董超、薛霸，合共张、赵二人，在着台下伺候。

当夜，二人提灯引道，二人后拥相随。街衢中寂静无声，只闻犬吠汪汪彻耳。是夜初三，早收钩月，止有一天星斗。到了北关，约有二里之遥。包公一到郊野之中，空荒之地，住了坐轿。但见周围多是青青葱草，乱丛丛的；砖瓦坍棺古冢，东一段，西一块骷髅。包大人见了，倒觉触目伤心。见有筑台，四边清静，是用工打扫洁的。包爷上了台中，焚香叩祝一番，然后向当中坐下，默静不言。下面四名排军遵着包爷命，立俟于台下肃静。

时有二更中，台上只有包大人醒醒然的坐着，听候冤鬼告诉。当时台上止有一灯光焰，台下提笼一对。其时又闻三更初转，忽有一阵怪风，犹如冰霜，寒透肌肤。四排军早已毛骨悚然，双目昏昏睡去。当下包爷也似半睡半醒，于案中耳边尚觉阴风冷冷。朦胧只见一女鬼，曲腰跪下，呼曰："大人听禀：妾乃尹氏，名贞娘，西台沈御史发妻也。"包爷又曰："汝既云沈御史发妻，乃是一位夫人了，且请起。"当下包爷曰："夫人，汝有甚冤屈之情，在本官跟前不妨直说。"当时夫人将丈夫沈国清与国丈众奸臣，欺君审歪了杨元帅、狄青，要为沈氏翻冤，欲杀诛了杨元帅三人。只为一心劝谏丈夫，不要入奸臣党，须要尽忠报国，方是臣子之职。不料丈夫不听，反是重重发怒，垢骂殴辱妾身。是以想丈夫既归奸臣党中，日后岂无报应？定然累及妻孥出乖露丑，不如早死，以了终身。这是妾身自愿自归阴的，是别无所怨。惟有丈夫不仁，妾虽死有不甘心之处。今已哭诉阎君，言妾阳寿未终，故求大人起尸，妾可再生了，感恩非浅。

包公曰："夫人，汝却差了。古言：妇有三从之道，出嫁从夫，理之当然。尔因丈夫不良，不依劝谏，忿恨而死，不该首告夫君。既告证丈夫，岂得无罪？"夫人曰："大人，妾自求身死，有何怨恨丈夫？但妾身曾叨圣上之恩，敕赠诰命之荣。丈夫既不念夫妻之情，死固不足惜，亦该备棺成殓，入土方安，何以暴露尸骸，将涂泥埋藏土内，辱没朝廷命妇？岂无欺君之罪？混将使女为妻，私承诰命，有乖人伦，纲常大变。妾若不伸诉明，则世代忠良将士危矣。今现有钦差，往调拿杨、狄二臣回朝了，一付奸臣究问，二臣犹比釜中之鱼。若非大人回朝公办，擎天栋梁登时倒，宋室江山一旦倾。妾今告诉，一来为国除奸，并非别意；二来诉明被屈，以免有玷清白之躯。但大人须速回朝，方能搭救二位功臣；如迟二臣危矣。"包爷听了，不胜赞叹："尔身属妇人，尚知忠君惜将之心，真乃一位贤哲夫人了。枉吾辈男子汉七尺之躯，食着王家俸禄，尚不及尔一妇人。"转声又问："夫人，尔今玉体在沈御史衙署中否？"夫人曰："现在府中后厢内东首桂树旁，掘下涂泥数尺，便见骸尸了。"包爷听罢，怒曰："果有此事！可恼沈御史糊涂不通情理也。尔妻乃一诰命夫人，缘何暴露尸骸，便埋土中？欺天昧法，莫大于此。更兼行私刑，做假供状，以欺瞒圣上，欲害忠良，以假作真，更为死有余辜。夫人且请回原处，待本官星夜赶回朝便了。"夫人即拜谢，冉冉而去。包公已悠悠苏醒，耳边仍觉阴风冷冷。想来似梦非梦，十分诧异，心中一一记清白。不知是夜回朝如何起尸救活尹氏夫人否，且看下回分解。

第四十六回 得冤有据还朝速 奉令无凭捉影难

诗曰：

莫道阴阳报应无，欺公瞒法罪难逃。

一朝势尽机关泄，天谴收除不错毫。

当晚，包公醒觉起来，筹算尹氏所云，初二身亡，今日初三，赶得三日二夜回朝见驾，是第四天，起尸还阳限期未晚，但早到些为妙。是以包公要星夜赶回朝，明奏奸臣，即要起尸的。主意下了，台棚四名排军早已醒定了，扶持包大人坐进轿中，持灯引道，一路回归衙署。

坐下思量，定立下主意，发下钦赐龙牌一面，差两名排军："将奉旨往边关拿调狄、杨钦差阻挡住，不许出关。待本官进京见驾，待圣上准旨如何，再行定夺。"两名家将奉了钧谕，持了龙牌，连夜往关口而去。包爷即晚传进陈州知府，嘱咐曰："本官有重大案情，即要进京见驾。所有出粜赈济一事，目下民心已定，且交贵府代办数天。必须照依本官赈济之法，断不可更易存私。如有作弊，即为扰害贫民。贵府有不便之处，本官断不谅情，必须公办。"陈府邢爷曰："大人吩咐，卑职自当力办，岂敢存私作弊，以取罪戾？大人休得多虑也。"

是日，包公将粮米册子，尚存多寡粮金，贮下若干，一一交代清楚。张、赵等众排军拥护而行，外役人夫持携，火把光辉，不待天明，连夜动身。众排军役人不知其故。当日只因起尸心急，故即夜登程。有陈州知府、州、县文武得闻，齐齐相送毕。众官议论："这包黑子做的事俱也诡诈难猜，不知又是何故，不待天明，竟自去了，倒觉可笑。我们众同僚想来，包待制在本州粜赈饥民，众百姓人称恩颂德，如今我们接手代办，比他倍外加厚，待百姓倍加喜，有何不妙?”众官称是,不多烦表。

再言包公是夜催速趱程,一心只望早回王城。一路思量言:“庞洪只与一班奸党,妨贤误国,弄出奇奇怪怪事情。别人的财帛,尔或可贪取的,杨宗保是何等之人,尔想他的财帛,岂非太妄也?吾今回朝,究明此事,谅来圣上不依,扳他不倒,也要吓他个胆战心寒也罢。”行行不觉天色曙亮。再趱一天,将近陈桥镇不远,包爷吩咐不许惊动本镇官员,免他跋涉徒劳,不拘左右,近地寻个庙宇观堂,权且歇宿可也。薛霸启禀:“大人,前边有座东岳庙,十分宽广,可以暂息。”包公曰:“如此且在庙堂中将息便是。”原来一连二夜未睡,一天行走,众人劳苦,是以包爷此夜命众军暂行歇宿。

当晚包爷下了大轿,进至宇殿中。有司祝道人多少着惊,齐齐跪接,同声曰:“小道不知包大人驾到,有失恭迎,乞祈恕罪。”包爷曰:“本官经由此地,本境官员尚且不用惊扰,只因天色已晚,寻些地头夜宿,即明早天登程了,不须拘泥也。况你们乃出家之人,无拘无管,何须言罪。”众道人曰:“领沾大人洋洋海量姑饶,且乞大人到客堂请坐。只是地方未洁,多有亵渎为罪。”包公曰:“本官只要坐歇一宵,不费你们一草一木,休得劳忙。”道人曰:“大人到来,夜深了,小道无非奉敬盅清汤斋膳的。”包公曰:“如此,足领了。”包爷进内,只见殿中两旁四位神将,对面当朝大丹墀,两边左植青松,右树绿柳。包爷进至大殿,中央一座尊神大帝,凛凛端严。道人早已点起灯火香烟,包大人沐手拈香跪下,将某官姓名告祝,礼毕起来。是夜,道人筹备了上品斋素一桌,与包公用晚膳。众排军、轿夫另设别堂相款,不多细表。

当晚众道人只言包大人在此安宿,忙往预备一所洁雅卧房,请大人安睡。包公反说他们厌烦,“本官不用息睡,且坐待天明,你们不必伺候,吾于大殿中坐立。”又吩咐众排军、役夫众人将息,五更天即要趱程。当时众排军人等先夜未睡,今日又跑走一天,巴不得大人吩咐一言,众人各各睡去。单有包公在大殿上,往往来来,或行或坐。内道人远远陪伴包爷,不敢睡卧。包公几次催促他们睡,众道人曰:“大人为国辛劳,终夜不睡,贵体不惜。况小道乃一幽闭无用卑民,焉敢不恭伴大人,擅敢私睡?”包爷曰:“这也何妨。本官路经此地,只作借宿于此。"众道人见包公说出此谦婉之辞，人人感激。不一会，又恭奉清茶。至五更天，众军役措目抻身，道人早已设备烧汤梳洗。此地近陈桥，离王城不远，即膳行程。包公先取出白金十两，赏与道人，作香烛之资。即时打轿起程，众道人齐齐跪送，多言："包大人好官，用了两斋膳，却赏回十两白金。"

不表道人赞叹。却说包公催趱了一程，已是陈桥镇上。方到一桥中，忽狂风一卷，包爷打了个寒噤，一顶乌纱帽子吹卷，在滚滚碌碌。原来包公在西而下东来，当时这顶冠在轿中吹出在桥石上，张龙、赵虎即忙抓抢，岂料四手抢一冠，多抢不及，已滚跌于桥下，露出包爷光头一个。包公喝声："什么风这等放肆也！"旁立排军呆呆答曰："这是落帽风。"包公冷笑曰："如此是落帽风了，不得放肆。"正言间，张、赵将金冠与包公升戴回。包爷一想，唤张龙、赵虎："着尔二人立刻往拿了落帽风回话。"二人想来：不好了，如今又要倒运来。二人启上大老爷："要往拿落帽风，但此是无影无踪之物，何处可拿捕？乞恳大人参详。"包爷喝声："狗才！差尔些须小事，这等懈慵退避也。"二人曰："并不是小人们贪懈畏避，只因无根之物，难以捕拿，求乞大人开恩。"包公喝曰："该死奴才！天生之物，那有无物之理？明是你们贪懈畏劳。限你们一个辰刻，拿落帽风回话。如违吾命者，刀斧手在此。"言罢，吩咐仍转回东岳庙宇中等候。

却说张龙、赵虎吐舌摇头，赵虎曰："张兄，吾二人今危矣。一连二夜睡得不多，如今又要拿什么落帽风。"张龙、赵虎二人正恼闷而行，张龙曰："赵弟，到底怎么是落帽风？怎生捕拿？"赵虎曰："这阵风是上天无形之物，哪得捕拿？实乃我二人倒运的。"张龙一路思量，又呼曰："赵弟，此事我们办不来的。不免且觅寻陈桥镇上的保人，要脱卸在他身，将落帽风交出。若还交代不出，即拿这保人回去见包大人。尔便意下如何？"赵虎听了笑曰："这个主见倒也不差。"

当日二人昏昏纳闷，寻镇上保领，是以逢人便问。内中有人言："此地保人家住居急水乡。"二人又即查诘至急水乡。保人在家。二人动问姓名。此人姓周名全。又问二人到访何干。张龙曰："吾二人乃包大人排军。只因在桥上被狂风落帽，有此无理之风，故大人差吾二人取陈镇保人,立刻将落帽风拿回究罪。”此人曰:“你二人既奉包大人差遣,岂无牌票拘谕?既无牌票,犹恐假冒官,真假谁辨?王城近地,你们休得逞凶也。如无印牌,吾不往,也奈我何不得。”二人笑曰:“这句言说得有理。如此你且在家中候着,待吾请了大人发牌,再来动劳。”周全应允。

二人一程跑回东岳庙宇中,上禀:“大人,要签牌保人方肯将落帽风拿出。”包公听了大怒,二目圆睁,喝骂一声:“两个奴才!本官经由的地头,尚且不惊动别人,如今差尔往办些小事,即要惊动保人,可恼奴才!”二人启禀:“大人,凡要拘拿,只要据凭票牌,着落地方保人,乃能交犯人。”包爷喝声:“胡说!地方上保人只管得地头百姓,落帽风不是保人管领,何用惊动他们?况尔二人还未知落帽风着落,尔擅敢妄扰保人么?”二人再禀上:“大人,落帽风实乃无影无形之物,教小人如何捕捉?望恳大人开恩见谅,饶赦落帽风,早些趱路才是。”包爷喝声:“胡说!凡为承担衙役,总要捕风捉影。今日有了风,还捉不着影么?也罢,本官念尔二人是个不中用的,准赏差牌一面,不许惊动保人,滋扰地方,再限尔一辰刻即办拿落帽风回来问究,再若推诿,文武棍一顿打死两狗命。”二人领诺,拿牌跑出庙中,垂头丧气,长叹一声:“谁办此奇事也!”

当日若论包公不是当真要拿落帽风,故意难为二人。只因这狂风又来得奇怪,身坐轿中,能卷出乌纱,料然有冤奇异事。这包老是多管事官员,故今知张龙、赵虎是个能智差役,故力着他二人捕风捉影查究,又不许他们惊扰地方保人,既免了一番周折,是包公深知差吏扰民之害。

当下,张、赵二人一路心烦意闷,恨着包阎罗,如差我二人捉霜拿雨也还有形可取,偏偏要捕落帽狂风之难。二人又跑上陈桥,立定了,左盼右瞧,当时何有些狂风?抑或多少人是哪个名落帽风?呆呆立着,彼此交看。有过往多人,见二人瞪目交睨,不明其故。内有多言的,诘询他们。二人言:“奉包公所差,捕捉落帽风。只为伺候得久了,不见哪人是落帽风之名。”内有一年少多言曰:“只有桥西侧药材店一人,名骆茂丰,且去拿拿他,看内有几人?”老成的曰:“多言乱说!

此人乃一良善人,守分营生二三十载,并不招非作歹。尔这人好没分晓的,倘不是此人,岂不冤屈错拿了他。定然另有落帽风之着落也。”张、赵听了,倍加闷烦,手中摩摩弄弄牌票。站立得足困了,只得坐于石桥上,对着票牌自语:“包大人差我二人捉拿落帽风,如今寻抓不出,回去定然受责,如何是好?”二人想不着路,无奈只得叩首禀告当空,声言“奉了包爷之命”,一番祝祷。当下如痴如呆一般又呼曰:“风也,尔好作弄人,缘何将他纱冠吹滚下,令吾二人受此苦灾差也?”言未了,只见呼的一阵狂风卷将迎面,二人势急,即忙立起,四手抢拿,只呼:“捉风!”岂知风捉不牢,反将票牌一纸吹卷过桥,犹如高放起风筝一般,已卷起半空中。二人并言:“危矣! 风捉不牢,反将牌票吹卷去,如何回复得包大人?”

又言陈桥镇东角上有一街衢,名曰“太平坊”,是一所小市头,对衢两厢铺店稠众,来往行人不少。当这阵狂风实来得怪异,卷起票牌,吹至太平坊上,落在一副菜挑之内。那贩菜的人见了言:“为什么这纸当票狂吹来也?”已将担子停住,双手拾起来看。早有张龙、赵虎急忙忙赶来,大呼:“落帽风在此地了!”张、赵二人赶近了,要抢夺回那票牌。此人拿牢不放,反叱喝二人狂妄。张、赵也不争辩,只双手并扭挽牢,曰:“落帽风,尔可知包大人在着东岳庙宇中等候尔讯究,速些走罢。”那贩菜人惊吓得振抖抖,即大呼曰:“我是贩小经纪人,并不为非犯法,为什么无端将吾拘扭的?”张、赵并言曰:“不管尔犯法不犯法,尔且到包大人跟前,随尔分辩。走罢!”不问情由,二人扭一人,推推拉拉,同并跑走。又有太平衢上众百姓,一见七言八语的喧吵,忿忿不平,一齐多少人跟随二人,看他将贩菜的扭扯往哪一方。不知拿捕此人可是落帽风,包公如何审究,且看下回分解。

第四十七回　落帽风无凭混捉　真国母有屈详伸

诗曰：

光明日月有曚时，何况为人祸到期。

身居国母朝阳贵，十八年前事可悲。

却说张龙、赵虎扭捉了贩卖小民，有太平街道上众百姓曰："这贩卖人乃郭海寿也，穷困苦度，每日间贩些韭菜小物，进得分文膳母。虽乃困穷，而不失孝顺，是以近处地头上人多呼他为郭孝子。素知他是个朴质守分人，又不犯法招非，包大人拿捉他何故？我等众人不服也。"齐要至东岳庙中，一刻间拥闹得成群结队喧哗，何下二三百人民，老少不等。已有人代他挑了菜担，倘包大人错拿处治他，一同力保，要求放释良孝人之意。

不表众民拥来东岳庙。先说张、赵扭拉此人进至庙宇中，启上大人："小人已将落帽风拿到了。"包公吩咐带上。二人牵他，当面喝声下跪。此人曰："小人并不犯法，尔冒捉良民，何须下跪？"包公将此人细细一看，倒也生得奇怪。年纪约来二十上下，脸半黑白之间，额窄陷而两目神光，耳珠缺而贴肉不挠，鼻塌低而井灶分明，两额深而地角丰润。

当下包公细看此人，哪里是什么落帽风？本官因为风卷冠帽，疑有冤屈警报耳。如今定然张、赵二役难查办暗谜，混拿此人来搪塞，且也诘究他有何机窍的？包爷装着发怒，喝声："尔这人还不知法律么？本官跟前胆大不下跪？且细说明尔的来历也罢。"此人启禀："大人在上，小的乃经纪小民，并不犯法，身无罪过。贵役不该冒捉无罪小民，故吾胆大不下跪也。"包爷曰："尔名落帽风么？"此人曰："启上大人,小民名郭海寿,并不是落帽风。”包爷曰:“尔是何等之人,居住何方,且细言本官得知。”此人曰:“小人郭姓名海寿,乃陈镇一贫贱民。方出娘胎,父亲已丧,母亲苦守破窑。但前时亲娘街衢乞食,抚养小人。吾年交十五,岂知娘亲双目已失明。如今小民年纪长成十九,一力辛勤,积蓄得铜钱五百,近今几载,终朝买贩菜蔬为生,日中膳母,方少足用。岂知近年二三载饥馑难甚,家家户户日见凄惶。米价如珍,每升钱资三十。小人生理不胜淡泊,日中只有一饭两粥,与娘贫度苦楚。今载有幸,上年十一月,圣上差来包大人,好位清官,开皇仓平粜,方得米价如常,连及本地头官更也好了,不敢索诈良民,恶棍、匪盗远循潜踪。本府数县,人人感德,个个称仁。但今小的乃一贫民,并不犯罪,大人拿吾来作落帽风,未知何故,恳乞大人明言下示。”包公想来:此人说来是个大孝之儿了。

正要开言动问,只见众百姓老少不等,何下二三百人,成群拥进庙首来,言言语语。内中有数位老成的,开言呼曰:“大人!”早有排军三十余人阻挡呼叱,不许拥入庙宇中堂。包公远远瞧见,吩咐众役不须拦阻,容众人缓进来,不许喧哗。众人遵着吩咐,缓进至宇廊中。包爷问曰:“尔民许多有甚事情?本官在此,敢来这里胡闹么?”内有几位老人曰:“大人在上,这郭海寿乃一经纪之民,勤劳良善之辈。家虽贫困而不失孝道供亲,此近地算他是个行孝少年的,向日安分守己,并不招非。我等小民,人人尽知。今日不明大人何故拿他,若是错捉了他,羁留了,彼不能做小生理,母在破窑饥饿死了。故吾众子民到,恳大人开恩,释放他回。倘大人不准信,现有他贩卖菜担为凭,祈大人明鉴。”包爷曰:“众民休得喧哗。”众民遵诺。

原来包公的性情不肯自认差的。当下呼唤张龙、赵虎,喝声:“狗奴才!本官着尔往拿落帽风,怎么混拿郭海寿来搪塞?可恶!”喝令打板。二人连忙启禀:“大人,吾等有段情由启上。”包爷曰:“容尔言来。”张、赵曰:“小人奉拿牌票,四下找寻落帽风。忽于陈桥又遇狂风,来得咤怪,已将牌票吹卷起半空中,吓得吾二人惊也不小,犹恐回不得命。一程追赶至太平衢上,只见挑小菜担人手中拿着牌票一纸。奉大人命捕风捉影,故将他拿来。”包爷喝声:“胡说!风吹落帽,风卷牌票，多是风的作怪，只要拿风之类。尔二人故违吾命，妄捉良民，应该重处。”二人曰：“大人开恩，待小的再往拿落帽风也。如若打伤小的，二腿难以行走，怎能奉命去拘拿？”包公曰：“也罢，限尔交午时要拿回，如违重处。”二人谢了起来，一程跑出。赵虎曰：“张兄，我二人今日危矣。”张龙曰：“赵弟，这件事情教我们实难处置。且与汝再至陈桥耽搁一回，同归禀上，实办不出落帽风，抵死他除革身役罢了。”

书中不表张、赵之言。却说包爷呼声：“郭海寿，既然尔乃善良之民，本官且释放尔了。只作役人误拿错的，你们不必在此耽搁喧哗。”众民叩首，多言：“大人开恩，释了海寿，及他母亲可以活命了。”包公曰：“本官念尔是个行孝贫民，赏尔银子五两，回去做些小买卖，好供养母亲。人若行孝，天必佑之。”董超早已交他白银五两。郭海寿好生大喜，叩谢大人，挑回菜担而行。众民多已散去，皆言包公仁德，也且不表。

却说郭海寿回至太平坊上，将菜担交付住所，还至破窑，将茅门一推，进内呼声：“母亲。”那瞎目婆娘唤道：“孩儿，汝去之未久，何故即回？”郭海寿道：“母亲，方才孩儿挑菜担子出了大街衢，还未有人与儿采买，方在太平坊上，忽一纸官牌票，风大卷来，儿方拾起，早有两位恶狠公差，拉扭儿至东岳庙。有位官员，浑身打扮皆黑色，面色黑，头戴乌纱帽黑，朝袍玄黑，朝靴黑。原我初不晓他是那位官员，只道本处官员要拿我的，故不肯下跪。后又查问吾长短来了，众人禀吾行孝。此位官员带喜悦，赏吾白银五两，做小经纪供亲，真乃幸也。故特回安慰母亲。”婆儿曰：“他如此爱民，是什么官员？”郭海寿曰：“母亲，汝双目失明，如若好目见了此位官员，只恐吓坏了汝，凶恶难观。他乃朝中包待制大人，名包拯。难道母亲不闻人说，包公是个朝上大忠臣，为国爱民的清官？”婆娘曰：“原来此官是包公，果验也。孩儿，尔且往请他来，做娘有重大事与他面诉。”郭海寿曰：“母亲有何事告诉，且说与儿知晓，代禀上包公。”婆娘曰：“孩儿，吾的身世负极大冤情，满朝臣除了包公铁面无私，非轻可伸诉也。吾儿往代诉，终于无益，必要与包公面言，方可道出。”海寿笑曰：“母亲之言，也觉奇了。吾母子住居破窑虽然贫苦，但无一人欺侮母亲，有甚极惨之冤？”婆子曰："孩儿，此乃十八年前之事，尔那里得知？速往请他来，为娘自有言告诉。"海寿曰："原来十八年前事，果也孩儿不得而知了。倘若包大人不来，便怎生是好？"婆娘曰："尔往言：吾母有十八年前大冤，要当面伸诉。别官不来，包公定然到的。"海寿曰："既然如此，孩儿往请他来。母亲且将银子收拾好。"言罢，奔出破窑。

先说张龙、赵虎两人奉令，商议若等候到明日也不中用，不如回去禀复大人，悉听他处治也罢。两人垂头丧气，战战兢兢，回转庙宇中，下跪启禀："大人，小的奉命抓拿落帽风，实乃无影无踪之物，难以搜求。恳乞大人开恩。"包公一想：只道狂风落帽有什么冤情警报，只强押二人去搜求，既无别事，且罢了。况尹氏之事要紧，耽误不得日期。吩咐打道回朝。张、赵二人放心。

正要喝道出门，忽来了郭海寿，呼道："大人，吾家母请汝去告状。"众排军喝曰："该死奴才！你莫疯癫的人？还不速退！"海寿曰："吾家母有大冤事，故来请大人前往告诉，你们不须拦阻。"包爷见曰："不用阻他。"原来包公情性古怪，办事也是迥异。况今日事情更又奇怪，想他怎么反要本官去告状？想这妇人说得出此言，定有来历。即道："郭海寿，汝母亲在哪方？"海寿曰："现在破窑等候。"包爷听了，吩咐打道往破窑。

当时郭海寿引道前行。又言："众人到门，不可吆喝，犹恐惊坏吾娘亲也。"包爷又命不用鸣锣打道。当日郭海寿先跑，后面差人肃静，却从太平坊上经由。旁人唤："海寿，缘何不往买卖，只管往来跑走，何也？"海寿言："母要包公到门告状说知。"众人曰："但不知包公来也否？"海寿曰："后面来者不是包黑么？"众人看见，果然排军蜂拥而来，多笑曰："这桩奇事，古今罕有。这化婆久住破窑，双目已瞎，年将五十，财势俱没，莫非犯了疯癫的？谅他没有什么冤情告诉。又少见告状子民，妄自尊大，反要老爷上门告状。想来原乃包公蠢呆子也。"尔言我语，随走观看。

当时海寿一至茅门，立着呼道："大人，这里就是了。"回转呼叫："母亲！包大人到了。"婆子曰："孩儿，且摆正这条破凳在中央，待吾坐下。"海寿领命罢正，婆娘当中下坐，海寿站立旁边。包公住轿，离茅居半箭之遥，命张、赵前往问妇人，速来告诉有甚冤情。二役领命到门，大呼道："妇人知悉，包大人亲自到此，有甚冤情，请速速出来诉禀。"这妇人答曰："教包拯进来见我。"张、赵大喝："贱妇人！好生胆大，擅敢呼唤大人名讳，罪该万死！"妇人曰："包拯名讳我却呼得，快速教他进来，有话与他商量。"张、赵二人又觉恼，又觉发笑，言："大人目今官星不现了，至遇这痴癫妇人。"二人只得禀知包公，言："郭海寿的母亲是个痴呆妇人。"包爷曰："怎见彼是痴呆？"二人禀曰："他将大人的尊讳公然呼唤，要大人往见他答语。"包爷曰："要本官往见他的？"二人称是。包爷曰："这也何妨。"言罢，吩咐起轿。有众排军暗言："包大人真乃呆蠢官，如孩童之见。"更有闲看多人，称言奇事。论包大人乃贵显之官，随着这盲目污秽妇人耍弄，也觉可笑可哂。

当时包公到了门首，张龙跑进茅屋中，呼曰："郭海寿，包大人到来，何不跪接？"有妇人接言曰："包拯来了么？唤他里厢讲话。"张龙喝声："狗贱妇人！这污秽所在，还敢要大人进来，休得做梦。"妇人喝声："胡说！吾也在此久居了，难道他却进来不得？必须他到里厢来，乃可面言。"张龙听了，不住的摇头，言："大人今日遇鬼迷了，回到京中乌纱冠也戴不稳也。"又来启上："大人，这呆妇人要大人进里边讲话，小人言此地污秽，不能安请大人进去。彼言住居久了，难道大人进去不得之言。"包公听了，心中忖度：这妇人出身定然不是微贱之辈，故有此狂大之言。也罢，且进他茅屋中，看此妇人有什么大冤情。

当时包爷出轿进步，张龙、赵虎二人扶伴。包爷身高于茅门，故低首曲腰步至来。细将妇人一看，约有四旬七八的年纪，发髻蓬蓬，双目不明，衣破褴褛，面虽焦瘦，而貌却佳，似非闲贱之人。郭海寿曰："母亲，包大人来了。"他说："在哪里？"包爷曰："本官在此。"他说："包拯，尔来了么？"包爷听了，又气恼又觉笑，胆大妇人，当真呼起本官之名。即言："妇人，本官在此，尔有什么冤情，速速诉明。"妇人曰："汝趱近些。"包爷又走近些，那妇人两手一捞，摸不着包公，又将手一招呼："趱近来些。"此时包公无奈，只得走近。离不上三步，被他摸着了半边腰。他呼曰："包拯，尔见了老身，还不下跪么？"包爷瞪目自语曰："好大来头妇人，还要本官下跪，是何缘故？"妇人曰："汝依吾下跪，我可诉说前情。”这包公只得无奈,说声:“也罢,本官且下跪。”张、赵二役见大人下跪,他也同跪地中。郭海寿见了,倒也哂笑起来。当下妇人将包公的脸上左右遍摩一摸,至他脑后偃月三叉骨,将指头揿几揿,捺几捺,连说两声,曰:“正是包大人了,一些也不错。”包爷乃好生疑惑,倒觉难明不解。忙问:“尔这妇人果有什么缘故大冤情,速速说明来。”只见那妇人泪珠一线,呼声:“包大人,我果有极情冤屈之事。十八年前久蓄至今,谅先夜神人吩咐,想必今日伸冤有赖。只求包大人与吾一力担当,方得一朝云雾拨开,复光日月也。”包公听了曰:“本官有要事在身,要急赶回朝。汝既有冤情,速速诉明,待本官与汝伸雪。”当时这妇人呼声:“包大人,且请起。”这包公果然跪得两膝生麻痛了,只得立起一旁。不知妇人诉说出什么冤情,且看下回分解。

第四十八回　候审无心惊事重　诉冤有据令君悲

诗曰：

月缺重圆自有期，诉题前事实堪悲。

玉叶金枝栽秽土，遭冤千古最为奇。

当下妇人曰："包大人，尔乃铁面无私的清官，审究明多少奇冤重案，只忧我此段冤情审断不白了。"包爷曰："到底什么冤情，休得含糊隐讳。"妇人曰："吾原乃先帝真宗天子西宫李氏，正宫即今刘后也。十八年之前，吾与刘后身同怀孕，其时真宗天子与寇准丞相往解澶州之围，御驾亲征，尚未还宫。我在宫中产下太子，宫娥内监已有知者。过不刻间，正宫刘氏忽又报生公主，谁知一刻祸生不测，起于当时。"包公听此，眼睁睁呆想来：若是真情，此是李宸妃娘娘了。当初先帝兴兵往澶州，去后二载，吾由开封府后升知谏院，身在朝中干政。遂问："尔在宫闱，有何人起祸？"妇人曰："只为正宫刘氏心怀妒毒，与着内监郭槐同谋。忽一天，刘氏自抱公主到我碧云宫来，只言乏乳，要吾乳娘喂饲。当时刘后假装美意，怀抱吾太子，又邀吾到昭阳宫赴宴。我即顺情，即日同行。当时相遇内监郭槐，抱持太子同召。岂知早已藏过，我焉知是奸人早施毒计。后来饮宴已毕，要取回太子，他言郭槐抱送太子先还碧云宫，我并不多疑。至回内宫，有宫娥言郭槐方才将太子放下龙床，称说睡熟，不可惊他，又用缎罗袱盖了。我只道是真情，又思小儿子不多惊扰，直至晚才揭开罗盖要看儿子。不料吓得死去还魂，床上盖的乃血淋淋的死狸猫也，方知刘氏、郭槐计害。是时，只因天子兴兵未回，怨海仇山怎发泄？岂知是夜刘氏、郭槐泼天胆大，又生恶计，谋害于我，即晚放火烧吾碧云宫。当晚得寇宫女通知,盗取金牌,悄悄教吾扮为太监,腰挂金牌,连夜逃出后宰门。临去时说明太子交付陈琳持抱去,故又指点明我,别无去路,且住南清宫八王爷府狄氏娘娘处。况且他心慈善良之人,定然收匿,且待万岁回朝,然后奏明此事申冤,奸后狠监自难逃脱。当日只是心忙意乱,依此而行……”包公听到其间,连忙跑近数步,又跪下曰:“未知狄太后收留否?”妇人叹声:“我乃女流之辈,久居深宫,从不曾街衢一步,焉知八王爷府在那方,故觅寻不到南清宫。可怜黑夜中孤身只影,灯火俱无,步行步跌,顾影生疑。忽闻后面似有人追迫,胆战心惊,晕厥跌扑在民家门首。岂期此家是一孤孀妇,郭姓,夫君上年身死,但此妇中年人,身怀六甲。当夜救苏醒,邀吾进家。问及来由,我亦不敢说明露迹。只言夫死翁姑逼勒改节不从,私为逃避。但此妇为人厚道有情,收留作伴。后来生下遗腹子,仅得半载,可惜此妇一命归阴,只得吾将此婴儿抚育。不一载,又遇祸不单行,隔邻失火,累及遭焚,一物难携,止逃得命。出于无奈,远出京城。后来得闻圣上班师,岂知八王爷上年已归仙界。圣上归朝未及半载,又闻颁诏,先帝殡天,岂非老身无望还宫也? 惨守此破窑,屈指光阴将已二十载。”包公曰:“娘娘如何度日?”妇人曰:“言来也觉惨悲,守此破窑,哪得亲情看顾,只得沿门求乞,以度残生。抚养孤儿长大,取名海寿,年交十一二,即知孝顺娘亲。子母相依,实难苦捱。幸得他一力辛勤,寻下些小生理度日。不料连年米价如珍,至夏天身受蚊虫毒噬,天寒不得暖服沾身,年年苦捱,直至今日。每思腹里苦来,只有自知。近数载,双目恼盲了,若非孤儿行孝供养,一命亡之久矣。”言未了,嚎哭起来,咽噎塞喉,说言不出。

郭海寿在旁顿然惊呆了:“原来我身不是他产下的,嫡母早归泉世。”包公亦带惊,又说:“请问娘娘,你儿子既长成,何不教他引汝到南清宫去,甘心受此苦楚,何也?”妇人曰:“大人有所未知,古言:画虎画皮难画骨,知人知面不知心。倘做了蝇投蛛网,思脱难矣。”包爷曰:“请问娘娘,当年太子怎生着落?”妇人曰:“方才说至寇宫娥通线救我,倘未说明。即日狸猫换去儿子,刘后差寇宫女将我儿撂抛金井池,幸他不忍加害,奈何欲救难救。喜遇陈琳进苑,怀抱儿子到南清宫,交狄氏收留。数年后,八王归天,那先帝班师回朝。后闻颁诏,册立八王长子为皇太子,故吾知当今是吾亲儿。只可怜母在破窑苦捱,受尽凄凉,弄得双目失明,子母无依。昨夜三更,偶得一梦,只见一神圣,自言东岳大帝,言吾目今灾星已退,有清官可待明冤。当即问清官是谁,神圣言龙图阁待制包大人,乃忠梗无私清官,教吾将此段情由诉知,许我散开云雾,得月重圆也。我又问:陈州地面多少官员来往,哪知谁是包公?大帝又言:要知的确包公不难,他脑后生成偃月三叉骨。是以方才摸有三叉异骨,方肯白露十八年前之冤。若得大人与我断明此案,感德如天了。"言罢,泪下一行。

郭海寿想来:可笑母亲,既然是当今太后,有此大冤,遭磨此难,在我并不泄出,直至今天才知他不是我生身嫡母。但太后遭此大难,不孝要算当今圣上。又有张龙、赵虎闻此遍言,吓得魂不附体,低伏地中,不敢抬头。包公又请问:"娘娘,那当今万岁是汝所产,有什么凭认否?"妇人曰:"何言没有记认?手掌山河,足踹社稷,隐隐四字为凭,乃是吾嫡产儿子也。"包公倒伏尘埃,吐舌摇头,曰:"可怜娘娘遭此十八年苦难,微臣也罪该万死!"妇人曰:"大人言差了,此乃吾是该有此飞灾也。若究明此理,断饶不得郭槐。望祈大人为吾表白重冤,即死在破窑,也得瞑目了。"包公曰:"娘娘且自开怀,微臣今日赶回朝中,拼此顶乌纱不戴,也要究明此冤。望祈娘娘放开心绪,且免伤怀。"妇人曰:"若得大人与吾伸明冤屈,吾复何忧?"包爷曰:"娘娘且耐着性,等候数天,回朝将此事究明,少不得万岁也排銮驾自来迎请。"妇人应诺。

当日包公差人,速唤地方文武官来朝见太后。宫院赶办不及,须寻座奇雅楼房,买取几名精细丫环。是时三月初,天气尚寒,赶办些暖服佳馔供奉。双目不明,速觅名医调治,若一人懈慢者,作欺君罪论。两名排军如飞分报。李氏曰:"大人不必费心,老身久居破窑,落难已久,侍奉又有孩儿,望大人不必动劳众官了。"包公虽然应允,但安顿了太后方得放心。当下妇人道:"我儿,汝且代娘叩谢了包大人。"海寿领命,上前道:"大人,吾家母拜托于尔,祈代伸冤。"包爷曰:"多在本官担承。"海寿曰:"如此,待叩谢。"包公想来:此人目今虽是贫民，但与太后子母之称，倘圣上认了母后，他是个王弟王兄了。当时还不起来，连称："不敢当！为臣理当报效君恩。"妇人又道："大人站于何处？"海寿接言曰："跪了许久也。"妇人曰："大人，快些请起！"包爷曰："谢恩！娘娘千岁！"起来立着，细看娘娘，发髻蓬蓬，衣衫褴褛，实觉伤心。丢下龙楼凤阁、御苑王宫，破窑落难十余秋，幸得孤儿孝养，他实乃圣上救母恩人。

不表包公思想，众排军惊骇。有窑外观看众民，交头接耳，多称奇异，再不想这求乞丐妇人，是一位当今国母。一人言曰："曾记前十载到门讨食，孩儿尚幼，哭泣哀求，被吾痛骂，方才踱去，后来母子不再来了。早晓他是当今太后，也不该如此轻慢。果然海水可量，人不可量也。"众人听了，皆是叹息，也且不表。

此时来了许多文武官，将闲人驱逐散，不许罗唣。只见破窑门首立着包大人，众官员多来参见，垂首曲腰。众曰："太后娘娘破窑落难，卑职等实出于不知，其咎难逃了。"包公冷笑曰："本官道经此地，即知太后在此，可怪你们在此为官，全然不懂？少不得本官还朝，奏闻圣上，追究起来，你们官职可做得稳安否？"众官员曲背俯腰，再恳曰："大人格外开恩，卑职等不知太后落难，实有失于觉察之罪，求大人海量姑宽。"包公闪过一旁，曰："尔等文武员到此，理该朝见太后也。"众员应诺，即于窑门外，文东武西，通名道职，山呼千岁朝见。海寿远远瞧见，叫道："母亲，外厢许多官员，在此叩见。"妇人曰："教他各请回衙理事，不必在此伺候。"郭海寿踱出曰："众位老爷，且听吾家母吩咐，各请回衙理事，不必在此叩礼。"众员虽闻如此说来，仍不动身，共启包爷曰："卑职方才奉命，已差人速办雅室，挑选丫环，供备朝服。"包公曰："如此才是。"忙进内曰："臣包拯启禀娘娘。"妇人曰："大人有甚商量？"包爷曰："臣因国家大事，却要还朝速办，故抛下赈饥公务事回朝。不想偶遇娘娘一段大冤，更不能耽搁。臣已着地方官好生安顿娘娘，臣即别驾，还望娘娘勿得见怪。臣回朝即奏明万岁，理明此事，即排銮来迎请了。祈娘娘且放宽怀，有屈多几天。"妇人曰："吾身久贱居破窑，今何用奢华？免劳盛心牵挂。且本地官员，政务太繁，岂可再劳他？有烦大人传知众官，一概俱免，日中不必到来。"

包公谢别，出窑门，有言谕众官："太后吩咐，日中朝见问安，一概俱免，以省繁劳。此皆太后仁慈体恤之恩。但凤凰岂可栖于荒林之地，方才吾言必当依办，但本官因有急事还朝。"众官连连共诺。言罢即吩咐起程，众官相送，众差役一路呼道而去。

当日张、赵二人安心了，私议曰："落帽风实乃奇事，教吾二人好苦差也。不想拿落帽风搜出天大重事，大人又一力担承。但不知此重事办理得妥否？"

不表包公回朝。当有众官见包公已去，不敢进茅窑，只在门外站立。少刻有几位夫人，各带丫环进内，朝见请安，请娘娘沐浴更衣。岂知太后也不沐浴，也不更衣。言曰："吾在茅居十几载，已经苦捱了，不必你们费心，各自请回。"众夫人俱觉不安。哪知太后执性如山，众人无可处置。又有承办役人，禀上众位老爷，言："已经觅了幽雅室一所，可权为宫院。"又请太后迁居，岂知太后又言："茅居久住，不劳众官。多请且各回衙。"众官再三恳求，太后只不允请。众官无奈，只得于茅窑前后立刻唤工匠，赶造宇房。一日三次，丰膳参茸药，一切调停。众官商议："太后不愿更衣，只求郭海寿可准了。"当下众官来恳求，海寿曰："既吾娘亲不愿更衣，也非众位老爷之咎，且请回衙中，不然反激恼他了。"众官无奈，只得听其自然。当时定然男官一班，女夫人一群，天天来请安。太后有百味珍馐多不用，母子只淡饭清汤常用，仍居破窑。丫环一人不用，仍打发回众官衙。

少言太后之事，百姓私谈。却说包公不分星夜，赶回朝中。其时乃三月初五，尹氏夫人初二终世，不过仅得四天。包公一进开封府，天色已晚，回至衙署中，众衙役齐齐跪接至了。内堂夫人迎接坐下，先请安，复问："老爷奉旨赈饥，如今回来，岂非完了公务也？"包爷曰："赈饥公务，尚未清楚，但本官因国家大事而回。"夫人还要诘情由，包公曰："国家政事，非夫人所知，不必动问。"夫人不敢再言，只命人备酒与老爷接风，言几句饥民苦楚，别的不言。不知包公来日面圣如何，且看下回分解。

第四十九回 包待制当殿劾奸 沈御史欺君定罪

诗曰：

忠义贤臣惟护国，有如奸佞必欺君。

伦常不立徒瞒昧，泄露难逃杀戮身。

次日五更，包公进朝。先叙集于朝房，众文武顿觉惊骇。内有几位忠良诘曰："包大人，赈饥事已毕了？"包爷回言："未也。"内有众佞曰："既然赈饥未完，大人还朝何也？"包爷曰："有要事还朝，非此刻所言，少停便见。"众人听说，想来：包拯是个怪东西，生成诡谲性情，暗里机关，谁人可晓？分加不悦的。庞国丈想：这包黑忽竟还朝，不知因甚事情。尽愿他月月年年不在老夫目前，吾心可活泼了。

少言国丈自语不喜。当五更初，只听得景阳钟撞，龙凤鼓敲，圣驾登座。东华门内文臣进，西华甬道武官奔，王亲国戚也不在正阳门而进。

当日文武官金阶入觐已毕，执笏当殿。有黄门官启奏："万岁，有龙图阁待制包拯，在陈州还朝，现在午朝门外候旨。"天子传旨宣进。黄门官领旨宣进无私铁面贤臣，山呼万岁。朝参已毕，天子欣然传令"平身"，呼曰："卿赈饥公务完毕否？"包爷曰："臣赈饥未完，特回见驾。"天子曰："卿公务未完，何故忽回见朕？"包爷曰："臣启陛下，臣无事不敢私回。只为奸臣欺公瞒法，但国家大事，非同小故，岂容狼毒成群，暗里欺君误国？陛下虽然未晓，老臣在外尽知，是以不分昼夜赶回朝，要奏明陛下，削佞除奸，以免江山摇动之忧。"天子曰："据卿所奏，奸佞出于何方，且奏朕晓。"包公曰："臣知奸佞出在朝中。"君王闻奏，看看两班文武，不知又是哪人动了包黑之恼？

当日有几位不法奸臣，多是面面相觑。天子曰：“满朝文武，人人赤胆忠心为国，卿家知道谁是奸臣？”当时包公向两班文武皆不朝头，只双目睹向沈御史。只有沈爷低下首，只恐他言彼是奸臣，心里只觉惊跳起来。包公奏曰：“臣启万岁，那沈国清是奸佞之臣。”沈爷听了，越觉心骇，想来：不想他言我是奸臣。但本官虽然作些小不端小故，但今全无半点破绽，也难处分。君王听了，开言曰：“包卿怎见沈国清是奸臣？”包爷曰：“陛下，这沈国清是个欺君误国大奸臣，藐视国法之辈。”君王正要启言，有庞国丈出班曰：“臣启陛下。”天子曰：“庞卿有何奏闻？”庞国丈曰：“臣奏包拯欺瞒陛下，藐视国法。因何赈饥公务未完，又非奉旨宣召，擅敢私离陈州饥土，忽地回朝？摇唇弄舌，欺压朝臣，望吾君王不可听他惑言，原命彼往陈州赈饥，完其公务乃可，饥民方得沾恩。”天子听罢，微笑一声，正想开言，激恼了包公，即呼曰：“国丈！本上非干及尔，下官所奏别官，尔今太觉多管了。”君王曰：“彼不干涉，庞卿何须多说。”当时国丈也觉无颜，只怒而不言。

有嘉祐君王想：包拯原乃正直之臣，不奉旨召，一日忽回，想必国有紧要事情。即呼曰：“包卿有奏，速也明言。”包爷曰：“臣启陛下，杨宗保领职边关二十余秋，辛劳佐国，我主所深知。即狄王亲失去征衣，旬日讨回，又有大战功，可抵大罪。五云汛李守备父子，谋害焦先锋，冒功而被杀戮，此乃按照军法而办。岂料李成妻沈氏不守妇道，胆敢来告呈御状，冒犯天颜。我主未明内里主唆之弊，委曲多端，差孙武往边关，岂知仓库不查，竟公然图诈赃银多少，乃欺君佞臣也。又被莽汉忿怒其诈赃，打辱钦差，犯了法律……”

当下包拯尚未奏完，吓得国丈惊骇不小，连忙奏帝曰：“陛下，包拯乃无凭无据之言。彼在陈州，远离边关数千里，边廷之事，焉能一一概知？况他不承宣召，民饥未赈毕，众民岂不仍受饥苦？望吾王仍命他往陈州救济饥民，方不废公务也。”包公曰：“国丈何须喋喋烦言。吾非国家大故，必不舍公务而私回也。特为国除奸，与汝何涉？”当时君王点首，呼曰：“包卿，尔在陈州，果也怎知边关委曲事情也？须细言朕知。”包爷曰：“臣启陛下，臣在陈州，不但边廷之事明晰，即朝中大奸权欺君弊法之事，亦已尽知，容臣细奏。前数天，朝内奸狠摆唆妇人叩阍，上呈御状。我主但听一面之词，准状发交沈国清审办。圣上哪里知他存私，倒陷功臣，不究孙武诈赃，独究失征衣，严刑焦廷贵，屈责不能成招。胆大沈国清，传假口供以欺陛下。若非佘太君进朝分辩，焦廷贵固难免死，而功勋元老一朝倾殒于屈杀中。此等欺君昧法之臣，留为国患。臣故赶趱回朝，彻底澄清，定与奸党不两立于朝堂也。”言奏一番，吓得班中沈御史、孙侍郎暗暗惊惧，庞国丈也同心怯。君王又曰：“包卿，尔果也明其内里原由，且细细奏来。”当时包公曰：“三月初三臣在陈州，路逢怪冷风冒体，是夜似梦非觉，只见女鬼魂，称言尹氏名贞娘，诉说丈夫是西台御史沈国清也。”君王听至此间，向沈国清曰：“此姓名可是卿之妻否？”文班首有一内阁大臣文彦博欣然奏曰：“彼尹氏乃臣中表之戚，自少年时，贤淑之德素著，果沈国清原配发妻也。”当时君王听了点头。

再说沈国清，当他方才闻见包公之言，已听出元神了，毛骨悚然，心胆战惊，不敢抬头。君王询他，答言不出，愁然不语。君王见此，满心疑惑：因何问他，口也不开？旁首国丈好生着急，想来机关定然败露了。君王又问：“包卿，这尹氏有何冤屈，至告托于汝？”包公曰：“据尹氏诉言，丈夫沈国清食君之禄，深负君恩。又沈氏是他胞妹子，只因妹丈李成父子冒认了狄王亲功劳，被杨元帅所杀，故特来求兄，胆敢呈皇状。圣上准状，差官查库，孙武欺君诈赃。丈夫身入奸臣党，至他劝谏丈夫多少，不特不从，反遭其殴辱。又思丈夫作此歪心之行，日后终无结果之美，故早完性命，以望丈夫改善离奸之意，又为君扶保忠良，知晓忠君大节。此等贤良，名播人间，留芳青史。故臣得此一信，速赶回朝，以分清白，奏明陛下，速办众奸乃可。倘或擎天栋柱忠良被其尽情一网打尽，圣上江山谁与保守？”君王听了曰：“卿言若此，朕以前误矣。”

三位奸臣听了，心摇摇不知措置。孙侍郎、沈御史欲待强辩几言，又思量果然自己理亏，反驳反露真情。只因包公先奏明众奸机窍，至说得二奸嘿嘿呆呆。即庞国丈亦是干连重系人，原要将二人帮助的，只因包公比别臣不同，他是位骨硬执性的，难以硬对的。况方才与他辩论太多，似涉于自身了，故他在旁不语，眼睁睁看包公。

当日君王曰："包卿，惟据鬼魅之言，作不得真算，不得为凭也。况前数天寡人已差官前往边关，召取狄、杨二卿回朝了。且待寡人亲自问供，不必卿家费心。且不要耽搁在朝，速往陈州赈救饥民，待完公务，然后还朝，厚报卿劳。"包公曰："陛下，若云杨元帅领守边关，无事平宁之日，尚且不可一日失守，何况目前兵临城下之秋。若将杨元帅等召取回京，边疆重地，万一有失，江山即难保守了。这是断然动不得也。臣斗胆已将御赐龙牌将奉旨钦差阻拦止步，恭候圣命追转。若论陈州之饥，赈济十已七八完工竣了，故臣敢于交代与州官代办，决无误民之虑了。兹有此警报，陛下勿云鬼魅幻境尽属虚诬，臣会历历见闻之梦，只有自裁自忖，臣拿得定是真情，是敢于力办，以辨清浊也。伏乞我主发臣司办，是非公断不循的。"

嘉祐君王还未开言，有沈国清忍耐不住，只得进阶，俯伏曰："臣也有奏言。"嘉祐君曰："卿家有何奏言？"沈国清曰："臣妻尹氏乃急病身亡，并非怨忿自尽，岂有鬼魂警报、请求伸冤的幻事？此乃包拯狂妄诬言耳。伏惟我主睿圣天聪，勿准包拯狂妄诬言耳，仍命他速往陈州救济饥民为上，又免他在朝妄生枝节也。"包爷曰："臣也有奏。前时臣借着圣上三般活命宝，曾救民间妇活转。又今石御史被王恩内监所害，也是臣救活，我主所目击。目今尹氏虽然身死，望吾主再借三般宝贝与臣，尹氏定可活也。细细审询，定知内里委曲了。乃明其曲直，免教忠良被屈。"沈国清曰："臣妻身亡多日，已经备棺成殓，埋入茔坟，皮骨已消化了，焉有死而再生之日？包拯强言要奏，无非思害臣一命耳。望吾主勿降此旨，方免死者不安。"这一番言激得包公怒气勃勃，呼声："沈国清，休言此刁语！尔妻尹氏，曾经诰命，现受王恩，死了尚不备棺成殓，将尸埋掩泥土中。尔乃一刻薄之徒，今日驾前还敢谎奏欺人，说什么备棺成殓，什么玉体已化的！"沈国清听了此言，心下犹如火炙，振抖腾腾，不敢复辩。国丈听了，也觉心惊。当日尹氏身亡时，沈国清在国丈前未曾言及，如若庞洪知此不法事，定然劝勉他备棺埋土的了。当日国丈也气得面色青红，呆呆看着沈御史，想来：不该土掩这王封诰命的夫人，实乃欺君辱爵，大不敬也。倘被包拯起了尸体，实罪加重，怎能轻赦？

不表庞洪自语。当下包公驾前请旨起尸，好追究失征衣冒功诈赃事。嘉祐君王准旨，即曰："依卿所奏，即着起尸救活尹氏，召回钦差，免取杨、狄二臣。此案重大，卿须严加细究，审明复旨定夺。"包公称："臣领旨。"天子又命内侍取出先帝时高丽国入贡三般还魂活命宝贝，付赐包公已毕。忽班中闪出孙兵部启奏。他一来不服包拯多招管事，二来帮助着孙武弟兄，连忙俯伏金阶，曰："臣兵部尚书孙秀有奏。臣奏据包拯所语，尹氏的尸骸放于泥土中，是凭鬼魅邪说，乃一面之词。陛下也须问他尸骸埋于那处土中，如若起不出尸者，包公也该有谎奏欺君之罪。"包爷曰："臣也有奏。臣据尹氏告诉之词，已知其尸骸在于沈府中署内庭前东方桂花树旁泥土之中，伏祈我主询问及沈国清，可知真否了。"嘉祐君曰："包卿之言是也。"又曰："沈卿，此事果也是否？"当时沈御史听了，心中又惊又乱，发震寒寒，料想瞒不过，再强辩不得，只得奏曰："臣妻尹氏果也露体埋掩于后园桂树旁土中。"嘉祐君王听了，龙颜触恼，喝声："无礼欺君贼臣，断难轻恕！王封命妇不得备棺成殓，露体轻亵，全无夫妇之情。伦常倒置，败坏三纲，莫此为甚！"喝令值殿将军："将此欺君贼拿下！"登时剥除冠带。即国丈也难开口求饶，一班奸党尽吃惊慌慌，满朝文武多感吃惊。是日，包公领了三般法宝，别了圣驾，带了沈御史，出朝而去。

是日天子退朝，文武各散，内有众官员多好议论者未回，仍在朝房内。忠良叙于一处，奸臣集会一方。有言："这些奸佞臣作此暗室亏心之事，陷害忠良。如今一经包拯之手，看汝怎生逃脱的。"又有奸党也有一番议论。不知什么言论，且看下回分解。

第五十回　贤命妇得救还阳　忠梗臣溯原翻案

诗曰：

昭昭天眼岂徇私，善恶分明报有期。

未到循还仍不悟，一朝败露祸难离。

当时，朝房内与沈御史厚交的官员尔言我语，多言："沈国清不通情理，将王封诰命夫人不备棺成殓，暴露尸骸于土中，原乃欺君大罪。今被包拯拿定破绽，倘或起尸被他救活，尔即难免过刀而亡了。"

不言奸党纷纷议论。又言包拯忖度自言："倘将孙武释纵回衙，犹恐情虚而寻短见，反为不美。"着令张龙、赵虎领了三般国宝，包公又邀同孙侍郎带同沈御史往他府衙而去。又有孙兵部倒也心上不安，不知包拯果能起尸否？并他邀同孙武兄弟，以故放心不下，同至沈府而来。然当日包公缘何抹煞李太后之事不提，单奏杨、狄、沈、孙之事？只因尹氏的尸骸过不得七天，倘至七天，难以还阳了，故以救活性命为先，将李太后之事暂且丢下。此一番仍惊动多少人民，言言论论称奇，远远跟随观看之闲人不少。不关正传，不用多提。

包公一刻进了御史衙，孙家弟兄并至。招进沈国清，无数役人从后徐徐进内。沈御史只得引至里厢，大小衙役房吏人等吓得骇惊不小，议论私谈，不明大人犯了何法，至包公来抄没家产。

当日沈御史引至后园内，沈御史指明埋尸之所。包爷与孙家兄弟一同举目，果见一株小树，乃月桂也，是新种植之象。包爷立差排军将土泥挖开，扒去土泥，仍觉阴风飒飒之惨。忽见有女尸骸，面目如生，略不改色。包公叹惜曰："可怜一位贤德夫人，遭此一难。"二孙弟兄也觉骇然。沈御史见了，心中烦闷，嘿嘿不言。包爷又曰："这尸骸是尔妻否?”沈御史回言:“是也。”包公又吩咐董超、薛霸二役小心细细起尸,安放庭心静所。二排军领命,即将尸骸悠悠扶起,安放肃静所在。又命张、赵二人,将温凉帽子戴在夫人头上,还魂枕扶乘首下,返魂香放在身中,令四排军远离,传他房内丫环侍女近前。有二孙弟兄心中焦闷,不想包黑之言,尽有应验。正要别了包拯回衙,有包公冷笑曰:“排军速将孙侍郎拿下,他是朝廷重犯,哪里放得?此法律当然。”排军领命,即上前将孙侍郎抓定。孙兵部见了大怒,挺胸直前喝声:“包拯!尔非奉旨,怎生胡乱拿人?速些放了吾弟,万事干休,若不依时,与尔面君。”包公冷笑曰:“这是案内,尔令弟亦在其中。他原是朝廷犯人,是非且待尹氏活了,皂白已分。若询问明有罪时,应该追究。倘若错捉无辜,定罪下官。大人且请回衙,休得多管。”原来孙兵部依着王亲之势,党羽相联,横冲直撞,欺侮同僚,单惧包拯的硬性。当日含怒不言,吩咐打道回到庞府中,另有一番忿话。

单表包公,令排军两人押着孙侍郎、沈御史,一同收禁天牢中。但孙侍郎不上刑具,只因不奉君命,止拘阻他不回衙,犹恐众奸谋多,又生枝节。

当日沈府家人、妇女吓得惊慌无措。素兰婢子躲闪房中,紧闭房门。当下包爷在御史府中耽搁,只待救活了尹氏,然后回衙问供。又吩咐公堂上面炷上名香,包爷下跪叩礼,当空祝告上苍、过往神祇、地府阎君、本都城隍,伏惟鉴察,信官包拯一一说告奸臣误国之由,立心秉公报国之意。祷告已毕,仍起而坐于公堂,自有沈府家丁递送茶汤。是日天色已晚,夜膳设陈,佳酿美馔送至,包公用毕。是日包公在沈衙用膳,自然排军役人多在此用膳,也且不表。

又言孙兵部来到庞府见国丈,庞太师开言呼曰:“贤婿,尔同往沈衙,可知事情怎办?”孙兵部曰:“岳丈大人,休要提说。可恼恨这黑贼全无半分情面,一到沈府中,果于涂泥里起出一女尸骸,面目如生,而未腐消。又将吾弟阻留下,言他案内之中,难以放释回,与着沈兄一并收禁了。倘或尹氏果被这包黑贼救活还阳,只要追究明此事,吾弟与沈兄即难逃遁了。”庞太师听罢烦闷,转加深恼包拯不往陈州,特赴回朝,偏究此事,连及老夫也有干系,日夕多忧不安也。又呼曰:“贤婿,吾想沈国清乃平日之间十分精细能士,今此事愚呆了。妻死缘何不备棺椁埋殓,胡胡乱乱埋于土内?况属冬寒霜雪天,自然肉体不消化了。圣上三般还魂活命宝出在东洋高丽,太宗时入贡,留传至今。前者包拯曾救过被冤两命,今尹氏又经包黑领办,复活还阳必矣。被他究出真情,二人正法,难免一刀之惨,连及老夫有碍的。今日事情破绽尽泄,即深宫通线与女儿,也难解救得两人之命。"孙兵部听了,长叹一声:"可怜吾弟,一命断送于包黑贼之手!"

不表翁婿之言,回文只说包公。是晚用膳毕,已有一更残,只觉寒风凛冽,青灯一暗一明,家人侍女在旁,将尹氏夫人声声呼唤。少停,初交二鼓,包爷早已传命他家人,于夫人睡所远远用火盆四围煖炙。再一刻,只见夫人手足洋洋转动,口气一呼一吸。有张、赵二人远远瞧见,启上包大人:"尹氏夫人转活还阳了,手足远观已活动也。"包爷听了,言曰:"他还阳好了。然他土屈数天,身体定沾了寒土之气。"吩咐速备姜汤与吞下。二役传言,有侍女连忙往取姜汤,倾灌夫人喉中。有包爷复叩礼上苍,已毕,已有三更时分。尹氏夫人身体移动,双目张开,落下珠泪。包公离位远远观瞧,心头喜悦。又命取回三般宝贝,略言:"夫人身负冤屈,归阴数日,今幸喜还阳,皆赖圣上宝物之功。"又吩咐沈府家小:"小心扶起夫人更衣,众侍女须要殷勤,左右不可睡卧,守候夫人为要。"又言尹氏死去数天,今夜虽则还阳,但尚未醒灵,比不得平时,心神尚恍惚,一言也说不出。只叫得一声:"苦也!"当下众妇侍女遵着包公吩咐,扶挽夫人进内,小心伏伺,沐浴更衣。又有家丁、妇女不下百人,多说包大人神平清官,将我家夫人救活,交头接耳的喜欢。不言众人纷纷闲话,尹氏略略苏灵,当夜包公又唤役人将后庭土穴填回,吩咐从役一同回府,已是四更天候。

至天色黎明,包公带了三般法宝,要缴还圣上复旨。其时天色尚早,君王尚未坐朝,文武各员多在朝房候驾。当日尹氏夫人复活,文武员知者很多,私言:"包拯是位异人,不久即将人救活,莫非他不是凡间之种,奉天差来救搭凡人不成?"不拘忠佞多少言谈,只有孙秀、庞洪心焦恼闷,有什么意气来答话?

少一刻,圣驾登銮,文武大员参拜已毕,分班侍立。有包爷执笏当胸，俯伏而奏曰："老臣包拯见驾。"圣上一询问尹氏之事，包公奏曰："臣启陛下，那尹氏夫人已于昨夜二更时候还阳，然而再生之德，皆叨陛下洪恩也。今臣复旨，复缴还三般国宝。"天子听了，喜色洋洋而言曰："活人命，功法弥天。今包卿数次救活枉死之人，乃代天活人，其功浩大，上帝赐福无涯了。如此朕也难及了。但以后如有被屈身亡者，纵然又请此宝，拿去拿来，岂不周折返费？如今将此宝贝三般，赐与卿自用收藏，以后若逢冤屈枉死，便宜行事救搭是也。"包爷谢恩，还有奏言曰："昨蒙陛下敕臣究审李沈氏呈状重案，伏乞陛下将边关杨宗保的本章并沈氏御状一并赐交于臣，核对分白。并求敕发焦廷贵与臣，方能面质详明。"嘉祐君王曰："依卿所奏。"命内侍速取至边关本章并李沈氏的御状，又旨下天波府，立取焦廷贵，一并敕交包公，究办明复旨。包公领旨，收接了本章、御状，吓得庞洪浑身汗下，手足俱麻。想来："昏君主见不善，发交本章犹可，这纸御状交关非小，包黑好不利害，非比别位官员，可以求些情面的。况李沈氏乃妇女之流，倘查究起御状那人专写，那沈氏纵生铁舌钢牙，也难抵他刑法利害。倘招出状词是老夫做的，那时乌纱帽子戴不牢了。"国丈自语着急。

当日包公将本章、御状一一看明，再启奏曰："杨宗保的本章上，只有狄青一人退敌立功。又言孙武到关，仓库不查，只诈赃银多少，并不陈及失征衣冒功的缘由，与李沈氏所呈状上，情节毫不相关，此中是破绽机窍也。惟杨宗保身居边廷主帅，率统兵权，二十余载，数世忠良将士，为朝中栋梁臣，即圣上也知他是尽忠保国之臣。他怎肯私庇狄青而伤害有功李成，作此损益不均以欺陛下？他既非奸贪之辈，断无欺君之行。从来妇人呈状，定有主唆之人。臣阅历民案多年，十有九验。那沈氏女妇之流，哪有此泼天胆量？内中岂无胆量势狠者唆拨他？故放胆叩阍，来冒犯天颜。当此之际，陛下也须追究主唆之人。若非尹氏弃世诉冤，险些奸臣以假作真，而忠良反遭枉陷矣。"天子听了，言曰："当时原是朕之愚也。"又诘："包卿主唆呈状者，汝可知否？"包公神明推测，十将八九是国丈专主。但想：这奸臣非别人可比，女在宫中做王妃，得君宠幸。想今日扳他不倒，吾且留些地步。也罢，倘若不提出唆状之人，反被这老奸言吾无知识，没用了，不免说出此机窍之言，恐吓他一顿便了。即开言曰："臣观此状词，句句来言不胜利害恳切，即平等人也吐达不出，定然朝中大臣主笔，方得有此狠烈之词。待臣严究出其人，定不轻饶。只求陛下准臣严究。"国丈听了包公之言，满面遍红而白，又插不得言。

天子又曰："包卿，朕思朝内大臣，虽则狠言，唯李沈氏在着边关，至此数千里，况微微武员之妻，怎能扳结朝内大臣？据朕思来，还是边关上书吏专唆，也定论不来。卿也不必深究其人了。"包爷曰："臣启陛下，这不是臣定究主唆之人。但这主唆者看得法律甚轻，狠心太重，要害尽忠良，方得称心。据臣愚见，其状定必朝内奸肠曲心刁臣做的。若做奸佞，全不顾名节，只贪着财帛耳。李沈氏虽不认识朝内大臣，然只用了财帛，不结识而可结识了。"国丈当时满脸汗下振腾，可恨包黑贼，当驾前挑起老夫的心病，巴不得君王不将包拯询言，恨不能退了朝各散去。岂知君王偏偏不会得国丈之意，想来这包拯好放刁，尔既知朝内大臣专写王状，着实指名那人，算汝狠也。即曰："包卿既知朝内大臣秉笔，果也何人？"包爷又奏："此状词是一品大臣，权势狠重御戚，方有此胆量摆唆妇人而来。"国丈暗曰："如今看来，将说至吾身来了。"欲待插言论驳，又涉及于己；欲待不言，又妨这包黑说出他事来，实是两难，心头懊悔错干了此事。君王听了包公说到朝内一品大臣，君王心中岂不明白，无非国丈专唆的。倘或被他说出来，教朕如何处分？不及早兜收的可也。又道："包卿，朕思主唆之人，非是正案所关者，卿不须多究了。"当日包公也猜得君王之意，定碍国丈之故，只得做个人情，称言："领旨。"是日退朝，不知如何审办群奸，且看下回分解。

第五十一回　包待制领审无私　焦先锋直供不讳

诗曰：

萧何六律定难移，岂料奸臣偏有私。

以假灭真多误国，只贪赃物便相欺。

不表君王退驾，文武官员各散，只有庞国丈回归府内，心烦不悦，恼恨包公；孙兵部愁闷沉沉。国丈只因做御状主唆人，事关非小。孙兵部只因兄弟难免国法之诛。当时国丈即差家丁两名，前往打听包拯如何究审，好歹也要报知，按下慢表。

再说包公回转衙中，将君王所赐宝贝物谨敬收藏下，即差张龙往天波府请发焦廷贵，又命赵虎速往沈府请至尹氏夫人，薛霸立拘李沈氏，董超带上犯官沈御史、孙武及众人候审，各各奉差而去。

当此三路不题。单言天波府内，先有旨意敕发，佘太君、众夫人得知大喜，焦廷贵闻此心中活泼。正在打点抽身，又有包公差人邀请。当下焦廷贵别了佘太君、几位夫人，与张龙竟往包衙而去。有赵虎往御史衙请至尹氏夫人，一肩小轿，扛至包府。单有原告人李沈氏并无下落，薛霸禀明包公，带出沈国清，诘他沈氏在于何所。沈御史想来："岂不分明的，此件案情经了包黑子之手，必要追究唆讼之人。但吾之妹子女流之辈，被他恐吓，用起刑，当熬不起，又要招出国丈来。也罢！吾今拼着一命抵庄了，以免牵连国丈，又出脱了妹子。"主意已定，呼声："包大人，那李沈氏本非汴城人，犯官审询后即行释放了，目今不知去向的，犯官哪里得知？"包公听了，冷笑曰："尔还放刁相瞒的！"沈国清曰："包大人，犯官哪有欺瞒？果然释放他，不知去向了。"包爷喝声："胡说！这李沈氏是尔同胞妹子，况且此案未曾完结，尔如何便将他释放？显见是汝将他藏匿过，少不得严究来，不忧尔藏到哪里去！”吩咐坐堂。一声传令，衙役人列于两行，肃静威严。

当下包公坐于法堂上，先传话敬请尹氏夫人上堂。当时若问呈御状，乃李沈氏是原告，论阴告，要算尹氏是原告。凡听审情由，先要问原告。只因尹氏是位诰命夫人，更兼为谏夫保国，甘心自尽，不是罪犯，乃是贤良德妇，是以包爷不敢怠慢他，是以传请一声。尹氏一至法堂上，低首曲腰。早有左右两丫环，将蒲扇与夫人掩盖脸，呼曰：“大人在上，再生妇尹氏叩见。”包爷立起位，双手一拱，曰：“夫人身为诰命，本难亵渎尊体。因在法堂之上，权且告罪，有屈了。”夫人曰：“贱妾已登鬼录，今得余生，皆叨大人洪恩也。”包爷曰：“今日之事，夫人乃沈御史之妻，沈御史汝丈夫也。夫君有过，妻难控告。如此乃越礼之事，岂非夫人先有不合者？”夫人曰：“大人听禀，妾虽女流，颇知礼节，岂不知今日有所不合夫礼？惟今日之事，为着国家之事、君事、公事也，是妾略去夫妻小节而就君臣大节。然妾少适沈夫君，承叨诰命一十三载，夫妻从来和顺无差。是非只为边关之事而至，容妾再诉明大人。”当此包公听了夫人说出为国公事、夫妻小节、君臣大节之言，不胜赞叹：“明理！品行俱全，千秋上古，不独女中所稀，即男子汉不易多寻。”时夫人将丈夫帮扶李沈氏呈御状事，一长一短诉明。只因此事上回书已经表白详明，今不用重复。包公听禀罢，请夫人暂进后堂里边。又吩咐带上焦廷贵。

这位莽将军，仍复癫头呆脑来见包公。他在金銮殿上见君尚且没有规矩，由于莽将不知礼法也。当时他见包公，大步踏阶曰：“包大人，吾在边关闻尔在陈州赈饥，不胜劳忙事情，怎的又有闲工夫来办这段案情？”包公见他如此，想来这焦廷贵原来乃莽鲁匹夫，只装假怒，二目圆睁，怒基一拍，喝声：“焦廷贵！尔在本官法堂上擅敢没规矩，令人可恼！”焦廷贵冷笑曰：“吾在杨元帅虎堂也由横冲直撞，即前天在君王殿上也是步跑飞奔，何况尔这小小地段，有什么希罕？”包爷喝声：“胆大匹夫，休得胡说！”张、赵二役喝曰：“现中央供万岁圣旨牌，速速下跪。”焦廷贵曰：“尔这官儿要下跪，无非为着圣旨牌。”只发笑，叩叩下跪。包爷曰：“本官今天奉旨敕差，究追此案，在别官跟前可以将真作假的胡言，在着本官案下，丝毫作弊也作不成的。须要实实公言，倘有半字虚诬隐瞒，一铡刀两断。吾且问汝，狄青如何失去征衣？又不该冒认功劳，反将有功李成杀害了。尔在边关，又不该辱殴钦差。即速从实招供。”焦廷贵听了包公几句言语，激恼起他性急火发，高声呼嚷：“老包黑炭头，尔蠢呆子！人多称尔是位大忠臣、清白之官，原来是个假名声，诓人耳目的。吾也知尔入了奸臣党羽，贪了金银，有忠臣不做，要做奸臣的。”包公听了，不觉笑恼加半，喝声：“焦廷贵休得花言！倒底狄钦差征衣失与否，且明言来，不许罗唣。”焦廷贵曰：“汝问失征衣之事，待吾从始说来，汝且恭听。”

焦廷贵由奉帅令催取征衣说起，至被磨盘山劫去。包公听至此间，不觉摇首自语：“狄青果也失去征衣，缘何本上全无一字提及？莫非狄青果也冒了功劳？”即道：“焦廷贵，狄钦差既然失去征衣，因何杨元帅本上并不宣提？即有欺君大罪。据李沈氏所呈，冒功屈杀，定然情真了，尔还欺瞒的？”焦廷贵听了，怒曰：“尔言差矣！吾元帅秉公报国，毫无私曲，焉肯庇着狄青，屈杀有功之人？况且与狄青毫无瓜葛，岂肯欺君昧己，以益他人？”包爷曰：“据李沈氏御状上，乃李成箭杀赞天王，李岱刺杀子牙猜，是凿凿有据。尔言狄青之功，莫非汝受了他财贿，做见证也？”焦廷贵挺胸膛喝曰：“尔这黑人，真不是个清官儿了。吾哪里受他财帛？岂是李成父子杀的西夏将，实乃狄钦差的好仙戏、好手段的戏法。”包爷曰：“尔言什么仙法，什么戏法？尔且说明。”

焦廷贵听了，从强盗劫去征衣，与狄钦差中途相遇，同至大狼山讨战说起，至自挑了首级，在五云汛上守备府中夜膳，“当时李成问及吾首级那里来历，吾即言……”这焦廷贵说至其间，顿住了口，他倒也粗中有细，直里有勾，思想来：吾若说明来历，有冒功之弊，断断言不出的，且不出言为高。包爷目一瞪，喝声：“焦廷贵，因何不说？其中必有隐情。若有丝毫瞒昧，以假作真，且看铡刀。”焦廷贵曰：“老包，尔也欺人太甚！难道说了半天之言，不由歇一息之气的？”包爷曰：“如此，须速说来。”彼听了，即卸脱哄瞒李成之言、冒功在己之语，却将被李成父子灌醉抛下水窖，得樵夫所救，后至父子投关冒功，险些钦差遭害说了一遍。“小将回关，方得对质，显见他父子冒功，故元帅将他枭首。那晓沈氏一妇人有此胆量，奔朝呈告御状。吾元帅众人在边疆，哪里得知？不过天天元帅摆宴庆贺狄钦差功劳，分加隆敬他英雄。忽一天，韩吏部大人书到，沈达回关，方知此事。孙武来盘查仓库，元帅早将仓库贴皮封固，候旨盘查。只为历年无缺，只由查诘，有何怯惧？不料孙武这狗官妄自尊大，自认为是钦差官，一至边关即索酒吞。今日不查，明日不盘，反要诈取赃银七万多，不用盘查即回朝复旨。当时只气得吾焦将军火起攻天，忍耐不下，将这狗王八一掌打下。元帅登时大怒，说什么殴打钦差，国法难容，将孙武与吾拿下，打入囚车备本，沈达押解回京见驾。岂知这鸟皇帝不公平，听了老奸臣言，发吾与沈乌龟官问供，将吾一味夹打。但焦将军怎肯以假作真，听悉他们夹打？这奸贼也无奈何，将吾送入天牢。想必阴谋恶念，妄做假招供，不然这昏皇帝为何将吾处斩？后亏得佘老太君上殿保吾回归无佞府，方存吃饭的东西。”包爷曰：“汝言狄钦差收除二敌人，用什么仙法戏文？”焦廷贵曰：“言来也当好观看也。他与赞天王战，杀不上数合，只听得空中一声响亮，飞出一枝两头尖小小箭儿，高起云端，半空中雷声相似，小箭溜下，金光团绕，已将赞天王打扑在地，这不是戏法？他又与子牙猜索战，取出金面儿，盖于脸上，像着跳加官模样，咒言声无寿佛，恶狠狠的子牙猜已双目定瞪，身体不动，如泥的跌于马下，这不是仙戏？”包爷听了一番混语，想：这莽夫之言，三不对四，是什么仙戏奇词？料然狄青有此仙术之能，故得立除敌将也。当时吩咐焦廷贵下堂。他曰：“老包没有什么盘诘的，吾站在旁看看你审询公断否？”

包爷命取孙侍郎上堂。这孙武奸贼，平时恶狠狠的奸贪之辈，如今在着老包法地，刁奸狠不得，反心惊胆战，呼曰：“包大人，犯官孙武当面。”包爷曰：“孙武，汝食了朝廷俸禄，受了圣上恩典，理该秉公报国乃是。即汝平素行歹，吾也尽知，今也不多诘汝。只今奉旨到边关，因何仓库不稽查，而索诈赃银数万？汝这贼臣，不念君恩，只图其利，欺瞒君王结党，要陷忠良。倘若屈害了焦廷贵，连于边关宿将元勋也遭此害。若擎天栋柱被砍折，锦绣江山岂不塌坠？

可恨群奸结党，蛆蜂蛇蝎一般恶毒。但今在本官法堂，须招直供，倘一字支唔，刑法难免也！”

当时孙武想来：包拯是个硬客，难以情面哀恳的，纵然乃巍巍王亲国戚，多畏惧此老。又审究过几番奇踪异迹的冤屈事，即当今曹国舅如此势力，尚且被他扳倒，何况吾今做了笼中之鸟。如经别官手，亦可以强辩，今也落在这活阎罗王手，倘糊涂抵赖，定必行刑。动了刑法，原要招供的，不如早供了诈赃，以免刑楚。况赃未入手，谅无死罪。但焦廷贵辱殴钦差，不怕包拯不究治其罪。又思卸脱了庞太师，好待他从中庇助吾些。原来无事福至心灵，定然灾随志昏。若孙武牵连出国丈来，仁宗定碍着国丈，纵然大罪，也要从宽而办，孙武未必至于死地。然而庞太师的福运很好，是以孙武立下此意卸脱他，好待帮衬于己，反落得斩罪。这是彼倒运时，故其立意好歹错落也。即呼曰：“大人，吾奉旨到关，岂料杨宗保将仓库悉已封固，言二十多年，岁岁亏空，难以彻查。若奏明圣上，还妨执罚，要犯官格外周全。但恨吾一刻差见，心利彼数万之资，故不查仓库，回朝复旨，只言仓库不亏。当时杨宗保恳吾，愿送数万白金。正言之间，焦廷贵已抢将来，扭着下官，辱殴不休。包大人但念犯官赃未入手，从宽免罪，足见大人洪恩。但杨宗保若无亏空，何故将仓库预先封固行贿，以免盘查？杨、焦二人，岂无欺君罪？”焦廷贵听了此语，大骂：“狗官孙武！”抢进一足踹下，喝声：“该诛的狗囊！吾元帅领守边疆二十余载，一切军需库饷，按例开销，何曾有丝毫亏缺？彼忠君保国大功臣，耿耿无私烈汉，犯了罪时，不分至厚至亲将士，必不废刑法；有了功时，不论至微至低小军，定必奖赏。尔这狗官一到，即速取赃银数万两，吾元帅焉肯送尔银子？奸贼休得妄言！”不知孙武如何答话，包公如何分断，且看下回分解。

第五十二回　复审案扶忠抑佞　再查库办公难私

诗曰：

宋室若无包待制，奸臣越法更猖狂。

忠君方见留名后，误国惟渐认不良。

当下孙武听了焦廷贵骂言，即曰："胡说！前者乃汝元帅自送银子与吾的。"焦廷贵喝声："好刁滑狗官！吾元帅乃世袭侯王，兵权秉属，岂惧汝一群小鼠辈，送汝丝毫银子？狗官，休得妄言欺公！"孙武又呼曰："包大人，前日焦廷贵辱殴钦差，也该问罪。今日在大人法堂上，原是如此没规矩的。"包爷喝声："焦廷贵不许胡闹！"喝令左右役推他出堂，焦廷贵下阶去了。包爷曰："孙武今未动刑，招认了诈赃之罪，也算尔造化，得免行刑。"喝他下堂。又吩咐抓上沈国清。奸臣初时抵赖不招，次后熬煎刑法不得，只愿从细招认明，只独卸脱了庞太师这奸臣。虽念平日师生之情，也是庞洪威福当盛锐时。

包爷又诘："沈氏实藏那方？"沈国清料想瞒不过，不免招出，齐同死罢，只得言明沈氏在尼庵中。包爷立差张龙、赵虎往拿捕沈氏。岂期这刁妇人早已知风，他虽躲存在庵寺内，天天差王龙打探消息，正候着与夫、子报仇。是日，忽见王龙气喘吁吁进内报说："尹氏夫人被包大人起尸救活了，万岁又发交包大人审孙大人、沈大人，一口招成了，今即差张、赵二役来拿捉扣阍告状人，倘奶奶去时，定然凶多吉少也，反不如速速逃生为妙。"沈氏听了，吓得魂飞天外，战惊曰："不好了，不想今日大难临身。也罢，丈夫、儿子多已死尽，吾即留此残生也不中用了。"即打发王龙出外，急急忙忙正要悬缢死。又有七八名女尼跑进来，齐说："包大人差人在外，立刻要夫人至案，速些去也，不要干连我们。”沈氏曰：“妾已知了。吾犯国法，决不连及你们。”当时只怜沈氏上吊也弄不及，即望向旁柱上抢头去，狠狠两撞，破了天灵盖，脑浆迸出，鲜血漂流，扑跌下而死。女尼数人，要救已不及，只由惊呆呆看罢，即齐奔出外，说与张龙、赵虎得知。二役闻言，并同进内看毕，回衙上复包大人。

又言包公如闻别人之言，自然要相验分明。只因张、赵二役乃包公得力用人，历历试测，秉直无差，谅无私弊，故免亲到相验。又议判曰：

> 李沈氏如若情真，立于不败地，何不挺身出堂？此乃情弊理亏，畏法自死。李成父子冒认功劳，事已显然，又见得杨宗保并无屈杀有功之人。然而焦廷贵擅殴钦差，应得有革职摘参之罪，姑念殴于诈赃之非，忿怒嫉奸激烈，从宽免议。据孙武供称，杨宗保库仓亏缺，尚应差官复往稽查明。倘果亏空，照数处分，依律定议。狄青失衣事真，幸其不日讨还，仍有血战军功抵罪，未便即封拜帅。李沈氏所呈王状，按律定，须严究主唆之人，存案定罪。但该氏早已殒命，无从根究。惟该氏刁恶，妄呈王状，有碍朝廷雅化，虽兹畏法毙命，然而典刑未正，不便苟且以从，应请戮尸，以彰严明国法。孙武藐违旨命，擅稽仓库，私图婪赃。虽赃未现获，律无死罪，只昧心逆旨，利己欺君，罪加深重，律该腰斩。沈国清身居御史，享朝廷厚禄，不念君恩，昏弊私恩，图小惠而网尽忠良，假供欺主，死有余辜。例应罪及妻子，幸妻贤良，可免坐及之愆。惟其谏夫受辱，雍容自尽，死后尚图忠君保国，略私恩而存大节，当代贤淑，亘古无双，应叨旌奖。卑贱婢女素兰，混叨诰命，虽为主威所逼，亦为负主不贞，例应绞决。呜呼！五刑不立，何以惩奸？功懋不赏，何以劝善？臣不胜待命凛切之至。

包公定断已毕，吩咐将犯官孙武、沈国清严加细锁，收禁天牢，焦廷贵仍归杨府。又差家将护送尹氏夫人回转御使衙中。又着拿下素兰婢，好生收管。再命董超、薛霸将李沈氏尸骸严细看守，统候旨下正法。

当日不言二奸收禁、尹氏回衙。只言焦廷贵回转天波府,有佘太君、众夫人大喜,有话不提。

是日,包爷备下本章,又有庞府家人打听明,回归相府报之。庞国丈得知,心头纳闷。孙秀也是一般着急,只为素知包拯是硬烈之官,即王亲国戚也畏惧于他,而当今天子也怯彼梗直性情。

次日早朝,将审案本章呈上。天子看毕,龙颜变怒,曰:“可恼贼臣,暗欺寡人。若非包卿回朝,险些害了边疆栋梁之将。朕今依议包卿本上定断法律。”仁宗帝当即降旨下:“尹氏乃一女流耳,岂期具此贤惠。割略私恩,深明君臣大义,保国除奸,忠良免祸,朕也钦敬。洵为万古女师,足当表行。即于御使府改赐旌表流芳,加封恭烈元君,每岁额加俸银二万两。沈国清财宝俱归夫人所管,每逢朔望之日,文武员代朕一月两谒,以示荣异加恩。生则永叨厚禄,死则附葬皇陵,享其庙祭。而边关依本差官复查定夺。狄青功罪两消,未得拜帅,着于边关效力,有功日再行封赏。焦廷贵虽辱殴钦差有罪,始念先祖功臣一脉,又出于忿怒嫉奸,情有可原,恩宽免究。即沈达跋踄被羁,加升一级,以补其缧绁无辜,并同回关,不得久留。二奸一婢正法,即着卿施行。”包爷称言:“领旨!”

当日国丈心头放下。他初时只恐案内定有牵连,因何并不提及老夫?想必包黑畏惧老夫狠也。若问包公岂不知庞洪主唆的,然沈氏已殒命,死无对质,非但扳他不倒,反被奸权讨笑。二者圣上也明白谕他不必追究主唆者,这个人情不得不从权做的。

不表国丈洋洋快意。只恼得孙秀涨面通红:“可怜弟即一朝差见,依了丈人之计,免不得身遭国典了。”当日退朝。

却言包爷奉旨正法两奸,一刻难留。回衙吩咐调出二奸捆绑起,素兰并同拘出。这丫环苦恨满胸,前日做丫环时,是逍遥真乐,今老爷不仁,将吾逼害了。可怜这婢子乐得几天风流,如同一梦,做了枉屈幽魂。

不提丫环怨恨。当日包爷排道威仪拥从至法场,众军人大刀绰起,押了犯人,排军抬了铡刀,哄动多少百姓闲人,远远偷瞻,言言论论:“好清正包大人,严比冰霜,法如山岳。不然众奸臣愈作威福,而陷忠良也。"

不表闲人私论。只见沈、孙二奸押至西郊，犹如呆子不言，魂魄飞荡。顷刻铡分两段，鲜血淋淋，目现惨伤。素兰婢白绫绞决，全尸。是日打道回衙，多少人散去。

次日设朝，包公复旨。当日君王厚赐金帛与包公，想来包黑乃是不贪财宝硬人，故力辞圣上恩赐。君王只得传旨，排赐宴筵，命富太师、高太尉、韩吏部、庞太师相陪。包爷俯伏谢恩。

就宴毕，复奏知君王："差着那官往边关再查仓库？"君王瞧着两旁文武，呼曰："包卿，汝欲那位官员可往？"包公尚未开言，庞太师出奏曰："臣有启奏。臣思狄青失去军衣，杨宗保本上缘何不提明？亦有瞒君之罪，未便置之不究，伏乞圣裁。"包公想来：本官放脱汝，汝反饶不过他人。随即奏曰："国丈保荐孙武查盘仓库，故违主命，仓库不查，反替国丈讨诈赃银起祸，他罪比杨宗保大加数倍也，该枭首正法，伏乞圣裁。"天子看看国丈未语，想来：汝何用多言插舌，反教朕如何分断？当下君王少不免因碍国丈，免不得两面周全，即曰："多是些小之过，一概宽免了。"国丈谢恩，又复奏。天子曰："庞卿不须奏了。"国丈曰："臣非奏别事，无非荐一官员复查库仓耳。"天子曰："卿荐那官？"国丈曰："臣荐兵部尚书孙秀可往，方得无私。"天子听了，唤："包卿，汝知孙兵部可往否？"包爷曰："孙兵部可当此任也。"当日君王即传旨："孙秀往边关复查仓库，须要实力奉行，不得徇私。回朝复命，赏劳加升。"兵部领旨。国丈曰："臣有复奏。"天子曰："卿又有何奏？"国丈曰："陛下不准封赠狄青为帅，也须降旨。莫若使孙秀赍诏顺附，以免又复差官，往返徒劳。不知圣意如何？"天子曰："卿此算倒也合宜，可准。"即诏交孙秀。包公暗语曰："好不知利害奸刁，还思作弄。孙秀此去，倘有丝毫作弊，教他又尝钢刀美味。"

当日群臣无别款章奏，君臣退朝。众文武领旨，多来御使衙门，代君参谒贤良夫人。早有夫人传话相辞而谢，当北阙叩谢君恩。

又言尹氏夫人念看夫妻之情，早已收拾丈夫尸骸，不胜悲伤，备棺盛殓，挂孝尽情。又将素兰尸首掘土而埋。苦只苦沈氏立心不正，一念之差惨死了，又逢戮尸不饶，尸首示众。可怜亲属不周，飘零枯骨,这是恶人报应也。即孙武依了庞洪计,贪婪财帛,腰分两段,幸有孙秀备棺成殓,差人送柩,回归故土去讫。

当日缺官自有提升补代。又有工部奉了圣旨,将御使衙改造“淑德观”,待尹氏夫人在着里厢修行。静处正堂上供了当今万岁龙位,后楼堂供一尊观音大士,旁首奉着包大人的长生禄位,朝暮焚香,以报答活命之恩。素斋有期,以供丈夫牌位。每逢朔望,众官奉旨登谒,一概辞谢。谈不尽夫人多绪,且略不详。

又说包公,一天到赵王府内见潞花王母子,于陈桥遇李太后之事,并不提及,只将狄王亲失征衣,立下战功之事详奏明。狄太后微笑曰:“包卿,汝觉太不情了。吾侄儿既立下此大战功,理上还该加升重职,杨元帅上本自让为帅,汝何故反阻挡圣上的?”包爷曰:“臣奏娘娘,狄王亲有此武功,该得升职,但他失去征衣,罪也重大。这是朝廷律例,有功得赏,有罪必罚。倘不计罪而计功,不独废弛国法,且难服众奸党之心。如若被他参奏明,反得无雅趣了。臣历历政办秉公,倘要徇私,宁断头难依,伏乞娘娘见谅。况王亲乃英雄汉子,自有大功在后而显耀惊人,娘娘且请放心。”太后听了,欣然曰:“包卿若不说明,吾也深怪汝了。且设宴,待王儿略款数盅淡酒如何?”包爷曰:“多谢娘娘,臣不敢当赐了。”登时告别。潞花王也留款,包公力辞,只由拜别而去。

包公一路自思:可惜高年太后,不明道理,错怪别人。只我将狸猫换主事究明,尔也忧着欺君之罪。一路自言,到了天波府第。焦廷贵闻报,忙出接迎。请出佘太君,包爷见礼坐下,杯茶而叙客谈。太君曰:“吾家孙儿被奸臣算计,多亏大人一力周全,使老身感激不尽。未到府拜谢,又劳大人光降,心有不安。”包爷曰:“此乃下官与国家办事,那敢当太君重谢。”太君又曰:“吾孙儿既无亏空,库仓今何又往盘查,是何缘故?”包爷曰:“且告禀太君,下官当奏审究时,孙武称言元帅也有亏空之说。倘经别官领审,已将此言抹煞了,也未可知。惟下官出仕朝廷二十八载,由做知县官,案历万千,只依法律公办。故孙武供称言,也即奏知圣上。今天庞洪又荐保孙秀前往。”太君听了,不觉骇然,呼声:“包大人!老身久晓兵部是奸臣党羽,如今奉旨盘查仓库，此贼未必秉公，只忧作弊，又波浪兴翻，怎生是好？”包爷曰：“太君但请放心，孙兵部此去如有徇私作弊，自有国法与他理论，下官怎肯轻饶纵放？只祈太君早日发遣焦廷贵回转边关，不可羁延于此，况元帅未知情由不安的。”言罢告辞。太君曰：“大人再请少坐，水酒粗馔相款，望祈勿却。”包爷曰：“虽承太君美意，惟贱冗太烦，改日叨领。”

按下包公回府而去。只言佘太君即日说知孙媳，穆氏夫人早已修备家书一封，取付白银百两作二人路费。书银交付毕，焦廷贵、沈达二将刻日用膳罢，拜别老太君与众位夫人等。家丁早已牵出两匹骏马，鞍辔整齐，二将欣然骑上。老太君又嘱咐二将：“路程小心，休得恃勇闯祸招灾。并孙兵部大奸臣不日奉旨又到复查结仓库，此贼定然诡谋百出算帐，说知元帅、众人，早作防备，勿坠奸贼计中为要。路途上勿阻延迟，须速回关，以免元帅悬望也。吾嘱言须牢谨记。”二将诺诺答言，一程出了杨府，匆匆马不停蹄而跑。此说两分，不知孙秀奉旨往边关查仓库，怎生妙计，害得杨宗保、狄青二人否，且看下回分解。

第五十三回 孙兵部领旨查仓 包待制申冤惊主

诗曰：

中兴令主首尊亲，不比民间小孝闻。

不正乎名难主国，颠倒必失本来因。

一天，庞国丈排备下酒筵，差家丁请至孙兵部。国丈开言道："贤婿，不想此事愈弄愈败了。但杨宗保、狄青二畜，断难容留他的。因汝今奉旨复查仓库，吾特备酒饯行。汝一至边关，须要见景而为，算账二贼，好思复旨劾奏于他也。须拿定破绽，免被包黑贼又放刁，则不妙了。"孙秀曰："有劳泰山大人费心。小婿至关，定然在意，待拿柄首，雪报弟仇。"言罢，用宴已毕，辞谢回衙，打点动身，拜别同僚。文武多官齐送。御王亲众官不表，只有包公趱近，呼声："孙大人，尔今奉旨到边关，须要秉公着力而行乃可。即有奸权嘱之行私，汝切不可依行。倘存私作弊，下官定然秉公与汝作对。"孙秀曰："包大人，汝太多心了，此行哪有旁人唆嘱徇私得来？吾此去定须秉公，决不负君恩也。"包爷曰："如此，方为公也。"

不表孙秀离却汴京。是日天子设朝，包爷上殿谢君赐宴。天子曰："包卿，陈州赈济未毕，速宜打点登程，免使万民悬望。"包爷曰："臣还有一桩国家大事，也要理论分明，方往陈州。"君王曰："包卿，还有重大事情？且奏知寡人。"当此庞太师巴不能包公早早动身去，不啻拔去眼中钉，即出班曰："臣有奏。"仁宗王一想：国丈真乃多管闲账的，些小事也要多言喋舌。只得道："庞卿，汝也有何章奏？"庞太师曰："臣奏非为别故，无非为国保民耳。今陈州赈济未完，包拯半途不往，万民仍不免饥寒苦楚，望乞吾王不要留他在朝。若说国家大事，即有何难处，自有多少朝臣可办。只要他说得分明，哪位官员不可办的？伏乞陛下准奏。”君王听了，正要开言复问，包公接言曰：“这是如天大事。上于天子，下咎人臣，即臣身受陛下隆恩，难免失察之罪。”

当时众文武大臣听了此言，心内惊疑不定，只有奸党交行者倍加惊骇，不知又有何故。只因沈御使之事，实乃惊弓之鸟。君王当下急唤：“包卿，既如此交关大事，且速速细奏分明。”包公曰：“今陛下不是来历真天子，故臣要理论分明。”仁宗听了，也觉他言奇说。两旁文武大臣一闻包公此言，吓得惊骇。庞国丈即出班，俯伏奏曰：“包拯仰叨圣上隆恩深重，不思报答君恩，反敢戏谤君王，冒渎天颜，不敬莫大于此。罪大滔天，乞陛下将他正法，以警慢君之罪。”嘉祐君王呼曰：“庞卿平身。”天子虽然不悦，然而倒确问包公，言他为官日久，一向无错无差，丹心梗直之臣，何故发此戏言，说寡人是假天子，何也？且问他真天子在何方？呼声：“包卿，寡人是天子非真的，汝且奏明缘故。”包爷曰：“陛下若还说得出有凭为据，方是真的。”君王听了，也觉忍不得的微笑曰：“包卿，朕是君，汝是臣，缘何与君讨起凭据来？寡人断御已有七八载，在朝之官多是先王旧臣，目今所升选新官计来仅十余臣耳。新旧众官，并无一人言朕是假的，包卿何故发此戏言？”包爷曰：“陛下若是真天子，定有为凭。”君王曰：“这颗玺印可不为凭？”包爷曰：“陛下既接御江山，岂无玺印？这算不得为凭。只要陛下龙体上有何记认才是真凭据。”君王微笑曰：“此语包卿说来甚奇。要讨凭据犹可，缘何又讨寡人体上之凭？若问朕体上之凭，只掌中有两印纹‘山河’二字，足中央也有‘社稷’两字，可得为凭据否？”包公听了“山河”、“社稷”，却准对了李后之言。即奏曰：“陛下实乃真天子，只可惜宫中并无生身国母的。”君王曰：“包卿，尔言差矣。现今南清宫狄太后是寡人生身母，安乐宫中的刘太后是寡人正嫡母。包卿妄言寡人无母，也该有罪。”包爷曰：“国母本有，只因不见了陛下生身国母。狄太后只生得潞花藩王，他并非陛下生身母，只因生母远隔别方。”嘉祐君王闻言，大惊骇然，忙呼：“包卿，尔言来不白，今朕难以推猜。既然明知寡人生身之母落在那方，何妨直说，缘何吞吞吐吐以欺侮寡人，此乃何解？”包爷曰：“只今郭槐老太监未知今在哪宫？”君王曰：“若问内监郭槐，现在永安宫养静，卿何以问及于他？”包卿曰：“陛下要知生身国母，须召郭槐，问他便知明白了。”

天子听了，不觉呆然，想来包拯说话跷蹊，料此大事，他断非无中生有。又思南清宫狄母后，既非寡人生身，如何又冒认寡人为子？此事叫人难以测猜。他又言内监老郭槐得知，不免先召郭槐询问明缘故。即传旨内侍往永安宫，宣召郭槐去了。

天子又问：“包卿既知此段情由，也须细细奏知根底。”包爷曰：“陛下，臣若奏出情由，即铁肝心肠也令他坠泪。身居国母朝阳贵，屈于破茅窑，衣衫褴褛，垢面蓬头，乞度光阴，将二十载。双目苦恼失明，只因儿身登九五朝阳位，娘为乞丐下流，言来我主也有非宜。尊为天子，尚然孝养有亏，自然朝纲不正，要出奸臣乱法。家不齐，国难平治。”嘉祐听了包拯之言，色变神惶，急呼道：“包卿，破窑之妇，汝曾目击耳闻？”包爷曰：“臣若非目见稽查明，焉敢妄奏，以诬陛下？”天子曰：“即此可细细详奏，怎生起止？”包公即将因尹氏之事，赶趱回朝，道经陈桥，被风落帽，疑有冤屈，至命役人闻风捕影，至郭海寿请去告状，当日李妇人将十八年被屈破窑长短，历情尽吐，力托于臣，言非臣不能代为伸冤力办之事奏明。“当此惊骇臣不小，不意拿落帽风，拿来此天大冤情，实乃千古称奇也。臣思彼时之前十八年先帝时，官升开封府二载，尚未得干预朝政，即火毁内宫，臣亦不得而知，当此将信将疑。故臣又反诘他，既知太子，即今现在那方？彼自言：得寇宫女交陈琳怀出，往八王府中，后闻长养成大，接位江山，即今王是吾亲产太子。当时臣也再盘诘他，有何凭认？他又言：掌上印纹是‘山河’字，足心有‘社稷’字，回朝且究问老郭槐，可明十八年前冤屈事了。陛下想来，儿登九五之尊，享天下臣民之福，岂知生身母屈身至卑贱苦楚之境，闻者如不伤心，非孝也；见者如不凄然，非仁也。若非孤儿郭氏子代养行孝，李娘娘早已赴归黄泉，身负沉冤，终难得白了。”

君王闻此奏言，吓得手足如冰，呆呆坐下龙位，口也难开。两旁文武官员，目定相观，暗暗称奇，还未明真假有无此事。内有几位大臣想来：十八年前之事，我们还未进位公卿。有国丈想来：我只言是非又涉及老夫，原来乃朝廷内事根由，不干我事，吾即心安了。

慢言殿上君语，先说瞒天昧法人。又言郭槐乃刘太后得用之人，是以仁宗即位，太后即传旨当今加封九锡，时年已八旬，奉旨在永安宫养静。随侍太监十六名，受享纳福，其乐无穷。仗着太后娘娘势力，人人趋奉。倘或宫娥、太监少有服侍不细，即靴尖打踢，踢死一人，犹如捽死一蚁，利害无穷，凶狠惨极。人人对面，自然要逢迎为“九千岁”，背后众人咒骂怨他不已，巴不得此凶狠早日灭亡。偏偏郭槐精神满足，虽则八旬之人，精健勇于少年。一体肥腴，生得流圆面貌，两耳扛肩，头尖额阔，浓眉长一寸，鸳鸯怪眼，两颧高露，口方，鹦哥尖鼻，腮颔大开。数十年来，安享于永安宫内，福禄叨全，快乐不异天仙，即当今皇上也无此清闲之福。每日闲中无事，与刘太后下棋、双陆，或抚琴、弄瑟。

这一天，正在安乐宫中与刘太后吃酒谈心，言言语语，彼此欣然，多不能尽述。忽闻内侍进来，报说圣上在殿上相宣。又说明：若然郭槐平日为人良善，结好上下，自然内侍官帮助些，说明李后陈桥告发之事，也使郭槐早已打算如何脱身的计谋。只为他平日凶狠，故人人蓄怨日深。内侍今得此消息，心中悦然，遂恨不能将他早日收除了，只说“万岁旨宣”四字，并不提及别的机关。郭槐听了，冷笑曰：“从来万岁并不宣吾，今有什么闲账？但咱家今天食酒，不得空闲，改天出殿也罢。”内侍暗语曰：“万岁爷多宣他不动，太觉狂妄自大了。”只得去复旨，将此言禀奏万岁。天子听了，龙颜变怒：“可恼贱畜逆旨！”即呼内侍且再宣，言有国家大事，文武百官不能妥议，定再宣他上殿做个主见，看事体如何，今天必要奉宣，再不许逆旨。内侍领旨而去。若论君无戏言，只因当时郭槐不奉旨宣出殿，是出于无奈，将他哄出殿来。这事到其间，暂且从权耳。

当有内侍复走至安乐宫，曰：“启上老公公，万岁爷有一国家大事，文武各大臣不能妥议，必要老公公出殿定个主见。万岁爷在殿候久了。”郭槐听了，曰：“厌烦得紧。咱家心不喜出殿，何故两次相宣？有何大事？别改一天也罢。”刘太后微笑曰：“郭槐，既然当今两次宣汝，汝若不往，岂不失君臣之礼？难免朝臣批点不是也。”郭槐曰：“娘娘，朝臣批点我什么来？”太后曰：“只言万岁君王宣汝不动，太觉妄大欺主了。理上还该出去见驾,以免朝臣多评是非。"郭槐冷笑曰:"娘娘,汝还未知,满朝文武,谁敢言吾一声不是。"太后曰:"尔说哪里话来。虽然对面无人说,背后防人把汝暗批。况国务非同小事,无人妥议,政令难行。当今宣汝,定然说汝年高智广,有政同商,劝汝再不可推辞。"郭槐听了曰:"娘娘既如此说来,吾且走走何妨。"太后曰:"出殿回来,吾还等候共宴。"郭槐允诺,呼曰:"左右扶吾出殿!"内监应诺,挽扶曰:"九千岁慢些好。"太后曰:"众人且小心挽扶。"当日并非年老难行,只为身躯肥胖异常,若独自行走,多有不便。

四名内监绰绰拽拽,到了殿上。内侍先禀知,万岁宣旨。郭槐朝见,对君王曰:"陛下在上,奴婢见驾。"君王曰:"郭槐,寡人宣尔上殿,非为别故。只因内廷不究事,有不明冤屈,故特宣汝究明奇事。"郭槐曰:"未知陛下有甚内廷不白事?"君王曰:"只因十八年前事,也觉奇哉怪哉。将狸猫换主,何故火毁碧云宫?为首是何人?李太后如何被害?今已尽泄机关,尔须将实事细细言明罢。"郭槐听诘此言,吓得呆呆,自语想来:因何今天一时提起十余二十年事?不知哪个狗王八提掇起此事。但这桩事情只有天知地知,刘娘娘与咱家得知,余外别无一人可晓。不知今日哪人忽提及起来?也罢,吾只推不知当初之事,几句言辞撇开。君王见他不语,即喝道:"郭槐!今日机谋尽露,何须隐讳不言!"郭槐即呼:"陛下,奴婢实不知什么狸猫换主,哪人火烧碧云宫,休来下问奴婢。孩子们,扶吾进宫。"四名内监左右挽扶。有包爷怒目圆睁,跑上金阶上,伸手当胸扭定,喝声:"郭槐,慢些走!"郭槐喝曰:"尔这鬼官是哪人,擅敢无礼的?"不知包公如何捉下郭槐,下回分解。

第五十四回　嘉祐王痛母含冤　王刑部奉君审案

诗曰：

齐家治国圣经言，南面为君首重先。

耕耨历山行大孝，上闻朝野觅高贤。

当下包爷喝声："郭槐！尔既不识认本官，好！吾说出姓名，只忧唬吓死汝这老奸狼。吾乃龙图阁大学士待制官包拯也。"郭槐听了曰："尔是包拯么？当今人称尔是忠烈贤臣，即吾内宫也仰慕清名。既当今万岁加恩宠眷尔，不该胆大将咱藐欺，太觉狂妄了。"包爷冷笑曰："郭槐，尔还不知么？"郭槐曰："咱家知道什么来？"包公怒曰："恨尔为人凶刁狠毒，十八年前擅将狸猫换去幼主，又纵火焚毁碧云宫，谋陷了李宸妃娘娘，多是尔奸谋。瞒天昧地，只言永久遮瞒，岂期今日天发其奸。今圣上驾前，还不直供？"郭槐听了失色，只得喝声："包拯，休得含血喷人，先红自口。尔缘何捕此无踪无影之言，妄唆圣上，欲害咱家？不知怎火毁碧云宫，什么狸猫换主。吾历内监数十秋，未闻此事，尔休得无端而寻唆鼓惑。擅敢当驾无礼，扭拉咱家。"喝令小内监："拈他去！吾还宫去也。"包爷喝曰："郭槐！尔今休思还宫了。"牢牢扭拉不开。四名内监只好呆呆看着，只因惧怯包黑子，岂敢妄动。众文武大臣，又无人答奏。君王心下也觉焦烦，喝令："拿下！寡人定须追究毁陷真情。"

有值殿将军凶狠似虎，即拿下郭槐，捆绑捺定。郭槐慌忙中呼曰："圣上，可怜奴婢今已见年八十二之秋，静处闲宫并无差错，伏乞我主勿依包拯无踪无影妄奏相欺之言，恕奴婢还宫，深沾陛下天恩。"君王曰："郭槐，尔将一十八年前一大事：狸猫换去小太子、放火焚烧碧云宫之事，一一奏明，即放尔回宫安养。如有支吾一字，定决不饶！”郭槐一想：若将此款大事说明，吾自抵罪必矣，又怎好害却刘太后娘娘？罢了，我也拿定主意，自愿抵死不招的。即呼曰：“陛下说什么狸猫换主，怎生火焚碧云宫，奴婢实确不知缘由，焉有凭据上奏？”包爷奏曰：“此事交关重大。臣想郭槐是泼天肝胆之人，方能干此欺天害主之事。若将言词盘诘，怎肯轻轻招认？伏乞我主将他发交与臣，待臣严加细究，方能明矣。”君王曰：“依卿所言。”庞国丈自言：“不好了，发交包黑审究，郭槐危矣。审明又增他之威势也。”惺惺自是惜惺惺，奸臣只是为奸臣，并忌包拯之功，即出班奏曰：“陛下，这郭槐发不得包拯究审。”君王曰：“庞卿，缘何此事发交不得包卿审询，何也？”庞洪曰：“臣思此事关天重大，谚语云：来言此事者，即此事有碍之人。今此事包拯独自言来，焉知真假？倘被他一顿极刑，惟郭槐乃八旬以外之人，哪里抵挨得重刑？倘假事勘成真的，即大不妙矣。”君王闻奏，头一点言：“庞卿此论却是秉公而言，朕今不发交包卿审究，还有哪位卿家愿究此重大事情？”庞洪曰：“伏乞陛下，发交于臣，自必秉公而办。”包爷曰：“如将此案与国丈究断，必不秉公力办。倘被他存着三分私弊，十八年之冤终于不白，却将诞育生身之母永屈于涂泥中矣。”

君王听了两奏之言，细思一刻，只得对包爷曰：“包卿，据尔主见，还须发交尔审办的么？”包爷曰：“国丈如此言来，臣也为涉嫌疑，不敢承办了。”君王曰：“卿既不领办，可于文武两班中挑选一人，可否？”包爷称：“领旨。”立起一看，左班首是富弼老太师，他是一梗直大臣，然是老耋高年，烦务之事不代劳矣，将头低垂。包公又看首相吏部韩琦，他一想：此案重大事情，领办来，一位是刘太后，一位是狄太后，两人是被告，教我如何审法？只是摇首暗嗟而已。包公又看阁老大人文彦博，他又目也不一瞧，似乎不约同心，皆思此案所关甚大。当下包公想来：尔们众臣也称是忠良之辈，如何这等胆怯畏死的？只须秉公正办，有何妨碍，如何人人不愿领办？如此尔们徒有忠节之名，算不得铜肝铁胆之臣也。包爷又看至西班内，一见刑部尚书王炳，二目相瞧，包爷想来：王兄与我是同党里，并同科出仕，他平素秉性贤良，此段事情如交他办理，谅得妥当矣。斯时包公一瞧，将头一摆，王刑部即出班奏曰："此事微臣领办，伏乞陛下降旨发交，自必秉公力办也。"君王曰："包卿，王卿领办如何？"包公曰："王刑部果能领办不误也。"君王曰："既如此，朕将郭槐发交王卿，定限三天内究明回奏。须要细心着力公办，如有半点私弊，即处决断不姑宥。"王刑部称："领旨。"当日散朝，王炳家丁带出郭槐。

君王还宫，庞贵妃迎接王驾，即请安，言问："君王何得龙颜不悦？"君王一闻动问，不觉触感孝行有亏之心，言："早朝据包拯所奏，朕不是南清宫狄母后生，也非安乐刘太后所产，尚有生身母在别方。"言毕，不觉龙目珠泪一行。庞妃闻言，也见骇然，却呼曰："圣上，既据包拯所奏，而必有因，我王何不询诘明他生育圣躬嫡母太后在于何方？"王曰："贵妃，朕也曾详诘他，包拯言，还朝道经陈市，有白发老妇人诉说十八年前之冤，言来确据分明。"当时君王将前言一长一短，惨言尽吐，更觉感伤，纷纷泪下。

此刻庞妃更觉心惊，不意有此弥天大事，未知真假。若还果有狸猫换主，此事郭槐罪重千条，狄、刘二太后俱有欺君之罪。只愿当初并无此事，两宫太后方保无虑，郭槐也无罪了，止将包拯罪其欺君谎奏，正了国法。若除了包拯，我父扼柄朝纲，畏惧何人？想罢，开言呼曰："我王且自放心，虽则包拯如此言来，臣妾细思此事，谅非真情也。破窑市井中老妇，非是狂癫之疾，定然妖人惑众。可笑包拯为明察之官，听信妄词，特犯惊君上。倘无此事，两宫太后一怒，这黑脸官儿岂活得成？况乎谎奏君上，谗污国母，罪该万死。我王乃至聪天子，岂从拯贼如此作弄尔圣心？我王其熟思之。"庞妃虽然狡猾，如此言来，唯君王心下分明，知包公乃是正直无私清官，岂是轻信无凭谎奏以欺上的？即破窑妇人，说得有凭有据，何云犯疾痴癫？倘此事是真的，寡人便有弥天重罪了。身登九五之荣，母在破窑苦屈，岂不被满朝文武议论于寡人，有何面目南面称孤？今虽发交王刑部究询，倘或被他存了私弊，好生猜疑难决矣。只祈天地神明悯佑，若得冤明会母，即退位不为君也心安无愧矣。

是晚，贵妃观君王恼闷，传旨于宫排宴，一腔娇媚，趋迎君乐。只君王勉强进宴，何尝喜悦添欢？

慢语宫中君臣夜宴。再言安乐宫中刘太后想来：不知外朝有何疑难国政酌议，两次召宣郭槐，去而许久，尚未还宫。正盼思之际，忽有太监四人急匆匆报进宫，曰："启上太后娘娘，不好了！"刘太后曰："我居宫闱三十余秋，从未闻不吉一字。"今闻此急言，不觉大怒，骂曰："狗奴才，何事擅敢大惊小怪。"众内监禀曰："只因当今万岁爷已将九千岁宣去拿下。非为别事，只因包大人奏明圣上为十八年前狸猫换主，火焚内宫之事。"刘太后听罢，吓惊不小，连忙立起位，即曰："万岁怎生分断的？"内监曰："万岁爷要九千岁招出真情，九千岁只言并无此事。万岁爷即喝值殿将军，登时拿缚了九千岁，发交刑部尚书王大人审断去矣。"刘太后闻言，曰："果有此事也。你们且退外去。"

当时四内监出宫去。刘太后想来，惶恐无心，又言："十八年前，将太子换去，暗害李妃，但机关秘密，无一人所知，因何故急发泄？但不知有哪些冤仇人来作对，告诉包拯。又值君王偏听信他言，将吾心腹人拿下。若还究出当时事，郭槐固不免重刑处决，即累及吾老身，也难免欺君害主之罪矣。幸喜当今不是发交包拯审断，还有挽回之机。想来王刑部虽是位清官，不贪财宝，谅来及不得包拯铁胆铜肝之硬。且将密诏行下王炳，将金珠宝贝重赏他，岂有不受？难道他惧怯包拯，反不畏我的？倘王炳若肯周全郭槐，私留一线，郭槐无罪，我也无虑矣。"刘太后定下主见，登时端修密旨一道，外有马蹄金五十锭，明珠三百颗，不下十万之金，打发心腹内监二人，另遣王恩赍了密旨，至将晚时候，潜出后宰门，往刑部府衙。太后又嘱咐一番，王恩等领旨，按下慢提。

再言王刑部，是日将郭槐暂禁牢狱中。进归内衙，有马氏夫人忙来迎接坐下。夫人开言呼曰："相公何事今日退朝太晚，又有不悦之容，何故也？"王爷曰："夫人，尔未知其由。兹今领了圣旨，为圣上内廷一大异事，是以想来实于难办也。"马氏曰："老爷官居司寇，只管得顽民匪盗刑务事情，如天子内廷大事，自有富太师、范枢密、文阁老、韩吏部等办，老相公不该管涉，何用心烦？"王爷曰："夫人，尔有所未知。此事如尽忠办理，不避斧钺之诛，则五府六部，人人可领办的。"

当日王爷将包公还朝于陈镇，遇妇人诉冤始末，一一言知。马夫人曰:“既然陈州一贫妇有冤屈,自有本土官审理。”王爷曰:“夫人,尔休将破窑中老妇人小觑,他乃先帝李宸妃也,产育当今圣上,至尊之贵。”马氏夫人听罢,冷笑呼曰:“老爷,莫非今日包拯道途中冲逢邪祟?不独妾女流不准信的,即满朝大臣皆先王手上大臣,岂不知当今乃狄氏所出,经先王所立。只有包拯一人偏执妄言。”王爷曰:“包年兄乃一刚正无私之梗臣,岂有诬毁君上的?是得凭有据而言奏也。”马氏摇头道:“老爷,尔本是向来明理,为官十余载,难道不明此案关天重大?且交还包拯办理为上,尔何得多招烦恼,自寻忧恼。”王爷曰:“夫人,并非下官多招烦恼,亦只因没一人敢于驾前领旨。我因思来,一位当今国母,冤屈当灾,于心未忍。况吾与包兄是同里年交,同科一殿之臣,故在驾前领办此事。然为君受禄,定代君劳也。”夫人曰:“妾思满朝文武,多少官员,尽受君王俸禄,君恩人人可报效,何独老爷一人?想他众官知事关重大,故无一人承办。他们是明人,老爷是呆人,不谙事者。”王爷曰:“尔哪里话来。倘吾将此案办明,难道圣上不见吾情分?即不厚加升爵,下官只愿留芳美名。”夫人曰:“老爷,尔且拿稳些,妾劝尔休得痴心妄想。倘要安稳时,须当依妾之言,不结怨于上,又无旁人嗔怪,久远安妥为官,岂不妙的?”王爷曰:“据夫人主见如何?”马氏曰:“此案即云是真,惟今口说无据无凭。况且内奸郭槐威权太重,外交党羽,内结太后。况事如天大,郭槐怎敢轻轻招认?他如不招,定必动刑。如此他立下一主意,留头不留脚念头,抵死不招,老爷怎奈他何?事既不得完,先结仇于刘太后,倘被他执一破绽,暗算起来,实难防避,只得身投于罗网中。那时包拯决不来看顾尔是同里同科之谊,破窑中贫妇也难救搭于尔。古云:识权达变者为豪杰。老爷也须三思得来。”不知王炳依从夫人劝谏如何,且看下回分解。

第五十五回　刁愚妇陷夫不义　无智臣昧主辜恩

诗曰：

为臣食禄报君恩，何故愚人昧此因？

只因智昏无远虑，至教欺主灭彝伦。

当时王刑部听了妻言，烦闷昏昏，呆呆不语，暗骂一声："不贤妇。"又表明王刑部有一畏惧，不好言听来：上则敬畏君王，是本然也；下则三分畏惧夫人。当时虽则怪着马氏，然而骂辱之言，不敢朗朗发于高声，只得将髭一弄，长叹一声，侧身呼侍环进上茶两盏，夫妻用过。

夫人一看，又曰："老爷，尔今缘何像着痴呆一般，不言而发此叹声，莫非怪着妾身劝谏之言也？"王刑部闻言曰："怎敢见怪于夫人？下官只思代圣力办之难故也。"夫人曰："老爷既然不怪妾，须依吾言的了。"王刑部曰："夫人还有什么商量，尔且说来。"马氏曰："老爷，我劝谏尔多一事不如省一事，一动不如一静。通达者结千人缘，懵懂者结万人怨。若将郭槐认真严审，不过奉承包拯耳，包拯无非说一声动劳年兄罢了，这也不足为老爷之增荣。早有刘太后、狄太后两位娘娘将尔怪恨，正是福不来而祸惹身。如今老爷既承领旨担办乃是卸肩不脱了。莫若假混瞒真，声张审询几堂，并无实据。复了圣旨，只由圣上主见，是两不失其情。包拯危与不危，我也不多管，惟两位太后娘娘深感尔之用情，定然暗中提拔尔为官，势力之倚靠如泰山之稳重矣。倘老爷不依妾言，定取祸生不测也。"王刑部曰："此言差矣。本官若将此案审断明，圣上既得母重逢，满朝文武人人钦敬，好不荣光。即无极品偿劳，亦扬名于当世矣。"夫人曰："尔乃斗筲之见也。全不想破窑中贫妇，乃是随口胡言，或犯狂癫之疾，只有痴呆包拯听他诓哄的。如若果有此事，为何一十八年之久他甘心受苦？况天下官员甚广，平日之间并不提起，直至今，冷灰复热，岂有是理？想这包拯目今昏昧了，妄奏当今，也有这般昏昧君，又听此狗官之言。老爷是一向明白人，今日为何却愚了？现现成成一位刘太后，威威凛凛的九千岁不去奉承，反因着一呆贫妇，真假未分，以结大势力的冤仇，岂非老爷目今也颠倒了？尔若力求承办此事，只忧今世今生也究不明的，反做了灯蛾扑火，自惹焚身耳，可怜要累及妻孥的。若待死在钢刀之下，悔恨已迟，不若为妻先别了丈夫罢。”立起位，将茶盏一抛，假装飞撞石栋中。此番吓得王刑部一惊，飞步赶上，双手拿抓定，曰：“夫人，死不得的。”夫人曰：“妾身这一命，定然害在尔手中。强不如早些死在夫君之前，岂不干净也。”王爷曰：“夫人且慢酌量。尔若一死，下官也活不得了，且再坐罢。”马氏首一摇，泪下纷纷。王刑部恰像奉敬如神一般，将夫人发鬓一一捏弄，戴正珠冠。

又说明：当初王炳原立下美意，与李太后鸣冤，今已被不贤马氏放刁弄坏，心偏别念。是以人生有贤良内助，有关乎一生名节。今王炳有此倒运夫人，犹如遇鬼祟昏迷，一片铁石心肠，化为绵软，故做出欺君误国污名。

当下又曰：“夫人，尔原一向智慧之人，只因性情屡是急躁，不拘好歹，便将性命来抵挡。难道尔之性命是蝼蚁之贱？我劝夫人休得急恼，耐忍性子安也。”马氏呼曰：“老爷，妾劝谏尔万语千言，皆因欲尔免遭灾祸耳。岂知反怪着妾言，呆呆不语，怒目睁睁。倘依包拯之言，两位太后娘娘治起罪，为妻也难逃脱。故先死于老爷目前，以免遭别人之辱，非妾有意撒赖老爷也。”王炳听了曰：“夫人，尔言来句句金石之言，如不依从，我之差矣，如今且依夫人高见。”马氏喜曰：“妙！妙！老爷如肯听妾之言，管教指日之间，尔定有福禄高增之荣。”王刑部又曰：“此重案已经领旨，怎生办理？倒要夫人出个主意，下官照办，如何？”马氏一想，呼曰：“老爷，一些不难，只须如此如此，神不知鬼不觉，便能奏知圣上了。”王炳听罢，笑曰：“夫人倒有此机谋，下官且依计而行也。”当日夫妻言谈之际，早有侍环送上酒宴排开，音乐齐奏和鸣，夫妇坐定，畅叙细谈，无非商量此案情由，也且不表。

少停，日落西山，月儿渐起。又有家丁报进曰："有王恩内监三人奉太后娘娘密旨一道，金珠之宝相赐。"当下王刑部传进私衙，读来诏书大意，密旨上要核他审得郭槐并无此事，罪归包拯，便要加官增禄，厚赏金珠。如不遵旨意，先将王炳取罪，定不姑宽之意。当时王炳打发去扛抬金珠二内监先回。又对王恩曰："小公公，尔今且回，上复太后娘娘，下官遵旨而办便了。"王恩道："王大人，尔今依太后娘娘旨意而办，太后娘娘不独如此些小金珠赐赠，还须极品高官，指日荣升矣。"王刑部诺诺连声，登时送别王恩去了。

复进后堂，命家丁扛抬金珠物，将情说知夫人。有马夫人闻此，喜色洋洋，说道："老爷，妾只是不差的，尔之智见反不如妾之见也。兹今一些皂白未分，太后娘娘即有许多厚礼相赐，后又得显爵高官，封妻荫子。若还依了尔自主见，顷刻间即有灭门之祸也。破窑中贫妇，岂见尔之情，怜尔遭殃的?"王炳闻言，拍掌喜曰："夫人委见高明也。不必多说了，请用酒膳罢。"

是夜，酒膳已毕。王炳又言："太后有懿旨，并赤金五十大锭、三百颗明珠，不下十万白金厚赐，夫人且一并收拾起。"马氏欣然应诺，又道："老爷，我想九千岁爵位尊隆，不该收禁天牢也。速差发家人请至内衙用酒膳才是。"王刑部曰："夫人，果也周到，理该如此。但今时候尚早，还防众人耳目。且待至夜深寂静些，方可邀请他。"

其时话分两头。当初真宗先帝时，包爷已为官十载，然庞洪还先出仕早包公五六年。包公自升朝内官，正值庞洪当道之时，一向恐奸臣有什么诡谋不测，故日夕留心稽查，弄得群奸及庞洪有权难弄。前时喜得包公往陈州赈饥，众奸正在活泼之时，岂知他忽又还朝，庞奸党好生不悦。

当时这包公夜膳罢，吩咐密夜稽查。不乘大轿，不骑马，不鸣锣打道，青衣小帽，只带了张龙、赵虎、董超、薛霸四健汉手，四衢大道上跑来闯去。只见街衢寂静，深夜少人行，一轮孤月高空，光辉灿灿。不觉远远是刑部衙，忽遇王恩内监。但他三人同来，因何只得一人回？只因两人一交卸了金宝，即时回宫去。有王恩是等候王炳读明诏书，又交代太后叮嘱一番方回。当时他认不出包公，包公亦不知王恩，一人过东，一人下西。月光之下，包爷见他是名内监，即迎步对面曰："尔奉哪人差使？往哪里？"王恩闻言，犹如做贼的心虚病，不敢回言，只管飞步跑去。包爷曰："此人定有跷蹊了。"忙喝拿下。张龙飞跑上前，恰如鹰抓小鸡一般拿定。这王恩未曾被拿，一些凶恶不发出，一被抓擒，倒狠凶起来。喝声："该死的奴才！何等之人，擅敢将咱家拿下么？"张龙曰："包大人问得一声，尔一言不对发步走，何也？"王恩听是包公，吓得涨红两脸，一时呆着，对答不来。包公越觉动疑，即曰："尔奉哪人差使的？"王恩曰："吾奉万岁爷差遣。"包爷曰："差遣尔往哪里去？"王恩曰："差往刑部衙中。"包爷曰："差往什么事情？"王恩曰："圣上命着刑部认真办理狸猫换主之事。速放咱家回复圣旨。"包公听了冷笑曰："尔言语支吾，岂是圣上所差。今日机关已经败露。"吩咐带转回衙。当下张龙勇赳赳押着王恩，赵、董、薛三人随伴包公，回至府衙。

更敲三鼓，包爷换了冠带坐堂。紧闭衙门，堂上四边灯烛，两旁排军三十二名。当时带上王内监。他立着喝声："狂妄包拯！咱家奉了圣上旨差，尔有多大胆子，擅敢拿我误旨的？"包公喝声："胡说！如若圣上旨差，何不差在日间？岂有夜静更深，并无火把，见本官问得一声，并不回答，一溜烟而遁，难道圣上差尔是这般光景？我早已明知，刘太后娘娘差尔暗行贿于王刑部，命他不须严审郭槐也。须将实情招说，免教动刑难当。"王恩听了，心内惊慌，想来："包拯果然利害，有神明之慧也，我所行之事被他一猜而破。但不供认明，焉能罪我？"即道："包拯休得乱言。咱家天明奏知圣上，管叫尔驴头滚下。"

当时包公捉得定他决非奉圣上所差，喝令左右狠棍夹起，王内监痛楚得死去还魂。三番两次，只得想来："久闻包黑贼执法无情，即圣上尚畏他三分。料想今也瞒不过他，不如招了，免受惨刑。况且我是奉差，是非自有太后娘娘在，于我何干？况且是不是，乃一位当今国母，岂惧包拯的？"主意已定，呼声："包拯，尔好刑法，只算咱家今日让了尔，待吾实招也。"包公喝曰："招供来便饶尔狗命！"王恩只得将奉懿旨一一招明。包公吩咐一一录了口供，松了夹棍，上了刑具，不禁狱牢,就于侧衙内锁在一空房,用四名役人看守,不许外厢走漏风声,待等审明此重案,然后释放。役人领守不必细云。

包公暗想自语曰:“如今不是口说无凭的,刘太后反行贿赂于臣下,这是凭据也。我想王炳往日为官,却无差处,原是一良臣,故尔着他领办,我也放得下心。岂料刘太后竟将贿赂暗中而行。古云:酒红人面,财动人心。倘或王炳从中作弊审歪了,不独本官遭其所陷,李太后十八年之冤又难明矣。或另有一说:刘太后行贿于他,而王炳不便即推却,暂或收领下,如审不明白时,抱赃呈首,或是这个主见,也未可知。王炳,尔若有此心,才算尔与本官是同僚年交故友。况明白了十八年前李氏之冤,得圣上母子重逢,年兄弟但为司寇之官,即极品当朝却不难。尔若贪婪贿赂,欺瞒君上,暗弄弊生,管教尔钢刀过项也。且罢,是非曲直,且不张声,暗察他机关为要。”

不表包公神算。再说王刑部是夜差心腹人到天牢,悄悄将郭槐扶引至内衙中。王炳鞠躬接迎,内堂见过礼。当中南面摆下一位,请郭槐坐下,王炳朝上面向东而坐。当日泼天胆狠郭槐,虽被拿禁天牢,却也安然无虑。想来:咱家虽被禁天牢,然太后娘娘得知,自然极力周全于我,不用心烦也。正想之间,今又见王刑部差人相请到,心头喜悦,定然太后娘娘关照之验也。即开言曰:“王大人,今日又不来审问,请咱家到来,是何故也?”王炳曰:“千岁老公公,只因包拯平风起浪,要陷害于尔,下官岂不心忿的,即满朝文武尽皆着恼。若非下官领办,圣上定然发与包黑。倘经他之手,老公公定必吃刑苦。”郭槐曰:“这也不妨,由他将吾放在铡刀之内,决不招认来。”王炳曰:“老公公如受他之刑法,不如下官不得罪的更妙也。”郭槐称是。又问:“太后娘娘有什么话来?”王炳即将太后行密旨并赐金帛一一说知,又云:“下官未得密旨,已存庇护之心。今又承懿旨,吾何敢不遵?但日间犹恐耳目招摇,故今夜静方敢候请。待下官敬上薄酒,以示负荆。”郭槐大悦,曰:“王大人是明白快士,且拿酒来,吾与尔细叙谈情。”当下郭槐公然正坐,王炳侧坐相陪,传杯把盏叙谈。还不知二奸如何泄漏,且看下回分解。

第五十六回 王刑部受贿欺君 包待制乘机获佞

诗曰：

君王大节五伦先，报答王恩方是贤。

倘立偏心辜负君，万年遗臭愧青天。

却说是夜郭槐与王炳对酌之际，王炳道："老公公，下官将断之法定算过，照计而行，万无有失也。"郭槐喜曰："尔且将审法说与咱家得知。"王炳曰："下官并不忌别人，只忧包拯。他久惯搜人破绽，瞯人罅漏，须防他暗里来探着机关。又不好用刑审询，如要瞒人耳目，用刑审询，须觅一人，面貌相像老公公的。待他当起刑来，公公且躲避着，露发声音哀喊，别受着刑苦。老公公安然无事，糊糊涂涂询了一堂，便去复旨，那时包拯妄奏朝廷之罪非轻。"当时郭槐听罢，满心喜悦，曰："王大人，尔若将此案办得妥当，不但咱家感尔之恩，即太后娘娘也见尔之情分也。今赐些小金珠，有甚希罕，还要升个极品之荣的。"王炳曰："全仗老公公。用酒罢。"尔一盅，我一盏，甚是机合相投。郭槐又将王炳面上一观，曰："王大人，尔因何忽然呆呆不语，似有所思的，何故也？"王炳曰："老公公有所未知，尔之事容易妥办，只难觅一人像肖老公公体貌也，下官是以心内踌躇不来。"郭槐一想，曰："王大人，已有此人。方才咱家下狱时，只见一犯人，生得身材肥胖，差不多与吾一体。咱家也曾问他名姓，他言蓝姓，没有名，排行第七，人人呼他为蓝七。乃是汴京人氏，只因打死人，问成死罪。尔若弄得他来，即可顶冒矣。"王炳听罢，欣然。

次早，王炳差人往狱中，唤到司狱官进衙，将此事说明，许赏金银加封官爵。这狱官朱礼，乃是刑部的属下，怎敢违忤？立将蓝七带至。王炳目一瞧，果然生得身长肥胖，面貌亦略相像，单差得一张黑脸及一脸络腮胡子，总有差处不符，只得要他代着。即将此情由达知蓝七，吩咐他不得泄漏机关，事完之后，定然将尔开了死罪，还有赏赐东西。蓝七听了，上禀："大人，小人已是釜中之鱼矣，若受了些苦楚，得开此罪，实乃人生之德也。只待行刑夹棍收尽，小人只苦挨，无喊痛之音的。"王刑部大喜，曰："如此，尔尽会意矣。"即取过新鲜服色，与蓝七更衣起，又赐赏酒食，不多细言。

那时蓝七穿的服色与郭槐一般，且躲在内衙一个闲静所，以待候审。这王炳做成这般计策，一来忌着包公洞明探察，二来刑部衙役人多，只用两名心腹家丁来做夹军，教他不可泄漏风声。这是欺君大事，故特用此心腹家人，一名钱成，一名李春，及狱官朱礼得知此事，余俱不知。又表明：郭槐住着永安宫养静，已久常不出经道途的，他众衙役人多不识认得。且暂停此话。

再说刘太后娘娘打发三名内监去，只得扛抬金锭内监两人回来，不见王恩回话，不知何故。倘或王炳不从，反将王恩拿下，前事即要明穿矣。自语自知，不敢发言。当晚刘太后心乱如麻，倒睡牙床，不能成寐。

不表太后是夜心烦。至次早天子坐朝，文武恭谒毕。君王开言，问王刑部曰："王卿家，朕昨天发交郭槐审办，未知审断如何？"王炳奏曰："还未审供。"君王曰："缘何还不审勘？"王炳曰："臣思此事关天重大，不便草率从事。况圣限三天，待臣细细严加勘究，依限复旨。"嘉祐君王曰："卿家，寡人知尔是忠良之臣，此事须要认真办理，休得疏忽。曲直须当分明决断，受不得贿，容不得情。若究明此事，寡人得母子重相逢，王卿即有天大之功。如若存了私，欺瞒于朕，定加处斩，断不轻饶。"王炳称言："领旨。微臣深沐王恩，常思报效，有此重案，自当公办理明。"天子点首退朝，百官纷纷骑马归衙。

有包公出至朝门，曰："王年兄，乞念多年故里之情，务必诚心着力而办，使弟感激不尽矣。"王炳曰："年兄何出此言？"包公曰："王年兄，此事多因是小弟身上所关，年兄如若审坏了，小弟欺君谎奏之罪难免也。"王炳冷笑曰："年兄言差矣。小弟与尔是同里故交，一殿同僚，相与伴驾多年，何敢欺君，以害年兄？但有一说，如果然此事人假伪，也难审作真情复旨。”包公曰：“这也自然。只要年兄秉公审断无欺就是了。但今天不审询，明天定然要审明复旨。倘明天仍不审断，小弟要劾奏尔故违钦限之罪名的。”王炳应诺，又言：“年兄言之公也。明天定然审明，不误事情罢。”二人一拱而别。

不言包公。却说王炳回衙，进内堂见了夫人，不谈别语，只言领审一事。夫人曰：“老爷，尔此事既然安排妥当，何不今日夜间审询一堂，好放下心。缘何应承着包拯明朝审断？但闻这黑炭脸，最是把细明察，明朝若到确查，如一泄漏些风即危矣。”王炳笑曰：“夫人，尔虽明白，下官亦非愚呆也。今故意哄诓他明天审断，使他今夜不小心提防。即此夜审过一堂，明朝即上朝复奏圣上，尔道妙算否？”马氏夫人听了大悦，曰：“老爷，这是福将至，故生出心灵性巧也。”

少言夫妻闲说。是晚日落西山，王刑部尚未升堂，先将郭槐藏在桌案下，然后传谕候审夜堂。有一班衙役，俱已齐集在天牢内，调出假郭槐。法堂上挂一盏玻璃灯，是晚审夜堂，不许多烧灯烛。又传谕出来，云事关重大，须当秘密，衙役吏员人等，须要站立远远候着，不许近听审词、亲询口供。这吩咐是王刑部怀着私弊之设。灯烛多，犹恐认出桌下真郭槐；役吏近，犹恐听出真郭槐口诉之音。当日众役人那里知此弊端，只依着王大人吩咐，远远排班。

当下王刑部调到“郭槐”，怒基一拍，大喝：“郭槐！尔可将十八年前狸猫换去小太子之事明白招认来。若有半字支吾，难当夹棍之刑！”蓝七只不开言，郭槐在桌下，口口声声叫屈，呼道：“王大人，尔休听包拯妄奏谎言，要咱家招出什么狸猫换主来。”王炳喝曰：“本部也知尔硬强，不动刑怎肯招认。”喝令上夹棍，早有左右二名家丁，一声答应，恶狠狠提起生铜夹棍，将假郭槐夹起。可怜蓝七，痛楚得死去还魂。若问蓝七犯罪已经定案，只候一刀了决，余外没有一些痛苦，岂料今夜又在刑部堂中，再尝铜棍滋味。这是他倒运，祸不单行，又承马氏的厚惠。当时只夹得悠悠苏醒不呼声。郭槐桌下轻轻叫冤屈。一人真痛，一人假喊，其声音差不得尺远，不独站立衙役听不出假，即两名夹军家人也难分辨其喊叫之音。

先说包公，是夜又带四名健汉，青衣小帽，巡查夜出。侧耳听得街上两个行人，一人说："事关钦案，非同小可，但不知审得如何？"一人曰："既然开了衙门审询，缘何不许闲人走进看的？"一人曰："刑部衙门，威严赫赫，岂容闲人喧集的？"言言谈谈的跑去。包公听了，满腹狐疑，想来：王炳约吾明天发审，因何今夜晚堂即审？必然生弊端矣。即急忙忙带了四健汉竟向刑部大衙而来。

但见门首大灯笼点起光辉，包公进步，即呼管门人："尔家王大人可是审夜堂否？"有把门官认得包爷，跪而答曰："正是。"包爷又问："审询何事？"把门官曰："启上包大人，即审断狸猫换主之案情。"包爷曰："且待本官进去看着。"把门官曰："如此，且待小的通报，迎接大人。"包爷曰："不消通报，本官与尔大人是同年故交，且略礼。"把衙称："是。请大人进内。"退去把衙。包爷招呼张、赵、董、薛，随后一程进内。

一连进了几重府门，多言不用通传，直进至中堂。只见差役远远两行班列，当时只在灯火之下，又值正在夹询假郭槐之际，这些衙役人等，面向刑部大人，小心于堂上，不当心于堂下。王刑部只顾问供假郭槐，哪里有眼目看瞧堂下。不觉他主仆五人已悄悄打从堂侧之半黑暗中而上，立于旁侧，远离刑部半丈之隔。只闻王炳呼道："郭槐，速将真情招认。"一息不闻声音，有桌案下哭叫冤屈之声不绝。王炳喝曰："还说冤屈么？"喝令再收。原来包公天性明灵，当时况又分外留神，又肃静公堂，故听出声音不见惨切，不是犯人喊苦。踩开大步，跑上堂，呼曰："王年兄，下边夹着是何人？"王炳侧身一看，吓得魂也失去，犹如烈雷轰顶。立起位，硬着言曰："小弟在此审询狸猫换主之事。下边夹刑者乃郭槐也。"包爷曰："据小弟看来，此人非是郭槐。"即持案烛，东西一瞧，伸手将桌围一撩言："在此了！"夹领一把抓定，呼张龙、赵虎连忙拖出。包公连忙扭住王刑部，两个巴掌夹面打去，不问长短，即呼董超、薛霸，将王炳锁住。当时一堂差役吃惊不小。如别位官员犹可，一见此位黑阎罗拿了王炳，好不惊骇，一哄而散。

当下包爷坐了王刑部的公位，吩咐薛霸放起犯人夹棍，大喝："尔这奴才是何人？听了哪人来顶冒当刑？招出情由，本官决不罪尔；若不明言,即上铡刀,分段不饶!"蓝七听了,想:包黑久仰芳名,不是好惹的,如今料想瞒不过了,只得将情一一禀知。包公听罢,冷笑道:"王炳,尔果然弄得好神通。岂料我包拯偏偏又凑巧,又无通风密报,自来触破尔机关。本官不与尔多言,明日面圣再议。"王炳心中着急,只恳告:"年兄,小弟一时差见,望兄大德周全,宽容于弟,再不敢欺瞒,着力而办也。"包公全然不睬,命张龙将蓝七发回原狱,赵虎带锁王炳,董、薛带了郭槐回衙管束,明朝见驾。好一位堂堂刑部官,皆因听依不贤妇之言,欺君贪财,今已鱼投缯网。

慢言包公带去犯人。有王府家丁慌忙进内报知夫人。马氏一闻,吓得战战兢兢,咬牙切齿道:"包公将丈夫拿去,定然凶多吉少,怎生是好?"一众使女丫环,也纷纷议论,不表。

却说包公回归府内,已是四更漏下,不去安睡。停一会,命四健手持了提笼,带了两名犯人到朝房。众官均觉惊骇。庞洪道:"包大人,两名犯人是哪个?"包公曰:"国丈,尔且认认,像是何人?"庞洪免不得走近一瞧,骇然曰:"这原是王炳,此是九千岁。"包公曰:"亏尔身居国丈之尊,还要逢迎奸佞,呼他九千岁,岂不自倒威权也。"庞洪还要诘问,只听得钟鸣鼓响,天子临朝。各官无甚章奏,只有包公出位曰:"臣有事启奏天颜。"天子曰:"包卿有何奏闻?"包公即将昨夜二更天候,带领家丁稽查奸宄凶民,偶到刑部衙,将近时,有道衢中夜往之民私语,方知刑部审询夜堂,又暗弄机关,遂一一奏闻。又言:"兹臣已将二钦犯人拿下,带至午朝门外,恭候圣裁。"嘉祐君王闻奏,不觉龙颜大怒,曰:"可恶王炳,有此欺瞒!"即差御前校尉速拿王炳上殿见驾。御前校尉领旨。不知王炳宣进性命如何,且看下回分解。

第五十七回　包待制领旨勘奸　王刑部欺君正法

诗曰：

既承君命必公行，法律如何容乱更。

不是包公多把细，含冤李后屈难明。

当时庞国丈想来：这包黑贼是难以些小瞒昧的，他在朝中，人人弄些破绽也被他捏持着。早有王炳带到，俯伏金銮，曰："罪臣王炳见驾。"嘉祐君王龙颜发怒，骂声："胆大的恶佞臣！寡人待尔并无差处，因何全不念君恩，欺瞒昧法？朕也曾再三叮嘱，托尔代办。如断明此事，自然朕也知尔之劳，见尔之情。缘何口是心非，只强词而对，力言公办，却贪婪财宝，辜负朕之相托？实乃畜类之臣也。可晓得湛湛青天，瞒昧不来。可知包卿乃神明之智，可作弊端否？尔今有何分说，只管言来。"王炳伏倒驾前，呼曰："陛下开恩。罪臣初立定主见，即领旨将十八年屈事伸理明。只因不合听信了旁人参唆，故今做出欺君误国之事，悔恨已迟了。"君王曰："尔听了哪人参唆的？"王炳曰："陛下，臣原不合软耳根，误听马氏妻言，唆臣趋奉刘太后娘娘为上。破窑贫妇日久年多，不知他果是李太后否。或是此妇乃痴呆妄想的，倘审询不明时，招两位太后娘娘嗔怪，官既做不成，命也活不得。误听了妻言，实乃罪臣志气昏迷也。万望我主念臣一向无差，法外从宽，赦臣重罪，深感天恩。"君王听了王炳之言，不觉笑怒交半，言曰："亏尔身居堂堂刑部之尊，听了妇人言。别缓事犹可，今欺君坏法之行，如何听之而为？尔妻比之尹氏贤良，有天差地远之行也。"

当时君王又想来：一妇人家断没有此胆量，还疑王炳推卸之词。一面无凭之言，不能深信，并要将马氏拿出，发与包卿质询。惟郭槐虽则拿到朝房，不用押他上殿，仍着包卿审询。当有国丈曰："臣有奏。此案情倒也发不得包拯询审。"君王曰："此是何缘由也？"庞洪曰："如今包拯是个有罪之人，如何陛下还发他审询？"君王曰："包卿有何罪可指？"庞洪曰："臣启陛下，这王炳乃是包拯保荐的，荐来一个欺君坏法之臣，岂非包拯先有大罪的？"君王一想，还未开言，包公曰："果然臣误荐王炳，愿甘待罪。念臣又有一功，可以将功消罪，仰乞龙心鉴察。"君王曰："包卿有何大功？可奏朕晓。"包公曰："臣前夜二更天，微行访察。路遇一人，月下观瞻，乃内监官，臣即诘他何往，他不回言，跑走如飞。是臣起疑，即捕他回衙审问明，方知刘太后娘娘行贿赂于刑部。他名王恩，用刑方招出：黄金五十锭，明珠三百颗。此是狸猫换主之实据，十八年前之冤白矣。俯惟陛下龙心详察，方准臣言非谬也。"国丈曰："臣还有奏言。臣思包拯前夜拿了内监，何不昨天奏明陛下，直至今天启奏？内监不见拿到，乃是口说无凭，希图卸罪耳。伏乞我主依准不得他一片谎言欺哄之语。"

当下尔一言，我一语，反弄得君王分辨不清，只得默默想象。又有左班首俯伏一位老贤臣，曰："老臣富弼有奏。"君王曰："老卿家请起，有何奏言与朕分忧？"富太师谢恩立起，曰："臣思包拯乃是忠肝义胆之臣，众民人人感德，个个称贤。目今此案所关重大，非比缓闲，乃是我主内廷重事。况此事乃包拯得据而来，他怎敢存私以取罪？伏万望陛下休听国丈饶舌之词。如托交别员究断，有些小弊端者，已有前辙，王刑部可鉴。且放开龙心，发交包拯，方能明白系十八年前之冤。况今王恩已被他拿下，看来不是无凭无据的谎言。再差官往刑部衙中捉拿马氏，并搜出金珠行贿之物，正如拨开云雾，复见青天。一事者真，诸事可白。望我主聪鉴参详。"天子听了此奏，点首言："老卿家之言甚属有理，可准依。"又呼曰："包卿，内监可曾拿捉下否？"包爷曰："臣即晚已将王恩拿下。"君王曰："现囚于何所？"包爷曰："未发天牢，现押于臣衙署中。"君王即降旨内翰大学士欧阳修往包府衙将王恩押扭至金銮。欧相领旨而去。又差国舅庞志虎往刑部衙搜盘金宝，并拿下马氏，到来见驾。庞国舅正要领旨，有内阁中书文彦博连忙出班，曰："老臣有启奏。如今此案情，这庞姓一人也用不着。陛下如差国舅往搜，倘存一线弊端，谎言贿物搜不来，即天大事情又属狐疑不决了。”有庞家父子暗暗生嗔，又不能强辩吾领旨无碍之说。有东班内闪出知谏院杜衍，此人又是忠梗贤臣，俯伏曰：“微臣领旨。如有少私，即与罪臣正法。”君王准信杜爷，曰：“二位卿家平身。”文、杜二臣谢主，而后杜衍领旨而去。

殿上君臣还是议论言谈，已是红日东升。又有黄门官启奏，欧丞相已将王恩拿到。当下天子宣进。王恩犹如万箭攒心，战战兢兢的，俯伏金銮，连呼：“万岁开恩！”嘉祐君王曰：“王恩，尔今奉着何人差使，缘何在着包拯衙署中？一一奏与寡人得知。”王恩曰：“此乃太后娘娘打发奴婢往刑部衙署，赐送他赤金五十锭，明珠三百颗，密诏书一封。这是太后娘娘懿旨，奴婢如何敢违逆不往？还有两人同往，一交卸了金珠，二人回宫复旨。只有奴婢后回些，道中遇着包拯，被他拿下。”君王正要开言，有杜爷带了从人，将金宝贿物抬至驾前，一一交代。当时天子也觉无颜：只因他乃国母太后之尊，大不该行贿赂于臣下，教君王有何面目临臣下，统御满朝众文武的？当下龙颜不悦，面色红红。只得命王恩速速还宫，懿旨、金珠一并携回。刘太后得知，心中倍加慌忙着急，按下休提。

再言殿上君王命着包公，将男女钦犯尽发交他审断。君王曰：“须要严加细究，不容少缓。倘明了母后冤屈之由，卿乃寡人救母之恩人也。”言罢，圣驾带着羞怒退朝，群臣各散。

单有包公领旨，将犯人带转回衙。只有刑部的狱官朱礼吓得寝食俱废，犹恐事有干连，身入网中。

慢言朱礼惊惧。却言包大人转回衙中，立刻坐堂不缓。公位排开，差役两行，嘿嘿吆喝威严，真乃：

法堂好比森罗殿，公位犹如照胆台。

包爷当中坐下，肃肃严严，怒基一拍，喝声：“带上钦犯！”王炳只叹道：“王炳昨天是堂堂刑部之官，今日做了犯人。”长链搭锁，顷刻到法堂上，心下惊烦。当圣旨位，双膝下跪。往日“年兄”、“年弟”相呼，今日“犯官”自待。包爷曰：“王炳，尔难道不知，食君之禄，必当君之忧？领了圣上旨意之先，圣上何等面谕？即本官也再三嘱托。倘皂白分明,国母离灾,君王母子相逢,即没有加恩升爵,也是扬名后世的美事。因何口是心非,欺君弊法?若非本官勤查,岂不混浊难分?显见太后娘娘金珠是宝,且也不贤妇之言易听从也。"王炳闻骂言,低着头告曰:"原乃犯官痴愚也,误听不贤妻煽惑之言,实无颜面的。只求大人法外从宽,便领大恩德矣。"

又言王炳当日若念夫妇之情,只不扳出马氏,实言刘太后行贿,则足以脱卸了马氏之罪。偏偏王炳恼恨着他妻:"我原要做个留名官,却被尔言三语四,弄得我变节行歹。如今害得我如此光景,如我王炳一死,将此贱奴留存下,乃是一生未了之事。索性一同死去,岂不干干净净?"故以一口咬定于马氏。包公听了,冷笑一声,曰:"亏尔堂堂刑部、七尺男儿,畏听妇言。为民上者,家既不齐,焉能治国?欺君误国,坏法婪赃。国法森严,岂容私废?是死有余辜,还望什么法外从宽的。况且尔身居刑部,知法岂容犯法,有坏官规。"王炳只是叩头,恳恳哀求曰:"犯官果然昏瞶。"求情不已。

包公吩咐,将王炳押过一边,又唤马氏上堂。有马氏低着头跪下,一双媚眼,两泪交流。若说包大人法堂上,纵凭尔胆大包天之汉,虎腹狼心之人,见此威严,无不惧畏几分。这马氏虽则狼心胆大,身出宦门,然到底女流之辈。久闻包黑利害官员,当时心中惊惧,发振腾腾不已。包爷曰:"马氏,尔也曾叨诰命,应念君恩。好生胆子,不守妇道,挑唆丈夫,干此不法欺君之事!今日罪有应得,皆尔不贤之起祸也。且直言与本官知之。"马氏呼曰:"大人,休得听信王炳之言。我妇女之辈,怎敢惑于男子?朝廷大事,岂有唆摆丈夫为恶?只因他不明差见,一心贪贿,要欺瞒圣上。妾曾将良言劝谏多少,不独不依,反嫌多言诤犯,要将妾处治,故生不睦。今事已破泄,仍怀恨于妾,定欲牵连在案,害吾一命也。"包公听此诉词,冷笑一声,叹曰:"好个伶牙利齿的娇娆刁妇人!"即呼王炳,且与对质。当时夫妻情面俱无,一个怨尔多言,唆摆于我;一个骂尔妄扳牵连,害妾无辜。包公见他夫妻二人对质不分明,吩咐将王炳夹起,又将马氏拶起。一人夹一人拶,夫妻二人乃贵宦之躯,哪里抵挡刑法,只得一同直供,招出真情。包爷命人松了夹棍、拶子。又问:"王炳,尔妻唆纵在前,还是太后行贿在先，也要说个明白。”王炳曰：“实乃马氏唆摆在先，太后行贿在后。”包爷又诘马氏一番，口供原是一般。包爷得了口供，书明：“刘太后既为天下母仪之尊，不该行贿于臣下，倒置尊卑，大失于礼体。即陛下不知内宫邪弊，焉知天下之邪正，亦不免失于觉察。且待审明郭槐，然后定夺。”

当日包公将太后、圣上也指出不合之处，失察之由，即比修史官执法如山，一定不移之法律也。又上本劾奏王炳职司刑部之权，身居司马之任，不思报效君恩，混听妻言，并贪财宝，误国欺君。马氏身为妇道，不守闺阃之条，唆纵丈夫，欺君太恶。此等刁恶妇人，一者欺瞒君王，二者惑陷丈夫，一刻难容，应得与王炳一同腰斩，以正国法。当时审断明，仍将犯人一并发下天牢，连郭槐也押去，待次日上本奏明圣上再审。是日不表。

次早五更初，天子临朝，圣上准依包公定断之法，命下，着包公押斩决王炳夫妻。有众文武奸党，人人惧畏。庞国丈吐舌摇头曰：“如有包拯几人之辈，老夫的乌纱也忧保不牢。”

是日，包公押出男女二犯人，捆绑至法场中。王炳怨着不贤妻唆纵于我，至今一命难逃。又有不贤马氏，深恨丈夫何故没一些夫妻之情，牵扳于妾，当时尔怨我恨。有闲民远远观看，拥道填衢。内有百姓曰：“包大人回朝不到半月之间，杀了几位官员。今日斩一位，明日杀一双，岂非不消一年二载，众官被他杀戮绝也。”有一人言：“杀的是奸臣，是妙不过的。灭绝奸臣，待忠臣致太平之治。”

不表众民闲说。王炳夫妻时辰一到，包公吩咐，一铡刀一人，已是了结他性命。早命家人备棺成殓，命人运回故土，这是包公存心之厚处。当即喝道回衙。

次日上朝，上复圣旨。缺了一官，自有挑选补缺，不用烦提。当日只有嘉祐君王龙心抱闷，皆因此案未明。不知郭槐发交那官审办，且看下回分解。

第五十八回 怀母后宋帝专差 审郭槐包公正办

诗曰：

天性之恩焉割爱，情深骨肉迥难离。

含冤李后灾殃满，母子重逢会有期。

当日嘉祐君王龙心不乐，只因生身母后屈于涂泥之中。初时据包公陈奏，还属将信将疑，费心推测。岂知嫡母刘太后暗中行起贿赂于推官，又得包拯机智察出原赃，情真事实无疑矣，不意果然落难贫妇竟是寡人生身母。子为九五之尊，母屈衢廛乞丐，难道有此奇闻？天下臣民岂不言谈朕之差也。意欲即往陈桥，请母后还宫，但内中还有不安。郭槐尚未亲供招认，须待审询明白，方往迎请。

圣上想罢，即敕旨包爷审办郭槐。包爷奏曰："微臣不敢领旨。"君王曰："卿如不领办，谁可领办？"包爷曰："臣保荐国丈可以承办此案。"庞洪一想曰："这包拯昨前言老夫领办不得，今日反荐我承办，这包黑定然想下什么诡谋来算账老夫，他的罅隙利害，不可上钩。"即忙奏道："前日包拯言臣领办不得，望吾主另委别官办理。"君王复问包拯："如此发交何人方可？"包公曰："如国丈既然辞办，别员总是力办不来。"君王曰："据卿所言，难道此事罢免不成？"包爷曰："算不来的。莫若陛下当殿亲询审供，才得无偏可白也。"当下君王烦闷，呼声："包卿，尔曩日所办多少奇难异案，一片丹心，为国勤劳。今日国母遭屈灾难，因何不与朕分忧，故意推辞不领办，何也？"包爷奏曰："臣启陛下，并不是微臣故意力辞逆旨，只因国丈曾经有言'来言此事者，即此事有碍之人'。惟臣若不承办此案则已，如将此事发交于臣，只要办至彻底澄清的，止条律也连及安乐宫，刘太后娘娘也须定罪，难以私密不提。如若定了太后娘娘之罪，岂非臣有藐君犯上大罪？国丈一劾奏于臣，是臣哪里敢当抵其罪。望乞我主开恩，免发此案也。”君王听奏，想来：此论不差。即曰：“包卿且免多虑，如若太后娘娘应得定罪，亦难掩饰，依卿定断。倘国丈多言，亦当议罪。如今不须多虑了。”包公曰：“臣领旨。”国丈此时再不敢插言，惧着包公梗执之刚，只在班中气怒得二目圆睁，看观包拯。当下颁旨退朝，众臣各散，议论纷纷，不表。

却言宫中太后心中着急，今又打听明圣上发旨包拯审供，深感不安，想来：如若别位官员，可以行旨恐吓，行贿私传。独有包黑，不惧风火烈臣，岂贪贿赂的？况此事是他得据而来，倘审询不明，他又有欺君大罪。此事总之不妙了。

不表太后心惊，宋君纳闷。只言包公退朝回衙，用过早膳，即传知吏役人，往天牢调出郭槐。顷刻间呼喝赞堂，正门大开，书役左右分排，包公正中坐，调出郭槐。又说明：此奸宦平日倚着刘太后恩宠，威权妄专，即当今天子也由太后执政，故他自逞自尊，是以王刑部领审时，越加看得轻微。今被包公捉破王刑部，又着人禁守天牢，即便有些介带于怀。然而心中主见有定，言：“蒙太后娘娘待我恩深，自加封后，恩隆一十八载。今日平地起此风波，还来送金宝与王炳，尚图相救。岂料这包黑贼又来捉真破绽，领旨审供，但他比不得别官，免不得严刑勘断。彼的刑法虽狠，咱家自愿抵死不招，以报太后娘娘厚待我之恩也。”

当有四名健军，如狼似虎，将他当中拍搭一声，撂掼尘埃，跌得昏昏眼暗。郭槐骂声：“包拯，尔乃多大的官儿，将咱家如此欺凌的？圣上虽然隆宠于尔，只好压制得下属卑员，即朝内平官，尔也欺侮不得，今如此轻视我的。劝尔休得如此猖狂也，须留情一二才好。”包爷冷笑，大喝：“胆大奴才，图谋幼主，败紊纲常！尔欺瞒得人，湛湛青天焉可昧？今日恶贯满盈，不期穿发，分明报应有时。速速招出狸猫换主、放火焚宫的手段。倘藏半字托词，生铜夹棍，做不得情来！”郭槐听了，唤声：“包拯！尔真乃呆愚人也。世间多少刁民滑吏，将假作真，尔既为官清正，并无私曲，缘何今日混听破窑贫妇的胡言，竟来谎奏昏君？实乃无据无凭，无风自浪，比着刁民滑吏，又加凶狠矣。尔陷害了咱家也罢了，又扳害太后娘娘，以臣下诬陷君上，岂非大逆不道，罪恶滔天矣。据尔言，当初有此事，犹如海底捞觅绣针。悉听尔酷刑惨法，咱家断不胡乱招供，以害太后娘娘也。”包爷曰：“郭槐！尔这奴才，休得强辩。若说当年无此事情，贫妇焉有此胆大，诉此大款头之冤？刘太后又暗中行贿，蓝七又作替身行刑。莫言贫妇诉词无凭据，他亲口言来：圣上手足‘山河社稷’四字为证，岂非是凭据之大端也。本官也知尔这奴才平素骄横，日久看得国法轻如鸿毛，今且尝此美味。”喝令健军：“将他狠狠夹起！”左右呼呼喝应，头号生铜夹棍，非同小可。如别人抵此刑，已经痛成发晕了，惟郭槐精神倍足于别人，当时抵挨疼痛，还不肯招认。包爷又喝：“收尽！”加上七八十斤，郭槐喊痛，还喝声：“包拯，尔之刑法虽狠，但咱家是难招认，以假作真，休得错了念头。”有包公自言曰：“这奸贼果然挨当得刑苦。但我也审断多少奇难冤屈案情，必也审出真情，分断明白，难道此办不来？如审不得口供，难以复旨。”

又说明：大凡案情事，不论官民之断定，有两造对供，询问了原呈又再勘被告。又有见证推详，反反复复，三推五问，自然有机窍可入手询明是非。只有此案，原告乃是李太后，被告乃是刘太后，对供二人皆不在法堂上，故只将郭槐一人究问。如郭槐硬帮却被告，是则原告输亏了。因他是正案人，又半是见证，所以包公与郭槐一般干系。原呈被告均及二人，惟郭槐抵庄，今日留头不留脚，宁死在他铡刀之内，只是不招供。当时也弄得包公摆布不来，只得从新盘诘，细细推问，郭槐反是高声狠骂。包爷吩咐将他上了脑箍。若问脑箍这件东西，原是极利害之刑，凭尔铜将军铁猛汉，总是当受不能。郭槐上了脑箍，两边略略一收，顷刻间冷汗如珠，眼睛突暴，叫一声：“疼痛死也！”登时发晕了。有健汉四人左右扶定，冷水连连喷射，一刻方得渐渐复苏。首摇摇，气喘吁吁。包公曰：“郭槐，尔还不招么？”郭槐曰：“尔若要咱家招供，此事除非红日西升，高山波浪滔滔也。”包公曰：“郭槐，在本案前，由不得尔不招。难道尔没有死的日期么？有日命归阴府，是阴府也要对案分明。阳间干下欺瞒事，阴府岂容作奸狼。有阎君明察尔也，可瞒可胡赖得成否？”郭槐曰：“包拯，咱家实对尔言：我若有一线之息，在着于阳世，凭尔敲牙碎骨，总只难招认；如非归阴，在着阎罗天子殿前，方能说也。”包公听了，自忖曰：“原来这贼奴单惧畏阎君的。”包公点首，即吩咐将他松刑，押回禁天牢。四名大汉扶他下了法堂，脚镣手锁而去。郭槐虽然精强神旺，惟生铜夹棍不是好玩耍之物，且脑箍倍加利害，是一至狱中，两胫酸疼，头脑疼，竟觉身重脚轻，烦而不宁，恍惚如痴如醉，日间不知饥饱，夜里不懂坐眠，大不如往日之刚健矣。

不表郭槐。再言包公是日退堂，想来：这贼奴才自愿抵死不招，反说归阴在阎罗殿下方能实说。我不免将计就计，进朝奏知圣上，将御花园改办成阴府，等候更深夜静，然后行事。若得误认了，瞒过他，定然实吐原由。惟宫中刘太后知不得，庞氏众奸党也要密瞒。

包爷定下计谋，更换朝衣，即到午朝门，对守黄门官说知，有机谋事面奏君王，有劳请驾。

当日黄门官深知包公是清正之官，并且当今耳目隆重之臣，又将郭槐发交他审办，定因此事而来，故即允诺请驾，一重重传叩进王宫。君王一闻此信，龙心略觉开怀，言：“包卿定然审得机窍了。”连忙急步跨至大殿中，宣进包公朝见。君王曰：“包卿，此地休拘君臣礼，且坐下细谈。今见寡人，想必审询此事得机窍也否？”包公谢主下坐，曰：“上启陛下，只因事关机密，若待明朝启奏，朝臣人人得知。倘然机关泄漏，事更难白矣。”君王曰：“卿既有机密，速言朕知。”包公曰：“臣即今天开堂严究郭槐，奸贼抵死不招，反说除非在着阎王殿上方招实言。故今臣将计就计，欲将御花园改造作阴府，人也如此如此。待至更深夜静，又如此作用，赚得他认不真，即可吐露出真情了。”当日嘉祐君王巴不得早日会见生身母后，故于包公所言无有不依。还赞叹曰：“包卿真乃朕手足心腹之臣也。”包公又道：“陛下，惟安乐宫中休得走漏与闻。倘太后娘娘得知，事难成矣。”君王应诺，又嘱咐道：“包卿，尔虽智足谋灵，但此大事还须倍加小心。倘朕得母子重逢，报卿不尽之劳辛矣。”包爷曰：“陛下何出此言？念臣之微劳，为臣尽忠，为子尽孝，理所当然。”君臣算计已定。是晚忙差人将一座御花园装作森罗阴府殿。刘太后宫中既不知晓，即众妃后圣上也不泄知。

包公别驾回转衙中。用过晚膳，已过初更鼓响，即于阶下吩咐排开香案，灯烛辉煌，祷告当空。上禀："信官某姓某名禀言：当今国母，身遭大难，将历二十年屈苦。信官道经陈州，得蒙东岳大帝梦中指示，太后娘娘在拯前诉冤，方知有此奇事。今夜奉君审断，只因奸监郭槐抵死不招，无奈将御花园改作阴府，以赚郭槐招认。但今夜月色光辉，狂风不起。倘李太后深冤得白，当今母子应得重逢。伏乞苍天后土，诸位神祇，威灵赫赫，降显神通，即夜施法，狂风黑云四起，蔽遮星月，帮助阴风，以瞒奸恶，得露真情，方得当今认母无疑，仰感天恩。"包公祷告毕起来。

莫道无有神明，凡事论理至正无差。如世人孝顺双亲者，尚且感动天庭，赐其福祉。今包公只为君保国，恺切忠诚，祷告上苍，岂有不护佑乎？况太后灾难已满之日，又属东岳大帝指点，李后告诉包公，方可代鸣冤屈之由，故而神灵显应，力助于他。不交二鼓，已是乌云四起，漫布满天，狂风大作，星月无光。闲人多少称奇，不见顷刻间如此狂风大作，树木拔摇，呼呼响亮。还有胆小者惊慌无措，声言："天宫之变也！"闲语休表。只有包公暗喜，心里自知有感神明，实乃当今圣上之幸也。

当夜包公又吩咐众军役人如此如此，依计而行，各人重赏。如有一人倘若泄漏者，定然不饶。众役人诺诺领命，依计而办。包公一出衙，一程来见圣上。其时已是二更中，有圣上扮为阎君王，包公扮作判官，还有数名内侍扮为鬼卒，多在两行，朝着阎罗天子。包公手下众健汉、役人搽花了脸，扮作夜叉、狱卒，四边绕立。其时扮齐妥当，往拿捉郭槐。但未知审得他供认如何，且看下回分解。

第五十九回　假丰都赚佞招供　孝天子审奸得据

诗曰：

君王有道重贤良，宠任奸臣不久长。

李后多年遭苦困，只缘佞宦作灾殃。

却说君臣侍御军人等装扮阴府事毕，并众军或硃紫涂脸，或墨水糊模，披发异装，四边绕立。其候阴风飒飒，冷气阴阴。推测其时，嘉祐君王该当母子相会之期，故包公禀告后，即感动天神地祇，助发狂风，吹动树木松竹，一派声音，呼呼啸叫。四围殿之前后，灯烛半明半暗。

值当日正是郭槐罪恶满盈，该当报应之日，昨天受刑，押下天牢时，已是神思恍惚，如今似梦非梦，心下糊涂，想然鬼神暗里作祟于他，也未可知。当夜又见奇形怪状的狰狞凶恶催命鬼，手持钢叉，一到牵押，早已吓得仰面一跤，跌得昏迷懵懵认作死，一路只由拘锁而去。押至御花园首，只是阴风惨惨，冷气森森，东也鬼叫，西也鬼嚎。黑暗中一长高鬼，披发呼呼，厉声拦阻，喝曰："鬼门关哪得私走！"有后边拘押众恶鬼喝曰："他有大罪在身，奉了阎君王之命，拿捉询究，休得阻拦。"有长大凶鬼呼的一声，闪去不见。这郭槐吓得朦胧之际略苏，言曰："不好了！果然我今死去，得到鬼门关而来。"尚不知黄泉路渺茫茫，行一步跌翻数尺。黑暗中，隐隐微光，风狂竹响，阴冷侵骨。一片鬼声，呼呼嚎泣，又闻处处铜锤、锁练之声，惊慌得魂魄离身。

忽声闻，拘至森罗殿中了。郭槐微微睁目，见殿中半明半暗，阎君天子远远南坐，两旁恶鬼披发，凶狠惨叫。一赤发红脸鬼，抓提上背,一掼扑倒了。郭槐伏倒,发振腾腾,不敢抬头,低声呼道:“阎君王饶恕。”阎君厉声喝曰:“郭槐,尔在阳间,干此欺君恶事,可知罪否?”郭槐发抖,只是求饶。阎君喝曰:“尔在阳世,将一龙胎凤种之君,希图谋害。又放火烧毁碧云宫,谋绝君嗣,罪孽渊深。阳间被尔瞒过,今阴府幽冥中,断难遮瞒。如有半字虚情,鬼卒将此奸狼先撩入油锅之内。”早有青黄赤黑四凶鬼“嗷”的一声,一把拖下。郭槐慌忙中喊泣曰:“乞阎君饶宥。自愿招实无虚。恨我生时,原不该设计于刘太后,却自愚了。身为内监,还望什么富贵荣华。只因先帝北征未回,李宸妃娘娘于兴师之日产下太子,又值东宫刘氏产下娇娥。是时刘娘娘起了妒忌之心,只恐先王回朝宠眷西宫诞生太子,心思将他母子早日陷害。当日吾与施谋,宰杀狸猫包裹固。刘娘娘是日亲往碧云宫,声言公主要喂哺乳。又值圣上亲征,实烦寂寞,邀请赴宴。有李娘娘不知机谋,将太子付与刘娘娘,又转交于吾怀去。只将死狸猫用锦被遮盖,送还碧云宫。言知宫监,太子睡熟,不许惊恐,是李娘娘的嘱咐云云。是夜,刘娘娘又密差寇承御宫女,将太子撩弃于御花园金水池。我又言知刘娘娘,先帝还朝,李娘娘定然奏知,即不妙了,不若斩草除根方稳妥。故吾即夜放火焚宫。岂料寇宫娥想必早已通知李娘娘逃去,只烧死他宫太监、宫娥百余人。后来寇宫女尸首浮于金水池面,方知不好。他死去前既通知李后,谅情未必肯将太子抛于池中。只四下差人密察李娘娘隐藏,并无踪迹,至今将近二十年,近此数秋不差访察矣。只今略知当今圣上非乃南清宫狄太后所生,实乃陈琳当初暗将太子怀归八王爷府中,狄后抚育长成。先帝回朝,只痛恨李后母子被火遭殃,那知吾之深谋作弄。只当今圣上经先帝册立时,只言是八王爷长子,实情乃李宸妃娘娘诞生也。如今句句实言,一字不讳。叩首。哀恳阎君王爷开恩免罪。”

当时嘉祐君王听毕,心如刀割,止不住龙目珠泪一行,暗想:可怜母后遭此劫难,苦挨至今,将有二十载。当初之事,暗如黑漆,朕那里得知?若非包卿明哲,胆量忠贞,屈冤沉沦,不孝之罪,朕负于斯矣。今日实乃君沾臣德之不尽也。只叹息:“包卿如此勤劳于王室,今已年将七十,缘何上苍不赐以后嗣之人?”语毕,乃命收禁去郭槐。包公早将伊口供一一录清，殿上灯烛复明，众军洗净装扮形容。

少刻，又见云开月现，君王颇觉略安。又呼曰："包卿，寡人虽得尔为吾明白了母后冤情，但朕实于孝养有亏，有何面目为君？又觉羞惭，难见生身之母也。"包爷曰："陛下龙心且安。太后娘娘当初遭逢此苦难，皆由刘太后妒心、郭槐诡谋作弄耳，我主正在哺乳之年，难将不孝以自待也。但今郭槐虽则招明，来日登朝，还要询及陈琳，既然曾将小主救出，缘何先帝回朝时又不奏明此事？"君王曰："包卿之言有理，深称朕心。"当晚早有内侍一众，四下持灯烛一遍引道伺候。君先臣后，同行出踱至偏殿，更换过衣冠。时将四鼓，君留臣宴，言谈畅叙，也不烦陈。有御花园内假设阴府，自有一众闲人拆卸下。包公机智，非比别员，早已吩咐得力家丁四名看守天牢，不许一人私至狱中窥探。

是夜，君臣叙谈宴畅。不觉已五更之初，百官齐叙朝房候驾。一刻钟鸣鼓响，圣上御临，百官朝拱毕。圣降谕旨："往南清宫宣召陈琳。"

又溯提老陈琳。自当初救主之后，狄王妃知他救主有功，言赐敕安，享年登九十二，虽然须发如银，尚得精神强健。常常想起当初郭槐同谋害主之事，缘何日久天眼不开，全无报应，安然无事？时时想念，只有自知。

此一天早晨，正起来梳洗毕，忽闻有旨宣召，不知何故情由，只得应召。当日年老难行，坐上轿至朝房而下，两名小内监扶上金銮殿谒朝。山呼已毕，有宋君王唤曰："陈琳，当初火焚碧云宫之日，尔既已救出小太子，先帝班师之日，缘何尔不即启奏分明，奏知奸陷？如今太子着落何方？须将真情奏知寡人。"陈琳见问，吓了一惊。口未开言，想来：奇也，君王为何倏忽诘盘起此根由？但思此事无几人得知，今当驾前教我说明，不得瞒，又瞒不得，如何答奏的乃可？包爷明知陈琳事当两难之际，即朗言曰："狸猫换主，火毁碧云，已经三审郭槐，招供得明明白白，故今圣上询及于尔，不过取对口供耳。尔乃有功无罪之人，须当直说。如若藏头露尾，反有干咎。"陈琳听了包公之言，方才放心，言："郭槐既经招认，我何妨禀言奏知。"即曰："奴婢当初只因次日八王爷庆祝千秋，故早一天奉了狄妃娘娘命，至御花园采取仙桃花果。只见寇宫女珠泪纷纷,站立金水池边,手捧一小孩儿。问及情由,方知刘太后妒忌西宫李娘娘,寇宫女奉命抛弃太子于池河。当时奴婢也惊慌失措,无奈,花不折采,即将太子载藏于采花果盒中。幸得五更天未明,并无一人知觉。当时胆战心寒,匆匆奔归王府,将此情由上禀八王爷。其时千岁接上小太子,一惊一喜。又想来重重发怒,侍候圣上回朝,要奏明奸陷,收除妒逆。这狄妃娘娘只权作养生儿。即夜又闻火焚碧云宫,内监宫人烧死百十人,想必然李娘娘也遭此灾殃无疑矣。只落得狄妃娘娘抚他儿,而常常忆恨耳。”君王又曰:“尔既洞明此天大冤情,先帝征北回朝之日,何不将此事奏明?”陈琳曰:“陛下未知其详。只因先帝未回朝,八王爷先已染病,一日复重一日,年余而薨。次年先帝方回。即狄妃娘娘见八王爷去世,想来刘太后势大,不敢结怨于他,故未敢动陈。奴婢乃属下人,不敢多言少泄。”君王又问曰:“如今太子何在?”陈琳曰:“若言太子根由,即乃当今陛下也。”君王曰:“如此明白了,寡人不是狄太后所生的了。”陈琳曰:“陛下实乃西宫李娘娘诞育圣躬。奴婢焉敢妄奏欺言?”君王点首,尚见心烦未安。即传旨侍御左右扶起陈琳,曰:“尔乃忠诚为主,善念堪嘉。待寡人迎请母后,再加旌表,以明朕得尔再造之恩。”又命内侍数人,帮扶持护送他还南清宫。文武百官,尽皆称奇:“不意有此罕闻异事。如非包拯精明察理,谁能干办分明?”

当日君王传旨:“暂且退朝。”膳后,君王单召包公与几位一品老大臣:阁老文大人、平章富弼、国丈庞洪、吏部天官韩琦、枢密院欧阳修、参知政唐子方,余外官员不必伴驾。又带领内监、宫娥数十名,前往服侍李太后。且暂停表。

先说陈琳老内监,一程回归王府,想来:包公实乃神人,至圣如此。二十年沉密之冤情,被他一朝返白,不枉他四海远近标名,当今圣上全凭他作心腹耳目之臣也。言来不觉已回内宫,将此宣召情由禀明潞花王母子。有狄太后闻言,喜忧交半:忧只忧冒认先王太子为己子,亦有欺君之罪;喜只喜西宫李氏尚还在世,前之受陷冤情今得包公理办分明。刘后、郭槐故有千斤重罪,即我身也有些惊骇。冒认了太子为亲生之子,只为当初出于不得已也。有潞花小王,亦不知当今圣上非狄母后所出，至今方得明白，不胜惊异骇然。

又说明：包公回朝十余天，所领办审郭槐数次，潞花王缘何尽不得知？只因小王爷身体有恙欠安，已经不登朝一月多，故郭槐之事，他母子一概不闻。即小王爷不是有微恙的，一月中或有十天也不上朝的，只由自便，也不多言。

又言刘太后一自郭槐被拿，包公又捉破王刑部贿赂，真乃计不成而机先泄露。今发包公审办，定然剖白当初之谋，招出真情，吾怎能逃脱国法森严？况非别故小关犯的，乃斩灭君王，断绝宗嗣，欺君固宠，罪大如天，今危矣！悔不当初勿作此歹心。

当日刘太后心闷意烦，纵然珍馐佳味，玉液琼浆，也懒甘尝。坐卧不宁，心神恍惚。一连数天，倒睡龙床，翻翻复复不成眠。一至天明，忽有内监一人，急忙奔进："启上娘娘，危矣！奴婢奉命探听，圣上设朝，已经先晚审明狸猫换主，是圣上与包拯亲审，郭公公招认分明。又宣召陈琳对实口供，一一丝毫无差。今圣上、包拯及几位大臣摆齐銮驾，往陈州迎迓李太后而去。"刘太后听罢，唤一声："果也不妙，危矣！"顷刻面庞失色，玉手发振腾腾，曰："包拯，我与尔定然是宿世冤仇，至此今生作对，特拿此事来认真。兹郭槐难免凌迟碎剐之罪，我亦难逃六律之诛。即今王儿不便加罪吾嫡母，犹恐李氏回宫怨报恨深。又有包拯执性唆挑，王儿不容情的。细想来，安乐宫多年何限乐，岂知乐不到头祸反侵。也罢，不如早死了，以免受他人之辱也。"即打发宫娥、内监出外，刘太后闭上宫门，下泪一行。即下跪宫房，拜叩先王，以辞恩德。心头惨切，三尺红丝，自缢于宫中。不知可能活还阳否，且看下回分解。

第六十回　迎国母宋君悲感　还凤阙李后荣回

诗曰：

多年国母遭冤屈，今日方清被陷冤。

报应有期天眼亮，分明善恶岂容瞒。

却说刘太后自缢死于宫中，只怜他年十六进宫，安享十五年皇后之福，今将二十载正嫡太后之尊，寿交五十齐头。实因从前作恶，妒忌生心，今日红绫惨死，原由立心歹曲，自作之孽也。早有内监、宫娥尽知，吓得喧哗着急，飞报各宫妃后得知，打开宫门，纷纷解下红绫结索，救解多般。岂知刘太后该当大限难逃，三魂七魄，渺渺无踪，哪里救得还阳？此言暂止。

先表嘉祐君王，銮驾一向登程，多少御前侍卫将军，剑戟如林，武士高头骏马的拥护，一队队的内监、宫娥，龙车凤辇同行，几位一品大臣随驾，威武扬扬，音乐喧天，轰动多少本土万民，远远偷观。当日摆驾来迎，乃包公先作头队，只为他先知根由着落。是日已至陈桥。

又表明：如若圣驾经临有定日期，自然地头官、百姓等齐整端备接驾。岂知此日吾王不期密地而来，是以官民人等未得早知。直至包公一到，传谕下来方着急。刻日赶办，上司转委下属，而下属又命着本土缙绅士人，顷刻间张绸挂彩，洁净街衢，安排香烟明烛，纷纷多絮，实难概述。

包公一到了陈桥下，住八抬大轿，数十名拥护铁甲军，步随包大人来至破窑门。虽然前昔言是破窑，污楼小舍，如今不比前之破窑了，只因本土文武员遵着包公之命，修造得破窑焕然一新，赶造雅致精工，不多细述。只因李太后不愿迁居别所，故众文武官不得已，在他破舍中继续改建高堂画栋，数十名丫环送至，伏侍太后娘娘。日用珍馐，式式俱备，郭海寿日中侍伴李后。只等候了十余天，李后曰："未知包拯还朝，可能代吾伸办得此重大冤情否？但他虽乃一忠梗良臣，然二十年翻沉天大案，犹恐难办理清。只可倚着东岳圣帝梦中点示之待验也。"天天盼望，日日思量。

此一天，只有郭海寿进至座前，曰："母亲，包大人来也。"李后曰："他到那里来？"海寿曰："现在门首外，他言要见母亲。"太后曰："我儿，且请包大人进来。"海寿领命出请，包公吩咐众军门外伺候。一至内堂，即叩首山呼朝见。李后曰："包大人休得拘礼，且请起。"包爷领诺起来。李后曰："大人回朝，未知此事究办得分明否？"包公曰："臣启太后娘娘，已将郭槐三番审究，方得他招认分明。故今圣上亲排銮驾，到此迎迓娘娘还宫。"太后闻言大喜："今得分明此段冤情，实劳包大人担当千钧之力也。吾老身如不得回朝，抵当苦度至死也休了。只因身屈不白之冤，仇人现享荣华，岂非天眼永久不开的？"包公未及答言，郭海寿笑曰："当今圣上也非明目之君，心歪不念生身诞育之劳，反认他人为母，岂非不孝之罪千斤？满朝中只有包大人是忠君为国耳。待他来时，儿且代替母亲娘娘骂他几声，方出此恼也。"包爷曰："尔言差矣。圣上今方二十二之年，当初乃一幼哺乳之儿，焉知奸人暗害，怎晓娘有覆盆不白之冤？尔言错怪圣上也。"李后曰："我儿休得咆哮。包大人之言果也不差。随娘在此，圣上到来，尔若多言躁说，有失君臣之礼，反取罪戾。这是国法，亲私不得也。"海寿曰："既然母亲如此吩咐，孩儿焉敢不遵。"当下包公又言："请娘娘更换珠冠宫服，好待圣上到来迎请。"太后道："大人，吾身落难已久，衣裳破碎褴褛，久已穿惯的，而今不合穿着此鲜美衣裳。"包公曰："臣启娘娘，今非昔比，娘娘乃凤体贵躯。前时落难无人知之，是至衣食有亏，是该有此劫难。如今枯木花开，昏镜捻明，断不可复穿此褴褛之裳。况乎圣驾自来迎请，万人瞻仰，非同小可，娘娘仍穿此破服，有失威仪。伏望娘娘准依臣请，速换宫衣。"太后曰："既如此，依大人良言。且待圣上来相见过，老身然后更换宫衣。"

正言之际，流星快马报进，言："万岁爷驾到！"有包爷出外，一见俯伏于道旁。嘉祐王曰："包卿平身。"当时圣上传旨，不须放炮，恐惊国母不安。又有众护驾军，众小武员臣，驻伫于太平街道。天子不乘车辇，领与随驾五位大臣，宫娥、内监随跟于后。

当日陈镇街衢，不独人民关门闭户回避，即鸡犬也肃静无声。但一程道路中，香烟灯烛扑鼻香浓的，恭迎圣驾，不啻迓降神祇。

包公引驾至内堂，仍俯伏于一旁，朗呼曰："臣包拯上启娘娘，圣上驾到了。"先又有众大臣也俯伏一旁侧。太后曰："王儿在那里？"当时只因太后双目失明，即将两手伸扒的呼唤。嘉祐君王见了娘亲如此形模，未开言心如刀剮，忍不住龙目珠泪滚流，焉能顾得君王尊体，抢上数步，当日尘埃早已铺上毡毯，君王下跪，垂泪曰："母后，儿已在此。"太后手按君王膊肩，不觉珠泪掉下胸襟曰："王儿，自思十八年前逃难后，苦挨至今，只道母子永无相会之期。可幸得上苍怜悯，更东岳圣帝指示于包卿，方得沉冤得起。落难时，若非郭海寿孤儿行孝，亦不能度命延挨至今。今天母子重逢，皆赖包卿、海寿二人之功力也。恩德重大如天，王儿切须念之。"言未了，喉中已咽，而难再声。宋天子龙目泪如一线，呼曰："母后，岂有娘遭苦难，身屈污涂，儿登九五，贵享万方？总为儿有弥天大罪，须当万死，还有何面目为君？只求母后娘娘将儿处决剐凌了。如仁慈不忍，可废弃幽宫，另立贤孝之君，以承宗嗣，补报孝养劬劳方可。包卿与郭兄，儿即在世或泉壤，二人恩德定然铭于肺腑不忘。"说未完，惨切之状也不能再言，感触起几位大臣，也是人人下泪，个个动悲。

原者天性之恩，人所不忍忘也。均同奏曰："当初万岁正在襁褓幼年，那知奸人起此萧墙之祸。今陛下难将不孝自目，伏乞我主勿以伤心之言感贬，犹恐复触起前悲，两有不安也。惟今得上苍默佑，复得子母瞻依，正当接回王宫孝养，实为喜庆之秋，伏惟吾主与太后娘娘准奏。"李后曰："众位卿家虽有此念及之良，然吾老身已双目失明，是个残废之人，还宫之念久已灰心。身躯贱挨已久，不觉是苦酸。但得今天王儿明白了前之冤陷，即往破窑中度日，我心也安放了。"众臣未答，宋君曰："母后休言此语。今既不加罪于臣儿，正要迎迓回宫孝养，以补报罔极于万一，儿庶几赎却些小重愆。倘母后不还宫去，臣儿岂可独自回朝，也要处于此间，以侍奉母后的，方免被朝臣民庶私批不孝忤伦之君也。”太后曰：“王儿，尔休得自罪伤心。众位贤卿之言，理上不差。尔当初乃哺乳幼儿，焉知奸人诡弄，难将不孝以罪王儿。但今娘已双目俱瞽，即还宫，也无光彩的。”天子闻言，觉得凄惨，抽身伏跪阶前，祷叩上苍：“今日寡人特到迎请母后还朝，只因双目失明不愿还宫。如母后不还宫，寡人也难回朝。恳乞天地神祇垂佑，念朕微诚，母目重明。念陈州地，连岁饥馑，饿莩很多。寡人自弃财宝以惜生民，上体昊天好生之德，愿免十载国征粮税，并大赦天下罪人，以俾万姓。”祷祝罢，不期孝感神明，宽免百姓征粮十载，大赦缧绁囚人，实乃恩德无穷无量，是至神祇感动，李后复得重明。当时李后喜曰：“王儿，果也双目渐渐生明了。莫不是皇天怜念，神圣眷佑也？”君王大悦，众大臣骇喜称奇。郭海寿忍不住笑而曰：“妙！妙！母亲双目不期得圣上、神祇复明，好了！”

君王龙目一观，呼曰：“母后，这是何人？”太后曰：“这是孤儿郭海寿也，乃义儿，养供亲母。王儿且略去君臣之礼，谢谢此子如何？”宋君曰：“他是恩兄了。”又呼曰：“郭恩兄请上，受寡人一礼。”宋君王正要下拜，包公朗言曰：“尊卑有序，君不合拜臣，父不当礼子。碍于礼体，郭王兄须当力辞。”宋君无言可答，只不下礼，双手一拱，称言：“恩兄，母后全亏尔孝养，代朕之劳，方得复活至今，恩德弥天之大。且还朝再行恩封，同享荣华。”又论当日海寿乃一贫贱小民，礼律一些不懂不知，今者福至心灵，一变起来，看见君王双手打拱，又闻包公大言曰“君不合拜臣”，他即下跪曰：“臣不敢当。圣上的生身，我也蒙他抚育成人，也是儿子一般，焉敢受当圣上作谢也。”君王曰：“如此，恩兄且免礼请起。”御手相扶。

当日太后双目复明，还见众多大臣俯伏下，忙言曰：“众位老贤卿，还不请起。”几位大臣谢恩起来。君王又命：“郭王兄上前拜见众大臣。”海寿领命下礼，众大臣体仰君王、太后之面，要行参见山呼君臣礼，海寿哪里会懂，只是答拜。只有君王曰：“他乃后辈少年，哪里敢当众老卿一品之尊，休行参见大礼，且平礼可也。”众臣依命。礼毕，当日众臣喜悦。单有首相吕夷简、庞国丈不悦，自言：“吾等一品之荣，不当与此乞丐子见礼，真是羞辱耻也。”又有包爷曰：“请娘娘更换宫妆，起车驾。”太后准依曰：“今已过劳包大人，且回朝再作谢也。”包爷曰：“微臣于劳何有，敢望娘娘赐谢的！”

早有宫娥、内监一同叩首罢，起来请娘娘更衣梳发，众大臣退辞，出外伺候。君王又命内监与王兄更换冠袍、玉带，一同还朝。内侍领旨，拿上四爪龙袍、冠带，俱下跪两旁，请王爷更穿。有郭海寿摇首曰：“我久服粗破布衣，只甘淡泊，岂敢用此美服龙袍？倘过分穿着此好东西，岂不折尽平生之福？”正要退出，李后呼曰：“我儿，尔于前时受了许多苦楚，今日理该同享荣华，休言折福之语。”君王呼曰：“恩兄陪伴母亲二十年苦挨，方得朕母子叙会，功力万钧。速换衣冠回朝，厚加封赉，少尽朕知恩知报之情。”海寿曰：“圣上所命，臣本不敢逆。然吾一自长成，久已甘守清贫，生成野性，实不愿奢华，伏望圣上由吾于此窑中度过光阴足矣。”太后曰：“我儿休逆圣上旨意。他虽与尔是弟兄之称，然他是君上，尔是臣下，为臣忤君，犹如子逆父母。况君言深为合理，尔若定逆不随娘回朝，我心有不安矣。”海寿曰：“母亲如此吩咐，儿焉敢不遵以逆亲，遵命！”圣上欣然。海寿更上衣冠。圣上又传谕陈州地面官员，要将此窑宇起造王府，照依王宫之次，所费用银均于国库开销，限期赶办竣工，以待郭王安享。一道旨意发出，本地官自然遵旨照办，不表。

当日，太后登上宝辇，宫娥、内监拥护两旁，宋君也驾上銮车，众大臣与海寿共同十位，起坐金镶大轿，众护驾武员骏马高乘，铁甲军排开队伍，一路笙歌，音乐悠扬，金炉香烟馥馥，道衢上结采铺毡的肃迎。太后心花大放，想来：不道落难中竟有回朝之日，算来实得东岳帝神灵托梦，指示包拯，又得他一力担承而办，方得今日母子重逢。回朝发出万金，重建庙宇，维新金躯，以酬神明大德，加爵包拯，以表其忠劳，我心方安也。不表太后自言，到处万民私论纷纷。不知太后还朝如何了决众奸陷，且看下回分解。

第六十一回　殡刘后另贬茔坟
戮凶狠追旌良善

诗曰：

兢兢守法作忠良，奸计机谋是佞行。

但得存心无内疚，仰天不愧行堪扬。

话说李太后还宫，早有在朝文武官员时刻俱有探马通递消息。是时忽闻报銮车到了，一众官员纷纷出城外恭迎。只见旗旛招展，一派进城。一见天子銮车、太后宝辇，即两旁俯伏。君王一进王城，传旨："接驾文武员俱退，不必在此伺候。众御林军校速归本部，另日赉颁。"又命："光禄寺赐颁御宴，款御王兄，着几位随驾大臣陪宴。"慢表。

又有曹皇后带领嫔妃、三宫六院，多少内监、宫娥拥护，迎迓太后进宫。先是天子朝参过，曹皇后朝礼毕，各妃子宫嫔人人都来朝见。请安罢，李太后传命各还本宫，不必在此伺候，只有君王留坐下。

李太后叹嗟而言曰："想起前情，不在王宫已将二十载，只言永在陈州破户中归世。岂料今复得回王宫，皆赖神祇与包拯之功力也。"君王又诘起母后得神明之由，方知东岳圣帝梦中指示与母后，告诉包公，方得他认真力办，又得神佑之力。天子又言："且待国务暇些，数天后差官发出库饷之金，再建庙宇，重塑金躯，以答神圣洪恩。但今郭槐凶恶施谋陷害，必须重正行刑。惟安乐宫中刘氏太后，算来罪重不轻。即南清宫狄母后亦有偏处也，欺瞒先帝，冒认儿作嫡生，岂非名有不正者？然吾乃是儿子之辈，必须母后主裁乃可。"李太后言曰："王儿，尔枉为南面之君，即此事已欠明决了。当日陈琳救尔到南清宫，全亏狄氏襁褓抚育长成。虽非十月怀胎之苦也，他有三年哺爱之恩；虽非亲诞尔躬，比着劬劳无异了。即今刘氏，虽然心狠意毒，须念他乃先王原配，尔也奉养他多年，名目为嫡母，中外尽悉。而今乃得母子叙圆，且免提追究，况子难执母罪的。惟陈琳是救主恩人，须当厚报。寇宫娥已自惨亡，须当阴封旌表。此事须当与参政大臣商议。但凶恶郭槐，断然姑宥不得，速命包拯将他正其重刑。”君王诺诺领命。又言：“母后仁慈，世所希也。”李后又曰：“王儿，娘今日还宫来，谅想刘氏无颜到来见我的。我倒要进安乐宫相见他，看彼怎生光景，有何言语为情。”言罢，太后即唤李宫娥引道。

有旁侍宫娥上启禀万岁爷与太后言：“刘太后于上日圣驾出王城之后，自用红绫缢死于宫中矣。”天子曰：“既有此事，为何询及起方奏，如何不早说明？”宫女曰：“东宫娘娘早已吩咐，言太后还朝，乃是喜事，不须早报，且待缓些奏知。故奴婢等依命，不敢即奏闻。”李太后听罢，嗟叹一声，不觉垂泪一行。只因李后心怀慈善之贤良辈，即言：“可怜他畏罪先自寻死了，岂知我心并不计较他之前非。”宋君王曰：“刘太后既然自缢死，可曾入殓否？”宫娥启上万岁爷：“曹娘娘又言：刘太后乃是有罪之人，要等候万岁爷回朝作主，是以尚未成殓。”李太后曰：“须念他是先帝正宫，既不罪他，彼已先寻自尽，且好生之德，以安葬于王陵，以早成丧。”宋君王曰：“此事不可。母后也未知其详，他虽先王原配，惟罪千斤，想他欺瞒先帝，灭自子孙，世无此妇，比之唐朝武后，罪之相等。倘将彼殡葬于王陵，先王在天之灵岂不嗔怪？有重罪者反得附葬于王陵，是加恩于有罪之人，将来无罪而有功者，又何以待之？母后虽有容人之量，然情理上有偏也。还将棺柩另立坟茔，方见示贬无偏，理之无碍也。”李后曰：“王儿处分有节，是可依也。”

当日宋天子传旨：将刘太后棺椁成殓了，另寻一土，立竖坟茔，不举哀成丧。又论：刘太后乃是先王的正后，只因一念之差，死于非命，不成丧、不举哀，中外百官不挂素，只用棺柩一口，静悄悄的收殓下。又不容安葬王陵，犹如死了无位一宫嫔的一般。

交代明刘太后身亡之事，再言南清宫狄太后，只因有冒认太子之非，是以进宫来见李太后。当日狄太后要行君后参见礼，李太后执意不容，竟如姊妹平礼。相叙毕，对坐下。惟狄太后心有不安，正乃良心发现处，侷促赧颜。岂知李太后反是再三致谢，曰："当初我幼儿身遭大难，多蒙贤妹肯慨然收留，抚养长成，接嗣江山。洪恩大德，何以为酬？今朝母子再叙完聚，皆亏贤妹维持之力也。"狄太后曰："哪里敢当！姐姐云谢言重，说来更使愚妹羞愧无颜也。冒认太子之罪弥深，但当时迫于势所难言。一说明此事，先结怨于刘娘娘，实乃事在两难。然亦不知寇宫女通知姐姐逃出别方，只道被奸监火焚一害耳。今贤姐仍叨天佑，得活人间，实乃可喜。"姐妹正在言谈交谢，有宋天子进宫，朝见狄母后，狄后反觉羞惭。

当日李太后又差内监往无佞府，邀请佘太君进宫。太君到了，请安毕，叙谈一番。顷刻间，内宫排开筵宴，三尊年一同畅叙。各宫多排喜宴，不能一一细述。

一宵晚景不提。次早，天子临朝，百官参见已毕，宋君王开言曰："包卿，朕思寇宫女曾将寡人母子搭救，随即受惨而亡。今陈琳现在亦有救主之功。然生死之恩，据卿如何旌赠乃可？郭槐罪恶滔天，如何正法，卿家也须代朕处分。"包爷曰："启上陛下，寇宫娥有功惨死，应得追封。可起柩附葬于王陵脚下，再建造庙祠，追封为天妃元母，是旌表流芳，永受香烟血食。陈琳身为内监，救主忠贞，加封公爵，另建府第，御赐宫监事奉，晚年安享，生则永沾王家厚禄，死则敕归太庙，永享香烟。郭槐害幼主于先，谋主母于后，斩绝王家宗嗣，十恶之罪，无逾于此。例应抽肠拔舌，粉骨扬灰。臣拟如此，伏乞圣裁。"宋君曰："依卿所拟。"即着包卿押郭槐赴市曹正法复旨。包爷曰："臣启陛下，郭槐、陈琳俱为内监。郭槐害主，其心险恶；陈琳救主，其善堪嘉。二人之心，有冰炭之不同。可着陈琳督同往观正法，使其悦目爽心，庶不负他救主之忠劳也。"宋君闻言，喜色洋洋曰："卿处置的当，深称朕心。"即传旨下南清宫，宣召陈琳。是日退朝，众官各散，不表。

却说包公一回衙中，顷刻传出百十差军，往天牢调押郭槐。只因他连日饮食不进，也不知饥寒，问询他不言不答，犹如痴呆一般，当时提押至法堂上。包公与陈琳先后齐至，见礼毕，二人分东西对坐。郭槐赤着身，捆绑坚牢，朝对下跪，正乃善恶相朝。

包公吩咐行刑。刀斧手领命，当时因为大凌迟之刑，故设放一大木桶在侧，刀斧手上前拱跪过，称："启禀大人，逆犯行刑了。"往彼肚腹上一尖刀戳去，通于背后。此刻郭槐痛疼惨切，双目暴出，手足绑缚于木桩，不能振动，只摇头张口。左手一刀砍下，右手一刀截断，手足皆分，血流遍地。又将刀破腹，肝肠五脏，俱卸出来，膏血滚流如注，狠毒人一命勾销。还将头颅斩下，俱抛于木桶中。

有老陈琳点首长叹一声，不觉呵呵发笑曰："郭槐，可恨汝当初立心不善，欺君害主，罪重渊深。只言历久年深，并无报应了。岂知天眼昭昭，不容脱漏，分明报应不爽也。如行恶之人，即远遁高飞，只差迟早报复耳。此番乐杀老陈琳！"抚胸大笑不已。只因他年纪已近百岁期，气息精神到底安弱衰矣，一刻间笑至气不返，复有呼无吸，而绝倒俯伏交椅中。包公即命左右侍卫呼唤他，乃不见答言。众人多吓一惊，启上包大人："陈公公笑得气绝了，唤之不醒，想必死去。"包公听罢一想，言曰："不用喧哗。倘若救解不来，奏知圣上，然后成殓可也。"众军领命，速取药到。又将火堆烈烈焚起，郭槐尸骸骨肉抛下，顷刻化作飞灰。单留首级示挂，以警将来。今报应了恶奸人，多少人议论叹息不提。

是日奉命救解陈琳的，取至通关药末之类，下气参汤，岂知愈灌应久而身体渐渐冷冻如冰。一众役人禀知包公，言："小人用药，力救之不活，莫非又劳大人的御赐法宝可救？"包爷曰："陈公公并非冤屈而死，纵有外邦之宝，难以救之。"吩咐："且将尸骸看管，待本官进殿奏之圣上，然后开丧收殓。"众军领诺。包公离座，走近一看陈琳，长叹一声："可惜陈公公，今日反是包某弄害尔身亡。念尔年高九十零，未全期颐，今返蓬莱，只未沾圣上酬恩，先归泉府。惟生死有何干惜，为人只要馨香百世，青史流芳，即死犹生也。"言罢喝道："进朝复旨。"宋君王一闻，又悲又喜：喜只喜郭槐正法，报却母子宿仇；悲只悲笑死去老陈琳，未得沾恩而先丧。即颁诏文武官员："代朕设祭，合宫内监尽至法场伺候，人人挂帛穿素，以成举哀。"皆言："嗟叹郭槐害主，粉骨扬灰，深正其罪。钦羡陈琳忠心救主，功劳重大，只可惜未受君恩而先死去。今日又得君王知恩报恩，命许多大臣祭殓，差不多天子之丧也不竟如此。”

不表众民争羡。又言郭海寿久惯清贫，不贪奢美繁华，不愿为官受职，只因自是一小民，出身微贱，仪文礼度不谙，实不思在朝，倒思回陈镇居处，自得其乐。宋君留款他不能，李太后不觉动悲，唤声：“孩儿，我子母相依十八载，受尽多少苦楚。而今离灾得贵，儿理当在朝伴驾，娘也得时当见尔。因何执意要回陈州，撇别为娘？实不该当的。”海寿曰：“母亲休得愁烦。儿也原是久乐清贫，母也洞知。况在朝礼数不周，实多惭歉，岂非见笑于各位文武大臣。娘今与嫡生儿已得叙会了，今非昔比矣。况陈镇地所隔三天程途，儿可常来往谒。而今承欢膝下，但有圣上供行，儿已放心别去。望乞圣上、母亲恕臣儿逆旨命之罪，深沾洪恩矣。”海寿虽然如此言来，早已含着一汪珠泪。只因他天性至孝，原不忍离亲，只是不思在朝耳。然李太后与他相处将有二十年，岂有不知儿之性情，万事未有一次逆忤母意，今不愿留，原出万不得已的。故太后不苦留他，下泪呼曰：“儿且等候数天。前者圣上已着令陈州地面官赶造府第，且待王府工竣时，差官送尔荣回。”郭海寿依命等候。

当其时，有潞花王、静山王、汝南王等六卿、四相、大臣，多敬他是当今王兄御弟，又知是大孝贤良，所以今天我请宴，明日尔邀迎，不能细述。

却言李太后今乃苦去甜来，居处宁泰宫，安享暮年之乐。君王、妃后每早请安。当日李太后细加思索，众后妃之中，庄重不一，惟有庞氏贵妃，虽则花容月貌，姿色娇妍，然而柳眉生杀气，玉貌现凶形，看来此女决非循良之妇，实乃刘太后一般人也。一天，妃后俱不在侍，李后叮嘱：“王儿，勿将庞妃加宠。他的佞心滑性，妒忌生成的，如加恩倍宠，他即猛蛟得水，便要作浪兴波。”宋君谨遵母命。太后又言：“寇宫女、陈琳死去，未沾国家一点之恩，须及早追封，使彼仙灵有感。包拯有此忠劳，也须加恩隆爵。又郭海寿，他执意回陈镇，不用强留，且加封官爵，赠赐赉颁，以酬供孝之德。儿须早日颁旨也。”君王领命。不知如何，且看下回分解。

第六十二回　安乐王荣归结缔　西夏主恃暴兴师

诗曰：

寿夭穷通须待时，强求未必遂如期。

时来风送滕王阁，运去雷轰荐福碑。

当日宋君王母子商议恩封存殁有功之人，君王又道："母后，前在陈州时，儿已禀告上苍，母后双目得明，愿免陈州十年国课。今果得母后双目重明，儿岂敢诬哄上天乎？即今要颁旨下传知悉。"太后曰："王儿言之有理。今日既得母子团圆，正该免脱陈州国课。即天下犯囚，须当减等恩宽。况陈州地连岁饥馑，讨丐遍市，贫民很多。虽有十中一二富厚之民肯施见怜，无奈一连六七载，粮粒无收，即富者不免渐生饥馑了。目今得皇苍指济，略得岁丰。王儿今又颁免征课之旨，实乃万民颂德无疆。"

是日，天子领诺，旨意敕封寇宫女为天妃淑德元母娘娘，陈琳谥忠烈公，各造庙堂，春秋二祭，永受血食香烟。郭海寿敕封安乐王，颁赐黄白金数十万，并赐宫监一十六名，当穿服色，永享王府，不上朝谒主，陈州地文武官，朔望请安。包待制加进龙图阁枢密院正一品，恩赐上殿座位，五日一登朝谒主。大赦天下囚犯：十恶大罪俱减等，小罪一概赦免。陈州国课免征十载。旨颁一下，各省均沾太后洪恩。又当日建造郭王府，并陈琳、寇宫女庙祠，开销国库白金一十八万两。

包公受爵加封，正要辞驾，继续赈饥公务事情。是日朝中接得陈州奏本，因建造王府已竣工。宋君王降旨包公、国丈二人，护陪郭王荣归。国丈先回朝，包公仍留陈州，完了赈济，然后回朝。

当下忠佞二臣领旨，钦天太史选定良辰，即登车驾。更有文武官俱来送别。郭海寿又进宫拜别母后娘娘,太后嘱咐不尽的母子安慰言辞,又言须要一月一来朝,安乐王诺诺连声。母子洒泪而别。又拜辞天子,众大臣纷纷饯送。王城内外,民家店户,多排香烛,不能细述。有众文武送别数里俱回,只有庞国丈、包大人一路全程,处处地头多有官员迎接。

一天到了州城,动着多少本土人民,纷纷私议言:"郭海寿幼年时,母子二人也曾乞丐多年,后来长成,方得肩挑背负,市贩东西度日。然他虽一贫如洗,仍不失奉养,原算他是一孝顺之人。今有发达之福,皆由孝养中得来,天之眷赐也。"

当日郭王未进陈州城,早有大小文武官员、本土缙绅耆老,车马纷纷的等候恭迎。一路旗晃剑戟、月斧龙旂、文武军棍,一队队拥护,何下千人长道。音乐雅韵,悠扬一派。进至王府中,奢华夺目,不啻金銮殿之威模。郭王爷当中坐下,众文武官员参见,大员内官打拱,小文武官员俯伏尘埃未起。又表明:郭海寿本是个小户民出身,饭食也讨过,日劳奔走津廛中,昨者虽则包大人也见过,圣上也参谒过,然君臣之礼尚属全然不懂,坐定金交椅,由得众官叩首,也不说声"免礼",不说声"请起"。只有庞国丈好生气恼,暗暗生嗔。倒旁有宫监代说一声"免礼",众卑员起来。庞国丈向包公对面,首一摇,目一睁,似乎烦大人待我说一声,不好在此耽搁,我没好言与此丐子说话。包公会意得,即言:"千岁,国丈职佐中书之任,不便在此久于耽延,且速还朝公干为要。"郭王曰:"哪人留他耽延? 由彼自便回朝去也。"包爷曰:"下官也要辞驾了。"郭王曰:"包大人,尔是去不得的。且在此,吾与尔作伴顽谈,未知尊意若何?"包爷曰:"只因赈饥未毕,不得久留,故亦要相辞千岁,公办去也。"郭王曰:"如此,包大人别去。尔们本土众位文武官也须退回,不必在此。且天天不用到拜,反动劳烦,两有不便。"众文武拜谢千岁,并国丈、包公,俱已登程去讫。原来郭海寿是小狭胸襟,不经诗礼王爵,哪知朝廷有一定之规,为官有无二制体,故彼当日只吩咐本土官员,天天不用到拜,是惹劳烦两有不便之说,实乃他不知官规的本来面目,只乐得本土文武官员天天省却请安之劳,暗自喜悦不提。

是日,包公、国丈殷勤别却安乐王,分程而去。国丈自回汴京,包公仍往执赈饥公干。不觉光阴迅速，一连三月，已是秋稻晚成，十分岁丰。万民赞颂天子、包公恩至之德。是岁民乐丰登，语休烦絮。

只有郭海寿，今日得贵受封，一贵一贱，迥异天壤，脱形换骨，生成好相：胖而腴，黑而白，丰姿体态，焕然一新。居处王宫，自得逍遥。又乃当今圣上一王兄御弟之称，本土文武员故不敢简慢，敬谒之际，不异本土帝王。

又言本陈州有位先王，时出仕宰相的，姓王名曾，只因年老告驾归隐。有孙女儿名美珠，年方及笄，尚待字闺帏。生来中当之貌，只性淑端庄。已知安乐王尚未婚娶，想是有意丝罗。一天，包爷赈务事毕，到来拜望。王老太师言及起招亲之由，包爷一诺担承，曰："包某依命。"即言知安乐王，此良缘料亦和谐也。王太师喜曰："此事全仗包大人，只是有劳大驾不应当耳，容日叨谢如何？"包公曰："此乃和谐美事，何足言劳的？"登时告别。王太师送出中门外相辞，包公登轿而去。一到王宫，会见安乐王，坐下。他言："包大人，尔连发王仓赈济劳忙，何暇到此？"包公即将本土王太师有孙女，年方及笄，未曾受聘，生来性情端重，意欲送进王宫，以侍巾帨。"包某特来作伐，望千岁见允勿辞。"郭王听了，微笑曰："我乃出身微贱，偶然得遇母后，不期显贵，岂敢私心妄想欢娱。虽然向日贫时，也蒙太师周济粮食，他乃积善良门，甚觉相宜。惟王小姐乃千金贵体，我卑寒出身，岂敢扳登的？望包大人转知，另寻佳偶乃可。"包公曰："此乃太师有意招亲，尔虽前时寒苦，今日贵显王封，他是名门阀阅，两相匹配，甚觉相当，千岁休得过辞。"当日安乐王听了包公劝言，不好当面力辞，只得言曰："感包大人情意殷勤，只我陋性不恋奢华、不贪欢乐的愚汉。今既大人有此美意，且为吾奏知圣上，待旨允准如何？"包爷曰："千岁高见有理，待下官与尔修本申奏明言罢。"抽身作别，仍还相府，将情复达王太师。太师大悦，曰："奏明圣上，君王作主，更觉有光也。"

当日包公别去，回归署寓，修成本章，差宫赍送到京。非止一日，有一天到汴京，黄门官接本，上呈御览。君王看毕，喜色冲冲退进宫，达知母后。有太后闻言，喜悦欣然。言曰："陈州地，久仰王太师为人忠厚，子孙世袭，乃先帝功臣。此段姻缘，实见相当。况儿已封王，显贵中匮，正当有佐。”太后即赐宫粉资十万两，珠翠金钿满匣。圣上敕命：王小姐封王妃夫人，御赐珠冠玉珮，本章准批，着包公为月老，钦赐完婚，迥异寻常。

是时，老太师送孙女到王宫，此番庆闹非凡，本州大小文武官员，尽皆两相拜贺。王府外殿、内堂，多排酒宴，十分丰美。王府设宴，贵品多般，不能细述。是日，一片音乐歌声。一连数天宴乐，郭王夫妇和谐，话休烦絮。

交代完陈州，又言朝内。宋君王自得国母还宫，朝中文武各加升赏。又再差官赶上孙兵部，不用清查库仓，只依杨元帅本提战功，加封狄青为副元帅之职，与杨宗保一同镇守边关。其时焦廷贵、沈达也奔赶回关中。众将士俱有加升官爵。元帅、众将谢恩已毕，天使回朝复命。不多细述。

当日，反恼得国丈纳闷昏昏，一心算计狄青，反被他们联成一党，养成羽翼，威势炎炎，老夫的威风渐减了。今喜得包拯不在朝，且正寻机会算账他们。岂知这昏君依着包拯言，调回贤婿，不究库仓，谅来又弄不得狄、杨二畜生，反又加狄青为副帅之职，真可恨包黑贼也！

不表庞洪烦恼。再说边关杨元帅见四员虎将均沾圣恩，封赠统制之官，狄青又加封副元帅，关上文武官员，人人喜悦。忽一天，因副帅不意染一患恙，卧病不起，一连数天，水米不沾，呻吟疾苦。杨元帅与范爷、杨将军自然延医调治，三虎弟兄，天天来帐前问候。患疾十天未痊，杨元帅心中忧闷，只得与范、杨酌议，赍本回朝，奏知圣上。即日差官而去。

次早正升帐，有探子报上：西夏王复兴兵三十万，遣上将薛得礼拜为灭宋元帅也，驻兵城外五十里。杨元帅闻报，当日自仗本领英雄，兵精将勇，全不介怀。即令孟定国传齐部将，岳刚传知众兵，俱至帐前参见元帅候令。

是日，贼营内战书投发进关，杨元帅批回“决战”之词。不一辰刻，有飞报进：“启上元帅爷，贼将薛得礼，带兵城下讨战。”元帅闻报，拔令焦廷贵，领兵一万，与薛得礼会阵，须要小心。焦廷贵口称：“得令！”上马开关，轰天炮响，手拿铁棍，杀气腾腾，一马当先，一万精兵，旗旛飞拥，呐喊如雷。焦廷贵一看，西戎贼将生得蓝面獠牙，三绺花须，丈余高猛，手持一柄大钢刀，坐下一匹五色花鬃豹。焦廷贵胆气豪豪，一马拍近，铁棍当头即下。又言薛德礼乃西夏国有名上将，焦廷贵哪里是他对手。冲锋不上二十合，连喊数声："利害！薛德礼，我的儿！"即带兵逃走回关。薛德礼催兵追赶，只见城上箭如雨落，反被射伤兵丁数百，只得招兵回营去了。

内城元帅帐中坐下，勇将齐列两行，范礼部坐于东首，杨将军坐于西边。忽焦廷贵至帐，尚是气喘吁吁，上前打拱称："元帅在上，末将杀不过薛德礼。这贼将十分利害，人雄马壮，一柄大刀，大如门板，打过来沉重如泰山。"又谎言："小将与他交锋五六十合，抵敌不住，只今败个羞回，望元帅恕罪。"元帅曰："胜败乃兵家之常，尔本事低微，何得夸着别人之勇？尔今出关，午刻即回，不像五六十合的工夫，岂非谎言的？"焦廷贵听了，忙说："小将言错了，原十五六合耳。"杨元帅想来：西夏贼兵初阵逞强，谅弱者也不来。谅贼将本事高强，兵虽锐利，但本帅城中雄兵四十万，文武并标官，教尔马倒人亡而回也。此日闲文休细表。

来朝红日透扶桑，又报进薛德礼指名元帅会阵，十分猖狂。杨元帅即发令张忠出敌。战至四五十合，大败进关。元帅又差李义出马又败，薛德礼连胜了三员虎将。杨元帅好生不悦，言："薛德礼果也骁勇，狄王亲患疾未愈，待本帅明日亲自出马，与他见个高低也罢。"是晚休提。

次早又报薛德礼讨战，杨元帅择定此日亲临赴敌。上马提刀，浩气炎炎，好位保国的老元勋。银盔高竖赤帻，背插八角彩旗，银须三绺，雪白飘扬，高乘银狮豸。三声号炮，三万铁甲军拥随左右。焦、孟先锋护卫首阵，张忠、李义冲头，一同飞拥出城。薛德礼一见来将生得威风凛凛，比昨天来将大有分别不同：手执金刀，高骏白马，身长丈余，白脸银须。薛德礼冲近，喝声："来将可是狄青否？"元帅冷笑曰："无名小卒有目无珠，人也不曾认得，还来混扰！"他言："尔既不是狄青，且报名来！"元帅曰："本帅乃天波无佞府山后老令公之孙，官封定国王，开基大宋天子驾下敕受天下招讨使杨宗保也。"薛德礼听了，不知如何答话，胜负怎分，且看下回分解。

第六十三回　杨元帅中锤毙命　鬼谷师赠扇遣徒

诗曰：

擎天栋柱杨元帅，保宋辛劳第一功。

独惜中伤遭殒命，梁材忽折怅何穷。

当下薛德礼言曰："原来尔是杨宗保。尔若知时务者，献降边城，投顺我主，难道不封尔一侯王之位？如不听好言，只忧尔此番性命休矣。"杨元帅大喝："叛逆贼，敢夸大言，看本事知强弱！"金刀一起，耀目光辉。薛德礼青铜刀急架相迎，真乃龙争虎斗。南北两员虎将，各为君王，杀得难解难分。薛德礼虽则西夏国一员勇将，到底及不得杨元帅老当益壮，刀法精通。两位元帅，冲杀百合，薛德礼招挡不住，大呼曰："杨宗保老头儿，果然利害！本帅杀尔不过，且让了尔多活一天。"拍马败走。

杨元帅大喝："贼奴，哪里走！"飞马追赶。薛德礼心下慌忙，即取出混元锤，回马当头打去。有万道金光罩目，杨元帅觉得目花昏乱，闪躲不及，混元锤打在左肩上，疼痛难当，拿不定大刀，口吐鲜血，翻身跌扑雕鞍下。早有张忠、李义飞步赶上前，一人挡阻贼手，一人背了元帅，飞逃回关。薛德礼此番催发西兵卷地杀将过去。宋军见元帅被伤，大惊四散。焦、孟抵挡不住，众兵被杀得七零八落。三万精兵折损一半，余众走回城中。众将败回，紧闭城门，严防攻击。

再言薛德礼大胜回营，洋洋喜气言："妙！妙！杨宗保乃宋邦主帅，有名上将，本帅却杀他不过。今被吾打了一锤，也不过三天，化为血水而亡。今日除了杨宗保老英雄，惧什么狄青。少不得一同伤他性命。宋主还有何人抵敌本帅？岂不功居第一！"是夜，西夏贼营排颁筵宴，犒赏三军，也不多提。

再表宋军败回城中，元帅受伤，范爷一见大惊，忙召医生看治。杨青气恼得二目圆睁，骂声："可恶叛逆奴才，战不过元帅，用锤伤人，真可恼也！"当日元帅睡倒牙床，范爷吩咐，四方城门紧闭。惟有元帅受伤，哪知服药不效，是夜几次发晕。众将长夜看守，只见元帅昏沉不醒，众大小三军惊慌无措。范爷连夜修本来朝，差岳刚飞赶回朝。

若问薛德礼的混元锤是妖人传授，非比凡间兵器之物。如此人中伤一锤，由尔英雄健汉，不出三天之外，也化为血水而亡，是药饵所难救的。今元帅被打了一锤，遍身疼痛，死去还魂，也无一言说出，只昏昏沉沉，一身肌肉渐渐消磨。悯怜元帅，一生为国辛劳，今日死于肌消肉化，只留得一堆白骨。范、杨二人惨切伤心，文武官员、大小三军无不坠泪，只得收拾骨骸殓了。范爷是日又追上一本，即差沈达并送骨骸回朝。

先说薛德礼，因伤了杨元帅，领兵直抵城下，天天攻打关门甚急。范爷权执帅印，发令四门加倍弓箭石灰炮火，日夜当心巡查。此时狄副帅患疾未痊。

慢表边关危急。先言云梦山头，鬼谷先师清晨正混用元气元神，袖占一课，已知西夏复兴雄师，杨元帅被薛德礼用混元锤伤了，化血身亡，实乃定数难逃，不能搭救。但薛德礼有此混元锤，宋朝虽有上将英雄，也不能抵敌此锤，即贤徒狄青亦难收取此锤。不免打发石玉下山，收取此锤，以免西戎猖獗也。即差小童唤传至小英雄。

又言石玉日在仙居，已经一载。习诣双枪，已经纯熟，只是时忆念老萱亲、岳父母，又丢不下美贤郡主，实乃音信难传，哪知我在此仙山，岂不忧坏我之母、妻也。

忽一天，见童子来呼唤，言："师兄，师父唤尔，速随我来。"石玉应允，即随童子弯弯曲曲来到丹墀，参见过，即曰："师父在上，弟子石玉参见。"仙师曰："贤徒免礼。我今唤尔至跟前，非为别事。只因西夏将薛德礼有一混元锤，非凡兵刃可抵挡。杨元帅被打一锤，已经化血身亡。宋朝虽有上将英雄，但难以抵挡此锤。我今赠汝风云扇一柄，到边关上除敌。彼用锤飞打过来，尔只将宝扇轻轻一拂，可收取此物了。原薛德礼乃巡海夜叉，凶恶星转世，应得凶恶死亡。尔今回关，与狄青贤徒一同立功，显扬于当世，誉美于千秋，方不负为师收留尔二人一番。还有八句偈言相赠，是尔一生结果，取功名富贵尽于此矣。”言罢，袖出一柬。石玉复双膝跪下，双手接转，收藏过。又言：“弟子有蒙仙师带上仙山习艺，已经一载，传授枪法，已得精妙，深沾洪恩，难报万一。即此拜别。”鬼谷师曰：“贤徒不须多礼了。”石玉叩首已毕，起来，抽身又别仙童、师弟，藏好风云扇，持着两刃三尖枪，下了仙山。

当日上山时，并无马匹，故踩开大步而奔。当时又得老仙师一朵云，已送至边关下。石玉将师父所赠之柬拿出，外有数重纸包固。拆开一看，并无一物，只有七律诗一首。其诗曰：

仙缘无分不须求，叨福人间建业优。
年少只遭颠沛困，中途惟喜战功稠。
三番历苦登麟阁，二次平西进凤楼。
早运未通奸妒害，晚成除佞报亲仇。

石玉看罢，自言曰：“师父赠我诗偈，说我没有仙缘，只好立功取贵。但少年灾困，历尽苦楚，方得成功。又许我能报父仇。但思庞洪奸贼，正在势头盛日，未知何日可报复不共戴天之仇耳？”

丢开石玉中途语，却说边关一段情。杨元帅身亡，狄副帅病体虽然轻些，然而还未如平日强健，在着后营静养。范爷早已吩咐众人：“元帅身亡之事，切不可言知狄王亲。”是以众将依言瞒着，狄青并不知外厢缘由。惟西兵日日围城攻打，范礼部已飞本还朝，不知何日救兵到来？

当日飞山虎乃一鲁莽之徒，大怒曰：“西夏贼奴的薛德礼，他之铜锤如此利害，不知何物做成？待吾驾起席云，进彼大营，悄悄的一刀结果他性命，拿了此锤回关，起发大队军马，杀他片甲不回，方报却元帅之仇。”想罢，即禀知范大人。范爷不许，言：“刘将军乃粗莽之人，若不小心，反为不美，不可造次也。”刘庆曰：“范大人休得多心。我既刺不着贼将，定然盗他此锤，也不惧此贼奴了。”范爷纳闷不言。

是夜初更，刘庆驾上席云，一至番营大寨。四下一看，只见灯火光辉，是犒赏三军，正在那里吃酒。刘庆看见天色尚早，难以下手，按下云头。听候一会，已是二更中，只见薛德礼徐徐伏倚中军帐交椅中，醺沉大醉。众将兵尽皆散归各自营寨去讫，近身只存一番女。此刻飞山虎暗喜，落下营中，悄悄迈步进中营。一到薛德礼身旁，正要拔刀行刺，只听得姣嫩声喝道："刺客慢来！"

又表明：此少女乃薛德礼之女，名唤百花，也是一员女将，习得家传武艺，随父行军。是晚出营，伺候父亲吃酒已完，谈论一刻，薛德礼已醉得沉沉，倚伏身入睡乡，呼呼鼻息。百花女也伏案假寐，一见人影近前，喝声抽身。飞山虎反吓一惊，驾云不及，被他一把扭住，挣扎不脱。但百花女原一将门出身，两臂刚健，刘庆左手打去，他右手招，右手飞来，左手迎。二人扭结定，百花曰："汝这南蛮，谁使尔来作刺客？早说分明，好送尔归阴。"刘庆心慌意乱，犹恐他呼喊醒贼将，只得言："我乃宋营中虎将刘庆也。只因吾元帅被薛德礼打了一锤，化为血水身亡，是吾心忿恨，特来尔营作刺客。这是实言的。"这百花女看上刘庆乃位英雄汉，不觉有私行招亲之意。又见父亲鼻息如雷，轻轻呼声："刘将军，薛德礼是奴生身父，尔今夜思来行刺难矣。这边来罢。"一把扯牢而走。飞山虎暗想自言："这小丫头好生奇怪，不知他拉扯我何也？"此时只得随他跑走。曲曲弯弯，到了后营一所，灯光如昼，目前侍女十余名。百花女吩咐众侍女多出外厢。众丫环评论曰："此位将军不是我邦人，因何我小姐拉他进来？像什么？好羞人也。"有几人言曰："吾家小姐未有丈夫，要拉此中原将军来做夫妻。如今且先叙会，也快哉，奚分羞耻？"

不表侍女闲言。再说百花女看中了中原将军，当四顾无人，呼唤："将军请坐下，奴与尔细谈。"当时刘庆猜着："他生来有此姿色非俗，今又如此柔和，想必有意于我也。惟吾一粗直之人，岂将女色介怀的。况有妻儿了，尔思与吾结对，真乃冰炭不交也。"若问百花小姐，生长西北外荒野之夷，年交及笄，有此美质，又因本邦男子多是奇形怪状，粗俗不堪的，是他父故尚未与对亲。当日刘庆虽非美貌惊人，但比之他北外蛮邦也有高低之别。今见刘庆乃烈烈少年，故欲仰扳。又言："刘将军，尔敢于今夜来行刺吾父亲，好生胆子。欺他酒睡，若非奴拿下尔，我父一命休矣。但别将拿下，将军的性命也难活矣。”飞山虎曰：“若问小将行刺尔父亲，无非两国相争，各为其主，怎顾得利害交关？倘小姐用情，放我回关，小将自是感承恩德。”百花曰：“将军既进我营，休思回去。”飞山虎曰：“小姐此言何解?”百花曰：“将军，奴看尔一烈烈英雄，谅必武艺高强。惟今边关死了杨宗保，大宋还有哪人撑保江山？奴劝刘将军投顺吾邦，撇却宋朝。”刘庆曰：“小姐此语一字不须言。如要吾投降尔邦，今生难矣，除非来世依命的。”小姐曰：“尔若不甘投顺，回关休得妄想矣。”飞山虎曰：“既然小姐不放我回关，即甘愿一死，岂有悔怨之心。”百花曰：“将军之言差矣。尔既为堂堂大丈夫，因何全无智量？倘投降于我邦为官，美貌佳人却也不少，觅一位与尔作配，有何不妙？仰恳将军依奴劝谏言，是知机之辈。”飞山虎听罢，冷笑曰：“小姐，吾刘庆岂是贪花好色之人？又已有妻儿的，谁人贪尔蛮邦佳人结缔。今日既入尔牢笼，有一死而已，何须多劝投顺不入耳之言。我刘庆虽然一粗鲁之夫，顶天立地自许，岂肯叛君而投降敌人？休得妄思量也！”百花听了，自言曰：“岂知此将有了妻子。也罢，我今囚禁不放他回关，且待明朝爹爹发落的。”言罢又呼唤侍女几人，拉扭住，将彼囚禁后营，好生看管，好待他心服归投。即时囚禁下。飞山虎大怒，大骂“狠毒贱丫头”不绝。此语慢提。

次日，百花女梳妆已毕，来至中军帐，拜见父亲，说明：“昨夜二更时候，宋营中一将名刘庆来作刺客。已被女儿拿下，囚禁后营。禀知爹爹，如何发落定夺?”薛德礼曰：“可恼南蛮，怎生混进大营来作刺客？若非女儿把细，为父一命休矣。且押出一刀两段，方见不敢小觑我们。”百花曰：“爹爹，此人乃宋邦猛将，倘困得他投顺，与我们做个里应外合之人，此关唾手可得矣。”薛德礼笑曰：“女儿倒有此机谋，如此且囚禁下慢劝彼降顺，做个内应也。况且此关坚固，又防守严密，守城炮火弓箭利害，近数天攻城，反伤去兵万多。得内应人甚合。”不言父女机谋，未知边关如何退敌，且看下回分解。

第六十四回　破混元大败德礼　解重围扫灭西师

诗曰：

天命难违定不移，恃强轻敌枉偏思。

顺存亡逆从来理，造化玄机应有期。

慢言西夏营中父女议敌。再言石玉得鬼谷先师施法力，一阵狂风，送至边关。说明缘由，范爷等方知石御使郡马公之事。又言知仙师赐赠来宝扇，正可破混元锤，众位将军大悦。

是日，范大人吩咐排酒筵，与石御使接风。石玉是个性急英雄，即言曰："待小将破了混元锤再回吃酒的。"范爷曰："昨夜刘将军往劫贼营图行刺，要盗取混元锤，今天不见回城，谅得凶多吉少。他是粗莽之徒，不依劝阻。今石大人马上出敌，且探他消息如何？"

石玉应允，即领精兵一万五千，顶盔贯甲，命人牵回昔日领解征衣遗下之马，是骑熟脚力，登时跨上，气象岩岩，炮响关开。横持双枪两柄，大呼曰："西夏贼听着！今石将军特来候战，速唤薛德礼贼奴出营纳命也！"

早有小军报进，薛德礼立即上马提刀，带兵飞出阵前，大喝："小小犬儿，擅敢口出大言，且祭本帅大刀。"当头劈下。石将军喝声："好家伙！"使动双枪架开。老少各显强狠，斗杀冲锋，自辰时交至午刻，不分强弱。薛德礼自言："不好了！这员小小宋将，看不出有此利害双枪。看来难以取胜，不免又用混元锤伤他的。"将刀一隔，即带转马而逃，取出混元锤在手。石将军早已提防他，大喝："逆贼！又思用物伤人。"即持宝扇高张，一见锤飞来，轻轻一扇打去，真乃仙家妙用，相生相克，混元锤早已拨下尘土。薛德礼大惊，拖刀不敢拾取此锤，被宋队掠阵岳刚所拾。石将军拍马追赶，大喝："贼奴才休走!"正在赶上，忽有百花女冲出阻挡，双双接战。百花女一见石玉生得貌如美玉，比刘庆迥别悬殊，不胜羡叹。如擒拿得回营，胜刘庆万分矣。岂料这石玉乃仙传枪法，薛德礼尚且不能取胜，百花女焉能抵敌？顷刻被生擒过马。众西兵杀上，要夺回小姐，有宋兵万五千大队卷杀去，西兵纷纷倒退，自相践踏，死伤遍地，不成队伍，四处奔逃。薛德礼几乎被冲倒，哪里还敢杀上前夺取女儿。只得弃马杂于乱军中，招集回残兵一路回营。仰天长叹曰："不知那石玉是宋军中何等之人，好利害！破收宝锤，又捉去女儿，伤去兵丁万余，真可恼。也罢，待本帅明日与他决一死战的。"

不表贼营内事。且言石玉生擒女将回城，大获全胜。范爷大喜，记录功劳，即日又上本回朝。捆绑过百花女，他竖地立而不跪。范爷喝曰："反叛小丫头，今被擒下，敢生胆子，立而不跪!"百花曰："南蛮听着，奴非下辈之流，乃薛元帅之女。既被擒来，甘愿一死，岂肯屈膝下跪敌人。"范爷冷笑曰："尔乃一介小小丫头，倒也胆子狠大。吾且问尔，我们一位将军刘庆进尔营中，今在哪里?"百花女笑曰："好老面皮的南蛮，既云上邦中国，堂堂义师，因何效刺客之流？今不能抵敌，便希图行刺。已经被我们拿下，苦劝他投降不依，故现牢囚于后营中。"范爷听了，心头放下，明日且如此救出刘庆矣。石玉闻言曰："既刘庆被擒，现在贼营，待小将杀进，讨取回城，如何?"范爷曰："石大人休得轻躁。如今天色已晚，且待明日讨救他未迟。"又吩咐将百花女囚禁于中后营看管。

是晚，帅堂内外，大排筵宴，并犒赏三军，庆表战功，殷勤敬款石玉。范爷、杨将军大加赞叹："郡马一到关，即立战功，与狄王亲一般年少英雄。关上有四虎将军，今石大人有名笑面虎，且又加上一绣旗笑面虎，共成大宋五虎将军。惟同心协力，扫攘外敌，保国安邦，圣上之幸也。"石爷谦逊毕，又言："刘将军被擒去，定须明日杀踩贼人大寨夺回，方成全五虎。"范爷曰："吾已算度定，贼人捉去刘庆，谅情定不放回。幸喜郡马大人擒得百花女回关，不如明日以女易男，两相调换耳。"石爷曰："范大人高见不差。"

众人宴毕，石玉邀同李义、张忠来看狄青患症愈否。原来狄青染病已经痊愈了，然而精神尚未强健，故尚未出登帅堂，在着后厢安歇。即西贼来攻城，范爷不令人说知。当时一见石玉，惊喜交半，及问明，方知鬼谷师妙用。见过贤弟，又及关内事，方知元帅中锤，化血身亡。吓得神色惨变，不觉虎目泪下一行，长叹数声，心中烦恼。弟兄三人各各劝解，惜念患病不宜感伤之意。是夜，四人长说谈叙，直至天明。

是日，众文武官员在帅堂上正酌议破敌，忽军兵报进："贼将薛德礼领了大队精兵，指名石大人、狄大人出敌，十分猖狂。"石爷听了，冷笑曰："杀不尽的贼奴才！"言罢，即披挂盔甲，上马持枪。三万精兵，冲关而出。石玉飞马当先，大喝："贼奴才！昨天杀得大败，饶尔多活一天，还不自惜其命，退兵回去，早献降书，送还吾刘将军，便饶尔贼奴一命。可细想来！"薛德礼冷笑曰："小小人儿，休夸大言。尔若还了本帅百花女，吾即还汝飞山虎，然后会战也可。"石玉曰："既如此，且准依尔。"一边吩咐往后营放脱飞山虎，一边关内跑出女英雄。男女二人，各归本阵，面赧颜羞矣。当时薛德礼与石玉复又交战，一连百合，未定高低，两下军兵混杀一场。时已日沉西角，彼此鸣金收兵。

石将军带兵进关，与范爷、杨将军细谈西夏贼赵元昊强盛，自当今御位之初，至今用兵二十载，两相用兵，损去不下二百余万军兵，悯死良深可慨也。范爷曰："这是气运该当有此劫杀。即上数载，加以契丹北狄侵掠，损兵折将，亦不下百余万。惜乎真宗先帝时，不依寇准丞相之谋，当得胜之日，不要制其称臣，是机会之大失也，故至当今又不免侵凌之患。总之民不聊生，武夫之劳悴遭殃也。"三人正言谈嗟叹时，刘庆上前拜谢救脱之恩。是晚不表。

次朝点兵，昨天出战折去五百名。西夏兵营，一点起亦折去千多。是日狄爷忍不耐烦，竟出帅堂，对范大人言知出马。范爷曰："王亲大人贵体尚未痊愈也，须忍耐安歇，未可造次冲锋。"狄爷曰："薛德礼自兴兵以来，如此猖獗，晚生患疾中全然未晓。只深恨元帅死于西贼之手，如此惨伤，小将恨不能将此叛贼粉碎其躯。如非他死，便即我亡，并不暇及矣，哪里还待候得多天？且吾患恙已痊，岂可坐视，由得贼人猖獗？今且出城，定然见别高低。"范爷正要开言劝阻，忽军兵又报进言："薛德礼喊战，领了大队军兵驻附城下了。"狄青吩咐扛抬上金刀披挂，坐上龙驹。范仲淹、杨青二人阻劝他不住，只得差孟定国、焦廷贵、张忠、李义四将领兵接应。石玉又言："待我与彼掠阵。"焦廷贵大呼曰："尔众人勿忧，副元戎有名的仙戏，岂惧薛德礼强狠！"

当下狄青顶盔披挂，果也非弱。金刀一摆，龙驹连打三鞭，号炮一响，数万精兵拥关而出。一望敌兵，果也剑戟如林，排开阵势，喊杀如雷，锐气正盛。狄爷勒马抡刀，高声大喝："来者叛贼奴可是薛德礼否？"贼将曰："然也。尔是何名，通报上来纳命！"狄青大喝："夸口贼奴，死在目前，还敢大言。吾乃副帅狄青也。"薛德礼冷笑曰："本帅只道狄青怎生的大英雄，岂知一小微人耳。"狄青气忿喝声："夸言贼，看刀！"二将冲开坐骑，大刀架劈，火焰飞腾，叮当响亮，杀在一团。将及两个辰刻，惟狄青患疾后力气未足往常，看看抵挡不住。有石玉掠阵，一见狄青刀法将乱，急忙飞出，大喝："贼奴休得逞强，石爷在此！"双枪照面门刺进来。贼将薛德礼好生着忙，闪开大刀，急架双枪。金刀又起，当时薛德礼只抵敌得一人，哪里招架得两般军器？正要放马奔逃，大刀一慢，腿上早中了枪。喊声不好，狄青金刀一挥，中他肩膊，已跌于马下。焦廷贵赶上，割下首级，喝声："贼奴！前天杀败吾焦将军，又战我元帅不过，用妖锤伤人。往日狠强，于今何在？"

不言莽夫妄言。此日二十万西贼兵一见主帅身亡，军心惊乱，不战斗而四散逃生，不成队伍。宋兵数万，四边追杀。狄爷大呼："愿降者免遭杀戮！"内有逃不及者，多已投降。一睹杀死者，尸横遍野，满地流红，实惨然可悯。宋军所得刀枪、马匹甚多，扛牵回关而去。有百花女闻败兵报知，哀哀痛切，谅来父亲已死，抵敌不来，不敢杀去，只得弃了大营，领了男女兵数万，逃回西夏而去。

当日关内杨青老将提了百斤铁锤，与众小英雄领兵接应，抄杀进他大营，并无一卒，只得收拾遗下粮草、马匹、军器运回关中。范爷大喜曰："二位王亲、郡马大人，果乃国家栋梁之辈，永固宋室江山得倚矣。"狄青、石玉并谦言："哪里敢当！范大人过誉。得除敌寇，乃天子洪福，又得众位将军协助之功，非晚生二人之独力也。"范爷又言："王亲大人患疾后，元气未复，筋力先劳，还该将息尊躯才是。"狄爷曰：

“有劳大人费心。惟吾元神已足，行动如常了，不用介怀也。”范爷又吩咐焦廷贵将薛德礼首级号令于辕门。众将及兵卒各归营队候赏军功，刀枪、马匹、粮草各点归廨库中。又着令孟定国招令丁夫于沙场之上，将贼兵尸骸埋掩于间土中去讫。范爷即晚着排酒筵于帅堂中，与众将庆功。各营哨兵多有犒赏，惟助战得胜兵丁数万，倍加犒劳，金钱银牌赏格均沾。所赏项费、所用之项，自然国库奏饷开销，不须多述。众将开怀宴乐一宵晚，略叙休提。

次日，众将兵只因杀散贼师，解了城围困，正闲暇中无事，各归营寨。只有范爷、杨将军、狄爷、石御史四人在帅堂言及起杨元帅一生为国辛劳，年交六十，未得一日安闲，一旦丧伤惨死。想来出效力于邦家，身当武夫之任，睹此宁不灰其心？说起此言，众人均觉伤情感触。又言及起前月圣上有颁诏到来，言当今国母李宸妃娘娘，十八年前被郭槐唆惑刘太后，陷害太子，放火焚宫，今被包拯审究明，李后还宫，郭槐处决，有此天大事情。范爷曰：“当先王真宗自北征时至今二十六七载，先王起兵去后三年之际，果也火毁碧云宫，内监、宫娥被火灾，死却百十多人。言李宸妃母子已焚死在内，只付之叹息而已。其时我也官居知谏院，是目睹其事，惟怎知李妃逃难，越出宫闱之事？今将二十载，被包拯一朝究明，有此异闻，算他果也神智，非人可及也。”狄青、石玉二人并言：“吾是晚辈，此事是前二十载，毫不得知之。”杨老将军曰：“若云内朝火焚宫一事，也有诏旨得闻，计其时年，杨延昭老元戎终世二年，吾与宗保元帅俱已得知。但范大人在内朝为官，尚不知李妃逃难出宫，吾与元帅领守边关，自然不知的。”言谈之际，不觉日坠西山，又是一宵晚景，也无枝干别言，且看下回分解。

第六十五回 悼功臣加恩袭嗣 诏拜帅厚赏边军

诗曰：

英雄虎将敌人惊，力佐江山永保宁。

洪福当今添国彦，全师奏凯大功成。

不表边关众将言谈。却说朝中宋天子，一天接得边关一本，心下着忙。一者西夏大起雄师，二者狄青染病不起。又过五天，一本又到，吓得大惊，杨宗保一命遭殃，边关干将一殒，犹恐江山动摇不安。且喜石玉仍回，与狄青破敌有功。君王想来：杨宗保老帅在先帝时已职任边关，为国劳忙，历经三十载。藩卫邦家用武，并不得安闲，功勋屡著，一旦遭此惨伤，是折朕之栋梁也。天子龙目中纷纷下泪。是即颁旨往无佞府：圣上钦赐御祭，用以王礼；朝内文武官员俱服素衣一月；加谥耀武王；其世子文广，年方十七，应袭厥职加封绍烈侯。是居丧之际，又因年轻，不必到边关赴任，且随朝伴驾。

当日杨门一闻凶信，惊骇不小。穆氏夫人哀哀恸切，佘太君悲苦失声，众夫人垂泪相劝，解慰一番。是日少不免外椁内棺，王侯殉殓，烦用多般，不能细述。

不表杨家丧制。却言宋天子，只因杨元帅弃世，朝中武将虽皆分镇边疆，功臣世袭之子曹伟(曹彬子)、仲世衡老将二人，乃智勇兼备，惟其时北狄、契丹入寇多年，兵势甚锐，二将早已领守边城。即在朝吏部韩琦，亦已出镇延安府。宋天子只得加封狄青为天下招讨元帅。石玉一回关即破敌，立下大战功，加封招讨副元帅，同守边关。众文武官员俱加升三级。诏旨发往，下文自有交代。

当日宋天子追忆念老功臣不得安然正毙而亡，况勤劳王室有年，故特加恩敕旨：文武大臣往杨府致祭，代主之劳。忙乱一番，也不多表。

又言南清宫内狄氏娘娘母子，一闻狄青在边关又败西戎，立下军功，杨元帅已阵亡了，又颁旨授彼为边关正帅，母子欣然大悦。太后曰：“不料侄儿倒有此高强武艺，马上建立功劳，实乃先灵凭借有光也。”

慢语潞花王母子喜悦之言。又说庞国丈，自从李国母进宫之后，郭槐已死，心腹同党羽翼被包拯除去数人，是以凡事心寒了，权柄渐减却些。这日闻讯，想来：只因目下喜得杨宗保死了，那日老夫正在驾前保荐孙贤婿领镇边关，可称此职，免却狄青、石玉二奴才，得此兵柄权势，否则吾老夫休矣。当日圣上略有允准之意，无奈有富弼与韩琦两老匹夫阻挡圣上。二人言吾贤婿只可作文员之任，在朝伴驾耳，不合往边关当此战征之劳。又奏言狄青、石玉等乃年少英雄，又得范仲淹、杨青老诚慎重维持，屡次立功，敌人畏惧，合当拜帅，接杨宗保之任，方为用武之才。圣上不准老夫之请，只依二贼之言，真令人可恼恨也，又可哂笑。这昏昧之君，一接得边关本章，闻杨宗保死了，即便纷纷下泪的痛惨，连日设朝，并无喜色。吾想杨宗保死了，有什么干碍的？好不明昏昧，隆宠这班狗党。只今收除不得狄青，连及石玉也回关。前时只道在仁安被妖魔吞陷了，岂知又得仙人救去，一回关又立下战功，诏旨封敕副元帅。一班老少贼，联成一党，势大权高，教老夫算账他不来了。又思：吾女儿自进宫数年，圣上宠眷十分，说来之言，无有不准依。一自李太后进回内宫，不知圣上何故将女儿略略冷淡些。想必女儿与国母不相投机也，是以唆着圣上疏冷吾女儿，也未可知也。惟女儿不得圣上喜欢，老夫有机窍事与女儿通关节，思不准了，怎生是好？惟现今且喜包黑、韩琦等一班狠烈狗党俱不在朝，老夫把弄日中并不介怀畏怯，且待有了机窍，再行设施，定必弄倒边关这些狗奴才，方称老夫之心愿也。

正在自思之际，有家丁禀上，言：“孙大人、胡人人到拜。”国丈传命：“请进相见。”孙、胡二人进至内堂，国丈起位相迎，一同见礼坐下。国丈言道：“杨宗保死去甚妙，正在打点保荐贤婿往任边关。有富弼、韩琦两个老奴才阻挡圣上，反去保荐狄青、石玉二小畜生为正、副元帅。今被他于边关上联成一班狗党，老夫正在心烦，又奈何他不得。”孙秀曰：“前者奉旨复查仓库，正要将机就谋，回朝劾奏。不料圣上于半途召回，一场打算又落空了。”胡坤曰：“老太师且免心烦。我想狄青、石玉今已权高势重，谅情弄他不得，吾儿子之冤难以报复的了。”三人言论，只是闷烦着恼，按下休提。

却说勇平王高琼老千岁，是日接得边关贤婿之书，喜悦万分，方知贤婿上年虽被奸臣算计，果有妖魔陷害之事，又得仙师带上仙山习艺。今天圣上颁旨加封副招讨使，与狄青同守边疆，真乃妙！妙！老夫从此丢下愁烦矣。即进内堂，言知夫人、女儿。夫人与郡主真乃喜从天降。是日，一门父女叩谢上苍，喜悦不尽。即日高王爷命郡主修家书一封与丈夫，待交付赍本钦差，顺往边关。郡主欣然领命，是晚修书，也不多叙。

再表边关上，狄青与石玉对坐下私谈。狄青曰：“如今边关围困虽解，敌兵尽数勾销。今圣上虽乃仁贤之君，惟边庭武备不足，故契丹强悍于北方。今西夏赵元昊屡次侵扰，实乃朝廷立法不严，专主姑息，里宥奸臣，多搢作弊于外敌之过，而自削弱也。”石玉曰：“身当武将之任，恨不能于疆场马革裹尸，以报圣上知遇之恩。惟朝内奸佞，怎惜马上辛劳？只顾苟安一时，私着一身一家之计，那知君国危与不危的。想来真乃令人可恼，奸佞贼臣也！”狄青曰：“庞贼翁婿与胡坤屡次算计图害，恨如渊深。目下虽得身荣，怎奈奸党未除，而心实有未平也。”石玉曰：“小弟亦与庞贼有不共戴天之仇。惟目今乃庞洪当道盛时，借女庞多花得宠势头，想来未知何日得申报父之仇冤。若得报冤，即不为官，亦心如所愿矣。”

二人正言谈间，有范爷笑容满脸进帅堂，二将起迎。众将军又到，随同见礼下坐。范爷曰：“二位王亲与众位将军力退西戎贼兵，不日旨意颁来，狄、石二位王亲，定敕主帅之权。只可惜杨元帅一命升天，身遭惨死耳。”狄爷闻言，长嗟一声言：“杨元帅乃保国功臣，多年血战，未得一日安闲。劳当国务末年，身受惨伤，想来令人伤感也。”言毕不觉虎目中堕泪一行，感动起杨老将、范爷二人。只因与杨元帅戍守此关多年，乃情投意合，今言起一旦折去栋梁，也忍不住的纷纷下泪的。狄爷又道："范大人，如今杨元帅升天，老成谙练将帅弃世，犹恐西兵复扰。晚生辈乃无知少年，才庸智浅，难当招讨统领重任，还宜上本力辞。待圣上另挑老成别将为元戎，力当厥职。"石玉曰："哥哥高见不差。我二人一般少年后辈，怎能服得众三军？上本退辞为宜也。"范爷未及回言，有杨青老将军曰："不然。狄王亲、石郡马武艺非凡，智勇兼人，敌兵惧怯。立此重大军功，理当登坛拜帅之任。兵符统属，焉可妄让于庸劣之人？"孟定国曰："西夏贼人屡次被我们杀得片甲无回，料他再不敢轻视小觑我边疆了。"飞山虎闻言笑曰："事端不测，人所难料。虽然不是畏怯于他，到底也当防备，以免兵临再设施谋也。况他未有投顺表文，焉知他贼心皤悔否？不若待小将驾上席云，跑到西夏，打听这叛党怎生主见，以定虚实如何？"范爷曰："刘将军之言有理，须要小心。"狄爷又叮嘱飞山虎，须当见景生情，不可被他们看破机关，须要早去早回，休得耽搁才好。刘庆曰："小将理会得来，休得多虑。"

当时刘庆正要动身，旁有焦廷贵大呼曰："众人休得听信他言！昨昔往敌营作刺客，一遇见百花女即被其迷困，反被擒拿下。全赖石郡马出敌，将百花女活捉回关，方得调换而回。如今又到西戎地去，定然贪爱妖娆。当又被拿下时，如今更无别物可相更换的。"当日飞山虎听了一席妄诞之言，反羞惭得口也难开。石玉看刘庆羞惭，好生没趣，即曰："焦将军休得妄言多说，如今彼此有分也。前番刘将军粗心莽为，急思了决敌人，故有此失。如今只要小心，不可妄动，速去速回，以安众心是也。"刘庆曰："小将领命。"焦廷贵曰："况今敌兵尽杀个寸草不留，正好吃些太平酒，享些太平安逸福，因何尔众人又定必去寻些打仗交锋的工夫？莫非尔众人还嫌杀得这些敌兵少，不厌足，寻些来顽杀不成？"范爷喝声："胡说！胆大焦廷贵，军中无戏言，尔敢乱军规么？"焦廷贵曰："范大人休得着恼，小将乃是直言，并无勾曲的，奈何尔们不听的。待等刘将军被百花女迷恋了之时，方知吾焦廷贵之言真不谬也。"杨青冷笑曰："怪不得杨元帅在日，言焦廷贵是个呆痴莽汉，正办事只作小儿戏弄一般。只一味多言罗唣，只不分上下，弄唇翻舌。前时殴打了钦差，险些儿累及了元帅。若非包拯回朝公办，尔的吃饭东西也难保牢，看尔还得在此呀呀多言否？”众将官听了，人人忍耐不住的发笑不止。焦廷贵曰：“尔们众人言来，皆是至当公言，吾说的皆戏弄多言。从今吾闭口不言，像个木偶人一般。”闲语不多表，当下飞山虎辞别过众人，登时高驾席云而去。此事暂停。

又一连数天，有朝廷钦命官颁召旨到来。外厢传鼓咚咚响亮，狄爷传齐众将，一同出帅堂，吩咐大开正南城门接旨。早已摆开香案，天使开读诏书，敕加狄副元帅为招讨正元帅。石郡马一到关即立下战功，敕加副招讨元帅。张、李、刘三将战功多立，俱封将军之职。边关旧将俱加升三级，并颁赐厚赉甚多，不能一一细述。各军兵俱有奖赏。只因军功乃朝廷所至重，故其奖励甚厚也。敕命罢，元帅率众将与赵忠献钦差见礼。他官居参知政事之职，此位大臣亦忠梗之辈，史称赵爷，与包公并列，二者皆宋室之贤臣也。当时君命在身，召宣毕，即时告别。狄爷众人款留不住，只得殷勤送别。出至城外，相辞登车而去。

当时元帅、大小三军回进帅府，范、杨二人相见称贺。正、副元帅一同见礼坐下，狄爷曰：“今因杨元帅升天，又蒙圣上洪恩庇荫，敕旨忝居帅位，只忧才庸德薄，难当此重权。伏望范大人、杨老将军诸事指点，又借诸位将军褒赞成功。”范、杨与众将曰：“元帅二位立此大战功劳，今蒙圣上加封拜帅，甚合其宜。吾等皆借有光，实实合称厥职，二位元帅何用言来太谦虚的？”狄、石二帅称谢，言：“难当此重奖。”石爷又曰：“目今虽然兵解，还未得西贼降书。须当早备战策，各要协力同心，机随时转，制胜出奇，方不负圣上重托、杨元帅之遗志也。”狄爷曰：“石大人之言甚属有理，小心远虑，吾不及也。”是日两人相让，调遣将兵不竟。狄青乃正元戎，自然是他先发调众兵。但未知刘庆往西夏国探听得如何，且看下回分解。

第六十六回　守边关勤劳尽职　贪疆土复妄兴师

诗曰：

贪利终须败厥道，猖狂逞勇必凶危。

试看西夏偏邦主，辱国丧师有所亏。

却说赵钦差去后，是日石玉得接付搭家书，即晚自于灯下看观明，已知岳父母康健，郡主来书贺喜添欣。石玉自思：回关后已上家书问候，只因道途遥远，未得妹丈回音，未知母亲近日体健否？但今奉了君王城守重任，怎能忠孝两全的？

不言石玉思量。次早正、副元帅升坐中军帐，左右对坐大小文武。三军参见已毕，狄元帅拔令箭一支，呼唤道："张贤弟，有屈尔统领偏将十员，精兵一万二千五百，俱穿青衣青甲，在东门镇守。大旗上大书'虎'字，城上灰石、弓箭、滚木齐备。倘有敌兵举动，连声以号炮为警，西南北俱有照应。"张忠领令，立刻不停而去。元帅又拔令呼："李贤弟，尔也统领十员偏将，一万二千五百精兵，各穿红衣红甲，在南方镇守，红旗幡上大书'虎'字，倘闻号炮之声，各即接应，不容慢缓。"李义得令而去。元帅想来：焦廷贵乃任妄之徒，不堪当把守之任。但刘庆未回，且着他暂署权理，待刘庆回来，再行交卸是也。元帅呼曰："焦将军听令。"焦廷贵踩步上前，大呼曰："二位元帅，有何军令差遣？"元帅曰："北方尚缺领兵之人，只因刘庆未转回城，如今有屈将军代为把守北方，待彼回关，再行交卸。尔今领十员偏将，精兵一万二千五百，俱穿黑衣黑甲，在北门，黑旗上大书'虎'字。一闻号炮响声，即要接应，不得延迟。如违，定按军法，决不姑宽。"焦廷贵领诺而去。自言曰："难道我焦廷贵做不得领兵头目的？为什么偏偏要待刘庆回关？真乃看我不值毫厘之轻也！吾今只不来分辩，且待自守，有日兵权自属，那时独自成其功业，方显我焦将军非居人下者。”

是日，元帅分派已定，自与石副帅镇守正西。五万精兵，俱穿五色：青、黄、赤、白、黑。大旂旗幡，亦分五色。另建高大白旗，上大书“五虎卫金汤”五字，均看东西南北四门城上，真乃杀气冲天。一番号令威严，众将兵哪人敢不遵服？

不表中原主帅调兵。又言西夏王得报败兵，心头恼闷。只因一心贪图中国一统，故发差精兵猛将，只言锦绣江山唾手而得。岂知兴师有年，不料胜败参差，计来折去精兵百余万，勇将数十员。昨差首将薛德礼再攻瓦桥关，杨老将军身亡，只道大宋稳拿掌中。不意又出少将狄青、石玉等一班小奴才，均同猛将，杀得吾邦兵残将寡，孤心实有不甘。倘得一智勇兼备英雄领兵，再复搅扰他一番，侥幸得胜，即亲统倾国锐兵，杀进汴京城。倘若不能取胜，心下方休，然后度势而为，未为晚也。

言未了，部班中闪出一员凶狠武将曰：“臣闻中国狄青小将，善用一铜面鬼脸，吓死我邦上将无数；更兼箭法高强，故屡借二物取胜。今臣手下有部将二员，善于喊叫声，敌将一闻，犹如烈雷打顶，声似山崩，其人即心惊意骇，跑走不及。平日已于臣部署中试验，众将人人惊惧的。今臣愿领兵攻进宋境，以擒拿狄青。仗我主之威，胜之必矣。”元昊曰：“将军果有此二部将之能，即封为左右先锋，卿为统兵主帅，领兵二十万，往除灭狄青，以报御弟赞天王、薛元帅等之仇，少解孤心之恼。”当下孟雄领命，往传命教场中，点足二十万精兵，带了左右先锋：一名吴烈，一名王强；百花小姐愿冲头阵，要报复父仇。

按下西夏调兵。先说刘庆一连三天，席上云端，一到西戎地，早已探听得分明。当日于他营教场点兵之时，恨不能一落下云头，将他领兵主帅割下首级。只因一人本事纵然高强，怎敌得彼千军万马之众？倘有不测差迟，岂非又被焦廷贵耻笑的。况且当起行时，众人曾叮嘱不可莽为，中彼陷阱中，不免早些回去也罢。惟今算吾料测得准，果然今又兴兵侵扰。吾今早日回关，报知元帅，好待预备迎敌之策。遂不分昼夜的驾起席云速奔。

一到关中，只见刀枪密密，剑戟森森，旗幡招展，漫布兵丁，东西南北四门，皆是一般威模。刘庆曰："这又奇了，难道贼师早已到关攻打不成？我驾云，他步走，岂比我倍加捷速？谅来决无此理。定然元帅调拨将兵，在此镇守，故今队伍肃严，刀斧交连。待吾先从北门而进，看其动静如何？"只远远又见黑旗上大书"虎"字，尽是黑盔甲的军兵，不知何人在此把守。想来：狄青虽乃一少年，今杨元帅死了，他为副元帅，果有武略将才，调度有方，怪不得杨元帅敬重于彼。是时嗖的一声，飞进城垛。守城巡逻军一见，认得是刘将军，打听军务而回，即去报知焦将军。

有莽将想来：刘庆必然是跑走回家，耽搁数天，焉得是打探西戎消息？待吾顽耍他的，然后禀知元帅，交卸此北门与他。想罢，呆头呆脑的跑上城垛，喝声："刘庆！尔回来的，好胆子，不令人早通报我。命尔往探听西夏军情事，且一一禀明于吾焦老爷得知。"飞山虎闻言，顿觉惊骇。因何焦廷贵出此无状大言的，凌喝于吾的，何故也？即呼曰："焦将军，尔今领兵在此么？"焦廷贵曰："刘庆，尔还未知其详。自那日尔动身去后，圣旨下来，敕封狄王亲为正印元帅，我又敕封为副元帅。尔不该如此怠慢，不敬吾副元戎，有失军威的。"刘庆曰："焦将军，果如此？抑或尔妄言哄我的？"焦廷贵曰："谁来哄尔？且观几员战将归我管下，数万精兵由吾调发，难道是假的？"飞山虎曰："但不知圣上颁来旨意，末将的名上有升提及否？"焦廷贵曰："圣上诏旨全然未有提及尔之姓名。想必尔无名小卒，一撇丢开，只好做个军前巡报的探子耳。我当初原教尔不要去打听的为高。如今且在我帐前做个当差得力之人，有功之日，候再升提罢。"刘庆听了，好生不悦，曰："岂有此理！难道我刘庆只做个探子当差之辈？吾自愿隐藏，做个耕农园圃，无忧无虑，以度光阴。何苦强在军营，效力疆场，危地争锋？"焦廷贵曰："刘将军休得动气。到底尔打探得西贼军情如何，且说知明白。待吾送交帅印，让尔统辖军兵，我却在尔麾下听令，全凭差遣。这便如何？"刘庆曰："此言差矣。尔承圣上敕命官爵，怎计得过别人？待我说知西贼之事。可笑西夏主不知见机，从新又兴动大兵二十万，领兵主帅乃孟雄，更有二位先锋，百花女将为头阵，不日杀奔到来。"

焦廷贵曰："如此，果也元帅虑得到。尔也算打探得分明。看来这副元帅只好让尔做的。"

当时焦廷贵说得糊糊涂涂，飞山虎听得将信将疑，尚未知底止如何，且待通报了正元戎得知，方为正理。焦廷贵又呼曰："刘将军，尔可在此管辖众兵，待吾与尔报知元帅。"刘庆曰："这是不可！尔乃执掌帅印之尊，如何教吾代管，敢当代报的？待吾自进帅堂报禀，方合宜也。"焦廷贵闻他此语，只得听彼自进去了。

刘庆一路想来：这焦廷贵言此说，只道当真封敕为副元帅，故今统领将兵在北门保守。一心思量不悦，气忿不平："因何兵符副帅属了此人？这样蠢夫做什么元帅，如何提兵调将？呆头呆脑的莽匹夫，岂不败坏了大事。如此圣上也非知人之聪哲也，此职权真乃错交此人的。况即今西夏元昊又起大队雄师到来，又有一番狠敌，看尔怎生发调众军。"又过东门，只见高高扯起青旗，上书"虎"字，众将兵青衣青甲。又见南红西白，四方城门俱有将兵把守。

刘庆进至中堂，正要通报，忽又见圣旨下来。原来狄青少年，尚未结婚。范大人有小姐，正当及笄之年，超群美丽，范爷久已留心于狄英雄，故前月附搭上本，奏闻圣上，求君王作主，不由狄青不依。又觉面对难于启齿，故并未发言知狄爷。今宵圣旨一下，范爷早已明白，又闻诏旨允准钦赐联婚。一番朗诏，范爷喜色洋洋。狄帅想来：军务未完，那有闲暇心议此婚配事？当日狄爷辞谢推却，范大人笑曰："此乃君王美意，理当早谐花烛。小女虽然不才、陋质，下官不及仰攀。但念旨命难违，乞允小女权执箕帚，王亲大人休得推辞。"当日狄元帅不便执意推辞，只言："虽蒙大人过爱，圣上隆恩，但今军情事急劳忙，且待兵退稍暇之日再议可也。惟有劳大人即可具本奏复圣上，晚生也有本章达呈。"

当时，赍本钦差乃杨元帅之子杨文广也。他在朝奏知圣上，要到边关助敌，建立武功。天子见他虽乃少年，实乃将门之裔，是以准旨允请，并颁旨附带范、狄联婚之事。当此会见正、副元帅、范、杨等众位将军，齐同见礼下坐。又有飞山虎到来，将西夏兴兵之由一一禀知。狄爷曰："范大人，可恶西夏贼复又兴动干戈，如今且理明军务，再订婚姻便了。”范爷闻言无奈，只得允肯，暂停姻事。连夜修备本章，差人赍送，狄元帅也备附一本，达呈圣览。

话分两头。却说西夏将孟雄带领二十万雄兵，左右先锋攻冲头阵。一到边庭，探子报上，已离城不远。孟雄吩咐于五十里之外安营，不表。

再言宋将刘庆，是日回关，已领守回北城，方知焦廷贵是满口胡言的狂妄之徒。

忽一天，探子报进，贼将带兵攻城。狄元帅一传令，众将候差，真乃明盔亮甲层层密，五色旗幡色色新。当时元帅差发刘庆往冲头阵，着焦廷贵去助阵，叮嘱小心为要。

二将领兵二万，炮响出关。刘庆一马飞出，大喝：“杀不尽之贼奴！可恶的西夏狗主，败而复来送死。一班逆党，今日休思逃脱了。”西夏贼吴烈大怒，不回言，一铁棍打去，刘庆大斧急架相迎，战杀一场。吴烈不意大喊一声，实似天崩地裂，马也惊退数步，地也震了。刘庆不预意，早吓得几乎跌于马下。这吴烈是惯家，趁敌人一惊，手略一慢，即一棍打下。刘庆早已席云起上空中，已将马首打碎，跌扑尘埃。焦廷贵一见大怒，喝声：“狗奴才，休得逞强！”一棍打去。吴烈接马交锋，各逞强狠。一连冲杀数十合，焦廷贵一生狂莽凶狠，虽非惧怯敌人，但本领欠三分，一刻抵敌不过，心中着急。想来：可恼飞山虎，吾与尔掠阵助战，岂知一跑上空中，脱身而去。贼将又利害不过，如今不妙了，果然抵挡不住。却被敌将铁棍略打在肩上。焦廷贵侧身一闪，已打中手腕，只手打得血滴淋淋，大喊一声：“不好！”忍痛拍马奔逃。贼兵呐喊如雷，追杀上来。宋阵上，张忠、李义押兵奋勇杀上，贼兵散乱奔逃，却杀去数千。吴烈大怒，又来争战，大喝一声轰响，宋兵吓得倒退回，不敢追杀。只有张忠、李义亏得尔倚我靠，不觉惊骇杀上，刀枪并刺，吴烈贼将不能抵挡得两般军器，只得复喊一声。当时二将听喊了数次，全然不惧，吴烈只得败走。又有王强截杀，上前助战。四将杀在一堆，胜败未分，不知如何，且看下回分解。

第六十七回　美逢美有意求婚　强遇强灰心思退

诗曰：

凶危逆德是鏖兵，何故元昊不忖情？

古训贪狠多败戾，回思失利是攻征。

当下大宋、西戎四员虎将，战杀得烟尘滚滚，各逞奇能。正在不分胜败，王强忽地大喊一声，比吴烈倍加响震轰天，二匹战马跳跑惊慌，张忠、李义几乎跌下尘埃，心下慌忙，刀枪略慢。狄元帅在旗下，对石玉言："二将稍弱，且收军为上。"石玉曰："狄哥哥小心慎重，甚合行兵之法，且收军罢。"即下鸣金。张忠、李义即带兵而回。西夏二将也收兵回营。

张忠进关，呼曰："元帅因何一刻收军退回？"元帅曰："二位贤弟未知其详。吾与石弟看来，两名西将本领强狠，一时恐二位贤弟有失，况焦廷贵先已受伤。想来二贼将是劲敌，然行军是莽为不得，兵骄必败，为将者小心持慎为要也。今且收兵，明日别作良谋。吾等同心合志，何惧西兵强盛哉。但尔二人劳苦半天，且往后营将息也。"二将谢别二位元帅而去。只见焦廷贵已在帐中，呼叫疼痛，只怪刘庆走脱，不上帮助，自逃去了，至吾一人抵敌，故被贼将所伤。当时用止痛药敷上，略略将息睡去。

不表三人后营安息。又有刘庆至帅堂缴令，曰："小将奉令出敌，不意贼人大喊之声甚觉利害，彼吼闻时犹如天崩地裂之声，烈雷霹雳之恐。小将驾云走快捷些，战马已被打碎。有此利害奴才！"元帅曰："胜败乃兵家之常，何须挂齿。刘将军且退，明天出敌，自有败敌之谋。"刘庆诺退。

不表宋军归队伍。再提贼将两英雄，收集兵丁，计点折去军兵八千余人。一进大营来见元帅，言知交锋情由："初阵打退二将，一将飞跑上云头。第二阵又冲出两员宋将，本事高强，不畏哮咆喊声，杀个平交。只因宋兵甚锐，反伤去军兵八千之数。今日只作败阵奔北，望元帅恕罪。"孟雄听了呵呵冷笑曰："二先锋休夸奖宋兵之勇，灭自己之威风。尔且看本帅明朝亲临出敌，自必取胜，尔二人方见吾言非谬也。"当宵晚景休提。

至次日，西戎主帅点挑精兵五万，带领左右先锋，百花女也后阵随出。一至关前，喊声连天。宋阵中狄元帅冲头阵，左孟定国，右沈达，中佐石副帅，精兵三万。杨文广押掠后阵，飞山虎暗驾席云看观战场不表。

炮响出城外边。主帅会敌，二马交锋，各逞平生技俩。西夏阵中，飞出左右先锋，宋阵中，孟定国、沈达也拍马接应。后面百花推动兵丁数万，杀上宋阵。后阵杨文广小将军也掠押宋兵杀上。此战将有将逞能，兵有兵斗勇，杀得征尘四起，雾锁长空。喊杀声音大振，两边战鼓不断，如雷催杀。

当时两位元帅兵刃交加，格杀本事相均，尔不饶，我不舍。狄爷曰："西夏将也有此本领，杀个平手，不免用穿云箭伤他取胜也。"当时大刀一隔撇，正要取出宝箭，只闻二员敌将大吼一声，真觉震天响亮。狄元帅也觉心惊，收回宝箭，复又斗杀。但王强、吴烈是个躁力，全凭混气元神强逼精力喊叫，过一刻渐渐力疲困了，必须又要弄顿气息一会，方得叫响如初。更加力气不及足，故筋疲力竭之际，抵敌宋将沈、孟不住。又有孟雄与狄青杀个对手平交上下，石玉一马飞出，大喝："逆贼休走！"双枪刺进。孟雄闪开，大刀斧钺一挡，三马交腾，兵刃飞响。孟雄怎能抵挨得两般军器，实觉两臂酸麻，不走性命休矣，拍马招兵而逃。狄青指挥众兵追杀，西夏兵见主帅一败，心慌忙乱，抵敌不能，四边奔散。后阵百花小姐一骑飞出，杨文广小将军悉值拍马冲迎。二骑对面，百花一见宋阵上一小将军，生得像粉装玉琢，心下惊骇，细细一瞧，只生得：

两道秀眉分八彩，一双美目有奇神。

五官六腑多端正，错认仙童下俗尘。

杨文广亦是翩翩少年，一逢美丽，未免留神注意，将百花小姐一看，果也生成一朵娇花之艳：

媚眼一双澄湛美，两眉弯月线丝长。

琼瑶山萸樱桃口，体态风流迥异常。

当时小将军看女将生得似玉如花，想来：不道西夏外邦西域边夷，也有此绝色佳人，这也奇了。看来吾中土可赛并此女之花容者亦甚希矣。

当日百花女呆呆看着小将军，生得丰采，瞧看入了神的赞羡。只闻两边男女兵喊战，二人方醒悟是交兵阵前。各通姓名，百花女方知此小将乃杨元帅之子。久闻杨元帅威仪凛凛，穆氏夫人美质无双，是以此位杨公子美貌如斯也。惟思奴的母亲早丧，随父南征，父又遭败丧于沙场。故国又无弟兄亲属挂怀，不免归投中国，得匹配此位小将军，足胜为后了，是一生叨福无涯，有何不妙？想罢，男女冲锋，不上十合，小姐拍马诈败而逃。一奔至郊外无人之所，即抽转马头，杨文广追至，催马数步，大喝：“小贱婢休走！吃吾一枪！”言毕，照面门刺去。百花女长枪架定，呼唤：“杨公子休得动手，容奴奉告一言。”

又另言飞山虎虽不奉元帅将令，众将兵出敌时，彼已起在云端。当下只见众将兵人人得胜，心中暗喜。正要跑下助战，只见杨公子追赶百花女，远远飞跑。他一想来：杨公子虽乃将门之子，但百花乃一员利害女英雄。况公子年轻，初出敌见阵之人，逞勇赶去，不知进退，万一有失，即不妙了。是以刘庆在云头一路随他跑去。只见百花扣回马，打拱于公子。刘庆早已会其意，知他一心思匹杨公子。只因前番被擒拿下求匹偶，是故今心中明白。只闻百花女呼声：“公子，奴今本国父母俱亡，国王大势已瓦解，实有心归顺天朝，亦预早自为之志，未知公子肯容纳否？”杨文广听毕，言曰：“尔若果真诚降伏，我亦体念众军好生之德，并不深究。但尔今即欲随吾回关，待吾达禀元帅，抑或尔回营做个内应，以破敌军。”百花当时欲言又止，但四顾无人，只得言曰：“公子，奴实立心归宋，惟思己乃一青年弱女，无可为依。今实欲上托微躯于公子，未知尊意如何？”杨文广听了怒曰：“尔乃青年一少女，缘何不知廉耻？岂有不凭媒妁之言，未由父母之命，而私婚姻者，有是理乎？尔虽乃美丽超群，亦何所取哉！”当时百花女听了，羞得玉脸上浮泛桃色，半晌无言。只得又呼曰：“公子，奴非贪淫贱行、理上不分明者。然为终身无所依归耳，故忍垢含羞言此衷肠情中事，又不能实托他人为言，伏望公子谅情鉴察。”公子未回言，飞山虎落下尘埃，反吓得二人一惊。刘庆笑曰：“杨公子，既然小姐一心归顺我邦，尔亦何妨顺情俯就？况尔二人乃青年美质，实百年伉俪相登。”文广曰：“刘将军之言差矣。他既云青年少女，也不该阵上言婚。既不畏羞惭，便为淫行之女，何足取哉！吾去也。”催马回关而去。

刘庆曰：“小姐，尔既愿一心归我天朝，公子婚盟一事，多在末将担承。尔今不必畏羞，方才尔心事之言，我已洞知，不必隐讳。小将虽然一粗莽之夫，但一心公正，并不虚言，断不耽误尔两人佳偶良缘也。”小姐正羞愧得面色遍红，又闻刘庆言婚配事，他肯一力担肩，况前言早已被他听得明白，只得开言告曰：“叨蒙刘将军如此鼎力相扶，奴感不尽海涵之恩。我今回营，做个内应，以立寸功。惟专望将军帮持，以成就奴初心归顺，勿虚所望为感也。”飞山虎允诺，又言：“此事末将定必一力缀成，小姐休多过虑。如此请也。”仍驾席腾空而去。百花不觉称奇异，曰：“宋朝有此异人辅佐，实乃真命之君。我偏隅微弱小邦，妄想侵扰，岂不损兵折将乎？但今刘将军许我缀成公子匹配，未知应允如何？倘姻缘该配合，千里也牵丝。”一路自言，回营而去。

单表刘庆回进城中，细将此事达知元帅众人。有狄元帅询曰：“但未知杨公子意见若何？”文广曰：“彼乃外敌偏邦之女，况于阵上订婚，未禀母命，焉可行之？望祈元帅休听刘将军之言。”元帅未及答话，有范爷微笑曰：“此乃成功匹配美事。此女今愿归降为内应，目下可以一战成功。既是人材美丽，老夫定为贤侄执柯，奏明圣上作主。尔休言阵上招亲为非理，即杨元帅亦乃阵上招亲于穆夫人，是老夫所目睹也。贤侄休得多疑。”杨青笑曰：“范大人真好记性也，又将元帅四十余年招亲之事提说起来，令人可慨叹也。想吾老杨，自随延昭老元戎领守此关，算来已有六十二载。人生在世，犹如大梦一般耳。回头一想，吾年已七十八，岂非光阴迅速乎？吾劝贤侄休得推辞此段婚姻美事。范大人必不误尔于不义也!”众位将军闻言,人人感叹。又言:“老将军之言是也。”尔言我语,杨文广也不强辩。狄青也会其意了,言:“此事须待小姐归降,是必奏知圣上,再有书达知穆夫人,然后可也。”公子曰:“二位大人与元帅之言未必理上有差,小侄哪敢不依?”范、杨听了喜色欣欣。是夜只因大胜敌人,少不免犒赏众将兵,也无烦说。

只说孟雄败回营中,计点折去二万余兵,受伤残疾者万余,二将又战败。看来难以取胜,不如带兵回见夏主,禀明求和为上。吴、王曰:“元帅不可因一败便灰了心,不若明日再决一死战如何?”百花曰:“不可!两次出师,看来不独狄青智勇,即众宋将人人俱是年少英雄,兵精将锐,料难取胜,不如投降为上。”孟雄曰:“小姐高见不差,明日整备还邦矣。”当夜膳用不表。

次日五更,夏营正要拔寨登程,忽一队军马来投伙。此人是牛刚,在大狼山自与牛健分手后,又想起杨元帅,只忧他来征剿,故带兵回磨盘山。忽遇庞兴、庞福,三人合为一路,日在磨盘山打劫,又到各处居民村庄抢夺。李继英是五云汛千总,张文是守备,二人几次打退他。想来三盗为患不浅,有害居民。是日二人一同离汛而来,禀元帅动兵征剿,不思牛刚三人来投了西夏。当日孟雄正在打点动身回国,不意中得此数万兵又来投。三将初时还疑宋人奸细,问及起,方知乃本地头强盗,故收录下,从新整兵,离营尽数而出,单留一万与百花女守营。

却说狄元帅等在关前,是日有巡查军士,拾得百花小姐箭书一封,方知磨盘山强盗投到西夏营助战。狄爷对石玉曰:“此乃疥癞之疾,何足惧哉!”忽又有继英、张文赶到,要请元帅发兵征剿山寇,二人不知他等降了西夏。元帅即说明白三盗原由,张、李大悦,曰:“此三盗合当灭除。不劳动一兵,更妙也。”

是日,一闻报西夏讨战,二位元帅即分派四路军马迎敌,另点一旗暗抄后面,踏破敌营,待他败回,无有归宿营盘驻足。分拨已定。不知宋、夏胜败如何,却看下回分解。

第六十八回　因兵败表求降附　赐婚配赉赠团圆

诗曰：

历数惟归有德君，逆天好杀必伤军。

将亡兵败初幡悔，方信贪狠是祸根。

却说宋营调兵，元帅拔令一支，着张忠、李义领兵五千抵敌头阵，又令沈达、刘庆领兵五千，抵敌二阵，尚有焦廷贵前天受伤未痊愈，又令岳刚、牛健领兵五千，抵敌三阵，李继英、张文抵敌四阵。当时即发兵一万，与小将杨文广，放火烧焚西夏大寨，待他败回，并无屯扎，以成一鼓而擒之势。分拨五路军马已毕，两位正副元帅各带兵五千，攻击中军。

即日吩咐放炮开关。是日两边军马不约而同，亦是分路而出。张忠、李义二人头阵，两马飞出，五千锐兵喊声如雷，杀进阵场。正遇吴烈挥兵，混杀在一方。张、李弟兄，奋勇动兵，吴烈抵挡不得两般军器，逃走不及，已被杀于马下。一万西兵见主将被杀，惊得四散奔逃。宋兵杀上，死者甚多。

不表张、李得胜。又言王强押兵一万，正骂战间，有刘庆、沈达领兵，二马飞奔，不问情由，双刀并举，王强急架相迎。宋兵卷地杀上，西兵怯惧，早已立脚不定，喊走奔逃。王强押止不住，又抵挡不得两人，只得拍马而奔。沈、刘二将哪里肯放纵，正追杀之间，张忠、李义一见，抄杀过来，把截去路。王强着急，只得兜转马。刘、沈赶至，双刀了决归阴。尚剩西兵数千，尽皆投降。

又说岳刚、牛健领兵五千，正遇牛刚率兵一万而来。牛健大呼曰："兄弟，尔今做了西夷人否？"牛刚曰："哥哥，尔做了宋朝高官未?"牛健曰:"虽非做了高官,只不忘父母之邦耳。见笑于古人者,中土而投降于外也。一向既为兄弟,尔未投降于外邦,尚有兄弟之义,为兄尚有劝谏尔之言。今尔既投顺外邦,即为敌国之仇,弟兄之义绝矣。今日刀枪之下,断不容情,以私废公也。"言毕,大刀一起劈下来。牛刚呵呵冷笑,一枪架定,曰:"哥哥乃大英雄之度,兄弟也不怪尔也。"二人动手杀将起来,本领不相上下的平战。岳刚住马,不明二人说的言辞何意,只道牛健劝此人投降,岂知言罢,一阵杀起来,不分胜败。岳刚拍马一推,大刀挥动,牛刚实挡不住两般兵刃,手略一慢,却被岳刚一刀砍为两段。宋兵杀得西兵星散很多,岳刚二人催兵前进,也且不表。

再言继英、张文领兵五千,攻过第四阵。二马当先杀进,正逢庞兴、庞福二人,排开一万西兵,扬威耀武。继英大喊:"该死的狗强盗,也有今日送死之期!地头百姓被尔狗畜类辈残害不少,今日正罪盈满贯之时,自投罗网,正好赏尔一刀!"二庞不语,刀斧一起,张文、继英急架相迎。杀了半刻,庞兴弟兄本事低微,哪里抵敌,早被张、李杀死于马下。西兵被杀得七零八落,纷纷逃窜。单剩得中军主帅孟雄,提柄大刀,抵住中原两位正副元帅。看看抵挡不住,又只见宋将纷纷杀至,人人俱拿首级,部下兵丁四散,方知不妙。那里顾得败残兵丁,即闪开刀枪,拍马而逃。数万精兵,十不存二三,降的降,死的死,全军覆灭了。

又提杨文广领了一万兵丁,一至夏营,正在喊杀放火,有百花女即跑出营前,一见杨文广,便呼称:"杨公子,且慢用火。内有马匹、粮草颇多,况有兵万余。不若将粮马带运回关中,有何不美?"文广曰:"小姐高见不差。"百花女回营,大呼众兵:"今日元帅大败,逃回本国,尔等愿投降者,免遭杀戮。"众兵皆曰:"愿降!"百花女吩咐,尽将粮草、马匹、辎重齐同搬运出,文广方命人放火,将大寨前后尽皆焚尽,同百花统挥投降兵,一程回关去。

又表宋之将兵,人人得胜,宋帅鸣金收军回关,众人献功,单有不见了杨公子回关,元帅心里着急。有飞山虎笑曰:"人人对垒者,尽是军兵敌将,只有杨公子领兵去焚毁营寨,守营者乃百花女。小将昨天看测，公子言虽推此婚盟之事，然心实有所愿也，故我敢决于一力担承百花女之约。今未回关，彼必与百花女知会，合兵而回矣。元帅何须多虑。”范爷微笑曰：“此事被刘将军猜着矣。百花女晨早有书来，说明磨盘山强盗投进西夏。今百花女守营不出，公子今奉令往焚破敌营，测度其理，定必不久合兵而回矣。”元帅曰：“虽然如此，只为杨公子乃杨门接嗣贵公子，非别将等比也，万一有失，即不妙矣。不免着刘兄弟出关探听如何？”

当日飞山虎正领诺抽身，有军士报进：“杨公子并投降女将领了降兵万计，现在辕门。”元帅等大悦，即着请进，一同见礼下坐。当日元帅对范爷说明：“不若将百花小姐送至大人府中，待等赵元昊纳降之日，一折奏知圣上，以待公子完婚。大人尊意如何？”范爷曰：“元帅之见，理之所宜。”即日驾车送百花女到范府闺阁中，与范小姐并同处下，也且慢提。

是日正、副元帅将众位将军的武功一一酌量注明，少不免是夜通排筵宴，合城大小三军俱有犒劳，畅叙交酢，至更深方罢。只为当日已将敌人杀败逐讫，逃走回邦，士卒俱已投降。故一夜各将士兵丁虽用酒过多些，也不妨有碍军情。

不表当晚宋营犒劳排筵。再言西夏孟雄逃阵而出，指望回营与百花女收拾众兵归国，奏知夏主，言大宋将兵精锐，难以取胜，谏劝国王求和于宋君，以免屡次损兵折将之意。只一到了大营，又见火焰冲天，吓得心下惊骇，不意宋人又焚毁大营，兵卒不留一个。想来：不知百花女逃走回邦，抑被宋人所害？长叹一声：“不知大宋有此能人，杨宗保既殁，又生出狄青几个英雄。但本帅悔不当初恃勇，领了夏王之命，统兵二十万，战将数十员。如今剩下几百残兵回邦，真好羞惭也！”

此行非止三天两日程途，水陆难以琐言。忽一天，归至本邦。次早国王设朝，孟雄入谒领罪，将兵败情由一一奏知。夏王听奏大惊。当日孟雄俯伏谢罪，只求夏主开恩。夏主曰：“卿家平身，此非尔不用意，不忠于孤。只因狄青兵精将勇，果以用智力，实难与争锋。卿且回家养息一月，待孤家赏劳。”当时孟雄谢恩而出。夏主又与群臣酌议，众臣皆言："大宋将兵英勇，难以动取得彼江山。如今我主屡次兴兵，扰侵他土地，倘彼乘得胜之师，到来征伐，原理曲在我邦，他出师有名，未见我邦之利。莫若趁早他兵未至，而先下了降书请和为上策也。未知我主圣意如何？"元昊曰："众卿所奏有理。事有不可为而为之者，如今由于不得已，且修备求和表文，打发文武员进关见狄青等，一并附呈宋君可也。"

是日，夏主端了表文，传旨于库中，取到金珠土物，用车辆载起，然后封赠过阵亡将士，赏赉孟雄军劳。这是败军之将，原该有罪，而夏主反厚赏之，虽与法律有不当之处，然量力不能与争，是略去罪而加奖，故臣下感德，而后还有肯为国家出力臣很多，是夏主厚待于臣下之验也。闲言不表。

当日夏主备下降表之书，并金珠土产之物，差文武员各一人，即日登程，望边关进发。非只一日程途。其时西夏强狠，一连寇宋二十余年，今已略悔初心。只因自兴兵以来，损折去猛将数十员，雄兵百余万，粮饷困竭，其心方息也。

再言边关正、副元帅酌量："谅必西夏兵竭将疲，不敢轻睹我们了，想必求和于我邦矣。"石玉曰："可恼西夏屡次兴师，侵犯边疆，如非各智勇之臣，分镇西路边城，则山西全省之广，非朝廷之有矣。"范仲淹曰："其故非今日之患也。始初酿成者，只因吕夷简专权，圣上又务姑息为安，奸佞夏竦、晏殊共相济党。夷简之恶，君子正士纷纷贬黜，西夏聚兵于西北，遂成后日之患。斯执政之偏公，论所难泯。惟奸佞只图私己之利，岂顾后日遗秽，是目乎！"众将听毕，莫不感慨咨嗟。元帅是日备修本章，刻日差武将孟定国赶回朝中，达呈天子。

其时包公已完赈饥之务，复命还朝。此日天子设朝，孟将军达呈表奏，俯伏金阶。本章上大意言：西夏复又兴兵二十万，攻进边关，已被杀败逃回。遂将众将某人某人武功，一一疏明。又有百花女美丽超群，一至关即降伏，与杨文广订结盟婚，亦有战功于本朝。是至臣等允其降伏，然于招亲一事，臣不敢自专，恭候圣裁之意。天子观罢奏章，龙颜大悦："战却西戎贼师，乃寡人之幸也。既然女将美丽超群，投降而有功于国，正该与杨文广匹偶。待寡人作主，赍旨往边关，加升众将武功。然狄青职司主帅之任，不能离关，即于关内与范氏完婚。杨文广年轻，况杨门人口已缺少，且同百花女回朝归府完婚。边关将士俱加爵禄。”即着孟定国颁旨回去，不用别差钦差往返。传旨：“暂回杨府安顿，候旨回关。”孟将军谢恩起来，退朝。

次日，有黄门官启奏：“西夏国差使臣，有求和表章并土仪之物上贡吾王，现午朝门候旨。”嘉祐君王传旨：“宣进使臣官。”当下一文一武进至金阶。只见两班文武，人人侍立，个个鞠躬，威严气象，中土外邦迥别悬殊。二使臣官俯伏下，战栗呈上表文，略曰：

西夏臣赵元昊表奏圣主御案前：罪臣不自忖度，不迩偏思，弱邦危主，数数妄动干戈，有损天威临莅，罪归于臣，无容分辩。第臣固不德而妄于犯上，然臣之臣下武夫皆恃其强暴，百般唆诱妄劝，动以兵戈。臣敝于聪而不加毫察，利欲心一动，至兵越上邦境界。究不深思普天之下莫非王土莫非王臣之训欤。迨雄师丧于疆场，暴将亡于越境，方知猛勇，幡思兵凶战逆之戾。兹伏乞仁圣泽被万方，恕臣罪愆。臣当世守臣节，历悔初心，敢再萌妄念。兹奔贡献，恳鉴微诚。僻境遐方，惟呈土物，冒渎天颜，曷胜战栗，冰兢之至。

嘉祐君王览毕，天威和霁。又见附表后其贡土物，乃珊瑚、玛瑙、沉香之类，外有赤金五万两。宋君曰：“外邦使臣平身。”文武二人三呼万岁起来。君王曰：“二卿家，尔主赵元昊屡年妄动兵戈，理该征讨。今既知罪悔过，寡人且免究，许其自新之路。二卿家还邦去达转尔主，自今须要永守臣节，各分边界，不宜再妄生心。倘再蹈前辙，朕断不姑贷也。”二使臣俯首呼曰：“仰感圣主洪恩，扩括海涵。微臣君臣感激无疆，焉敢复怀邪念，以负圣恩？”当日宋天子券册元昊为夏国王，厚赐使臣，着他即此还邦而去。自此宋、夏相和，不复用兵。

按史：是仁宗癸未三年，而西夏平伏，后传至第九主，至宋理宗宝庆三年，元灭之，与金同亡。此是后事，休多烦表。嘉祐君王次日传旨，颁至边关。

又言孟定国回归杨府，达交公子家书一封与母亲。穆氏夫人与佘太君大喜，曰：“杨门有幸，出此将门之裔。今已立下战功，圣上敕赐完婚，更仰荣光也。”是日，天子敕旨：“孟定国复回边关。”刻日拜辞佘太君、众夫人，登程而去。

数十天水陆程途，方回至关。小军报进，元帅着令传见。孟定国言启：“上有旨命赉颁。”元帅命排班接旨，仍是孟定国宣读旨意大略：狄青加升公爵，范小姐诰敕一品夫人，吉日在关完婚。加升石玉为侯爵。张、李、刘三将入五虎振国将军。孟定国升威武将军。焦廷贵升威烈将军。岳刚升忠勇将军。沈达升义勇将军。杨唐封参将。张文封轻车都尉。继英封都司。投降牛健封千总。杨青加授龙虎上护军。范爷召取还朝，入阁拜相。其时因吕夷简被谏院众臣劾他专权误国，弃逐忠良，他亦知难掩公论，辞相位而致仕告退。宋君准旨，故召回范爷入相。

又表杨文广袭父王爵极品，不复加升，只诰敕百花一品正夫人，回朝完婚。当日副将、偏将以下百十余员，只论功升爵，一一不能尽述。厚赏众兵之礼，也不纷烦交代。狄青当日只得遵旨于帅府完婚，大设筵宴。大小三军、众将士庆叙，俱沾天子颁赉之恩，也不烦提。次日，杨公子奉旨回朝，范爷同往，拜辞正、副元帅、众位将军。百花女少不免另设大舟，有女娘服伺不表。众人殷勤送别回朝，非止一日路途。

狄青先已修书，接取母亲、姐姐同至边关完聚。又有书一连五封，附搭杨公子回朝：一封与潞花王母子并请金安及已成功完婚一事；一封送与呼延显老千岁请安，并感前提拔之情；一封送与韩府吏部叔父，亦是请安之语；一封送与包府，情叙多辞；一封送与佘太君，敬请金安并贺喜。一一并无提及传书情由。

且说杨公子一回朝，先至金銮，叩谢君恩。回府拜见佘太君、穆氏母亲并众位夫人。先已选定吉期，是日完婚，花烛庆叙。文武大臣多来道喜，御赐结婚，王侯设宴，言不尽丰美山珍海味，富贵丰繁，一连数天庆闹。

不表杨公子夫妇和谐。又言石玉也有书回归长沙故土，接取母亲、姐丈夫妻到门完聚。一书送回朝中高王府，向岳父母请候金安，并接取郡主到关叙会，也不多表。

有刘庆在边关，也对元帅说知，要回潼关接取母亲、妻到关叙会。元帅曰：“今已国家平宁了，有家者正该完叙。贤弟须当早日动身。”刘庆大悦谢去。

此书事事毕。单言潞花王母子接书，喜悦万分，不意狄门有幸得此雄材武略英雄，至使狄门昌大，实乃天眷善良，方有裕后光前也。

不表母子欣然。只有庞国丈、孙兵部、胡制台三人不遂其谋，狄青、石玉反得重权，为正、副元帅，只是闷闷不开眉的交谈。不表。

又说明：此书与下《五虎平西》一百一十二回，每事略多关照之笔，惟于范小姐招赘完婚事有不同，然其原古本以来已有此笔，悉依原本，不加改作，看者勿深求而议之可也。

此书因前未得其初传，只于狄青已职任边关中截而起，是未得全录。今已采得完成，复于真宗天子天禧二年起，至狄青行伍出现，及以上三世、其父狄广。又至仁宗癸亥三年，赵元昊始降伏，是照依史而结。一始一末，条达颇不紊错杂。惜惟稗官野史，可见哂一览于谈笑中，至为幸耳。